SCIENCE FICTION

Herausgegeben
von Wolfgang Jeschke

Weitere von **Wolfgang Jeschke** in der Reihe
HEYNE SCIENCE FICTION & FANTASY
erschienene Bücher finden Sie am Schluß des Bandes

Der Zeiter · 0603328
(erweiterte Ausgabe 1978) · 0603328
Der letzte Tag der Schöpfung · 0604200
MIDAS oder Die Auferstehung des Fleisches · 0605001
Schlechte Nachrichten aus dem Vatikan · 0605025

Als Herausgeber u. a. der Anthologienreihe
INTERNATIONALE SCIENCE FICTION STORIES:

Planetoidenfänger · 0603364
Die große Uhr · 0603541
Im Grenzland der Sonne · 0603592
Spinnenmusik · 0603646
Der Tod des Dr. Island · 0603674
Eine Lokomotive für den Zaren · 0603725
Feinde des Systems · 0603805
25 Jahre Heyne Science Fiction & Fantasy 1960–1985
SF Jubiläumsband: Das Lesebuch · 0604000
Aufbruch in die Galaxis · 0604001
Die Gebeine des Bertrand Russell · 0604057
Das Gewand der Nessa · 0604097
Das digitale Dachau · 0604161
Venice 2 · 0604199
Entropie · 0604255
Langsame Apokalypse · 0604325
Schöne nackte Welt · 0604380
L wie Liquidator · 0604410
Second Hand Planet · 0604470
Wassermanns Roboter · 0604513
Papa Godzilla · 0604560
An der Grenze · 0604610
Mondaugen · 0604660
Johann Sebastian Bach Memorial Barbecue · 0604697
Die wahre Lehre, nach Mickymaus · 0604747
Das Blei der Zeit · 0604803
Der Fensterjesus · 0604880
Die Menagerie von Babel · 0604920
Die Zeitbraut · 0604990
Lenins Zahn und Stalins Tränen · 0605055
Gogols Frau · 0605090
Die Pilotin · 0605160
Die Straße nach Candarei · 0605275 (in Vorb.)
Partner fürs Leben · 0605325 (in Vorb.)
Riffprimaten · (in Vorb.)
Die letzten Bastionen · (in Vorb.)
sowie *Das Auge des Phönix*
Science Fiction aus Deutschland · 0604235
und **HEYNE SCIENCE FICTION JAHRESBAND** 1980–1995
sowie **DAS HEYNE SCIENCE FICTION JAHR** 1986–1995

HEYNE SCIENCE FICTION JAHRESBAND 1995

zusammengestellt und herausgegeben
von
Wolfgang Jeschke

Originalausgabe

WILHELM HEYNE VERLAG
MÜNCHEN

HEYNE SCIENCE FICTION & FANTASY
Band 0605250

Das Umschlagbild malte Michael Hasted

Übersetzungen:
Aus dem Amerikanischen und Englischen
von Ingrid Herrmann, Ingo Dierkschnieder/Abel Miser
und Norbert Stöbe
Aus dem Französischen von Gabrielle und Georges Hausemer
Aus dem Tschechischen von Karl v. Wetzky

Illustriert von
Manfred Lafrentz, Mark van Oppen und Ingo Wiegand

Redaktion: Wolfgang Jeschke

Printed in Germany 1995
Umschlaggestaltung: Atelier Ingrid Schütz, München
Technische Betreuung: M. Spinola
Satz: Schaber, Satz- und Datentechnik, Wels
Druck und Bindung: Presse-Druck Augsburg

ISBN 3-453-07979-5

INHALT

INHALT

Michael F. Flynn

DIE WÄSCHERIN AN DER FURT

Charles Randolph Singer hatte den Blick auf die Tür mit dem in grellem Magenta und Gelb leuchtenden, kleeblattförmigen Warnzeichen gerichtet und fuhr sich mit der Zunge über die Lippen. Die Tür war vom Grau einer Metallpistole; der Türgriff war von der Art, wie man sie an Banktresoren findet, die wie ein Rad gedreht werden. Durch das dicke Bleiquarzglasfenster neben der Tür konnte er die Reihen Waldos erkennen, welche die Treibstoffpistolen bedienten. Der Gruppenführer hatte gerade demonstriert, wie sie arbeiteten; hatte eine Gewandtheit im Hantieren mit den Handschuhen gezeigt, die die meisten Leute nicht einmal mit ihren eigenen Händen vollbrachten.

Und ich störe den gesamten Betrieb, dachte er.

»Dr. Singer? Wir gehen jetzt weiter, uns die Abfalllagerung ansehen.«

Er überschaute flüchtig die Gruppe der Besucher, die auf dem Treppenabsatz wartete, an der Tür, die zum Kontrollraum zurückführte. Die Hälfte von ihnen waren schon durchgeschritten. Biologen und praktische Ärzte in Anzug und Krawatte. Die gelben Besucherhelme saßen unpassend auf ihren Köpfen. Der Nukleartechniker sah in dem langen, weißen Laborkittel wie ein Alien aus.

Er winkte ihnen zu. »Gehen Sie voraus. Ich wollte

mir nur noch etwas hier ansehen.« Um seine Absicht deutlich zu machen, lehnte er sich gegen das Quarzglas und beschirmte die Augen mit den Händen, um die Reflexe zu beseitigen.

Der Techniker schob die anderen Biologen hinaus. »Sie können hier nicht ohne Begleitung bleiben«, sagte er.

»Oh, gut.« Singer drehte sich herum, um den anderen zu folgen; der Techniker trat vor ihm durch die Schleusentür, und er war nur für einen Sekundenbruchteil allein.

Und das war alles, was er brauchte.

Ein schnelles Drehen an dem Türrad, und die schwere Tür öffnete sich. Sofort erklangen Sirenen, und ein eindringliches rotes Licht fing über der Luke an zu blinken. Eine angenehme, weibliche Altstimme sprach durch die Lautsprecher: »Die Reaktortür ist geöffnet. Die Reaktortür ist geöffnet.«

Der Techniker steckte den Topf durch die Schleusentür, sah erstaunt, was Singer tat, und sprintete die Stufen von dem Treppenabsatz herunter. »He!« rief er, »Sie können ohne Schutzanzug da nicht rein!«

Die schweren, mattweißen Strahlenschutzanzüge hingen an mehreren Hakenreihen. Ihre formlosen Kapuzen, mit dem einzelnen, rechteckigen Sichtfenster, das wie ein Zyklopenauge in der Mitte saß, gab ihnen ein unheimliches, fremdartiges Aussehen. Singer ignorierte sie und schritt durch die offene Tür.

Er zog sie gerade zu, als der Techniker sie erreichte. Sie schlug mit einem zufriedenstellendem Klicken zu, und er drehte das Rad an der Innentür. Das würde die Leute nicht lange draußenhalten, aber er brauchte nur einen Augenblick.

Mit Bewegungen, die er im Geiste schon oft vollführt hatte, drehte er sich der Innentür der Luftschleuse zu und tippte die fünfstellige Zahl ein, die sie öffnen sollte. Es verging eine Weile, und Singer überlegte, ob die Zahl, die man ihm gegeben hatte, korrekt war. Dann klickte und zischte die Tür.

Wenn die Innentür einmal aufgeklinkt war, konnte die Außentür nicht mehr geöffnet werden. Singer lehnte sich gegen den Türrahmen und legte seine Stirn daran. Er atmete ruhig. Er hatte es geschafft. Er richtete sich auf und betrat das Reaktordruckgefäß. Ein Irrgarten von Rohrleitungen füllte den größten Teil des Innenraums. Dampfrohrleitungen. Kondensationswasserrohre. Kühlwasserleitungen. Alle waren mit verschiedenen Farben und mit Pfeilen, die die Richtung des Flusses anzeigten, gekennzeichnet. Die Kennzeichnungen und Symbole waren für ihn Runen ohne Bedeutung – außer für die Ingenieure, die sie lesen konnten. Singer war nur deshalb in der Lage, die Kühlwasserpumpe zu identifizieren, weil sie Pumpgeräusche von sich gab. Er wußte, daß die anderen großen Geräte Dampfgeneratoren und Verdichter waren, aber er wußte nicht genug über Maschinenbau, um sie auseinanderhalten zu können. Es war alles sehr geheimnisvoll – wie eine ungeheuer abstrakte Skulptur. Eine Mischung aus Symmetrie und Chaos. »Berühr nichts, gleichgültig, wie langweilig es dir wird.« Guter Rat, dachte Singer. Obwohl in Anbetracht dessen, wo er sich befand, Vorsicht ein bißchen albern schien. Als würde er aufgefordert, während eines Hurrikans Hausschuhe zu tragen.

Er ging zum Reaktor und inspizierte ihn neugierig. Der Atommeiler selbst war in einem größeren Raum, der jetzt zugänglich war und der ebenso die Kontrollstäbe, die Leitschläuche und andere Hilfsgeräte beherbergte. Singer starrte einen Augenblick lang die offenliegenden ›Eingeweide‹ an. Murchadha hatte ihm erzählt, daß das ein CANDU war, was immer das auch bedeutete.

Er stand am Rand des Meilers. Er konnte die Hitze, die davon ausging, fühlen; die Partikel fühlen, die seine Haut durchstachen. Oder war das nur seine Einbildung? Wer wußte das schon? Wer hatte jemals überlebt, um das zu beschreiben? Er schloß die Augen und stellte sich vor, wie er am Strand beim Sonnenbaden lag, die Sonnenstrahlen ihm eine hübsche goldene Bräune verschafften. Er reckte sich und drehte sich langsam. Es war wie Sonnenbaden. Eine kleinere Sonne vielleicht, aber dafür viel näher.

Als er über die Schulter sah, erblickte er seine Begleiter, wie sie die Gesichter gegen das Bleiquarzglasfenster preßten, wie Kinder vor einem Süßwarenladen. Oder wie in einem Zoo. Das war ein mehr als treffender Vergleich, entschied er. Ein Zoo. Ein wirklich sehr seltsames Wesen anspähen. Die Gesichter, die er dort sah, waren unterschiedlich: bestürzt, neugierig und sogar – in einem Fall – gespannt! *Leichenfledderer,* dachte Singer. Der Techniker sprach lebhaft in ein rotes Telefon.

Singer winkte seinem Publikum zu. Er fand einen offenliegenden Stahlträger, der in vollem Blickwinkel des Fensters und der Beobachtungskamera lag, und setzte sich darauf. Es war wichtig, ihnen klarzumachen, daß er kein Terrorist war, daß er keine Bedrohung für den Reaktor darstellte. Also, nach seiner ersten, neugierigen Inspektion, schenkte er dem Atommeiler und den anderen energieerzeugenden Maschinen keine weitere Beachtung mehr. Statt dessen zog er ein Paperpack aus der Tasche seiner Jacke und schlug es auf. Klassischer Heinlein. *Der Mann, der den Mond verkaufte.* Er fing an zu lesen.

Ich hätte *Die grünen Hügel der Erde* mitnehmen sollen, dachte er. Die Story traf auf seine gegenwärtige Situation eher zu. Vor allen Dingen der letzte Teil, im Reaktorraum des Raumschiffs.

Als sich die Angelegenheit in dem Kraftwerk herumsprach, drängten sich mehr und mehr Leute gegen das Sichtfenster. Singer ignorierte sie und konzen-

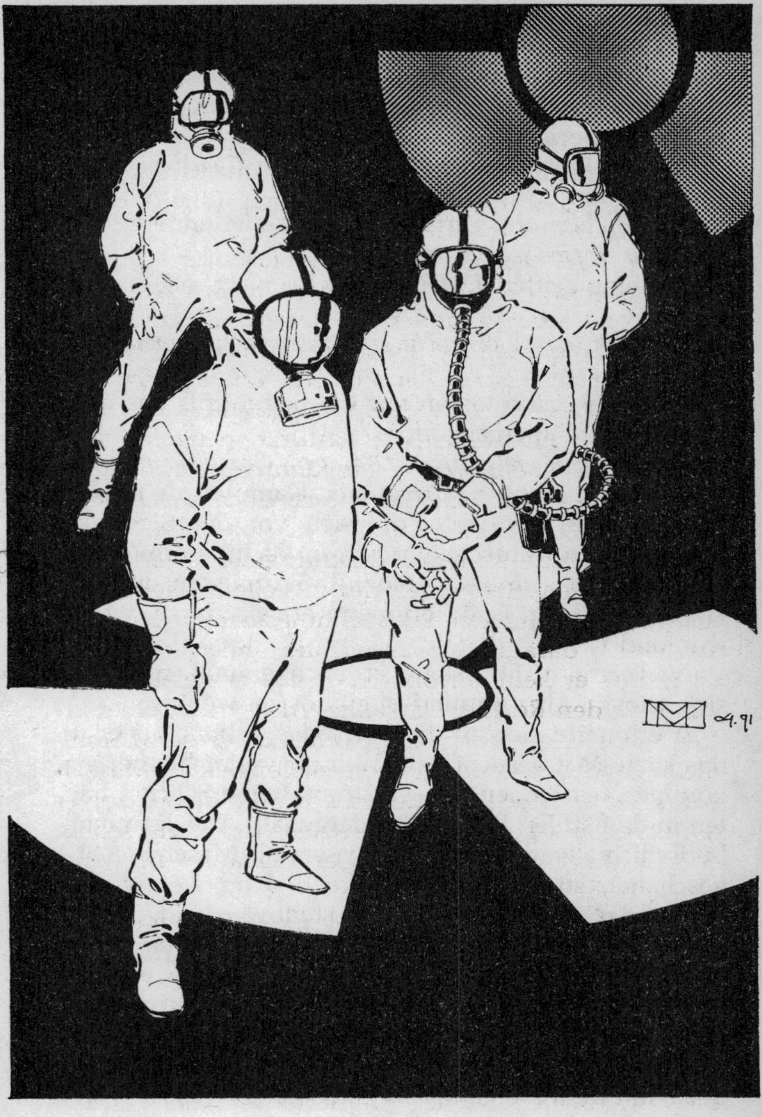

04.91

trierte sich auf sein Buch. Ein paarmal sah er flüchtig zum Fenster, um die Köpfe zu zählen. Dann befeuchtete er seinen Daumen mit der Zunge und blätterte eine Seite weiter. Er versuchte die Stimmen in seinem Kopf zu ignorieren.

»Du bist kein sehr guter Verlierer, oder, Charlie?« sagte eine Stimme.

»Das Problem der Vorteile«, meinte eine andere, *»ist, daß es zu einfach ist, sie umzukippen.«*

Und eine dritte: *»Dann glauben Sie nicht, daß es möglich ist?«*

Und: *»Bitte rede dir nicht ein, etwas zu tun, womit ich nicht leben kann.«*

Er starrte entschlossen auf die Seite, griff das alte, zerfledderte Paperback fester.

»Es gibt keine endgültigen Lösungen, Charlie.«

»Vielleicht nicht«, murmelte er. Dann wurde er sich bewußt, daß die Leute, die sich vor der Sichtluke drängten, ihn wahrscheinlich über das Interkom hören konnten. Mit sich selbst redend. Sie müssen denken, ich bin verrückt. Dann erinnerte er sich daran, wo er war, und lachte.

»Vielleicht nicht«, sagte er noch einmal, mehr zu sich selbst. »Aber zumindest gibt es zeitweilige.«

Er erinnerte sich an die Leere des Labors, als er es das letzte Mal besucht hatte, kurz bevor er hierher gekommen war. Jeder fort, verstreut. Seine Schritte hatten in den stillen Räumen widergehallt. Die Terminalbildschirme waren dunkel gewesen; die Maschinen abgeschaltet, stumm und anklagend. Und wer wußte, wann oder ob sie je wieder angestellt werden würden?

Wie ist es dazu gekommen? fragte er sich. Aber es war eine rhetorische Frage, weil er sehr gut wußte, wie das geschehen war. Er konnte sich an jeden Schritt auf dem Weg dahin erinnern. Jedes Stolpern. Er konnte sich an das aufdringliche Klingeln an seiner Tür erinnern, mit dem die ganze Sache begonnen hatte.

II

Als Singer auf die Türklingel im Parterre des Laborgebäudes reagierte und Masao Koyanagi draußen stehen sah, wußte er nicht, wen er vor sich hatte.

Seine Tür öffnete sich nur ein paar Zentimeter, festgehalten von einer Kette aus Diamantfaser, die er selbst gestrickt hatte. Sie war aus kompliziert verbundenen Schichten von Kohlenstoffatomen, die er in einem Faß hatte wachsen lassen, aufgebaut. Kein Bolzenschneider eines Einbrechers konnte sie zerbrechen. Er spähte durch den Spalt und sah einen kleinen, dünnen Japaner, der einen blaugrauen Anzug mit mattschillernden, diagonalen Nadelstreifen trug, der in jenem Jahr unter Geschäftsleuten in Mode war. Das Haar des Mannes war makellos gepflegt, seine Nägel glänzten blaßgelb.

»Ja?« fragte Singer mißtrauisch. Es konnte ein *Zaibatsu*-Vertreter* sein. Die Niprasilianer** belästigten ihn andauernd, wollten seine Erlaubnis, seine Erfindung zu produzieren oder zu vertreiben. Singer aber zog seine eigene, private Gesellschaft vor und schloß nur Nebenverträge ab, die für die örtliche Herstellung wichtig waren. Er war klein, und er würde klein bleiben, so Gott es wollte. Große Unternehmen waren der Tod der amerikanischen Wirtschaft und wurden bereits durch ihre bürokratische Trägheit von der japanischen und brasilianischen Wirtschaft unterdrückt.

»Dr. Singer?« fragte der Fremde. »Habe ich die Ehre, mit Dr. Charles Randolph Singer zu sprechen?«

»Das haben Sie«, räumte Singer ein. »Ob es eine Ehre ist oder nicht, liegt an Ihnen.«

---

* Zaibatsu = Synonym für die wenigen Familien, die die Wirtschaft Japans dominieren.

** Niprasilianer = zusammengesetzt aus Nippon (Japan) und Brasilianer.

Der Fremde lachte nervös und sah schnell hinter sich. »Darf ich für einen Augenblick hereinkommen?« fragte er.

Singer schloß die Tür, klinkte die Kette aus und öffnete die Tür wieder. Der Fremde eilte hindurch; Singer schlug die Tür zu und legte die Kette wieder vor.

»Sie riskieren eine ganze Menge, alleine auszugehen«, sagte er. »Nicht nur wegen der Straßenräuber. Es gibt im Nordosten viele Leute, die gerne ›Plättet den Japsen‹ spielen, Mister ...?«

»Ah. Ich bin Koyanagi-sama Masao ... ah ... das heißt Dr. Masao Koyanagi.« Er verbeugte sich halb, und eine Visitenkarte erschien wie von Zauberhand in seinen gewölbten, ausgestreckten Händen.

Singer seufzte innerlich. *Meishi.* Er nahm die Karte nur mit der rechten Hand an, obwohl er streng genommen beide Hände hätte benutzen sollen. Die Japaner machten eine große Sache daraus, ihre Visitenkarten zu überreichen; und er wußte, daß viele Amerikaner die japanischen Sitten und Bräuche übernommen hatten, all diesen *giri-* und *gimu*-Unfug. Aber Singer hielt nichts davon und fand ein gewisses Vergnügen darin, sogenannte ›amerikanische Roheit‹ an den Tag zu legen. Außerdem trug Koyanagi keinen Kimono, sondern westliche Kleidung. Und eine Menge in Brasilien lebende Japaner nahmen brasilianische Sitten an, zumindest hatte er das gehört. Roheit war eine reine Angelegenheit von Kultur und Geschmack.

Jedenfalls war er nicht so roh, die Karte mit seiner linken Hand anzunehmen.

»In Ordnung, Dr. Koyanagi. Was wollen Sie?«

»Ich würde gerne ein Geschäft mit Ihnen machen«, gab sein Besucher plump zurück.

Singer seufzte. »Das habe ich mir gedacht. Ein weiterer Vertreter. Von welcher Zaibatsu kommen Sie? Nein, egal, ich will es nicht wissen.« Er ging zur Tür.

»Passen Sie auf, daß Ihnen die Türklinke nicht den Arsch aufreißt, wenn Sie rausgehen.«

Koyanagi schnitt eine Grimasse. »Bitte, Dr. Singer-sama. Ihre Vermutung trifft überhaupt nicht zu. Ich bin Wissenschaftler; ich repräsentiere nur mich se ...«

»Ein Wissenschaftler. Moment mal!« Er zeigte mit dem Finger auf ihn. »Sie sind nicht der M. Koyanagi von den São Paulo Biophysics-Laboratories, oder? *Die weiterführenden Studien von* M. radiodurans *unter starker Gammabestrahlung*? Der Koyanagi?«

Der Besucher verbeugte sich wieder, dieses Mal wesentlicher tiefer, Dankbarkeit zeigend. »Ich fühle mich geehrt, daß Sie von meinen unbedeutenden Leistungen wissen.«

Singer streckte den Arm aus und tippte dem Japaner mit dem Zeigefinger auf die Brust. »Sie schulden mir eine halbe Million Novocruzeiros! Die Nanomaschinen, die Sie verwendet haben, um die Bakterie zu vergrößern, waren Proteine, auf die ich ein Patent habe.«

Koyanagi zuckte zusammen. »Bitte, Dr. Singer. Das ist eine Forderung, die Sie an São Paulo richten müssen. Wenn es nur an mir liegen würde, würde ich Ihnen 500 000 Novocruzeiros und mehr zahlen, es sogar begrüßen. Ohne Ihre Nanomaschinen wäre meine Arbeit unmöglich gewesen.«

Singer schwieg einen Moment lang. »Was ...?«

»Ich biete Ihnen eine Gelegenheit, reich und berühmt zu werden.«

»Ich bin bereits reich und berühmt«, knurrte Singer, »aber jetzt haben Sie meine Aufmerksamkeit auf sich gezogen. Kommen Sie nach oben und erläutern Sie mir das.«

Singer hatte das erste Stockwerk des Gebäudes in ein gemütliches Appartement verwandelt. Es war mit Küche, Wohnzimmer, zwei Schlafzimmern, einer Bibliothek und ein paar Zimmern, die in ihren Funktionen variierten, ausgerüstet. Das Wohnzimmer ging über die volle Breite des Hauses und hatte an jedem Ende eine Fensterwand. Mit der gesamten Länge war das Appartement so groß wie die meisten Häuser. Singer hatte auch ein Haus auf dem Land, aber dort verbrachte er normalerweise nur die Wochenenden. Er war gern nah am Geschehen.

Er bat Koyanagi in das Appartement und sah sich um. »Meine Frau ist gerade weg«, sagte er. »Gehen Sie weiter. Setzen Sie sich, mein Sohn, und erzählen Sie mehr davon, mich reich zu machen.« Er wies auf die Couch im Wohnzimmer. »Kann ich Ihnen etwas anbieten? Tee?«

Koyanagi lächelte. »Nein, aber ein Schluck *Cachaça* wäre gut.«

Singer drehte ruckartig den Kopf. Er grinste. »Kulturanpassung, oder? Lassen Sie mich schauen, was ich habe.« Nach ein paar Minuten kehrte er mit einem Glas zurück, das mit einer dunklen Flüssigkeit gefüllt war. »Konnte keinen *Cachaça* finden, tut es Barbados-Rum auch?«

»Sehr nett, danke.« Koyanagi nahm es und schüttete es in einem Schluck herunter. »Am Bahnhof«, sagte er, »fühlte ich mich, als wären alle Augen auf mich gerichtet. Keine freundlichen Augen.«

Singer zuckte die Achseln. »Was erwarten Sie? Sie müssen jemanden für das wirtschaftliche Chaos, in dem sie stecken, verantwortlich machen, also können es genauso gut wie jeder andere Sie sein. Brasilianer haben dasselbe Problem, bis auf die Tatsache, daß die meisten von ihnen sich als Puertoricaner ausgeben, um sich sozial akzeptabel zu machen. Sind Sie von der Metropark Station hierher zu Fuß gegangen?«

»Kein Taxi wollte mich mitnehmen.«

»Hmmm, nein. Nicht ohne Nisei-Abzeichen*, und

---

* Nisei = US- oder kanadischer Staatsbürger, dessen Eltern aus Japan emigriert sind.

vielleicht noch nicht einmal dann.« Er setzte sich dem Besucher gegenüber. »Also, erzählen Sie mir, Dr. Koyanagi, weshalb sind Sie hier? Das ist offensichtlich kein Freundschaftsbesuch. Auf welche Weise haben Sie vor, mich reich zu machen?«

Koyanagi stand auf und setzte zu einer offenbar vorbereiteten Rede an. »Dr. Singer, Sie sind der Welt größte Autorität in der Nanotechnologie. Sie haben mehr biogenetische Patente inne als irgendeine andere lebende Person. Man vergleicht Sie mit ...«

»Thomas Edison. Ja, ja, ich weiß. Das ist der Grund, weshalb ich mein Laboratorium hier im Menlo Park gebaut habe. Sehen Sie den Turm durch das nördliche Fenster? Das ist der Ort, wo Edison seine ›Erfindungsfabrik‹ gebaut hatte. Aber, mein Sohn, Sie haben nicht die 13 000 Kilometer hinter sich gebracht, nur um mir zu sagen, daß ich ein großer Mann bin. Das weiß ich bereits.«

»So. Ich schmiere Ihnen Honig um den Mund. Heißt das Sprichwort nicht so? Überaus seltsam. Die Perser sagen: ›Ich lege Melonen unter Ihre Arme.‹ Nein. Ich habe eine Bitte an Sie.« Er ließ den Kopf hängen und drehte das leere Whiskyglas zwischen den Händen. »Ich habe eine sehr intensive Studie über *Micrococcus radiodurans* gemacht«, sagte er nach einer Weile. »Sie wissen davon?«

Singer nickte. »Es ist ein Mikroorganismus mit einer hohen Widerstandsfähigkeit gegen radioaktive Strahlung. Es kann Strahlungsniveaus überleben, die – wieviel betragen? Tausend Mal die für Menschen tödliche Dosis, richtig?«

Koyanagi nickte nachdrücklich. »Ja. Ja. Kitayama und Matsuyama haben es 1979 ausführlich studiert. Ich habe mit ihren Ergebnissen weitergearbeitet. Ich glaube, daß die Resistenz eines Organismus vom inneren Proteingefüge herrührt, nicht von seiner einfachen Struktur, wie jeder angenommen hat ...«

Singer nickte. »In Ordnung«, unterbrach er ihn. »Sie sind ein staatlich anerkanntes Genie und ein Pionier. Fahren Sie fort. Wie macht mich *M. radiodurans* reicher, als ich jetzt schon bin?« Singer beugte sich gespannt vor. Im Labor entwickelte sich ein Problem mit den Einnahmen, und neue Ideen mit einem entsprechenden Einkommen waren immer willkommen.

»Hmm. Erinnert der *Senhor* sich an das *Mir*-Desaster?«

Singer zwinkerte beim Wechsel des Themas und setzte sich aufrecht. »Die russische Raumstation? Ja, natürlich. Die Sonnenprotuberanzen haben sie unvorbereitet erwischt. Es waren drei Kosmonauten oben, und zwei von ihnen sind fast sofort gestorben. Es hat ihr Raumprogramm um ein halbes Jahrzehnt zurückgeworfen.«

»Der dritte Mann ist auch gestorben, an verschlepptem Krebs, ein paar Jahre später.«

»Ja, ich erinnere mich. Was ist damit?«

»Ich habe nachgedacht.« Koyanagi blickte auf, dann starrte er aus dem Fenster, dorthin, wo der Edison Tower stand. »Was wäre passiert, wenn diese Kosmonauten … nun … mit *M. radiodurans* geimpft gewesen wären?«

»Geimpft?« Singer fühlte ein Kribbeln durch seinen Körper fahren und lehnte sich wieder vor. »Was versuchen Sie damit zu sagen?«

Koyanagi sah ihn an. »Proteine sind aus klumpigen Perlen bestehende Ketten. Wenn sie sich richtig zusammenfalten, können die Klumpen wie die Teile eines chinesischen Puzzles zusammenpassen und Enzyme und Hormone formen. Es gibt … ›klebrige‹? Ja, ›klebrige‹ Stellen auf den Molekülen. Wenn die Proteine, die *M. radiodurans* benutzt, in solcher Weise gefaltet werden könnten, daß sie an den weißen Blutkörperchen festkleben …«

Singer richtete sich auf. »So daß auch Menschen

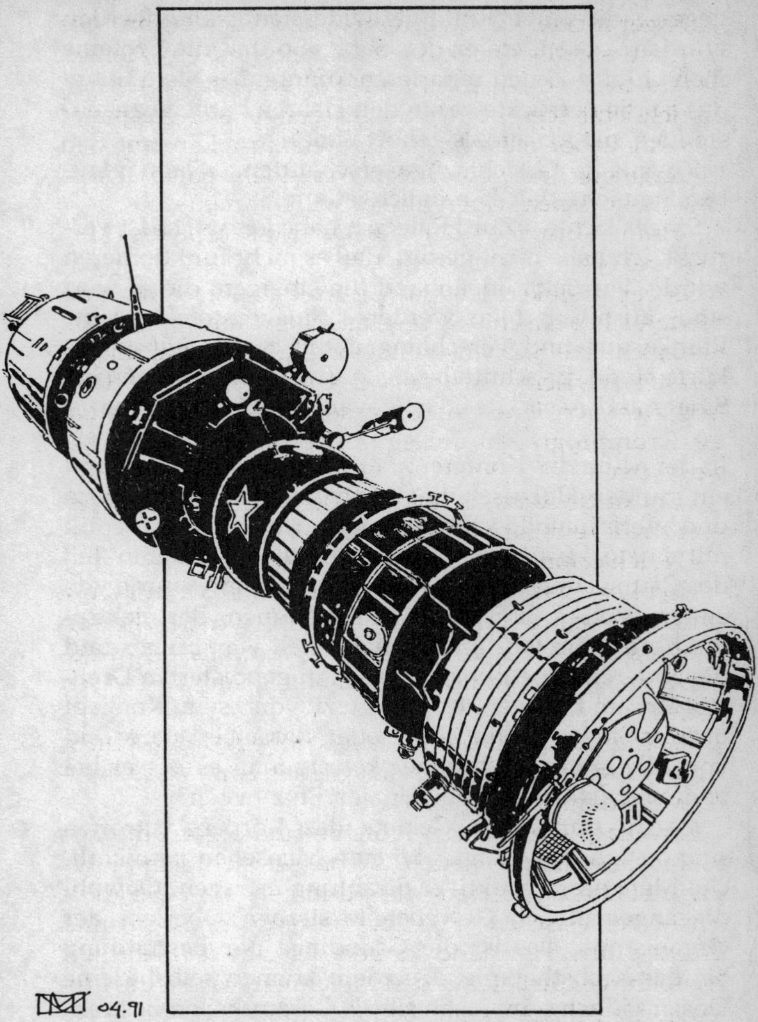
04.91

gegen radioaktive Strahlung widerstandsfähig werden würden?« beendete er den Satz. »So daß die Proteine menschliche Zellen reparieren könnten? – Mein Sohn, das ist die verrückteste, an den Haaren herbeigezogenste Idee, die ich jemals gehört habe!«

Koyanagis Gesichtszüge erschlafften. »Dann glauben Sie nicht, daß es möglich ist.«

Singer lachte. »Zur Hölle, ich habe gesagt, es ist verrückt. Ich habe nicht gesagt, daß es nicht funktionieren würde. Verrückte Ideen sind die einzigen, die es wert sind, ausprobiert zu werden.« Singer streckte seine Pranke aus und verschlang damit Koyanagis manikürte Hand. Er schüttelte sie kräftig. »Willkommen bei Singer and Associates, Dr. Koyanagi!«

In der Mitte des Konferenzraums von SingerLab stand ein runder Holztisch mit eingebauten Sensorfeldern und Terminalbildschirmen. Ein tragbares Lesepult mit einem Mystica-Sensorfeld stand im vorderen Teil des Raums; und die gesamte vordere Wand wurde von einem flachen Bildschirm eingenommen, der elektronisch mit dem Sensorfeld verbunden war. Singer und die anderen Gesellschafter saßen in gepolsterten Drehstühlen und hörten Koyanagi zu, der sein Konzept umriß. Singer wollte, daß jeder dasselbe, klare Bild vom Ziel hatte; und woher konnte man es besser bekommen als von dem originalen Phantasten?

»Wenn nur kleine Gebiete des Körpers betroffen sind«, sagte Koyanagi, »können Menschen beträchtliche Mengen radioaktiver Strahlung ertragen. Obwohl die angegriffenen Gewebeteile sterben, überlebt der Organismus. Das ist die Grundlage der Bestrahlung bei der Krebstherapie. Trotzdem können selbst kleine Dosen tödlich sein, wenn sie als Gesamtkörperbestrahlung auftreten. Die Toleranz variiert von Person zu Person, aber gemeinhin sind Dosen im Bereich von 600 bis 800 Rad zu 100 Prozent tödlich, während Dosen von 400 bis 600 Rad zu 60 Prozent tödlich sind. Um diese Zahlen zu verdeutlichen, erinnern Sie sich daran, daß bei dem Unfall in Tschernobyl die Strahlung 20 Kilometer in der Windrichtung in den Bereich von 450 Rad fiel.«

Singer hörte aufmerksam zu, machte Notizen auf seinem Terminal. Masao erzählte ihnen natürlich nichts Neues. Das war nicht der Zweck der ersten Besprechung. Die Idee war, jedermanns Gedanken auf den gleichen Kanal einzustellen.

»Unsere Aufgabe«, fuhr Koyanagi fort, »ist es, das Strahlungsniveau, das Menschen tolerieren können, zu erhöhen. Der alte Name dafür war ›Härtung‹. Wir kennen schon lange Wege, durch die die Menschen bis zu einem gewissen Maß gehärtet werden können. Zum Beispiel kann eine an Gemüse reiche Ernährung zusammen mit großen Mengen an Vitamin A und E den Schaden, der von der radioaktiven Strahlung verursacht wird, um 30 Prozent reduzieren. Was ich mir vorstelle, ist ein vorbeugendes Mittel, vielleicht in Form einer Pille oder als Injektion verabreicht, die eine Art molekularer Maschinen, wie sie einige niedere Lebensformen besitzen, in den menschlichen Stoffwechsel ›installiert‹.«

»Ein Impfstoff gegen Radioaktivität«, sann Jessica Burton-Peeler. Sie war eine üppige Frau, wie sie die Männer einst attraktiv fanden, bevor die Magersucht zur Mode wurde. Sie trug dicke Brillengläser und ein dunkelblaues Kostüm mit einer Rüschenbluse. Sie war die zweitbeste Genetikerin in Nordamerika.

»Korrekt, Doktor Peeler«, gab Koyanagi zurück. »Ein Impfstoff. Aber wie wird er arbeiten? Radioaktive Strahlung besteht aus Bruchteilen zerschmetterter Atome: zerbrochene Scherben von Atomkernen, einzelne Teilchen, hochenergetische Photonen. Diese verhalten sich wie inneratomare Geschosse. Wenn sie auf Atome des Körpergewebes treffen, schlagen sie Elektronen los, ionisieren das Zellmaterial und verursachen abnorme chemische Reaktionen. Da aber lebendes Gewebe auf genaue, komplizierte chemische Reaktionsabläufe angewiesen ist, um seine Funktionen zu erfüllen, können diese Abnormitäten sich rasch als tödlich erweisen. Die Zellen reproduzieren sich zu langsam – sie werden schneller zerstört, als sie ersetzt werden können –, oder die ersetzten Zellen selbst sind abnorm. Das Problem sind daher die zerbrochenen Moleküle. Was ich mir vorstelle, ist recht einfach. Eine Nanomaschine, die diese zerbrochenen Moleküle wieder so schnell zusammenklebt, wie die Ionisierung sie zerbricht.«

Eine Zeitlang herrschte Schweigen, bevor Kalpit Patel herausplatzte: »Dann bin ich ja froh, daß das, was Sie sich vorstellen, nicht so kompliziert ist!« Der Mikrobiologe war ein Indianer der zweiten Generation. Seine Haut war kaffeebraun, er hatte sich einen raupenförmigen Schnurrbart getrimmt, und sein Haar war grau und schütter. Mit 52 Jahren war er der Älteste der Gruppe.

Koyanagi lächelte. »Ja. Das Ziel – Menschen zu härten, und das Objekt – eine Zellreparaturnanomaschine – sind einfach darzulegen. Vielleicht aber nicht so einfach zu realisieren. Trotz alledem bin ich sicher, daß diese berühmte Gruppe das kann – wenn es überhaupt jemand kann.«

Singer dankte Koyanagi für seinen Vortrag. Koyanagi verbeugte sich und nahm Platz, während Singer zum Pult im vorderen Teil des Raums schritt, wo er das Mystica-Sensorfeld aktivierte. Er überblickte die Gruppe und grinste, warf die elektronische Schreibnadel in die Luft und fing sie wieder auf.

»Ich kann an euren Gesichtern erkennen, daß ihr denkt, Masao habe da einen ziemlich an den Haaren herbeigezogenen Plan dahergeträumt. Ich stimme euch zu. Laßt es uns in Angriff nehmen.« Alle lachten, und Singer stimmte mit seinem hohen Lachen ein. »Ach Quatsch, Leute, wenn es so einfach wäre, hätte es jemand schon längst gemacht. Nebenbei gesagt«, fügte er ernster hinzu, »einfache Jobs bringen kleine Belohnungen. Der potentielle Gewinn hierbei ist enorm. Der Markt umfaßt nicht nur Kosmonauten und die Arbeiter in Atomkraftwerken, sondern auch Leute, die in der Nähe von Atomkraftwerken leben, die vor einer Kernschmelze Angst haben. Und Radiologen natürlich. Röntgenstrahlentechniker. Bergleute. Jeder, der mit radioaktiven Stoffen arbeitet. Ich schätze, daß wir den gesamten Markt innerhalb von fünf Jahren nach der Produktherausgabe durchdringen können; und der Markt selber wird so stark expandieren, wie *Bandeirantes Interplanetarias* seinen L4-Produktionskomplex erweitert.«

Er legte eine Pause ein und ließ die Augen über die Gruppe schweifen, verlängerte die Pause und begegnete Jessies nachdenklichem Blick. »Macht keinen Fehler. Die Investition wird groß sein. Unser Operationsspielraum wird papierdünn sein. Also müssen wir alle unsere in der Schwebe hängenden, einkommenbringenden Projekte durchdrücken, vor allen Dingen das einmolekulare Telekomkabel und den Aerosol-Lufterfrischer. Aber auf der anderen Seite kann der Erfolg genauso groß sein, wenn wir es zum Funktionieren bringen. Ich glaube, wir können das.

Die gute Nachricht ist: Ich erwarte keinen Wettbewerb. Nur Dr. Koyanagi hier hat die Beweise, daß die Resistenz von *M. rad* von speziellen Proteinen herrührt, und nicht von der Einfachheit der Struktur. Nun, das kann wahr sein oder auch nicht, aber die Unterlagen, die er mir gezeigt hat, sehen sehr gut aus. Wenn wir dieses Protein in ein für den Menschen verträgliches Enzym oder Hormon verändern können, können wir sehr gut unseren Preis selbst bestimmen. Die Leute werden mit einem Barscheck in der Hand draußen vor der Tür Schlange stehen. Die Frage ist: Können wir es zu einem angemessenen Preis zum Funktionieren bringen? Welche Probleme müssen gelöst werden?«

»Zunächst die Konfiguration«, sagte Patel. »Wie sieht die Entwurfshülle in bezug auf die Zellgröße aus? Wie schnell sollte es handeln? Wo liegen die Grenzen des Strahlenflusses, gegen den wir es entwerfen sollten?«

Singer nickte schweigend. Er schrieb etwas auf das Mystica-Sensorfeld, und eine mehr als lebensgroße Version erschien auf dem Flachbildschirm in der hinteren Wand. Er schrieb ›Rad-Reparatur-Amme‹* auf die rechte Seite und zeichnete einen Pfeil, der darauf zeigte. Einen vom Hauptpfeil um 45 Grad abweichenden Ast beschriftete er mit ›Konfiguration‹ und addierte dazu drei Wortstämme, die sich auf die drei Punkte bezogen, die Patel erhoben hatte. Er sprach keinen der Punkte an, noch ließ er es zu, daß jemand anders sie erörterte.

»Was noch?« fragte er.

»Wir müssen das Protein identifizieren«, bot Koyanagi an.

»Und es so zuschneiden, daß es auf menschliche Moleküle paßt«, gab Patel dazu. Er sah Koyanagi an. Der nickte.

»Begriff«, sagte Eamonn Murchadha. Er war der Jüngste in der Gruppe. Ein Rotschopf mit Sommersprossen; er schien kaum mehr als ein Collegestudent zu sein. Trotzdem hatte er sich schon einen Namen als Nanotechniker gemacht. »Es gibt mindestens ein halbes Dutzend Wege, den kleinen Schatz zu entwerfen. Wir müssen uns für den besten Weg entscheiden, bevor wir über Spezifikationen sprechen können. Wir

---

* Nanny = Amme, zugleich – verballhornt – ›nanotechnisches Konstrukt‹ – *Anm. d. Hrsg.*

könnten den Blutkreislauf mit Millionen von Ammen überfluten, so daß sie durch den Körper zirkulieren und nach geschädigten Zellen suchen würden...«

»Ja«, warf Koyanagi ein. »Sie könnten als eine Art weißer Blutkörperchen entworfen werden.«

Patel starrte nachdenklich die Decke an. »Oder wir könnten«, meinte er, »sie den Chromosomen anschließen.«

»Und Zugang«, meinte Murchadha. »Die Amme muß in der Lage sein, in die Zellen zu gelangen.«

»Nur bei freischwimmenden Entwürfen; der Zugang ist kein Problem, wenn es eine angelegte Amme ist.«

»Nein, das ist egal. Wenn man sie in die Zelle installiert, muß man noch immer zur ›Baugesellschaft‹ in der Membran gelangen.«

Koyanagi stimmte zu. »Ich habe ein modifiziertes T4-Antivirus bei meiner Arbeit verwendet.«

Patel rieb seinen Schnurrbart. »T4, was? Die Instruktionen in die Zelle injizieren und die Amme sich selbst anlegen lassen?«

»Wie steht es mit operativer Intrusion? Das geht schneller«, kommentierte Murchadha.

»Jessie«, sagte Singer, »du bist so ungewöhnlich ruhig heute. Hast du irgendwelche Ideen?« Er wußte, daß sie die hatte. Sie hatte zu jedem Thema eine Meinung. Manchmal mehrere. Sie hatte den Ideenraum nachdenklich angestarrt, ihre Lippen hatten sich bewegt, wie sie es immer taten, wenn sie tief in Gedanken versunken war.

»Sehr gut«, antwortete sie langsam. »Das ist eine schwerere Aufgabe, als ihr, glaube ich, sie einschätzt. Wenn der Einnahmefluß so knapp werden wird, wie du sagst, sollten wir es vielleicht gar nicht erst anfangen.«

Koyanagi sah geschockt aus, aber Singer schrieb den Kommentar trotzdem nieder. Jessie hatte eine Meinung. Eine negative Meinung, aber eine Meinung. Wenn die Amme keinen Profit bringen würde, gab es keinen Grund dafür, sie zu bauen. Er wünschte nur, daß sie von ihrer Art, die Dinge negativ zu deuten, abgehen würde.

»Weiterhin«, fuhr sie fort, »wird es nichts bringen, die Enzyme und Hormone zu reparieren, wenn die RNS geschädigt worden ist.«

»Das ist richtig«, stimmte Patel ihr zu. »Und die RNS in Ordnung zu bringen wird nicht helfen, wenn die DNS betroffen ist.«

»Dann schreib folgendes auf, Liebling«, sagte Burton-Peeler, ein bißchen selbstgefällig. »Wir müssen drei Reparaturstufen ansprechen: Erstens: Korrektur der Proteine. Zweitens: Reparatur der RNS. Drittens: Korrektur der DNS.«

»Wie sieht es mit dem ›Rohmaterial‹ aus?« fragte Murchadha. »Fehlerhafte Aminosäuren?«

»Unwichtig«, erzählte sie ihm. »Wenn die RNS korrekt ist, wird sie jede fehlerhaften Bestandteile abweisen.«

»Keine Kritik jetzt«, erinnerte sie Singer, als er Murchadhas Kommentar festhielt. Zellen waren wie kleine Fabriken, dachte er. Sie nahmen Aminosäuren auf und verwandelten sie in mitochondrischen ›Arbeitsstätten‹ in Proteine. Die RNS waren die ›Stempel‹, die von der atomaren ›Entwurfsabteilung‹ geliefert wurden, wo die DNS-›Blaupausen‹ archiviert waren. Drüsenartige chemische Anlagen. Nervliche Fernmeldeleitungen. Essen und Transport. Der Körper war ein komplettes ökonomisches Miniatursystem.

Er wurde sich bewußt, daß er seinen Geist hatte wandern lassen. »Es tut mir leid, Kalpit. Was haben Sie gesagt?«

»Wenn die Amme an der DNS arbeiten soll, muß sie auch die Kernmembran überwinden«, wiederholte

Patel. »Ich denke, wir werden Ihr $T4_2$ benutzen«, sprach er Koyanagi an.

»Keine Entscheidungen jetzt«, warnte Singer.

»Erkennung«, sagte Eamonn Murchadha. »Es wäre eine Schande, wenn die Amme eine geschädigte Zelle von einer gesunden nicht unterscheiden könnte. Was ist, wenn sie anfängt, eine gesunde Zelle zu ›reparieren‹?«

»Dann muß es in der Lage sein, elektrische Ladungen zu erkennen.«

»Elektrische Ladungen, die nicht dorthin gehören. Erinnern Sie sich, daß sich im Zwischenraum ionisiertes Kalzium befindet.«

Koyanagi zeigte auf das Diagramm, das an der Wand wuchs. »Bitte. Würden Sie eine DNS-Bücherei auf dem Erkennungsast plazieren, Doktor Singer?«

»Und vergessen Sie nicht die Maßstäbe. Die Amme wird eigene Maßstäbe für die DNS-Bücherei kreieren müssen«, stellte Patel fest. »Auch das geht auf den Erkennungsast.«

»Dann muß die Amme in den Zellkern eindringen und die DNS-Bänder untersuchen«, sagte Burton-Peeler. »Und in der Lage sein festzustellen, ob diese Bänder geschädigt sind oder nicht. Auf einem einzelnen Band gibt es Millionen Codone. Das ist eine schrecklich große Informationsmenge.«

»Wir werden einen Prozessor benötigen, der die ganze Sache kontrolliert. Wie wäre es mit der kleinen NIM?«

»Besitzt NIM die erforderliche Kapazität für diesen Job?«

»Was macht die Amme, wenn sie einmal eine geschädigte Zelle identifiziert hat?« fragte Koyanagi. »Sie muß in der Lage sein, die alten Gefüge abzureißen und sie zu ersetzen.«

»Das stimmt. Würden Sie bitte einen weiteren Hauptast zeichnen?« sagte Murchadha. »Montage und

Demontage. Die Amme braucht Restriktionsenzyme, um die Bänder zu schneiden und zu kleben. Ich glaube, wir können die erwerblichen mutS und mutH nehmen und vielleicht an ein DNS-Enzym anbauen.«

»Vorrang«, warf Patel ein. »Die Amme muß wissen, daß sie sich auf die kritischsten Gewebe konzentrieren muß. Zuerst das Nervensystem.«

»Warum das Nervensystem?« fragte Burton-Peeler. »Sind die Lymphen nicht empfindlicher?«

»Ja«, antwortete Koyanagi ihr, »aber der Körper ersetzt keine Nervenzellen. Tod durch Strahlenverseuchung rührt fast immer von einer Störung des Nervensystems her.« Er sah wieder nach vorne. »Wir sollten auch das Knochenmark angehen. Da sich Blutkörperchen schneller als andere Zellen umsetzen, erscheinen dort allgemein Symptome zuerst.«

Das Brainstorming dauerte weitere zwei Stunden, bis jeder erschöpft und ausgelaugt war. Singer leitete die Diskussion. Wenn das Gespräch zu kritisch wurde, würgte er es sofort ab. Wichtig war, die Ideen frei fließen zu lassen. Wenn ein Teilnehmer zu zurückhaltend wurde, zog er ihn oder sie heraus. Wenn die Diskussion vom Thema abwich, tippte er mit seinem Zeigestab auf den Pfeilkopf des Diagramms und brachte sie zurück.

Danach räumten sie das Diagramm auf, bewegten Ideen von einem Zweig zum anderen, fügten Details hinzu, klärten Kommentare ab. Dann ordneten sie die Liste nach der Wichtigkeit. Oberste Priorität war, die wichtigen Proteinstrukturen des *M. radiodurans* zu identifizieren. Dieser Job ging an Koyanagi und Burton-Peeler. Währenddessen würden Patel und Murchadha mögliche Entwurfszenarien simulieren. Wenn die wichtigsten Entwurfsentscheidungen gefallen waren, würde Burton-Peeler die Zugangs- und Erkennungssysteme angehen; Patel und Koyanagi würden beim Entwurf einen Proteins zusammenarbeiten, welches die Vorteile von *M. radiodurans* simulieren sollte, und zwar so zusammengefaltet, daß es an normalen Blutstrommolekülen kleben würde; und Murchadha würde die Restriktionsenzyme und andere Merkmale der Amme vorbereiten.

Singer versprach, alle Aufgaben auf einer PERT-Tabelle zu dokumentieren, und übernahm die Aufgabe der Spezifikation und der Kontrolle der Konfiguration. Alle Teile des Projekts mußten genau zusammenpassen wie bei einer Maschine. Entwurfsentscheidungen mußten miteinander harmonisieren. Ansonsten könnte die Lösung eines Problems mit dem Abblocken der Lösungen von anderen enden.

Nachdem die Sitzung zu Ende war, verweilte Koyanagi noch, studierte den Ideenbaum, den sie erstellt hatten. Singer saß am Tisch und beobachtete ihn. Masao hatte etwas auf dem Herzen. Er erkannte es an seiner befangenen Nachdenklichkeit. »So. Wie denken Sie über meine kleine Crew?« fragte er.

Koyanagi drehte sich um. »Wie? Oh. Sie sind sehr kompetent. Wenn ein Team dieses Problem lösen kann, dann ist es das Ihre. Aber ich glaube nicht, daß sie es lösen würden, wenn es nicht für Sie wäre.«

»Oh?« Singer zog einen Streifen Kaugummi ohne Zucker heraus und steckte ihn in den Mund. »Wir sind seit schier unendlicher Zeit zusammen, wissen Sie. Ich und Jessie sogar noch länger.«

»Aber Sie sind ihre Motivation. Die treibende Kraft. Sie bestimmen, welche Probleme gelöst werden sollen.«

»Uh.« Singer war von Lob nicht zu beeindrukken. Eine Tatsache war eine Tatsache. Patel oder Murchadha würden in jeder Umgebung brillante Forscher sein, aber unter seiner Leitung waren sie ebenso brillante Schöpfer. Das richtige Problem herauszupicken war zumindest genauso wichtig, wie es zu lösen. Edison war größtenteils so gewesen, und Singer wußte, daß er auch das Talent dazu hatte. Diese seltsame Fähigkeit, die wenigen wesentlichen Ideen von den vielen unbedeutenden zu trennen. Keine Prahlerei – nur Tatsachen. Selbst Jessie hatte das zugegeben.

Und Jessie gab nie viel zu. Sie mochte es nicht, die zweitbeste Genetikerin zu sein.

»Was ist die kleine NIM?« fragte Koyanagi. Sein Finger suchte den Zweig am Ideenbaum. »Ich wollte schon während der Diskussion fragen, aber ich mochte den Ideenfluß nicht unterbrechen.«

»Die kleine NIM ist unser Nanocomputer. Er steht für Nanoscale Integrating Machine. Sie ist zur Zeit nur ein Prototyp, auf besondere Aufgaben begrenzt, aber eines Tages hoffen wir, sie zu einem Computer für jeden Zweck zu erweitern. Sie ist mechanisch. Alles Getriebe und Räder und Zahnräder. Aber sie ist schneller als elektronische Maschinen, weil ihre Teile nur die Größe von Molekülen haben.«

Koyanagi runzelte die Stirn. »Ist es möglich, daß ein mechanischer Computer schneller sein kann? Immerhin bewegen sich elektronische Signale mit Lichtgeschwindigkeit.«

»Flattern Sie mit den Armen.«

Koyanagi starrte ihn an. »Bitte?«

»Flattern Sie mit den Armen. Ungefähr so.« Er ahmte einen Vogel nach, um es ihm zu demonstrieren. »Machen Sie das, so schnell Sie können.«

Koyanagi sah ihn zweifelnd an, aber er fügte sich. Singer sah, daß er sich blöd vorkam. »Das reicht«, unterbrach er ihn. »Jetzt vergleichen Sie, wie schnell ein Vogel seine Flügel bewegen kann, oder ein Kolibri, oder eine Hummel. Verstehen Sie? Je kleiner der Maßstab, desto schneller die Bewegung. Glauben Sie mir, Masao. Nanocomputer sind sehr schnell, weil sie sehr klein sind.«

Koyanagi nickte. »Ich verstehe.«

Singer drehte sich in seinem Sessel und sah dem Japaner ins Gesicht. »In Ordnung, mein Sohn, spucken Sie es schon aus. Sie sind nicht zum Plaudern hiergeblieben. Was nagt an Ihnen?«

»Nagt an mir?« Koyanagi sah ihn verwirrt an. Dann warf er den Kopf zurück und sog die Luft tief ein. »Ah, so.« Er zögerte.

»Kommen Sie mir nicht mit diesem orientalischen Bockmist«, schnauzte Singer. »Raus damit!«

Koyanagi spitzte die Lippen und sah Singer an. »Na gut«, sagte er entschlossen. »Es gibt ein paar Aspekte der Entwurfshülle, die mich stören.«

»Als da wären?«

Koyanagi zeigte auf den Ideenbaum. »Sie haben darauf hingewiesen, daß die Nanomaschine einen Kopierschutz haben und nicht selbstvervielfältigend sein soll.«

Singer nickte. »Was ist damit?« fragte er. »Wenn sie keinen Kopierschutz hätte, dann könnte jeder Jimmy oder jede Jane sie rauben und uns unterbieten. Sie hätten keine Entwicklungskosten zu tilgen, also – Bingo! – da geht unser Profit dahin. Als ein früherer Angestellter von São Paulo Biophysics«, fügte er nüchtern hinzu, »sollten Sie das Risiko der Piraterie richtig einschätzen können.«

Das Patentgesetz besagte, daß so ein Diebstahl illegal war, egal, ob das Produkt kopiergeschützt war oder nicht; aber Singer traute dem Papier nicht. Er war mehr daran interessiert, den Verlust zu verhindern, als den Raub nachher illegal zu nennen. Außerdem hatte ein New Yorker Gericht letztens in der Berufungsinstanz, in Anwendung der Doktrin des ›verlockenden Mißstandes‹, geurteilt, daß das Fehlen eines Kopierschutzes eine zum Raub animierende Nachlässigkeit sei. Wie wenn man aus dem Auto stieg und Zündschlüssel stecken ließ; oder wie ein Vergewaltigungsopfer, das sexuell provozierende Kleidung trug. Wieder einmal war das Opfer schuld. Sei bei einem New Yorker Gericht sicher, daß es das herausfinden würde!

»Ist der Profit so wichtig«, fragte Koyanagi, »verglichen mit dem Nutzen, den diese Maschine der Menschheit schenken könnte?«

Singer lachte. »Mein Sohn, Profit ist immer wichtig. Ein Geschäft braucht ihn, wie jede Kreatur Nahrung braucht. Wenn sie nicht genug bekommt, stirbt sie. Und zweitens«, sein Grinsen wurde breiter, »ich mag Geld.«

Koyanagi sah ihn traurig an. »Davon habe ich gehört. Ist das alles, was dieses Projekt Ihnen bedeutet? Ihre Investitionen einzutreiben? Was ist mit dem Dienst für die Menschheit?«

»Der Menschheit zu dienen ist der Weg, wie ich meine Investitionen eintreibe.« Singer mochte Koyanagis Folgerungen nicht. Was war er, ein weiterer Hans-guck-in-die-Luft-Wohltäter? Er fühlte, wie er rot wurde, aber hielt seine Stimme unter Kontrolle. »Ich ... ich bin im Geschäft, um Geld zu machen, nicht aus Altruismus oder wissenschaftlicher Neugier. Man bleibt nicht im Geschäft, wenn man den Leuten nicht Waren oder Dienste mit den Qualitäten, die sie brauchen, anbietet. Eine Menge amerikanische Firmen haben das vergessen. Sie haben Aktien statt Produkte verkauft. Deshalb haben Ihre Leute sie untergraben. Diese Amme wird ein wirkliches Bedürfnis der Raumfahrtunternehmen und der Atomindustrie befriedigen. Geld spielt immer eine Rolle beim Dienst für die Menschheit. Das ist der Grund, warum ich es in Angriff genommen habe.«

»Aber ...«

»Ich höre.«

Koyanagi sah ihn an und holte tief Luft. »Senhor. Ich bedaure es, wenn ich Ihnen Unbehagen verursache.

Aber ich sorge mich, daß Ihre … ah … ›Sorge‹ um den Gewinn dieses Produkt für viele, die es brauchen, unerschwinglich machen wird. Werden wir zwei Klassen von Menschen schaffen, die Immunen und die Ungeschützten, die Kluft zwischen den Reichen und den Armen verbreitern?«

Singer zuckte die Achseln. »Natürlich werden wir das, aber was soll's? Wie viele Sonnenkraftwerke werden Sie in Harlem finden? Wie viele Windmühlen in Hinterhöfen? Macht das die Sonnen- oder die Windenergie elitär? Sicher tut es das! Aber das ist kein Grund, es nicht zu tun. Die Reichen bekommen immer das erste Stück einer neuen Technologie. Das ist einfach die Realität des Lebens. Was, wollen Sie, soll ich tun? Es kostenlos weggeben?«

»Daran habe ich nicht gedacht …«

»Weil Sie ziemlich großzügig mit meinem Geld umgehen. Sehen Sie, jene, die die Amme brauchen, werden sie bekommen«, fuhr Singer fort. »Die habgierigen Energiegesellschaften werden sie zu einem Teil des Wohltätigkeitspäckchens für ihre Arbeiter machen. Und wenn die Mangements zu blöd sein sollten, sich über die möglichen Versicherungskosteneinsparungen klar zu werden, werden die Gewerkschaften dafür sorgen.«

Koyanagi errötete, und Singer wunderte sich, wie der Mann gleichzeitig ärgerlich und enttäuscht aussehen konnte. »Dr. Singer, ich … möchte keinen Streit. Aber was würden Sie einer Mutter sagen, die in der Windrichtung eines schlecht bewirtschafteten Atomkraftwerks wohnt und deren Kind an Strahlenverseuchung gestorben ist, weil sie sich Ihre Spritzen nicht leisten konnte?«

»Ich würde sagen, daß ihre Gemeinde sie ihr hätte liefern müssen, genauso wie sie es mit dem fluorierten Wasser tun.« Er schrieb eine schnelle Notiz auf seinem Schreibtischblock nieder: *Wasserabhängiger Vektor?*

Koyanagi schwieg, und Singer sah ihn an. »Was ist los? Wünschten Sie, daß meine Motive edler wären?«

»Ehrlich gesagt, Senhor Singer-sama, ja.«

Singer grunzte. »Sind Sie jemals arm gewesen? Ich meine mit wirklich niedrigem Einkommen, von Rachitis geplagt, dreckig, arm. Sind Sie jemals hungrig zu Bett gegangen?«

»Nein«, gab Koyanagi zu.

»Dann halten Sie den Mund über meine Motive! Sie wissen nicht, worüber Sie reden. Warum sollte ich mich um die Anerkennung zukünftiger Historiker scheren? Für das und 75 neue Cents bekomme ich nur eine Tasse Kaffee. Und dazu noch nicht einmal brasilianischen Kaffee.«

Koyanagi verbeugte sich leicht. »Ich verstehe. Dann ist der einzige Grund für die Erfordernis eines Kopierschutzes die Sicherung der Verkaufszahlen. Ansonsten könnte eine einzige Injektion für ein Leben reichen.«

Singer wedelte mit dem Finger durch die Luft. »Machen Sie da jetzt einen Punkt, Koyanagi-sama! Geld ist nicht der einzige Grund. Ich möchte keine Selbstvervielfältiger auf die Menschheit loslassen, weil sie zu schwer zu kontrollieren sind.«

»*Sim.* Wir würden es nicht wollen, daß eine Strahlungsresistenz-Epidemie ausbricht. Wenn die Leute sie voneinander bekommen könnten, müßten sie ja Ihr Produkt nicht kaufen.«

Singer trommelte mit seinen Fingern auf der Tischplatte und sagte nichts. Masao ärgerte ihn allmählich. Was dachte er, wer er war, hier mit einer Idee – zugegeben einer sehr guten Idee – hereinzukommen und dann Singer sagen zu wollen, wie er seinen Zoo laufen lassen sollte? Sicher, es wäre nett, wenn jeder die Amme haben könnte; und vielleicht würde der Preis eines Tages so weit fallen, daß jeder sie sich leisten konnte. Bis dahin mußten sich die Bücher aber irgendwie auspendeln.

Koyanagi zappelte nervös, sah unbehaglich aus, verbeugte sich wieder. »Ich wollte Sie nicht beleidigen, Dr. Singer-sama. Es ist nur so, daß das Klingeln der Registrierkasse für mich vielleicht ein bißchen zu aufdringlich ist.«

»Huh. Welche Geräusche die richtige Musik darstellen, kommt darauf an, wessen Ohr sie hört. Vielleicht ist es für Sie der Applaus der Besucher irgendeiner technischen Konferenz. Aber, mein Sohn, irgend jemand muß die Miete für diese Bude bezahlen.«

»Ja, ich verstehe.«

»Und, Masao, sagen Sie mir noch eins.«

»Was?«

»Hatten Sie vor, Ihren Anteil des Gewinns hiervon abzulehnen?«

Koyanagi starrte ihn einen Augenblick lang schweigend an. Dann schlug er die Augen nieder. »Nein.«

»Aha. Das habe ich mir gedacht. Also, dann kommen Sie mir bitte nicht mehr mit diesem Ich-bin-heiliger-als-du-Quatsch.«

III

Singer nahm am Konferenztisch Platz und beobachtete Kalpit Patel, der die Computerverbindungen einrichtete. Murchadha verteilte Kopien ihres Berichts über den Tisch. Koyanagi öffnete seine Kopie sofort und fing an zu lesen. Singer überflog das Inhaltsverzeichnis der ersten Seite und warf es dann auf die Tischplatte. »Also, was sind es, gute oder schlechte Nachrichten?«

Murchadha händigte Dr. Peeler die letzte Kopie aus. »Ja«, sagte er.

Singer stützte das Kinn auf die Hände. Es würde eine dieser Besprechungen werden. »Würde es Ihnen etwas ausmachen, das etwas ausführlicher zu erläutern, mein Sohn?«

Patel wandte sich der Gruppe zu und räusperte sich. Er schaute auf seine Notizen und machte einen Buckel. Patel haßte es, vor Leuten zu sprechen, was der Grund war, warum Singer darauf bestand. Es war ein gutes Training, etwas tun zu müssen, was man haßte. Er erinnerte sich an Patels erste Konferenz vor Jahren. Seine Hände hatten so stark gezittert, daß er seine Notizen kaum lesen konnte.

Patel sah Murchadha an, der nickte und die Beleuchtung leicht dimmte. Patel war ruhiger, wenn er sein Publikum nicht sehen konnte. »Wie Sie wissen«, begann Patel, »wurde Eamonn und mir die Aufgabe übertragen, mögliche Entwurfszenarios zu simulieren.«

Singer mochte es nicht, wenn Leute Sätze mit *Wie Sie wissen …* anfingen. »Kommen Sie zur Sache«, knurrte er. »Können wir es durchführen oder nicht?« Koyanagi blickte auf und blinzelte die Anwesenden an. Er legte seine Kopie des Berichts ab und hörte mit einem besorgten Stirnrunzeln zu.

»Nun, Dr. Singer«, gab Murchadha zurück, »wir können und wir können nicht.«

Manchmal machte Eamonn ihn wütend. Er konnte seine irische Art ein bißchen zu weit treiben. Er war ein verdammt guter Nanotechniker, und er wußte das; aber er tendierte dazu, sich wie ein Exzentriker aufzuführen. Eine Primadonna, die ihre Rolle spielte. Zum Teufel, sie waren alle Primadonnen – er selbst eingeschlossen, gab sich Singer zu. Aber er dachte darüber nach, ob irgendeiner der anderen erkannte, wieviel Geld schon in das Projekt gesteckt worden war. Gesunkener Umsatz, egal ob das Projekt voranging oder nicht.

»Okay. Überfliegen Sie die Details nur. Wir brauchen keinen haarkleinen Bericht. Ich vermute, daß das alles in Ihrem Report steht. Geben Sie uns einfach nur den Kern der Sache wieder.«

Patel blickte auf seine Notizen und legte die ersten drei Blätter weg. »Wir … ah … haben uns verschiedene, vielversprechende Szenarios angesehen, aber wir werden nur zwei davon zeigen.« Er aktivierte ein Programm, und eine graphische Animation nahm auf dem großen Wandbildschirm Gestalt an. Duplikate davon erschienen auf den kleineren Bildschirmen, die vor jedem Sessel in den Tisch eingelassen waren.

Singer beobachtete einen großen, unregelmäßigen Klumpen, der den Bildschirm ausfüllte. Er hatte haarige Ranken und dunkle Flecken, wie ein Monster aus einem schlechten Science Fiction-Film. Eine Zelle, viele Male vergrößert. Eine Nanomaschine, von einer winzigen Black Box dargestellt, schwamm darauf zu. Sie passierte die Zellmembran, die sich hinter ihr wieder schloß.

»Die Amme«, erläuterte Patel, »hat die Zelle als abnormal ionisiert erkannt.«

Die Szene verlagerte sich in das Zellinnere, wo man sah, wie die Amme im Kern verschwand. Kurz darauf tauchte eine Wolke von Ammen auf und verteilte sich im Zytoplasma.

»Die Amme überprüft die DNS-Bibliothek, um die genaue Zellkonfiguration zu bestimmen. Dann schleudert sie Sklaven ab und inspiziert die Zelle von oben bis unten, bis sie die geschädigten Strukturen gefunden hat.«

Singer sah zu, wie die Darstellung ein Molekül vergrößerte, einen Proteinstrang zeigte, in dem eine Kohlenstoffgruppe lose hing, wo das verbindende Elektron herausgeschlagen worden war. Die Black Box kroch den Strang hinunter, bis es den fehlerhaften Teil erreicht hatte. Dort knipsten seine Restriktionsenzyme ihn ab und ersetzten ihn.

»Sehr nett«, sagte Koyanagi. »Das ist genau das, was ich mir vorgestellt hatte.«

»Ich dachte, die Amme sollte kein Selbstvervielfältiger sein«, warf Burton-Peeler ein.

»Das ist sie nicht«, versicherte Patel. »Die Sklaven zerstören sich selbst, wenn die Reparaturen abgeschlossen sind.«

Peeler studierte den jetzt leeren Bildschirm. Sie schüttelte den Kopf. »Es wird nicht funktionieren«, entschied sie.

»Woher weißt du das?« fragte Singer bissig. Jessica war immer schnell dabei, wenn es ums Kritisieren ging.

»Zu viele Bissen auf einmal«, antwortete sie. »Stimmt es nicht, Eamonn?«

»Es liegt außerhalb unserer technischen Möglichkeiten«, gab Murchadha zu. »Die kleine NIM kann die Informationsfülle nicht verarbeiten. In ein paar Jahren vielleicht ...«

»In ein paar Jahren sind wir bankrott«, schnauzte Singer ihn an. »Erzählen Sie mir nicht, was wir *nicht* machen können. Erzählen Sie mir, was wir *machen* können.«

»Nun, da wäre dieses.« Murchadha winkte Patel zu, der dann die nächste Simulation aktivierte.

»Diese Amme ist wesentlich roher«, erklärte Patel. »Sie tötet die abnormen Zellen ab und läßt die natürliche Reproduktion sie ersetzen. Wir haben diesem Modell das Zytoplasmagift *T*-Lymphozyt oder auch ›Killer-*T*-Zelle‹ zugrundegelegt, weil dessen Erkennungssystem wesentlich strenger unterscheidet als das von anderen Killerzellen. Es inspiziert den PHK – Primärer Histokompatibilitätskomplex – der Oberfläche des Ziels. Das wird versichern, daß die Amme keine gesunden Zellen angreift. Sie bindet sich nur an eine Zielzelle, wenn der PHK abnormale Antigene aufweist.«

Singer sah zu, wie die Killerzelle an die Zielzelle andockte und Nanomaschinen aus seinem Granulat absonderte. »Diese Amme basiert auf dem Protein Perforin«, kommentierte Patel. »Es wiegt im Durchschnitt 70 Kilodaltons und wird in seiner monomeren Form die Wand der Zielzelle wie ein Nagel durchdringen. Dann, in Anwesenheit von ionisiertem Kalzium, polymerisiert es, wird faßdaubenförmig und schafft eine Pore in der Zielmembran.«

Das Proteinmolekül war irgendwie wie ein Bahngleis geformt, dachte Singer, aber sein Durchdringen der Zellwand erinnerte ihn mehr an einen Wurm, der sich in die Erde grub. Einmal an Ort und Stelle, sprangen Duplikate daraus hervor, die einen Kreis von ›Bahngleisen‹ formten. Wasser und Salz flossen durch die geschaffene Pore aus dem Zellzwischenraum in den Zellkörper, der wie ein Ballon anschwoll, bis er barst.

Murchadha hatte der Simulation natürlich auch Geräuscheffekte zugefügt. Beim Knall der Explosion kicherten die Anwesenden, und selbst auf Singers Gesicht zeichnete sich ein Lächeln ab.

»Hmm. Was hält die Amme davon ab, im Zwischenraum zu polymerisieren?« fragte Burton-Peeler. »Dort gibt es reichlich ionisiertes Kalzium. Ich kann mir vorstellen, daß der Raum sich mit diesen Killerporen auffüllt.«

»Ah, ist das nicht das Schöne daran?« erwiderte Murchadha. »Nur das Monomer kann die Zellwände durchdringen. Wenn der kleine Scheißer einmal polymerisiert ist, ist er harmlos. Lesen Sie bei Young und Cohn nach.« Er schaltete das Licht wieder an.

Koyanagi sah besorgt aus. »Aber diese Methode wird die Zerstörung der strahlengeschädigten Zellen nur noch beschleunigen.«

»Aye, Masao, das wird sie. Das bedeutet, daß sie

nicht herumhängen werden und falsche Chemikalien absondern oder abnorme Töchter erzeugen.«

»Aber ...«

»Aber Sie wollten mehr«, erzählte ihm Singer. Er sah Patel an. »Das wollte ich ebenso.«

»Und das wollten wir auch«, antwortete der Mikrobiologe. »Also, was wir getan haben, ist ...«

»Wir haben die beiden Konzepte kombiniert«, beendete Murchadha den Satz. »Die arme Kleine NIM kann nicht *alle* geschädigten Zellen reparieren. Aber, wenn wir sie auf bestimmte Gewebe beschränken ...«

»Die Nervenzellen«, riet Burton-Peeler. »Habe ich recht?«

Patel nickte. »Ja. Diese Zellen müssen repariert werden, die anderen können einfach weggeschafft werden.«

»Haben Sie irgend etwas besonders darauf ausgebildet?« fragte Singer.

»Nein«, antwortete Patel. »Wir denken, daß wir das Erkennungssystem im *M. radiodurans* finden können.« Er sah Koyanagi an, der nickte. »Das Granulatsystem werden wir von den *T*-Lymphozyten stehlen.«

»Sie werden auch das Protein Protectin brauchen«, sagte Koyanagi, der mit seinem privaten Lesen des Berichts wieder angefangen hatte. Er schlug Seite für Seite um. Singer grübelte, ob er ein Schnelleser war. »Ansonsten könnte das Perforin die Amme selbst angreifen.«

Murchadha sah verletzt aus. »Wir haben bereits daran gedacht. Es steht im Anhang.«

Singer fällte eine Entscheidung. »In Ordnung«, sagte er. »Wir gehen das duale Ammenkonzept an. Aber ich werde die Kosten überschlagen, bevor wir damit anfangen, und auch auf dem QT eine vorläufige Marktanalyse abrufen. Ich will wissen, ob wir das Ding zu einem Preis herstellen können, den die Leute zu zahlen bereit sind. Wenn das nicht der Fall ist, müssen wir es jetzt beenden.«

»Haben Sie keine Sorge, Dr. Singer«, meldete sich Koyanagi. In seiner Stimme lag Schärfe. Singer drehte den Kopf und sah ihn an. »Haben Sie keine Sorge, Dr. Singer. Die Nachfrage wird zum Vorteil der Gewinnspanne sehr elastisch sein.«

Er wachte nach Atem ringend auf und setzte sich im Bett auf. Sein Herz pochte wie ein Hammer in den Ohren. Er starrte in den verdunkelten Raum, konnte nichts erkennen. Schatten und Formen, unheimlich in der Nacht. Panik und Verwirrung. Wo bin ich?

Er holte mehrmals tief Luft, beruhigte sich selbst. Er wischte sich seine Handflächen am Laken ab. Was für ein Traum.

»Schlafzimmergespräch, Charlie?«

Singer sah zur Bettseite seiner Frau herüber. Jessie war ein Schatten inmitten von anderen Schatten. »Entschuldige. Habe ich dich geweckt?«

»Nein«, gab sie zurück. »Ich spreche nur im Schlaf. Was ist los?«

»Alptraum.«

Die Laken raschelten, als sie herüberrollte. »Wovon?«

»Die Amme, glaube ich.«

»Erinnerst du dich daran?«

»Er war nicht von der Art, an die man sich erinnern will.« Wirre Bilder vom Versagen der Amme; von Jessie, die sagte: »Ich habe es dir gesagt«; von seiner Mutter, die zum Abendessen Rüben kochte. Wellen, die an einen mitternächtlichen Strand schlugen. »Ich schätze, es hat mich heute getroffen, als ich die Simulation der Entwurfshülle laufen ließ.«

»Sie hat nicht funktioniert?«

»Nein. Die Grenzen der Entwurfshülle projizierten eine Amme, die zu schwach war, um marktfähig zu sein.« Er schüttelte den Kopf, wohl wissend, daß sie ihn nicht sehen konnte, und zog seine Knie an die Brust. »Wir stehen auf Messers Schneide, weißt du. Alles, was wir brauchen, ist ein großer Flop, und wir sind erledigt.«

»Glaubst du, wir sollten jetzt abspringen, solange noch Zeit dazu ist?«

»Nein. Ich werde die Simulation noch einmal ablaufen lassen.«

»Oh?« Er glaubte, er hätte Überraschung in ihrer Stimme gehört. »Weshalb?«

»Weil die Daten, die ich heute benutzt habe, verstümmelt gewesen sein müssen. Ich habe mir das Rohmaterial angesehen, und es sah nicht in Ordnung aus. Ich glaube, daß manche Ziffern während der Übertragung überschrieben worden sind. Ich werde mir morgen früh eine weitere Kopie von der Datenbank holen.«

»Bist du dir sicher?«

»Was meinst du damit?«

»Ich meine, wenn du zum Beispiel anfängst, die Daten anzuzweifeln, nur weil du die Ergebnisse nicht magst ...«

»Hab keine Sorge. Ich rieche verdorbene Konserven, wenn ich die Dose öffne. Ich weiß, daß es funktionieren wird. Wir werden es zum Funktionieren bringen. Das ist nur ein unwichtiger kleiner Ausrutscher, das ist alles. Nicht mehr als eine Warze auf einem Ochsenfrosch.«

»Das glaubst du nicht wirklich.«

Er sah in ihre Richtung, überrascht. »Warum sagst du das?«

»Weil es ein Uhr nachts ist und du im Bett wachliegst.«

Singer hatte keine Antwort darauf. Vergessene Traumbruchstücke vernebelten die Ecken seines Gehirns mit Bildern, die er nicht richtig ausmachen konnte. Er legte sich wieder hin, verschränkte die Arme hinter dem Kopf und wartete auf den Schlaf.

Singer beobachtete, wie sich die Kurve ihren Weg über den Bildschirm suchte. Die Zellzerstörungsrate erhöhte sich als direkte Funktion des Strahlungsniveaus. Das machte Sinn. Sorgfältiges Sammeln der Biophysik-Datenbanken hatte die Daten für die Kurve geliefert. Und diesmal war er auf Nummer Sicher gegangen, daß die Zahlen richtig waren, hatte sie kreuzweise überprüft und zufällig gewählte Stichproben mit den Computerausdrucken verglichen. Die Kurve kletterte in die Unendlichkeit, als sie die rechte obere Ecke des Bildschirms erreichte. Singer grunzte und gab eine Serie von Kommandos ein, die ein Simulationsprogramm aktivierten. Murchadhas Entwurf für die Amme war noch immer im Black Box-Stadium, aber er hatte Singer die Arbeitsparameter gegeben, die er für die Simulationen brauchte.

Eine zweite Kurve, die die Abwärme darstellte, ersetzte die erste. Um der Zellzerstörung eine Nasenlänge voraus zu sein, würde die Amme schwer und schnell arbeiten müssen, und das bedeutete Wärme. Höhere Strahlungsniveaus bedeuteten schnellere Zellzerstörung, was mehr Arbeit für die Ammen bedeutete, was wiederum mehr Abwärme bedeutete. Was Fieber bedeutete. Was bedeutete, daß es eine Grenze gab.

Singer spitzte die Lippen, stützte das Kinn auf die Hände und starrte auf den Bildschirm. Dann lehnte er sich zurück und zog einen Streifen Kaugummi ohne Zucker aus der Tasche. Er fragte noch einmal die Grunddaten ab, und die Wärmekurve zeichnete eine Wahrscheinlichkeitsrechnung darauf basierend auf. Ein vorgegebenes Strahlungsniveau produzierte eine Wahrscheinlichkeitsverteilung von Wärmeniveaus, herrührend von zufälligen Variationen in den Zellreparaturraten. Die Kurve änderte die Farbe von Schwarz – die angepaßte Kurve war die maximale Wahrscheinlichkeit – in aufeinanderfolgende hellere Grautöne.

Nun, wieviel Fieber kann ein menschlicher Organismus vertragen? Er fügte eine zweite Wahrscheinlichkeitsverteilung hinzu. Bei den gegebenen Variationen des menschlichen Stoffwechsels konnten immense Schwächeerscheinungen oder sogar irreparable Gehirnschäden schon bei recht verschiedenen Temperaturen auftreten. Er entschied sich für einen Sicherheitsspielraum von 40 Grad Celsius für die Entwurfshülle. Das gab ihm das maximale Abwärmeniveau, das für die *gesamte* menschliche Bevölkerung sicher war, die empfindlichen Individuen wie auch die robusten. Nun das maximale, tolerierbare Wärmeniveau mit der oberen Ecke der Regressionskurve verbunden – und das Ergebnis war das maximale Strahlungsniveau, das die Nanomaschine sicher handhaben konnte.

Einen Moment lang spielte er mit der Idee, die Wahrscheinlichkeiten zu vertauschen. Immerhin verdammte er, wenn er den Impfstoff ›kalt‹ genug machte, daß er für jeden sicher war, damit die robusteren Personen, die einen ›heißeren‹ Impfstoff vertragen konnten. Mach das Kindermädchen ›heiß‹ genug, um Ernest Hemingway gegen jede mögliche Strahlendosis zu schützen, und du könntest damit enden, Emily Dickinson zum Kochen zu bringen. Mach es ›kalt‹ genug für Emmy, und Ernie könnte sterben, weil die Strahlendosis die Entwurfsparameter der Amme überschritt.

Er könnte die verbundenen Wahrscheinlichkeiten kalkulieren. Es sollte möglich sein, den Wahrscheinlichkeitsausgleich bei minimalen Todesfällen zu schaffen. Für jedes vorgegebene Entwurfslimit gab es Ernies und Emmys. Jene, für die das Entwurfslimit zu ›kalt‹ war, und jene, für die es zu ›heiß‹ war. Das mußte gegen die Wahrscheinlichkeit, auf ein Strahlungsniveau zu treffen, das die Entwurfsgrenzen überschritt, ausgewogen werden. Irgendwo auf der Skala mußte sich die Summe dieser beiden Komponenten in einem Minimum ausgleichen. Er könnte eine kleine Steigerung in der ersten Kategorie gegen eine große Abnahme in der zweiten austauschen, was ihm eine allgemein tiefere Todesrate geben mußte.

Aber er brach das Programm ab, ohne es laufen zu lassen.

Nicht alle Todesfälle hatten gleiche Ursachen. Jede Medizin konnte töten, wenn sie zu stark war. Und jede Medizin konnte töten, wenn sie zu schwach war. Sünden des Handelns und Sünden der Unterlassung. Aber lieber zehn Todesfälle wegen geringer Stärke als ein Tod wegen hoher. Es lag etwas besonders Erschreckendes an Arzneien, die töteten; und Sünden des Handelns waren schwerer zu vergeben. Nur ein Tod, der von einer Abwehrreaktion gegenüber der Amme herrührte, konnte schwere finanzielle Rückschläge zur Folge haben. Die Leute würden ängstlich werden, sich weigern, die Amme zu kaufen. Das war beim Impfstoff gegen Schweinepest passiert.

Die Öffentlichkeit verstand nichts von Risikoabwägung. Nicht den Unterschied zwischen dem α-Risiko und dem β-Risiko, geschweige denn die Beziehung der beiden zueinander. Die Leute, die sich weigerten, in Flugzeugen zu reisen, dachten nicht übers Autofahren nach. Seine Gleichungen würden ihm das Entwurfslimit aufzeigen, das die Todesrate verringern würde, aber in der Gleichung war kein Glied der Verfluchung durch die Menschen enthalten.

Er studierte das Entwurfslimit. *Immerhin nicht allzu schlecht.* Vielleicht machte er sich unnötige Sorgen. Die Sicherheitsgrenze lag ein gutes Stück über dem Niveau des Tschernobyl-Unglücks oder den normalen Sonnenprotuberanzen. Gut. Zumindest würde die Amme wirklich in der Lage sein, seine Ziele zu vollenden. Nach dem ersten Datenfluß hatte er Angst gehabt, daß die Sicherheitsgrenze zu niedrig sein würde. Es gab keinen Markt für einen Impfstoff gegen radioaktive Strahlung, der nur gegen Sonnenbrand schützen konnte.

Oder gab es den doch? Er machte sich eine Notiz, um die Möglichkeit eines Nanosonnenschutzmittels zu überprüfen, das vielleicht in der Form eines gutschmeckenden Drinks eingenommen werden konnte. Wenn sie eine preisgünstige ›kalte‹ Version produzieren konnten, konnten sie in der Lage sein, auch diesen Markt zu durchdringen. Er lachte in sich hinein. *Wir könnten hier in eine wirkliche Goldgrube hineingetappt sein.*

Der Radau weckte Singer auf. Er drehte und wendete sich einen Moment lang nervös unter den Laken hin und her. Er schloß die Augen und wollte den Schlaf wieder zurückzwingen. Nicht gut. Murrend schob er sich aus dem Bett. Er kämpfte sich in seinen Morgenmantel und wanderte in Richtung Küche, wo er seine Frau mit dem Kopf im Kühlschrank fand.

»Jessie?«

»Hallo, Charlie«, sagte sie zum Salat. »Wie hört sich ein Mitternachtsimbiß an?«

»Nicht schlecht«, sagte er gähnend. »Du hast mich aufgeweckt.«

Sie sah ihn an. »Tut mir leid. Ich habe an dem Identifikationsproblem gearbeitet und bin so davon gefangengenommen worden, daß ich vergaß, mich wieder herauszuhauen. Ich habe gerade eben unten abgeschlossen.«

Singer schüttelte den Kopf. »Du bist die einzige Person, die ich kenne, die sich dafür entschuldigt, daß sie ein Problem löst.«

»Willst du einen Sandwich oder willst du keinen?«

»Hmm. Ja, aber ...« – er zog sie vom Kühlschrank weg und zeigte auf den Tisch – »du setzt dich und redest. Ich besorge das Garnieren.«

Burton-Peeler zog einen Stuhl unter dem Tisch hervor, setzte sich und glättete zunächst ihren Schoß. Singer fing an, Reste aus dem Kühlschrank zu kramen.

»Wie hört sich eine Fehlerquote von eins zu einer Billion an?« fragte sie.

»Bei der Identifikation? Nicht schlecht. Wie?« Er packte den Thunfischsalat, Brot und andere Lebensmittel zusammen und trug sie zur Anrichte.

»Nun, ich habe mich der Strahlenverseuchung in der Art des Korrekturlesens genähert.«

»Korrekturlesen?«

»Ja. Ionisierte Strahlung verursacht Druckfehler.«

Es dauerte ein bißchen, bis er begriff und ihr ein spitzfindiges Grinsen schenkte. »Das ist auch ein Weg, es zu sehen.«

»Ja. Radioaktivität kann die Instruktionen auf den DNS-Bändern verändern. Unser Problem ist es, die geschädigten Zellen schneller zu reparieren, als die Ionisierung sie vernichten kann. Das ist schwer durchzuführen, wenn die Blaupausen selbst schlecht sind. Danke.« Singer stellte einen Teller mit einem Thunfischsalat-Sandwich vor ihr ab. Der Thunfisch war mit Zwiebel- und Tomatenscheiben garniert und mit Paprikagewürz bestreut, genau so, wie sie es mochte. Er hatte ihr Sandwich diagonal durchgeschnitten. Sein Sandwich war wesentlich roher, ungeschnitten und ohne Garnierung. Er hatte nie verstanden, warum sie darauf bestand, Sandwiches diagonal durchzuschneiden. Es machte keinen Sinn. Er setzte sich ihr gegenüber an den Tisch.

»Red weiter«, sagte er.

»Wir haben zwei Aufgaben, richtig? Zellersetzungsgeschwindigkeit und fehlerhafte Zellen. Quantität und Qualität. Murchadhas Ammen sind die Antwort auf das erstere. Sie werden viel schneller als die natürlichen Körpermechanismen sein. Reparieren, wenn sie es können; wegschaffen, wenn sie es müssen.« Sie biß ein kleines Stück von ihrem Sandwich ab. »Er hat noch nicht alle Details ausgearbeitet«, sprach sie weiter, nachdem sie den Bissen hinuntergeschluckt hatte, »aber die Idee ist, daß sein Reparaturenzym die DNS-Kette durch Berührung entlangkriechen wird. Auserwählte Klebrigkeit, nennt er es. Es liest nacheinander jeden Zellkern und überprüft ihn gegen die Blaupausen über die Kleine NIM. Wenn sie nicht zusammenpassen, gebraucht es seine Restriktionsenzyme, um die Moleküle abzureißen und wieder aufzubauen.«

»Unglücklicherweise«, kommentierte Singer, »können die Blaupausen selber auch geschädigt sein.«

»Willst du mir meinen Job erklären, Charlie? Was glaubst du, was ich gerade für dich gelöst habe? Das ist der Punkt, wo das Korrekturlesen hineinkommt. Zerbrochene Glieder in den DNS-Ketten produzieren Druckfehler im genetischen Code. Daher die fehlerhafte Zellreproduktion, unser zweites Problem.«

»Also, woher weiß die Amme, wann die Blaupausen korrekt sind?«

»Einfach. Wir weisen die Maschine an, in dreifacher Ausführung zu arbeiten. Stell dir drei DNS-Stränge vor, die durch ionisierte Zellen wahllos mutiert worden sind. Mein Programm vergleicht die Kerne an denselben Stellen auf allen drei Strängen. Wenn sie zusammenpassen, alles schön und gut; aber wenn sie das nicht tun, bestimmt die Mehrheit die Regeln.«

»Was ist, wenn der abweichende der richtige ist? Oder wenn alle drei unterschiedlich sind?«

Sie sah ihn sauer an. »Hast du nie Statistik studiert, Charlie? Natürlich hast du das, also hör auf, alberne Fragen zu stellen. Das wäre so, als wären zwei oder drei voneinander unabhängig bespielte Kassettenbänder an exakt derselben Stelle verdreht. Es könnte passieren, aber es ist nicht wahrscheinlich.«

»Eins zu einer Billion, wie du gesagt hast.«

»Das stimmt. Wenn du bessere Quoten haben willst, mußt du vier- oder fünffache Vergleiche benutzen. Das würde die Amme langsamer machen, aber wahrscheinlich nicht so sehr, daß es ins Gewicht fallen würde. Die wirkliche Grenze ist die Kapazität von der Kleinen NIM. Dreifach ist derzeit das Beste, was ich ohne ein größeres Nanoherz machen kann. Also wenn du die Quoten nicht magst, Schicksal.«

Singer nickte nachdenklich. Es war eine nette Lösung des Problems, obwohl er sich wunderte, warum sie so lange für die Entwicklung gebraucht hatte. Das Konzept war einfach genug. Vielleicht war die Ausführung komplizierter. Technische Details. Alle Lösungen erschienen im Nachhinein einfach.

»Wir haben ein weiteres Problem, Charlie. Ich habe unseren Ideenbaum überprüft, aber es ist nicht drauf. Keiner hat daran gedacht. Nicht einmal ich.« Sie nahm einen weiteren Bissen von ihrem Sandwich. Singer wunderte sich, wie jemand es schaffen konnte, Selbstzufriedenheit zu zeigen, wie sie es tat, während sie kaute. Er wußte, daß sie es absichtlich tat, um ihn zum Fragen zu bewegen, was es sein mochte, daß sie bemerkt hatte. Und als sie gesagt hatte: »Nicht einmal ich«, fügte sie hinzu: »Und du auch nicht, Charlie.«

»Um was geht's?«

Sie sah ihn unschuldig an. »Was macht die *Amme* gegen Radioaktivität immun?«

Singer öffnete den Mund und schloß ihn wieder. »Sie ist ein kleines Ziel«, antwortete er schließlich. »Viel kleiner als eine Zelle. Die Wahrscheinlichkeit eines Treffers ist ziemlich niedrig.«

»Aber nicht gleich Null. Bei einer ausreichend hohen Teilchendichte und wenn sie lang genug der Strahlung ausgesetzt ist, früher oder später ... bumm. Und die Killerzellen-›Flugzeugträger‹ sind Nanoriesen.«

»Und?« gab er zurück. »Es werden Hunderttausende von Ammen im Blutkreislauf sein! Also was wäre, wenn ein paar von ihnen außer Gefecht gesetzt werden?«

»Und je mehr Ammen es sind, desto wahrscheinlicher ist es, daß einige getroffen werden. Es ist ein Poisson-Prozeß. Du übersiehst den springenden Punkt, Charlie. Was passiert, wenn eine Amme beschädigt wird?«

»Nichts.«

»Bist du sicher?«

»Was?«

»Bist du sicher, daß sie nicht versagen kann? Was ist, wenn sie anfängt, Proteine falsch zu ›reparieren‹? Oder was, wenn die Killerzellen gesunde Ziele angreifen? Das wird die Dinge nur noch verschlimmern. Erinnerst du dich an AIDS? Das war eine natürliche Nanomaschine mit schlechten Instruktionen. Der HIV injizierte sich selbst in die T-Helfer-Blutkörperchen und programmierte sie neu, daß sie, anstatt Infektionen zu bekämpfen, noch mehr HIVs produzierten.«

Singer sah sie an und spitzte die Lippen. »Du hast recht«, gab er zu. »Ich glaube, wir haben Unfehlbarkeit vorausgesetzt, ohne sie wirklich mit zu entwerfen. Hast du mit Eamonn oder Kal gesprochen?«

»Noch nicht. Ich werde sie mir morgen früh als erstes schnappen.« Sie zögerte.

»Was ist noch?«

Sie studierte ihren Sandwich. »Ich weiß nicht. Ist es das wert?«

Singer sah sie ausdruckslos an. »Ist das *was* wert?«

»Die Amme. Wir haben soviel von unserem Kapital hineingesteckt, und wir wissen bis jetzt noch nicht einmal, ob es funktionieren wird. Vielleicht ist es an der Zeit abzuspringen.«

»Natürlich wird es funktionieren«, versicherte er ihr.

»Woher weißt du das? Wie viele weitere Probleme lauern unter Steinen, bei denen wir noch nicht einmal daran gedacht haben, sie umzudrehen?«

»Jedes Projekt hat unvorhergesehene Probleme.«

»Vielleicht. Aber dieses Projekt hat so wesentliche Folgerungen, daß ...«

»Um so mehr Grund weiterzumachen. Der mögliche Gewinn war der Grund, warum wir uns entschlossen haben, es anzugehen. Wie oft bekommen wir die Chance, ein so umfassendes Produkt mit solch klaren Vorteilen und ohne Nachteile zu machen?«

Sie blickte weg. »Woher weißt du, daß es keine Nachteile gibt?«

Singer lachte. »Wenn wir einen Makel finden, dann ändern wir den Entwurf. Nebenbei ...« Und jetzt war er es, der ihren Blick mied. »Wir sind finanziell zu tief drin, um uns jetzt zurückzuziehen. Es muß funktionieren.«

»Aber ...« Sie schien drauf und dran, etwas zu sagen.

»Was?«

Sie fuhr sich mit der Zunge über die Lippen. »Aber was, wenn wir über Probleme stolpern, die wir nicht lösen können? Was, wenn wir einen Stein umdrehen und Godzilla darunter finden?«

»Dann werden wir uns damit befassen. Wo ist dein Optimismus? Wir sind ein Alleskönner-Haufen, oder nicht?« Er fletschte die Zähne.

Jessie sah ihn an und schüttelte den Kopf.

»Was ist?« Er war von ihrem Zögern irritiert. Aber es war immerhin spät, also mußte er Zugeständnisse machen. Sie hatten einen langen Tag hinter sich und waren müde und reizbar.

»Ich habe einfach so ein ungutes Gefühl. Das ist alles. Da ist etwas so Großes, das du nicht gesehen hast. Irgendein toter Winkel.«

Wenn Jessie eine Ahnung hatte, dann bedeutete es für gewöhnlich etwas. Singer nahm sein Sandwich in die Hand und starrte es an. Er war nicht mehr hungrig, aber er aß es trotzdem. Es war eine Sünde, Essen zu verschwenden.

IV

Singer rieb sich das Gesicht, lehnte sich in seinen Bürosessel zurück und blickte flüchtig auf die Uhr an der gegenüberliegenden Wand. Viertel vor sechs. Wie lange hatte er sich auf den Bildschirm konzentriert? Hatte er gedacht, daß reine Willenskraft Haben und Soll verändern konnten?

Mit einem widerwilligen Seufzen lehnte er sich vor und deaktivierte das Buchhaltungsprogramm. Kein Weg führte drum herum. Die Einnahmen trockneten aus. AireFresh lief gut. Es deckte ihre Arbeitsausgaben mehr als genug – Instandhaltungskosten, Strom, Gebrauchsgegenstände; aber es war nicht genug, um die Forschungskosten für die Radioaktivitäts-Amme auszugleichen.

AireFresh war eine Aerosol-Nanomaschine, die Luftmoleküle in angenehmer riechende Formen umwandelte. Damit konnte eine Person in einen Misthaufen fallen und buchstäblich nach Rosen riechend herauskommen. Es verkaufte sich besonders gut in Gegenden, die von Luftverschmutzung betroffen waren; und Murchadha hatte bereits vorgeschlagen, daß sie eine für die Industrie starke Version bauen sollten, die in Fabrikschornsteine und Autoauspuffe eingebaut werden konnte. Da die AireFresh-Amme tatsächlich die schädlichen Moleküle auskoppelte, konnte es dadurch tiefschürfende Folgen für die Umwelt geben.

Nichts davon half ihm, heute die Rechnungen zu bezahlen.

Verdammt, er würde zu den Banken gehen müssen. Er haßte das. Er haßte es, sich Geld zu leihen. Bei jemand anderem in der Schuld zu stehen, verknotete ihm die Eingeweide.

Er erhob sich vom Schreibtisch und streckte die Arme aus. Er sah wieder auf die Uhr. Zeit, den Laden abzuschließen.

Es traf ihn wie ein Schlag, daß das auch wörtlich genommen werden konnte. Wenn sie nicht in den nächsten paar Monaten eine Geldspritze bekamen, würde er das Lab wahrscheinlich dichtmachen müssen.

Der Gedanke erfüllte ihn mit Schrecken. Das Lab war sein Leben. Alles, was er besaß, war darin einbezogen. Ohne es …

Ohne es wäre ich wieder dort, wo ich am Anfang war.

Und der Anfang hatte ihn zu einer wolkenlosen Mitternachtsstunde im Oktober draußen an die Küste unterhalb von Tom's River verschlagen. Gibt es irgendeinen Platz, der so öde und verlassen ist wie ein Strand im Oktober? Er erinnerte sich, wie der Seewind sich auf seinem Gesicht angefühlt hatte, als er dort auf das Meer hinausstarrend gestanden hatte. Schwarzer Himmel und schwarzes Meer. Schwarze Zukunft. Ruhelose Wellen, unter den Sternen schimmernd. Die stumme Wasserflut, wie sie ans Land strich, geduldig den Stein zu Kies auswusch und den Kies zu Sand. Sein Geschäft lag in Trümmern; weggeschwemmt von seinen Kreditgebern, genauso rücksichtslos, wie der Strand von den Wellen weggeschwemmt wurde. Es würde wenig Anstrengung kosten, in jene Brandung einzutauchen und so weit hinaus zu schwimmen, bis er nicht mehr zurückschwimmen konnte.

Es war die Berührung des Seewinds, die ihn aufgehalten hatte, mit einem Fuß in der Flut stehend. Das und das Schreien der Seemöwen. Oder vielleicht die entfernten Lichter eines Trampfrachters, der sich zur Küste vorarbeitete. Irgend etwas in ihm hatte gegen das Aufgeben rebelliert, und er hatte sich dazu entschlossen, trotz alledem Erfolg zu haben. Und er hatte ihn. Er hatte dem ihm zuwinkenden Ozean den Rücken gekehrt und hatte seinen Namen zu einem festen Begriff gemacht.

Selbst heute brach ihm noch der Schweiß bei der Erinnerung aus, wie nah er daran gewesen war, diese lange Schwimmstrecke in Angriff zu nehmen.

Er rüttelte sich auf. *Morgen,* dachte er. *Morgen gehe ich zu den Banken.*

Er ging zum Fenster, blickte in den Laden hinaus und grunzte vor bitterem Amüsement. Jeder arbeitete noch so spät. Da war Kal, der ruhig Simulationen auf seinem Terminal aufbaute. Masao schob eine Mikrodiskette nach der anderen in sein Terminal. Jessie und Eamonn saßen an Eamonns Arbeitsplatz, von seinen Pumpen und Rohren umringt, tief in eine Diskussion verwickelt. Jessie sprach lebhaft, gestikulierte mit den Händen, während Eamonn zuhörte, seine Bruyèrepfeife rauchte und gelegentlich nickte.

Was stimmt an diesem Bild nicht? dachte Singer.

Antwort: Warum, bei all diesen Überstunden, fallen wir immer weiter hinter den PERT-Zeitplan zurück? Wir sollten jetzt schon viel weiter sein. Das Projekt ging so langsam voran wie die Verabschiedung eines Steuerreformgesetzes. Es war, als würden sie in Sirup schwimmen. Jedesmal, wenn die Dinge gut auszusehen versprachen, deckte Jessie ein neues Problem auf. Oder Eamonns Pumpen ließen ihn im Stich. Oder zwei molekulare Teilchen paßten nicht zusammen. Sie mußten ein besonders vielversprechendes Enzym wieder vollkommen von vorne entwerfen. *Mein Fehler,* redete er sich selbst ein. *Die Konfigurationskontrolle ist mein Job. Aber ich habe meine Zeit damit verbracht, Peters Bücher durchzusehen, um von Paul einen Kredit aufzunehmen.*

Patel rief Koyanagi, sich zu ihm zu gesellen. Masao blickte auf, sah, daß Singer ihn vom Bürofenster aus beobachtete, und zuckte leicht zusammen. Dann schob er die Mikrodisketten in seine Schublade und rollte mit seinem Stuhl an Patels Seite, wo sie sich über die Simulation beugten.

Patel sah Koyanagi an, dann den Bildschirm. Eine CAD-Zeichnung einer komplizierten Molekülkette wurde darauf abgebildet. Patel kreuzte die Finger und drückte eine Taste auf der Computerkonsole. Sie sahen zu, wie sich das Diagramm zu einem Ball zusammenfaltete.

Koyanagi seufzte. »Bist du sicher, daß die Winkel dieser Molekülverbindungen richtig sind?« fragte er.

»Schwierigkeiten, Jungs?« Singer hatte sich hinter sie gestellt. Er legte jeweils eine Hand auf ihre Schultern und starrte die verwickelte Unordnung auf dem Bildschirm an. »Das sieht nicht besonders gut aus.«

»Drei Monate Arbeit«, sagte Patel kopfschüttelnd. »Es würde den Job erledigen. Es ist die Struktur, die *M. radiodurans* seine Resistenz verleiht. Sie erkennt Strahlenschäden. Mister Murchadha hat eine Maschine, die es in die Nervenzellen einfügen wird.«

»Aber ...«, half Singer ihm.

»Aber es faltet sich falsch zusammen«, antwortete Koyanagi. »Es will sich nicht an die anderen Blutkreislaufmoleküle anschmiegen.«

»Und das sollte es«, erklärte Patel. Er starrte den Bildschirm an, wagte es nicht, ihm zu widersprechen.

Singer tippte mit seinem Fingernagel auf den Bildschirm. »Also, warum nicht sich seine eigene aufrollen?«

»Ich bitte um Verzeihung?« Koyanagi blickte verwirrt auf. Patel hob den Kopf und sah ihn interessiert an.

»Karl weiß, wovon ich spreche. Packen Sie das Problem wie ein Techniker an, nicht wie ein Wissenschaftler. Bauen Sie das Molekül, das Sie wollen, *de novo.* Wenn das, was Sie in der Natur vorfinden, sich nicht richtig zusammenfaltet, entwerfen Sie etwas, das sich richtig zusammenfaltet. Fangen Sie mit der Endkonfiguration an und arbeiten Sie rückwärts, bis Sie den Entwurf haben.«

»Ja«, meinte Patel nachdenklich. »Das könnte funktionieren. Das ist schon einmal bei einfachen Molekülen gemacht worden. Tatsächlich war die erste Amme, die ›von vorne‹ entworfen worden ist, ein Bienengift, 1983 gebaut. Du mußt davon gehört haben, Masao«, fügte er hinzu, sich an seinen Partner wendend. »Und selbst 1979 haben Gutte und andere schon kurze Ketten gebaut, die sich an die Oberflächen von anderen Molekülen anpaßten, genau wie sie es geplant hatten. Das hier ist nur komplizierter.« Er schwieg kurz und sah wieder auf den Bildschirm. Er rieb sich mit dem Zeigefinger den Schnurrbart, vor und zurück. »Viel komplizierter«, murmelte er.

Koyanagi lächelte breit. »Wenn wir unsere eigenen Moleküle falten müssen, Doktor Singer, dann habe ich große Zuversicht in unseren Erfolg.«

Singer blinzelte. »Oh? Warum das?«

»Weil mein Hobby *Origami* ist.«

»Dr. Charles Singer?«

Singer sah von seiner Zeitung auf. Der New Yorker Nachmittagszug war fast leer, und Singer hatte eine ruhige Fahrt nach Hause nach einer Runde von Bankbesuchen genossen. Er hatte versucht, eine Reihe von Krediten zu vereinbaren, um sein ›unbekanntes, aber möglicherweise profitables Forschungsprogramm‹ zu finanzieren. Singer haßte es, sich Geld zu leihen. Glücklicherweise haßten es die Banken – in gewisser Weise –, es zu verleihen, zumindest bei geheimnisvollen Garantien; also verließ

Singer New York mit intakten Prinzipien – aber mit leerer Geldbörse.

Als er von seiner Zeitung aufsah, sah er einen Mann im Gang stehen, der das rhythmische Schaukeln des Wagens ausbalancierte. Die Räder des Wagens ratterten unter ihnen, und die Telefonmasten wischten an den Fenstern vorbei. Es war ein dünner Mann mit einem unscheinbaren Gesicht, der anonyme Typ, der im Kaufhaus in der Sonderangebotsabteilung arbeitete. »Dr. Singer?« wiederholte der Mann.

»Ja, aber wenn Sie ein Vertreter sind, ich bin nicht interessiert. Ich mache im Zug keine Geschäfte.« Um seiner Meinung Nachdruck zu verleihen, hob er die Zeitung wieder in Lesestellung.

»Nein, Dr. Singer, ich verkaufe nicht. Ich kaufe.«

»Ich verkaufe auch nichts«, erzählte er ihm durch die Zeitung.

»Wir haben gehört, daß Sie an einer Methode arbeiten, Menschen gegen radioaktive Strahlung abzuhärten.«

Singer legte die Zeitung weg und starrte den dünnen Mann an. Der hatte auf dem Sitz ihm gegenüber Platz genommen. »Haben Sie das?«

Der Mann nickte. »Ja. Darüber wollen wir mit Ihnen reden.«

»Ich diskutiere niemals Gerüchte«, gab er zurück und schlug wieder seine Zeitung auf.

»Treiben Sie kein Spiel mit mir, Doktor Singer. Wir wissen, woran Sie arbeiten.«

Singer sah ihn an. »Wollen Sie mir drohen?«

»Bitte beruhigen Sie sich, Doktor«, erwiderte der Mann versöhnlich. »Vielleicht verstehen Sie nicht. Mein Name ist Royce. John Royce. Ich repräsentiere die Regierung.«

»Wessen?«

Der dünne Mann blinzelte verblüfft. »Warum, unsere natürlich.« Er öffnete seine Brieftasche und zeigte

Singer eine Identitätskarte. Eine schlechte Fotografie von Royce spähte ernst von dem Plastik. Regierungsabkürzungen und Ziffern umringten das Foto. Steuerbüro für technische Angelegenheiten.

Singer gab die Karte zurück. »Huh. Dann haben Sie mir gedroht.«

»Nicht im geringsten, Doktor. Ich wollte nur sagen, daß wir, die Regierung, an Ihrer Erfindung sehr interessiert sind.«

»Meiner angeblichen Erfindung.«

Der dünne Mann sah verletzt aus. »Bitte, Doktor. Schenken Sie uns Ihr Vertrauen. Es gibt keine andere Erklärung für die Anforderungen von Zeitschriftenartikeln, die Sie an die Datenbanken gerichtet haben. Kombiniert fügen sie sich zu etwas zusammen, das wir eine ›Fähigkeit‹ nennen. Wenn Sie nicht an einem derartigen Programm arbeiten, Doktor Singer, sollten Sie das.«

»Informationen über meine Forschungsprogramme sind gesetzlich geschützt!«

Royce nickte und schaute entschuldigend drein. »Es tut mir wirklich leid, Doktor, aber manchmal zwingen uns die lebenswichtigen Interessen unseres Landes dazu, hie und da die Grenzen der legalen Praktiken zu überschreiten. Nationale Sicherheit, wissen Sie. Die Interessen des Staates müssen gelegentlich Vorrang vor rein privaten Interessen haben. Die Unannehmlichkeiten sind gering verglichen mit dem, was andere Regierungen routinemäßig tun.« Er lehnte sich vor. »Und Sie müssen sich natürlich darüber im klaren sein, daß dieses neue Arzneimittel Ihrer ...«

»Medizinisches Gerät«, sagte Singer automatisch.

»Wie?«

»Die Gerichte haben geurteilt, daß Nanomaschinen dieser Art medizinische Geräte sind, keine Arzneimittel.«

Royce fuchtelte irritiert mit der Hand herum.

»Macht nichts«, meinte er. »Der springende Punkt ist, daß dieses neue ... äh ... Gerät für die Menschen unseres Landes von ungeheurer Bedeutung ist. So sehr, daß die Regierung bereit ist, Ihre Entwicklungskosten zu übernehmen und die Verantwortung für seine Herstellung und Verteilung auf sich zu nehmen.«

Singer hatte eine Erwiderung auf der Zunge gehabt, aber sie blieb unausgesprochen. »Meine Kosten übernehmen«, wiederholte er.

»Ja.« Royce redete mit Nachdruck. »Wir sind bereit, Sie zum Hauptlieferanten zu ernennen, der ein Strahlenimmunisierungsgerät für die Regierung übernimmt, auf einer Kostenzuschlagsbasis.«

»Kostenzuschlag.« Singer wurde sich klar, daß er Royce' Worte wiederholte. Er schüttelte sich. »Ich habe noch nie mit der Regierung verhandelt«, sagte er barsch. »Ich habe immer den privaten Markt vorgezogen.«

»Das sollten Sie auch, Doktor. Die freie Marktwirtschaft ist das, was Amerika groß gemacht hat. Aber der private Markt ist so unsicher. Gewinne sind nicht garantiert. Ein Produkt könnte noch nicht einmal auf den Markt gelangen. Es müssen Vereinbarungen getroffen werden. Formulare ausgefüllt werden. Die Öffentlichkeit muß geschützt werden ...«

»Ich habe schon oft mit der Umweltschutz- und der Lebensmittelbehörde zu tun gehabt ...«

»Alle möglichen Schwierigkeiten könnten auftreten; Schwierigkeiten, die die Vermarktung verzögern können.« Royce schüttelte den Kopf. »Nicht nur bürokratischer Wirrwarr – Sie wissen, wie sehr es die Bürohengste aus der Mitte der Hierarchie lieben, ihre Wichtigkeit zu demonstrieren –, sondern auch Prozesse und Einsprüche von Ludditern*. Und die gesamte Zeit über fallen weiterhin Kosten an, während keine Ge-

* Ludditer = konservative Menschen, die gegen jedwede technische Neuerung sind

winne hereinkommen, um sie auszugleichen. Wenn sich die Dinge lange genug verzögern, könnte das gesamte Unternehmen unrentabel werden. Sie und ich wissen beide von bankrotten Unternehmen oder von Projekten, bei denen sich durch solche Umstände die Kosten verdreifacht haben.

Auf der anderen Seite ...« – und hierbei hellte sich Royce' Miene auf –, »wenn die Regierung Ihr Kunde ist, werden Formulare von den Behörden gewöhnlich schnell genehmigt. Es gäbe keine Verzögerungen wegen geringfügiger fachlicher Fragen. Keine langen Wartezeiten, in denen Ihre Gewinne schwinden.«

Singer fuhr sich mit der Hand über den Mund. »Kostenzuschlag«, wiederholte er. »Wieviel Kostenzuschlag?«

Royce winkte gleichgültig ab. »Darüber kann verhandelt werden. Wie wäre es mit dem Doppelten Ihres üblichen Nettogewinns?«

»Und SingerLabs behält die gesamte schöpferische Kontrolle. Keine Einmischung seitens des Fantasyland-am-Potomac. Darauf würde ich bestehen.«

»Sicher. Nicht jeder in der Regierung ist ein hirnloser Aktenverteiler. Unser Büro ist an Ergebnissen interessiert, nicht an Verfahrensarten. Sie produzieren für uns, und wir halten die Erbsenzähler zurück.«

Singer dachte darüber nach. Die Regierung war ein schlechter Kunde und ein noch schlechterer Boss. Aber dies war ein Weg aus der finanziellen Bedrängnis, in der sie steckten. Nicht nur das, sondern die Regierung konnte die flächendeckende Verteilung garantieren, die Koyanagi wollte, ohne dabei die Gewinnspanne des Lab zu kürzen. »Ich sage Ihnen was, Mr. Royce. Sie kommen mich in meinem Büro besuchen. Nicht auf der Straße oder im Zug oder sonstwo. Bringen Sie die Papiere mit, und ich schaue sie mir an. Ich kann nichts versprechen, solange ich das Kleingedruckte nicht gesehen habe.«

Royce lächelte. »Natürlich nicht. Wie wäre es mit nächster Woche?«

»Nachdem ich Ihr Angebot überprüft habe«, sagte Singer, »spreche ich mit meinen Teilhabern darüber.«

Royce runzelte die Stirn. »Sie ziehen Ihre Angestellten bei solchen Angelegenheiten zu Rate?«

»Warum nicht? Das nennt man Demokratie. Jefferson und Paine haben es für eine gute Sache gehalten. Außerdem sind sie nicht nur Angestellte. Sie sind Teilhaber. Partner. Sie besitzen Anteile von SingerLab. Ich verbinde dem Ochsen, der das Korn drischt, nicht das Maul.«

Royce schien durch den Satz seltsamerweise beruhigt. »Fünftes Buch Mose 25, Vers 4«, sagte er. »Aber Sie haben die Mehrheit behalten, oder nicht?«

Was war der Grund dafür, überlegte Singer, daß die Repräsentanten der größten Demokratie auf der Erde so zurückhaltend waren, wenn sie mit demokratischen Organisationen verhandeln mußten? Warum suchten sie immer nach einem Autokraten? Ein Scheich, ein Schah, ein Caudillo, jemand, der Entscheidungen treffen konnte. War es eine Liebe für Zucht und Ordnung? Der Demokratie war die Unordnung eingeboren. »Meine Frau und ich haben sie«, antwortete er Royce.

»Ah, Ihre Frau. Gut.« Royce lächelte vergnügt. »Das stellt dann kein Problem dar. Ich bringe die Papiere nächste Woche vorbei. Natürlich würden wir lieber mit SingerLabs zusammenarbeiten als mit einer anderen Nanotechnikfirma. Sie haben schon die erste Forschungsarbeit geleistet. Aber Sie wissen, wie die Wettbewerbssituation in der Nanotechnik-Industrie ist. Also halten Sie sich nicht zu lange mit den Formalitäten auf.« Er streckte ihm lächelnd die Hand hin, und nach einer Weile schlug Singer ein.

Singer stand an seinem Appartementfenster, starrte auf den Edison Tower hinaus und drehte seinen

Nacken hin und her, um die Verspannungen loszuwerden. Der Turm wurde von einer riesigen Glühbirne überragt, und dahinter war die erste Straße der Welt zu sehen, die von elektrischem Licht erhellt worden war. Edisons Labor. Jetzt lange weg. Stück für Stück von Henry Ford abgerissen und nach Dearborn in seine merkwürdige Häusersammlung mitgenommen. Singer dachte darüber nach, wieviel in jenem Laboratorium geschaffen worden war, zum erstenmal geschaffen. Es war aufregend, etwas zum erstenmal zu machen. Es war anders als jedes andere vorstellbare aufregende Erlebnis. *»Was hat Gott geschaffen?« »Komm hierher. Watson, ich brauch dich.« »Mein Gott, das verdammte Ding funktioniert!« »Sagen Sie, Ridley. Da stimmt etwas nicht mit diesem alten Machmeter.« »Der Adler ist gelandet.«* Nein, es gab nichts Gleichwertiges, weil es immer nur ein erstes Mal geben konnte. Er grübelte, was für einen Turm sie ihm eines Tages vielleicht errichten würden.

Plötzlich fuhren Hände über seinen Nacken und kneteten die verspannten Muskeln. Er faßte nach hinten und tätschelte die Hände.

»Jessie. Ich wußte nicht, daß du hier oben bist. Ich dachte, du würdest unten im Laden die Mitternachtsbytes bearbeiten.«

Er versuchte sich umzudrehen, aber ihre beharrlichen Finger hielten ihn fest. Ihre Daumen bearbeiteten die Schultern und den unteren Teil seines Nackens. Singer entspannte sich und genoß die Massage.

Er hatte Jessie in der Universität kennengelernt, wo sie sowohl zu einem Liebespaar als auch zu Rivalen geworden waren. Allmächtiger Gott, das war eine Ewigkeit her. Es war die Leidenschaft für die Vererbungslehre, die sie zusammengeführt hatte, weil – Gott wußte warum – es wenig andere Dinge gab, die sie verbanden. Er, der grobschlächtige Junge aus den Geisterstädten der Kentucky-Kohlenreviere; sie, die polierte, aus der höheren Schicht kommende Emigrantin aus Devon. Drei Jahre lang hatten sie abwechselnd hohe Auszeichnungen eingeheimst, wobei Singer am Ende die Nase vorn gehabt hatte. In all den Jahren hatte er manchmal darüber nachgedacht, ob diese Rivalität ihre Ehe untergraben hatte. Ob Jessie teilweise »Ich will« gesagt hatte, damit sie ihm weiterhin Konkurrenz machen konnte. Vielleicht war dem so. Singer redete sich ein, daß ihm das egal war. Wie hieß das alte Sprichwort? Ein wirklicher Mann will eine Frau, die neben ihm geht, nicht hinter ihm.

Er erzählte Jessie von dem Treffen im Zug. Über Royce' Angebot.

Sie ließ von seinem Nacken ab, und nach einer Weile drehte er sich um und sah ihr ins Gesicht. »Seit wann verhandelst du mit der Regierung, Charlie?«

»Ich weiß, ich weiß. Aber das Angebot ist verlockend. Du weißt, wie dünn unser Spielraum hierbei ist. Und Royce hat versprochen, daß sie die Hände draußen lassen.«

Jessie schnaubte. »Erzähl den Indianern was von Regierungsversprechen. *Sie* haben sie sogar schriftlich bekommen.«

Singer holte tief Luft. Jessie lief wirklich zu ihrer Höchstform auf. »Die Banken haben uns im Stich gelassen, weißt du.«

»Wir werden es irgendwie schaffen, ohne das Geld des Königs anzunehmen.«

»Kostenzuschlag.«

»Kostenzuschlag plus Zirkus. Das bedeutet nur, gutes Geld falschem hinterherzuschmeißen.«

»Es ist Regierungsgeld.«

»Dann ist es noch nicht einmal gutes Geld. Ich habe mich noch immer nicht an rot-blaue Banknoten gewöhnt.«

Es hatte keinen Sinn zu streiten. Nach zwanzig Jahren sollte man denken, daß er das gelernt hätte. Jessie war so stur wie ein Dachs in seinem Bau. Er drehte sich um und starrte ein weiteres Mal aus dem Fenster. Ohne Arbeitskapital von irgendwoher war das Lab am Ende. Wollte sie das nicht verstehen? Nein. Wenn es um Geld ging, verstand sie nichts. »Du wirst den Vertrag nicht gutheißen, oder?«

»Gutheißen? Du meine Güte, nein! Das wäre, als würde man die Nase eines Kamels ins Zelt einladen. Der Rest ist sofort drin. Das mag nicht so schlimm sein, wenn du Kamele magst, aber sie stinken, sie sind schlechtgelaunt, und sie spucken herum.«

»Verdammt, Jessie, ich habe dich nie so negativ wie bei diesem Projekt gesehen. Du setzt dich nicht voll dafür ein, weißt du. Nicht wie Masao oder Kalpit. Sie investieren eine Menge Schweiß. Du läufst nur nebenher. Du beteiligst dich kaum an unseren Brainstormings. Und es scheint so, als ob jeder Punkt, den du aufbringst, ein Einwand wäre, oder ein Felsbrocken, oder er übertreibt die Schwierigkeit oder Kompliziertheit des Projekts.«

»Haben irgendwelche meiner Punkte nichts bedeutet?« schoß sie zurück. »Verdammt noch mal, das Projekt ist schwierig und kompliziert, und Wunschdenken wird es um keinen Deut vereinfachen. Die Fallgruben aufzuzeigen macht mich nicht zu einem Feind. Was ist mit der Frage der Unfehlbarkeit, die ich erhoben habe?«

»Wir haben einen beratenden Topologen, der daran arbeitet. Aber das ist nicht der springende Punkt.«

»Zum Teufel, das ist es nicht! Charlie, du warst nie ein Nixon, jemand, der denkt, daß jede Frage eine Widerrede ist. Die Sache mit der Unfehlbarkeit mußte erhoben werden. Du weißt das. Du hättest sie selbst erhoben, wenn du daran gedacht hättest. Aber das hast du nicht. Und das bringt mich ins Grübeln, ob du hierbei klarsiehst.«

»Was meinst du damit?«

»Ich meine, wenn du so von unserer finanziellen Misere besessen bist, daß du nicht die wahren Aufgaben sehen kannst. Du willst, daß dieses Projekt gelingt ...«

»Willst du das nicht?«

»Dir liegt soviel an dem Gelingen des Projekts, daß du jeden, der ein Problem sieht, für eine Art Verräter hältst. Nun, Wunschdenken ist kein Ersatz für Maschinenbau.«

»Du mußt positiv denken«, sagte er.

»Nein. Du mußt negativ denken. Wenn du deine Augen immer den Sternen zugewandt hast, siehst du nicht die Fallgruben unter deinen Füßen.«

»Welche Fallgruben? Nenn sie!«

»Das habe ich, verdammt noch mal. Lies meine Berichte. Aber du mußt selber an welche denken. Erwarte nicht von mir, daß ich alles an diesem Projekt erledige.«

Da Singer genau das Gegenteil gedacht hatte, hörte sich ihr Protest lustig an. Er schnaufte und warf ihr über die Schulter ein gequältes Lächeln zu. »Royce schien zu denken, daß ich deine Meinung bestimme.« Royce, überlegte er, war wahrscheinlich nicht verheiratet.

»Was hat er?«

Singer drehte sich um. »Als ich ihm erzählt habe, daß du und ich zusammen die Mehrheitsanteile halten, schien er es so aufzufassen, daß *ich* die Mehrheitsanteile halte.«

Sie schnaubte verächtlich. »Woher kommt er, Iran? Soll ich mich verschleiern?« Sie funkelte ihn an, die Arme verschränkt.

Er zuckte die Achseln. »Nicht ich hab das gesagt. Wenn ich mich recht erinnere, dann hat er, als ich die Bibel zitierte, die Stelle genannt.«

»Also ein Sawyerist*.« Sie winkte ab.

---

* Sawyerist = sehr religiöser Mensch.

»Und«, sagte Singer geduldig, »ein treuer Regierungslakai. Und ... Sieh. Er war sehr höflich und entschuldigte sich. Kam nie richtig mit etwas heraus, aber ich hatte den sehr deutlichen Eindruck, daß es sein Geschäft oder kein Geschäft war.«

Sie blickte ihn finster an. »Was meinst du damit?«

Er ging zum Sofa hinüber, setzte sich und fuhr sich mit den Händen übers Gesicht. »Ich mag die Regierung genauso wenig wie du. Du weißt das. Es liegt irgendwas an der Macht, was die Leute dazu verlockt, jedesmal, wenn sie sie gebrauchen, die Grenzen ein bißchen weiter zu stecken. Sieh nur, wie die Präsidenten Kriege begonnen haben, obwohl die Verfassung diese Vollmacht klar dem Kongreß zuschreibt. Royce hat kleine Fingerzeige fallengelassen: die Regierungsbehörden zu benutzen, uns vom Markt fernzuhalten; darüber, unsere Projektidee an NanoTech oder General Molecule durchsickern zu lassen. Es war die alte Möhre-am-Stock-Methode. Tut ihr, was wir wollen, dann überschütten wir euch mit Gold und Silber. Tut ihr nicht, was wir wollen, bekommt ihr rein gar nichts.«

»Also das ist der Grund, warum du den Handel willst.«

»Verdammt«, sagte er, zeigte mit dem Finger auf sie. »Das Angebot wäre so oder so verlockend gewesen. Wir brauchen das Geld.«

»Warum dann die Angst?«

Singer schwieg, den Arm ausgestreckt. Er zögerte, und der Arm fiel langsam herunter. »Ich mochte seine Methode nicht. Es war ein marktschreierischer Appell an meine Gier.« Er steckte die Hände in die Taschen und hing lässig im Sofa. »Sind meine Motive so durchschaubar einfach?«

»Seit wann stören dich deine Gefühle dabei, Dollars zu machen?«

»Seit wann beschwerst du dich darüber, Dollars zu machen?«

Sie schwieg, die Augen gesenkt. Stille beherrschte das Zimmer. »Charlie?« sagte sie nach einer Weile. »Empfiehlst du, daß wir diesen Vertrag akzeptieren?«

Singer grunzte. »Kostenzuschlag, wenn wir es tun; nichts, wenn wir es nicht tun. Wie denkst du darüber?«

»Hüte dich vor Griechen, die Geschenke bringen. Vor allen Dingen Regierungs-Griechen.« Sie drehte sich um und ging zum Fenster, an dem Singer vorher gestanden hatte. Er sah über ihrer Schulter den Turm. Sie verschränkte die Arme. Das Schweigen hielt an. »Nun, du hast mich nicht überzeugt«, antwortete sie schließlich.

Er seufzte. »Ich habe nicht damit gerechnet, daß ich das könnte.« Er wollte sie nicht ansehen. »Jessie, ohne dieses Geld ist das Projekt gestorben. Vielleicht ist auch das Lab gestorben. Wenn dir das nichts bedeutet, mir bedeutet es was. Ich brauche deine Anteile nicht, um das zu genehmigen, das weißt du. Masao will diese Amme so sehr, daß es weh tut. ›Um der Menschheit zu dienen‹«, machte er die Stimme des Niprasilianers nach. »Und um seine Karriere zu fördern, natürlich. Die Regierung wird die ausgedehnte Verteilung, die er will, garantieren, und wir werden noch immer Gewinn machen. Also, der Wohltäter wird in meinem Interesse abstimmen. Und er und ich können Eamonn und Kalpit überzeugen. Sie würden wie jeder gerne ihre Jobs behalten. Wir vier könnten dich zusammen überstimmen.«

»Dann mach es doch. Warum sich rumquälen, mit mir zu streiten?«

Er sah sie an. »Ich habe gesagt, ich brauche deine Stimme nicht, Jessie. Ich habe nie gesagt, daß ich sie nicht *will.*«

»Hu! Wirst du auf deine alten Tage romantisch?« Sie sah weg, bewegte die Lippen wie ein Fisch im Aquarium. »In Ordnung«, kündigte sie an. »Wenn jeder zustimmt, schließe ich mich *vielleicht* an. Aber, Charlie? Stell dir selbst eine Frage.«

»Welche wäre das?«

»Warum kümmern sie sich darum? Sie wissen, daß du diese Ammen bauen würdest, ob sie dir nun einen Vertrag anbieten oder nicht. Sie hätten die ganzen Ammen, die sie wollten, zu einem anständigen Marktpreis kaufen können. Indem sie dir diesen Vertrag geben, kaufen sie genau dasselbe, aber zu erhöhten Kostenzuschlagspreisen. Du hast mir erzählt, was SingerLabs bekommen, wenn sie die Sachen auf Royce' Art machen, *aber was, zum Teufel, bekommt die Regierung?*«

V

Singer feierte die Unterzeichnung des Vertrages, indem er sich von Royce zum Mittagessen einladen ließ; und obwohl es Regierungsgeld war, suchte er ein Restaurant mit mittleren Preise in Perth Amboy aus. Gewohnheit. Gib nie mehr aus, als du mußt, um das zu bekommen, was du brauchst. Es gab ein oberes Limit, das er gewillt war, für Essen auszugeben, selbst wenn jemand anders die Rechnung bezahlte; und er weigerte sich, für etwas, das er als nicht wichtig empfand, wie ›Ambiente‹ oder Luxusgeschirr, mehr zu bezahlen.

Das Restaurant war auf einem umgebauten Segelschiff, das am Dock in der Raritan Bay, gerade bei der Front Street, vertäut war. *The Amboy Clipper.* Es war, natürlich, auf Meeresfrüchte und Fisch spezialisiert. Der Oberkellner, der wie Captain Bligh ausstaffiert war, begrüßte sie herzlich und führte sie zu Singers Stammtisch, ein Tisch mit gutem Blick auf die Raritan Bay. Sie ließen sich in ledergepolsterte Kapitänsstühle nieder. Die Kellnerin war auch nautisch angezogen, obwohl ihre Uniform auf einem echten Segelschiff kaum Zustimmung gefunden hätte – Singer überlegte, wie sie aussehen würde, wenn sie die Wanten hochkletterte. Royce bestellte Garnelen, Singer fragte nach der gekochten Meeresfrüchteplatte.

»Ich bin überrascht«, sagte Royce, als die Kellnerin ihnen ihre Drinks brachte.

»Oh?« Singer nippte an seinem Manhattan. »Worüber?«

»Nun«, der Regierungsmann gestikulierte unbestimmt, »für einen Mann Ihres Berühmtheit- und Bekanntseingrades scheinen Sie nicht viel Leute anzuziehen. Ich hätte gedacht, daß hier in Ihrem eigenen Hinterhof, um das so auszudrücken, Sie mehr Leute kennen würden.«

Singer zuckte die Achseln. Er starrte aus dem Fenster auf die Bucht hinaus. Staten Island war lächerlich nah; die Arthur Kill war wenig mehr als flußbreit. Zum Süden hin eröffnete sich ein wunderschöner Blick auf Sandy Hook. Ein Schrubberschiff fuhr kreuz und quer durch die Bucht, reinigte die Kill von Abwässern, indem es plastikfressende Nanomaschinen aussäte. Plastiphage war eine seiner ersten Erfindungen gewesen. Sie hatte ihn berühmt gemacht. Der Anblick der Schrubberschiffe war einer der Gründe, warum er gerne so oft hier aß. Um sich selbst daran zu erinnern, was Ruhm wert war.

Was nicht viel war, weil General Molecule den Plastiphage-Entwurf gestohlen und selber welche auf den Markt gebracht hatte. Er hatte natürlich geklagt, aber die Gerichte hatten die Klage zurückgewiesen, weil GM die Mittel für eine sofortige Massenproduktion der Amme hatte, und die Wohlfahrt eine ›Saubere Umwelt Jetzt‹ verlangt hatte. Also, während Singer den Erfindungsruhm hatte, hatte GM die Einzelhandelsgewinne.

»Ich versuche mein Gesicht aus den Nachrichten herauszuhalten«, sagte er. »Solange ich weiß, wer ich bin, ist es egal, wer es noch weiß. Ich überlasse die Groupies den Sportlern, Musikern und Politikern.«

Royce kicherte. »Es ist aufbauend, mit jemandem zu sprechen, der nicht total egozentrisch ist. Sie würden nicht glauben, mit wie vielen Egoisten ich mich im öffentlichen Dienst herumschlagen muß.«

Singer sah ihn an und grinste schief. »Oh, ich bin auch ein Egoist. Ich zeige es nur nicht.«

Sie aßen halb-schweigend ihr Mittagessen. Das hieß, Royce redete, und Singer nicht. Royce' Monolog behandelte allgemein sein Leben und seine Karriere, ein Thema, an dem Singer wenig Interesse hatte, also hörte er nur halb zu. Der Rest seiner Aufmerksamkeit war darauf gerichtet, wie er das Forschungsprogramm beschleunigen könnte, wenn das Regierungsgeld hereinkommen würde. Er überlegte, ob er ausreichende Vorräte von der erwerblichen mutS und mutH kaufen konnte, ohne daß sich irgendeine der großen Gesellschaften dafür interessieren würde.

Er spießte mit der Gabel eine Kammuschel auf und kaute gedankenversunken darauf herum. Kammuscheln hatten zwar die Form, den Geschmack und die Beschaffenheit von Plastikflaschenverschlüssen, aber er bestellte sie fast immer, wenn sie auf der Karte standen.

»Ich beneide Sie, Dr. Singer«, sagte Royce. »Sie wissen nicht, wie es ist, von Drohnen umgeben zu sein. Zu viele meiner Kollegen im öffentlichen Dienst wollen nicht mehr als mehr Geld für weniger Arbeit. Aber«, seufzte er, »Gideons Bande war immer klein.«

»Gideons Bande?«

»Viele werden gerufen«, meinte Royce rätselhaft, »aber nur wenige werden auserwählt.«

»Sie nehmen es ernst, oder?« gab Singer zurück, ein wenig überrascht. »Den öffentlichen Dienst, meine ich. Wenn jemand solche Worte zu mir sagt, denke ich für gewöhnlich, er ist ein verdammter Heuchler. Ein Passagier im Luxuszug der Regierung.«

Royce sah enttäuscht aus. »Ich habe immer versucht, meine Arbeit ehrlich zu erledigen.«

Singer lachte. »Dann arbeiten Sie für die falsche Truppe, mein Sohn.«

»Vielleicht. Vielleicht nicht. Jemand muß sich für die Interessen dieses Landes umsehen. Das gesamte Land, meine ich, nicht nur die gute alte Nummer Eins, sich selbst. Sehen sie sich diese Leute an.« Er deutete auf die anderen Gäste des Restaurants. »Glauben Sie, daß einer von ihnen ehrlich über irgend etwas besorgt ist, was jenseits seines eigenen persönlichen Lebens liegt? Unsere Kellnerin. Fühlt sie überhaupt eine Loyalität gegenüber dem Restaurant? Ich bezweifle es. Sie ist besorgt um ihre Beziehung und ihre Trinkgelder; oder vielleicht, was ihr Mann plant; oder ob die Kinder Zahnspangen brauchen. Vielleicht fühlt der Oberkellner eine Loyalität, er hat vielleicht eine Beteiligung an dem Laden. Der Eigentümer ist sicher loyal. Aber gehen seine Loyalitäten über sein Restaurant hinaus? Sorgt er sich mit der Gemeinde oder dem Bundesstaat oder der Nation, nicht nur um die Sachen, die mit seinem Geschäft zusammenprallen? Ich bezweifle es.«

»Nicht jeder ist so ichbezogen«, wandte Singer ein. Aber er wurde sich unbehaglich bewußt, daß er noch nicht einmal die Namen seiner eigenen Volksvertreter oder das – wenn es sowas gab –, wofür sie standen, kannte.

»Es ist nicht das Ichbezogensein«, sagte Royce. »Wir sind alle ichbezogen, auf die Mitte unseres persönlichen Universums fixiert. Wir kümmern uns alle zuerst um die Nummer Eins. Die Bibel sagt, daß wir unsere Nachbarn wie uns selbst lieben sollen, was einschließt, daß wir zuerst uns selbst lieben müssen. Nein, es ist die Reichweite dieser Liebe. Wie weit über die Nummer Eins gehen unsere Loyalitäten hinaus? Unsere Familie? Freunde? Arbeitgeber? Beruf? Heimatstadt? Land?«

»Ich denke, Sie werden herausfinden, daß die meisten Leute ihrem Land gegenüber loyal sind.«

»Das meine ich nicht. Ich meine nicht diese schmerzlose Mutterschaft-und-Apfelkuchen-Loyalität, die Fahnen schwingt, aber keine Opfer darbringt. Nein, ich meine, wie viele Leute arbeiten wirklich daran? Wie viele haben die Einsicht oder die ›Selbstlosigkeit‹ zu sehen, wo private Interessen für das allgemeine Wohl geopfert werden müssen?«

»Und Sie tun das?«

Royce versteifte sich. »Ich denke gerne, daß ich es versucht habe.«

»In Ordnung, in Ordnung. Steigen Sie nicht auf Ihr hohes Roß.« Singer gebrauchte den Südstaatlerakzent, den er immer gebrauchte, wenn er jemanden beruhigen wollte. »Ich habe Sie nicht der Heuchelei bezichtigt. Ich wollte nur sagen, wie kann jemand – egal mit was für guten Intentionen – wissen, was wirklich für das Allgemeinwohl gut ist?« Er drehte sich in seinem Stuhl und zeigte aus dem Fenster auf die Bucht. »Sie können Long Island von hier aus nicht sehen; aber da drüben hat das Shoreham Atomkraftwerk gestanden. Die Politiker ließen es nie anlaufen, statt dessen verschoben sie die Inbetriebnahme immer wieder, bis es zu einem finanziellen Albatros geworden war. Dann hat sich der Staat eingemischt und hat es Stein für Stein abgerissen. Alles im Namen des Allgemeinwohls.«

»Wenn ich mich recht erinnere, stand das Kraftwerk in einer zu dichtbesiedelten Gegend. Es waren keine Vorkehrungen für Notfälle getroffen worden.«

»Sie meinen, daß die Gemeindeverwaltung es abgelehnt hat, solche Vorkehrungen zu treffen.«

Royce zuckte die Achseln. »Sehen Sie es, wie Sie wollen. Aber die Gegend war trotzdem zu dichtbesiedelt. Die Menschen wären der vom Kraftwerk heraussickernden Radioaktivität ausgesetzt gewesen.«

Singer lachte. »Also haben sie statt dessen Kohlekraftwerke gebaut und sind trotzdem verseucht worden.«

Royce runzelte die Stirn. »Was meinen Sie?«

»Das war mein Punkt, übers Wissen, was fürs Allgemeinwohl gut ist. Selbst wenn die Intentionen von jemandem groß sind, ist es nicht immer offensichtlich, und manchmal richtet die ›offensichtlich richtige‹ Lösung mehr Schaden an als das Problem selbst. Sehen Sie, beim Verbrennen von Kohle wird Kohlenstoff-14 und radioaktives Thorium frei.« Er machte sich im Geist eine Notiz, die Amme auch den Kohlekraftwerken anzubieten. »Kohlekraftwerke setzen jeden Tag mehr Radioaktivität frei, als Atomkraftwerke in einem ganzen Jahr. Trotzdem sind für das eine strenge Grenzen aufgezeichnet und für die anderen überhaupt keine. Wissen Sie, was das bedeutet?«

Royce sah verwirrt aus. »Was?«

»Es bedeutet, daß das Ziel der Vorschrift nicht die gefährliche Radioaktivität war. Das Ziel war die Atomindustrie.«

Royce spitzte die Lippen und blickte unsicher drein. »Nicht unbedingt«, sagte er. »Es könnte bedeuten, daß die Gesetzgeber schlecht informiert waren. Sie haben versucht, das Richtige zu tun. Versucht, die Leute zu schützen. Wenn sie über die Kohle Bescheid gewußt hätten, bin ich sicher, dann hätten sie das Gesetz erweitert. Immerhin tötet Radioaktivität. Jeder weiß das.«

Singer lächelte sein schiefes Lächeln. Es war bemerkenswert, was ›jeder wußte‹. »Nun, ja und nein«, gab er zurück. »Wir leben in einem Ozean von Radioaktivität. Wir sind davon umgeben und bemerken es nicht einmal. Die normale Hintergrundradioaktivität beträgt 100 Rad im Jahr, in Orten wie Denver ist sie noch höher. Nehmen Sie die Sonnenenergie ...«

»Sonnenenergie?«

»Sicher. Das da oben im Himmel ist ein Atommeiler, oder wußten Sie das nicht?« Vielleicht wußte er das tatsächlich nicht, überlegte Singer. Die naturwissenschaftliche Erziehung in den Schulen hatte sich immer mehr verschlechtert; vielen politischen Interessensgruppen war es gelungen, die Lehrbücher von ›anstößigen‹ Stellen zu reinigen, so daß ›unangenehme Themen‹, wie die Evolution oder Atomkraftwerke, nur mit politisch-diskreter Mißbilligung erwähnt wurden. »Sie ist knapp 150 Millionen Kilometer entfernt«, fuhr er fort, »aber sie kann trotzdem noch Menschen töten.«

»Tollwütige Hunde und Engländer.«

Singer kicherte. »Ja«, gab er zu. »Aber denken Sie darüber nach. Sonnenstrahlung verursacht uns Hautkrebs als auch Sonnenstich. Oben im LEO oder im GEO ...« – er wies zur Decke – »auf der *Novy Mir* oder dem L4-Komplex ist die Sonnenstrahlung eine noch größere Gefahr, als sie es hier unten ist.* Dann sind da noch die Ziegelsteine ...«

»Ziegelsteine?«

»Ja. Sie sind natürlich auch radioaktiv, mehr oder weniger, das kommt darauf an, wo der Lehm her ist. Und Granit. Zahnfüllungen. Fernsehapparate. Sogar unsere eigenen Körper: das Kalium-40 in unserem Blut. Radioaktivität ist überall. Tabakverbrennen setzt Polonium-210 frei. Ein starker Raucher kann im Jahr 8000 Millirem ansammeln ...«

»Sie haben mich überzeugt, Doktor. Ich gebe auf!«

Singer lachte mit ihm. »Ja, das sollten Sie. Und die Erde selbst ist von Natur aus radioaktiv. Sie atmet Radon aus, das sich in Häusern verfangen und ansammeln kann, vor allem in diesen wärmedämmenden

---

* LEO = niedrige Erdumlaufbahn; GEO = geostationäre Umlaufbahn (etwa der Fernsehsatelliten); L4 = vierter Librations-Punkt (Punkte, wo sich die Gravitation von Erde und Mond die Waage halten) – *Anm. d. Hrsg.*

Ökohäusern.« Er lächelte traurig. »Es ist ein Witz, wenn man sich klarmacht, daß der ›Umweltschutz‹ mehr Leute dem Risiko des durch Radioaktivität herbeigeführten Krebs ausgesetzt hat als die Atomindustrie. Die natürliche Radioaktivität in manchen Häusern hat höhere Werte als jene, die damals auf Three Mile Island gemessen worden sind.«

»Hmm. Ich verstehe, was Sie meinen. Wir können der Radioaktivität nicht entkommen, richtig? Das macht Ihre Nanomaschine um so wichtiger.« Royce starrte an Singers Schulter vorbei und kratzte sich mit nachdenklichem Blick am Kinn.

Als sie das Restaurant verließen, passierten sie eine Protestgruppe am Ende des Piers, wo die Buchterhaltungs-Schrubberschiffe andockten. Die Leute trugen Schilder mit dem großen e-Symbol der Grünen. »Mutter Erde, Richtig oder Falsch.« Eins der Schilder hatte die Aufschrift: »Unsere Erde! Liebt sie oder verlaßt sie!« Singer mußte darüber lachen.

»Verdammte Radikale«, murmelte Royce.

»Oh, ich weiß nicht«, gab Singer zu. »Ihre Herzen sind am richtigen Fleck, auch wenn ihre Gehirne das nicht sind.«

»Es sind die Gehirne, die Probleme lösen.«

»Zugegeben, aber es ist das Herz, das Ihnen von dem Problem erzählt, das gelöst werden muß.«

Royce warf ihm einen mißtrauischen Blick zu. »Sind Sie ein Sympathisant der Grünen?«

»Hölle, nein. Wie ich gesagt habe, ihre Gehirne sind nicht am rechten Fleck. Und ihre neue Gaea-Religion ist mir zuwider. Mutter Erde. Sie vergessen dabei, was für eine grausame Göttin sie war.«

»Heidentum«, sagte Royce.

Singer sah ihn an und überlegte, ob er darlegen sollte, was er vom Sawyerismus hielt, aber er ließ es lieber sein. Es würde ihm nicht gerade Vorteile bringen, die Hand zu beißen, die ihn fütterte. »Ob die Ökosphäre nun ›lebendig und bei Bewußtsein‹ ist oder nicht, Sie können nicht bestreiten, daß sie ihre Methoden hat, zurückzuschlagen, wenn Sie sie nicht richtig behandeln.«

»Mutter Natur«, sagte Royce. »Gaea-Kult. Heidentum und Feminismus.«

Ja, dachte Singer. Und Umweltschutz genauso. Aber auch Anti-Wissenschaft. Und Anti-Evolution, weil das ihrer geliebten Lehre der Entropie widersprach. Wie lange, überlegte er, würde es dauern, bis dieses gemeine Volk die zwei Arten von Umweltschutz zum Verschmelzen brachte? Sawyeristen und Grüne verachteten einander, aber Singer sah voraus, wie ihre gemeinsame Feindschaft gegenüber der Wissenschaft sie eines Tages zusammenführen könnte. Sehet da, ich habe euch die Herrschaft über die Erde und alles, was darauf ist, gegeben. 1. Buch Mose 1, 28–30. Amen, Bruder. Amen.

Sie gelangten zu Royce' Wagen, einem schwarzen Oldsmobile. Royce schloß die Türen auf, aber hielt kurz inne, bevor er einstieg. Er sah zu den Demonstranten zurück. »Eins verstehe ich nicht«, sagte er.

»Was ist das?«

Er deutete hinüber. »Wenn sie für die Reinigung der Umwelt stehen, warum demonstrieren sie vor dem Schrubberschiffdock?«

Singer sah ebenfalls hinüber. »Ich schätze, es ist nicht ihre Absicht, zunächst einmal nur Unruhe zu stiften. Ich habe gelesen, daß die Anzahl der Abflußrohre in letzter Zeit angestiegen ist. Sie sollten drüben bei der Staten Island-Mülldeponie sein, um ihre Meinung zu vertreten; aber ich glaube, dort würden nicht so viele Leute sie sehen oder ihre Botschaft hören. Außerdem ...«, er grinste, »auf dieser Seite riecht es besser.«

VI

Es war spät, und Singer schloß das Laboratorium ab, als er Eamonn Murchadha an seiner Nanodrehbank sitzen bemerkte, die Zähne fest um eine Pfeife geschlossen. Er starrte auf nichts im Besonderen, und die Pfeife war nicht angezündet. Singer wunderte sich, wie eine solche plumpe Ansammlung von Pumpen, Fässern und Reaktoren so schrecklich kleine Geräte herstellen konnte.

»Probleme, Eamonn?«

Der Ire richtete sich in seinem Sitz auf und drehte sich herum. »Doktor Singer«, sagte er, »Sie werden mir noch eine Herzattacke beibringen, wenn Sie sich so anschleichen.«

»Sie hatten Ihr Input/Output-System gepuffert«, gab Singer zurück. »Ich hätte mit der gesamten britischen Armee hier durchmarschieren können, und Sie hätten es nicht gemerkt. Auf welchem Planeten waren Sie?«

Murchadhas Gesichtszüge fielen herab. »Auf diesem, fürchte ich.«

Singer blickte finster drein. Irgendwas bedrückte den jungen Nanomaschinisten. Er zog einen Hocker unter dem Labortisch hervor und setzte sich darauf.

»Ich verstehe. Irgend etwas Besonderes, oder nur allgemeine keltische Melancholie?«

Murchadha nahm die Pfeife aus dem Mund und untersuchte den Pfeifenkopf. Er klopfte ihn hart gegen seine linke Handfläche, dann nahm er ein Werkzeug aus seiner Tasche und zerrte an dem Mundstück. Tabakbrösel fielen auf den Tisch. »Erzählen Sie mir, Doktor. Haben Sie jemals über die Folgen nachgedacht, die wir hier hervorrufen? Mit der Strahlungs-Amme, meine ich.«

Singer runzelte die Stirn und hob den Kopf. »Ich nehme an, Sie meinen nicht das Augenscheinliche.«

»Daß wir keine Kosmonauten mehr braten oder die Ukraine entvölkern werden? Nein, das meinte ich nicht.«

»Was dann?«

»Die Nebenprodukte«, gab er mit Nachdruck zurück. Er inspizierte wieder seinen Pfeifenkopf und zog zur Probe am Stiel. »Sie können die menschliche Natur nicht verändern, wissen Sie.«

Singer war verwirrt. »Menschliche Natur? Ich bin mir nicht sicher, worauf Sie anspielen.«

Murchadha seufzte. »Das bin ich auch nicht. Aber ...« – er zuckte die Achseln und sah auf irgendeinen imaginären Punkt – »nehmen Sie an, Sie wären Maschinist in einem Atomkraftwerk. Sie haben strenge Sicherheitsvorkehrungen und Prozeduren einzuhalten. Es gibt Wachen über Wachen über Wachen. Sicherheiten und ›Erzähl es mir dreimal‹. Und alles, weil die Gefahr so groß ist.« Er schüttelte den Kopf. »Aber was ist, wenn die Gefahr nicht so groß wäre? Was dann? Was, wenn all diese Leute, die im Umkreis des Kraftwerks wohnen, gegen Strahlenunfälle immun wären?«

»Abgehärtet, nicht immun. Es wird vermutet, daß sie es sind. Das ist die Absicht.«

»Ja, und es ist eine noble Absicht.« Murchadha lächelte und sah die Decke an. »Wußten Sie, daß es viele Polizisten gibt, die sich weigern, eine kugelsichere Weste zu tragen? Das ist eine Tatsache. Sie sagen, daß das Tragen einem ein falsches Sicherheitsgefühl gibt. Man geht unnötige Risiken ein.«

Singer bewegte sich unbehaglich. »Und Sie glauben, daß die Leute, denen wir eine ›Weste‹ gegen subatomare Kugeln geben, leichtsinnig werden? Das glaube ich nicht!«

Murchadha schüttelte traurig den Kopf. »Ah, Sie hegen einen rührenden Glauben in die menschliche Natur. Aber es ist egal, ob Sie es glauben oder nicht. Menschen sind Menschen. Sie können die menschliche

Natur nicht ändern. Wir mögen uns wünschen, daß die Leute vernünftig und logisch und mitleidig wären, aber die traurige Wirklichkeit ist, daß sie es nicht sind und daß sie es nie sein werden. Gott segne sie.«

Singer spitzte die Lippen. Ein ähnlicher Gedanke war ihm durch den Kopf gegangen, als er sich entschlossen hatte, die Amme für eine ›kühlere‹ Toleranz zu entwerfen. Einzelne mögen vernünftig sein, große Gruppen waren es nicht. »Aber der Impfstoff ist keine kugelsichere Weste!« protestierte Singer. »Sie verleiht keine Immunität. Sie erhöht das Niveau, das wir tolerieren können, von dem, was wir von Atomunfällen erwarten müssen. Das ist alles. Ich habe die Grenzen der Entwurfshülle in Simulationen überschritten. Es gibt Grenzen. Beim Radniveau. Beim Zeitraum des Ausgesetztseins ...«

»Ah, Sie wissen das, und ich weiß das. Aber was werden die Leute dort draußen wissen? Nur daß es nicht mehr länger wichtig ist, vorsichtig zu sein. Und Manager – geschäftstüchtige Manager – haben schon immer Abkürzungen gewählt, auch ohne kugelsichere Westen.« Er schüttelte den Kopf. »Sie verstehen nicht. Sie glauben, Instandhaltung und Überprüfung der Schweißnähte und ähnliches sind allgemeine Dinge. Sie glauben, es sind *finanzielle* Probleme.« Er zog einen Tabaksbeutel aus der Hemdtasche und legte ihn in die Handfläche. »Aber das ist nicht das Schlimmste.« Er seufzte und stopfte seine Pfeife. »Was für ein Abend für schwermütige Gedanken!«

Singer seufzte mit ihm. Wenn Eamonn den Iren herauskehrte, dann konnte es alles bedeuten. »Was ist es dann? Das Schlimmste meine ich.«

Murchadha schwieg einen langen Augenblick. »Haben Sie jemals«, fragte er schließlich, »von der Wäscherin an der Furt gehört?«

»Von *wem*?« Singer schüttelte den Kopf. »Nein.«

Murchadha nickte. »Das habe ich auch nicht vermutet. Wer hat das schon, heutzutage? Wir haben keine Zeit mehr für Mythen. Zumindest nicht für alte Mythen. Wir haben neue – das haben wir.« Er drückte den Tabak im Pfeifenkopf mit dem Daumen fest. Dann sah er weg, an Singers Schulter vorbei. »Es begab sich vor langer, langer Zeit, erzählt man, zu einer Zeit, bevor es die Zeit gab. Der Daghdha, der Allvater, ging am Vorabend der großen Schlacht von *Magh Tuiredh,* gegen die Fomore, spazieren. Er schnappte etwas Abendluft. Das *Feis Samhain* hatte bei Sonnenuntergang begonnen.« Er legte eine Pause ein und sah Singer an. »*Samhain* war das alte heidnische Neujahr. Es begann bei Sonnenuntergang am letzten Tag im Oktober.«

»Sie meinen Halloween?«

Murchadha schnaufte. »Allerheiligenabend. Ja. Und der Allerheiligentag, der folgt. Von Sonnenuntergang bis Sonnenuntergang. Das ist alles, was von dem Alten Fest geblieben ist. Er ist für die Katholiken noch immer ein heiliger Tag, das wissen Sie. Auf jeden Fall trifft der Daghdha, als er spazierengeht, eine Frau, die ihre Wäsche im Fluß wäscht. Eine gutaussehende Frau, mit einer schönen Figur. Sie bietet sich ihm an, und er akzeptiert, denn er ist nicht nur ein feiner Ire, sondern auch ein Gott, und er will nicht unhöflich erscheinen. Danach verspricht ihm die Frau ihre Hilfe in der kommenden Schlacht. Daghdha lacht natürlich. ›Deine Hilfe?‹ sagt er. ›Und welche Hilfe mag das sein?‹ Da erkennt er, daß die Frau keine normale Frau ist, sondern die Morrighan, die Dreifaltige Göttin, in ihrer Gestalt als Nemhain, die Furie des Krieges. Er sieht in ihren Augen Tod und Totenschädel und verrottete Leichen. Verwestes Fleisch, das in Fetzen von den weißen Knochen darunter hängt. Sie ist die Kriegsfurie, jenes furchtbare Weib, das oft kurz vor einer Schlacht gesehen wird, wie sie die abgetrennten Köpfe und Gliedmaßen derer wäscht, die sterben werden.«

04·91

Singer schüttelte sich. »Die Morrighan«, wiederholte er.

»Ja. Die Königin der Spukgeister, die Kriegsfurie, die Badhbh, die Krähe der Schlacht. Drei in Einer. Wir brauchten keine Padraig, um uns Dreifaltigkeiten zu lehren. Die Drei Morrighans wurde sie von jenen genannt, die sie fürchteten. Und welches Halloween-Skelett oder Hexenkostüm hat jemals den Horror von ihr eingefangen?«

»Keins«, gab Singer zu. »Aber warum hat sie die Köpfe und Gliedmaßen gewaschen?«

Murchadha drehte sich um und starrte auf seine Arbeit. »Es war Nemhains Reinigung selbst, die den Tod brachte. Die Wäscherin an der Furt war auch diejenige, welche die Erschlagenen auswählte.«

»Eine ziemlich frostige Geschichte, mein Sohn«, sagte Singer. »Aber was hat sie mit unserer Amme zu tun?«

Murchadha blickte auf und drückte wieder mit dem Daumen den Tabak im Pfeifenkopf fest. »Erzählen Sie mir, Doc. Welches ist das schlimmste Radioaktivitätsproblem von allen? Das allerschlimmste?«

Singer fühlte einen Funken Wut in sich aufglimmen. Er lehnte sich vor. »Hören Sie auf, mit mir zu spielen, Eamonn! Kommen Sie zur Sache!«

Murchadha zündete seine Pfeife an. Es war ein Butanfeuerzeug, und die plötzliche Flamme war so groß und so hell, daß Singer instinktiv zurückwich und fast vom Hocker rutschte. Murchadha saugte die Flamme in den Pfeifenkopf hinein, und der Tabak entzündete sich. Er blickte Singer kurz von der Seite an.

»Atomkrieg«, meinte er.

»Ato...« Singer fühlte Angst. Er schaute Murchadha an und zählte zwei und zwei zusammen. »Versuchen Sie mir weiszumachen, daß wir, wenn wir die Leute gegen Radioaktivität immunisieren, den Atomkrieg wahrscheinlicher machen könnten?

Das ist absurd! Unmöglich! Sie können das nicht wirklich glauben!«

»Ich kann alles glauben. Ich bin Ire, erinnern Sie sich? Wir sind alle zum Tode verurteilt. Die Herzkönigin konnte sechs unmögliche Dinge vor dem Frühstück glauben. Sicher, sie hatte überhaupt keine Vorstellungskraft. Wir werden den Politikern eine kugelsichere Weste für den Fallout aushändigen. Und sie sind nicht viel klüger als irgendwelche Manager, oder? Werden sie nicht anfangen zu überlegen? Werden sie nicht überlegen, ob das nicht genau *der* Vorteil sein könnte, den sie brauchen? Oh, vielleicht nicht unser eigener Präsident, feine Frau, die sie ist; oder der alte Ministerpräsident drüben auf der anderen Seite der Welt. Sie werden nicht die große Bombe werfen, weil sie beide mehr verlieren würden, als sie zu gewinnen erhoffen könnten. Aber wie steht es mit Leuten wie al-Qaysar? Oder die neue Heimatpartei in Japan. Oder die Inder oder Pakistanis? Oder... Muß ich fortfahren? Was glauben Sie, was sie folgern würden, wenn sie glauben, daß Nehmain ihre Soldaten gewaschen hat?«

»Aber... Aber...« Singer fühlte, wie sich Wut und Frustration in ihm aufbauten. »Verdammt noch mal! Es ist absurd. Es ist egal, ob die Menschen gegen den Fallout abgehärtet sind, wenn der Rest des Ökosystems es nicht ist. Wir können nicht für jede Spezies auf dem Planeten Ammen maßschneidern. Und außerdem ist Atomkrieg mehr als Radioaktivität. Die Explosionen selbst sind verheerend, dann die Brände, der nukleare Winter, und der Zusammenbruch der Gesundheits- und Nahrungslieferungssysteme. Eine erhöhte Resistenz gegen Radioaktivität wird einem Mann, der verhungert oder an einer Infektion stirbt, nichts nützen. Also, was Sie sagen, macht keinen Sinn.«

»Das muß es nicht. Menschen fällen Entscheidungen, die auf Tatsachen basieren, wie sie sie sehen, nicht wie Sie sie sehen. Und wenn sie die Tatsachen nicht mögen, nun, dann erklären sie sie einfach weg.« Er sah Singer kurz an, und seine Augen flackerten. »Sagen Sie mir, Doktor. Haben Sie jemals Thukydides gelesen.«

»Thukydides? Nein. Er war ein antiker Grieche, nicht?«

»Also ist er nicht ›zutreffend‹ auf moderne Zeiten?« Murchadha seufzte. »Warum haben unsere Mönche dafür gesorgt, daß all dieses Zeug erhalten wurde?« Er hob die Schultern. »Nun, dieser Thukydides, er schrieb einmal … Lassen Sie mich nachdenken, ob ich mich an den Wortlaut erinnern kann.« Er kippte den Kopf nach hinten und schloß die Augen. »Er schrieb: ›Ihr Urteil basierte mehr auf Wunschdenken denn auf vernünftiger Kalkulation von Wahrscheinlichkeiten; denn unter Menschen ist es üblich, daß, wenn sie etwas wollen, sie es, ohne zu überlegen, der Hoffnung überlassen, während sie die gesamte Kraft der Vernunft anwenden werden, um etwas abzulehnen, wenn es ihnen nicht schmeckt.‹« Er öffnete die Augen wieder und blickte Singer an.

»Denken Sie daran«, fuhr er fort, »es sind Politiker, von denen wir sprechen, nicht Techniker. Sie sind nicht an rationales Denken gewöhnt. Sie leben in einer Welt, wo die Worte auf einem Blatt Papier die Realität sind und alles andere – Materie und Energie und physikalische Gesetze – nur Begriffe sind. Sie beurteilen die Dinge nach politischen ›Tagesordnungen‹ oder ›finanziellen Verlusten‹. Sie fragen nicht, ob etwas wahr ist, sondern nur, ob es mit ihren politischen Zielen oder ihrer Investitionsstrategie vereinbar ist. Sie verstehen hiervon nichts. Auch ihre Militärs sind technische Analphabeten. Atombomben sind für sie nur große Feuerwerksböller. Sie spielen Kinderspiele, schwatzen über Nutzlastkapazitäten und Zugangsmöglichkeiten und von lieferbaren Gefechtskopfzahlen. Lieferbar? Als wenn sie von Paketen sprechen würden. Ambulanzintervalle? – Nuklearer Winter? – Der Zusammenbruch des Gesundheitswesens? – Unwirklich. Nur Theorien, sagen sie. Theorien von irgendwelchen unbedeutenden Wissenschaftlern, die politisch womöglich nicht unverdächtig sind. Als wenn ein Neutron sich darum kümmerte, zu welcher Ideologie sich ein Mensch bekennt.«

Singer schwieg, etwas überrascht von der Heftigkeit von Murchadhas Rede. Er wartete darauf, daß der Mann weitersprach. Als er das nicht tat, sagte Singer in die Stille hinein: »Sie könnten unrecht haben«, sagte er vorsichtig. »Sie haben wahrscheinlich unrecht.«

»Ja.« Murchadha blies eine Wolke bläulichen Rauchs auf den Ventilator zu. »Ich könnte unrecht haben. Aber ich könnte auch unrecht haben, das Gegenteil zu glauben, oder nicht? Alles in allem sorge ich mich lieber und habe unrecht. Es ist meine Pflicht, könnten Sie sagen. Meine Pflicht.« Er lächelte dünn, als wenn es ein Scherz wäre.

»Ihre Pflicht?«

»Sicher, und ist Murchadha nicht die gälische Form von Murphy*?«

Er schlief spät ein und er schlief unruhig, durch Träume verwirrt, deren Bedeutung er nicht ganz erfassen konnte. Ein Teil von ihm wußte, daß er träumte. Er steckte in seiner eigenen Haut und beobachtete sich gleichzeitig von weitem. Alle Geräusche waren seltsam gedämpft.

Er befand sich im Laboratorium, aber es sah irgendwie wie die alte Hütte aus, in der er aufgewachsen war. Der Boden bestand aus festgetretener Erde,

* Murphy = nach ›Murphy's Law‹; satirische Behauptung, daß, wenn etwas schiefgehen kann, es schiefgehen wird. – *Anm. d. Übers.*

und er war barfuß. Alles war von einem seltsamen, ursprungslosen Licht erhellt. Jessie und die anderen saßen an ihren Plätzen, mit ihrer Arbeit beschäftigt, und wenn sie sich bewegten, war es wie in Zeitlupe. Sie ignorierten ihn, als er zwischen ihnen hindurchging. »Wie läuft es?« fragte er und hörte seine Stimme widerhallen, als wäre er in einer riesigen Höhle.

Patel schüttelte bedächtig den Kopf. Links. Rechts. Links. Rechts. Er hielt ein kompliziertes Tinkertoy-Molekül in der Hand und zeigte es Singer. »Es sollte passen, aber das tut es nicht.« Er versuchte es mit einem anderen Tinkertoy-Molekül zusammenzupressen, und sie fielen beide in Stäbe und Bälle auseinander. Patel starrte die Trümmer an und weinte.

Koyanagi lud Disketten in sein Terminal. Über seinen Bildschirm huschten wahnsinnige Bilder, die nie lange genug verweilten, daß Singer sie betrachten konnte. »Wir müssen der Menschheit dienen«, versicherte ihm Koyanagi, »selbst wenn es jeden Penny kostet, den Sie haben.«

Murchadha nähte modische, brokatbesetzte Westen. Er holte ein Maßband hervor und nahm bei Singer Maß. »Nehmen Sie sich eine Nummer. Stellen Sie sich an.« Royce nahm die Westen von Murchadha entgegen und stapelte sie nach Größen. »Radioaktivität ist überall«, erklärte er. »Überall. Überall.«

Eine Gruppe von Demonstranten der Grünen Partei ging im Gänsemarsch durch das Labor. Wendet euch nicht gegen die Natur, stand auf ihren Schildern. Rad-Ammen töten! Was, wenn sie versagen? Seltsamerweise war am anderen Ende des Labors eine weitere Tür, und als die Grünen hintereinander hinausmarschierten, legte ihnen Thukydides eine schwarze Binde vor die Augen.

Thukydides war in das nautische Outfit der Kellnerin gehüllt. Als die Grünen weg waren, kam er herüber und band auch Murchadha und Koyanagi und den anderen eine schwarze Binde vor. Sie lachten alle und fingen an, Blinde Kuh zu spielen. Obwohl Singer nicht die Augen verbunden waren, konnte er sie nicht erwischen, als er die Hand nach ihnen ausstreckte. Sie stießen bei ihrem Treiben Geräte um, und Singer versuchte, eine Warnung zu rufen, aber kein Ton entrang sich seiner Kehle.

Thukydides stand mit einer schwarzen Binde vor ihm und sagte etwas auf griechisch. Die schwarze Binde verhüllte seine Augen, und es wurde dunkel. Singer taumelte vorwärts, lachend. »Wo seid ihr?« Er fühlte feenhafte Hände, die sich in seine Taschen hineintasteten. Er legte die Hand auf seine Geldbörse, aber die Geisterhand schlängelte sich trotzdem hinein, und plötzlich war seine Tasche leer.

Dann berührte seine Hand Fleisch. Es war weich und nachgiebig und mit sanftem Flaum bedeckt. Er fuhr mit den Händen darüber, fühlte den vertrauten Körper, die Hügel und Täler und die babyhaft glatte Haut. »Jessie?« Er zog sie an sich, und wie durch ein Wunder ließ sie sich das gefallen. Ihre Lippen trafen sich, plötzlich leidenschaftlich, und Singer wurde sich bewußt, daß sie beide nackt waren.

Er zog seine schwarze Binde ab und sah sie an – und es war gar nicht Jessie, sondern die Morrighan. Er beobachtete, wie das weiche, runde Fleisch von ihr schmolz, sich in ein rotes, klebriges Grauen verwandelte. Der Totenschädel sprach durch einen lippenlosen Mund zu ihm. »Wir haben jeden gewaschen«, flüsterte sie heiser. »Wir haben die Welt gereinigt.« Und ein weißer Blitz reinigte alles von Farbe. Singer versuchte zu schreien, aber alles, was aus seiner Kehle kam, war ein leises Stöhnen.

Der Schrei, der ihn aufweckte, war sein eigener. Er setzte sich ruckartig im Bett auf, mit pochendem Herzen, von Schweiß durchnäßt. Ein *déjà vu*-Gefühl. Er schaltete seine Leselampe an. Neben ihm bewegte sich Jessie und murmelte etwas Unverständliches, wachte aber nicht auf. Er tat einen langen, zittrigen Atemzug, um sich zu beruhigen. *Ein weiterer Alptraum.* Er sah die ruhige Gestalt seiner Frau an.

Sie schlief mit dem Rücken ihm zugewandt. Die Kurven ihres Körpers hoben und senkten sich mit ihren Atemzügen. Er erinnerte sich, wie sich ihr Fleisch im Traum angefühlt hatte. Sie war dabei, sich umzuwenden, und Singer wurde von einer plötzlichen Angst gepackt, daß der Traum überhaupt nicht zu Ende war, und daß das Gesicht, das er nun sehen würde, ein Gesicht der Verwesung und des Horrors war.

Er wollte es nicht wissen. Er drückte rasch die Augen zu und legte sich hin, das Gesicht von ihr abgewandt. Als er wartete, schlich sich ein weiterer Schrecken bei ihm ein: daß ihre Skeletthand sich von hinten auf seine Schulter legen würde.

Das ist verrückt. Es war besser, es zu wissen. Er stützte sich auf seinen Ellbogen und warf einen flüchtigen Blick auf Jessie.

Es war Jessie. Ihr Gesicht war ruhig und friedlich.

Also, was hast du erwartet? schalt er sich selbst. Dieses Projekt geht mir an die Nieren. Aber mit dem kommenden Regierungsgeld werden unsere Sorgen bald vorbei sein. Er fragte sich, ob der Schlaf zurückkehren würde, und ob er, wenn er kam, den Traum wiederbrachte.

VII

Das Telefon läutete den Code, der einen Anruf von auswärts bedeutete. Singer schnitt eine Grimasse und ließ den Bericht mit Schwung auf den Tisch fallen. Er sah Koyanagi an. »Geben Sie mir eine Minute Zeit, würden Sie das tun, Masao?« Koyanagi nickte und schlug die Beine übereinander.

»Dr. Singer hier«, sagte er in die Sprechmuschel.

»Hallo, Charles.« Es war Royce. »Ich habe überlegt, ob ich mir ein paar Minuten Ihrer Zeit borgen könnte.«

»Nur, wenn Sie versprechen, sie zurückzugeben.«

»Was?«

»Nichts. Was wollen Sie?« fragte er mit einer Spur Schroffheit. »Alles läuft gut. Genau so wie es vor zwei Tagen war. Und letzte Woche.«

»Ich versuche nicht, Sie zu überwachen, Charles«, erwiderte Royce gekränkt. »Ich kenne Ihren Job nicht gut genug, um Ihnen Instruktionen zu erteilen.«

»Das würde manche Leute nicht aufhalten.«

Royce lachte. »Ich weiß, ich weiß. Ich arbeite mit manchen von der Sorte. Nein, die Regierung behält nur gerne die Übersicht über ihre Investitionen. Ich melde mich nur, um zu sehen, ob Sie irgendwelche Straßensperren im Weg haben, die weggeschafft werden müssen. Das ist mein Job: Ihnen den Weg freizumachen. Sie sind der Quarterback in diesem Spiel. Denken Sie an mich nur als Ihren Stürmer.«

Singer seufzte. Er hatte keine Schwierigkeiten, sich Royce als Stürmer vorzustellen. »Nein, wir haben keine Probleme dieser Art. Nur technische Hürden, bei denen Sie uns nicht helfen können.«

»Brauchen Sie mehr Personal? Wir können für Sie jederzeit eine Reihe Experten auftreiben.«

»Nein, John. Sie können keine Forschungsprobleme durch das Komitee lösen. Mehr als fünf oder sechs Leute können sich nicht entscheiden, wann sie zu Mittag essen, geschweige denn, wie sie ein Problem angehen sollen.«

Royce lachte, und Singer stellte fest, daß die irritierendste Eigenschaft des Mannes seine totale Aufrichtigkeit war. Er wollte wirklich helfen, aber er kannte keinen anderen Weg, als Leute und Geld auf das Problem loszulassen. Nun, überlegte er, es hätte schlimmer sein können.

»Ist das alles, was Sie wollten? Sie werden meinen regelmäßigen Fortschrittsbericht am Ende der Woche bekommen. Wenn ich in irgendein bürokratisches Dickicht gerate, rufe ich Sie an.«

»Nun ... es gibt noch etwas.«

Royce hörte sich seltsam zögernd an. »Was denn?« fragte Singer.

»Dieser Japaner, der für Sie arbeitet? Ich fürchte, er wird gehen müssen.«

Singer runzelte die Stirn. Er hielt das Telefon von sich und sah es an, als wenn er einen Defekt daran festgestellt hätte. Er sah Koyanagi an, der ruhig an seinem Schreibtisch saß.

Koyanagi tat nichts. Er zappelte nicht nervös herum oder drehte Däumchen oder schaute sich um oder las ein Magazin. Er ... wartete einfach nur. Singer hatte ihn schon vorher das tun sehen, und es hatte ihn immer beunruhigt, als wenn eine Person immer mit etwas beschäftigt sein müßte. Er fragte sich, ob es eine Art Zen-Training sein mochte.

Er hielt die Sprechmuschel des Telefons zu und bedeutete Koyanagi, das Büro zu verlassen. »Geben Sie mir ein paar Minuten Zeit, würden Sie das tun?« Koyanagi hob eine Augenbraue und nickte nur. Er stand auf und strich seine Hosen glatt. »Ich werde später wegen des Berichts zurückkommen«, sagte er. Er schloß die Tür hinter sich, als er ging.

»In Ordnung, Royce«, sprach Singer ins Telefon. »Wovon reden Sie?«

»Dieser Koyanagi-san bei Ihnen. Er ist eine der Straßensperren, von denen ich Ihnen erzählt habe. Entweder er oder die Bewilligung. Sie können nicht beides behalten.«

»*Was?* – Das ist absurd. Die Amme war seine Idee.

Er ist zu mir gekommen. Er ist unser Proteinexperte. Ich könnte den Job nicht ohne ihn beenden.«

»Sehen Sie, Charles, ich habe es selbst erst heute morgen erfahren.« Royce klang aufrichtig entschuldigend. »Wenn es nach mir ginge, würde ich sagen, was soll's? Sie können nicht immer echte Amerikaner bekommen, also müssen Sie damit zurechtkommen, was Sie haben. Aber Sie müssen unsere Meinung ebenso sehen. Bei der Wirtschaftslage, die wir haben, ist die Regierung äußerst widerwillig, einen Vertrag über eine solch wichtige Sache durchgehen zu lassen, wenn ein Ausländer daran beteiligt ist. Vor allen Dingen ein Japaner. Es gibt mächtige Leute, sowohl im Senat als auch in den Wissenschaftskomitees im Kongreß, die sich beunruhigt fühlen. Sie taten sich schon verdammt hart wegen Ihrer anderen Angestellten.«

»Meinen anderen ... Was meinen Sie damit?«

»Nun, ein Senator wollte wissen, warum Sie keine Amerikaner anstellen, sondern einen Terroristen, einen Inselaffen und eine Rothaut. – Seine Worte«, fügte Royce schnell hinzu, bevor Singer dazwischenreden konnte, »nicht meine. Ich habe ihm erzählt, daß Dr. Burton-Peeler Ihre Frau und durch die Heirat amerikanische Staatsbürgerin sei; daß Mr. Murchadha ein eingebürgerter Staatsangehöriger sei; und daß Dr. Patel von Geburt an Staatsbürger sei. Das hat ihn etwas beruhigt, aber es hat eine Streitfrage über Koyanagi aufgeworfen, der ganz bestimmt ein Fremder ist. Wir haben genug Probleme mit dem japanisch-brasilianischen Co-Dominium, ohne einen ihrer Bürger in einem unserer wichtigen Projekte zu haben.«

»Aber ...«

»Und hat er nicht einen Ihrer Entwürfe gestohlen, als er für São Paulo Biophysics gearbeitet hat? SPB hat nie Tantiemen dafür bezahlt, wenn ich mich recht erinnere. Ein weiterer Tropfen, der den Stein der Auslandsschulden höhlt. Dadurch kommen einige der Komiteemitglieder ins Nachgrübeln darüber, was er vorhat. Ich komme ins Grübeln, und ehrlich gesagt, Charles, sollte es Sie nicht auch ins Grübeln bringen?«

Singer holte tief Luft, unsicher, was er dem Mann antworten sollte. Royce hatte nicht mit Koyanagi gearbeitet, wie es Singer getan hatte. Diese Amme zu schaffen, war Koyanagis Lebensziel. Es war die Amme, um die er sich sorgte, nicht São Paulo.

Genausowenig um SingerLabs.

Er sah zur Bürotür und erblickte Koyanagi durch das Glas. Er wartete einfach draußen darauf, daß Singer ihn hereinrief. Masao wäre es egal, ob SingerLabs die Amme entwickelten oder jemand anders, solange sie nur entwickelt wurde. Und solange Masao eine Hand mit drin hatte. Also warum war er zu Singer gekommen? Warum war er nicht in São Paulo geblieben, um es dort durchzuführen? *Weil wir hier die Genies sind, deshalb.* Weil der Durchbruch vor der Entwicklung kommt. Aber wenn ein anderes Labor die Amme zu einem niedrigeren Preis auf den Markt bringen könnte, es weiterverbreitet für die ›Menschheit‹ erhältlich machen könnte ... Nein, die Regierung, die sich um dieses Ende kümmerte, machte Masao keine Sorgen. Sie würde die Amme wahrscheinlich zu einem Bürgerrecht machen, etwas in der Verfassung finden, das besagte, daß jeder sie haben sollte. Das ging für Singer in Ordnung, solange er bezahlt wurde.

Er dachte darüber nach, was er Royce fragen sollte, aber kam nicht darauf. Etwas über die Verteilung? Macht nichts. Das war nicht seine Sorge. Das brennendste Problem war, was man mit Masao machen sollte.

Singer kam zum Telefon zurück und drehte sich in seinem Stuhl ein bißchen von der Tür weg. »Ich komme zu folgendem Schluß, John«, sagte er. »Meine Wahl ist nicht zwischen Masao und der Amme. Ohne Masao gibt es keine Amme. Er ist der Schlüssel zu diesem Projekt. Können Sie Ihre konservativen Arschlöcher im Kongreß dazu bewegen, das zu verstehen?«

»Vielleicht«, gestand Royce zu. »Ich glaube nicht, daß sie die Bedeutung einer individuellen, hervorragenden Leistung erkennen. Für die sind Leute austauschbar. Der Senator wird wissen wollen, warum wir nicht einfach irgendeinen alten Biophysiker gebrauchen können.«

»Okay, wenn sie schon nicht verstehen können, warum ›Menschen‹ nicht dasselbe sind wie ›Leute‹, versuchen Sie folgendes: Wenn ich Masao fallenlasse, wird er geradewegs mit allem, was er weiß, zu São Paulo zurückgehen.« *Würde er das tun?* Überwog sein brasilianischer Patriotismus seine Loyalität gegenüber den SingerLabs? Singer erinnerte sich daran, was Royce an jenem Tag auf dem *Amboy Clipper* gesagt hatte. Die Loyalität breitete sich von der Nummer Eins in konzentrischen Kreisen aus. Wie weit ging Masaos Loyalität? Ein Engländer – wer? – hatte einmal gesagt, hätte er die Wahl, seinen Freund oder sein Land zu betrügen, hoffe er, daß er den Anstand habe, sein Land zu betrügen. Betrog Masao, dadurch, daß er wegen des Durchbruchs zu Singer gekommen war, das nippo-brasilianische Co-Dominium? Brasilien würde es sicherlich so sehen, aber tat das Masao auch? *Was waren Masaos Absichten?*

»Wir müßten von vorne anfangen«, erzählte er Royce weiter, »und die Niprasilianer wären uns eine Länge voraus. Unsere Regierung könnte Masao nicht davon abhalten, das Land zu verlassen, weil das Co-Dominium dann Stunk machen würde, und wenn es übel genug stinken würde, Tokio die Schuldenabzahlungen an uns verschieben könnte. Vielleicht wird dieser Herr Senator das begreifen.«

»Ich verstehe Ihre Einstellung. Aber vielleicht ist ein Kompromiß möglich. Sicher, selbst wenn Sie die

Fähigkeiten dieses Mannes während der Forschungs- und Entwicklungsphase benötigen, könnten Sie ihn nachher entbehren. Die Arbeit würde dann Routine sein, nicht?«

»Nun …«

»Und natürlich wäre sich die Regierung der Extrakosten bewußt, die sie aufwenden müßte, um einen anderen Mann anzustellen und anzulernen, der Koyanagis Platz einnehmen würde.«

»Und Sie würden diese Extrakosten ›tragen‹?«

Singer konnte fast Royce' Lächeln durch das Telefon sehen. »Kostenzuschlag«, hörte er ihn sagen. »Kostenzuschlag.«

Singer legte den Hörer auf die Gabel und starrte das Telefon an. Abwesend zog er einen Kaugummistreifen hervor und steckte ihn in den Mund. Kostenzuschlag. Wieviel dafür, Masao mitzuschleppen, um ihn dann fallenzulassen? Dreißig Silberlinge? Was war die Alternative? Den Vertrag und das Lab zu verlieren. Eamonn und Kalpit auf die Straße zu schmeißen. Er und Jessie würden alles verlieren, an dessen Aufbau sie gearbeitet hatten. Es ist zweckmäßig, daß ein Mann für die gesamte Nation starb. War es ebenso zweckmäßig, daß ein Mann für das gesamte Lab gefeuert wurde? Er dachte lange und intensiv darüber nach, fand aber keine einfachen Antworten.

VIII

Der Bericht von dem zu Rate gezogenen Topologen war 10 Zentimeter dick. Singer sah zuerst den Bericht an, dann Patel. »Gute und schlechte Nachrichten?« fragte er.

Patel lächelte flüchtig. »Es sind sehr gute Nachrichten«, sagte er, aber er klang nicht sehr enthusiastisch.

Singer holte einen Kaugummistreifen heraus und

packte ihn aus. »Ich kann ein paar gute Nachrichten gebrauchen«, meinte er. Er starrte den auf seinem Schreibtisch liegenden Bericht an. Wie viele Seiten dick war er? »Brauchte die so lange, um es auszudrücken?«

Er blätterte zum Ende des Berichts und zuckte zusammen. Wie bei den meisten technischen Berichten litt dieser an Blinddarmentzündung. Zwölf Wurmfortsätze, Anhänge. Er grunzte gereizt. Es war wahrscheinlich besser, die blutigen Details in einen Anhang zu stecken, als sie über den Körper des Berichtes zu verspritzen wie bei der Fortsetzung eines blutigen Horrorfilms.

Er versuchte sich daran, einen der Anhänge durchzulesen. Die Herkunft eines Lehrsatzes oder eines anderen. Aber er gab es nach ein paar Zeilen auf. Er war Mathematiker gewohnt, die griechische Buchstaben benutzten, aber die allgemeine Topologie gebrauchte ebenso oft Hebräisch und die Logiksymbole. Diese Gleichung hier – es war in Wirklichkeit gar keine Differential-Gleichung, sondern ein logisches Statement, in Logiksymbolen dargestellt. Diese eine Zeile würde wahrscheinlich in Englisch eine ganze Seite ausmachen. Wenn sie überhaupt in Englisch ausgedrückt werden konnte.

Und selbst die Teile, die Sinn zu machen schienen, entzogen sich seinem Zugriff. »Eine Topologie, die sowohl verbindend als auch trennend ist, muß maximal trennend und minimal verbindend sein.« »Ein Raum ist kompakt, wenn er sowohl H-geschlossen als auch kettengebunden ist.« »Flynns Lehrsatz besagt, daß jeder Zwischenraum in einer Klasse Cy eine verbindende und trennende Topologie hat, wenn der allgemeine Raum der Klasse, Uy, eine solche Topologie aufweist.« Heißer Stoff. Er konnte sich vorstellen, wie die Topologen spät aufblieben, mit einer Taschenlampe unter der Bettdecke, unfähig aufzuhören, die Seiten umzublättern. Gespannt zu sehen, wie alles ausging.

»Er ist nicht vollkommen mathematisch«, zeigte ihm Patel auf. »Die Ergebnisse sind eher einfach und geradeheraus. Nur zwei von den Strukturen, die wir entworfen haben, sind fehlerhaft. Weiterhin bestimmt der Bericht genau eine Strukturhülle, in der wir beim Entwerfen bleiben müssen, um Fehler zu vermeiden.«

Mit einem Seufzer der Erleichterung kehrte Singer wieder zum Hauptteil des Reports zurück und las ihn schnell durch, um sich zu vergewissern, daß er ihn verstand. Als Jessie das Problem der Unfehlbarkeit erhoben hatte, hatte Kalpit vorgeschlagen, das Problem über die Topologie anzugehen. Also hatte Singer einen Topologen von der Universität miteinbezogen – mit etwas, das der Professor selbst ausreichend interessant gefunden hatte. Topologen stellten keine hohen Ansprüche bei beratenden Tätigkeiten. Aber er erinnerte sich, daß die Augen der Frau aufgeleuchtet hatten, als er und Kal das Problem umrissen. Singer dachte, sie würde gleich einen Orgasmus bekommen. Die Topologin verbrachte eine Woche im Lab mit Kal und Masao, lernte von Molekülen, und war dann wo-auch-immer hin verschwunden, wo solche Leute halt hinverschwanden, über H-geschlossen und B-gebundene δ-Strukturen und Harris' unmittelbare Räume murmelnd.

Einen Monat später war sie lächelnd mit dem Bericht, den sie in Auftrag gegeben hatten, und mit genug Forschungsideen, um zwei Dutzend promovierende Studenten zu überfordern, zurückgekehrt.

»Die Grundidee«, bemerkte Patel, »ist, daß Molekülstrukturen Punkte in einem topologischen Raum sind und ›Mutation‹ ein topologischer Operateur ist, der eine Nähe in dem Raum definiert. Zwei Molekülstrukturen sind ›nah‹, wenn die eine durch Mutation in eine andere transformiert werden kann. Die ›Entfernung‹ zwischen zwei Strukturen, Π_0 und Π_k, ist die Umkehrung des Produktes der Wahrscheinlichkeiten der Mutationsketten, die sie verbinden. Wenn Π_0 zum Beispiel durch eine Kette von drei Zwischenmutationen in Π_k geändert werden könnte, $\Pi_0 \rightarrow \Pi_1 \rightarrow \Pi_2 \rightarrow \Pi_3 \rightarrow \Pi_k$, jedes eine Wahrscheinlichkeit p hätte, dann wäre die Entfernung zwischen ihnen p^{-4}. Dieses Maß kreiert aus allen Molekülstrukturen Raumregionen.«

Es war der am angenehmsten klingende Kauderwelsch, den Singer jemals gehört hatte. »Verstehen Sie irgend etwas von dem, was Sie gerade gesagt haben?« fragte Singer mit einem boshaften Grinsen.

Patel gab das Grinsen nicht zurück, was Singer verwunderte. »Ich verstehe es gut genug, um es anzuwenden«, sagte er. »Der Strukturensatz, den wir für die Rad-Amme entwickelt haben, ist eine geschlossene und begrenzte Region, die keine wirksam schädlichen Strukturen durchschneidet. Außer in den zwei Beispielen, die ich erwähnt habe, kann keine mögliche Mutationskette die Amme in etwas anderes als eine zerbrochene Amme verändern.«

Seit Jessie das Problem aufgeworfen hatte, hatte Singer an unzählige Ludditer gedacht, mit ›was wäre, wenn‹-Prozessen, auf der Möglichkeit basierend, daß die Amme versagen ›könnte‹. Die Art und Weise, die man von Leuten erwarten würde, die ihre Vorstellungen von Mutanten aus Marvel Comics hatten. Eine Wahrscheinlichkeit, die größer als Null war, beeindruckte diese Masse. Wenn es möglich war, mußte man dagegen beschützt werden, selbst wenn die Wahrscheinlichkeit eins zu einer Milliarde war. *Wollen Sie dem Gericht erzählen, Doktor Singer, daß Sie gewillt sind, mit* Menschenleben *zu spielen, egal, wie dürftig die Wahrscheinlichkeit ist? Warum nicht,* stellte er sich vor, wie er antworten würde. *Wir machen das doch jedes Mal, wenn wir mit dem Auto fahren.* Höfliche Vorsicht war nicht Singers beste Eigenschaft. Er wußte, daß er einen verdammt guten Zeugen ausmachte und die Verzweiflung seiner Anwälte darstellte.

»Sie haben recht. Das sind gute Nachrichten«, erzählte er Patel, mit dem Zeigefinger auf den Bericht tippend. »Wir können wirklich beweisen, daß schädliche Mutationen nicht nur unwahrscheinlich, sondern unmöglich sind.«

»Außer den beiden, die ich aufgeführt habe«, gab Patel zurück.

Singer sah ihn an. »Das ist das dritte Mal, daß Sie das erwähnen. Quält Sie irgend etwas?« Er wurde sich bewußt, daß er noch immer den ausgepackten Kaugummistreifen in der Hand hielt, und steckte ihn in den Mund.

»Mich quälen?« wiederholte Patel. »Ich weiß nicht. Vielleicht ist es nur meine Einbildung.«

»Mein Sohn, wenn Sie mir nicht auf der Stelle erzählen, was Sie auf dem Herzen haben ...«

Patel schüttelte sich. Er deutete mit einem Nicken auf den Bericht. »Nachdem ich das Ding gelesen hatte, bin ich zu den Strukturen, die wir entworfen haben, zurückgegangen, weil ich an den beiden interessiert war, die nicht fehlerfrei waren ...«

»Können wir diese zwei neu entwerfen, so daß Sie sicher sind, aber noch immer den Job erfüllen?«

»Charles, das ist ernstgemeint.«

Das war es wirklich, wenn Kalpit ihn Charles nannte. »Es tut mir leid, Kal. Sie reden, ich höre zu.«

»Danke. In Antwort auf Ihre Frage: Ja, wir können sie neu entwerfen, vorausgesetzt wir modifizieren ein paar andere Strukturen als Ersatz. Masao und ich haben das gesamte System überprüft, Teil für Teil. Aber ... auch eine der Strukturen, die ich selbst entworfen habe, und ... und ich könnte schwören, daß sie verändert worden ist.«

Singer setzte sich mit einem Ruck auf. Das Federn des Stuhls warf ihn katapultartig nach vorn. »Was? Wie verändert?«

»Charles, es gibt keine andere Möglichkeit. Sie ist vorsätzlich verändert worden.«

»Moment! Moment! Warten Sie! – Wissen Sie, was Sie da sagen?«

Patel blickte ihn an, dann senkte er den Blick. Er fand etwas im Teppichstoff unheimlich interessant. »Ja, ich weiß, was ich sage. Einige der Gruppen auf den Ketten sind nicht die Proteine, die ich dort hingetan habe.«

Singer schüttelte ärgerlich den Kopf. »Unmöglich. Es sind zu viele Codone, zu viele Verbindungen, selbst in der einfachsten Struktur. Ich weiß das. Ich habe sie mir selbst angesehen. Sie können sich unmöglich daran erinnern, was Sie an jede einzelne Position getan haben.«

»Das tue ich nicht«, gab Patel zu, noch immer auf den Teppich starrend. »Es ist nicht so. Es ist die ... die Ästhetik. Ein Künstler hat einen Stil, einen bestimmten Weg, Dinge zu tun. Und ein Künstler erkennt seinen eigenen Stil. Ein Maler kennt seine Gemälde. Ein Techniker kennt seine technischen Zeichnungen. Und ich kenne meine Moleküle.« Patel sah zu ihm hoch, die Stirn zerfurcht, die Zähne fest zusammengebissen. »Ich kenne meine Moleküle«, wiederholte er. »Und eins davon ist derart verändert worden – selbst auf meinen eigenen Kopien –, daß sein Defekt den Organismus, in den die Amme geschickt wird, in Gefahr bringen würde.«

Singer starrte ihn ausdruckslos an. »Was ist mit dem anderen?«

»Das würde den Organismus ebenso in Gefahr bringen. Aber es war Masaos Entwurf, nicht meiner, also weiß ich nicht, ob er verändert worden ist.«

»Weiß Masao davon? Haben Sie ihn gefragt?«

Patel schüttelte den Kopf. »Nein. Ich habe ihn gefragt, ob die Struktur so ist, wie er sich daran erinnert, aber er lachte und fragte, wer sich an solche Dinge schon erinnern könnte.« Patel sah besorgt aus und mied Singers Blick.

»In Ordnung. In Ordnung«, dachte Singer laut. »Sie sagen, daß eine, vielleicht zwei Strukturen verändert worden sind ...«

»Möglicherweise mehr.«

Singer fühlte sich beleidigt. »Sie haben *zwei* gesagt.«

»Nein. Zwei würden bei einer Fehlfunktion gefährlich sein. Aber es gab andere Probleme. Konfigurationsprobleme. Störungen, die die Toleranzwerte überschreiten. Unverträglichkeiten zwischen Bestandteilen. Kleine Dinge, die Art von Problemen, die wir in vergangenen Projekten immer gehabt haben. Nur mehr. Vielleicht zuviel mehr.«

»Und Sie glauben ...?«

»Daß sich jemand an dem Entwurf zu schaffen gemacht hat. Um das Projekt zu verlangsamen. Oder es total zu sabotieren.«

Da. Jetzt war es raus. Eine kalte, schreckliche Tatsache. Nein, keine Tatsache, eine Vermutung, ermahnte sich Singer selbst. Kalpit hatte keinen Beweis. Nichts, mit dem man sich irgend jemandem gegenüberstellen konnte.

Konfigurationsprobleme. Singer wußte, daß er der technischen Seite nicht genug Aufmerksamkeit geschenkt hatte. Geldsorgen hatten ihn in Beschlag genommen. Konfigurationskontrolle war sein Job gewesen, und er hatte ihn verpfuscht.

»Diese Veränderungen, die Sie vermuten«, sagte er. »Sie waren nicht durch und durch Sabotage.« Sabotage. Vom französischen *sabot*, der hölzerne Schuh eines Bauern, der in die Getriebe der seltsamen, fremdartigen Maschinen des Industriezeitalters gesteckt worden war. »Ich meine, niemand hat mit einem Hammer eingegriffen und das Molekül zertrümmert. Sie wurden spitzfindig verändert, richtig? Sie erfüllen noch immer ihre Entwurfsfunktion?«

»Ja. Nur nicht so gut. Und sie haben überall Probleme verursacht. Wir waren im Begriff, uns langsam in eine Entwurfsecke zu bewegen. Wäre die Situation noch länger nicht überprüft worden, hätten wir uns mit einer Amme wiedergefunden, die zu 95 Prozent komplett wäre, aber durch die übrigbleibenden 5 Prozent unmöglich zu realisieren.«

Wie ein Puzzle, bei dem das letzte Teil nicht paßte. »In Ordnung. Nun die Top-Quizfrage: Wer hat den Verstand, so etwas zu tun?«

Schon während er fragte, kannte er die Antwort. Jeder von ihnen. Außer vielleicht Eamonn. Aber als er sah, wie Patel den Blick bei der Frage senkte, wurde ihm plötzlich klar, warum Kalpit so erregt war; warum er so zögerte, seine Verdachtsmomente zu nennen. Konfigurationskontrolle war Singers Job gewesen. Vielleicht waren also die Probleme Singers Tun?

»Ich war es nicht«, meinte Singer.

Kalpit sah ihn an, und seine Haut rötete sich noch mehr. »Ich auch nicht«, gab er zurück. Er legte die Hände zusammen, als ob er beten wollte, und preßte die Stirn auf seine Knöchel. Nach einer Weile blickte er auf, und seine Augen waren bittend. »Masao war mein Freund«, sagte er.

Dann denkst du dasselbe wie ich. Singer fuhr sich mit der Hand übers Kinn. »Sehen Sie, Kal. Sagen Sie keinem der anderen etwas davon. Auch nicht Masao.« Er überlegte. *Besonders* nicht Masao? *Haben sie nicht einen Ihrer Entwürfe gestohlen?* hatte Royce gefragt. *Sollten Sie nicht ins Grübeln kommen, was er vorhat?* »Geben Sie mir etwas Zeit, es zu überprüfen«, fuhr er fort. »Vielleicht ist es ein Mißverständnis, nicht absichtlich.« Aber es war absichtlich. Er wußte es. Er wußte, daß die Arbeit zu langsam vorangegangen war. Er erinnerte sich daran, wie die Daten für seine Entwurfssimulation verstümmelt gewesen waren. Wie die Strukturen nicht sauber zusammengepaßt hatten. Wie sie ein Enzym von vorne hatten entwerfen müssen. Sicher, es könnte Zufall gewesen sein. Ein Unfall. Und er und Patel konnten vortäuschen zu glauben, soviel sie wollten.

Patel nickte und ging, ohne noch etwas zu sagen. Singer beobachtete ihn beim Weggehen. Patel? Konfigurationskontrolle war Singers Job, und früher oder später hätte er die Sabotage entdeckt. Patel wußte das. War er ihm zuvorgekommen, um den Verdacht einfach von sich selbst abzulenken? Vielleicht. Aber was für ein Motiv könnte Patel haben?

Wie stand es mit Masao? Er hatte einfach vor dem Büro gestanden, als Royce angerufen hatte, um seine Entlassung zu fordern. Könnte er gelauscht haben? Nahm er Rache? Aber Masao wollte die Amme mehr als jeder andere. Mehr sogar als er selbst. Für ihn selbst waren es die Gewinne, die interessierten. Masao war bis heute nicht mit seiner Marktstrategie einverstanden. Er wollte ›Freie Ammen für alle‹. Und er war an der Piraterie von São Paulo beteiligt gewesen, oder nicht?

Dann war da noch Eamonn und seine Angst bezüglich Nebeneffekte, die die Amme haben könnte. Konnte seine Sorge tief genug sitzen, daß er versuchen würde, das Projekt zu ruinieren? Aber Eamonn hatte nicht die Fachkenntnisse, um einen solch subtilen Eingriff zu bewerkstelligen. Oder hatte er sie doch? Nur weil er kein Genetiker oder Mikrobiologe war, bedeutete das nicht, daß er unwissend war. Nanomaschinenbau erforderte umfassendes Wissen über Molekülstrukturen; und keiner war vertrauter mit den Details ihrer Proteine als der Maschinenbauer.

Oder Jessie? Seine eigene Frau? Sie hatte sich bei diesem Projekt Zeit gelassen. Sie hatte nicht ihre übliche Gewitztheit und ihre Brillanz gezeigt. Warum, wußte Singer nicht. Aber das Fehlen von Enthusiasmus war kein Motiv für Sabotage. Er konnte es drehen und wenden, wie er wollte, er konnte keine Verbindung finden.

Er konnte die Verbindung mit keinem von ihnen herstellen. Bis auf Masao waren sie seit Jahren mit ihm zusammen. Er kannte sie. Sie würde ihm nicht so etwas antun. Es lag ihnen einfach nicht.

Und damit blieb Masao übrig. Der Mann aus São Paulo.

Was es einfacher machen würde, Royce' Verlangen nachzukommen.

Singer drehte sich um und spuckte seinen Kaugummi in den Papierkorb. Er war sauer und geschmacklos geworden.

Royce stand mit Jessie auf Kriegsfuß von dem Moment an, wo er ihr ein Kompliment über ihr Kleid machte.

Singer und Burton-Peeler standen in der Tür zum Cocktailfoyer des Restaurants und hielten Ausschau nach ihrem Gastgeber, während sich ihre Augen an das Dämmerlicht gewöhnten. Royce sah sie und winkte ihnen zu, und sie bahnten sich einen Weg durch die schwatzenden Mittagsgäste zu seinem Tisch. Er hatte einen halbleeren, hellgelben Drink vor sich stehen. Singer fragte sich, ob Alkohol darin war.

Royce stand auf und hielt einen Stuhl für Jessie bereit.

»Wie ich sehe, haben Sie Ihre kleine Frau mitgebracht«, sagte er zu Singer. Dann wandte er sich ihr zu und meinte: »Das ist ein sehr bezauberndes Kleid, das Sie da tragen, meine Liebe.«

Ups, dachte Singer. Er wartete darauf, daß Jessie etwas sagte, aber sie lächelte nur und hielt sich zurück, und Singer stieß ein Dankgebet aus. Die drei plapperten eine Zeitlang, wechselten bedeutungslose Worte über das Wetter. Royce drehte sich in seinem Stuhl und gab der Kellnerin ein Zeichen.

»Also. Wie läuft es mit dem Projekt, Charles?« fragte er, nachdem er sich wieder ihnen zugewandt hatte.

»Nicht so schnell, wie ich es gern möchte«, gab Singer zu. »Aber ich denke, ich habe jetzt einen Hebel für die größte Straßensperre.« Straßensperre. Das war eine Möglichkeit, es auszulegen. Er hatte Royce nichts über Koyanagis Sabotage gesagt. In bezug auf seine früheren Warnungen über den Niprasilianer würde Royce die Neuigkeiten wahrscheinlich als Beweis für Singers schlechtes Urteilsvermögen nehmen, ihn zu verteidigen. Er könnte die Unterstützung fallen lassen und ein anderes Labor mit dem Projekt beauftragen.

»Es ist ein eher schwieriges Projekt«, warf Burton-Peeler ein, »ich denke, Charlie hat die Schwierigkeiten von Anfang an unterschätzt. Er ist in den letzten paar Tagen etwas schwermütig gewesen, aber er will nicht erzählen, warum.«

»Hmm. Gibt es irgendeinen Weg, die verlorene Zeit aufzuholen, Charles?« Die Kellnerin kam zum Tisch; Royce nahm seinen Drink und schüttete den Rest hinunter. Er gab ihr das leere Glas. »Noch mal dasselbe für mich, Fräulein. Und meine Freunde wollen …« Er sah Singer und Burton-Peeler forschend an. »Fühlen Sie sich frei. Onkel Sam bezahlt.«

»Gin und Magenbitter«, sagte Jessie.

»Bier«, sagte Singer. »Irgendeins, das frisch vom Faß und einheimisch ist.«

»Ich habe es zu erklären versucht, John«, fuhr er fort, nachdem die Kellnerin gegangen war. »Forschung ist nicht wie Produktion. Sie können sie nicht schneller machen, indem Sie mehr Leute darauf ansetzen. Sie können es nicht beschleunigen.«

»Manchmal«, fügte Jessie hinzu, »hängt es von einem plötzlichen Einfall ab. Und der Blitz kommt nie.«

»Das vermute ich auch.« Royce kratzte sich die Nase. »Ich bin selbst kein schöpferischer Mensch. Ich gebe es zu. Also, ich erzähle Ihnen nicht, wie Sie Ihren Job machen sollen, Charles. Sie wissen das. Ich habe zu viele Projekte gesehen, die von Kollegen ruiniert worden sind, weil sie zu eifrig bei der Überprüfung waren. Ständig pingelig. Spezifikationen je nach Laune ändernd. Für gewöhnlich mit jedermann in die Haare geratend. Und meistens funktionierte das Endprodukt trotzdem nicht, weil irgendein Schlüsselfaktor übersehen wurde.«

»Es mag eine Verbindung geben«, warf Jessie ein, »zwischen dem Überschauen und Übersehen von Dingen. – Danke«, meinte sie zu der Kellnerin, die ihre Drinks vor ihnen abstellte. Royce packte seinen und nahm einen großen Schluck. Orangensaft, dachte Singer. Es muß purer Orangensaft sein.

»Exzellent.« Royce gab der Frau eine helle rotblaue Zehndollarnote. »Behalten Sie den Rest.« Er sah Singer an. »Überschauen und übersehen. Das ist ziemlich schlau. Sie haben sich eine gescheite kleine Frau eingefangen, Charles.«

»Der Meinung war ich auch immer«, antwortete er, hoffend den ersten Mord zu verhindern. »Das gleiche gilt für die Universität. Wir haben beide *summa cum laude* promoviert, wissen Sie.«

»Collegeliebschaft, ich weiß. Ich habe Ihre Akten gelesen.«

»Ich habe immer versucht«, sagte Dr. Burton-Peeler süßlich, »meinem Sex ebenbürtig zu sein.«

Singer platzte fast vor Lachen und hob das Glas, um sein Gesicht zu verbergen. *Bitte, Jessie. Behalt die Kontrolle über dein Temperament. Du hast es versprochen.* Es war offensichtlich, daß sie Royce nicht mochte. Singer konnte das so klar wie eine Zecke auf einem Hundeohr erkennen. Es kam in ihrer Körpersprache und dem Unterton ihrer Stimme durch, die der Regierungsvertreter nicht zu beachten schien. Singer wußte, daß Jessie wütend war; und er wußte, daß sich die

Wut später entladen würde, auf ihn. Aber zumindest wußte er, wie er die Schläge abfangen konnte. Er war sich nicht sicher, wie Royce reagieren würde. Und Royce hielt die Geldbörse.

»Ich vermute«, sagte Royce zu Burton-Peeler, »daß Sie sich mit dem Frauenstandpunkt des Projekts befassen?«

»Frauenstandpunkt? Es gibt keinen ...«, fing Jessie an, hielt inne und zog einen Schmollmund. Sie hob den Kopf und meinte: »Ja, natürlich, das tue ich. Jemand muß die unerwarteten Probleme berücksichtigen. ›Achte nicht auf die Torpedos‹ ist nur eine durchführbare Strategie, wenn keine Torpedos voraus sind.«

»Hmm, ja.« Royce nickte bedächtig. Er sah Singer an. »Was ist die Frauenaufgabe hierbei?« fragte er.

»Ich denke, das lasse ich Jessie beantworten. Es ist ihre Aufgabe.« *Woran, zur Hölle, hatte Jessie nur gedacht? Royce hatte nichts Besonderes im Sinn gehabt, als er die Bemerkung machte, da bin ich sicher. Aber es hat mit Sicherheit Jessie auf irgend etwas gebracht.*

»Nun, es ist nichts Welterschütterndes«, sagte sie, den Stiel ihres Cocktailglases langsam zwischen ihrem Daumen und Zeigefinger drehend. »Es ist nur so, daß nicht alles im Blutkreislauf einer Mutter durch die Plazenta bis in den Fetus gelangt. Wir müssen sichergehen, daß die Amme das Ungeborene ebenso wie die Mutter beschützt.«

Verdammt, dachte Singer.

»Und, natürlich, wäre da noch die Weismann'sche Barriere, die normalerweise die Keimplasmazellen von den somatischen Zellen trennt. Ein allgemeines Prinzip der Genetik ist, daß somatische Veränderungen nicht vererbbar sind. Das wäre Lamarckismus, die Vererbung erworbener Eigenschaften, eine Theorie, die Stalin gefördert hat, weil er Darwin nicht akzeptieren konnte. Wir müssen uns versichern, daß der Entwurf der Amme es gestattet, die Barriere zu überwinden und das Fortpflanzungsmaterial zu reparieren. Ansonsten ...«

»Ansonsten«, beendete Royce für sie, »können Mütter, die Radioaktivität ausgesetzt waren, noch immer mißgebildete Babys gebären, sogar viele Jahre später. Könnte das ein wirkliches Problem sein, Charles?«

»Ja«, antwortete Burton-Peeler.

»Nein«, antwortete Singer. Er sah seine Frau an, und sie erwiderte den Blick ruhig. »Keine Probleme, die Genie und Kreativität nicht in den Griff bekommen könnten«, fuhr er fort, Jessies Blick standhaltend.

»Ich bin froh, das zu hören«, meinte Royce und nahm die Speisekarte zur Hand. »Ich bin froh, das zu hören.«

Das Essen war unangenehm, zumindest für Singer. Jessie hob weiterhin die Schwierigkeiten hervor, die sie bei der Entwicklung der Amme gehabt hatten. Singer führte geduldig aus, wie diese Schwierigkeiten überwunden worden waren, oder, in manchen Fällen, überwunden werden würden. Einmal, als Royce sich entschuldigte und den Tisch verließ, wandte sich Jessie an Singer und ließ ihrem Frust freien Lauf.

»Dein Regierungskumpel ist ein 24karätiger Chauvinist«, sagte sie.

»Er ist nicht unbedingt mein Kumpel.«

»Wer hat seine Nase in unser Zelt eingeladen? Ich bin jetzt sicher, daß er ein Sawyerist ist. Er hat nie ein Wort von dem gehört, was ich gesagt habe. Hast du das bemerkt?« Singer nickte, aber sagte nichts, weil er wußte, daß es nicht wirklich eine Frage gewesen war. »Ich bin nur eine Frau«, sprach sie weiter, »also kann ich keine gewichtige Meinung haben.« Sie veränderte ihre Stimme in eine quiekende Nachahmung von Royce. »Was für ein hübsches Kleid, meine Werteste. Oh, kümmern Sie sich um den Frauenstandpunkt? Ich hätte ihm erzählen können, daß sein Reißverschluß brennt, und er hätte gelächelt und mir gesagt, daß meine Frisur nett aussähe.«

»Das ist das Leben auf dem hohen Sockel«, gab Singer zurück. »Manche Frauen mögen das. Nimm ihn nicht zu ernst. Wir müssen mit ihm auskommen, also laß es an dir vorbeigehen.«

»Einfach für dich, das zu sagen. Er war zu Hinterwäldlern nicht herablassend.«

»Jess …«

»Nebenbei gesagt, ich muß mich bei jemandem abreagieren, also kannst es genauso gut du sein. Ich bin ein braves kleines Mädchen gewesen, nicht? Ich habe ihn nicht getreten, wo ich es hätte machen sollen.«

Sie hatte das einmal getan, erinnerte er sich. Der Hurensohn hatte es verdient gehabt, aber Singer zuckte noch immer unter der Erinnerung daran zusammen. Wenn Jessie ein paar Gins intus hatte, wurde sie mehr als nur ein bißchen unberechenbar.

»Sieh mal. Versuch dich mit den Problemen, die wir gehabt haben, etwas zurückzuhalten, würdest du das bitte tun?« forderte er sie auf. »Du hebst ständig unsere Probleme hervor …«

»Wir haben Probleme gehabt!«

»Ich weiß. Ich weiß. Dieses Projekt hat mehr Fehler gehabt, als die Botschaft in Rio Wanzen hat.« Er dachte wieder an die Sabotage, und seine Stimme wurde entschlossener. »Das habe ich nicht gemeint. Wenn er weiterhin von dir nur von Schwierigkeiten hört, könnte er denken, daß wir es auf mehr Geld abgesehen haben.«

Ihre Augen bohrten sich in seine. »Also laß ihn das denken. Vielleicht wird er den Einsatz erhöhen. Warum sollte dich das beunruhigen? Du würdest alles für einen neuen Dollar tun, nicht?«

Singer blickte über Jessies Schulter und sah Royce zurückkommen. »Nicht alles«, sagte er. »Ich bin nie gekrochen.«

»Es tut mir leid, daß ich Ihnen das sagen muß«, fing Royce an, als er sich die Lippen mit der Serviette abwischte. Er schob den leeren Teller von sich. »Aber ich bin nicht in der Lage gewesen, die Komiteemitglieder in bezug auf das Nationalitätsproblem zu überzeugen.«

Singer grunzte. »Ich habe nicht gedacht, daß Sie das würden.« Der Fremdenhaß rannte seit dem Embargo im Land Amok, und die Kongreßärsche konnten gut genug rechnen, um damit Stimmen zu fangen.

Die Kellnerin brachte die Rechnung, und Royce gab ihr eine Kreditkarte, ohne die Preise nachzuprüfen. Er nahm den Salzstreuer zur Hand und spielte damit. »Wird das irgendwelche Schwierigkeiten verursachen?«

»Nicht so viele, wie ich vorher gedacht hatte. Tatsächlich könnte es einige lösen.«

»Oh? Dann haben Sie sich entschieden, daß Sie ihn nicht wirklich benötigen?«

»Wovon redet ihr beiden?« fragte Jessie. »Wen benötigen?«

Singer schnitt eine Grimasse. »Das Timing muß stimmen. Wie ich Ihnen schon vorher gesagt habe, brauchen wir seine Sachkenntnis noch eine Weile länger. Und ... da sind noch immer ein paar Dinge, die ich überprüfen muß. Ich komme auf Sie zurück.«

»Ich bin froh, daß Sie in dieser Sache Vernunft angenommen haben, Charles«, sagte Royce mit einem befriedigten Lächeln. »Wir könnten das Vereinte Komitee nicht wegen eines Mannes übergehen, der nicht einmal Amerikaner ist.«

Jessie schwieg, bis sie in ihrem Auto auf dem Parkplatz saßen. Sie beobachtete, wie Royce' Oldsmobile in Richtung Stelton verschwand. Singer wollte die Schlüssel ins Zündschloß stecken, aber Jessie streckte die Hand aus und hielt ihn zurück.

»In Ordnung, Charlie…« Er sah kurz hoch und sah den verbissenen Ausdruck auf ihrem Gesicht. »Weißt du, welcher Teil der Anatomie des Kamels jetzt im Zelt ist?«

»Nein, welcher?«

»Der Schwanz.«

»Was?«

»Ja, er versucht, uns zu vergewaltigen.«

Er hatte eine patzige Antwort auf den Lippen, hielt sich dann aber doch zurück. Ihr Gesicht erzählte ihm, daß es kein Scherz war. »Was meinst du damit?« Er wußte, was sie meinte, und hatte diesen Moment befürchtet.

»Von wessen Entlassung habt ihr gesprochen?«

»Entlassung? Oh.«

»Sag nicht ›Oh‹ zu mir, Charlie. Komm raus damit. Du weißt, daß du keinen feuern kannst. Es braucht eine Mehrheit der Anteile, um jemanden hinauszuzwingen.«

Er griff in die Hemdtasche, aber Jessie packte ihn am Handgelenk. »Und hol jetzt auch keinen Kaugummi heraus«, wies sie ihn an. »Das tust du jedesmal, wenn dich etwas beunruhigt.«

Singer verdrehte den Arm in ihrem Griff, und sie ließ los. »Royce erzählte mir, daß wir die Finanzierung durch die Regierung nicht bekommen, wenn wir Koyanagi nicht feuern.«

Ihre Augen weiteten sich. »Koyanagi? – Aber weshalb?«

Singer ignorierte ihre Frage. »Und ohne die Finanzierung gibt es kein Projekt. Und das ist das Ende des Labors.«

»Wo liegt dann das Problem, Charlie?« fragte sie. In ihrer Stimme lag Schärfe. »Laß ihn einfach fallen, und du bekommst soviel Geld, daß es deine habsüchtigen Träume übertrifft.«

»Komm mir nicht mit Klischees! Ich bin reich gewesen, und ich bin arm gewesen. Und wenn ich alle Aspekte in Erwägung ziehe, bin ich lieber reich.«

»Nun, das ist typisch.«

Er drehte den Kopf und starrte durch die Windschutzscheibe hinaus. »Ich scherze nicht. Ich war schon einmal dort. Du weißt nicht, wie das ist.«

»Du hast recht, Charlie. Ich weiß es nicht. Ich weiß nur, daß kein Geld auf der Welt es wert ist, einen Freund zu verkaufen. Nicht einmal in den Appalachen.«

»Behandle mich nicht so herablassend! Ich bin kein Judas. Ich würde einen Freund nicht für dreißig Silberlinge verkaufen. Es ist nur so, daß ...«

»Nur daß was?«

Er fuhr mit den Händen über das Steuer und schlug es dann mit seiner Hand. »Wer sagt, daß Koyanagi ein Freund von uns ist?«

Sie zog ihre Stirn in Falten. »Wovon redest du? Dieses gesamte Projekt war zunächst einmal Masaos Idee! Er will diese Amme mehr als alles andere in der Welt.«

»Sicher. Er will sie.«

Sie warf ihm einen verwunderten Blick zu. »Was soll das heißen? Ich dachte, du wolltest sie auch.«

Singer schüttelte den Kopf. »Ja, ich will sie, aber nicht auf die Art und Weise, wie er sie will. Sieh mal, er will nicht, daß die Amme gebaut wird. Er will die Amme bauen. Verstehst du den Unterschied? Er will es selbst tun, und so wie die Dinge jetzt stehen, gibt es nur einen Weg, daß er das kann.«

»Worauf willst du hinaus?«

»Sieh mal, wenn wir ihn dabehalten, verlieren wir den Vertrag. Royce wird alles an NanoTech oder einen der anderen durchsickern lassen. Die würden Koyanagi ebensowenig anstellen. Also ob er bleibt oder geht, er ist raus. Außer ...«

»Außer was? Ich mag nicht, wohin das führt, Charlie.«

Er sah sie scharf an. »Ich mag nicht, wohin es geführt hat! Ich dachte, er wäre unser Freund.«

»Das ist er.«

»Freunde sabotieren nicht.«

»Sabotieren?« Jessie ließ die Hand von Singers Arm fallen. Sie wich zurück. »Was für Sabotage?«

Singer winkte ab. »Ich habe Beweise. Moleküle sind verändert worden, sehr subtil, um das Projekt zu verlangsamen und seine Vollendung zu verhindern. Kal sagt, daß es absichtlich geschah, und ich glaube ihm. Jemand ist schuld.«

»Natürlich der Neue.«

»Nun?« verlangte er ärgerlich. »Wer sonst? Eamonn ist nicht klug genug dafür. Und Kal ist derjenige, der mir davon erzählt hat.«

Singer ballte die rechte Hand zur Faust und schlug aufs Armaturenbrett. »Verdammt noch mal!« Das Armaturenbrett war gepolstert, aber seine Hand schmerzte. Der Schmerz fühlte sich gut an. »Masao ist das wegweisende Licht gewesen. Wenn er geht, könnte sich das Projekt ein paar Jahre mehr dahinschleppen.«

»Wir werden es überhaupt niemals abschließen«, sagte Jessie mit einem seltsamen Unterton in der Stimme.

»Ich dachte, ich würde ihn kennen«, gab er zurück. *Aber wer kennt jemals einen anderen Menschen? Masao mag meine Einstellung nicht. Er hat daraus kein Geheimnis gemacht. Er ist ein Idealist mit blutendem Herzen, und ich bin ein geldgieriger Söldner. Aber ich hätte nicht gedacht, daß er so weit gehen würde.* Aber der Ärger mit Idealisten ist, daß sie großartige, unnütze Gesten lieben. Sicher, Koyanagi wollte der ›Menschheit helfen‹. Aber er wollte auch den Applaus. Die Anerkennung der Schüler, die Dankbarkeit der Menschheit. Manchmal dachte Singer, daß seine eigene finanzielle Motivation nicht einfacher, aber reiner war. Zumindest fackelte er nicht lange, sich zu kratzen, wo es juckte. Jeder will Bezahlung für seine Arbeit; aber jene, die ihre Bezahlung in unantastbaren Dingen verlangten, könnten weitaus arroganter und heuchlerischer sein als jene, die einfach Bares, danke schön, wollten.

»Warum?« fragte Jessie. »Warum würde Masao sein eigenes Projekt absichtlich sabotieren?«

»Warum? Ich weiß es nicht! Vielleicht hat er es von vorneherein so geplant. Vielleicht hat er uns für Einfaltspinsel gehalten, so daß wir ihm helfen würden, einige seiner Forschungsprobleme zu lösen. Vielleicht hat er mein Telefongespräch mit Royce mitgehört und es uns übelgenommen, fallengelassen zu werden.«

»Einen Augenblick! Du meinst, daß die Sabotage nicht der Grund ist, warum ihn Royce heraushaben will?«

»Nein, er weiß noch nicht einmal davon. Wenn ich es ihm erzählen würde, könnte er zu dem Schluß kommen, daß SingerLabs ein zu großes Sicherheitsrisiko sind, und den Vertrag trotzdem beenden.«

»Nun, wir würden das nicht wollen.«

»Sei nicht sarkastisch. Nein, alles, worüber sich die Regierung sorgt, ist, daß Koyanagi ein ›Japse‹ ist, ein Bürger des Co-Dominiums.«

»Also wolltest du ihn schon herausdrängen, bevor du die Sabotage entdeckt hast. Stimmt das?«

»Ich...« Er wollte sie nicht ansehen. »Nein. Ich wollte Zeit schinden.« Er wollte auch sich selbst nicht anblicken. Was hätte er getan? Er wollte glauben, daß er das Richtige getan hätte, aber es war unmöglich, sich klar an die Gefühle der Vergangenheit zu erinnern, unter dem Eindruck der Gefühle der Gegenwart. »Ich dachte, wenn ich es lang genug hinauszögern würde, könnte irgend etwas dazwischenkommen.«

»Vielleicht lernt das Pferd das Singen.«

»Was?«

»Vergiß es«, sagte sie bitter. »Mach es auf deine Weise, Charlie. Das tust du immer. Nur eins ...«

»Was?«

»Ich kenne dich, Charlie. Ich kenne dich wie ein Buch. Ich kenne jeden verdammten Druckfehler und jede zerrissene Seite zwischen deinen Deckeln. Also, bitte rede dir nicht ein, etwas tun zu können, womit ich nicht leben kann.«

X

Singer lag mitten in der Nacht mit einem Knoten im Bauch wach. Ich muß es *wissen.* Er lag auf dem Rücken im Bett, starrte in der Dunkelheit zur Decke. Neben ihm schnarchte Jessie ruhig auf ihrer Seite. Es hatte endlos gedauert, bis sie eingeschlafen war.

Er hatte Koyanagi *vertraut,* und der kleine Japaner hatte ihn betrogen. Wenn er an Betrug glaubte – solch eine Sache von jemandem glaubte –, brauchte er harte Beweise, nicht Mutmaßungen. Vielleicht habe ich unrecht. Vielleicht hatte Kalpit unrecht. Vielleicht gab es für alles eine harmlose Erklärung. Ein Außenseiter. Ein Hacker. Nicht wirklich eine harmlose Erklärung, aber zumindest eine, mit der er leben konnte. Er überlegte, worauf Jessie im Auto hinausgewollt hatte, früher am Tag. Tu nichts, womit ich nicht leben kann.

Natürlich erwartete sie von ihm, daß er erriet, was sie meinte. Das tat sie immer. War er ein Gedankenleser? Wurde von ihm erwartet, daß er jede ihrer Launen lesen konnte?

Und Kalpit. Kalpit verdächtigte Koyanagi, aber er würde harte Beweise wollen, bevor er es glauben würde. Er und Koyanagi waren Freunde geworden.

Jesus! Spielte es eine Rolle, wer es war? Es war irgend jemands Freund. Jedermanns Freund. Kein Wunder, daß ein Knoten in seinem Bauch war, und die Uhr eine Stunde nach Mitternacht zeigte.

Vorsichtig befreite er sich von der Bettdecke und schlüpfte aus dem Bett. Er nahm seinen Morgenmantel und seine Schuhe und schlich, nach dem Schlüsselbund auf der Kommode greifend, aus dem Schlafzimmer.

Er wagte es nicht, das Licht im Lab anzumachen. Die Fenster waren aus Diamantglas, Molekül für Molekül in Eamonns Fässern zusammengesetzt, und sie ließen genug Licht von den Straßenlaternen durch, um alles im Raum zu einem gespenstischen Relief zu formen. Er kannte den Grundriß gut genug, um sich auch in absoluter Dunkelheit zu bewegen.

Er holte die Kopien der veränderten Strukturen, die Kalpit ihm gegeben hatte, aus seinem Büro. Dann setzte er sich an Koyanagis Arbeitsplatz und aktivierte das Terminal. Das Leuchten des Bildschirms erzeugte eine Lichtinsel im Zentrum des Raums. *Okay,* dachte er. *Wollen wir mal schauen, was wir finden können.*

Er lud Koyanagis Diskette und ging jedes File durch, eins nach dem anderen. Er war sich nicht sicher, wonach er suchte. Beweise. Beweise für etwas, irgend etwas, um zu beweisen, daß er recht hatte. Oder unrecht. Unwillkürlich tastete er mit der Hand nach seiner Hemdtasche, nach einem Kaugummistreifen. Als er sich bewußt wurde, was er tat, grunzte Singer in bitterer Belustigung. Jessie hatte recht, was seine Gewohnheiten betraf.

Es war 4.30 Uhr, als er das Lesen beendete. Er hatte nichts gefunden, was auf eine Piraterie Koyanagis hindeutete. Die veränderten Strukturen (wenn sie verändert worden und nicht einfach Fehler gewesen waren) waren genauso auf Koyanagis Diskette wie auf Patels. Sicherlich würde ein Saboteur die korrekte Originalkopie behalten.

Könnte ich unrecht haben? Aber nein. Kal war sich sicher gewesen. Und vorsätzliche Sabotage würde soviel erklären. All die Überstunden und so wenig Fortschritt. Singer erinnerte sich, daß er das vor nicht allzu langer Zeit gedacht hatte, als die Geldsituation gerade den kritischen Punkt erreichte. Er blickte flüchtig über die Schulter zu einem Bürofenster. Er hatte an diesem Fenster gestanden, auf einen Bienenstock der Aktivität geblickt: Kal betrachtete seinen Bildschirm; Koyanagi kopierte Disketten; Jessie und Eamonn waren in ein Gespräch verwickelt. Und er hatte sich zu diesem Zeitpunkt gewundert, warum sie weiter und weiter hinter ihren Zeitplan zurückgefallen waren.

Nun, jetzt wußte er es. Jemand hatte sie zurückgehalten. Koyanagi – wenn er es nur beweisen konnte.

Er hatte Disketten kopiert?

Singer saß starr in dem Stuhl. Koyanagi hatte Disketten durch sein Terminal laufen lassen. Dann hatte er aufgeblickt und bemerkt, daß Singer ihn beobachtete – und er war zusammengezuckt, als wäre er auf frischer Tat ertappt worden.

Auf frischer Tat ertappt worden?

Auf frischer Tat, wie er unerlaubt Duplikate machte.

Natürlich! So mußte es sein. Singer zog an den Schubladen des Arbeitstisches. Verschlossen. Sie wollten nicht aufgehen. Er riß mehrere Male an ihnen, stark genug, um den Tisch zum Rattern zu bringen. Verdammt, hatte er einen Ersatzschlüssel? Jeder Tisch von der Möbelhandlung kam mit zwei Schlüsselsätzen. Wo war der zweite Satz?

Er stand auf und ging in sein Büro. Er schnippte das Licht an. *Ich schmeiße die Ersatzschlüssel für gewöhnlich in die unterste Schublade.*

Er öffnete die Schublade und wühlte darin, bis er ein Gewirr von kleinen Schlüsseln fand, die durch Mikrobrownsche Bewegung in die hinterste Schubladenecke gewandert waren. Er fischte sie heraus und eilte zu Koyanagis Arbeitstisch zurück. Er bemerkte, daß er schwer atmete. Ein Angstanfall, dachte er. Ich fürchte mich vor dem, was ich finden werde. Oder was ich nicht finden werde.

Der dritte Schlüssel, den er versuchte, paßte. Die Schubladen gingen auf, und er zog eine nach der anderen auf und durchsuchte sie fieberhaft. Seine Hand schloß sich um einen schmalen Behälter im hinteren Teil der untersten Schublade, und er hielt inne. Er zog den Behälter heraus. Eine Minidiskettenbox. Die Disketten darin waren unbeschriftet. Er nahm eine heraus und schob sie in das Laufwerk.

DIE DISKETTE IST UNLESBAR. MÖCHTEN SIE SIE FORMATIEREN?

Singer warf die Diskette wieder heraus und versuchte es mit einer anderen. Sie war auch leer. Dasselbe galt für die dritte. Die vierte …

Die übrigen Disketten enthielten Duplikate der Akten. Nicht die regulären Sicherheitskopien, die in ihren Gestellen auf den Aktenschränken standen. Dies waren geheime Duplikate, und versteckt. Er überflog das Programm, das er wollte, und startete es.

Vorsichtig studierte er die zwei Strukturen, von denen Kal geglaubt hatte, daß sie verändert worden waren. Er verglich sie mit der Kopie, die Kal ihm gegeben hatte. Er ging die Ketten herunter, Codon für Codon, und … *da!* Eine Thymingruppe dort anstatt eines Atropins. Eine Doppelbindung da anstatt einer Einfachbindung. Subtile Unterschiede. Leicht zu übersehen.

Er saß vor dem Terminal, den Beweis anstarrend, Schmerz im Bauch, in der Brust. Von allen Sünden war Betrug die schlimmste. Dante hatte den tiefsten Höllenpfuhl für jene reserviert, die ihre Wohltäter betrogen.

Wie lange er dort saß, wußte Singer nicht, aber plötzlich gingen die Oberlichter an. Er wirbelte in seinem Stuhl herum und sah zum Eingang.

Jessie stand im Türrahmen, einen verblüfften Ausdruck auf dem Gesicht. Sie war in ihren Bademantel gehüllt. Ihr Haar war zerzaust, und ihr Gesicht hatte das nackte Aussehen einer ständigen Brillenträgerin ohne Brille. »Was tust du hier unten zu dieser Nachtzeit?« verlangte sie zu wissen. Sie trat einen Schritt näher. »Du suchst Masaos Schreibtisch durch!«

»Ja.«

»Das ist ziemlich schäbig«, sagte sie ärgerlich. »Deine eigenen Leute auszuspionieren.«

»Ja. Aber Betrug ist das genauso.« Er drehte sich plötzlich um und schob die offene Schreibtischschublade mit einer heftigen Bewegung zu. Sie prallte zurück und öffnete sich wieder halb. »Verdammter Kerl.«

Ein besorgter Blick lag auf Jessies Gesicht. »Diese Sabotageangelegenheit? Du kannst das nicht wirklich sicher wissen. Kal könnte einen Fehler gemacht haben. Das könnten echte Fehler gewesen sein, die er gefunden hat, keine absichtlichen.«

»Nein«, gab Singer traurig zurück. »Kal hat keinen Fehler gemacht. Ich habe die originalen, korrekten Versionen gefunden. Unser lieber japanischer Freund hatte einen geheimen Satz von Duplikatdisketten versteckt.« Er zeigte auf den Behälter, den er gefunden hatte, auf den Bildschirm mit den verräterischen Diagrammen, auf Koyanagis Arbeitsplatz, auf die herzlose Welt im allgemeinen.

Burton-Peeler trat näher und starrte mit zusammengekniffenen Augen auf den Bildschirm. »Oh.« Sie studierte kurzsichtig die Diagramme. »Diese unterscheiden sich von denen in den regulären Akten?«

»Habe ich doch gerade gesagt, oder?« antwortete Singer gereizt.

Sie spitzte die Lippen. »Ja. Ja, das hast du.« Sie schwieg eine Weile. »Das beweist nicht, daß Masao die Proteine sabotiert hat. Es beweist nur, daß sie sabotiert wurden, nachdem er diese Kopie gemacht hat.«

»So? Weshalb hat er die Kopien gemacht?«

»Sicherheitskopien?«

Singer sagte nichts, aber zeigte stumm auf die Reihen von Sicherheitskopien auf den Aktenschränken.

»Er muß einen Grund gehabt haben.«

»Natürlich hatte er einen Grund!« explodierte Singer. »Jeder hat Gründe! Er stahl den Entwurf und wollte sichergehen, daß unsere Kopie nicht arbeiten würde. So daß er und São-verfluchtes-Paulo uns voraus sein würden.«

Burton-Peeler holte tief Luft und atmete sie wieder aus. Sie ging an ihm vorbei zu Patels Terminal und fuhr mit ihrer Hand über den Aktenschrank. »Was wirst du jetzt tun?« fragte sie, ihm den Rücken zugekehrt.

Singer rieb sich mit der Hand über die Stirn und drückte auf seine Nasenwurzel. »Was kann ich anderes tun? Ich muß den Hurensohn feuern.«

»Du kannst das nicht tun, Charlie. Ich habe dir das schon einmal gesagt. Du brauchst eine Mehrheit der Anteile, um das zu tun.«

Er sah sie an und traute seinen Ohren nicht. »Du und ich haben eine Mehrheit«, sagte er.

Sie hörte auf, mit Kalpits Terminal zu spielen und schlang die Arme um die Schultern. »Ja.« Sie drehte sich um und sah ihm ins Gesicht. »Ist es das, was du willst?«

»Was ich will?« Er streckte die leeren Hände aus. »Nein, das ist nicht, was ich will. Ich wollte Koyanagis Freundschaft.«

»Unantastbare Dinge? Von dir, Charlie?«

»Ach, verdammt.« Er hatte gedacht, daß er sich besser fühlen würde, wenn er einen Beweis für Koyanagis

Piraterie gefunden hatte, weil es den Schmerz der Unsicherheit beenden würde. Aber das hatte es nicht. Er fühlte sich verärgert und verbittert.

Sie hob den Kopf und kaute auf ihrer Unterlippe herum. »Ihr zwei habt die ganze Zeit gestritten. Über Gewinne und Altruismus.«

»Also was? Ich verlange von meinen Freunden nicht, mit allem, was ich sage, einverstanden zu sein. Wenn Eamonn oder Kal der Saboteur gewesen wäre, würde ich mich genauso schlecht fühlen.«

»Und wenn ich es gewesen wäre, Charlie?«

Er machte eine wegwerfende Geste. »Du weißt genau, daß das am meisten schmerzt. Der Betrug. Du erwartest solche Dinge von deinen Feinden, aber nicht von deinen Freunden. Du weißt nicht, wie sehr ich gehofft habe, Spuren vom Einbruch eines Hackers zu finden.« Seine rechte Hand war zur Faust geballt. Er seufzte und rieb sie mit der Linken. »Nun, es ist ein dreckiger Job ...«

»Charlie, ich kann es dich nicht machen lassen.«

»Eh? Was machen?«

»Masao feuern. Ihn hinausdrängen.«

»Worüber redest du? Du willst ihn bei uns behalten? Anstatt Royce und der Regierung? Anstatt *diesem*?« Er deutete auf den Bildschirm. »Nein. Eamonn und Kal werden ihn abwählen, selbst wenn du nicht hilfst.« Er sah sie an, versuchte zu verstehen, warum sie sich wieder gegen ihn stellte.

»Nein, Charlie. Ich war es.«

»Wer? Was?« Sie meinte es nicht ernst.

»Ich habe es getan. Ich habe diese Entwürfe sabotiert.«

»Du?« Er blinzelte verdattert. Dann, alarmierter: *»Du?!«*

Sie zog Patels Stuhl hervor und ließ sich langsam hineinsinken. Singer beobachtete sie stumm, von Sprachlosigkeit befallen. Jessie studierte die Hände, die sie in den Schoß gelegt hatte. Das Schweigen zog sich in die Länge. »Du«, schaffte er es endlich zu wiederholen.

Sie blickte auf, einen trotzigen Ausdruck auf dem Gesicht. »Ja, ich! Ich habe es getan. Bei jeder Gelegenheit, die ich hatte, habe ich kleine Veränderungen in die Entwürfe eingebracht. Kleine Unverträglichkeiten. Ich habe jede meiner Aufgaben absichtlich nicht optimiert, so daß keins der Teile richtig zusammenpassen würde.«

»Und du hast immer Probleme aufgezeigt«, sagte Singer. »Jedes Mal, wenn du den Mund geöffnet hast, kam ein weiterer Stolperstein heraus.«

»Wirkliche Probleme«, gab sie mit leicht aggressivem Unterton zurück. »Die wirkliche Lösungen brauchten.«

»Lösungen, die hätten eingeplant werden können, wenn du die Probleme früher aufgebracht hättest. Du hast sie zurückgehalten. Du hast dich herausgehalten.«

»Manche davon.« Sie starrte wieder auf ihre Hände. »Selbst ich kann nicht an alles denken, Charlie. Ich habe das Problem der Unfehlbarkeit sofort aufgebracht, als ich mir bewußt geworden war, daß einige meiner Veränderungen die Amme möglicherweise gefährlich gemacht hatten. Ich wollte niemanden verletzen.«

»Du wolltest niemanden verletzen. Oh, großartig. Dann ist das kein Blut auf meinem Hemd.« Er schlug sich mit der Faust auf die Brust. »Warum, Jessie? Was, um alles auf der Welt, ist es wert, mir das anzutun? Dem Lab das anzutun?«

»Warum?« Sie sah ihn an. »Du verstehst noch immer nicht, wie? Selbst nachdem Eamonn es dir erklärt hat.«

»Eamonn? Du meinst ...«

»Ja. Wenn du den Leuten diese Amme gibst, werden sie mit der Radioaktivität leichtsinniger umgehen. Das ist es, ganz einfach. Vor allem Regierungschefs werden die nukleare Lösung für erwägbarer halten. Willst du das auf deinem Gewissen haben?«

»Will ich das? Du machst dich lächerlich!«

»Verdammt, Charlie!« Sie stand auf und starrte ihn an. Patels Stuhl rollte über den Teppich, drehte sich und fiel um. »Halt mich nie wieder für lächerlich! Du bist von Dollarzeichen so geblendet, daß du nichts mehr anderes sehen kannst, keine anderen Ideal ...«

»Oh, du bist eine Idealistin, ja? Nun, Idealisten machen mich krank. Ihr geht so in euren erhabenen Zielen auf, daß ihr darüber die Menschen vergeßt.«

»Was meinst du mit diesem Blödsinn?«

»Ich meine, daß du bereit warst, Masao die Schuld für die Sabotage in die Schuhe zu schieben, oder warst du das nicht?«

»Ich ... Nein, ich habe dir gesagt, daß ich es war. Ich habe dir gesagt, ich werde nicht zulassen, daß du ihn feuerst.«

»Sicher. Heute nacht. Als es darauf ankam, konntest du nicht anders. Aber warum hast du nicht vorher etwas gesagt, im Auto? *Warum hast du mich weiter vermuten lassen, es sei Masao?*«

»Es ...« Sie rang die Hände. »Es schien nicht so wichtig zu sein, wie einen Krieg zu verhindern.«

»Einen Krieg zu verhindern? Sei realistisch. Selbst wenn das, was du sagst, wahr ist: Du sprichst nicht davon, einen Krieg zu verhindern. Alles, worüber du redest, ist eine Erhöhung einer Wahrscheinlichkeit. Von einer Möglichkeit von eins zu einer Billion, oder zwei zu einer Billion.«

»Wenn das Ergebnis minus unendlich ist, spielt es da eine Rolle, wie groß die Chance war?«

»Jede Übertreibung ist erlaubt, wenn der Grund gut ist? Wo haben wir das schon einmal gehört?« Er stand abrupt auf und schritt zur Tür.

»Du hast nichts gehört. Überhaupt nichts.«

»Sprich mich nicht an.« Er streckte die Hand aus, als ob er sich von ihr abschirmen wollte.

»Wohin gehst du?«

»Raus.«

»Im Pyjama?«

Er antwortete nicht, sondern stapfte die Treppe zum Appartement hinauf, wo er im Wäschekorb eine Jeans fand und sie anzog. Er konnte nicht denken. Seine Gedanken rasten in Kreisen, immer wieder dieselben Gedanken. Er band sich gerade seine Segeltuchschuhe zu, als Jessie im Türrahmen des Schlafzimmers erschien. Er konzentrierte sich auf seine Schnürsenkel.

»Kommst du zurück?«

Er hörte mit dem Schuhzubinden auf, aber wollte sie nicht ansehen. »Vielleicht.« Er zerrte den Knoten fest, dann erhob er sich und drückte sich an ihr vorbei. An der Vordertür hörte er, wie sie ihn vom oberen Treppenabsatz rief.

»Charlie?«

Er fror in der Bewegung ein, mit der Hand auf dem Türknopf.

»Ja?«

»Versprich mir eins.«

»Was?«

»Versprich mir, daß du über das, was ich gesagt habe, nachdenken wirst. Darüber, wie die Leute reagieren werden. Ich meine, daß du *wirklich* darüber nachdenkst.«

Er riß die Tür auf und schlug sie hinter sich zu.

XI

Singer kehrte später an dem Morgen zum Lab zurück, sein Sweatshirt unter den Armen durchschwitzt und sein Haar schweißnaß an den Kopf geklatscht. Sein Atem ging vor Erschöpfung stoßweise. Er hatte die letzten drei Stunden abwechselnd mit Gehen und Joggen durch die Nebenstraßen des Vororts verbracht, von Hunden angebellt, für kurze Zeit von einem Polizeiwagen begleitet. Das Rennen war zum Selbstzweck geworden. Während er rannte, gab es nichts außer der physischen Realität der auf das Pflaster klatschenden Füße; der Krämpfe, die seine Beine hinaufliefen; der Luft, die aus seinen Lungen ein- und ausströmte. Er hatte sich nur eine kurze Weile ausgeruht, auf einer Steinbank im Roosevelt Park, blicklos auf den See starrend, nicht in der Lage, seine Gedanken zu sammeln. Er würde noch immer dort sein, hätte er nicht die Regenwolken gesehen, die sich im Nordosten versammelten.

Die physische Anstrengung hatte ihn besänftigt, zumindest so weit, daß er keine Gefühle von dem frühmorgendlichen Streit mehr heraufbeschwören konnte. Er blieb kurz im Türrahmen des Lab stehen und sah die anderen, die ihn neugierig anstarrten, an. *Ich muß regelrecht dampfen,* dachte er. Er bemerkte Masao, der seine Hose mit ihren scharfen Bügelfalten abbürstete und nach dem Knoten seiner Krawatte fingerte. Eamonn, dessen Arbeit erforderte, daß er von Zeit zu Zeit dreckig wurde, zog sich immer lässiger als die anderen an, aber selbst er starrte Singer voller Überraschung an.

Jessie ging mit einem Computerausdruck in der Hand vorbei. Sie blieb kurz stehen, als sie ihn dort stehen sah. Ihre Lippen öffneten sich leicht, als wenn sie etwas sagen wollte. Dann verhärteten sich ihre Augen, und sie drehte ihm abrupt den Rücken zu und ging weiter.

Singer betrat das Lab und knallte die Tür hinter sich zu. Kalpit, in die Vorgänge auf seinem Bildschirm vertieft, sprang bei dem Geräusch erschrocken auf und drehte sich um. Masao blinzelte ihn mit eulengroßen Augen an. Niemand sprach.

Singer schritt an ihnen vorbei, sie kaum beachtend. Er ignorierte Jessie, als er an ihrem Arbeitsplatz vorbeiging, und sie ignorierte ihn. Ein Teil von ihm wußte, daß das nicht der richtige Weg war, mit einer Auseinandersetzung zu verfahren. Laß es alles heraushängen. War das nicht der Rat, den jeder gab? Schluck nichts hinunter. Aber er fürchtete sich vor dem, was passieren könnte, wenn sie sich freien Lauf ließen. Er fürchtete, daß einer von ihnen etwas sagen würde, das nie widerrufen werden konnte. Und so war es sicherer, sich hinter seinem Schreibtisch zu verbarrikadieren und die Welt herauszufordern, zu ihm zu kommen.

Er saß da, die Hände auf der Tischplatte zu einem Ball zusammengelegt. *Wie konnte sie mir das antun?* War sie sich nicht klar darüber gewesen, daß bei ihrer prekären finanziellen Situation das Sabotieren des Projekts sie ruinieren würde? Kümmerte sie sich gar nicht darum?

Nach einer Weile hob er den Kopf und blickte aus dem Bürofenster. Die anderen gingen mit der Vorsicht eines Trupps Soldaten, die ein Minenfeld überquerten, ihren Aufgaben nach. Sie konnten die Spannung fühlen, und keiner wollte der Funke sein, der sie zufällig entzündete. Sie sprachen miteinander, aber mit unterdrückter Stimme, kurz und flüsternd. Und keiner von ihnen sah ihn oder Jessie an, wie sie ihren Bildschirm unbeweglich anstarrend dasaß, ihr Gesicht wie aus dem Granit der Rechtschaffenheit gehauen.

Kein Ausweg. Er schüttelte den Kopf. Kein Ausweg. Jessie. Masao. Eamonn. Verbittert überlegte er, was Kalpit vorhatte, von dem er nichts wußte. Jessie hatte recht gehabt. Man verkauft keinen Freund. Aber Masao stahl. Und Jessie sabotierte. Also, wer verkaufte wen?

Er legte das Gesicht in die Hände. *Oh, Jessie. Was sollen wir machen?*

Einige Zeit verging, in der Singer starr an seinem Schreibtisch sitzenblieb. In jeder Richtung, in die er blickte, sah er nur Trümmer. Seine Gedanken, seine Gefühle waren wie betäubt.

Nach und nach kehrte aber wieder seine Stärke zurück und damit sein Zorn. Der Zorn bildete sich langsam, von einem dumpfen, roten Glühen des Schmerzes und des Grolls zu einer hellen Flamme, die an den Ecken seines Gehirns leckte. Eins nach dem anderen legte er die Scheite der Erinnerung in das Feuer. Seine Hände ballten sich auf der Schreibtischplatte langsam zu Fäusten.

Er blickte wieder durch das Fenster und sah Jessie mit Eamonn sprechen. Er erinnerte sich über das Nachsinnen des Iren über… Wie hatte er diesen Spuk genannt? Die Wäscherin an der Furt. Erinnerungen an einen Alptraum kitzelten ihn. *Jessie muß ihn darauf gebracht haben.* Mit ihrem Gerede vom Atomkrieg und atomarer Sorglosigkeit. Sie hatte nicht den Mut gehabt, selber zu ihm zu kommen, also hatte sie Eamonn als ihr willenloses Werkzeug benutzt. Verdammt noch mal, er haßte Feigheit.

Jessie sagte irgend etwas zu Eamonn, und es mußte lustig gewesen sein, weil er lachte. Irgendwie brachte ihn das noch mehr in Rage.

Er erhob sich und warf die Bürotür auf. Jeder schaute ihn an und fror in der Bewegung ein, aber er ignorierte sie und schritt über den Flur auf seine Frau und den Maschinenbauer zu.

Er stand schweigend vor ihnen; plötzlich fehlten ihm die Worte. Er wußte nicht, wo er beginnen sollte. Er wußte, daß er wütend aussehen mußte, weil Eamonn ihn mit ängstlichen Augen anblickte. Jessie musterte ihn von oben bis unten.

»Du solltest dich duschen und umziehen, Charlie.«

Er bewegte sich mit einer halben, spasmischen Drehung auf sie zu und hob die Hand. »Du kannst nicht alles so zungenfertig abtun«, antwortete er.

Eamonn versuchte sich davonzuschleichen, und Singer wandte sich ihm zu. »Und Sie kommen genauso wenig weg, Murchadha.« Er ließ den Blick von einem zum anderen wandern. »Also hast du ihn darauf angesetzt«, sprach er wieder Jessie an. »Ich hätte es wissen sollen. Verdammt. Warum bist du nicht zuerst zu mir gekommen? Warum mußtest du deine Zweifel verstecken, Fersengeld geben, den armen Eamonn hier heranholen, um sie mir beizubringen?«

»Einen Augenblick, Charlie …«

»Und Sie«, wandte er sich dem Nanotechniker zu, »mußten Sie alles, was Ihnen Jessie sagte, wie ein Papagei nachplappern? Können Sie nicht für sich selbst denken? Sie und Ihre Morrighan. Kugelsichere Westen.«

Murchadhas Gesicht rötete sich. »Doktor Singer, ich bin kein Schwachkopf, der eine auf der Hand liegende Möglichkeit nicht erkennen kann. Hätten Sie sich die Zeit genommen, darüber nachzudenken, wären Sie zu der gleichen Schlußfolgerung gekommen.«

»Nein, wäre er nicht, Eamonn«, meinte Burton-Peeler mit einem Seufzer. »Er kann es noch nicht einmal jetzt erkennen. Sie haben es ihm erzählt, und ich habe es ihm erzählt, und er denkt immer noch, daß wir uns über rein gar nichts sorgen. Und er hat keine plausiblere Erklärung dafür, daß wir beide zu demselben Schluß gekommen sind, als zu vermuten, daß einer von uns es dem anderen eingebleut hat.«

»Aye«, sagte Murchadha, »daß *Sie* es *mir* eingebleut haben.« Er sah Singer mit funkelnden Augen an. »Denn ich hab' nicht genug Verstand für eigene Gedanken.«

»Das ist der Grund, weshalb ich dir nichts gesagt habe«, fuhr sie fort, sich an Singer wendend. »Jedes Wort aus deinem Mund hat mir verraten, daß du nicht darauf vorbereitet warst, zuzuhören. Das einzige, was dir an diesem Projekt etwas bedeutete, war das Geld. Du kannst nicht hinter die Dollars sehen.«

»Und du kannst sie überhaupt nicht sehen. Oder hast du keine Sorgen, arm zu sein?«

»Charlie, wir sind meilenweit davon entfernt, arm zu sein.«

»Vielleicht«, meinte Murchadha, »sollte ich mir, wenn ich mit Verstandeskräften so dürftig ausgestattet bin, irgendwoanders eine Stelle suchen.«

Singer blickte Murchadha an. »Vielleicht sollten Sie das wirklich. Nehmen Sie Ihre Sorgen woandershin mit.«

»Es sind mehr als Sorgen, Charlie«, warf Jessica ein. »Es sind moralische Aufgaben.«

»*Moralische* Aufgaben? Dann solltest du dir vielleicht die Hände ebensowenig an dem Projekt schmutzig machen. Überlaß das uns Sündern.«

»Vielleicht sollte ich das.«

»Gewinn zu machen ist die Aufgabe eines Unternehmens, oder hast du davon noch nie was gehört? Eine Firma macht Gewinn, oder sie stirbt.«

»So. Menschen müssen essen, oder sie sterben. Macht das das Essen zum einzigen Lebenszweck? Ich habe nie gesagt, daß Gewinne keine Rollen spielen. Ich habe gesagt, daß du *nur* den Gewinn gesehen hast. Aber was ist mit dem nuklearen Problem, das Eamonn und ich sehen? Was mit dem sozialen Problem, das Masao erhoben hat? Was mit allem andern in der Welt neben dem Profit?«

»Bitte! Was geht hier vor?«

Singer drehte sich um und sah Koyanagi und Patel. Sie standen Seite an Seite, Patel mit einem verwirrten Gesichtsausdruck; Koyanagi erst nervös mit einer Hand wedelnd, dann mit der anderen. »Warum streiten Sie sich?« Singer war sich nicht bewußt geworden, wie laut ihre Stimmen geworden waren.

»Willst du es ihnen erzählen?« Singer verschränkte die Arme und ging zur Seite.

Burton-Peeler reckte das Kinn vor. »Eamonn und ich glauben, daß die Amme gefährlich sein könnte, wenn sie auf die Welt losgelassen würde.«

»Was?« Masao schien bestürzt. Er sah von Peeler über Singer zu Murchadha.

»Weil es die Leute zur Sorglosigkeit in nuklearen Angelegenheiten ermutigen könnte«, erklärte Murchadha. »Kernschmelzen und große Lecks würden wahrscheinlicher werden und auf lange Sicht häufiger.«

»Aber«, warf Patel ein, »die Amme wird die Menschen schützen. Das ist ihr Zweck.«

»Ja, sie wird die Menschen schützen, aber was ist mit den Vögeln und den Eichhörnchen und dem Vieh und den Bäumen?«

»Vielleicht wird dieses Fehlen eines Schutzes«, sagte Singer nüchtern, »die Menschen ermutigen, *vorsichtiger* zu sein.«

»Das ist nicht symmetrisch, Charlie«, erwiderte ihm Jessie. »Aber das Schlimmste daran ist«, fuhr sie fort, Patel und Koyanagi zugewandt, »daß sich die Sorglosigkeit auf Atomwaffen ausweiten wird. Die Leute, vor allen Dingen die Regierenden, werden sie für weniger gefährlich als vorher halten; und wenn sie weniger gefährlich sind, ist es wahrscheinlicher, daß sie eingesetzt werden.«

»Sicherlich nicht!« protestierte Koyanagi.

»Es ist eine Frage von Wahrscheinlichkeiten«, betonte Burton-Peeler. »Was ist, wenn nur ein Ayatollah oder ein Caudillo es glaubt? Wieviel ist zuviel? Hören Sie sich doch die Debatten der UN einmal an, wenn alle sogenannten Weltführer da sind, und Sie werden sehen, was ich meine.«

Patel blickte nachdenklich drein. »Da könnte etwas dran sein.«

»Nein!« rief Koyanagi. Er schien erregt, den Tränen nahe. »Es kann nicht wahr sein! Niemand würde sich so unverantwortlich verhalten.«

»Erzählen Sie das denen«, warf Singer ein. Koyanagi hatte die Nerven, *ihn* zu verteidigen.

»Masao«, sagte Jessie, »Charlie kann nichts als die Mäuse sehen, aber ich hätte gedacht, daß Sie die Wahrheit darin erkennen würden.«

Koyanagi sagte nichts, aber schüttelte langsam und entschieden den Kopf. »Ich habe größeres Vertrauen in die menschliche Natur als Sie.« Singer brach fast in ein Husten aus, als er Koyanagi das sagen hörte. Singer hatte etwas von seinem eigenen Vertrauen in Koyanagis Natur gesetzt.

»Von allen Weltreligionen«, sagte Murchadha, »haben die, die ihr Vertrauen in die menschliche Natur setzen, den wackligsten Boden unter den Füßen.«

»Eamonn und Jessie haben mir erzählt, daß sie das Projekt verlassen würden«, meinte Singer. Es war eine Übertreibung. Eine Provokation. Er hatte es absichtlich so formuliert. Er sah Jessie sich versteifen. »Auf diese Weise«, schloß er und blickte ihr direkt in die Augen, »werden sie die moralische Schuld nicht teilen.«

»Charlie, es geht darüber hinaus. Bei dem, was ich glaube, wie kann ich *dich* da an dem Projekt weiterarbeiten lassen?«

»Oh? Was planst du, um mich auszumanövrieren? Noch mehr Sabotage?«

»Sabotage?«

Totenstille fiel über die Gruppe. Sie sahen einander an, sahen Burton-Peeler an. Koyanagi war offensichtlich geschockt. »Dr. Peeler hat das Projekt sabotiert?« Er starrte sie an, als hätte er sie nie vorher gesehen. Patel sah aus, als wäre er nah daran, in Tränen auszubrechen. »Sie war es?« fragte er.

»Ja, unsere berühmte Vizepräsidentin hat das Projekt sabotiert. Wie denken Sie darüber?« Er verschränkte die Arme vor der Brust.

»Ich habe versucht, das Projekt zu verlangsamen – die Dinge zu verzögern«, erklärte sie. »Ich habe gehofft, daß du und die anderen zu Verstand kommen würden. Aber nur bei Eamonn war es der Fall.«

»Aber Sabotage?« fragte Patel. »Warum haben Sie das Problem nie offen erwähnt?«

»Warum; damit Charlie es abtun konnte?«

»Es war nicht richtig«, sagte Murchadha, und Peeler warf ihm einen verletzten Blick zu. »Es ist eine Sache, sich gegen eine Handlungsweise auszusprechen«, sagte er tadelnd. »Es ist eine andere, denen, die sich auf Sie verlassen, in den Rücken zu fallen. Es war nicht ehrbar.«

»Ehre? Wir sprechen darüber, das atomare Patt zu stürzen, und Sie sprechen von Ehre?«

»Was ist das Leben ohne Ehre?«

»Was ist die Ehre ohne das Leben?«

»Also, Jessie«, mischte sich Singer selbstzufrieden ein. »Auf welche Weise beabsichtigst du, uns aufzuhalten?«

»Wir werden das Projekt abwählen. Du und Masao wollen es weiterlaufen lassen? Fein. Eamonn und ich wollen es stoppen. Wir beide haben so viele Anteile wie ihr zwei.«

Singer überlegte, daß eine feine Ironie darin lag, daß das Überleben des Projekts nun von einer Allianz zwischen ihm und dem Mann, den er hinausdrängen wollte, abhing. Er wandte sich an Patel. »Nun, Kal? Es liegt an Ihnen.«

Patel sah die vier an und schüttelte den Kopf. Er entfernte sich ein wenig von ihnen und sackte gegen Murchadhas Arbeitstisch. Seine Hände preßten sich auf die Oberfläche, und er stützte sich auf sie, der Gruppe den Rücken zugewandt. »An mir?« fragte er. »Warum sollte es an mir liegen? Wer bin ich? Alles, was ich tun will, ist bessere Moleküle zu entwerfen. Ich möchte nicht das Zentrum der Aufmerksamkeit sein. Ich möchte nicht derjenige sein, der die Entscheidung trifft.«

»Sie können es nicht verhindern, Kal«, meinte Singer. »Sie stehen auf der Hauptbühne, ob Sie es wollen oder nicht. Sie haben sich selbst dorthin gestellt, als Sie wegen der Sabotage zu mir kamen.«

Der Mikrobiologe hob den Kopf und wandte sich ihnen zu. Er biß sich auf die Lippe. »Ich weiß es nicht. Ich erkenne, daß es eine Gefahr geben könnte, wie sie Jessica und Eamonn ausgeführt haben; aber ich glaube nicht, daß sie verschwinden wird, wenn wir die Augen schließen.« Er sah Koyanagi an. »Masao?«

Der Niprasilianer richtete sich auf. »Es ist eine Aufgabe, die erfüllt werden muß. Ich werde dabeibleiben.« Patel nickte.

»Wenn Masao bleibt, werde ich auch bleiben.«

Singer schnaufte. »Dann auf Wiedersehen. Weil Koyanagi auch nicht bleiben wird.«

»Was?« Jeder außer Jessie war verblüfft.

»Der Regierungsmann«, erklärte sie, »hat Charlie erzählt, daß die Regierung den Vertrag erst honorieren wird, wenn er Masao gefeuert hat.«

Patel sah traurig aus. »Aber es war doch trotz allem *nicht* Masao, der die Arbeit sabotiert hat.«

»Das hat nichts mit Sabotage zu tun«, sagte Peeler. »Die Regierung mag einfach Masaos schräge Augen nicht.«

»Ah, aber du warst bereit, mich weiter glauben zu lassen, daß Masao der Saboteur war, nicht? Du hast zuerst nichts gesagt, obwohl du es besser wußtest.«

»Du hast *mich* der Sabotage verdächtigt?« fragte Koyanagi Patel. Patel sah elend aus, sagte aber nichts.

»Sabotage war nicht Masaos Absicht«, sagte Singer. »Er wollte den Entwurf stehlen. Er behielt geheime Duplikate von unserer gesamten Arbeit.« Singer sah, wie Koyanagi den Kopf reckte, um zu seiner Schreibtischschublade zu schauen.

»Sie haben meinen Schreibtisch durchsucht.« Koyanagi fragte nicht, er machte eine Feststellung.

»Piraterie?« Patel schüttelte den Kopf. »Nein, ich glaube das nicht.«

Singer zeigte ihm aufmunternd einen Daumen. »Na los, fragen Sie ihn.«

Koyanagi zog sich selbst hoch. »Das war unanständig, meinen Schreibtisch zu durchsuchen.«

»Es war unanständig, unsere Arbeit zu stehlen.«

»Ich... ich habe nur kopiert. Aber nur für mich selbst. Für die Menschheit...« Singers Lachen unterbrach ihn, aber Koyanagi hob seine Stimme. »Für die Menschheit, sage ich! So daß die Armen ebenso geschützt sind wie die Reichen. So daß die Profitgier nicht die Hilflosen verdammt.«

»Aber Diebstahl?« fragte Patel. »Masao, ich hatte Besseres von dir gedacht.«

Koyanagi sah ihn mit Verachtung an. »Du hast mich für den Saboteur gehalten.«

Patel ließ den Kopf hängen.

»Saboteur, Dieb, was ist der Unterschied?« warf Murchadha ein. »Ist eins ehrbarer als das andere?«

»Ich hatte gute Gründe für das, was ich getan habe.«

Murchadha nickte in Richtung Burton-Peeler. »Ja, und das hatte sie auch. Und kein Grund war gut. Wie ich gesagt habe, was ist das Leben ohne Ehre? Wenn der Grüne Ritter kommt, werdet ihr euren Nacken entblößen?«

»Aber...«

Murchadha setzte sich aufrecht. Singer glaubte, in seinen Augen die rechtschaffene Sturheit unzähliger irischer Helden zu sehen. »Die Motive eines Widersachers erscheinen selten so richtig und rein wie die eigenen. Meine Gründe rechtfertigen meine Handlungen; aber deine Gründe rechtfertigen deine Handlungen nicht. Sicher, basiert nicht jede Kleinigkeit auf guten Vorsätzen?«

»Seht mal«, sagte Singer. »Ich habe mich über Sie geirrt, Eamonn. Sie sind willkommen, dabeizubleiben. Das gleiche gilt für Sie, Kal. Aber Sie, Koyanagi-san, und du, Jessie...« Er konnte keinem in die Augen sehen, also entschied er sich, die Nanodrehbank anzusehen. »Ich muß euch bitten, euch... von dem Projekt fernzuhalten.«

»Wie weit soll ich nach deiner Meinung dabei gehen, mich fernzuhalten, Charlie?«

Singer wollte sie noch immer nicht ansehen. »Du bist der Richter.«

»Doktor Singer«, warf Murchadha ein. »Ich weiß nicht, ob ich bleiben kann. Ich wußte nie, daß Sie eine so niedrige Meinung von mir haben, und... und ich glaube noch immer, daß die Wäscherin am Fluß auf uns wartet. Und vielleicht ist *Magh Tuiredh* auf der anderen Seite. Ich weiß nicht, ob ich weiterhin mit gutem Gewissen an dem Projekt arbeiten kann.« Er blickte finster drein und stopfte die Hände in die Taschen. »Ich muß darüber nachdenken.« Er drehte sich langsam um und ging. Die anderen beobachteten ihn schweigend. Als die Tür des Labors sich leise hinter ihm schloß, seufzte Singer.

»Dann sind es nur noch Sie und ich«, sagte er zu Patel.

Patel schüttelte den Kopf. »Es ist ein gutes Projekt. Ich stimme nicht mit dem jungen Eamonn überein, oder mit Ihnen, Jessica, aber...« Wieder schüttelte er den Kopf. »Die gesamte Angelegenheit könnte zuviel schlechtes Karma haben. Freunde haben sich gegen Freunde gewandt.« Er sah Koyanagi an, dann Burton-Peeler. »Ich weiß, daß jeder von euch seine Gründe hatte, aber ihr habt Leute verletzt.«

»Idealisten kümmern sich nicht darum, wen sie verletzen«, erklärte Singer.

Patel schaute ihn an. »Söldner genausowenig. Sie waren darauf vorbereitet, eine Entschuldigung zu finden, um Masao zu feuern, nicht wahr? Wenn seine Piraterie nicht wäre, hätten Sie einen anderen, weniger rechtfertigenden Grund gefunden. Und warum? Nur um der Regierung zu gefallen und ihr Geld zu bekommen.« Er hob die Hand. »Ich weiß. Ich weiß. Sie hatten auch gute Gründe. Ohne das Geld könnte das Lab nicht überleben.« Er schüttelte den Kopf. »Aber ich glaube nicht, daß dies hier danach noch ein angenehmer Ort zum Arbeiten wäre. Was wäre, wenn Indianer als nächstes auf der Regierungsliste stünden?«

»Sie sind ein Amerikaner«, erwiderte Singer.

Patel lächelte traurig. »Erzählen Sie das den weißen Schlägerbanden.« Er schaute bedrückt auf seinen Arbeitsplatz. »Trotzdem werde ich diesen Ort vermissen. Ich werde die Jahre vermissen, die wir zusammen verbrachten, bevor wir unsere wahren Seelen entdeckten.« Er sah Koyanagi an. »Und ich werde die Jahre vermissen, die wir hier noch hätten zusammen sein können.« Er hielt die Hand hoch, ließ sie dann aber fallen. »Nein«, sagte er. »Es wäre heuchlerisch, oder nicht? Nun, vielleicht in einem anderen Leben.«

Und auch er ging.

Koyanagi trat unbehaglich von einem Fuß auf den anderen.

»Was werden Sie jetzt tun?« fragte er.

»Tun? Was kann ich tun? Sie müssen gehen. Ich kann Sie nicht weiter hierbehalten, oder kann ich das?«

»Ich verstehe.«

Singer blickte ihn an. Masaos Miene war starr und ausdruckslos. Der unergründliche Orientale. Was für ein Blödsinn. Der Schmerz stand ihm überall ins Gesicht geschrieben.

»Passen Sie auf«, sagte Singer, »daß Ihnen die Türklinke nicht den Arsch aufreißt, wenn Sie rausgehen.«

Koyanagi errötete und verbeugte sich. »Sie verstehen meine Motive nicht«, meinte er und drehte sich um und ging.

Als Koyanagi fort war, verbreitete sich Stille im Labor. Singer stand unbeweglich da. Dann schaute er über die Schulter zu seiner Frau, die auf Eamonns Hocker saß. »Nun, du hast das, was du wolltest«, sagte er. »Wir sind ruiniert.«

»Du hast es dir selbst angetan, Charlie«, erklärte sie traurig. »Das habe ich niemals gewollt.«

»Oh? Was wolltest du dann?«

»Ich wollte, daß du Vernunft annimmst.«

Singer grunzte. »Deine Vernunft.«

Sie lachte bitter. »Jetzt weißt du, wie er sich gefühlt hat, nicht, Charlie?« Sie glitt vom Hocker und ging zur Tür. Singer fühlte die Angst in seinem Bauch. Er erinnerte sich an ihren ersten Tag als Laborkollegen in der Schule; die dunklen Zeiten, als er versagt und sie ihm beigestanden hatte. Er erinnerte sich, wie sie zusammen Plastiphage kreiert hatten, und EverKleen und AireFresh und all die anderen Dinge. Die Freude der Entdeckung. Das gegenseitige Umarmen, Ab- und Aufspringen wie alberne Schulkinder. Er wollte rufen: Geh nicht! Aber er wollte genauso ihr gegenüber nicht nachgeben.

»Wie wer sich gefühlt hat?« fragte er.

Sie sah sich in dem leeren Laboratorium um. »Samson«, erwiderte sie. »Als er in den Ruinen des Tempels stand.«

Singer schloß kurz die Augen. »Wenn ich Samson bin, dann mußt du Delilah sein. Die Frau, die er liebte und die ihn betrog.«

Jessie sah ihn an und bewegte die Lippen. Sie schien etwas sagen zu wollen, aber änderte dann ihr Vorhaben. Sie schüttelte den Kopf und öffnete die Tür. »Auf Wiedersehen, Charlie«, sagte sie.

Dann war er allein.

Er sah an sich hinunter, blickte auf die Terminals und die Maschinen. Die leeren Stühle. Das Zischen der Klimaanlage hörte sich an wie Wellen, die an einen mitternächtlichen Strand schlagen.

XII

Seine Unentschlossenheit dauerte nur so lange, bis er das Schlagen der Vordertür hörte. Dann stürzte er aus dem Labor hinter ihr her. »Jessie!« Er riß die Vordertür auf und rannte über den breiten Rasen, der vor dem Gebäude lag. Als er die Straße erreichte, blieb er stehen und sah in beide Richtungen. Die schwarzen Wolken, die er vorher gesehen hatte, kochten aus dem Nordosten heran, und die Bäume und Häuser hatten dieses ätherische Leuchten, das die Ruhe vor dem Sturm bedeutete. Er fühlte seine Haare im Nacken sich aufrichten, und irgendwo weit entfernt glomm ein Blitz auf.

Er sah sie am Ende des Blocks, wie sie nach links in die Christie Street einbog. Er sprintete hinter ihr her, sein Herz pochte. »Warte!« Die obersten Äste der Bäume schlugen um sich, als die ersten Böen sie peitschten, und er hörte das entfernte Grollen des Donners. »Jessie, warte!«

Als er die Ecke erreichte, sah er, daß sie am Zaun, der den Edison Tower umsäumte, stehengeblieben war. Die herabsinkende Dunkelheit des Unwetters hatte die automatischen Schalter aktiviert, und die riesige Glühbirne auf der Spitze des Turms verbreitete eine blendende Helligkeit. Jessie lehnte am Zaun, sich mit den Fingern an den Maschendraht klammernd. Singer holte sie ein und nahm sie beim Arm.

»Jessie!«

Sie entzog ihm ihren Arm. »Faß mich nicht an!«

»Jessie, es tut mir leid.«

04.41

Sie wandte ihr Gesicht ab. »Bedeutet das, daß ich nicht gefeuert bin?«

»Ich kann dich nicht feuern. Du besitzt 25 Prozent meines Geschäfts.«

Sie rüttelte hart am Zaun. Wellen aus Stahl schlugen und ratterten gegen die Reihe von Pfosten. »*Unser* Geschäft, verdammt noch mal! Unsers, nicht deins. Du kannst nicht einen deiner dummen Scherze daraus machen.«

»In Ordnung. Unsers.«

»Und Kalpits und Eamonns und Masaos. Wir sind Partner, nicht Angestellte.«

»Ich weiß das, Jess. Ich habe es Royce selber gesagt.«

»Aber du hast nicht danach gehandelt. Jedenfalls nicht bei diesem Projekt. Es hat dich verändert.«

»Ich … war besorgt. Es war ein teures Projekt. Wir standen auf des Messers Schneide, was die Rentabilität anbetrifft. Es hat mir die Eingeweide verdreht.« Er bemerkte, daß dieser Knoten jetzt seltsamerweise fehlte. Jetzt, wo sein Ruin eine Tatsache war, konnte er damit fertigwerden.

»Ist das eine Entschuldigung? Ich bin nicht dumm, Charlie. Ich weiß, daß das Lab Geld brauchte, aber das gab dir nicht das Recht, die Dinge zu tun, die du getan hast. Du hast nie zuvor so Augen und Ohren verschlossen. Du warst immer bereit, zuzuhören.«

»Und ist das deine Entschuldigung?« Es war ein unwillkürlicher Gegenschlag. Er hatte das nicht sagen wollen, oder es zumindest nicht so grob. »Weil du gedacht hast, daß ich nicht zuhören würde, hast du mich hintergangen.«

»Hättest du zugehört?«

»Ich …« Er brach ab. »Ich weiß nicht.« Er steckte die Hände in die Taschen, drehte sich um und lehnte sich gegen den Zaun. Die Maschen preßten sich in seinen Rücken. »Ich denke gern, daß ich das trotz alledem gemacht hätte. Aber das ist nicht der Punkt. Ich habe getan, was ich gedacht habe tun zu müssen. Vielleicht hatte ich unrecht. Aber du und Masao, ihr habt auch getan, was ihr gedacht habt tun zu müssen.«

Sie drehte den Kopf, und das Licht vom Turm erleuchtete ihr Gesicht im Profil. Das Licht schien durch die gekräuselten Spitzen ihrer Haare und zog ein diamantenes Glänzen um die Kurve ihrer Wange. »In Ordnung«, sagte sie. »Ich hatte auch unrecht. Ist es das, was du hören willst? Du hattest unrecht, und ich hatte unrecht, und Masao hatte unrecht, und jetzt ist alles in Butter, und wir können dahin zurückkehren, wo die Dinge standen.«

»Können wir das nicht?«

»Charlie, manchmal bist du der dümmste Mann, den ich jemals gekannt habe! Weißt du, daß du mich in den letzten fünf Minuten öfter bei meinem Namen gerufen hast als in den letzten fünf Monaten?«

»Was?« Singer war von der Belanglosigkeit der Bemerkung verwirrt. Es krachte und rumpelte von neuem, noch immer entfernt, aber näher als vorher. Ein Auto rollte die Straße entlang, und der Fahrer sah sie neugierig an.

»Vergiß es«, sagte sie. »Es spielt keine Rolle mehr.«

»Verdammt noch mal, es spielt eine Rolle. Sonst würden wir jetzt nicht hier stehen.«

Sie mußte irgend etwas aus seiner Stimme herausgehört haben, weil sie sich schließlich umdrehte und ihm voll ins Gesicht sah. »Ja, du bist hinter mir hergekommen. Ich … habe überlegt, ob du das tun würdest.« Sie schwieg kurz und entfernte sich ein paar Schritte vom Zaun. »Charlie, ich habe gesagt, daß ich deinen Blickwinkel verstehen könnte, was das Geld betrifft. Ich kann mich sogar hineinfühlen. Warum tust du dir so schwer, meinen Blickwinkel zu verstehen?«

Er sagte sich, daß er für alles, was er getan hatte, immer gute Gründe gehabt hatte. Aber war das nicht gerade das Problem? Jeder hatte gute Gründe für das, was er tat. Er wußte, daß er der ernstesten Krise seines Lebens ins Gesicht sah. Ernster vielleicht sogar als jene Mitternachtsstunde im Oktober. Und das Problem war nicht das Geld; nicht, wem das Lab gehörte; nicht einmal die Wäscherin an der Furt. Es war Jessie und ihr gemeinsames Leben. Es war nicht leicht, mit ihr zusammenzuleben. Sie war eigensinnig, halsstarrig und einfach sehr hartnäckig. Sie hatte gerade erst gezeigt, daß sie ihm nicht vertraute. Trotzdem, wurde er sich bewußt, das Schlimmste für ihn wäre, sie zu verlieren.

Er kauerte sich hin und lehnte sich mit dem Rücken gegen den Maschendrahtzaun. »In Ordnung«, versicherte er. »Erklär es mir. Ich werde zuhören. Ich verspreche es.«

Sie spazierte langsam zu einer der großen Ulmen, die die Straße säumten, und fuhr mit der Hand über die rauhe Rinde. Charlie wartete geduldig. Sie blickte ihn an. »Weißt du Bescheid in Psychologie, Charlie?«

»Klar. Du zahlst einem Quacksalber sechzig neue Dollar für eine Stunde, damit er tut, was Priester gewöhnlich umsonst tun. Um herauszufinden, daß du auf Grund irgendeines Kindheitstraumas auf etwas fixiert bist.«

Sie warf ihm einen seltsamen Blick zu. »Ja. Um jene besondere Sache herauszufinden. Aber das zielt am Punkt vorbei. Ich habe dich nach Psychologie gefragt, nicht nach Psychiatrie. Die Psychologie beschäftigt sich mit Verhaltensforschung. Mit beobachtbaren Phänomenen, nicht geistigen Einstellungen oder Glaubensfragen.« Sie zog ein kleines Stück Rinde vom Baum ab. »Sag mir eins. Wenn wir das Geld so dringend brauchten, wie du gesagt hast, warum hast du nicht eine Bank ausgeraubt?«

»Was hast du gesagt?«

»Warum hast du nicht eine Bank ausgeraubt?«

»Sei nicht albern.«

Sie schlug mit der Hand auf den Stamm. »Ich dachte, du wolltest zuhören.«

Singer tat einen langen, tiefen Atemzug und ließ die Luft langsam wieder heraus. »Ja, da wollte ich. Tu ich das oft?«

»Zu oft für jemanden, der so liberal ist wie du. Ich habe dich nie für einen Sawyeristen gehalten, aber in manchen Angelegenheiten tut es nur noch mehr weh.« Sie legte eine Pause ein und schnippte das Stück Rinde in die sinkende Dunkelheit. Blitze zuckten und wuschen die Farbe aus den Dingen. Singer dachte, daß sie hineingehen sollten.

»Also, warum hast du nicht Banken ausgeraubt?« beharrte sie auf ihrer Frage.

Laß sie ihren Standpunkt auf ihre Weise beschreiben, entschloß er sich. »Weil es unrecht ist.«

»Wer sagt das?«

»Wer sagt das? Gott. Das Gesetz.«

»Also was?«

»Also stecken sie dich ins Gefängnis. Oder in die Hölle; das kommt darauf an, wer dich erwischt. Es ist es nicht wert, es darauf ankommen zu lassen.«

»Nicht wert, es darauf ankommen zu lassen«, wiederholte sie. »Das ist genau richtig. Jede Handlung hat Nutzen, aber sie hat ebenso Kosten. Die Wahrscheinlichkeit, bei einer Sache zu gewinnen, ist proportional zur Gewinnspanne. Gott, Charlie, das ist dein Lieblingsgeschwätz! Kosten, Nutzen, Gewinne. Du raubst keine Banken aus, weil der mögliche Gewinn zu klein ist.«

»Verdammt, Jessie. Bei dir hört sich das an, als wären Menschen nichts als logisch handelnde Roboter. Sie sind es nicht. Wenn die Menschen logisch und vernünftig wären, würden wir uns nicht sorgen …«

»Würden wir nicht?«

»… und ich habe ein Leben als Gangster nicht deshalb vermieden, weil das Kosten-Nutzen-Verhältnis zu unvorteilhaft ist. Ich raube keine Banken aus, weil es *falsch* ist!«

»So. Wenn es falsch ist, weil Gott es so verfügt hat, ist dann nicht die absolute Sicherheit der Göttlichen Bestrafung ein Teil deiner wahrscheinlichen Kosten? Oder wenn es falsch ist, weil es der Gesellschaftsstruktur Schaden zufügt, ist das dann nicht ein Teil davon? Die Kosten und Nutzen sind nicht Geld, sondern unantastbare Dinge wie Zeit, Energie, Selbstachtung, Kameradschaft. Dinge, die wir hier drin ausbalancieren.« Sie schlug sich auf die Brust.

»Aber was hat das alles mit der Wäscherin an der Furt zu tun?« Gott, warum gebrauchte er wieder dieses Alptraumbild? Weil Eamonn eine gute Geschichte erzählt hatte? Weil der Nachmittag dunkel und stürmisch war, voller Vorahnungen? »Du kannst mir nicht erzählen, daß es bei einem Atomkrieg einen Gewinner geben könnte.«

»Nein? Wie schätzt du den Gewinn ein, den die Befriedigung geben würde, deinen Feind zu zerstören, auch wenn es den Tempel um dich herum zum Einstürzen bringt? Verflucht, Charlie, Menschen sind verschieden. Wir sind Individuen, haben individuelle Wahrscheinlichkeitsveranlagungen. Wer kann sagen, was für eine andere Person nach einer vernünftigen Möglichkeit aussieht? Leute spielen an Spielautomaten, um Gottes willen. Sie kaufen Lotterielose. Egal, wo du die ausgleichende Linie ziehst, es wird immer welche geben, die auf der anderen Seite herunterfallen.«

Singer dachte darüber nach. »Ernie und Emily«, murmelte er.

»Wer?«

»Nichts. Es ist nur so, daß ich die gleichen Gedanken vor einiger Zeit hegte. Egal, wo du die Linie ziehst, es wird immer welche geben, die auf der anderen Seite herunterfallen. Aber das war ein technisches Problem: Biophysik und Systemanalyse.«

»Menschen sind auch ein Teil des Systems, Charlie. Und die Regulierung des Operateurs ist in der Psychologie ebenso gut begründet, wie es die Mendelschen Gesetze in der Vererbungslehre sind. Da ist nichts Roboterhaftes dran. Die Menschen treffen im allgemeinen vernünftige Entscheidungen – im Licht der Daten, die ihnen zugänglich sind. Die Schwierigkeit kommt bei der Entscheidung, was ›vernünftig‹ ist.«

»Ist das nicht immer die Schwierigkeit?« fragte Singer. »Ist es nicht das, was gerade unser Team auseinandergerissen hat? Jeder war so verdammt vernünftig.« Die gesamte Verhaltensforschungsidee von der Motivation erschien ihm naiv. Die Leute waren komplexer, als Jessie es ihnen zutraute. Obwohl… Wirtschaftlichkeit war auch komplex; trotzdem war das Kosten-Nutzen-Prinzip im Grunde von eleganter Schlichtheit. Daß das Prinzip viel allgemeiner als die Wirtschaftlichkeit war – daß Wirtschaftlichkeit eigentlich ein ›besonderer Fall‹ war –, erschien verlockend. Vielleicht auch trügerisch.

»Noch immer«, blieb er beharrlich, »redest du von Wahrscheinlichkeiten, nicht von Realitäten. Das ist der Grund, warum ich das Argument dir nicht schon vorher abgekauft habe.«

»So. Wie rechnet man Wahrscheinlichkeiten von Individuen in Entscheidungen der Bevölkerung um? Wenn die ›Gewinnspanne‹ für eine Verhaltensweise eine Wahrscheinlichkeit von, nun… sagen wir mal, 0,001 hat, und es dreihundert Millionen Menschen im Land gibt, dann können wir voraussehen, daß 300 000 Menschen die Verhaltensweise wählen werden und auf der anderen Seite der Linie herunterfallen.«

»Plus/minus 1100 oder so«, sagte er, »bei der Vermutung, daß *p* für alle Schichten des statistischen Universums den gleichen Wert hat. Wenn das nicht der Fall ist, würde es davon abhängen, wie die frühere Verteilung der…«

»Vergiß die technischen Details, Charlie. Sie sind nicht wichtig. Der springende Punkt ist, daß eine unvorhersehbare Wahrscheinlichkeit für ein Individuum zu einer vorhersehbaren Verteilung für eine Menge Individuen wird. Statistiken erstellende Maschinen kümmern sich nicht darum, ob die Individuen Moleküle oder Menschen sind. Was, glaubst du, passiert mit *p*, wenn du die Kosten der Verhaltensweise reduzierst?«

»Jessie, ich bin auch nicht dumm. Mehr Leute werden die Verhaltensweise wählen. Vielleicht doppelt so viele. Vielleicht zwei pro Billion statt einer pro Billion.«

»*Aber sie muß sich erhöhen.* Begreifst du das nicht? Indem die empfundene Strafe für den Atomkrieg reduziert wird, wird unsere Amme ihn einfach ein kleines bißchen wahrscheinlicher machen.«

Das Problem, wurde sich Singer klar, war, daß er es *verstand.* Vielleicht hatte er es immer verstanden. Er erinnerte sich an die Streikposten der Grünen, die er und Royce auf den Docks beobachtet hatten. Er hatte zu der Zeit angenommen, daß sie gegen die Amme selbst protestierten. Plastiphage reduzierte die Strafe für das Abladen von Müll, zumindest von Plastikmüll. Es war, auf diese Weise, eine Erlaubnis zum Umweltverschmutzen, und die Grünen waren weniger daran interessiert, die Umwelt zu säubern, als sie zuerst einmal nicht im Abfall verkommen zu lassen. Sie wollten die menschliche Verhaltensweise ändern, nicht sie den Umständen anpassen.

Und er hatte irgendwo gelesen, daß immer mehr Abflüsse auf die Arthur Kill-Müllhalde gingen, nicht weniger; und daß die Bemühungen, sie zu kontrollieren, nachgelassen hatten. Er hatte zu jener Zeit über die Dummheit der New Yorker Politiker traurig den Kopf geschüttelt, aber es war ihm nie in den Sinn gekommen, daß die Amme selbst zu einer ›Scheißegal‹-Haltung ermutigt haben könnte.

Er sah Jessie an. Oder schien das Argument jetzt nur

so vernünftig zu sein, weil er Jessie nicht verlieren wollte. Wenn du eine Antwort *willst,* dann stellst du das Argument nicht in Frage. Guter alter Thukydides. Diese Griechen waren ziemlich kluge Jungs. Nur, wie konnte jemand wissen, ob seine Überzeugungen von der Vernunft oder vom Verlangen bestimmt wurden?

Nein, verdammt. Ihr Argument *machte* Sinn. Was hatte Eamonn gesagt? Menschen seien Menschen. Sie reagierten auf die Tatsachen, wie sie sie sahen, nicht wie Singer sie sah. Wenn die Menschen alle gleich wären, gäbe es kein Problem. Aber das waren sie nicht. Sie waren eine planlose statistische Verteilung von Individuen. Ernies und Emilies. Stur und nachgiebig. Nachdenklich und impulsiv. Prometheaner und Ludditen.

Er hätte es wissen sollen. Er hätte es selbst sehen sollen. Wie lange schon wurden Hersteller vom Mißbrauch ihrer Produkte durch die Kunden geplagt? Kartentische als Trittleitern benutzt. Schraubenzieher als Meißel gebraucht. So lange, wie es Hersteller und Kunden gab. Es brachte nichts, zu diskutieren, daß die Menschen solche Dinge nicht tun *sollten.* Es war eine ausgemachte Sache, daß ein gewisser Prozentsatz von ihnen es tun *würde.* Und die Gerichte hatten geurteilt, daß Hersteller für jeden ›vorhersehbaren‹ Mißbrauch verantwortlich waren.

Also war der Grundgedanke von Jessies Sorge fest im Gesetz verankert. Und vielleicht auch im Gesetzesrecht. Abschnitt 402A der Dritten Neuformulierung des Unrechts, oder irgend etwas in der Art. Er überlegte, wer, wenn die Rad-Amme zu einem Atomkrieg führen würde, da sein würde, um einen Prozeß einzuleiten.

Woher wußten Individuen, ob ihre eigenen Überzeugungen von der Vernunft oder vom Verlangen herrührten? Sie konnten es nicht. Aber wenn verschiedene Menschen zu ähnlichen Überzeugungen gelangten und diese Überzeugungen streng getestet würden, in Laboratorien oder Gerichtssälen, erlangten sie eine Art Objektivität, eine Zwischensubjektivität. Es spielte keine Rolle, ob Jessies Argument vernünftig war oder nicht. Es war wirklich, und das war alles, was interessierte. Ein Wissenschaftler lernt nichts, wenn er nicht lernt, sich mit der Realität auseinanderzusetzen.

»Was hast du, Charlie?«

Er riß ein Grasbüschel ab und rupfte es auseinander. »Ich habe Angst, du könntest recht haben.«

»Angst?«

»Ja, Angst. Die Tatsache, daß du recht hast, bedeutet nicht, daß ich unrecht habe. Wenn wir dieses Projekt in der Versenkung verschwinden lassen, aus welchen noblen Gründen auch immer, bedeutet es immer noch das Ende des Labs. Kreditgeber sind von noblen Gründen nicht beeindruckt.« Er seufzte und benutzte den Zaun, um sich hochzuziehen. »Es war ein höllischer Tag, und ich habe nicht geschlafen.«

»Was wirst du tun? Mit dem Projekt, meine ich.«

Er sah sie an. »Da gibt es nicht viel, was ich tun kann, oder? Das Team ist auseinandergelaufen. Und selbst wenn es das nicht wäre… Ich müßte die gesamte Sache einem ernsten zweiten Blick unterziehen.« Er drehte sich um und trat gegen den Maschendrahtzaun. »Verdammt!«

»Du bist kein guter Verlierer, oder, Charlie?«

»Verlierer, ist es das? War es ein Wettstreit? Wurde von einem von uns erwartet zu gewinnen?«

Sie schüttelte den Kopf. »Ich weiß es nicht. Es fühlt sich nicht wie ein Sieg an.«

Das Gewitter brach los, und große Regentropfen prasselten mit der Kraft von kleinen Steinen auf sie nieder. Wasserblumen erblühten auf dem Asphalt. Der Regen kam wie ein Wasserfall herunter, und sie waren beide innerhalb von Sekunden durchnäßt. Die Blitze mehrten sich, und Singer wurde sich plötzlich des

Turms und der Bäume um sie herum bewußt. »Komm«, sagte er, »wir rennen besser zum Lab zurück!«

Jessie zupfte ihre durchweichte Bluse vom Körper. »Warum sich mit Rennen abquälen?« Der Regen, der an ihren Haaren und ihrem Gesicht hinunterrann, überzog sie mit einem Glanz, als wäre sie in Glas gehüllt.

Er nahm sie beim Arm. »Weil ich nicht Gene Kelly bin«, antwortete er und dachte, daß es ziemlich lang her war, seit sie zusammen gelacht hatten, auch wenn es nur für einen Augenblick war.

XIII

In Ordnung. Worauf wartest du?

Singer blickte das Telefon an, nahm den Hörer ab, zögerte, legte ihn dann wieder auf. *Ich weiß nicht.* Er stand auf, ging zu seiner Bürotür und sah hinaus. Kalpits Terminal war dunkel, Eamonns Behälter leer. Über sich hörte er Jessies Schritte, wie sie das Appartement durchquerte. Der gedämpfte Donner des Gewitters betonte die Leere. Ruhig schloß er die Bürotür.

Verdammt dumme Angelegenheit. Verhaltenspsychologie? Warum konnten sie nicht wie normale Leute über Sex streiten? Er raffte seinen Hausmantel zusammen und hörte dem Rumpeln des Donners zu, wie es die Wände zum Zittern brachte. Zumindestens war er trocken. Geborgen wie ein Käfer. Er nahm seine Tasse dampfenden Kaffee und nippte daran.

Jeder hat Gründe für das, was er tut. Jeder ist in seinen Augen vernünftig. Und was bedeutete das? Wenn andere sich anders benahmen, dann mußten sie unvernünftig sein. Egal, ob sie eigene Gründe hatten oder nicht.

Eigene Gründe. Selbst wenn andere sich auf dieselbe

Art benahmen, wen sie dieselben Ziele zu haben schienen, könnten sie noch immer eigene Gründe haben. Er kehrte zu seinem Schreibtisch zurück und griff sich, bevor er seine Meinung wieder ändern konnte, das Telefon, tippte die elf Ziffern ein und wartete.

»Royce hier.«

»Ja, John.« Er legte in seine Stimme herzlichen Enthusiasmus. »Hier ist Charles Singer vom Lab. Ich bin froh, daß ich Sie noch bei der Arbeit erwischt habe.«

»Die Arbeit ist nie getan.«

»Das ist nur allzu wahr. Ich habe aus folgendem Grund angerufen: Wir haben ein Problem.«

»Irgend etwas, wobei ich helfen kann?«

»Ich weiß nicht.« Er zögerte. Soweit er sich erinnern konnte, hatte Royce sich ihm gegenüber immer höflich verhalten. Wenn der Regierungsmann ein Hurensohn gewesen wäre, würde das alles viel einfacher sein. Nun, ein Betrug mehr, den er zu seiner Liste hinzufügen konnte. »Würde es Ihnen etwas ausmachen, wenn ich Ihnen eine politische Frage stelle?«

»Das kommt drauf an.« Royce' Stimme klang vorsichtig. »Es könnte sein, daß ich nicht antworten darf.«

»Fair genug.« Singer holte tief Luft und legte soviel welterfahrenen Zynismus in seine Stimme, wie er nur konnte. »Ich habe nachgedacht. Als Sie gesagt haben, daß die Regierung die Verteilung der Nanomaschinen übernehmen würde, haben Sie nicht gemeint, daß Sie es an jeden im Land geben würden, nicht? Das wäre nicht sehr geschickt.«

»Haben Sie das erwartet?« Royce schien überrascht. »O nein. Nicht im geringsten. Sie können in dem Punkt beruhigt sein. Das ist alles sehr streng geheim. Was glauben Sie, warum wir so auf Geheimhaltung beharren?«

Singers Handknöchel zeichnete sich weiß ab, so fest hielt er das Telefon. *Was, zum Teufel, wollte die Regierung?* Sie wollte das Geheimnis wegschließen. »Es würde nichts bringen, wenn jeder davon wissen würde«, fügte er hinzu.

»Sicherlich nicht. Der halbe Vorteil davon, jemand anderem voraus zu sein, ist, wenn die andere Seite nicht weiß, daß man diesen Vorteil hat.«

»Und das wäre ein erheblicher Vorteil.«

»Ich sehe, daß Sie strategisch denken, Charles. Sie haben recht. Wenn, Gott behüte, Atomwaffen jemals auf dem Schlachtfeld verwendet werden, würden unsere Streitkräfte in der Lage sein, sich direkt durch die verstrahlten Zonen zu bewegen. Den Feind kompromißlos zu stellen. Atomkrieg ist etwas, das keiner von uns will; aber solange die Möglichkeit existiert, würde es kriminell, ja verräterisch sein, nicht jeden möglichen Vorteil zu ergreifen. Ich weiß, daß es in diesen Tagen Mode ist, keinen Gedanken an das Armageddon zu verschwenden. So zu tun, als wenn es keine Gefahr gäbe. Aber das ist unser Job. Das Undenkbare denken, so daß die Leute weiterhin so tun können. Je mehr Vorteile wir haben, um so sicherer werden die Leute sein.«

»Sie werden sie trotzdem für zivile Verluste auf Vorrat halten. In allen großen Städten. Die Ammen, meine ich. Wenn es jemals einen ... einen Austausch ...«

Royce unterbrach ihn. »Ja, und in der Nähe aller anderen Zielgebiete. Auch Europa. Machen Sie sich da keine Sorgen, die Logistiker haben bereits alles ausgearbeitet. Wenn der Ballon hochgeht, bringen wir das Arzneimittel ...« – er kicherte – »ich meine, Ihr Gerät – zu den Leuten, die es brauchen. Nach der ersten Attacke wird es keinen Grund für weitere Geheimhaltung geben. Sie brauchen sich über das Ende des Ganzen keine Sorgen zu machen. Merzen Sie nur die Fehler in Ihren Käferchen aus.«

Singer blickte aus seinem Bürofenster auf die leeren Arbeitsplätze. Er sah vor seinem inneren Auge Patel und Koyanagi; Masao auf irgend etwas auf seinem

Bildschirm zeigend, Kalpit energisch nickend. Er erinnerte sich daran, wie Masao mit ihm über Gewinne und Altruismus gestritten hatte. *Ist der Profit so wichtig verglichen mit dem Nutzen, den diese Maschine der Menschheit schenken könnte?* Er dachte an die Kosmonauten und Arbeiter im Orbit. Nur wenige von ihnen waren Amerikaner. Es würden für sie keine Ammen auf Vorrat gehalten werden. Royce' Loyalitäten mochten sich wohl über die Nummer Eins ausweiten, aber sie weiteten sich nicht weiter als bis zur nächsten Grenze aus.

Armer Masao. Aber die Altruisten verloren am Ende immer. Die netten Kerle wurden immer zuerst erledigt. War das nicht die Art und Weise, wie die Welt funktionierte? Weise Worte von einem Baseballtrainer. Wenn es zur Einsicht kam, war Durocher dort oben mit Thukydides auf einer Stufe.

Es sah so aus, als würde Nemain nach alledem mit der Wäsche anfangen. Zur Hölle, sie konnte eine gottverdammte Waschmaschine ersetzen. Wenn ein Mann so anständig und mit so guten Intentionen wie John Royce vom rechten Weg abgebracht werden konnte, was für eine Hoffnung gab es dann für die anderen? Für die Verrückten, oder die Ehrgeizigen? Neue Technologien waren wie ein Rorschach-Test. Die Leute sahen in ihnen, was sie sehen wollten. Illusionen. Und wer konnte es schon erklären? Vielleicht waren jene, die nur einen Tintenklecks sahen, die, welche am weitesten vom Weg abgekommen waren.

In Ordnung, Charlie, fragte er sich selbst. *Was kannst du daran ändern?* Er würde das Projekt sterben lassen müssen. Keine Rad-Amme, bis die Menschheit erwachsen geworden und dafür bereit war. Zu dumm, John Royce, Masao Koyanagi und Charles Singer. Enttäuschung und Frustration für jeden. Keine Geheimwaffe, kein weltweiter Nutzen, kein Gewinn. Verdammt! Selbst für ihn klang das oberflächlich. Kein

Gewinn? Zumindest Royce und Koyanagi hatten noble, wenn auch unvereinbare Absichten gehabt.

Enttäuschung war ein bitteres Kraut, aber er konnte sein Gift trinken und lächeln.

Jessie gewinnt.

Und er hatte nur noch den Gedanken zu formen, über den er nachdenken mußte. Gewonnen? War es ein Spiel? Mußte jeder andere verlieren? Nein, wir gewinnen alle. Wir verbannen die Wäscherin an der Furt.

Aber wie kann ich das Projekt in diesem Stadium stoppen? Selbst wenn SingerLabs pleite ist, könnte Royce das Projekt an eine andere Gesellschaft geben. Die Amme würde wahrscheinlich hergestellt werden, selbst wenn sie aus dem Spiel waren. *Ich werde das behutsam angehen müssen.*

»Apropos Fehler, John«, sagte er. »Wir sind letztens in ein paar reingerannt.«

»Haben Sie keine Sorge, Sie werden sie eliminieren. Ich habe Vertrauen in Sie.«

»Ich bin froh, das zu hören. Aber ich denke, Sie sollten vorbereitet sein, nur für den Fall …«

»Für den Fall *was*?«

»Für den Fall, daß die Amme trotz allem nicht möglich sein könnte.«

»Was meinen Sie damit, nicht möglich? Sie meinen für den Fall, daß Sie es nicht schaffen? Wir können immer noch aufstocken und …«

»Nein, ich meine für den Fall, daß sie überhaupt nicht gefertigt werden kann. Für eine gewisse Zeit. Nicht nur aus der Sicht des neuesten Stands der Technik, oder der Fähigkeiten meines Personalstabs, sondern physikalisch unmöglich. Unsere anfänglichen Protokolle sahen nicht allzu gut aus.«

»Das scheint mir nicht richtig. Nicht nach all den glühenden wöchentlichen Berichten, die Sie eingereicht haben. Und die ich an meine Bosse weitergegeben habe«, fügte er scharf hinzu. »Schauen Sie, versuchen Sie mir eine Botschaft zukommen zu lassen? Ich habe Ihnen erzählt, daß das Geld da sein würde, sobald Sie den Japaner losgeworden sind.«

Und das ging wirklich zu weit. »Ich vermittle keine spitzfindigen Botschaften, John. Und es gibt keinen Grund, Dr. Koyanagi gegenüber respektlos zu sein. Er ist ein brillanter Wissenschaftler. Er hat wie jeder andere daran gearbeitet, das Projekt so weit zu bringen, wie es heute ist. Sie können ihn nicht für das unglückliche Verhalten seiner Regierung verantwortlich machen.«

Für sein Verhalten, ja. Äußerst verantwortlich. Aber Singer überlegte, bis zu welchem Grad er Koyanagi durch seine starre Einstellung gezwungen hatte, die Piraterie zu wählen. Was wäre gewesen, wenn er offen geblieben wäre? Wären Masao und Jessie zu ihm gekommen, anstatt hinter seinem Rücken zu agieren? Vielleicht. Vielleicht nicht. Aber sie hätten keinen vernünftigen Grund gehabt, das zu tun.

Royce grunzte. »Sie haben recht, Charles, und ich entschuldige mich dafür. Es ist nicht fair. Aber wir mußten all die Dinge tun, die wir manchmal haßten.«

Ja, dachte Singer. *Und wenn wir es einmal getan haben, gibt es kein Zurück mehr.* Dinge zu tun, die du haßt, verändert dich; egal, wie du es begründest oder versuchst, es dir selbst gegenüber zu rechtfertigen. Aus seinem Unterton urteilte Singer, daß Royce seine Wahl schon vor langer Zeit getroffen hatte. Er wunderte sich, was es gewesen war, und wie sich der Mann nachher gefühlt hatte.

Ich schätze, ich werde bald herausfinden, wie es sich anfühlt.

»Die Stimmung geht ziemlich hoch gegen die Co-Dominium-Regierung«, sagte Royce, »und japanische Brasilianer kriegen das Schlimmste davon ab. Was ich Ihnen vorher erzählt habe, gilt noch immer. In zwanzig Jahren könnten wir und Brasilien die dicksten Verbündeten sein, aber gerade jetzt kann die ganze Angelegenheit durch Ihren Freund im Stab torpediert werden. Wenn es nur um mich ginge, würde es mich nicht kümmern; aber das verdammte Komitee hat nach wie vor die letzte Ansicht inne. Sie wissen, wie Politiker sind. Sie folgen den Wahlen, als wären sie Ringe in ihren Nasen. Wenn wir nur einen Führer mit Rückgrat und moralischen Prinzipien hätten, wie ... Nun, Sie haben mich nicht angerufen, um mich meckern zu hören.«

Seltsamerweise, wurde sich Singer bewußt, fragte Royce um Singers Vergebung. Einer von Royce' störendsten Charakterzügen war seine ehrliche Aufrichtigkeit. *Dafür hat er den falschen Arbeitsplatz.* Noch immer war es wichtig, sich klarzuwerden, daß Menschen, die sich dir entgegenstellten, aufrichtig daran glauben könnten, was sie taten. Er hatte sich beim Lernen dieser Lektüre gehörig die Nase eingerannt.

»Absolvo te, filio meo«, sagte er.

»Was?«

»Nichts. Ich werde noch heute nacht mit Koyanagi reden.«

Nachdem er aufgehängt hatte, verbrachte Singer einige Zeit damit, das Telefon anzustarren. Royce dachte, daß die Amme dem Land einen Vorteil verschaffen würde. Das würde sie wahrscheinlich. Aber das Problem der Vorteile ist, daß es sehr einfach ist, sie umzukippen.

Der Trick würde sein, Royce davon zu überzeugen, daß eine Radioaktivitäts-Amme nicht möglich war. Ihn so vollkommen zu überzeugen, daß er nicht versuchen würde, das Projekt weiterlaufen zu lassen, indem er es an eine andere Gesellschaft weiterschob. Vielleicht konnten er und Jessie an einem überzeugenden Beweis arbeiten. Vielleicht ein dramatisches Versagen. Es würde für einen guten Zweck sein. *Größere Liebe hat kein Mensch.* Ein dramatisches Versagen? Er fühlte ein Kribbeln durch den Arm laufen.

Er bemerkte eine Bewegung im Türrahmen und blickte auf. Eine regendurchnäßte Gestalt stand dort, und sein Herz tat plötzlich einen Sprung. Angst. Ein Einbruch? Er brauchte eine Weile, um Masao Koyanagi zu erkennen. Seine Kleidung war durchweicht und zerknittert, sein Haar zerzaust. Es war nichts von dem Stutzer, den er gekannt hatte, übriggeblieben.

Ertrunkene Ratte, dachte er, und bereute den Gedanken sofort. Keine Ratte. Nein. Nicht bei seinen Fähigkeiten. Trotzdem schmerzte das, was er getan hatte, immer noch. Ein kleinerer Betrug als der von Jessie, aber trotzdem ein Betrug.

Masao betrat das Büro und fiel in Singers Besucherstuhl. Er wollte Singer nicht in die Augen sehen.

»Nun?« fragte Singer. Er hielt seine Stimme vorsichtig neutral, weder feindlich noch willkommend.

»Ich – bin gekommen, um meine Schlüssel zurückzugeben.« Er streckte die Hand aus und ließ einen Schlüsselbund auf den Schreibtisch fallen. Singer sah die Schlüssel an, aber berührte sie nicht.

»Ist das alles?«

»Es ... Ja. Das ist alles.« Koyanagi machte Anstalten aufzustehen, und Singer verzog das Gesicht.

»Ach was, setzen Sie sich. Es regnet draußen. Sie sind nicht durch dieses Wetter zurückspaziert, nur um meine Schlüssel zurückzugeben. Ihre Schlüssel.«

»Nein.«

»Und ich werde Sie nicht da so durchweicht sitzen lassen. Sie unterstehen noch immer unserer medizinischen Betreuung, und wenn Sie sich eine Lungenentzündung holen, muß ich bezahlen.«

Er hatte es als Scherz gemeint, um das Eis zu brechen, das sich zwischen ihnen gebildet hatte, aber er erkannte sofort, daß das danebengegangen war. »Oh, verdammt noch mal. Ich habe es nicht so gemeint, wie es sich angehört hat, Masao. Geben Sie mir eine Sekunde.« Er nahm das Telefon und berührte den Sensor, der das Appartement ansummte. Er wartete ein paar Momente.

»Jessie? Wir haben hier unten einen Gast, der trocknen muß. Bist du so gut? Nein? Nun, du siehst nicht schlechter aus als er… Er, das ist Masao. Sicher.« Er bedeckte die Sprechmuschel mit der Hand und sah Masao an. »Wissen Sie, ich habe mehrere Flaschen *Cachaça* gekauft, nachdem Sie hierher gekommen waren, und Sie sind der einzige, der das verdammte Zeug trinkt, also sagt Jessie, daß Sie nach oben kommen und sich dort aufwärmen müssen.«

Singer stand vor der großen Fensterfront, seinen Kaffee mit der Hand beschirmend. Auf der anderen Straßenseite ragte der Edison Tower 42 Meter in den Himmel. Singer blieb stehen und studierte ihn. Kein sehr großes Denkmal, dachte er, für den Mann, der allein das zwanzigste Jahrhundert geschaffen hatte. Er fragte sich, was Edison selbst als sein Denkmal entworfen hätte.

Wahrscheinlich nichts, sagte er sich. Edison war für seine praktische Veranlagung berüchtigt gewesen. Er hätte das Geld verwendet, um eine neue Erfindung zu finanzieren.

Er drehte sich um und sah Masao und Jessie an. Sie saßen in ihren Sesseln, versuchten einander nicht anzusehen. Masao hatte ein paar von Singers Sachen angezogen, die ihm überhaupt nicht paßten; und Singer grübelte darüber nach, ob der Mann von dem ausgebeulten Hemd und den Hosen genauso enttäuscht war wie er von allem, was an dem Tag passiert war.

»Das Unwetter ist vorbei«, sagte Singer. Er sah an ihnen vorbei zum fernen Ende des Raums. Der vordere Raum nutzte die volle Breite des Appartements aus. Am anderen Ende gab ein weiteres Fenster den Blick frei auf die Kronen der Bäume, die das Grundstück umstanden. Zwischen ihren wiegenden Zweigen konnte er die hellerleuchteten Fenster des Ministeriums auf der anderen Seite der Eisenbahnlinie erkennen. Dort war ein ausgedehnter Park, ein Luxushotel. *Ich bin noch immer auf der ›falschen Seite der Schienen‹,* dachte er.

Er glitt durch den Raum zum anderen Fenster und blickte hinaus, um die Lichter und die Silhouetten der Zweige zu studieren.

»Nun?« sagte Jessie. »Will niemand irgend etwas sagen?« Singer drehte sich um und blickte sie an. »Was ist das? Eine Totenwache?« fragte sie.

»Ja«, erwiderte Singer, und er sah sie zusammenzucken. *Sie mag es genausowenig wie ich.* Er drehte die Hand, ballte sie zur Faust und machte sie wieder auf, sehnte sich nach einem Kaugummi. »Aber, zur Hölle, es braucht kein Doppelbegräbnis zu sein.«

Sie sahen ihn beide fragend an, und er blickte finster zurück und fügte hinzu: »Ich würde lieber eine Gesellschaft beerdigen als eine Freundschaft.«

Koyanagi sog die Luft ein. Er schoß aus seinem Stuhl heraus, schritt zu Singer und umarmte ihn.

»He«, sagte Singer. »Ich dachte, ihr Leute würdet auf höfliche Verbeugungen stehen.«

Masao ließ ihn los. »Sie haben vergessen, daß ich Brasilianer bin. Meine Eltern sind emigriert, bevor ich geboren wurde.«

»Ja, ich weiß«, erwiderte er, sich aus der Umklammerung lösend. »Ich habe vor einiger Zeit ein paar Nachforschungen über Sie angestellt.«

»Ah?«

»Ja. Ihre Großeltern wurden in Nagasaki getötet, nicht wahr?«

Koyanagi zögerte und nickte dann. »*Sim, Senhor.* Sie haben die Explosion überlebt, aber sie starben später, an durch Radioaktivität verursachtem Krebs. Ich rede nicht gerne darüber.«

»Das war die ganze Zeit Ihre Absicht, nicht? Die Radioaktivitäts-Amme. Sie haben sich überhaupt nicht um Ruhm gekümmert. Sie wollten sich mit Ihren Großeltern gutstellen, indem Sie jedem einen Schutz vor dem Fallout geben würden. Das Atomkraftwerk und die Möglichkeiten für die Raumfahrt waren nur dazu da, um mein Interesse zu wecken. Sie wollten den Entwurf stehlen, wenn wir Ihnen geholfen hatten, ihn zu schaffen, und ihn umsonst weggeben.« Es gab niemanden, der skrupelloser war, sagte er sich, als ein Altruist.

Koyanagi verbeugte sich und zog die Luft tief ein. »Ich bedauere den erbärmlichen Betrug. Aber manche Bedürfnisse sind wichtiger als Geld.«

Singer wehrte ab. »Entschuldigen Sie sich nicht, verdammt. Entschuldigen Sie sich niemals für etwas, das Sie für richtig halten.«

Koyanagi sagte: »Das ist der Grund, weshalb Dr. Pee … weshalb Jessies Argumente mich so gequält haben. Vielleicht mehr als ihre Taten. Ich wollte die Menschen schützen; und sie erzählte mir statt dessen, daß ich sie gefährdete.«

»Und neben Charlie waren Sie mein größtes Hindernis.«

Sie drehten sich um und sahen sie an. Sie lag gekrümmt auf dem Sofa, eine große Tasse heißer Schokolade in den Händen. Sie starrte in die Schokolade. »Ihr beide wolltet die Amme bauen«, sagte sie. »Vielleicht aus unterschiedlichen Gründen, aber ihr beide wolltet etwas bauen, das, wie ich erkannte, nicht gebaut werden durfte.« Sie blickte sie an. »Ich habe mich gefragt, weshalb ich so willens war, Masao die Schuld für die Sabotage in die Schuhe zu schieben.«

»Oh, wir sind eine feine Crew, nicht?« meinte Singer. »Laßt uns John Royce einladen, und wir machen eine große Fete.« Er erzählte ihnen, was Royce zu tun gedacht hatte.

Koyanagi sank langsam in einen Sessel. »Geheim? Top Secret?«

»Und was hast du ihm erzählt, Charlie?« fragte sie.

»Was, denkst du, hätte ich ihm erzählen sollen?« forderte er sie heraus.

Koyanagi, der Anstalten machte, etwas zu sagen, sah hin und her und hielt den Mund.

Jessie spitzte die Lippen, schwieg und studierte ihn aus verengten Augen. »Gestern hätte ich gesagt, daß es dich nicht kümmern würde. Daß alles, was dich interessierte, ein gut bezahlter Job wäre; und wenn die Regierung die Amme streng geheim auf Vorrat halten wollte, das ihre Angelegenheit wäre.«

Ihre Worte waren wie Schläge, und er wich vor ihnen zurück. Schien er wirklich so oberflächlich zu sein? Verdammt, nach all diesen Jahren sollte sie ihn besser kennen. Oder vielleicht war er zu verschlossen gewesen, hatte sich nie gegenüber jemand anderem geöffnet. Vielleicht, nach all diesen Jahren, sollte ich mich selber besser kennen, sagte er sich. Er sah ihr in die Augen. »Und heute?« fragte er.

»Heute?« Sie schien unsicher zu sein. »Heute weiß ich es nicht.«

»Als ich mit Royce gesprochen habe«, sagte Singer, »erkannte ich, wie gut seine Absichten auf dein Argument zutrafen. Ich meine, wie die Amme von der Gesellschaft gebraucht werden würde.«

Masao seufzte. »Ich lehne das ab. Es wäre das Ende eines Traums, an dem ich so lange, wie ich mich erinnern kann, festgehalten habe.« Er ballte die Hand zur Faust. »Trotzdem sind meine Gefühle in dieser Angelegenheit so intensiv und persönlich, daß ich überlege, ob ich das Argument überhaupt klar verstehen kann.«

»Das gilt nicht nur für Sie, sondern auch für mich«, grunzte Singer. »Aber wenn wir die Menschen gegen radioaktive Strahlung widerstandsfähig machen, reduzieren wir die Strafen für falsche Entscheidungen. Es ist so einfach. Wir machen den Atomkrieg einfach ein bißchen denkbarer.«

»Nur ein bißchen.«

Singer grinste über Masaos Ironie. »Ja. Es ist alles eine Frage, woran jemand gewöhnt ist, glaube ich. Warum zwanzig oder dreißig Millionen Tote denkbarer sein sollten als siebzig oder achtzig, weiß ich nicht.«

»Werden Sie das Projekt also stoppen?«

Hinter ihnen ertönte ein Rumpeln, nur schwach durch das Fenster zu hören. Singer drehte sich um und beobachtete, wie ein Eisenbahnzug sein Blickfeld durchkreuzte. Er schoß von links nach rechts, erschien fragmentartig zwischen den wiegenden Zweigen. Das rhythmische Klappern der Räder hörte sich entfernt an, und die hellerleuchteten Fenster verwischten sich zu einem Schleier. Funken stoben von den Oberleitungen. Es war ein Amtrak-Zug auf seinem Weg nach Philadelphia. Die Pfeife ertönte, und der Laut trieb auf sie zu. Singer seufzte.

»Das ist ein einsamer Laut«, sagte er. »Was läßt diese Nachtzüge so verdammt einsam klingen? Wißt ihr, ich habe als Kind für gewöhnlich nachts wachgelegen, zitternd und hungrig in meinem Bett, ihnen gelauscht. Dem Pfeifen der Züge. Es hörte sich melodramatisch an. Hölle, es *war* melodramatisch. Ich war wie der Protagonist aus irgendeiner südlichen Schauergeschichte. Ich würde meine Augen fest zusammenpressen und mir wünschen, daß einer dieser Züge kommen und mich aus jenen Hügeln Kentuckys herausholen würde. Eines Tages tat es einer, und ich ließ all das Elend hinter mir. Ich ließ es hinter mir«, wiederholte er. »Vielleicht hat ein Teil von mir das nie begriffen.« Er schüttelte sich und ging langsam zum Sofa. Manchmal, dachte er, konnte Psychotherapie verflucht kostspielig sein.

»Es war ohnehin eine dumme Idee«, erzählte Singer Koyanagi, nachdem er sich gesetzt hatte. »Die Menschen würden Ihnen einfach nicht glauben. Immunität gegen Radioaktivität, und ein Japaner *gibt sie weg?* Lange bevor Sie jeden überzeugt hätten, daß Sie es aufrichtig meinen, wären Sie wegen Betrugs im Gefängnis.«

»Aber ich könnte beweisen ...«

»Glauben Sie, daß es eine Rolle spielt, wenn Sie es beweisen könnten? Die letzte Schlagzeile, die jemand sehen würde, würde Ihre Festnahme hinaustrompeten. Jimmy und Jane Öffentlichkeit vor einem weiteren Scharlatan gerettet. Die Wahrheit holt das Leben nie ein.«

»Aber Sie werden das Projekt überprüfen, Doktor Singer-sama? Sie werden es auf den Markt bringen. Sie werden es Mr. Murchadha und Dr. Peeler nicht erlauben, Ihnen davon abzuraten?«

Singer schüttelte den Kopf. »Wie kann ich es beenden? Jessie und Eamonn werden nicht helfen, und Sie können es nicht. Wir würden das Regierungsgeld und Ihre Fähigkeiten brauchen, und wir können nicht beides haben. Und selbst mit dem Regierungsgeld ... Ich weiß nicht, ob wir es tun sollten.«

»Mit Ihrem Gerede von erhöhten Risiken?« Masao fuhr sich mit der Hand durchs Haar. »Ich habe den ganzen heutigen Tag damit verbracht, es zu durchdenken. Oh, nicht, daß Dr. Peeler unrecht hatte. Sie hatte recht, aber jemand kann vollkommen recht haben und sich noch immer täuschen. Schuhe zu tragen macht die Menschen sorgloser, wo sie hintreten, aber das ist kein Grund, barfuß zu gehen.«

Jessie hob den Kopf und sah ihn düster an. »Das hier ist ein bißchen ernster als eine Ringelflechte«, sagte sie.

»Sie hat recht«, warf Singer ein.

Koyanagi machte ein saures Gesicht. »All diese Sorgen«, grummelte er, »über solch eine dürftige Möglichkeit.«

Singer breitete die Arme aus. »Ja, all dieser Ärger. Aber nicht jeder berechnet die Dinge auf die Art, wie wir es tun würden, und es sich zu wünschen, ändert nichts an den Tatsachen. Die Menschen sind Teil des Systems, und ein Ingenieur arbeitet mit Teilen und Materialien, wie sie wirklich sind, und nicht, wie er sie sich wünscht. Und, was Jessie mir einmal gesagt hat, wenn die Schlußrechnung negativ ausfällt, welche dürftige Möglichkeit bist du bereit in Kauf zu nehmen? Sehen Sie. Nehmen Sie an, ich mache Ihnen ein Angebot. Ich werfe vier Würfel. Wenn die Summe aus ihnen fünf oder mehr ist, zahle ich Ihnen eine Million Dollar. Aber wenn es eine Vier ist, darf ich Ihnen mit einem Stock die Augen ausstechen.«

Koyanagi blinzelte, und seine Hände fuhren unwillkürlich zu den Augen. Jessie zuckte zusammen.

»Die Wahrscheinlichkeit, vier Einser zu werfen, ist nur 1 zu 1300«, sagte Koyanagi langsam.

»Tatsächlich ist sie 1 zu 1296«, verbesserte Singer ihn. »Das sind 1295 Chancen, eine Million Dollar zu bekommen, minus einer Chance, sein Augenlicht zu verlieren. Bedeutet das, daß Sie die Wette annehmen?«

Der Biophysiker schüttelte sich. »Nein.«

»Das ist richtig. Das würde ich auch nicht. Bei manchen Angelegenheiten spielen Wahrscheinlichkeiten keine Rolle. Das ist das Problem, das ich vorher nicht erkennen konnte. Wir können die rationale Wahl nicht berechnen. Oder besser gesagt, die rationale Wahl ist, auf die Wette zu verzichten. Wenn Sie nicht wetten, riskieren Sie Ihre Augen nicht. Sie bekommen ebenso wenig die Chance auf die Million Dollar, aber Sie hatten die Million Dollar zu Anfang nicht, also haben Sie wirklich nichts verloren.«

Er seufzte und steckte die Hände in die Taschen. »Ich mag es auch nicht, Masao. Ich werde wahrscheinlich … *Wir* werden wahrscheinlich dadurch das Lab verlieren. Aber es ist die einzige rationale Wahl, die wir haben. Das bedeutet, auf den Nutzen, auf die Resistenz gegen Radioaktivität zu verzichten; aber wir haben diesen Nutzen jetzt nicht, also verlieren wir nichts. Die Frage ist, können wir das Projekt so in eine Ecke drängen, daß keiner daran weiterarbeiten wird? Erinnern Sie sich, Royce und sein Komitee wissen, was wir tun.«

Koyanagi schlug die Hände zusammen und sah Singer flehentlich an. Er schien nah daran zu sein, ihn zu bitten. Singer haßte es, Leute betteln zu sehen. »Nein«, gab Masao zurück. »Sie können das nicht tun. Ich meine das wörtlich. Sie *können* das *nicht* tun. Wir können nicht ›auf die Wette verzichten‹, wie Sie gesagt haben. Die Würfel werden geworfen werden. Sehen Sie, Mutter Natur ist ein Plappermaul.«

Singer fühlte den Schock wie einen Schlag ins Gesicht. Er schloß fest die Augen.

»Die Natur behält keine Geheimnisse«, führte Koyanagi weiter aus. »Sie können Mr. Royce für dumm verkaufen, vielleicht für eine ganze Zeit; aber andere werden möglicherweise lernen, was wir gelernt haben. Royce wird es nicht weitererzählen müssen. Ich war nicht der einzige Forscher, der das *M. radiodurans* studiert hat. Glauben Sie, daß ich der einzige sein werde, der sich über dessen Kräfte wundert?«

Die Gedanken stolperten in Singers Kopf chaotisch herum. *Der Dschinn ist gefährlich,* wurde er sich bewußt. *Und er ist bereits aus der Flasche.* Wir wagen es nicht weiterzugehen; und wir können nicht mehr zurück. Die Amme wird gebaut werden, aber es müssen nicht wir sein, die sie bauen. Kein Ausweg. Keine Lösung. Es mußte eine Lösung geben. Sein Verstand rebellierte gegen die Ansicht, daß es nicht immer Lösungen geben könnte.

Er stand vom Stuhl auf und ging ans Fenster. Edisons Turm. Er hatte ihn schon vorher immer inspiriert. Edison, sein Schutzheiliger. Saint Thomas. Thomas der Zweifler. *Bis ich den Finger ins Nadelöhr stecke …* Singer hatte immer an den Apostel Thomas als den Schutzheiligen der Wissenschaft gedacht. Die anderen Apostel *glaubten,* aber Thomas *wußte.*

Aber Edison mußte sich nie mit einem solchen Problem auseinandersetzen. Wie konnte die Gesellschaft Glühbirnen oder Grammophone mißbrauchen? Er überlegte, ob die Unterhaltungselektronik den Mißbrauch des Grammophons darstellte. Kinofilme. Kinofilme hatten die Familien zwecks Unterhaltung aus ihren Händen gelockt. Sie hatten den langen, langsamen Zusammenbruch der Familie eingeleitet, den Herd als Zentrum des menschlichen Zusammenlebens abgelöst.

Technologische Veränderung. Soziale Konsequenzen. Die industrielle Revolution hatte die Sklaverei eliminiert. Die Haushaltsgeräte hatten die Frauenbewegung möglich gemacht. Die Fotografie von der Erde, vom Mond aus aufgenommen … Wäre die Umweltschutzbewegung ohne dieses erregende Bild auch so dramatisch gewachsen? Er überlegte, ob es jemals eine soziale Veränderung, gut oder schlecht, gegeben hatte, die *nicht* das Nebenprodukt der Technologie war.

Die Teile des Puzzles fielen auf ihre Plätze. Fragmente vereinigten sich und wuchsen zu erkennbaren Mustern zusammen. Keine Lösung, aber der Weg, der zur Lösung führte. Er drehte sich vom Fenster weg.

»Wir werden sie bauen«, sagte er.

»Nein«, wandte Jessie ein, und sie erhob sich halb aus ihrem Sessel.

»Jess, *wenn* es gemacht werden kann, wird jemand entdecken, *wie* es gemacht werden kann«, sagte er lahm.

»Und wenn jemand damit Geld machen kann«, gab sie bitter zurück, »könnten es genausogut wir sein?«

»Nun, warum nicht? Aber das ist es nicht, was ich gemeint habe. Ich meine, daß es von Leuten getan werden wird, die die Folgen nicht so eingehend durchgedacht haben wie wir. Ich glaube, ich kann einen Ausweg erkennen. Ich bin mir noch nicht ganz sicher. Ich brauche Zeit zum Nachdenken.«

»Was ist mit Masao?« fragte sie. »Du wirst das Regierungsgeld *und* Masaos Fähigkeiten brauchen, hast du gesagt. Und du kannst nicht beides haben.«

Masao spitzte die Lippen. »Vielleicht kann ich insgeheim helfen?«

»Nein«, antwortete Singer. »Wir können es nicht riskieren, daß Royce das herausfindet.«

Masao nickte. Er ging zum Fenster und starrte schweigend die Bäume an. Er legte die Hände auf dem Rücken zusammen, drückte erst die eine, dann die andere. Singer und Peeler beobachteten ihn. Nach einer Weile tat er einen langen, tiefen Atemzug und ließ die Luft wieder aus. »Ich könnte überlaufen«, sagte er.

»Überlaufen«, wiederholte Singer. Er schaute erst Jessie an, dann Masaos Rücken.

Koyanagi drehte sich um. »Ja. Überlaufen. Ich könnte Erklärungen abgeben, wenn Ihr John Royce das von mir verlangt. Ich könnte das Co-Dominium denunzieren. Sein Senator könnte einem Überläufer sogar mehr Anerkennung entgegenbringen als einem geborenen Amerikaner.«

Singer runzelte die Stirn und nickte. »Es könnte funktionieren«, meinte er schließlich. »Es könnte genau so funktionieren. Wir werden es ihnen morgen durch Royce übermitteln.«

Jessie sah Masao an. »Aber Sie könnten dann nie wieder zurückgehen. Nach dem Überlaufen und solchen Erklärungen werden Sie als Verräter gelten. Könnten Sie das ertragen? Ihre Heimat nie wiederzusehen?«

Koyanagi zuckte die Achseln. »Ich werde São Paulo

und den Regenwald und den *Carnaval* vermissen. Aber diese Arbeit hat Vorrang. Vielleicht werde ich eines Tages, wenn es sich herumspricht, was ich getan habe, in der Lage sein zurückzugehen.«

»Und was ist mit mir, Charlie? Und Eamonn? Alles, was du bisher gesagt hast, ist, daß wir, wenn die Würfel ohnehin fallen werden, genausogut unsere Wetten setzen könnten. Aber es ist immer noch eine unvernünftige Wette! Du warst selbst ziemlich überzeugt davon, Charlie. Dann bist du zurückgeschnellt. Was hat deine Meinung geändert?«

»Wir werden die Würfel – zinken«, antwortete Singer vorsichtig.

Sie zog die Stirn in Falten und hob den Kopf. »Wirst du uns darüber aufklären? Oder ist das noch mehr von Charlie Singer, dem Einsamen Wolf?«

Er schüttelte den Kopf. »Nicht jetzt, weil es mir selbst noch nicht ganz klar ist. Außerdem sollten Eamonn und Kal auch hier sein. Ich werde für heute abend ein Treffen einberufen, um es zu diskutieren. Nein, für heute ist es zu spät, und es gibt da einiges, was ich noch lesen muß. Morgen. Ein Treffen zum Mittagessen.« Er rieb sich die Hände, seine Gedanken rasten.

Koyanagi hob die Augenbrauen. »Die Würfel zinken?«

»Ja.« Singer dachte den Plan noch einmal durch. Er würde das Team auseinandertreiben, wurde er sich klar. Aber es war notwendig. »Ja«, wiederholte er. »Wir müssen unser Aerosol neu formulieren.«

Er sah die verwirrtesten Blicke, die er jemals auf menschlichen Gesichtern gesehen hatte.

Singer schnitt ein Steak sorgfältig in Streifen, hörte der gezwungenen Unterhaltung um sich herum zu, behielt aber sein Schweigen bei. Jeder war mit jedem anderen im Argen. Jessie, die Saboteurin. Masao, der Pirat.

Charlie, der bereit war, seinen Freund für das Regierungsgeld zu verkaufen. Kalpit und Eamonn, die die Rollen der Friedensstifter spielten. Gesegnet seien die Friedensstifter, dachte er säuerlich, denn sie sollen im Kreuzfeuer niedergemäht werden. Er überlegte, ob es an dem Tisch zwei Leute gab, die einander nicht verletzt hatten.

Er spießte einen Steakstreifen mit der Gabel auf und tauchte ihn in die Marinade. Sie nannten sie nicht mehr *Teriyaki.* Sie hatten jetzt einen guten amerikanischen Namen dafür. Er hatte vergessen, wie er lautete. *Liberty Cabbage?*

Sie aßen im Bankettraum des Steak and Ale an der Route One, in dem Saal, den das Restaurant für kleine Parties und Versammlungen bereitstellte. Er hatte Patel die Reservierung aus einer öffentlichen Telefonzelle unter einem falschen Namen vornehmen lassen. Er hatte sich versichert, daß der Raum keine Außenfenster hatte. Er wußte, daß es spezielle Richtmikrofone gab, die die Vibrationen der Fensterscheibe lesen und sie in Worte zurückübersetzen konnten. Unnötige Vorkehrungen, vielleicht. Es gab keinen Grund zur Vermutung, daß sie unter Überwachung standen. Doch es war noch immer die Natur des Tiers, paranoid zu sein.

Als der Kellner die Desserts und den Kaffee brachte, erklärte Singer ihm, daß sie ihre Versammlung nun beginnen würden und nicht gestört werden wollten. Er zahlte die Rechnung und fügte ein großzügiges Trinkgeld hinzu. Der Kellner rechnete im Geist nach, grinste dann und nickte. »Keine Störungen«, versicherte er.

Burton-Peeler sah dem Kellner nach, bis er die Tür hinter sich geschlossen hatte. »In Ordnung, Charlie«, sagte sie und wandte sich ihnen zu. »Worum geht es hier?« Sie starrte ihn an, damit er es nicht wagte, etwas zu sagen, das sie nicht mochte. Die anderen warteten, verwirrt, aber geduldig.

»Ja«, mischte Masao sich ein. »Wie lautet Ihr Plan?«

»Nun, zuerst einmal, brauchen wir ein Gegenmittel ...«

Koyanagi blinzelte. »Ein *Gegenmittel?*« Die Kommentare der anderen gingen in einem Wortwirrwarr unter. Singer bedeutete ihnen, ruhig zu sein.

»Als nächstes müssen wir einige der Molekülstrukturen ändern ...«

»Die Strukturen?«

»Welche?«

»... und, natürlich, AireFresh neu konfigurieren.«

Jetzt hatte er absolute Stille erreicht. Sie sahen einander ungläubig an, dann Singer. Schließlich sagte Jessie: »In Ordnung, Charlie. Es hat funktioniert. Du hast unsere Aufmerksamkeit erregt. Entweder weißt du etwas, das du uns bisher nicht erzählt hast, oder du bist total übergeschnappt.« Singer sah in ihren Augen, daß sie nicht sicher war, welches von beiden sie annehmen sollte.

Er lehnte sich vor, legte die Arme auf den Tisch und faltete die Hände. »Überlegt mal, was an dem Projekt plagt uns so? Irgendwelche vernünftigen, vorhersehbaren Konsequenzen. Vor allen Dingen jene, die Eamonn und Jessie uns aufgezeigt haben.« Er schwieg einen Moment lang, bevor er weitersprach. »Je mehr ich darüber nachgedacht habe, um so klarer wurde mir, daß jede technologische Veränderung auch eine zivilisatorische Veränderung ist.«

»Jeder weiß das, Charlie«, gab seine Frau zurück.

»So? Warum handeln wir dann nicht so, als wenn wir es wüßten? Es ist ein Schlagwort geworden, über die sozialen Konsequenzen der Technologie zu reden; doch ziehen wir sie wirklich in Betracht? Ich spreche nicht von diesem Zirkus, den sie in Washington betreiben, wo irgendein offizieller Ausschuß ›Zeugnisse‹ von ›Zeugen‹ annimmt, so daß jeder sein favorisiertes politisches Steckenpferd reiten kann. Zur Hölle damit, jeder weiß, wie die Zeugnisse ausfallen werden, bevor jemand auch nur den Mund öffnet. Die sogenannten ›Befunde‹ sind auf die Ideologie abgestimmt und die Abstimmungen auf die nicht allzu ernsten Extrapolierungen der Konsequenzen.«

Er legte eine Pause ein und fingerte nach einem Kaugummi. Dann erinnerte er sich, daß er sie weggeworfen hatte. Ohnehin eine schlechte Angewohnheit. »Laßt mich ein Beispiel im kleinen Maßstab geben«, fuhr er fort. »Eine Firma hat sich entschlossen, ihr chemisches Laboratorium zu erweitern. Sie braucht mehr Platz, und sie kann das beweisen: mit Anlagenstudien und Raumplanung und dem Zeugnis der Chemiker. Es ist ebenso eine Frage der Sicherheit, denn niemand kann gutheißen, daß die Chemiker übereinander stolpern und gefährliche Dinge fallenlassen. Also, was sollen sie tun?«

»Das Laboratorium erweitern«, antwortete Patel. Er sah verblüfft drein.

Singer lächelte. »Und genau das wurde getan. Aber es gab soziale Konsequenzen: das größere Laborgebäude beeinträchtigte den Parkplatz, eliminierte Stellplätze. Das hatte zur Folge, daß verstärkt auf den bereits überfüllten Straßen geparkt wurde. Die Arbeiter mußten früher zur Arbeit fahren, um einen Parkplatz zu finden, brachten die Routinen zu Hause durcheinander. Wer würde die Kinder zur Schule fahren? Alte Fahrgemeinschaften lösten sich auf, und neue bildeten sich, und mit ihnen Freundschaften. Die Wellen breiteten sich unerbittlich aus. Wer weiß, ob sie bis heute nicht noch spürbar sind.«

»Wie viele Leute sind gestorben, Charlie?« fragte seine Frau sarkastisch.

»Einige«, antwortete er. »Stör das normale Verkehrsschema, und du bekommst immer eine höhere Unfallrate.« Die anderen am Tisch starrten ihn nachdenklich an. »Es ist alles eine Frage der Ergänzung unseres Fehlerbaums durch soziologische Bereiche«, schloß er, »also eben nicht dort aufzuhören, wo die technischen Aufgaben erfüllt sind.«

»Das ist genau das, was ich zu tun versucht habe«, protestierte Jessie. »Bei der gegebenen menschlichen Natur war es möglich vorauszusehen, wie die Amme von Managern und Politikern mißbraucht werden würde.«

»Ja«, stimmte Singer zu. »Und Eamonn ist zu demselben Schluß gekommen. Du hast ein paarmal versucht, das Thema mit mir anzuschneiden, richtig?« sagte er. »Rekapitulierend denke ich, ich kann erkennen, wann. Aber du hast dich zurückgezogen, als du gemerkt hast, daß ich nicht bereit war, die Möglichkeit zu erwägen. Es tut mir darum leid, und ich entschuldige mich hier und jetzt bei dir und allen anderen. Dieser ganze Ärger war mein Fehler. Ich habe meinen Thukydides nicht gelernt.« Er sah, daß jeder außer Eamonn von der Bemerkung verwirrt war. »Weil ich *ein* Ergebnis von der Amme wollte, dachte ich, es gäbe keine weiteren. Ich glaubte, daß es keine anderen, weniger angenehmen Ergebnisse geben *könnte.*« Er lächelte sie an, um zu zeigen, wie reuevoll er war.

»Aber!« Und nun stach er mit dem Finger in Richtung von Jessie und Eamonn. »Ihr beiden seid derselben Sünde schuldig. Ihr habt, weil ihr eine schlechte Konsequenz voraussehen konntet, gedacht, daß keine der guten Konsequenzen interessierte.« Er wiederholte Masaos Analogie von den Schuhen und dem Barfußgehen.

Peeler schüttelte den Kopf. »Nein, Charlie. Es ist überhaupt nicht dasselbe. Wie ich schon vorher gesagt habe, leichtsinniger zu sein, wohin du trittst, ist ganz einfach nicht in der gleichen Kategorie, wie leichtsinniger mit Atommeilern und Atomwaffen umzugehen.«

»Doch, das ist es«, antwortete er, »weil sie beide mit der menschlichen Psychologie zu tun haben. Sieh mal, ich habe einen ganzen Tag damit verbracht, Anthropologie zu lesen. Es ist ziemlich seichter Stoff. Anthropologen ›entdecken‹ für gewöhnlich exakt das, was sie sich zu entdecken vorgenommen haben – echte Wissenschaft überrascht die Forscher meistens –, aber es gibt einen Kern von Grundprinzipien, der ziemlich gut nachgewiesen worden ist. Zum einen ist das, daß jede Gesellschaft ein Kulturschema hat – ›Straßenverkehrsordnungen‹. Der hauptsächliche Nutzen dieses Schemas ist seine Vorhersehbarkeit. Die Menschen wissen, welches Verhalten von ihnen erwartet wird, ob sie Bankiers, Einbrecher oder Revolutionäre sind. Die Unterwelt hat ihr Kulturschema, die Wall Street auch.«

»Ja, das gleiche«, warf Murchadha ein.

»Das ist nicht der Punkt«, erklärte Singer ihm. »Egal, welches Schema es ist, eine Veränderung – *irgendeine* Veränderung – ist eine Bedrohung. Sie erzeugt Unsicherheit. Das ist der Grund, weshalb die Menschen Veränderungen ablehnen, auch wenn sie klar von Nutzen sind.«

»Ich habe einmal meinem Vorgesetzten in São Paulo gesagt«, warf Koyanagi ein, »daß ich eine einfache Verfahrensverbesserung gefunden hätte, durch die die Gesellschaft sieben Millionen Novocruzeiros einsparen würde. Er hat sie abgelehnt. Er hatte das Gefühl, daß seine Vorgesetzten ihn dafür tadeln könnten, weil er eine solche Verbesserung so viele Jahre übersehen hatte.«

»Ich habe einmal von einem Stamm in Südamerika gelesen«, sagte Patel, »der an einer unausgeglichenen Ernährung litt. Ihrer traditionellen Nahrung fehlte es an einigen Aminosäuren. Oder vielleicht an einem Vitamin? Nun, egal. Die Agronomen haben ihre Situation studiert und empfohlen, daß sie – ich glaube, Sojabohnen anbauen sollten. Aber die Indianer haben abgelehnt und weiter gelitten.«

»Genau«, stimmte Singer ihm zu. »Ich kenne das

Beispiel nicht, aber ich kann vermuten, warum das passiert ist. Der Widerstand des Stammes machte für die Agronomen keinen Sinn – die ernährungsphysiologische Veränderung war für sie glasklar nützlich. Aber diese Veränderung war nicht der Stolperstein. Es war die kulturelle Veränderung, die sie nach sich ziehen würde. Jeder im Stamm glaubte zu wissen, in irgendeinem unterbewußten Niveau, wie die Veränderung seinen Platz in der Gesellschaft verändern würde. Den Rat der Agronomen zu akzeptieren, würde zum Beispiel das Ansehen der Stammesältesten als lokale Agrikulturexperten untergraben. Und sie hatten auch recht. Du kannst nie nur eine Sache ändern. Fang damit an, Sojabohnen anzubauen, und wer weiß, was als nächstes passieren wird? Revolution und Anarchie.« Er breitete die Arme aus. »Und bevor ihr weiterdenkt, daß solche Dinge nur in primitiven Gesellschaften geschehen, laßt mich euch ein weiteres Beispiel geben, von dem ich weiß, weil mein Onkel es mir erzählt hat. Die Gießerei, in der er arbeitete, verlor immer wieder Arbeitsstunden durch Fußverletzungen. Du schleppst eine Menge schwere Sachen herum, und manche davon werden auf Zehen fallengelassen. Also hat die Gesellschaft ein Sicherheitsschuheprogramm verwirklicht. Sie statteten die Arbeiter mit Schuhen aus, die mit Stahlkappen versehen waren.« Er legte eine Pause ein und wartete.

»Macht Sinn«, sagte Murchadha vorsichtig.

Singer grinste. »Sie hören sich nicht allzu sicher an, mein Sohn.«

»Ich warte darauf, daß der andere Schuh fällt.«

Jeder stöhnte, und Singer lachte. Ein Teil der Spannung fiel von ihnen ab, und Singer machte sich im Geiste eine Notiz, Eamonns Grips nie wieder zu unterschätzen. »Ja«, fuhr er fort. »Es gab da einen Haken. Die Schuhe waren ganz klar nützlich, aber die Arbeiter lehnten sie ab. Sie trugen sie nur unter massivem

Druck seitens der Vorarbeiter. Warum? – *Weil ihre Frauen die Schuhe nicht mochten.* Die Schuhe waren schwer, unhandlich; und sie brandmarkten ihre Ehemänner als niedrigstehende, Blaumann-tragende Fabrikarbeiter. Zur Zeit meines Onkels waren das wichtige Überlegungen.« Er ließ den Blick über den Tisch schweifen. »Als Wissenschaftler und Ingenieure müssen wir mehr tun, als nur den Kopf über unlogisch denkende Ehefrauen zu schütteln ...«

»Einen Moment mal«, unterbrach Jessie ihn. »Die Antwort ist offensichtlich: Die Schuhe neu entwerfen, damit sie modischer aussehen.«

»Und das haben sie getan«, gab Singer zurück. »Aber der Punkt ist, daß diese Lösung niemals jemandem in den Sinn gekommen wäre, solange nicht die kulturelle Wurzel des Widerstands identifiziert worden war. Bis dahin war die einzige Antwort nur Zwang oder Überzeugung: Trag die Schuhe, oder ...! An den Symptomen kurieren, nicht das Problem angehen. Nun ...« Er zuckte die Achseln. »Ich bin mir darüber klar geworden, daß diese kulturellen Probleme für technische Leute wie uns unsichtbar sind. Wir sind es gewohnt, uns mit Systemen auseinanderzusetzen, *aber die Technologie bestimmt die Grenzen unserer Systeme.* All dieses kulturelle Zeug ist ›von dem System ausgeschlossen‹. Wir machen ein Angebot. Es ist technisch hieb- und stichfest, es ist wirtschaftlich lebensfähig. Trotzdem gibt es Widerstand, und der Widerstand macht keinen Sinn. Eine mysteriöse Straßensperre hier. Ein sinnloses Argument da. Eine Gruppe Protestierender dort. Der alte Kreislauf, überall. Weil wir uns nicht bewußt werden, daß der Widerstand kultureller Natur ist – die sich Widersetzenden wissen das selber gar nicht –, vermuten wir, daß sie einfach böswillig sind, und die Sache wird echt zu einer Sisyphos-Arbeit.«

Koyanagi runzelte die Stirn über die letzte Redewendung. Patel lehnte sich herüber und flüsterte ihm ins Ohr, und der Biophysiker verzog das Gesicht.

»Also was versuchst du uns zu vermitteln, Charlie? Daß Eamonn und ich uns der Amme widersetzt haben, weil sie unsere Stellung in der Gesellschaft beeinflussen würde? Das ist absurd.«

»Hmm. Der Arbeiterschuh mit Stahlkappe sitzt jetzt auf dem anderen Fuß, schätze ich.«

»Mach keine Witze! Es gibt nichts Witziges am Versuch, einen Atomkrieg zu vermeiden.«

»Nein, das gibt es nicht. Aber wir haben uns mit den Symptomen auseinandergesetzt, nicht mit den Ursachen. Warum sollte eine Nanomaschine, die die Resistenz gegen Radioaktivität steigert, das System instabil machen? Ist das Bauen der Amme nicht in Wirklichkeit die Antwort? Ist es eine *lebensfähige* Antwort? Spricht es wirklich das Problem an? Schau mal, erinnerst du dich an das Fiasko vom nuklearen Winter? Das Nettoresultat des Berichts von TTAPS war, daß es den Atomkrieg einfach ein bißchen wahrscheinlicher gemacht hat.«

Koyanagi war aufgeschreckt. »Wie das?« fragte er. »Ich habe die Meinung verteidigt.«

»Das habe ich auch«, antwortete Singer. »Aber denken Sie nach. Nehmen Sie an, daß ihr Szenario korrekt gewesen wäre. Es war es nicht, aber lassen wir das für jetzt aus dem Spiel. Ein potentieller Angreifer könnte dann dazu verlockt werden, einen Präventivschlag auszuführen, der *gerade unter* dem Niveau lag, das einen nuklearen Winter bewirken würde. Wenn das Opfer einen Vergeltungsschlag ausführen würde, würde es die Ökosphäre über diese Grenze treiben. Ein Angreifer könnte damit spielen, daß die Welt eher den *fait accompli* akzeptieren würde, als die totale Zerstörung zu riskieren. Kombiniert mit einem Abrüstungsprogramm macht dieses Szenario das System sogar noch instabiler. Ja, Jessie, was gibt es?«

Sie spitzte die Lippen und fuhr mit dem Finger über den Rand ihres Wasserglases. »Ich wollte sagen, daß das Szenario nicht allzu wahrscheinlich ist, aber das wäre dein Gegenargument für mich gewesen, nicht?«

»Aber das Modell der TTAPS war nicht korrekt«, meinte Patel. »Es hat die Effekte übertrieben. Das ist der Grund, warum wir jetzt vom nuklearen Herbst reden.«

»Ja. Es ist noch immer ein tödliches Szenario, schlimmer als jedwede Vorstellung vor dem TTAPS-Bericht. *Aber nicht schlimmer als jedwede Vorstellung* seit *dem TTAPS-Bericht!* Das Ergebnis der gesamten Kontroverse war, daß sich bei vielen Politikern der vage Eindruck festsetzte, daß ein atomarer Schlagabtausch nicht so gefährlich war, wie einige ›bangemachende‹ Wissenschaftler gedacht hatten.«

»Aber ...«

»Aber was, Jessie? Läßt sich dieselbe Begründung nicht irgendwo auf unseren Ammen-Einsatz verwenden? Wenn unsere Amme den Atomkrieg wahrscheinlicher macht, dann tut es das Szenario des nuklearen Winters ebenso.«

»Oh!« Das war Koyanagi. Sie drehten sich alle um und sahen ihn an. »GSZ ist ein Teil unseres Kulturschemas.« Er sah Singer an, dann Burton-Peeler. »Verstehen Sie nicht? Wir widersetzen uns allem, das die Existenz der Gegenseitig Sicheren Zerstörung bedroht, *weil es das ist, woran wir uns gewöhnt haben.* Das Kulturschema verschafft Vorausschaubarkeit. Wir wissen, was wir von der GSZ zu erwarten haben: einen unsicheren Frieden. Es gab keinen Weltkrieg mehr seit der Erfindung der Atomwaffen; und sowohl die Vereinigten Staaten als auch die Sowjetunion akzeptieren eher eine Niederlage, als diese Waffen in einem unkontrollierten Krieg zu verwenden. Wir mögen es nicht leiden, was das Schema uns gibt, aber wir wissen zumindest, woran wir sind.«

»Lieber den Teufel, den wir kennen«, sagte Murchadha, »als den Teufel, den wir nicht kennen.«

»Ja, ja.« Koyanagi wurde ganz aufgeregt. »Verändere die GSZ, und wir wissen nicht, was wir zu erwarten haben. Es könnte besser sein, *aber es könnte auch schlechter sein.* Das ist es, was unseren Status in der Gesellschaft beeinflußt, Dr. Peeler. Der Status ist nicht unser persönliches Prestige, sondern unsere Beziehungen zu allem anderen in unserem Leben.«

»Aber das macht meine Sorgen nicht weniger stichhaltig.«

»Nein, das tut es nicht«, stimmte Singer ihr zu. »Ich habe nur angedeutet, daß wir keinen doppelten Standard benutzen sollten.«

»Deutest du damit an, daß TTAPS seinen Bericht hätte zurückhalten sollen?«

»Nicht mehr als daß wir die Amme zurückhalten sollten. Sicher, es sind Risiken damit verbunden, das Ding zu bauen. Kleine Niveaurisiken, aber mit katastrophalen Konsequenzen. Aber es gibt ebenso Nutzen. Wenn wir die Amme *nicht* bauen, werden Menschen sterben.«

»Und wie ich schon vorher gesagt habe«, warf Koyanagi ein, »die Natur behält keine Geheimnisse für sich. Wir *können* die Amme *nicht* zurückhalten, weil andere sie unabhängig davon entdecken werden. Denken Sie daran, wie oft solche Doppelentdeckungen in der Geschichte der Wissenschaft passiert sind.«

Patel meldete sich zu Wort. »Doktor Singer, wir haben zwei unvermeidliche, aber gegenseitig unvereinbare Konsequenzen. Zum einen ist es die unvermeidliche Tatsache, daß eine Radioaktivitäts-Amme gebaut werden *wird.* Von uns selbst oder jemand anderem. Das andere ist, daß sie, zusammen mit großem Nutzen, einige unerwünschte Konsequenzen mit sich bringen *wird.* Im besonderen eine größere Leichtfertigkeit in nuklearen Angelegenheiten.«

Murchadha nickte. »Kugelsichere Westen.«

»Und Wunschdenken«, fuhr Patel fort, »wird weder das eine noch das andere davon abhalten, Wirklichkeit zu werden.«

»Also was tun wir?« fragte Singer.

»Kulturelle Aufgaben sind Teil des Systems«, rief Koyanagi ins Gedächtnis. Er beobachtete Singer aufmerksam, während er sprach. »Was tun wir, wenn wir ein technologisches Problem im System entdecken?«

»Wir analysieren die Symptome des Problems«, erklärte Burton-Peeler. »Diagnostizieren die Ursache und die Folgen und nehmen ein vorbeugendes Merkmal in den Entwurf auf... ah! Ich verstehe!« Sie sah Singer an. »Das ist es, worauf du hinauswolltest, nicht? Wie können wir die Amme neu konfigurieren, wenn wir die kulturellen Folgen in Betracht ziehen?«

Singer grinste. »Das ist richtig. Das ist unser großer toter Winkel. Nicht viele Leute in der Wissenschaft und Technologie nehmen Lehrgänge in Anthropologie; also wenn wir auf eine besondere Konsequenz stoßen, brabbeln wir wie Schwachköpfe über die Symptome. Auf der einen Seite besagt es, daß das Risiko klein ist und es keinen Grund gibt, sich darüber Sorgen zu machen. Auf der anderen Seite besagt es, daß du überhaupt nichts daran tun solltest, weil kein Risiko zu klein ist. Trotzdem ist es, wenn wir mit technologischen Problemen zu tun haben, eine ganz andere Angelegenheit.«

Er streckte die Hand aus und nahm die Weinkarte vom Tisch. Sie war auf beschichtetes Plastik gedruckt. Er spielte damit, während er redete. »Al Qaysar könnte dazu verlockt werden, den Irak anzugreifen, wenn seine Soldaten strahlungsgehärtet wären. Es ist ein Vorteil, richtig? Und er muß es schnell tun, bevor der Irak denselben Vorteil ergattert hat. Es gibt nur einen Grund, anzugreifen, wenn du einen Vorteil siehst, oder glaubst, einen zu sehen. Wenn hingegen der Irak herausbekommen würde, daß al Qaysar seine Truppen heimlich härtet – und welche Nation kann heutzutage seine Geheimnisse schon lange für sich behalten? –, würde der Irak dazu verlockt werden, anzugreifen, bevor al Qaysar fertig wäre. Es ist eine gefährliche Zeit, wenn eine Seite einen Vorteil gegenüber der anderen hat.« Er balancierte die Plastikkarte hochkant vor sich auf dem Tisch. Er zog die Hände zurück, und die Karte schwankte und fiel um. »Vorteile sind immer unbeständig.«

»Also, wie lautet die Antwort?« fragte Patel.

Singer nahm die Weinliste wieder an sich und faltete sie auf die Hälfte. »Mit zwei oder mehr Vorteilen erreicht man mehr Stabilität.«

Koyanagi sog die Luft ein und überwand seine Bestürzung. Patel nickte nachdenklich. »Wie planen Sie, das zustandezubringen?« fragte er.

»Du wirst sie überall auf den Markt bringen, nicht, Charlie? So daß jeder sie hat und niemand einen Vorteil wittert. Wird Royce dich das machen lassen?«

»Nein«, warf Koyanagi ein. »Das wird nicht funktionieren. Die Macht der Märkte resultiert aus den Verbreitungsmustern. Bis das Durchdringen des Markts vollständig ist, werden einige Gruppen sie haben und einige nicht, was zu der Art von Instabilität führt, die Charlie erwähnt hat.« Er sah Singer an. »Sie muß jeden gleichzeitig erreichen, oder es darf niemand wissen, daß sie verbreitet wird.«

Burton-Peeler lachte und klatschte in die Hände. »Im Aerosol! Stimmt das nicht, Charlie? Du planst, sie in das AireFresh zu tun. Mein Wort darauf, so wie sich das verkauft, wird die Amme innerhalb eines Jahres überall auf der Welt verbreitet sein.«

Singer lächelte. »Ich dachte, das könnte funktionieren.«

»Keinen Gewinn allerdings, außer du hast vor, den Preis von AireFresh zu verdoppeln.«

Singer schüttelte den Kopf. »Kein Gewinn«, bestätigte er. »Oder vielleicht ein bißchen.«

»Was ist mit dem Lab?«

»Es ist so, wie du gesagt hast. Wir werden es irgendwie überstehen. Es gibt nicht so etwas wie Niederlagen, weißt du. Nicht wirklich. Außer hier.« Er deutete auf seinen Kopf.

»Nicht jeder in der Welt benutzt AireFresh«, stellte Patel fest.

»Nein, aber die Menschen benutzen es überall auf der Welt; und sie könnten als Brennpunkte für die Ansteckung dienen.«

»Ansteckung?« Koyanagi blinzelte. »Dann müssen wir die Amme selbstvervielfältigend machen.«

»Ja. Das ist der Grund, warum ich gesagt habe, daß wir einige der Strukturen neu entwerfen müssen.«

»Es wird Zeit kosten«, warnte Patel. »Erfolgreiche Selbstvervielfältigung ist nicht so einfach zu erreichen. Die Amme wird mit Millionen von anderen Proteinen und Viren konkurrieren müssen. Mit solchen, die Äonen von unbarmherziger natürlicher Auslese überlebt haben. Das ist der Grund, weshalb so viele genetisch gebaute Organismen zu überleben versagt haben, als sie freigelassen wurden.« Er schaute Koyanagi an, der heftig nickte.

»Ich habe bereits einige Entwürfe vorbereitet.« Masao legte eine Pause ein, verlegen, sie dadurch an seine versuchte Piraterie erinnert zu haben.

»Neun Monate«, erklärte Singer. »Nicht mehr. Ich kann Royce nicht ewig hinhalten.«

»Das wird genügen«, erwiderte Masao, »vorausgesetzt, daß es keine weitere Sabotage gibt.« Er blickte Burton-Peeler an, die errötete.

»Wenn wir uns die gesamten kulturellen Folgen durch den Kopf gehen lassen«, gab sie zur Antwort, »und mit einem Entwurf herauskommen, der jede Fallgrube anspricht, wird es für Sabotage keinen

Grund mehr geben. Es wird ohnehin alles in die Öffentlichkeit gelangen.« Sie drehte sich zu Singer um. »Das ist es, was du damit meintest, ›die Würfel zu zinken‹, richtig?«

»Aber was ist mit der Möglichkeit, von der ich gesprochen habe?« fragte Murchadha. »Nicht die berechenbaren Abenteuer eines Führers mit einem Vorteil, aber die *Leichtsinnigkeit* des Führers, der denkt, daß die radioaktive Strahlung keine Rolle mehr spielt. Wenn jeder gegen Radioaktivität gehärtet ist, so daß niemand einen Vorteil hat, werden einige Führer trotzdem unbekümmerter in bezug auf die Gefahren werden.«

Singer nickte. »Wie der nukleare Winter übertrieben worden ist. Oder wie Plastiphage die Umweltverschmutzer unbekümmert macht. Ja.« Er sah irritiert die Wand an. »Wir sollten im Konferenzraum mit dem Bildschirm sein, so daß ich all das niederschreiben könnte.«

»Das habe ich getan«, warf Koyanagi ein, eine Serviette hochhaltend, die mit Notizen vollgekritzelt war. Singer lachte.

»Der Auftrag an den Maschinenbauer«, erwiderte er und wandte sich Murchadha zu. »Das ist der Grund, weshalb ich ein Gegenmittel will. Eins, das den Körper dazu bringt, die Strahlungs-Amme abzustoßen. Sehen Sie, wenn die UN-Sitzung im Herbst eröffnet wird, wird jeder wichtige Führer der Welt da sein. Prestigehalber. Und wenn, wie ich vermute, es ein großes Geruchsproblem mit ihrer Klimaanlage gibt, werden sie natürlich große Mengen von Aire-Fresh brauchen, um es in den Griff zu bekommen. Und natürlich werden wir ein paar Spezialchargen auf Lager haben.«

Jetzt lachten sie alle. »Sicher«, sagte Murchadha. »Es ist eine Sache, die Truppen immun zu halten, aber es ist eine andere, selbst keine Immunität zu besitzen.«

»Vergessen Sie nicht die verschiedenen Parlamente und Kongresse und Generalstäbe. Und nicht jeder Führer wird bei der UN sein.«

»Und West Point und Sandhurst und die anderen Militärakademien. Begreifen Sie das? Die Matschrobber sind immun, aber ihre Offiziere nicht!«

»Was ist mit dem Kreml? Selbst mit *Glasnost* wird es nicht einfach sein, denen das Gegenmittel zu geben.«

»Wir können einen Anfang mit ihren Konsulaten machen.«

Burton-Peeler lehnte sich in ihren Stuhl zurück und faltete die Hände. »Du weißt, daß wir fünf nicht die einzigen Nano-Genies sind. Jemand wird einen Weg herausfinden, dem Gegenmittel zuwider zu handeln. Und das Gegenmittel selbst…«

»Richtig«, unterbrach Murchadha sie. »Sie beginnen ihren Angriff mit einem Bombardement von Gegenmittelbomben. Das macht den Feind wieder gegen die Strahlung verletzlich.«

Koyanagi wies mit dem Finger auf ihn. »Aber dann verlieren sie das Überraschungsmoment. Ein atomarer Angriff kann nur funktionieren, wenn es ein Überraschungsangriff ist.«

»Wir können das Gegenmittel langsam wirkend machen«, sagte Patel. »Sagen wir, es braucht mehrere Wochen, um sich festzusetzen und die Rad-Ammen, die bereits im Blut sind, zu zerstören. Keine Möglichkeit der Überraschung dann. Die Opfer werden wissen, daß sie ›enthärtet‹ worden sind.«

»Aber für den jetzigen Zeitpunkt«, fügte Murchadha hinzu, »werden wir das Gegenmittel als unser kleines Geheimnis behalten. Niemand wird versuchen, ein Gegenmittel unbrauchbar zu machen, der nicht weiß, daß es existiert. Bis dahin sollte es sich in der Zielbevölkerung recht gut festgesetzt haben.«

»Ich denke, wir sollten die Besitzer und Manager von Kraftwerken zur Gegenmittelgruppe hinzufügen.

Um sie zu entmutigen, Sicherheitsvorkehrungen oder ähnliches zu beschneiden.«

»Laßt uns nicht vergessen«, wandte Murchadha ein, »daß es Leute gibt, die es nicht wollen, daß Atomkraftwerke oder Raumstationen weniger gefährlich sind. Unmittelbar nach dem Fiasko auf Three Mile Island schrieb ein englischer Professor aus Dartmouth, ich habe seinen Namen vergessen, eine Zeitungskolumne. Wissen Sie, was seine Reaktion auf die Tatsache war, daß trotz einer Serie von vollkommen unerwarteten Fehlern und unglaublicher Nachlässigkeit seitens des Versorgungsmanagements die Sicherheitsfachleute es geschafft hatten, ein Desaster zu verhindern? Er war wirklich aufgebracht, daß keiner gestorben war! Wenn nur Hunderte gestorben wären und Harrisburg evakuiert worden wäre, schrieb er, wäre den Leuten endlich bewußt geworden, wie gefährlich Atomkraftwerke sind.«

Burton-Peeler schnaufte. »Und man sagt, Technokraten wären skrupellos? Er hört sich wie einer dieser früheren Umweltschützer an, die – wie nannten sie es? – das Globale Notprogramm predigten. Ehrlich und die zwei Paddocks. Sie behaupteten, daß Länder wie Indien und Mexiko ohnehin zum Tode verurteilt wären, also sollten wir unsere Nahrung nicht verschwenden, indem wir sie an sie schickten. Sie schwächten ihre Forderungen ab, als sie merkten, daß selbst die meisten Umweltschützer diese Selbstsucht nicht verdauen konnten.«

»Ich habe meins, Stutzer«, meinte Murchadha, »und du kriegst nichts.«

Patel schüttelte nur den Kopf, und Singer wurde sich bewußt, daß Kalpits Eltern unter jenen waren, die man abgeschrieben hätte.

»Und vergeßt nicht«, fügte er hinzu, »als die Wissenschaftler der Dritten Welt in Mexiko und den Philippinen die Grüne Revolution starteten, die es am

Ende geschafft hat, diese Nationen ›ohne Gliedmaßen‹ wieder selbstversorgend zu machen, es dieselben Gruppen waren, die es als ›elitär‹ angeprangert haben, weil die größten Farmer den meisten Nutzen hatten. Wir können ähnliche Argumente gegen die Amme erwarten.«

»Es war nicht das Füttern der Hungrigen, was sie gestört hat«, warf Kalpit mit einer Spur Bitterkeit ein. »Es war, *wie* sie gefüttert wurden. Die Grüne Revolution war keine angewandte Technologie.«

»Kommen wir nicht vom Thema ab?« fragte Masao.

»Nein«, antwortete Jessica. »Weil es genau diese Angelegenheit ist, mit der wir uns auseinandersetzen müssen. Wir haben einige ›unvernünftige‹ Reaktionen identifiziert, wie das Verlangen der Regierung, die Amme als einen militärischen Aktivposten ins Arsenal aufzunehmen, mit dem man das atomare Patt beenden könnte.

Aber es gibt noch weitere nichttechnische Nebenwirkungen, wie die Dickfelligkeit der Ludditen, über die wir gerade diskutiert haben. Wir müssen uns auch beraten, wie wir mit ihnen verfahren. Erinnern Sie sich daran, im Zusammenhang ihrer eigenen Glaubenssysteme sind die Ziele des Heeres und der Ludditen absolut richtig und aufrichtig.«

»Ja«, stimmte Singer ihr zu, den Blick auf sich ziehend. »Das ist es, worum es beim ›Realistischsein‹ überhaupt geht.«

XIV

Der Flughafen war überlaufen und roch nach Plastik und Kerosin. Menschen saßen in Reihen auf unbequemen Stühlen und lasen oder redeten oder aßen, warteten darauf, daß ihr Flug aufgerufen wurde. Singer blieb stehen, nachdem er die Torgegend betreten hatte, und sah sich um, suchte nach Jessie. Draußen, jenseits des riesigen Panzerglasfensters, raste ein Düsenjet die Rollbahn entlang. Dann wölbte der Jet den Rücken, biß die Luft mit seinen Flügeln und stieg auf, völlig anders, als jemals ein Vogel geflogen war.

Singer beobachtete den Abflug. Murchadha war bereits fort, auf seinem Weg nach Irland; und Kalpit klapperte die USA mit kurzen Charterflügen ab. Masao würde später an diesem Morgen nach Brasilien verschwinden, über Florida, Texas und Mexiko.

Er sah Jessie nirgendwo in der Nähe des angewiesenen Flugsteigs, und er überlegte mit einem plötzlichen Angstgefühl, ob er ihr eine falsche Flugsteignummer genannt hatte. Er hatte sie vor dem Flughafen abgesetzt und das Auto geparkt. Jetzt war sie nirgendwo zu sehen.

Der Flugsteig war kreisförmig, mit einem Kiosk in der Mitte. Er kontrollierte die benachbarten Flugsteige. Die meisten waren ebenso mit wartenden Passagieren gefüllt. *Ich hoffe, sie ist nicht in die falsche Halle gegangen.* Nein, das war albern. Trotzdem, um die anderen Hallen zu überprüfen, würde er zum Terminal zurückgehen müssen. Ein langer Weg in beide Richtungen. Warum hatten Flughäfen keine Gänge, die die Hallen miteinander verbanden? Manche hatten das, aber nur wenn an beiden Toren dieselbe Fluggesellschaft war. War es eine absichtliche Masche, um von Verbindungen mit anderen Beförderern abzuschrecken? Oder wurden Flughäfen von Architekten entworfen, die selbst nie Verbindungen benutzten?

Eine Hand tippte ihm auf die Schulter, und er sprang auf.

»Suchst du mich, Charlie?«

Er drehte sich um und starrte sie an, und dachte daran, daß sie nun auch gleich fort sein würde. Sie hatte eine bequeme, weite Bluse und einen Rock an.

PANAM
04.91

Sie trug Tennisschuhe, was wahrscheinlich der Grund war, weshalb sie kleiner als sonst wirkte.

»Ich habe bei den Sitzen nach dir gesucht«, antwortete er.

»Kein Platz. Ich habe mein Handgepäck da drüben abgestellt«, sie zeigte vage zum Flugsteig.

»Hast du dein Ticket?«

»Natürlich habe ich mein Ticket.« Singer bemerkte, wie ihre Hand sich auf ihre Jackentasche zubewegte, und er lächelte insgeheim. *Natürlich habe ich mein Ticket,* dachte er. *Ich bin mir absolut sicher – bis mich jemand danach fragt.*

»Keine Sorge«, sagte sie. »Wir haben das jetzt seit Monaten geplant.«

Singer fühlte sich noch immer unbehaglich. Das Team lief auseinander. Zerbrach. Das Lab war ein weiteres Mal dunkel und still. »Ich weiß. Es ist nur, daß ...«

Nur daß was? Daß er sie alle schrecklich vermissen würde? Daß er sich zu Tode ängstigte, sie würden nicht zurückkommen?

»Nur was, Charlie?«

»Nichts. Ich bin nur ausgelassen, das ist alles.«

»Mach dir keine Sorgen. Alles wird in Ordnung gehen.« Sie senkte die Stimme. »Denk daran, wie viele Leute bereits infiziert worden sind, alleine dadurch, daß wir hier stehen.«

»Ich weiß. Eamonn ist vom Kennedy Airport losgeflogen, und Kalpit und Masao sind in La-Guardia.«

Burton-Peeler lächelte. »Ich überlege, was das Reisebüro über Kals Reiseroute gedacht hat.«

»Ich denke, daß er jeden wichtigen Flughafen in diesem Land mitnimmt. Jene, die Masao nicht auf seinem Weg nach Mexiko abklappert.«

»Die Paßkontrolle hat ihm keinen Ärger gemacht, oder?«

»Masao? Nein. Die Berichte, mit denen wir Royce

gefüttert haben, fügen sich zu einem Fehlschlag zusammen. Wer kümmert sich um einen Japaner, der an einem Projekt beteiligt gewesen ist, das sich nicht bezahlt gemacht hat?« Das war der schwierige Teil gewesen, dachte er. Ein plausibles Szenario zu entwickeln, das mit den experimentellen Befunden in Einklang stand, das ›bewies‹, daß eine Strahlungs-Amme für die höheren Lebewesen unmöglich war. Er war sicher, daß Royce es mit anderen Experten, vielleicht bei General Molecule, überprüfen würde. Nicht, weil er Betrug witterte, aber um sich selbst zu versichern, daß Singer-Labs nicht doch etwas übersehen hatte.

Masao hatte ein oder zwei Jahre veranschlagt, bevor jemand es herausbekam. Bis dahin würden die Amme und die Anti-Amme sich im größten Teil der Welt heimisch fühlen. Die Leute, die Royce in der Hierarchie von GM kontaktieren würde, würden hoch genug stehen, daß sie nicht in der Lage waren, den Betrug aufzudecken; während jene mit der Kompetenz, das zu tun, zu weit unten im Graben stehen würden, um miteinbezogen zu werden. Er grübelte darüber nach, ob jemand jemals das Peter-Prinzip* als Entwurfsparameter angewendet hatte. Vielleicht unbewußt. Jeder Arbeiter, den er jemals gekannt hatte, hatte die ›Dummheit‹ des Bosses vorausgesetzt, wenn er Pläne machte.

»Sorgst du dich über deinen Teil, Charlie?«

»Hmm? Nein. Ich meine, ja. Wer würde das nicht? Nicht die Cocktail-Rundreise, aber der andere Teil. Die Ankündigung in der Öffentlichkeit. Aber ich habe nicht darüber nachgedacht. Bis dahin ist es fast noch ein Jahr. Nur allgemeine Dinge«, erwiderte er und schlurfte mit den Schuhen über den Boden.

---

* Peter-Prinzip = scherzhafte Behauptung, daß jeder Angestellte einer Organisation so lange auf Beförderungen hinarbeitet, bis er seine Stufe der Unfähigkeit erreicht.

Die Idee, die Flughäfen der Welt zu benutzen, um die Amme zu verbreiten, war Kalpits Idee gewesen. Ein bißchen von Person-zu-Person-Ansteckung. Eine Menge speziell ausgetüfteltes AireFresh, Eamonns ›Industrie‹-Version, in das Klimaanlagensystem eingebaut. Die Flughafenbehörden hatten sich überschlagen, um die Luft in den Terminals zu erfrischen; und was war für Singers Crew natürlicher, als von Flughafen zu Flughafen um die Welt zu hopsen, um sich um Verkauf und Installation zu kümmern?

Sie hatten die Epidemiologie auf dem Computer ausgearbeitet, einen Plan entwickelt, um eine maximale Verbreitung der Strahlungsresistenz innerhalb von anderthalb Jahren zu erreichen. Der Anti-Amme hatten sie einen Vorsprung von sechs Monaten gegeben. Sie verbreitete sich bereits in den oberen Schichten.

Singer war überrascht gewesen herauszufinden, daß die zwei Zielbevölkerungen sich kaum überschnitten. Die Welt der Privatjets und exklusiven Villen hatte kaum Berührungspunkte mit der Welt der Alltagsmenschen. Somit verbreitete sich die Amme in der einen Gruppe, während die Anti-Amme sich in der anderen verbreitete. Jede immunisierte die Menschen gegen die andere. Es war unvermeidlich, daß die zwei Sätze verschwommene Randbereiche hatten, aber dafür gab es keine Lösung.

Die Anti-Amme zu verbreiten war Singers Aufgabe. Es erforderte, in Clubhäuser und zu exklusiven Empfängen zu gehen. Regierungspräsidenten zu treffen. Versammlungen von Direktoren zu besuchen. Mit den Reichen zu plaudern. Singers Ruf und vermeintlicher Reichtum – und daß er der einzige wirkliche Amerikaner im Team war – verhalfen ihm zum Entree.

Jessie klopfte ihre Jacke ab. »Weißt du, es ist merkwürdig, wenn man darüber nachdenkt. Du hattest recht. Die Firma brauchte Gewinne. Aber ich hatte auch recht. Und das gleiche gilt für Masao, als er sagte, daß es egal wäre, was wir machen würden, weil Mutter Natur ein Plappermaul sei. Und Eamonn hatte recht. Kalpit genauso.«

»Kal?«

»Als er sagte, daß alles, was er immer tun wollte, war, bessere Moleküle zu entwerfen.«

»Oh.« Merkwürdigerweise fühlte er Tränen in den Augen. »Alles, was er immer tun wollte ...« Was war an diesem Satz so traurig? Das Gefühl verlorener Unschuld? Die Erinnerungen an die Zeit vor dem Sturm? Er schwieg, suchte nach den richtigen Worten. »Ich bin nur froh, daß wir einen Weg aus dem Wald gefunden haben«, sagte er. Das waren nicht wirklich die richtigen Worte, aber sie waren einfacher zu sagen.

Sie blickte ihn an. »Wir haben keinen Weg heraus gefunden«, erwiderte sie. »Wir werden das nie. Wir leben im Wald, und es steht immer ein anderer Bär im Weg. Erinnere dich, das Automobil wurde einstmals als die Lösung des Luftverschmutzungsproblems gepriesen. Weißt du, wie viele Tonnen Pferdeäpfel in New York an einem einzigen Tag für gewöhnlich anfielen?«

»Tut es noch immer«, gab Singer zurück.

Sie lachte leise. »Du hast für alles eine Antwort, nicht, Charlie? Aber der springende Punkt ist, daß die Lösungen der Großeltern die Probleme der Enkel werden. Es gibt keine endgültigen Lösungen, Charlie.«

»Vielleicht nicht«, stimmte er zu. »Aber zumindest gibt es zeitweilige.« Vielleicht war das alles, was sie erhoffen konnten. Jeden Aspekt der Dinge zu durchdenken und ihre beste Antwort zu wählen.

Die Lautsprecheranlage knatterte etwas Unverständliches. Singer konnte nur den letzten Teil ausmachen. London Heathrow. Er seufzte.

»Nun, Jessie. Das ist dein Flug.«

»Ich weiß.«

Er folgte ihr zu ihrem Handgepäck und beobachtete sie, während sie den Taschenriemen über ihre Schulter zog.

»Hast du die AireFresh-Behälter?«

»Ja, Charlie. Ich habe die AireFresh-Behälter. Sie gehen per Luftfracht. Die Hälfte der Flughäfen in Europa wollen sie, und die andere Hälfte wird sie auch wollen, wenn es sich einmal herumgesprochen hat.« Sie spielte mit dem Taschenriemen. Der Steward beim Tor sprach etwas in ein Mikrofon, und die Hälfte der Leute in der Wartebucht stand auf. Sie schoben sich in die Schlange, benutzten ihr Gepäck so, wie ein Rugby-Angreifer bei einem offensiven Angriff vorging. Singer konnte nicht verstehen, was für einen Grund es gab, ein paar Plätze weiter vorne in die Reihe zu gelangen. Sie würden keinem die Tür vor der Nase zuschlagen. »Sie haben meine Sitznummer aufgerufen«, sagte Jessie.

»Ja«, bestätigte er. »Nun. Viel Glück.« Er wollte sie wieder fragen, ob sie ihr Ticket hatte. Sie umarmten sich flüchtig, dann drehte sie sich um und ging zur Sicherheitsschleuse.

Dann fand er die richtigen Worte. »Kommst du zurück?« fragte er, gerade laut genug, daß sie es hörte.

Jessie blieb stehen und blickte über die Schulter. Sein Puls pochte, und sein Atem ging flach und schnell. Er hatte Angst vor ihrer Antwort. Zwischen ihnen hatten sich tiefe Abgründe aufgetan; Abgründe, die durch die Arbeit an der Anti-Amme überbrückt worden waren, aber die dicht unter der Oberfläche blieben. Sie hatten einander Dinge angetan, die sie beide nicht vergessen konnten.

»Ich bin mir nicht sicher«, antwortete sie schließlich. »Es ist eine Menge passiert. Ich bin mir nicht mehr sicher, wer du bist. Ich bin mir noch nicht einmal sicher, wer ich bin.«

»Dann komm zurück, und ich werde uns gegenseitig vorstellen.«

Sie starrten einander einen langen, schrecklichen Augenblick an. Dann seufzte Jessie. »Oh, zur Hölle damit. Ich bin eine alte Lady, zu alt, um meine Richtung zu ändern; und ich habe mich daran gewöhnt, dich um mich zu haben.« Sie schob die Schultertasche hoch, wandte sich um und ging den Weg zum Flugzeug hinunter.

Er beobachtete sie, bis sie um die Ecke bog und außer Sicht war. Gewöhnt, ihn um sich zu haben. Singer sagte sich, daß das die laueste Liebeserklärung war, die er jemals gehört hatte. Vielleicht war es nicht viel, aber es war immerhin etwas. Wie sagte das alte Sprichwort? Du magst das ›Weil‹, du liebst das ›Trotzdem‹. Mit all seinen Fehlern, mit all ihren Fehlern, war keiner von ihnen bereit, den anderen aufzugeben. Vielleicht war es Stolz, nicht Liebe. Vielleicht wollte keiner von ihnen eine Niederlage eingestehen. Und vielleicht, dachte er, war es das Nichtaufgeben, worum es in der Liebe ging.

»Bitte, Dr. Singer, kommen Sie raus! Die Strahlenbelastung da drin ist tödlich.«

Singer blickte nicht von seinem Buch auf. Langsam kehrten seine Gedanken in die Gegenwart zurück. Der Kraftwerksmanager war ein Idiot. Begriff er nicht, daß Singer nur zu gut wußte, wie tödlich es war? Begriff er nicht, wie viele Rad er bereits absorbiert hatte?

Wahrscheinlich nicht, sagte er sich. Der Kraftwerksmanager war wahrscheinlich im Buchhalterischen fit, aber weder Biophysiker noch Nukleartechniker. Er wußte ohne Zweifel alles, was man über Atomkraftwerke wissen mußte – bis auf das, was wichtig war.

»Der Eintritt in das Reaktordruckgefäß ist Unbefugten verboten!«

Singer ignorierte die Aufforderung.

»Sie sind unbefugt hier eingedrungen, Mr. Singer. Ich werde Sie vor Gericht bringen, und wenn Sie noch so berühmt sind.«

Singer ignorierte ihn. Bevor das hier vorbei war, würde er eine Menge mehr zu tun haben, als sich für unbefugtes Eindringen zu verantworten. *Wir müssen jede existierende Vorschrift verletzt haben.* Schweiß rann ihm über die Stirn herab, und er wischte ihn mit seinem Taschentuch weg. Die Abwärme der Nanomaschinen in seinem Blut. Entweder das oder er war unheimlich nervös.

Wahrscheinlich beides, sagte er sich.

»Mr. Davis«, fragte er den Kraftwerksmanager, »sind die Medien schon da?«

»Doch, ja. Offenbar hat ihnen jemand einen Tip gegeben.« Davis musterte Singer verdrießlich, dann den Nukleartechniker und die Gruppe.

»Würden Sie sie bitte hereinbitten? Ich habe eine Erklärung abzugeben.« Er sah, wie zwei der Biologen der Gruppe sich ansahen. Einer von ihnen machte sich Notizen. Der Nukleartechniker blickte ihn taxierend an. Er überschlägt die Rads, dachte Singer. Er weiß es.

»Ich werde sie nicht hereinbitten. Das ist ein Kernkraftwerk, kein Zirkus. Ich werde es nicht zulassen, daß der Betrieb gestört wird.«

»Mr. Davis, Ihr Kraftwerk ist nachmittags abgeschaltet. Es gibt keinen Betrieb, der gestört werden könnte.«

Singer warf ihm seinen stursten Blick zu, und nach ein paar Momenten erschlaffte Davis. »Also gut.« Er stolzierte zum roten Wandtelefon und sprach hinein.

Singer grinste die zwei Biologen an, holte eine Sonnenbrille aus der Tasche und setzte sie auf. Die Biologen grinsten zurück. Der Ingenieur schüttelte den Kopf, ob aus Mitleid oder Bewunderung, wußte Singer nicht.

Die ganze Zeit über gab eine leise Stimme in seinem Hinterkopf einen Kommentar ab. Die Amme hatte Grenzen. Grenzen beim Strahlungsniveau und was den Zeitraum betraf, den man sich der Strahlung aussetzen durfte. Kalpit und Masao hatten berechnet, wie lange er hier drinbleiben konnte. Aber was, wenn sie einen Fehler gemacht hatten? Jeder hatte die Berechnungen mehrmals überprüft. Er hatte sie selbst überprüft. Trotzdem – was, wenn ein Fehler darin steckte?

Nun, dann bin ich schon tot, sagte er der kleinen Stimme, und es macht nichts mehr aus.

Und daraufhin schwieg die Stimme.

Die Medienleute brauchten eine Menge Zeit, um hereinzukommen und sich um die besten Plätze zu streiten. Singer beobachtete sie und fragte sich, welche Regeln sie benutzten, um ihren Status zu bestimmen.

Ich muß ihnen alles erklären. Den Nutzen. Die Grenzen. Die Gefahren. Vor allen Dingen von der erhöhten Leichtfertigkeit. Alles außer vom Gegenmittel. Laß sie glauben, daß einige Leute gegen die Amme immun sind. Irgend jemand wird es früher oder später herausbekommen, aber bis dahin sollte sich jeder an die Amme gewöhnt haben. *Es wird Teil des Kulturschemas sein, und wir werden lernen, wie wir damit leben können.*

Er war überrascht, John Royce mit den Reportern hereinkommen zu sehen. Royce stand im Hintergrund der Masse, die Arme vor der Brust verschränkt. Sein Gesicht gab keinen Hinweis darauf, was er dachte. Vielleicht hatte er vor, ihn zu verhaften, wenn er herauskam. Oder er könnte selbst begriffen haben, daß das der beste Weg war. Der beste für die Nation.

Schließlich einigten sich die Reporter. Sie standen da und hielten ihre Recorder und Mikrokameras auf ihn gerichtet. Ein paar blickten nervös auf ihre Geigerzähler.

Singer stand auf und steckte das Buch von Heinlein

in die Jackettasche. Er bürstete seine Kleidung ab und stellte sich am Sichtfenster auf. Er lächelte sie alle an und sagte: »Ich habe ein paar gute und ein paar schlechte Neuigkeiten.«

Elisabeth Vonarburg

ÄON

»Äon: Zeit, Ewigkeit (...), ewige Mächte,
die vom höchsten Wesen ausgehen
und in denen sich sein
Einfluß auf die Welt ausdrückt.«

Das Kind sieht niemandem ähnlich. Es ist kein Kheïry, es ist weiß; es hat weder die aschblonden Haare der Milès noch die Schlitzaugen der Ély; seine Hände sind klein und feingliedrig, während die Hände der Haupt breit und grob sind. Um die Hüften trägt es lediglich einen Lendenschurz. Sein nackter, glatter und geschmeidiger Oberkörper glänzt im rosafarbenen Licht des Flurs. Das Kind mit seinen runden Schultern, seinem schmalen, dreieckigen Gesicht, den großen, dunklen Augen und dem schwarzen, lockigen Haar, das bis auf seine Schultern reicht, sieht niemandem ähnlich, und um diese Zeit müßte es sich mit den andern im Lehrsaal aufhalten. Statt dessen steht es da an die Fleischwand gelehnt, halb in der Mulde verschwindend, die sich gebildet hat, um es in sich aufzunehmen, und sieht Hilsh auf sich zukommen.

Hilsh hat keine Zeit, stehenzubleiben. Er ist beschäftigt, hat zu tun, ist unterwegs... Was soll er holen gehen? Ein kurzes Angstgefühl befällt ihn. Er kann sich nicht mehr erinnern! Dabei weiß er ganz genau, daß er etwas holen soll. Etwas oder jemanden ?

Er kommt auf das Kind zu; ungewollt verlangsamen sich seine Schritte. Im selben Augenblick lächelt das

Kind, richtet sich auf und sagt: »Ich soll dich hinbringen. Folge mir.«

Es spricht auch nicht wie die Ouré: es stolpert nicht über die Buchstaben I und S.

Hilsh ist erleichtert: er ist auf dem richtigen Weg. Er wird… er wird das, was er holen soll, finden. Das Kind wird es ihm zeigen. Er folgt seinem kleinen, stillen Führer durch die Gänge, die Kammern und Wände, die sich gehorsam vor ihnen öffnen. Sie verlassen die Kapsel und betreten das Raumschiff. Mit dem Licht verändern sich die Farben und Formen: an der Oberfläche schimmert es rosa, in der Nähe des Zentrums wird es immer rötlicher, und am Ende geht es in jenes phosphoreszierende Pigment über, das keinen Schatten wirft. Nach und nach werden die gleichförmigen Zellen und die dicken Rohre durch lange Faserblöcke und schmale Gänge ersetzt, die von der durchsichtigen Membrane umgeben sind, durch welche die farbigen Flüssigkeiten fließen.

Auch die Geräusche verändern sich; nach der nahezu absoluten Stille an der Oberfläche entfernen sich die beiden Reisenden nun vom ständigen Rauschen des Gebläsekanals; während sie sich dem pochenden Zentrum nähern, spürt Hilsh unter seinen nackten Füßen die regelmäßigen Schwingungen, die sich dem Rhythmus seines Herzens anpassen. Erst jetzt wundert er sich: Wieso steht er immer noch derart fest mit den Füßen auf dem Boden? Im Innern des Raumschiffs läßt die Schwerkraft, je näher man dem Zentrum kommt, kontinuierlich nach, bevor sie sich schließlich gänzlich aufhebt.

Doch noch etwas anderes weckt seine Aufmerksamkeit: Das Fleisch des Raumschiffs scheint durchsichtig geworden zu sein. Er sieht das Labyrinth der Rohre und Gänge, die Venen und Arterien, unter deren Membrane die lebenswichtigen Flüssigkeiten zirkulieren; er sieht die geräumigen, schwammigen Zellen, in denen die für das Schiff unnötige, für die Menschen jedoch lebensnotwendige Luft kreist; er sieht die dunkelrote Masse des Zentrums, ein Herz, das sich dehnt und sich wieder zusammenzieht wie ein Auge im Licht; in der Tat vibriert das Licht bei jedem Schlag. Unter seinen nackten Füßen auf dem widerstandsfähigen Fleisch des Raumschiffs spürt Hilsh ein Leben, das über ihm, unter ihm und um ihn herum pocht.

Kurzes Entsetzen. Doch natürlich weiß er Bescheid: Das Raumschiff ist ein gewaltiges Organ, das die Biogenetiker so gestaltet haben, daß es sich im Raum selbst versorgen kann und jenen Menschen angepaßt ist, die es bewohnen. Ein organisches Gebilde. Ein Lebewesen. Natürlich. Er weiß Bescheid.

Doch es ist nicht nur Leben, das Hilsh umgibt. Es ist eine Präsenz. Und nun hat sein kleiner Führer ihn in einen Teil des Raumschiffs gebracht, den er noch nicht kennt.

Er legt dem Kind die Hand auf die Schulter: Seine Haut ist weich und warm, und der beabsichtigte Klaps verwandelt sich in ein Streicheln. Große, dunkle Augen sehen ihn an.

»Wohin bringst du mich?«

»Weiter weg.«

Das Kind setzt seinen Weg fort, und Hilsh folgt ihm. Er ist ratlos; er weigert sich, beunruhigt zu sein. Die Erinnerungen werden zurückkommen. Oder wußte er etwa noch nie, daß es diesen Ort gibt? Schließlich ist das Schiff sehr groß, und Hilsh hat die Inkubatoren erst kürzlich verlassen. Er muß das, was er nicht weiß, erst lernen, da er nicht über das Gedächtnis eines *Prims* verfügt und auch niemandem ähnlich sieht.

Ein Neuer. Das Kind ist also genauso neu wie er? Wieso ist er nicht schon früher darauf gekommen? Dabei hat das Schiff immer nur sechs Besatzungsmitglieder. Wenn jemand ausgeschlossen worden wäre, würde Hilsh das wissen. Und wenn Ordo beschlossen hätte, mit einer neuen Klonreihe zu beginnen, so hätte er auch das erfahren... Doch von nun an ist dieses Kind sein Gefährte, trotz des Altersunterschieds. Auch das Kind scheint nicht alles zu wissen, auch das Kind scheint keine Erinnerungen zu haben, auch das Kind wird Fragen stellen, die die andern belächeln werden. Doch er, Hilsh, wird da sein, um ihm zu antworten.

Erneut berührt er ein wenig zaghaft die runde Schulter. Das Kind dreht den Kopf.

»Wo gehen wir bloß hin?«

»Zum Treffpunkt«, sagt das Kind mit großem Ernst.

In diesem Teil des Raumschiffs herrscht große Stille. Eine Stille jedoch, die wie ein Warten widerhallt. Hilsh sieht sich um, hofft insgeheim, irgend etwas wiederzuerkennen. Es kommt ihm vor, als müßte er irgend etwas wiedererkennen. Sie befinden sich in einer riesigen, runden, ganz runden und tiefroten Zelle. Nie zuvor hat Hilsh ein derart dunkles, derart vibrierendes und derart leuchtendes Rot im Raumschiff gesehen. Etwas anderes kann er im Moment gar nicht erkennen, nur diese runde Form und diese Farbe. So fest er die Augen auch zusammenkneift, er sieht nichts anderes. Es ist, als sei diese Vision unvollendet, als würde dem Bild etwas fehlen, um wirklich klar zu sein. Komisch. In seinem Innern sagt Hilsh dieses Wort: komisch. Er müßte es den andern melden. Er sucht die gewölbte Wand nach dem schwarzen Kasten der Sprechanlage ab – vergeblich.

Das Kind bleibt stehen und dreht sich nach ihm um: »Hilsh. Ich bin.«

Hilsh wartet auf die Fortsetzung, den Namen. Doch das Kind sagt sonst nichts. Es streckt die Hand aus, berührt Hilsh' Brust und beginnt immer kleiner zu werden. Und während es immer kleiner wird, scheint es in Hilsh einzudringen, und seine Stimme wiederholt, irgendwo im Innern von Hilsh: »Hilsh. Ich bin.«

Hilsh schaut sich um, ist enttäuscht. Heißt das, daß

er von nun an ohne Gefährten auskommen muß? Doch wie komisch: Er sieht doppelt! Die runde, rote Zelle ist immer noch da, doch eine andere Sphäre überlagert sie, leicht versetzt; sie tanzt von rechts nach links, so als versuche sie, mit der anderen zu verschmelzen … Oder sich von ihr zu lösen?

Die andern müssen unbedingt über die Existenz unbekannter Tiefen im Raumschiff informiert werden. Für einmal ist er es, Hilsh, der den andern etwas beibringt! Er macht sich auf den Weg; er hat ein wenig Angst, sich ohne seinen kleinen Führer zu verlieren, doch dann merkt er, daß er jetzt sehr genau weiß, wohin er gehen muß. Hier ist das Musikzimmer. Es ist niemand da.

In einer der Wände bewegt sich etwas, verdutzt bleibt Hilsh stehen: Wer hat dort einen Spiegel angebracht? Es ist das Spiegelbild seines Gesichts, das sich bewegt hat. Hilsh tritt näher. Der Spiegel ist rund; er sieht aus wie eine halb in die Wand gedrückte Kugel; dennoch sieht er sich darin wie in einem flachen Spiegel.

Es ist nicht er selbst! Es ist ein Kind. Es ist also kein Spiegel, sondern ein Fenster. Hilsh schaut das Kind an, das ihn anschaut. Er kennt dieses Kind. Dieses Kind … sieht ihm ähnlich. Ist es sein Kind? Hat es die Brutapparate bereits verlassen? Wie groß es bereits ist … Hilsh' Überraschung verwandelt sich in Freude: Er hat ein Kind! Er hat also doch einen Gefährten gefunden. Doch irgend etwas stimmt nicht. Das Kind … es ist nicht so, wie es sein müßte. Hilsh sieht seinen ganzen Körper im Spiegelfenster, vom Kopf mit den glatten Haaren bis zu den winzigen Füßen: es muß zwölf oder dreizehn Zyklen alt sein. Aber irgend etwas mit seinem Oberkörper, seinen Hüften oder seinem Gesicht stimmt nicht. Hilsh weiß nicht, was es ist. Er streckt die Hand aus und berührt durch das Spiegelfenster hindurch den Körper des Kindes, das sich nicht bewegt. Er spürt das warme Fleisch unter seinen Fingern; plötzlich weiß er, daß er dieses Fleisch bearbeiten, formen, verändern kann. Wie im Skulpturensaal, doch ohne die Instrumente, sondern mit den bloßen Händen. Das Problem ist natürlich, daß er nicht wirklich weiß, was er verändern will. Vielleicht sollte er seine Hände einfach gewähren lassen?

Er versucht, sich geistig vollkommen zu entspannen und sich einzig und allein an das Gefühl, an die Gewißheit zu halten, daß der Körper dieses Kindes nicht so ist, wie er sein müßte. Seine Hände streicheln das Kind: Die Schultern werden schmaler, die Taille enger, die Hüften sanfter. So ist es besser. Die Arme sollen runder, weniger muskulös sein. Genau. Und das Gesicht … weicher, ohne derart ausgeprägte Kiefer. Die Nase feiner. Die Haare länger, ja, sehr lang, ja, so sind sie schön: Eine dunkle, glatte Mähne, die wie Wasser fließt.

So ist es besser, doch perfekt ist es immer noch nicht. Irgend etwas fehlt. Die Brust? Etwas fleischiger, genau, weicher …

Hilsh betrachtet sein Werk, sein Kind. Doch dann verwandelt sich seine Zufriedenheit in Verärgerung. Nein, so geht es nicht. Der Bauch ist zu flach und zu hart. Er muß weicher, runder werden.

Dennoch bleibt ein Ungleichgewicht, dessen Ursache Hilsh nicht herausfindet. Sind die Haare etwa zu lang? Nein. Die Form der Beine, der Hüften … Was ist es, das die Harmonie stört? Hilsh' Blick folgt den Kurven der jungen, reglosen Beine bis zu dem gekräuselten Haar, welches das Dreieck des Unterleibs betont. In dessen Mitte ist ein weißes Geschlecht in seiner ruhigen Dreiteiligkeit zu sehen – das Geschlecht eines erwachsenen Mannes in Miniatur, nicht das Geschlecht eines Kindes.

Das ist es. Man müßte … man müßte …

Hilsh streckt die Hand nach seinem Kind aus, doch dann durchfährt ihn ein heftiger Schreck, und er erwacht.

* * *

»Ein fremder Körper.«

»Wach auf, Hilsh.«

Er öffnet die Augen, als er Ourés Stimme hört, sieht das runde, etwas spöttische Gesicht über sich: »Du hast geträumt.«

»Was habe ich gesagt?«

»Irgend etwas über einen Fremden. Hattest du Angst?«

Das vertraute Lispeln rührt Hilsh, wie immer. »Ich erinnere mich nicht mehr. Wie spät ist es?«

»Es ist bald Zeit, aufzustehen.«

Hilsh schneidet eine Grimasse, schmiegt sich an Ourés warmen Körper, während Ouré seinen Arm streichelt. Er versucht, sich an seinen Traum zu erinnern, doch es bleiben ihm nur diese Wörter: *ein fremder Körper.* Mit der Hand streicht er über Ourés harte und glatte Brust, über seinen flachen Bauch, das vom Schlaf noch leicht aufgerichtete Glied. Wie kann ein Körper fremd sein? Die Menschen, ja, einen Augenblick lang – vor allem die Neuen wie Hilsh, oder die Hybriden der ersten Generation. Doch es gibt nur eine einzige Art von Körper.

Das durchdringende Klingeln des Weckers breitet sich im Zimmer aus, begleitet von Ordos Stimme, die die vertrauten Wörter ausspricht. Ouré steht auf, Hilsh tut dasselbe. Rasch kleiden sie sich an; Hilsh betrachtet ihre Spiegelbilder in der glänzenden Wand: Ouré ist größer als er, breiter und kräftiger, längst ein Erwachsener, doch ihre Körper ähneln sich: grob und muskulös. Der einzige Unterschied ist Ourés Haut: Ouré ist asiatischer Herkunft, seine Haut ist glatt, man kann die Haare darauf kaum erkennen. Hilsh hingegen ist weißer, oder genauer gesagt: rosiger. Dennoch ähneln sie sich. Natürlich. Sie sind Menschen.

Heute ist der Speisesaal erneut blau und grün, mit Schatten auf den Wänden und von einem Rauschen erfüllt, das an Bäume und Quellen erinnert. Wie fremde, künstliche Blumen, die die Farbe der Wände angenommen haben, wachsen die ungeordnet aufgestellten Tische und Stühle aus dem Boden des sechseckigen Raums: Ordo wiederholt sich, es ist dasselbe Dekor wie vor drei Wochen. Und zum drittenmal in Folge besteht das Frühstück aus Omelett und Würstchen, Milch und Orangensaft.

Hilsh rührt die Würstchen nicht an: Sie sind zu rot, sie erinnern ihn daran, daß Ordo alles, was er ihnen zu essen gibt, vom Raumschiff aus synthetisch miteinander verbindet. So wie alle vom Menschen produzierten Abfälle ins Raumschiff zurückkehren. Der Gedanke an diese Art wechselseitigen Verzehrs erfüllt Hilsh an diesem Morgen mit einem Gefühl der Übelkeit; er weiß nicht warum.

Ouré ißt schnell; er und sein *Di*, sowie Ély und *Di*Ély, haben Dienst in der Kommandozentrale. Kurz nachdem sie gegangen sind, trifft die Nachtmannschaft ein, Haupt, Kheïry und ihre *Dis*. Sie bekommen ihr Abendessen serviert, Ordo setzt ihnen andere Gerichte vor, in Behältern, deren Farben in krassem Gegensatz zu den Farben der Wände stehen. Die Teller treten aus den in die Tische verlegten Leitungen hervor, und ihren Kommentaren nach zu urteilen, handelt es sich auch hierbei um ein allzu häufig angebotenes Menü.

Sich gegenseitig schubsend, nehmen die *Tris* an Hilsh' Tisch Platz. Sie sind an diesem Morgen streitsüchtig: *Tri*Kheïry hat eine tiefe Kratzwunde am linken Arm, vermutlich hat er sich erneut mit *Tri*-

Haupt gezankt, der mit mürrischem Gesicht möglichst weit von ihm entfernt Platz nimmt. Während die Erwachsenen beim lärmenden Eintreffen der Jugendlichen die Stirn runzeln, lächelt Hilsh ihnen zu: Er mag ihre Lebendigkeit, ihre Spontaneität, ihre manchmal beunruhigenden Reaktionen. Aber das wird bald vorbei sein; spätestens bei der ersten Synchronisationssitzung wird sich ihr Verhalten definitiv dem der *Dis* und der *Prims* anpassen: behäbige Gesten, seltenes Lächeln, wenige Worte. Dann wird niemand mehr da sein, um mit Hilsh zu lachen, dann wird es keine Rennerei in den Gängen mehr geben, keine verrückten Geschichten mehr. Er wird auf die nächste Generation warten müssen.

Eigentlich dürfte er das nicht bedauern. Mit zwanzig Zyklen müßte er allmählich beginnen, sich wie ein verantwortungsvoller Mann zu benehmen. Doch wie werden die *Tris* ihn beurteilen, wenn sie ihrerseits begonnen haben, erwachsen zu werden? Bestimmt genauso wie ihre *Prims* und ihre *Dis:* mit Verwunderung, Belustigung, Mißbilligung oder Gleichgültigkeit. Doch zumindest *Tri*Ouré und auch *Di*Ouré werden Ouré ähnlich sein.

*Tri*Ouré ist Ouré. Genauso wie *Di*Ouré. Die gleiche Person im Alter von fünfzehn, dreißig und fünfundvierzig Zyklen. Vollkommen gleiche Körper und, nach abgeschlossener Synchronisation, fast genau der gleiche Geist. Manchmal belustigt es Hilsh, wenn er sie zusammen sieht, die *Prims* und ihre beiden Klon-Generationen; manchmal erfüllt es ihn aber auch mit tiefer Ratlosigkeit: Wie sehen sie sich gegenseitig? Als gleichartige oder als unterschiedliche Wesen? Jeder kann angesichts der vorherigen oder der nachfolgenden Generation denken: »Das bin ich.« Sich wiedererkennen. Dennoch unterscheiden sie sich voneinander; sie spielen weder dieselbe Rolle noch haben sie dieselben Aufgaben: Die *Dis* haben noch keinen uneingeschränkten Zugang zu den Kommandogeräten, und die *Tris* werden deren Funktionen erst nach dem Großen Geburtstag kennenlernen ... Ja, wie sehen sie sich selbst? Hilsh nimmt sie als unterschiedliche Wesen wahr, er sieht, was den *Dis* fehlt, um *Prims* zu sein: bloß angedeutete Verhaltensweisen, die noch unvollständigen Sprachgewohnheiten, keine Falten ... Vor allem aber sieht er, wie verschieden die *Tris* sind, einen anderen, viel grundsätzlicheren Unterschied: Sie schreien, sie lachen, sie laufen. Sie sind ... lebendig.

Doch was ist an diesem Morgen bloß los mit ihm? Die *Prims* sind doch ebenfalls lebendig, wenn auch auf eine andere Art und Weise. Ouré ist doch ganz gewiß nicht tot!

Aber Ouré ... Ouré ist etwas Besonderes. Ouré kann lachen; oft versteckt sich hinter seiner Gelassenheit eine Art Spott, der allerdings nie gegen Hilsh gerichtet ist, sondern eher ein nachsichtiges Wohlwollen gegenüber jedermann darstellt. Ouré antwortet nicht mit einem Achselzucken oder einem ironischen Lächeln auf Hilsh' Fragen; Ouré hat ihn akzeptiert; Ouré liebt ihn. Anfangs befürchtete Hilsh, er wäre wie all die andern und würde ihn verlassen, sobald seine Neugier befriedigt wäre. Ouré hat lange gebraucht, bis er zu ihm kam, doch dann ist er geblieben. Nie hat er ihm Anlaß gegeben, seine Neuartigkeit mit Bedauern oder Verbitterung zur Kenntnis zu nehmen, wie es so oft bei den andern der Fall war.

Wie etwa bei Milès, der gerade hereingekommen ist und sich ganz offensichtlich an den Platz am Tisch setzt, der am weitesten von Hilsh entfernt ist. Milès ist der einzige, der nach dem Verlassen der Inkubatoren nicht sogleich zu Hilsh ins Bett gesprungen kam, wofür Hilsh ihm lange Zeit dankbar war. Bis er herausfand, daß Milès ihn nicht aus Zuvorkommenheit mied, sondern aus Feindseligkeit.

Doch an diesem Morgen ärgert Hilsh Milès' Gehabe.

Schließlich ist es nicht seine Schuld, daß Lingu sich zu Tode gestürzt hat und Ordo anschließend alle seine noch ungeborenen Klone töten mußte, da sie Mißbildungen aufwiesen. Und es ist auch nicht seine Schuld, daß der Computer, indem er *Di*Lingu und *Tri*Lingu eliminierte, sämtliche Gene von Lingu aus dem Verkehr zog, da sie selbst für eine Hybridisation ungeeignet waren. Seit zwei Zyklen schon ersetzt Hilsh Lingu. Milès müßte sich inzwischen an ihn gewöhnt haben. Und was Lingus Verschwinden betrifft, so hatte Milès ganze fünf Zyklen lang Zeit – die Periode, die Hilsh' beschleunigtes Wachstum benötigte –, um sich daran zu gewöhnen. Die andern, die haben sich doch auch angepaßt!

Nicht so Milès. Vielleicht ist er gar nicht mehr anpaßbar? Vielleicht wird auch er, wenn *Tri*Milès erst einmal geklont ist, untaugliche Embryone erzeugen. Dann wird auch das Geschlecht der Milès eliminiert werden müssen. Sieht Milès in Hilsh etwa die ständige Erinnerung an diese Bedrohung? Aber wieso nicht auch die andern? Falls Milès allerdings eliminiert und neu kombiniert werden müßte, um einen neuen Hybriden zu erzeugen, so würde das das Ende eines anderen Geschlechts bedeuten, dessen Gene mit denen von Milès rekombiniert werden würden: Ély, oder Haupt, die ältesten Hybriden. Da Hilsh ein Neuer ist, weiß er, daß er in einem solchen Fall nichts zu befürchten hat, während all die andern mehr oder weniger bedroht sind. Und das wissen sie ganz genau. Dennoch scheinen sie Hilsh deswegen nicht böse zu sein. Warum auch? Es ist schließlich nicht seine Schuld, es ist das Gesetz des Raumschiffs. Sie haben sich mit seiner Neuartigkeit und mit der Tatsache abgefunden, daß ihr Geschlecht unzählige Kombinationen hinter sich hat und ihre Persönlichkeit sich im Verlauf der Hybridisationen mehrfach verändert hat, während seine Persönlichkeit immer noch intakt, Hilsh immer noch derselbe ist.

Jedenfalls lassen sie sich durch nichts mehr aus der Ruhe bringen; nur die Milès bilden eine Ausnahme, auf die Hilsh für einmal gerne verzichten würde. Es stimmt, daß Lingu oft in Milès' Begleitung war, so wie auch ihre *Dis* und ihre *Tris* Freunde zu sein pflegten. Doch Milès hat stets eine passende Ausrede parat.

Aber da alle andern die Lingu längst vergessen haben… Nein, nichts kann sie lange Zeit beunruhigen. Dennoch muß das Verschwinden der Lingu die alten Gewohnheiten grundlegend verändert haben. Und in der Zeit, die Hilsh in den Inkubatoren verbrachte, fehlte der Besatzung ein Mann; Ouré mußte sich um die Erziehung der *Tris* kümmern… Im Grunde ist Hilsh' Neuartigkeit möglicherweise leichter zu ertragen als das Chaos, das ihr voranging. Und vielleicht lieben sie diese Neuartigkeit sogar, weil sie ihnen die Möglichkeit gibt, sich überlegen zu fühlen; Hilsh muß noch soviel lernen…

Die *Tris* beginnen unruhig zu werden, es wird Zeit, ins Studierzimmer zu gehen. Hilsh erhebt sich und klatscht in die Hände. Die fünf Jugendlichen erheben sich ebenfalls, wie immer unter Protest. Er beobachtet sie, wie sie an ihm vorbeigehen, die fünfzehn Zyklen alten Haupt, Kheïry, Milès, Ouré und Ély, die die dreißig Zyklen alten Haupt, Kheïry und Milès zusammen mit den fünfundvierzig Zyklen alten Haupt, Kheïry und Milès davongehen sehen.

Beim Anblick dieses dreifachen Blickkreises wird Hilsh plötzlich ganz schwindelig. Er steht abseits mit seinen zwanzig Zyklen, seinem erst fünf Zyklen alten Gedächtnis, dessen Wissen noch unvollständig ist, und mit seinem Kind, das noch wochenlang in den Brutapparaten verharren muß.

Dann hebt er die Schultern: zumindest *Di*Hilsh wird zur gleichen Zeit fünf, fünfzehn und zwanzig Zyklen alt sein wie all die andern *Dis*. Und er, er wird kein fremder Körper sein.

Die *Tris* machen es sich in den wattierten Halbschalen der Sessel bequem und schneiden Grimassen, als sie die Injektion bekommen, die sie empfänglicher machen wird. Obwohl sie das nicht wissen, wurde dieses Ritual schon eingeführt, bevor Hilsh seine Tätigkeit aufnahm, und es ist ihm nie gelungen, es abzuschaffen. Er trifft die nötigen Vorbereitungen, übermittelt jedem das für ihn vorgesehene Programm und sieht zu, wie die *Tris* einer nach dem andern in den Trancezustand des chemotronischen Lernprozesses fallen. Mürrisch, mit dröhnendem Kopf und für ein Mittagsschläfchen werden sie später erneut daraus aufwachen; dann stehen Gymnastik, Essen, praktische Übungen, Spiele, erneut Essen und Schlafen auf dem Programm. Und am nächsten Morgen fängt alles wieder von vorne an.

Hilsh betrachtet die Jugendlichen in der Stille des Studierzimmers; auf ihren von der Trance völlig entspannten Gesichtern ist das Spiegelbild ihres *Prims* deutlicher zu erkennen; doch warum kommt ihm diese doppelte Vertrautheit ihrer Züge an diesem Morgen so fremd vor? Er fühlt sich müde. Es kommt ihm vor, als nehme er die Zeitdauer wie eine leise Musik in seinem inneren Ohr wahr: eine kontinuierliche, monotone Baßstimme, die ständig neu begonnenen Generationen mit ihren identischen Aufgaben, ihrem identischen Werdegang, den Brutapparaten, dem Studierzimmer und der direkten Ausbildung mit dem *Prim* mittels Synchronisation ... Ein langsamerer Rhythmus begleitet dieses ewig sich wiederholende Motiv: die allmähliche Veränderung der Gesichter und Körper durch Hybridisation und die Neuen Geschlechter, die wegen der genetischen Abschweifung nötig sind. Aber es ist nicht die Veränderung, auf die Hilsh an diesem Tag so empfindlich reagiert, es ist die Wiederholung. Die Zeit vergeht, von einer gleichartigen Generation zur nächsten, während der Raum stets derselbe bleibt, nämlich der des Raumschiffs; und auch das Ziel bleibt dasselbe: der ferne Stern und seine Planeten, die besiedelt werden sollen. Ein sich bewegender Vektor, die Reise, soll das Raumschiff mit seinem Ziel verbinden, doch das kann Hilsh sich nicht recht vorstellen. Er sieht nur dieses Auf-der-Stelle-Treten der Klon-Generationen, deren Kommen und Gehen das einzige Zeichen dafür ist, daß die Zeit vergeht. Vielleicht sollte er häufiger in die Kommandozentrale gehen und sich dort die Sterne ansehen, die auf den Bildschirmen vorbeiziehen? Doch er ist da, um sich um die Abteilung Erziehung zu kümmern, und zudem hat er keinen *Prim:* er hat also nichts in der Kommandozentrale verloren. ›Die Kommandozentrale‹. Wozu dienen eigentlich die Piloten? Zum Fliegen jedenfalls nicht, denn das Raumschiff wird von Ordo gesteuert. *Zur Überwachung von Ordo,* so lautet normalerweise die Antwort auf diese Frage … Seit dreiundzwanzig Generationen und elfhundertfünfzig Zyklen schon. Und es wird noch ungefähr dreihundert Zyklen und sechs Generationen lang dauern, bis das Ziel in Sicht ist. Dann wird bestimmt noch ein Hilsh da sein, um das Ende der Reise mitzuerleben.

Das Ende. Der Reise. Nein, er kann es sich nicht vorstellen. Die entladene Ladung, die Besatzung an Land, das Raumschiff … Was wird mit dem Raumschiff geschehen? Wird Ordo es zerstören? Dabei wird Ordo selbst nicht mehr von großem Nutzen sein, sobald die Reise zu Ende ist; Hilsh schämt sich ein wenig für diesen Gedanken, aber schließlich ist Ordo auch nur eine Maschine, eine halborganische Maschine, aber eben doch eine Maschine.

»Ordo ist Ordo«, sagt Haupt. »Ohne ihn wäre die Reise undenkbar. Denn kein menschliches Wesen weiß, was er weiß, und kann das, was er kann. Oder

aber es müßte mehr Besatzung als Ladung an Bord sein!«

Während des Abendessens und gegen seinen Willen bringt Hilsh das Gespräch erneut auf die verblüffende Entscheidung, die der Computer fünf Zyklen zuvor gefaßt hatte, nämlich die endgültige Beseitigung des Geschlechts der Lingu; er kann sich diese Entscheidung einfach nicht erklären; es sei denn, die Lingu wären das Ende eines Geschlechts gewesen. Doch Lingu war lediglich ein Hybride der zweiten Generation und bei allerbester Gesundheit!

Wie üblich haben die andern keine Lust, darüber zu sprechen; sie wechseln das Thema, sie tun so, als hätte Hilsh von Ordo gesprochen; was ihn diesmal besonders heftig ärgert.

»Aber es ist doch nicht Ordo, der uns ins Weltall transportiert, es ist das Raumschiff! Und nicht Ordo hat das gebaut, sondern die Genetiker auf Luna 3. Ordo hat auch sich selbst nicht erschaffen, sondern er wurde gebaut. Nicht von uns, das stimmt, denn wir wären dazu nicht in der Lage, aber auch das ändert nichts an der Tatsache, daß Ordo gebaut wurde. Von den Menschen.«

Reaktionslos schauen sie ihn an, sogar Ouré scheint nicht recht zu begreifen, was er gesagt hat. Einen Augenblick lang scheint alles in der Schwebe, dann räuspert sich Kheïry, nimmt noch einmal vom Gemüse und sagt: »Heute abend gibt es auf dem zweiten Kanal ein Spezialhologramm, ein Dreifachprogramm.«

Mit einem Achselzucken sagt *Di*Haupt: »Das zweite und dritte Hologramm haben wir doch schon gesehen. Man müßte Ordo auffordern, sich neue Kombinationen einfallen zu lassen, denn so langsam kennen wir alle seine Geschichten auswendig.«

Hilsh hört zu, wie sie über die Programme reden, die der Computer für den Unterhaltungskanal produziert: erneut ist das Gespräch in eine andere Richtung gelenkt worden. Es ist wie mit dem Ende der Reise, mit dem Leben auf dem zukünftigen Planeten: sie weigern sich, darüber zu sprechen. Sind sie denn überhaupt nicht neugierig?

Oder wissen sie etwa Dinge, von denen er keine Ahnung hat, Dinge, die Ordo ihm absichtlich nicht beigebracht hat? Aber nein, das ist Unsinn, aus welchem Grund hätte Ordo das tun sollen?

Doch Ordos Beweggründe sind nicht immer leicht verständlich: Aus welchem Grund hat er das Geschlecht der Lingu beseitigt? Die Embryone zeigten Mißbildungen, gut – obwohl niemand sie gesehen hat. Doch was ist mit *Di*Lingu, mit *Tri*Lingu? Der Tod Lingus war ein Unfall und nicht die Entscheidung des Computers. Die einzig plausible Hypothese ist die, daß Ordo einen genetischen Fehler feststellte, der lange nach ihrer jeweiligen Inkubationszeit bei den drei Lingu auftrat, ein Makel, der sie für jegliches Klonen, ob direkt oder durch Hybridisation, untauglich machte. Doch welche Ursache, die nur die Lingu betraf, könnte dies bewirkt haben? Kosmische Strahlen? Die Oberfläche des Raumschiffs saugt sie auf und ernährt sich von ihnen. Interne Strahlungen? Die Rettungssysteme funktionieren nur, wenn das Energiesystem des Raumschiffs zusammenbricht, und das ist bislang noch nie der Fall gewesen. Außerdem hatten die Lingu aufgrund ihrer Aufgaben – sie waren Erzieher – nichts in der Nähe der Hilfsreaktoren verloren. So oft Hilsh sich diese Hypothesen auch durch den Kopf gehen läßt, er findet keine zufriedenstellende Erklärung; er sagt sich, daß es sonderbar ist, eine Entscheidung Ordos, der er immerhin sein Leben verdankt, erklären und rechtfertigen zu wollen. Dennoch liegt in dem Ganzen eine gewisse Willkür, die ihn heute befremdet, ihn… beunruhigt? Vor allem, da er der einzige ist, der sich Sorgen darüber macht.

Ohne richtig zu wissen, wie er den Abend verbringen soll, verläßt er den Speisesaal. Ouré und sein *Di* haben bis zum frühen Morgen Dienst. *Tri*Ouré hat Hilsh während des Abendessens mehrmals hoffnungsvoll zugelächelt, aber er ist zu jung. Komisch, *Tri*Ouré sieht Ouré nicht ähnlich genug, während *Di*Ouré ihm zu sehr ähnelt…

Hilsh' Schritte führen ihn zur Kapsel, in der sich die Kommandozentrale befindet, und obwohl er weiß, daß er bei ihrem Betreten böse oder gereizte Blicke auf sich ziehen wird, nähert er sich der Grenze des Wohntrakts und drückt die Tasten der Kommandotafel; die metallene Iris der Tür öffnet sich zur Schleusenkammer, an deren Ende die rote Masse des Raumschiffs pulsiert. Hilsh sieht, wie das Fleisch ihm den Weg freimacht, während sich auf der gegenüberliegenden Seite des Flurs die glänzende Iris des anderen Durchgangs öffnet: der grelle, blendende Glanz des Metalls am äußersten Ende eines Fleischtrichters, der ein im Rhythmus eines fernen Herzens pulsierendes Licht ausstrahlt; plötzlich empfindet Hilsh diesen Kontrast als äußerst seltsam, als zu brutal. Kein Übergang zwischen Leben und Tod. Oder sind es etwa Ordos elektronische Nerven, die den Übergang bilden und in gleicher Weise über Leben und Tod entscheiden? Dabei ist Ordo nicht lebendig. Das heißt, daß sein nicht organischer Teil das Kommando führt.

Ist es nicht merkwürdig? Nie zuvor hat Hilsh in diesem Sinn über das Raumschiff nachgedacht. Bislang stellte es für ihn ›das Raumschiff‹ dar, eine Masse aus organischer Materie, die sich um sich selbst dreht und aufgrund der Schwerkraft der Rotation die Form einer abgeflachten Ellipse angenommen hat; ein Fahrzeug, das beinahe mit Lichtgeschwindigkeit zu weit entfernten Planeten unterwegs ist. ›Das Raumschiff‹. Es hat keinen anderen Namen, nur eine Nummer, die niemand benutzt. Doch jetzt kommt es Hilsh wie ein gewaltiges Weltraumtier vor; unter der Haut des Tieres befinden sich Metallpartikel, die über die gesamte Fläche verteilt sind, Teile toter Materie, die Kapseln, in denen die Menschen leben, die Kapseln, in denen sich Ordo befindet, die Kapseln, in denen die tiefgefrorene Ladung ruht, die Kapseln, in denen die Brutapparate auf die nächste Reduplikation des Lebens warten …

Das Tier. Die Haut. Die Materie, die Ladung, die Reduplikation, das Leben. Der Tod.

Genau in der Mitte des glänzenden Metallflurs bleibt Hilsh stehen. Was ist los? Was ist so eigenartig?

Das Raumschiff.

Die lebende Materie.

DAS Raumschiff ist DIE lebende Materie.

Zum erstenmal wird Hilsh sich der Unterschiede in der Sprache bewußt.

DER Unterschied. DIE Sprache – sieh an, noch ein Unterschied! Zahlreiche weitere Beispiele folgen. Hilsh weiß nicht, ob das seltsame Gefühl in seiner Brust die Lust ist, laut aufzulachen, oder nicht. Unterschiedliche Wörter sind ein derart banales Detail … Die, der. Ein, eine. Wörter.

Doch warum unterschiedliche Wörter?

Natürlich gibt es die normalen Unterschiede zwischen den Wörtern. Konkret/abstrakt, technisch/psychologisch … Aber selbstverständlich sind es nicht diese Kategorien, denen diese Partikel entsprechen. Die/eine/sie: das Ganze bildet ein System, das offenbar einem anderen System entspricht, der/ein/er. Hilsh sucht in seinen Erinnerungen, findet aber nichts, was ihm erlaubt, sich diese Variationen und ihre allgemeine Symmetrie zu erklären. Als Erzieher müßte er eigentlich wissen … Doch die ›Erzieher‹ sind wie die ›Piloten‹: im Innern des Raumschiffs beschränkt sich ihre Rolle darauf, das reibungslose Funktionieren der Maschinen zu überwachen, die von Ordo gesteuert werden. Demnach muß man Ordo fragen.

Als Hilsh die Kommandozentrale betritt, schauen Ély, Ouré und ihre *Dis* ihn mehr oder weniger erstaunt an. *Di*Ély klimpert auf seiner Konsole, und die Informationen sind als leuchtende Buchstaben auf dem Bildschirm zu lesen: »Es hat bestimmt mit der Art und Weise zu tun, wie die Wörter sich entwickelt haben«, sagt er. »Nimm beispielsweise das Wort *frigidus:* es hat gleichzeitig *frigid* und *kalt* ergeben. Solche Wörter nennt man Doubletten, es hängt vom Ort und von der Zeit ab, in der die Wörter sich gebildet haben. Gewisse Wörter haben sich nach den Gesetzen der Phonetik entwickelt, andere wurden von den Gelehrten von einer Grundwurzel aus gebildet. Unsere Sprache wurde nie rationalisiert, das ist alles.«

Hilsh weiß nicht warum, aber er kann sich mit dieser Erklärung nicht zufriedengeben: er kann sich nicht von diesem verblüffenden Eindruck von Symmetrie lösen, den der Hinweis auf die Doubletten nicht gänzlich zu erklären vermag. *Ein/eine die/der, er/sie …* Die andern begreifen nicht, was er meint: er sucht nach Beispielen, um ihnen zu erklären, was er selbst nicht versteht: »Man sagt *das entscheidende Moment,* aber *der richtige Moment,* und dasselbe Wort hat zwei verschiedene Bedeutungen.«

»Nun, der Unterschied ermöglicht es, die beiden Wörter, die den gleichen Klang haben, nicht miteinander zu verwechseln. Aber das ist doch völlig unwichtig?!«

Sie zucken die Achseln und wenden sich erneut ihren Bildschirmen zu. Nur Ouré schüttelt den Kopf und lächelt nachsichtig. Hilsh läßt nicht locker und sieht Ouré an: »Man sagt *die Lehre* und auch *die Leere.* Aber man sagt nicht *der Lehre,* um sie voneinander zu unterscheiden, obwohl sie den gleichen Klang haben. Laß mich mal an deine Konsole, Ouré, bitte …«

Belustigt breitet Ouré die Arme aus, was bedeutet, daß er nichts dagegen einzuwenden hat; Hilsh schaltet den Computer ein und geht in das Programm VOKAL: »Gibt es eine Wissenschaft der Sprache, Ordo?«

»Ja.«

»Wie heißt sie, Ordo?«

Kurzes Schweigen: »Die Phonologie.«

Hilsh geht zum Programm VISUAL über und tippt das Stichwort PHONOLOGIE. Die Informationen ziehen auf dem Bildschirm vorbei. »Das betrifft doch nur den Mechanismus der Sprache, die Klänge. Ich aber möchte etwas über die Wörter erfahren, Ordo.«

»Welche Wörter?« erwidert Ordo.

»Die, eine, sie. Definitionen dieser Wörter, Ordo«, sagt Hilsh, nachdem er erneut zum VOKAL-Programm übergewechselt ist.

Erneutes Schweigen; Hilsh fragt sich, ob Ordo jetzt zu hüsteln beginnen wird; fast wundert er sich, daß man diese Verhaltensweisen nicht in seine pseudomenschliche Persönlichkeit integriert hat.

»*Die* ist ein bestimmter Artikel. *Eine* ist ein unbestimmter Artikel. Die Artikel dienen dazu, Dinge zu benennen. *Sie* ist ein Personalpronomen. Und die Personalpronomen dienen dazu, Personen zu benennen.«

»Und warum zum Beispiel bin ich ein *Er* und keine *Sie*? Gibt es da einen Unterschied, Ordo?«

Wiederum kurzes Schweigen. Dann: »Der Unterschied besteht ganz einfach darin, daß ...«

In diesem Augenblick leuchtet auf den Bildschirmen ein rotes Blinken auf, Alarmzeichen ertönen: »Störung in den Brutapparaten, Abteilung 2!« sagt Ordo mit besorgter Stimme.

Sogleich eilen alle an ihre Konsolen. Vielleicht wäre es besser, wenn Hilsh jetzt gehen würde, doch er bleibt und betrachtet die Zahlen, Kurven und Diagramme, die auf den Bildschirmen vorbeiziehen und die er nicht versteht. Abteilung 2. Das ist die Abteilung, in der sich die Klone befinden. In der sich *Di*Hilsh befindet. Er beobachtet die ein wenig angespannten Gesichter, er spürt, daß etwas Schlimmes passiert ist, aber er wagt nicht, danach zu fragen.

Schließlich hört das rote Blinken auf; mit trauriger Miene dreht Ouré sich nach Hilsh um. *Di*Hilsh? Ist *Di*Hilsh etwas zugestoßen?

Aus noch ungeklärter Ursache hat sich das System der Temperaturregelung umgekehrt; die Embryone wurden überhitzt; die Schäden erwiesen sich als irreparabel, sie mußten vernichtet werden. Unverzüglich wurde eine neue Kultur von Hilsh' Zellen angelegt. Die Kheïry werden die Maschinen an Ort und Stelle überprüfen.

Hilsh verläßt die Kommandozentrale und kehrt in die Wohnkapsel zurück. Obwohl er sich ständig sagt, daß der neue Klon bald hergestellt sein und er erneut einen *Di* haben wird, der mit dem ersten vollkommen identisch ist, fühlt er sich sehr allein, sehr niedergeschlagen. Er ist ein wenig erstaunt, aber gleichzeitig auch erleichtert, Ordos Stimme zu hören, als er sich auf den Rand des Bettes setzt, das er mit Ouré teilt.

»Es tut mir wirklich leid, Hilsh. Es war dein erster *Di,* und das, was passiert ist, muß ziemlich schlimm für dich sein. Du solltest heute nacht den Helm aufsetzen, damit du besser schlafen kannst.«

Hilsh betrachtet den Helm, der in der kleinen Vertiefung über seinem Bett liegt; es handelt sich um ein feines, metallenes Haarnetz, das im Innern mit vielen kleinen Spitzen ausgestattet ist; Hilsh ist stets ein wenig überrascht, wenn er beim Aufsetzen keine Stiche spürt.

Die Elektroden der Spitzen saugen sich an seinem Schädel fest, er legt sich hin und starrt an die verdunkelte Decke. Nach und nach spürt er, wie er in leichte Trance fällt; er schließt die Augen; er hat das Gefühl, erneut ein Jugendlicher zu sein und im Studierzimmer auf die vertraute Stimme zu warten, die ihm leise befiehlt, sich zu entspannen, alles zu vergessen, was nichts mit der Stimme zu tun hat, und sich einzig und allein auf das zu konzentrieren, was die Stimme ihm sagt. Die Stimme spricht ganz ruhig, gefühlvoll; sie will, daß er sich entspannt, sich wohl fühlt. Es ist am besten für ihn, wenn er nur mehr auf das hört, was sie ihm zuflüstert, wenn er alles andere vergißt. Alles vergißt, vergißt, vergißt.

Am nächsten Morgen, als Ouré sich schlafen legt, weckt er Hilsh. Hilsh hat weder das Klingeln des Weckers noch Ordos morgendliche Stimme gehört. Er lächelt dem geliebten Gesicht im Halbdunkel zu; er hat gut geschlafen, fühlt sich in allerbester Laune. »Frag Kheïry nach deinen Embryonen«, murmelt Ouré schon halb im Schlaf, »sie befinden sich momentan im Inkub 3.«

Hilsh gibt Ouré einen Kuß und steht auf; während er sich ankleidet, fügt Ouré hinzu: »Und ärgere Milès und Kheïry nicht wieder mit deinen Fragen. Sie mögen es nicht, in der Kommandozentrale gestört zu werden.«

»Mit welchen Fragen?« möchte Hilsh erwidern; doch im selben Moment erinnert er sich, daß er Ordo am Tag zuvor tatsächlich verschiedene Fragen gestellt hatte; allerdings weiß er nicht einmal mehr, worum es ging. Auf alle Fälle muß Ordo ihm geantwortet haben, und bestimmt war es gar nicht so wichtig.

Diese euphorische Stimmung hält eine Weile an. Nichts kann Hilsh aus der Ruhe bringen, weder das übliche distanzierte Verhalten der Milès am Frühstückstisch noch der unbändige Lärm der *Tris* oder die offensichtlich melancholische und vorwurfsvolle Miene von *Tri*Ouré, der die letzte Nacht bestimmt damit verbracht hat, *Tri*Haupt und *Tri*Ély dabei zu belauschen, wie sie sich im Schlafsaal liebten. Hilsh hört und sieht nichts Unangenehmes; er fühlt sich wohl. Soeben hat er sich seinen neuen Klon angeschaut, der in den Brutapparaten hergestellt wurde – und obwohl es außer den Kontrollschirmen eigentlich gar nichts zu sehen gibt, hat es ihm Freude bereitet. *Di*Hilsh wird trotzdem in demselben Zyklus fertig sein wie die andern, er wird genauso sein wie sie, die durch Hilsh' Eintreffen ausgelöste Diskordanz in der harmonischen Aufeinanderfolge der Generationen wird sich nicht mehr wiederholen. Hilsh schwelgt geradezu in Glückseligkeit.

Gegen Abend allerdings läßt seine Euphorie ein wenig nach; beim Abendessen sieht er Ouré wieder, doch Ouré ist gerade erst aufgestanden und bereitet sich auf seinen nächsten zwölfstündigen Dienst in der Kommandozentrale vor; vielleicht hat er schlecht geschlafen; er ist wie abwesend, ein wenig mürrisch. Als Hilsh ihn zum Lachen zu bringen versucht und mit ihm scherzt, murmelt Ouré leise: »Zuviel Helm.« Dann trinkt er seinen Kaffee aus und geht mit Milès und ihren *Dis* davon, ohne Hilsh zu umarmen, der immer noch nichts begreift. *Zuviel Helm?*

Wieder erwarten ihn ein einsamer Abend und eine einsame Nacht; allerdings bleibt ihm noch genügend gute Laune, um nicht allzu betrübt zu sein; er beschließt, in den Skulpturensaal zu gehen. Dort war es, wo er Ouré zum erstenmal begegnete; selbstverständlich kannten sie sich schon vorher, denn Ouré hatte sich um Hilsh' Ausbildung gekümmert; doch sie hatten nie wirklich miteinander gesprochen. Dort war es, wo Hilsh zum erstenmal begriff, daß er Ouré lieben würde. Ouré, der nie in sein Zimmer gekommen war, ihm jedoch stets zugelächelt hatte, der stets freundlich zu ihm gewesen war, selbst am Anfang, als noch alle andern um den Verlust der Lingu trauerten; Ouré, der wie Hilsh die Musik liebte; Ouré, der Ruhige, der Nachgiebige, der beruhigende Ouré.

Über diese Erinnerungen lächelnd verläßt Hilsh die Oberflächenzone. Der Skulpturenraum liegt außerhalb der Kapseln, die von der Haut des Raumschiffs umgeben sind; es handelt sich um eine neue Einrichtung. Die andern haben sich nicht sehr lange dafür interessiert, es sind vor allem die Kheïry und die Ouré, die diesen Raum aufsuchen: kein Wunder, denn sie haben den Bau geplant und die nötigen Anschlüsse an Ordo hergestellt. Das war vor drei Generationen. Hilsh wußte das nicht, als er zum erstenmal dorthin ging: Ouré hat es ihm beigebracht, so wie er auch von Ouré erfahren hat, wie man die Apparate bedient.

Der Durchgang führt in einen runden Flur, in dem das rosafarbene Licht rötlicher leuchtet als das Licht in den Fluren der Oberfläche. Das rhythmische Geräusch des Zentrums ist im ununterbrochenen Rauschen der Ventilatoren deutlicher zu hören. Nur die schwarzen Kästen der Sprechanlage mit ihren Verbindungsdrähten erinnern noch in regelmäßigen Abständen an die unbewegliche Welt der Kapseln: hier jedoch ist alles in ständiger Bewegung, der Boden und die Wände des Flurs werden vom Atem des Raumschiffs unmerklich angehoben, die farbigen Flüssigkeiten fließen unablässig durch die Membranen, die den Gang umgeben.

Hilsh runzelt die Stirn, doch das befremdende Gefühl hat sich schon wieder abgeschwächt. Natürlich war er früher schon einmal hier, schon sehr oft sogar. Als er bereits weitergehen will, hält er vor Überraschung plötzlich inne: die Iris des Durchgangs öffnet sich erneut, ein weiteres Mal gräbt sich die Wand tief ins Fleisch des Raumschiffs, bis die andere, metallene Oberfläche, die sich ihrerseits geöffnet hat, sich erneut schließt. Was geht hier vor? Hilsh hat doch nicht zweimal auf die Öffnungstaste gedrückt. Kontrolliert Ordo etwa das reibungslose Funktionieren des Durchgangs? Oder aber er ist gehörig ins Stottern geraten.

Verwirrt schüttelt Hilsh den Kopf und betritt den Flur. Auf Befehl des Computers verwandelt sich die lebendige Oberfläche in stufenähnliche Wellen, die den

Aufstieg zum Zentrum ermöglichen. Bald darauf kann Hilsh wieder lächeln: angesichts des elastischen Bodens und der nachlassenden Schwerkraft verspürt er jedesmal Lust zu hüpfen, wenn er die Kapsel verläßt. Komisch, daß sich die *Tris,* die doch so gerne rennen und sich bewegen, nicht ständig in diesem Teil des Raumschiffs aufhalten; hier bräuchten sie nicht dauernd im Kreis herumzugehen wie zwischen den vier Wänden einer Turnhalle. Doch außer den Ouré und Hilsh mag niemand der Besatzung die Kapsel verlassen.

Hilsh folgt den Drähten, von einem schwarzen Kasten zum nächsten. Nach etwa hundert Metern öffnet sich zu seiner Linken ein schmalerer Gang, der in den Skulpturenraum führt: eine geräumige, etwa sechseckige Zelle, deren Wände mit fleischigen Wucherungen bedeckt sind. Neben dem Eingang befinden sich eine kleine Terminalkonsole, ein Sessel und der Helm.

Hilsh nimmt Platz, setzt den Helm auf und gibt den Zugangscode ein. Das Licht verändert sich ein wenig, ein Rauschen geht durch die Wucherungen. Hilsh läßt sich in den Sessel sinken und zwingt seinen Geist, sich zu entspannen: es ist so wie im Studierzimmer, doch ohne die Drogen. Er wagt einen ersten Versuch: er beginnt, eine einfarbige und glatte Oberfläche sichtbar zu machen.

Nach und nach werden die Wucherungen von der Wand aufgesogen.

Dann taucht Ourés Gesicht auf. Er muß sich konzentrieren, systematisch vorgehen: zuerst ein Gesamtbild, dann die Einzelheiten. Hilsh gegenüber zeichnet das formbare Fleisch der Wand allmählich ein Relief, ein großes, freundliches Gesicht, das immer deutlicher wird und fast die ganze Oberfläche einnimmt. Wie immer ist Hilsh äußerst entzückt: es erinnert ihn so sehr an das, was die Hologramme des zweiten Kanals ›Magie‹ nennen … In Wirklichkeit kann Ordo die Gedanken der Bildhauer nicht auf das Fleisch des Raumschiffs übertragen, das weiß Hilsh ganz genau; der Helm fängt die schwachen Nervenströme ein, die das Gehirn an die Muskeln weiterleitet: auf unterschwellige Weise skizziert der Körper alle die Bewegungen, die er ausführen würde, wenn er tatsächlich eine Skulptur formen würde; Ordo übersetzt alle diese Ströme, und das gehorsame Fleisch modelliert gemäß den Befehlen des Computers – so wie es sich öffnet und schließt, um den Weg von einer Kapsel in die andere freizugeben.

Sowie die Skizze fertig ist, wird die Arbeit erheblich einfacher, weil man sie sich nicht mehr innerlich sichtbar zu machen braucht. Das Gesicht verändert sich, die Ähnlichkeit wird deutlicher, und Hilsh lächelt seinem Werk zu, das sein Lächeln erwidert. Er ist zufrieden und bildet es in verkleinertem Maßstab auf der Wand nach, die sich zu seiner Rechten befindet; er drückt auf die PAUSE-Taste, wodurch die Figur erhalten bleibt, während er weitere anfertigt: auf diese Weise wird er am Abend mit Ouré zusammensein.

Mit Ouré zusammensein… Warum sollte er es nicht versuchen? Ouré tut das oft, doch bisher wagte Hilsh es noch nie ohne seine Hilfe. Er betrachtet seine Hand; kurz darauf wird sie auf der Wand sichtbar, löst sich von ihr nach der Skizze eines Arms und wird erneut aufgesogen. Natürlich kann er es tun!

Ourés Körper. Das ist ein wenig schwieriger als sein Gesicht. Die Silhouette nimmt Gestalt an; das rote und leuchtende Fleisch scheint flüssig zu sein, es bewegt sich sanft auf und ab, es fließt, es wird hohl, dann rund und länger… Sowie Hilsh eine Veränderung in Erwägung zieht, tritt sie ein. Er hätte es schon früher versuchen sollen, er ist geschickter, als er geglaubt hatte!

Und nun belebt sich Ourés Körper, löst sich von der

Wand, tritt zwei Schritte vor, verschränkt die Arme und lächelt Hilsh zu.

Hilsh ist überrascht: er erinnert sich nicht, daran gedacht zu haben. Vermutlich ist sein Wunsch seinem bewußten Willen zuvorgekommen. Er drückt auf die PAUSE-Taste und schaut sich sein Werk aus nächster Nähe an. Ourés Körper ist lediglich durch eine feine Fleischschnur mit der Wand verbunden; wenn man diese Schnur durchschneiden würde, dann würde sich die Figur erneut in formlose organische Materie zurückverwandeln und mit dem Boden verschmelzen … Ist es das, was mit den Lebenden passiert, wenn sie von Ordo beseitigt werden?

Hilsh runzelt die Stirn: wie kommt er auf diesen morbiden Gedanken? Warum muß er gerade jetzt und gerade hier an die Lingu denken? An die Lingu und auch an einen *Di*Hilsh, der nicht mehr lebt … Was für Gedanken, nein, wirklich!

Er setzt sich erneut hin; Ourés Scheinbild lächelt ihn immer noch an, hat die Augen auf ihn gerichtet. Es ist perfekt. Um sich der Ähnlichkeit mit dem wirklichen Ouré zu vergewissern, wirft Hilsh einen Blick auf den kleinen Kopf, der sich immer noch in der Wand befindet, ein Fleischklumpen mit roten Augen, mit roten, schwach leuchtenden Haaren …

In dem Moment, da er sie anschaut, sieht Hilsh, wie die Augen sich verändern, wie sie weiße und schwarze Farbtöne annehmen. Die Haare werden schwarz. Die Haut wird blasser und blasser, bis sie der elfenbeinfarbenen Haut von Ouré zum Verwechseln ähnlich sieht. Dieselbe Verwandlung erfolgt mit dem Körper der Gestalt, als Hilsh sich völlig verblüfft nach ihr umdreht. Wie gelingt es Ordo, die Farben zu verändern? Farben lassen sich doch nicht formen … Ordo hat die besonderen Merkmale der einzelnen Besatzungsmitglieder eben ganz genau im Kopf; bestimmt ermöglicht ihm eine retroaktive Kraft, die vom Raumschiff produzierten Figuren auf diese Weise zu vervollkommnen. Aber es ist wirklich komisch. Hilsh kann sich nicht daran erinnern, jemals zuvor farbige Figuren gesehen zu haben. Eine Verbesserung des Programms, die Ouré zu verdanken ist? Er hätte ihm davon erzählt. Folglich muß es sich um eine ganz neue Errungenschaft Ordos handeln … Er wird sich gedacht haben, daß eine größere Ähnlichkeit den Bildhauern besser gefallen würde. Schließlich ist es seine Aufgabe, für das Wohlbefinden und die Zufriedenheit der Besatzungsmitglieder zu sorgen.

Vorausgesetzt, er beseitigt sie nicht.

Schon wieder! Hilsh weist diesen Gedanken entschieden zurück; er betrachtet die Figur. Er ist nicht sicher, ob es so eine gute Idee von Ordo war: merkwürdigerweise ist ihm nicht wohl bei dieser zu genauen Reproduktion von Ouré, diesem starren Lächeln, diesen unbeweglichen Augen … Er drückt auf die Taste, die seinen vorangegangenen Befehl rückgängig machen und sein Werk zerstören wird.

Die Figur bewegt sich nicht. Aber sie verändert sich. Sie wird kleiner, hält die Arme immer noch verschränkt. Ihr Gesicht ist nicht mehr das von Ouré, sondern das eines unbekannten Kindes. Das Kind löst die Arme aus der Verschränkung und geht mit äußerst neugieriger Miene auf Hilsh zu.

Hilsh reißt sich den Helm vom Kopf, drückt noch einmal sehr heftig auf die STOP-Taste. Das Kind hält inne, neigt den Kopf zur Seite, als warte es auf etwas, dann dreht es sich um und kehrt in die Wand zurück; es wird jedoch nicht vom roten Fleisch aufgesogen: das Fleisch öffnet sich vor ihm, dann schließt es sich wieder.

Erneut bilden sich fleischige Wucherungen; die Zelle sieht jetzt wieder so aus wie zuvor.

Hilsh läßt sich in den Sessel fallen. Die Brust tut ihm

weh, so als sei er zu schnell gelaufen. Und zudem hat er starke, sehr starke Kopfschmerzen.

* * *

»Ordo muß ein Experiment durchgeführt haben«, sagt Ouré gelassen.

»Aber ich hatte auf STOP gedrückt, der Raum war gar nicht angeschlossen!«

»Du hast den Helm abgeschaltet«, erwidert Ouré mit einem Lächeln. »Ordo kann niemals von irgendeinem Teil des Raumschiffs getrennt werden.«

»Funktioniert das Raumschiff denn nicht von selbst?«

»Doch, natürlich, es ist ein vollkommen unabhängiger Organismus, dessen Funktionsablauf jedoch ständig von Ordo überwacht wird. Wenn etwas nicht in Ordnung ist, muß er sofort benachrichtigt werden, damit er die Notsysteme einschaltet.«

Hilsh kann nicht umhin zu fragen: »Und wer überwacht Ordo?«

Lächelnd zerzaust Ouré ihm das Haar: »Der arme Ordo scheint dir schwer auf dem Magen zu liegen. Nun, natürlich wird er von uns überwacht.«

Hilsh geht nicht weiter darauf ein und läßt sich auf das Bett fallen. Allerdings gelingt es ihm nicht, sich Ourés Umarmungen völlig hinzugeben. Sie sind es also, die Ordo kontrollieren? Ordo, der Experimente durchführt, um die niemand ihn gebeten hat, Ordo, der eigenmächtig über die Hybridisationen entscheidet, über die Neuen Geschlechter ... und über die Beseitigung ganzer Generationen? Aber nicht darüber will Hilsh mit Ordo sprechen, nicht jetzt. Weil Ouré ihn liebt, hört er ihm aufmerksamer zu als alle andern, doch auch Ouré hat seine Grenzen.

Dieser Gedanke stimmt Hilsh sehr traurig. Ouré kritisieren ... Warum kann er nicht wie üblich einfach nur mit ihm zusammensein? Warum kann er nicht so sein wie die andern? Weil er ein Neuer ist, darum... Er kann nichts dafür. Er ist nicht schon jahrhundertelang mit Ordo und dem Raumschiff vertraut. Er steht am Anfang eines neuen Geschlechts. Er ist ein Fremder. Und vielleicht ist das der wahre Grund, weshalb Ouré ihn liebt. Doch was wird später sein, nach weiteren drei oder vier Generationen? Wird seine Neuartigkeit dann nicht verschwunden sein? Wird ihn dann immer noch ein Ouré lieben?

Wird er immer noch einen Ouré lieben? Wird es überhaupt noch einen Ouré geben?

Hilsh drückt Ouré an sich, um diesen schrecklichen Gedanken zu vergessen, doch irgend etwas in ihm widersetzt sich, weigert sich, der Liebe und dem Vergessen nachzugeben. Eine leise, kalte Stimme sagt zu ihm: *Und du? Wirst du noch da sein?*

Eine Welle tiefster Verzweiflung entlockt Hilsh einen leisen Seufzer des Mitleids mit sich selbst, mit Ouré und mit all den andern: Was für ein Leben ist das, was für ein Leben? Ouré deutet sein Stöhnen falsch und streichelt ihn nun noch liebevoller, während Hilsh am liebsten weinen würde. Er weiß, daß er danach nicht schlafen kann und schließlich doch wieder den Helm aufsetzen wird.

Am nächsten Tag, am übernächsten Tag und die ganze darauffolgende Woche über ist Hilsh sehr ruhig; der Helm sorgt dafür, daß sein Schlaf ohne Träume ist, daß er sich am Morgen an nichts mehr erinnert und den Tag bei gleichbleibender Laune verbringt. Endlich hat er sich den andern angepaßt – oder fast. Einzig die Erinnerung an seine Beunruhigung beunruhigt ihn noch, aber auch diese Erinnerung ist ein verschwommener Gedanke, der ihn eher belustigt.

Ende der Woche wacht Hilsh eines Morgens mit schrecklichen Kopfschmerzen auf. Der bloße Gedanke, aufstehen zu müssen, raubt ihm jegliche Kraft, das Herz tut ihm weh, seine Beine zittern und sein Gesicht ist ganz grau. Ouré ist um ihn besorgt und bringt ihn auf die Krankenstation. Ordos Diagnoseapparate beruhigen ihn wieder: keine Sorge, da ist nichts, sie finden nichts. Es genügt, wenn er einige Beruhigungsmittel einnimmt und nachts den Helm aufsetzt.

Die Medikamente zeigen kaum Wirkung. Der Helm bringt überhaupt keine Besserung. Eines Nachts sind Hilsh' Kopfschmerzen gar so heftig, daß er trotz des Helms nicht einschlafen kann. Um Ouré nicht zu wecken, setzt er ihn ganz leise ab, verläßt das Zimmer und spaziert im schlafenden Wohntrakt umher. Kurz darauf scheinen die Schmerzen nachzulassen; Hilsh geht zum Projektionsraum; ja, der Schmerz läßt nach, seine Schritte dröhnen weniger laut in seinem Kopf. Er setzt sich ins Halbdunkel, an den Rand jenes Kreises, in dem die Bilder der holographischen Vorführung aufscheinen, und überläßt sich der unerwarteten Atempause. Sein Körper entspannt sich in dem Sessel, der ihn sanft umgibt: seine Augenlider werden immer schwerer: Schlafen, könnte er wirklich hier einschlafen? Er schließt die Augen und wartet ab.

Als er wieder aufwacht, fühlt er sich bedeutend besser; die Kopfschmerzen sind zwar immer noch da, aber eher in Form einer Erinnerung. Den nächsten Tag über lauert Hilsh darauf, daß die Schmerzen wiederkommen, doch es wird Abend, und er fühlt sich immer noch ziemlich wohl: in dieser Nacht kann er auf den Helm verzichten.

Mitten in der Nacht jedoch reißt er plötzlich die Augen auf und kann sich nicht mehr an den Traum erinnern, der ihn geweckt hat. Und dann, ja dann sind auch die Kopfschmerzen wieder da. Seufzend setzt Hilsh den Helm auf. Um ihn anschließend sogleich wieder abzusetzen: mit dem Helm ist es noch schlimmer. Er versucht sich zu entspannen, schließt die

Augen und denkt an die letzte Nacht. Vielleicht werden die Schmerzen dann von selbst nachlassen.

Er schläft ein, bevor das Kopfweh verschwunden ist, doch als er aufwacht, ist alles in Ordnung. Am nächsten Tag und auch an den darauffolgenden Tagen verspürt er, wenn er mitten in der Nacht aufwacht, jedesmal weniger Schmerzen. Doch jedesmal, wenn er versucht, den Helm aufzusetzen, nehmen sie wieder zu.

Ouré scheint sich zu wundern. »Verträgst du den Helm nicht mehr?« Und Ordo bittet Hilsh, sich zu einigen Untersuchungen auf die Krankenstation zu begeben. »Warum?« fragt Hilsh. Er fühlt sich sehr gut. Es wäre besser, Ordo würde den Helm kontrollieren: bestimmt hat er irgendeinen Defekt.

Das glaubt auch Ordo, aber dennoch wäre es besser, wenn Hilsh sich untersuchen lassen würde.

Allmählich wird Hilsh wütend. »Vielleicht sollte ich tatsächlich hingehen, aber ich will nicht!« Und dann bricht er die Verbindung ab. Wer gibt hier eigentlich die Befehle?!

Einige Tage später, im Erholungsraum, fängt Ouré erneut damit an: »Du siehst nicht gut aus, Hilsh, du solltest dich untersuchen lassen.«

»Es geht mir ausgezeichnet!«

Schließlich sagt Ouré: »Ordo macht sich Sorgen um dich.«

Hilsh wird zornig: »Was, Ordo?«

»Eine reine Routineuntersuchung, Hilsh«, sagt Ouré und hebt beruhigend die Hand.

»Er hat nichts gefunden, als ich Kopfschmerzen hatte, was also soll er jetzt, da es mir gut geht, finden?«

»Dein Helm war vollkommen in Ordnung.«

»Und nun soll etwas mit mir nicht in Ordnung sein, weil ich mich wohl fühle?«

Ouré macht eine ernste Miene, und Hilsh spürt, daß er gezwungen ist, nachzugeben, wenn er sich keine formelle Zurechtweisung einhandeln will; diese Art von Beziehung hat es zwischen Ouré und ihm bisher noch nie gegeben, und er möchte nicht, daß es soweit kommt.

»Wir dürfen kein Risiko eingehen, Hilsh. Wenn du dich dem Helm widersetzt, könnte es gefährlich werden.«

»Sich widersetzen? Gefährlich? Wovon redest du?«

Ouré seufzt: »Ich vergesse immer wieder, daß du noch ein Neuer bist.« Er nimmt Platz und spricht in einem sanftmütigen Ton, der Hilsh ärgert: Er ist doch kein Kind mehr!

»Für die Menschen ist das Raumschiff keine natürliche Umgebung, wie du ganz genau weißt, nicht wahr? Wir hingegen leben hier schon seit langer Zeit und haben uns mehr oder weniger angepaßt, was allerdings nichts an der Tatsache ändert, daß es sich nicht um eine natürliche Umgebung handelt. Etwas in uns widersetzt sich dem, ist unzufrieden und wünscht sich, es wäre anders. Und wenn dieses Etwas überhand nimmt, dann funktionieren wir nicht mehr richtig, dann drohen wir die Mission in Gefahr zu bringen.«

»Du meinst, wir werden verrückt?«

»Ja. In den ersten Raumschiffen kam das vor.«

»Und die Helme sollen uns daran hindern, verrückt zu werden?«

»Nicht wirklich. Meistens kommen wir ohne Helme aus, aber es ist ratsam, sie hin und wieder zu benutzen, um uns gewissermaßen … zu reinigen.«

»Ich dachte, die Helme seien lediglich zum Schlafen und zum Lernen da.«

»Oder fürs Musikzimmer, oder für den Skulpturenraum. Jedesmal, wenn wir mit Ordo in direkte Verbindung treten, nutzt er diese Gelegenheit, um zu prüfen, ob in dieser Hinsicht alles in Ordnung ist, oder um das in Ordnung zu bringen, was nicht in Ordnung ist. Es

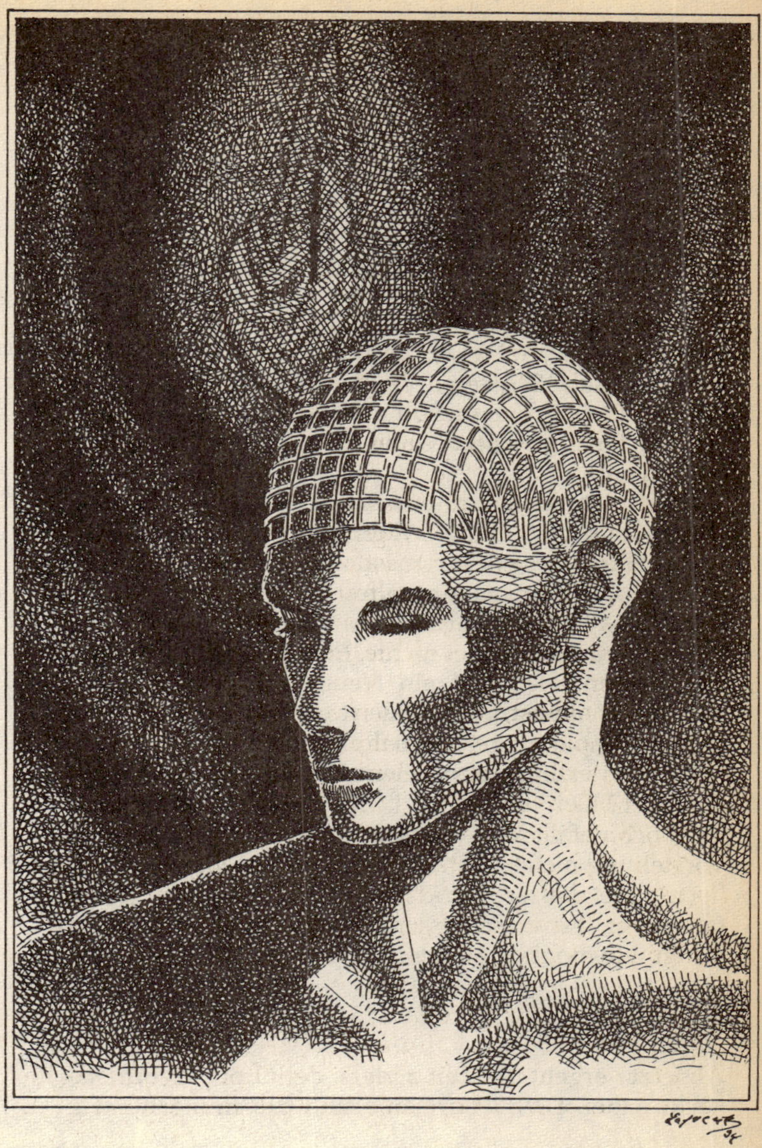

geschieht zu deinem Besten, verstehst du. Er macht sich wirklich Sorgen um dich.«

»Sorgen! Eine Maschine macht sich *Sorgen* um mich!«

»Sein Programm macht sich Sorgen um dich, wenn dir das lieber ist!« sagt Ouré mit leichter Verärgerung.

»Aber es geht mir sehr gut, glaub mir! Ich bin glücklich im Raumschiff, ich bin weder verrückt noch stehe ich kurz davor, es zu werden, also hör auf!«

»Was weißt du denn schon!«

Allmählich wird Ouré richtig wütend, weshalb Hilsh sich der Antwort, die ihm auf der Zunge liegt, lieber enthält. Schweren Herzens verspricht er Ouré, sich untersuchen zu lassen. Ouré beugt sich zu ihm und berührt erleichtert seine Hand: »Du wirst sehen, es ist nichts.«

Liegt nicht trotzdem eine leise Andeutung von Besorgnis in seinem Blick? Widersprüchlicherweise empfindet Hilsh diese Besorgnis als Trost: Ouré macht sich Sorgen um ihn, was zumindest beweist, daß er nicht nur Ordos Handlanger ist.

Der Computer findet nichts. Er begnügt sich mit diesen Worten: »Du bist ein Neuer, du reagierst noch nicht so wie die andern, das ist normal. Ich werde die nötigen Anpassungen vornehmen.«

Und als er ihn einen neuen Helm anprobieren läßt, verspürt Hilsh tatsächlich keine Kopfschmerzen mehr. Dennoch gefällt ihm – er weiß auch nicht warum – die Vorstellung nicht recht, daß Ordo seinen Geist kontrolliert, ohne daß er sich dagegen wehren kann. Jedenfalls ist er fest entschlossen, den Helm von nun an so selten wie möglich zu benutzen.

* * *

Ab jetzt vergeht die Zeit anders: der Große Geburtstag rückt näher. Die Geburtstage sind die einzigen Ereignisse, welche die Monotonie des Lebens im Raumschiff ein wenig auflockern. In fünfzehn Perioden werden die *Prims* fünfundvierzig Zyklen alt sein, und dann wird auch die Kette der Generationen abgeschlossen sein: die *Dis* sind dann dreißig Zyklen alt, die *Tris* fünfzehn, und die zukünftige *Tri*-Generation befindet sich in den Inkubatoren. In Wirklichkeit aber wird ein wenig gemogelt: die Embryone befinden sich bereits seit einem Monat in den Brutapparaten für beschleunigtes Wachstum – was normalerweise drei Monaten entspricht. Der Große Geburtstag kann allerdings erst gefeiert werden, wenn die Kulturen in Ordnung sind, und das kann erst nach einem Monat der Fall sein.

Das Zeit vergeht anders, wenn man auf etwas wartet: sie läuft rückwärts. Nur noch dreizehn, elf, sieben, drei Perioden …

Dennoch ist Hilsh, als Ordo sämtliche Besatzungsmitglieder mitten in der Schlafperiode in die Kommandozentrale bestellt, keineswegs überrascht. Er kann dem Unbehagen, das mit dem Näherkommen des entscheidenden Tages immer stärker wurde, beinahe einen Namen geben: er sieht es auf den sonst so ruhigen Gesichtern der Ouré, der Ély, der ganzen Besatzung … Er ahnt bereits, was Ouré sagen wird.

Zum erstenmal seit Beginn der Reise mußten sämtliche Kulturen vernichtet werden.

Hilsh reagiert als erster: »Warum?« Erst dann erinnert er sich an die korrekte Formulierung, mit der der Computer angesprochen werden muß, und wiederholt: »Warum, Ordo?«

Doch Haupt kommt dem Computer zuvor: »Nicht konform natürlich.«

»Sie waren nicht konform«, sagt Ordo mit Verspätung, so als habe er Haupts Worte überhört. Er spricht merkwürdig langsam, so als zögere er.

»Nicht konform mit was, Ordo?«

Auf dem Hauptschirm tauchen zwei Chromosomenpaare auf, die durch einen Strich getrennt sind; ein roter Kreis markiert den Unterschied.

»XX anstatt XY«, murmelt Haupt. »Alle?«

»Aber was ist das, was ist damit?« fragt *Tri*Kheïry.

*Tri*Haupt beginnt spöttisch zu lachen – die Haupt sind Biologen: »Das ist eine Mutation.«

»Aber was ist mit diesen Chromosomen?« beharrt *Tri*Kheïry.

Haupt hebt die Hand, damit die andern schweigen. »Sie entsprechen nicht dem Geschlecht. Es handelt sich um eine geschlechtliche Mißbildung. Trifft das auf sämtliche Embryone zu, Ordo?«

»Ja.«

»Ordo, hast du herausgefunden, was diese Mutation bewirkt hat?«

Langes Schweigen.

»Ordo?«

Endlich kommt die Antwort: »Die einzige Hypothese, die derzeit erklären kann, warum sämtliche Embryone betroffen sind, deutet auf eine statistische Fluktuation hin. Das kommt zwar sehr selten vor, aber es ist möglich. Ich setze meine Untersuchungen fort.«

»Ordo, es darf keine neue Kultur angelegt werden, bevor wir nicht eine Erklärung für das gefunden haben, was passiert ist«, sagt Haupt; die andern stimmen ihm zu; sie wollen die Kommandozentrale bereits verlassen, als Ordo, immer noch mit dieser seltsamen Verzögerung, weiterspricht. »Natürlich.« Hilsh bewegt sich nicht.

»Aber wieso sind nur diese Chromosomen betroffen?« fragt er. »Andere müßten es doch auch sein.«

Haupt runzelt die Stirn, während Ouré ihm beipflichtet: »Das stimmt. Wie ist das möglich, Haupt?«

Haupt zuckt die Achseln: »Ordo, wurden noch andere Anomalien festgestellt?«

Kurzes Schweigen: »Nein.«

Hilsh wartet einen Moment lang in der Hoffnung, Ouré möge die entscheidende Frage stellen, doch Ouré schweigt. Dann nähert er sich der Konsole: »Ordo, aufgrund welcher Anomalien hast du die Lingu vernichtet?«

Milès macht eine gereizte Bewegung, doch Ouré legt die Hand auf seinen Arm, um ihn zurückzuhalten. Ordos Schweigen hält an.

»Aufgrund derselben ... derselben Anomalie«, sagt der Computer schließlich.

»Warum stottert er?«

»Handelt es sich um eine gewöhnliche Anomalie, Ordo?«

»Nur bei den Hybriden der ersten Generation.«

»Warum, Ordo?«

Wieder eine Verzögerung: »Ihre genetischen Anlagen sind noch nicht stabil, außerdem sind sie komplexer und daher auch empfindlicher.«

»Doch wird von den Hybriden nicht erwartet, daß sie die Stärksten sind?«

»Ein Hybride ist kein Klon, sondern das Resultat der Kombination zweier genetisch unterschiedlicher Serien«, antwortet Haupt anstelle von Ordo, der schweigt, weil Hilsh ihn diesmal nicht direkt mit seinem Namen angesprochen hat. »Die Risiken sind größer. Erst beim ersten Klonen sind sie widerstandsfähiger, also in der zweiten Generation. Mit Ausnahme der Lingu.«

»Aber mein erster Klon war doch ganz normal. Und damals waren nur die Lingu betroffen. Sämtliche Hybriden der zweiten Generation.«

»Hör zu«, sagt Haupt ein wenig verärgert, »es hat keinen Sinn, noch länger darüber zu diskutieren. Möglicherweise haben wir es mit Strahlen zu tun, die die Oberfläche nicht zurückhalten konnte. Oder es handelt sich um eine Störung im Innern des Raumschiffs. Oder die Statistik hat uns einen Streich gespielt. Doch wie auch immer: sobald Ordo etwas herausfindet, wird er uns darüber unterrichten. Gehen wir wieder schlafen.«

Verwirrt läßt Hilsh sich von Ordo zum Ausgang schubsen. Wieder schlafen gehen?! Jetzt, da möglicherweise der Generationswechsel bedroht ist, jetzt, da vielleicht sogar die ganze Mission … Und Haupt nennt sich Biologe! Er müßte schier platzen vor lauter Fragen und Hypothesen, er müßte Ordo regelrecht ins Verhör nehmen, mit ihm zusammenarbeiten! Aber nein: »Gehen wir wieder schlafen.«

»Setz deinen Helm auf, Hilsh«, sagt Ouré, als Hilsh versucht, ihm seine Entrüstung verständlich zu machen. Hilsh wehrt sich vehement. Er will wissen, was los ist.

»Das ist unmöglich, Hilsh. Zu viele Elemente müssen dabei in Betracht gezogen werden. Nur Ordo ist in der Lage, die nötigen Untersuchungen vorzunehmen und herauszufinden, warum die Kulturen nicht in Ordnung waren.«

»Und wir, wozu sind wir denn eigentlich da?«

»Zur Überwachung von Ordo.«

Dieser Satz kommt Hilsh so sehr wie eine Ausrede vor, daß er Ouré wütend den Helm aus den Händen reißt und ihn auf das Bett wirft: »Und was ist, wenn Ordo verrückt wird, was werdet ihr dann tun?«

»Dann gibt es immer noch die Notsysteme«, sagt Ouré gelassen und greift erneut nach dem Helm. »Diese Möglichkeit ist durchaus einkalkuliert. Doch Ordo kann nicht völlig den Verstand verlieren. Du mußt jetzt schlafen, Hilsh.«

Entmutigt nimmt Hilsh seinen Helm. Sind denn alle so überhaupt nicht neugierig, nicht einmal Ouré? Er sieht, wie er sich hinlegt und die Augen schließt. Schließlich findet er sich damit ab, den Helm aufzusetzen, und legt sich seinerseits hin; seit zwei Wochen hat er ihn nicht mehr benutzt, doch er spürt, daß ihm das Einschlafen schwerfallen wird.

Kurze Zeit später richtet er sich erstaunt auf. Er sieht, daß Ouré seinen Helm abgesetzt hat und ihn verwundert in seinen Händen hin und her dreht. Wie aus einem Mund sagen sie: »Du auch?«

Die vertraute Stimme, die sie zum Schlafen aufforderte, wurde von einer Störung überlagert, die sich wie Musik anhörte.

Die Sprechanlage leuchtet auf: Milès fragt nach, ob sie ebenfalls Störungen in ihrem Helm hatten. Jeder hatte welche. Dann ertönt Ordos Stimme im Zimmer: Die Störung ist behoben, sie können die Helme wieder aufsetzen.

Hilsh schläft ohne seinen Helm ein. Wenn er aufwacht, wird er sich nicht mehr daran erinnern, aber in seinen Träumen ist Musik.

* * *

Am nächsten Morgen ist alles wieder normal. Und gleichzeitig ist alles anders. Wie gewohnt nehmen die Milès weit von Hilsh entfernt Platz; die *Tris* streiten sich weiterhin unter dem Vorwand, über die kommende Synchronisation zu diskutieren … Niemand spricht über den Vorfall vom Tag zuvor. Gerne würde Hilsh sich vorstellen, seine Freunde hätten zumindest Angst; er beobachtet sie, er lauscht auf den Klang ihrer Stimmen, verfolgt ihre Blicke. Aber nein: sie sind ganz ruhig. Sie sind überzeugt, daß Ordo das Problem lösen wird. Sie sind überzeugt, daß alles normal ist.

Und in der Tat: alles ist normal; nur Hilsh hat seinen Helm letzte Nacht nicht benutzt. Einen Moment lang tut ihm das leid: er fühlt sich so weit entfernt von all den andern – sogar von Ouré. Doch wie soll er wissen, ob er recht hat? Wie äußert sich eine Funktionsstörung bei den Menschen? Vielleicht ist er verrückt, ohne es zu wissen.

Trotz allem ist er nicht unglücklich, im Raumschiff zu sein! Er will, daß die Reise fortgesetzt wird, daß die fernen Planeten besiedelt werden, er würde nichts unternehmen, was das Leben der Besatzung in Gefahr bringen könnte! Er möchte lediglich begreifen. Was er begreifen will, das weiß er allerdings selbst nicht so richtig. Er will ganz allgemein begreifen. Er hat ständig das Gefühl, daß ihm etwas fehlt. Am liebsten würde er Ordo über alles mögliche befragen. Warum ist das nicht erlaubt? Zwar gibt es kein grundsätzliches Verbot, doch niemand tut es; die andern stellen keine Fragen, oder nur ganz selten, falls die Ereignisse sie dazu zwingen – und dann noch! Ist das etwa eine Bedingung für das Wohlbefinden im Raumschiff, für die reibungslose Zusammenarbeit sämtlicher Besatzungsmitglieder? Wie kann Unwissenheit jemals positiv sein?

Auch als er das Studierzimmer für die erste Synchronisation herrichtet, denkt er immer noch darüber nach. Diesmal werden alle Sessel aktiviert sein. Mit Ausnahme seiner Sessel. Immer diese Leere, dieses durch ihn verursachte Ungleichgewicht … Er sieht, wie die *Dis* und die *Tris* einschlafen, er betrachtet die entspannten Gesichter, die sich alle so ähnlich sehen, ähnlicher als je zuvor. Zuerst die hypnotische Rückbildung bei den *Dis;* sie sind fünfundzwanzig, zwanzig, fünfzehn Zyklen alt. Dann treten hinter den Augenlidern, in den paarweise aneinandergeschlossenen Gehirnen die gleichen Gefühle, die gleichen Wahrnehmungen auf: das gesamte Leben jedes einzelnen *Dis* wird von Ordos allgegenwärtigen Sensoren aufgezeichnet. Für die erste Sitzung an diesem Tag ist es ihre eigene Synchronisation, die sich wiederholt, die Synchronisation mit jenen, die heute die *Prims* sind. Oder genauer gesagt: sie *erleben* diese Synchronisation *noch einmal;* dabei löst jeder Zwischenfall die gleichen Reaktionen aus, die gleichen elektrochemischen Veränderungen, die man Gefühle nennt, doch diesmal zur gleichen Zeit in zwei verschiedenen Körpern. (Oder im selben Körper?) Beim Aufwachen wird es keinen Unterschied mehr zwischen den Jugendlichen geben. Zunächst wird es kaum zu erkennen sein, doch dann werden sich ihre Gesichtszüge, ihre Bewegungen, wird sich ihr ganzes Verhalten immer schneller dem ihrer älteren Version anpassen. Bis zu dem Tag, an dem aus den *Dis* die *Prims* werden. Fünf Zyklen später wird *Tri*Ouré *Di*Ourés Platz einnehmen, während *Di*Ouré den Platz von … Nein, er wird Ouré sein. Er wird mit Hilsh' Ouré vollkommen identisch sein.

Ouré, der seinen Platz geräumt haben wird. Nein, Hilsh will nicht daran denken. Ouré, sein Ouré, der von jetzt … Er wird noch da sein: *Di*Ouré wird Ouré sein!

Und er selbst, Hilsh, wird der einzige sein, der fünfundzwanzig Zyklen alt ist – und immer noch verloren zwischen den normalen Generationen.

Bald ist die Synchronisationssitzung vorbei. Die *Dis* erheben sich, strecken sich, tauschen einige mehr oder weniger amüsante Bemerkungen aus und verlassen den Saal. Für die *Tris* beginnt nun der gewohnte Unterricht. Oder etwa dessen Wiederholung? Schließlich wissen die *Dis* das alles schon, sie haben diese Phase zuvor bereits durchlaufen und im Verlauf der Synchronisation möglicherweise bereits etwas davon mitbekommen.

Doch wozu dient diese Ausbildung, wenn niemand je Fragen stellt? Dabei wird jeder in den Fächern unterrichtet, die für ihn bestimmt sind: die Naturwissenschaften sind den Haupt vorbehalten, die technischen Wissenschaften den Kheïry, die Kunst und die Unterhaltung den Ouré, während die Milès Physiker und Astronomen sind und die Ély Ärzte für Mensch und

Tier. Und wenn es die Hilsh geben wird, werden sie Erzieher sein.

Warum ist er so unzufrieden?

Oder warum sind alle andern so zufrieden?

Die Helme. Nun, warum will dann gerade er seinen Helm nicht mehr aufsetzen? Sind alle Neuen so wie er? Wie lange wird es dauern, bis die Dissonanzen verschwunden sind und er endlich seinen Platz in der Gruppe einnehmen kann?

Bald ist es Zeit, die *Tris* zu wecken. Diesmal wachen sie etwas weniger betäubt aus der Trance auf. Lächelnd kratzt *Tri*Kheïry sein krauses Haar: »Sag mal, Hilsh, bist du sicher, daß du mich nicht mit *Tri*Ouré gemischt hast? Ich hörte nämlich einzelne Fetzen Musik.«

»Wir auch«, sagen die andern verwundert oder verärgert.

»Es hat Interferenzen gegeben«, gibt Ordo zu. Interferenzen. Was für Interferenzen? Milès kommt Ordo zuvor: »Hin und wieder passiert es, daß einzelne Programme sich überlagern.« Und das finden sie normal?!

Als Hilsh im Erholungszimmer Ouré gegenüber Ordos Antwort wiederholt, lächelt dieser nachsichtig: »Aber Ordo ist nicht bloß eine Maschine, Hilsh. Er ist äußerst komplex, fast so komplex wie ein lebendiges Wesen. Ein großer Teil seiner Funktionen ist übrigens an die Überwachung des Raumschiffs gekoppelt, das ja auch lebendig und gelegentlich harmlosen Störungen unterworfen ist, die bis zu einem gewissen Punkt auf Ordos elektronische Strukturen übergreifen können.«

»Ordo reagiert also auf das Raumschiff wie auch das Raumschiff auf Ordo reagiert.«

»Natürlich. Die Interferenzen sind zweifellos auf das Raumschiff zurückzuführen.« Ouré beginnt zu lachen: »Vielleicht hat es Verdauungsstörungen: wir haben soeben eine besonders dichte Staubwolke durchflogen.«

»Und daher kommt die Musik?«

»Ordo übersetzt die Reaktionen des Raumschiffs in Musik. Warum auch nicht? Ich halte das für keine so schlechte Idee.«

Hilsh kann nicht umhin, Ourés Lächeln zu erwidern; ja, im Grunde kann er sich eines Lächelns fast nie enthalten, wenn er mit Ouré spricht: dieses Stottern …

Erneut stellen sie die Figuren auf dem Schachbrett auf; Ouré zieht die weißen und beginnt. Wie automatisch reagiert Hilsh auf die Eröffnung mit dem Springer, doch er kann sich nicht richtig auf das Spiel konzentrieren. Er denkt an Ouré. Ja, das ist einer der Gründe, warum er ihn liebt: mit ihm kann man wenigstens reden. Und zwar über viele Dinge. Allem Anschein nach erfordern die Künste und die Unterhaltung ein umfassenderes Wissen als die andern Gebiete. Ouré hätte den Skulpturenraum nicht planen und realisieren können, wenn er nicht gleichzeitig, wie Haupt, über die Beschaffenheiten des Raumschiffs und, wie Milès, über die Möglichkeiten von Ordo im Bilde gewesen wäre.

*Tri*Haupt und *Tri*Ouré kommen ins Zimmer gestürmt: »Das müßt ihr euch ansehen, ein komisches Hologramm, mit Mutanten!«

Alle *Tris* haben sich im Projektionsraum versammelt, kichern und schubsen sich gegenseitig mit den Ellbogen. Im Kreis ist ein exotisches Dekor zu sehen: ein Bach, Bäume, tropische Vegetation und Tiere: ein Löwe, ein Zebra, zwei Gazellen, Vögel mit leuchtenden Federn, kleine Affen mit eingerolltem Schwanz. Sie alle trinken, essen, schlafen und laufen herum. Komisch: normalerweise dürften diese Tiere nicht derart friedlich zusammenleben. Doch das ist nicht der Grund, weshalb die *Tris* Hilsh und Ouré gerufen haben; im Vordergrund steht ein riesiger Baum, und am Fuß des Baums sind zwei nackte Männer zu sehen. Einer von ihnen liegt auf dem Boden und scheint zu schlafen; an der Brust, entlang einer Rippe, weist er eine frische Wunde auf, doch er blutet nicht. Der andere Mann ... ist ein Mutant, wie man deutlich erkennen kann: die Haare reichen ihm bis auf die Hüften, er ist zu klein, zu dünn, schlecht proportioniert; er leidet an einer eigenartigen Muskelhypertrophie: auf der Brust hat er zwei kegelförmige Beulen. Und vor allem hat er kein Geschlechtsteil, oder aber sein Geschlechtsteil ist derart verkümmert, daß es von den Schamhaaren verdeckt wird und unsichtbar ist.

Es sind keine Geräusche zu hören, nur dieses dreidimensionale Bild ist zu sehen. Ouré gibt zu, ein solches Hologramm noch nie gesehen zu haben, und *Tri*Ouré erklärt, daß dieses Bild das Hologramm unterbrochen hat, das sie sich gerade anschauten, eine Kriegsgeschichte.

»Also noch eine Interferenz«, sagt Ouré dennoch ein wenig überrascht. Einer der *Tris* verlangt nach einer Erklärung, und Ouré wiederholt, was er zuvor zu Hilsh gesagt hat, indem er hinzufügt: »Wenn es sich tatsächlich um eine Verdauungsstörung handelt, dann ist wirklich nicht damit zu spaßen!«

Hilsh hört ihm nicht zu; er versucht zu verstehen, warum sein Herz so heftig pocht, warum seine Hände kalt sind, warum seine Stirn feucht und sein Hals trocken ist. Er fühlt sich nicht wohl! Dabei ist es nicht wirklich unangenehm ..., sondern eher ... aufregend. Wieso? Es ist, als würde er ein Geschenk öffnen, einen versteckten Schatz finden ...

Plötzlich verändert sich das Bild im Kreis: es dreht sich um. Nun ist es der Mutant, der unter dem Baum schläft und an der Seite eine Narbe aufweist, während der andere Mann seinen Platz eingenommen hat und vor ihm steht. Er hat sich ebenfalls verändert: seine Haut ist jetzt schwarz.

Mit einem unterdrückten Schrei beugt Ouré sich nach vorne: »Lingu!«

Die Szene löst sich auf und wird durch die Ansicht von oben auf ein riesiges Schlachtfeld ersetzt, auf dem Miniaturritter in Eisenrüstung gegeneinander kämpfen, im Staub inmitten eines fernen Lärms. Die *Tris* schreien auf, aus Protest oder vor Begeisterung, ein heftiger Streit beginnt. Ouré erhebt sich. Hilsh folgt ihm: »Lingu?«

»Ja.« Ouré runzelt die Stirn. »Da ist irgend etwas nicht in Ordnung. Ordo dürfte niemals …«

In der Kommandozentrale sitzen Milès und Ély an ihren Konsolen, während auf den Bildschirmen Kurven, Diagramme und Zahlenreihen vorbeiziehen, die vom Computer erläutert werden. Hinter Ordos Stimme ist hin und wieder Musik zu hören, und auf den Bildschirmen tauchen gelegentlich farbige Bilder auf, die zu schnell wieder verschwinden, um deutlich wahrgenommen zu werden. Völlig verwirrt bleibt Ouré in der Tür stehen. Kurz darauf geht er zu seiner Konsole.

»Was habt ihr hier verloren?« murrt Milès.

»Es gibt nun auch Interferenzen in den Hologrammen. Habt ihr eine Erklärung dafür?«

»Im Moment noch nicht.«

Ouré bedient die Tasten; Ordos Stimme verstummt, und die Musik wird deutlicher. Ouré hört zu, den Blick in die Ferne gerichtet. Dann drückt er auf die AUFNAHME-Taste. Wenige Augenblicke später fällt aus einem der Schlitze der Konsole eine kleine, dünne Platte. Ouré nimmt sie: »Komm, Hilsh.«

Ordos Stimme und die Musik begleiten sie durch den Flur.

Sie verlassen die Kommandozentrale und kehren in den Wohntrakt zurück; bald begreift Hilsh, wohin sie gehen: ins Musikzimmer. Im Vorbeigehen werfen sie einen Blick in den Projektionsraum: der Kreis ist dunkel, bestimmt ist es den Jugendlichen langweilig geworden.

Das Musikzimmer befindet sich am Ende dieser Abteilung, in unmittelbarer Nähe des Durchgangs, der in den Skulpturenraum führt. Als sie das Musikzimmer betreten, schaltet sich die Beleuchtung ein. Eine ganze Wand ist mit Konsolen bestückt, vor denen gepolsterte Sessel stehen, die an mit unzähligen Sensoren ausgestattete Schalen erinnern. »Nein«, sagt Ouré, als Hilsh es sich in seinem Sessel bequem machen will, und beginnt an den Konsolen zu hantieren. Bald darauf wird der Raum von einer Musik erfüllt, die Hilsh irgendwie bekannt vorkommt.

»Wer ist das?«

»Lingu.«

Dann steckt Ouré die Platte in einen Schlitz, und es ertönt eine andere Musik. Dieselbe? Nein, sie ist ein wenig anders ..., aber die Ähnlichkeit ist überwältigend. Ouré bedient immer noch die Tasten und Kursoren, als plötzlich zwei Bildschirme aufleuchten, auf denen sich die Musik in pulsierende Kurven verwandelt. Diese Kurven verteilen sich auf einem dunklen Hintergrund aus großen, regelmäßigen Wellen mit farbigen, blinkenden Punkten, einer Überlagerung von Rhythmen, die ein Herz darstellen, einen Atem, die Bewegung des Blutes in den Venen, die unzähligen bioelektronischen Schwingungen eines menschlichen Körpers.

»Lingu?!«

»Ja.«

»Aber die andere Musik ist doch verschieden! Sieh dir diesen Rhythmus an. Wie ein zweites Herz.«

Mit einer raschen Geste schaltet Ouré sowohl die Bildschirme wie auch die Musik ab und setzt sich an den Rand eines Sessels. Noch nie zuvor hat Hilsh ihn derart verwirrt gesehen.

»Was ist los, Ouré?«

»Ich weiß es nicht.«

»Ist das Raumschiff ... krank? Wegen dieser Staubwolke?«

»Vielleicht. Dabei soll die Oberfläche alles aufsaugen, ohne irgendwelche Schäden zu hinterlassen. Staub, Strahlen, Gase, sogar die großen Meteoriten. Theoretisch kann das Raumschiff sogar in der Nähe einer Nova überleben. Leichte Störungen können durchaus vorkommen, so wie wir manchmal Kopfschmerzen oder eine harmlose Verletzung am Finger haben, aber nicht in dem Maße.«

»Kann es auch – sterben?«

»Ja. Allerdings würden wir in dem Fall lange im voraus gewarnt und dann von den Notsystemen aus dem Raumschiff geschleudert werden. Dafür müßte es sich aber mindestens auf eine Supernova zubewegen. Oder in ein Schwarzes Loch geraten, oder mit einem Asteroiden zusammenprallen, der größer ist als das Raumschiff selbst, was weiß ich… Natürlich versucht es, solchen Gefahren aus dem Weg zu gehen. Aber vor allem haben wir so etwas schon lange nicht mehr erlebt! Daß es Ordo nicht gelingt, diese Interferenzen unter Kontrolle zu bringen oder wenigstens zu erklären, und daß sie dieses Ausmaß annehmen…«

Hilsh zögert, traut sich dann doch. »Ouré, was wäre, wenn Ordo selbst die Störung wäre?«

Ouré lächelt nicht und zuckt auch nicht die Achseln: er sieht Hilsh an, als warte er auf die Fortsetzung.

»Erinnerst du dich an den Zwischenfall, von dem ich dir im Skulpturenraum erzählt habe? Und…« Hilsh zögert erneut: diesmal wird Ouré bestimmt protestieren. Was soll's! »In dem Moment, da ich Ordo eine Frage stellte, ich weiß nicht mehr welche, gab es eine Störung, bevor er antwortete, ich glaube, es hatte mit der Temperaturregelung im Inkub 2 zu tun, mit meinen Klonen. Habt ihr die Ursache dieser Funktionsstörung mittlerweile herausgefunden?«

Ourés Augen sind größer geworden: »Jetzt, wo du mich daran erinnerst, nein.«

»Hat denn niemand nachgefragt?«

Sie sehen sich einen Augenblick lang an, doch als Ouré nichts antwortet, murmelt Hilsh: »Zuviel Helm?«

Ouré schüttelt den Kopf: »Falls Ordo jedoch …, nein, dann hätten sich die Notsysteme eingeschaltet!«

Hilsh geht zu einer Konsole, drückt auf eine Taste, und von neuem ertönt Musik. »Hat er euch gesagt, warum er das Geschlecht der Lingu beseitigt hat?«

»Ich habe die genetischen Karten der Embryone gesehen: es waren lauter Mutanten.«

»*Di*Lingu und *Tri*Lingu aber waren keine Mutanten, sondern ganz normal. Warum also hat Ordo auch sie nach Lingus Tod eliminiert?«

»Er behauptete, sie seien untauglich für die Reproduktion gewesen«, sagt Ouré in beinahe bockigem Ton.

»Aber wieso waren sie so plötzlich untauglich für die Reproduktion geworden?«

Ouré scheint ein wenig in sich zusammengesackt zu sein; er ist ganz grau im Gesicht geworden, sieht plötzlich … alt aus. Am liebsten würde Hilsh ihn umarmen, aber gleichzeitig hat er Angst. Schließlich murmelt Ouré: »Niemand hat nachgefragt.«

Zuviel Helm: Ordo wollte nicht, daß jemand nachfragt.

Einen Moment später schaltet Hilsh die Musik aus; noch lange bleibt er an der Konsole stehen. »Ouré, bist du seitdem wieder einmal in dem Skulpturenraum gewesen?« fragt er schließlich.

»Nein.«

»Komm.«

* * *

Ouré setzt den Helm auf, nimmt ihn jedoch sogleich wieder ab. »Musik?« fragt Hilsh; Ouré schüttelt den Kopf. »Versuch es trotzdem.«

Ouré setzt den Helm erneut auf; kurz darauf entspannen sich sein Gesicht und sein Körper; die Wände des Raums werden glatt, ehe sie von einer konzentrischen Welle hin und her bewegt werden, wie immer, wenn Ouré zu modellieren beginnt; in der Mitte der Wand gegenüber Ouré zeichnet sich eine Figur ab, eine Silhouette.

Ouré öffnet die Augen; sogleich wird die Silhouette deutlicher, und ein junger, nackter Mann, der Hilsh ähnlich sieht, löst sich von der Wand, mit der er durch eine Fleischschnur verbunden ist, tritt zwei Schritte vor und bleibt stehen, als Hilsh auf die PAUSE-Taste drückt.

Sämtliche Details stimmen, die Farbe der Augen, der Haare, der Ton der Haut. Einen Augenblick lang denkt Hilsh mit Wehmut an seinen *Di*, den er so bald nicht wiedersehen wird (Vielleicht sogar nie wieder? – Was für ein schrecklicher Gedanke!). Es ist nicht das erste Mal, daß Hilsh sich so dargestellt sieht: Ouré hatte seinen Körper schon einmal geformt. Aber damals sah er ihm nicht derart ähnlich, da die Farben ausschließlich die des Fleisches des Raumschiffs waren – rote Augen, rote Haut, rote Haare. Verwirrender sind diese natürlichen Farben …

»Ich weiß nicht, ob es wirklich eine Verbesserung darstellt«, bemerkt Ouré und verzieht verächtlich den Mund. »Ziel eines Kunstwerks ist es nicht, vollkommen realistisch zu sein. Vielmehr soll ein Kunstwerk eine Interpretation der Wirklichkeit darstellen. Ich würde völlig falsche Farben vorziehen, verstehst du. Vielfarbige Figuren …«

In diesem Augenblick nimmt die Figur die Farben des Regenbogens an.

»He!« ruft Ouré mit ungläubigem Lächeln. »Wie hat er das gemacht?«

Hilsh schaut auf seinen Finger, der immer noch auf der PAUSE-Taste ruht.

»Nenn eine Farbe, Ouré, egal welche.«

»Blau … blau und gold.«

Die Figur wird strahlend blau; sämtliche Körperhaare und die Pupillen der Augen nehmen einen goldenen Ton an.

»Ouré, ich drücke nach wie vor auf die PAUSE-Taste! Das dürfte nicht funktionieren!«

Ouré reagiert nicht. Hilsh dreht sich nach ihm um: leicht zusammengesunken sitzt er in seinem Sessel, mit dem Helm auf dem Kopf, und starrt die Figur an. Und die Figur bewegt sich. Oder genauer gesagt: ihr Gesicht und ihr Körper verwandeln sich mit großer Geschwindigkeit. Sie stellt nun einen anderen, größeren und kräftigeren Mann als Hilsh dar; der hat schwarze Haut und gekräuselte Haare. Lächelnd streckt er die Hand von sich: hinter ihm hat sich die Fleischwand geöffnet, auf einen feuerroten und glänzenden Flur, dessen Ende man nicht sehen kann. Ouré erhebt sich aus seinem Sessel. Hilsh sieht, wie zwei stumme Silben, die er wiedererkennt, über seine Lippen kommen: *Lingu.*

Der schwarze Mann lächelt nun eindeutiger, schüttelt den Kopf, dreht sich um und sieht, wie Ouré zuerst einen, dann zwei, dann drei Schritte nach vorn tut …

Hilsh erwacht aus seiner Bestürzung, springt auf Ouré zu und reißt ihm den Helm vom Kopf. Mit trauriger Miene schüttelt der schwarze Mann den Kopf und dringt in den Flur ein, der sich hinter ihm wieder schließt.

Ouré blinzelt mit den Augen und schüttelt seinerseits den Kopf: »Lingu!«

»Ouré, ich drückte auf PAUSE, auf PAUSE, verstehst du, Ouré! Ordo hat nicht reagiert!«

»Lingu … ich wollte … ihm folgen … es war …«

»Hast du ihn geformt?«

»Nein … die Musik … es war schön.«

»Aber es war nicht Lingu!«

Zögernd starrt Ouré Hilsh an: »Aber es war … seine Musik.« Er fährt sich mit der Hand übers Gesicht. »Mir scheint … Ich war sicher, daß er es war.«

»Es war ein Scheinbild, ein von Ordo produziertes Scheinbild!«

»Meinst du? Mir schien ..., er sagte zu mir ..., nein, ich kann mich nicht mehr erinnern ...«

Nie zuvor ist Ouré Hilsh derart verwirrt vorgekommen; mit großer Zärtlichkeit nimmt er ihn beim Arm und führt ihn aus dem Zimmer: »Es war Ordo, irgend etwas ist mit ihm nicht in Ordnung, glaube mir, Ouré!«

Während sie darauf warten, daß der Durchgang sich öffnet, schießt Hilsh plötzlich ein anderer Gedanke durch den Kopf; doch er schaut auf die Fleischwände, die das Raumschiff ihnen geöffnet hat, schweigt – und findet sich selbst lächerlich. Als sie den Raum endlich verlassen haben und durch die ihnen vertrauten Gänge des schlafenden Wohntrakts gehen, nimmt er Ouré mit Entschlossenheit und gleichzeitiger Angst erneut beim Arm: er muß die entscheidende Frage stellen, auch wenn es sich um ein Thema handelt, dem alle andern auszuweichen versuchen.

»Ouré, wie beseitigt Ordo uns, wenn es soweit ist?«

Ouré reagiert nicht, sondern scheint völlig geistesabwesend zu sein: »Er bestellt uns mit unserem *Di* auf die Krankenstation, nimmt die letzte Synchronisation vor, registriert die nun bedeutungslos gewordenen Namen und schläfert uns ein.«

»Und dann?«

»Dann befördert er den Körper an die Oberfläche, wo das Raumschiff ihn in Energie verwandelt. Es darf nichts verlorengehen.«

Allerdings scheint Ouré an etwas anderes zu denken, und als sie in ihr Zimmer gehen, hört Hilsh, wie er murmelt: »Wenn ich mich bloß erinnern könnte ...«

* * *

Es sieht aus, als seien die andern ein wenig überrascht, als sie erfahren, was im Skulpturenraum passiert ist, doch sie können Hilsh' Aufregung nicht begreifen: »Vielleicht ist die PAUSE-Taste defekt. *Di*Kheïry wird es überprüfen. Wenn mit Ordo irgend etwas nicht in Ordnung wäre, dann hätten sich die Notsysteme jedenfalls schon längst eingeschaltet.«

»Können diese Systeme nicht ebenfalls kaputtgehen?!«

»Es handelt sich um völlig unabhängige Schaltungen, die vollständig von Ordo getrennt sind.«

Ihr Vertrauen in die Maschinen treibt Hilsh zur Verzweiflung, aber er weiß nicht, welche Argumente er vorbringen soll: er kennt sich in diesem Bereich nicht gut genug aus; auch von Ouré, der abseits steht, ist keinerlei Hilfe zu erwarten. *Di*Kheïry soll die Tasten ruhig überprüfen, Hilsh ist sicher, daß sie voll funktionsfähig sind.

»Und diese Musik, findet ihr das normal?«

»Ähnliche Störungen sind bereits vorgekommen, aber Ordo hat sie jedesmal selbst wieder in Ordnung gebracht.«

»Diesmal braucht er dafür aber reichlich Zeit, findet ihr nicht?«

Unerwarteterweise lächelt Milès: »Das ist gar nicht so unangenehm. Außerdem funktionieren die wichtigsten Systeme nach wie vor reibungslos.«

Gar nicht so unangenehm! Tatsächlich scheinen sich mit der Zeit alle mit der Musik im Hintergrund abgefunden zu haben, die von nun an Ordos Stimme ständig begleitet. Hilsh hatte geglaubt, die Musik Lingus würde die andern an das Ende von dessen Geschlecht erinnern, also eine unangenehme Erinnerung in ihnen wachrufen. Aber es ist nicht mehr nur die Musik von Lingu, die man hört: es ist die von Ély, von Milès oder von Haupt; jeder kann sich in ihr wiedererkennen, es ist zu einer Art Spiel geworden. Eines Tages kommt Ouré freudig lächelnd aus der Kommandozentrale zurück: »Heute warst du fast die ganze Zeit über drauf. Eine andere Art und Weise eben, die Nacht zusammen zu verbringen…« Später sagt er zu ihm: »Weißt du, ich glaube nicht, daß es sich um eine Funktionsstörung handelt. Ordo dachte wohl, es würde uns freuen, und so hat er es von sich aus getan. Die Zeit vergeht jetzt tatsächlich schneller. Ordo ist wirklich eine außergewöhnliche Maschine: er spielt mit unserer Musik, das steht fest, und er begnügt sich nicht damit, sie unverändert wiederzugeben. Er mischt sie, setzt sie zu Sinfonien zusammen, und manchmal kann man gar nicht mehr erkennen, wessen Musik es ist. Er muß sogar welche dazuerfinden!«

Etwa zehn Tage später ist die Musik so sehr Teil des Alltags geworden, daß man ständig jemandem begegnet, der diese oder jene Melodie vor sich hin summt. Alle scheinen derart gelassen, derart entspannt zu sein, daß Hilsh allmählich an sich selbst zu zweifeln beginnt; er kommt sich lächerlich vor mit seinen Verdächtigungen und seinem Mißtrauen. Vielleicht ist es tatsächlich ein neues Programm Ordos, vielleicht dient es dazu, die Unruhe zu besänftigen, die die plötzliche Beseitigung sämtlicher Embryone ausgelöst hatte… Sogar die *Tris* sind ruhiger geworden und streiten sich nicht mehr bei der geringsten Kleinigkeit. Die Ausbildungs- und Synchronisationssitzungen verlaufen ohne Zwischenfälle, kein Murren mehr bei den Injektionen, keine Unzufriedenheit mehr nach den Sitzungen. Sie wachen auf und sind in allerbester Verfassung… Doch vielleicht hängt das mit der Synchronisation zusammen; sie ähneln mehr und mehr ihren *Dis*, sie werden erwachsen: sie ertragen die vom Helm ausgehende Konditionierung immer besser.

Eines Morgens, nach einer Sitzung, verweilt *Tri*Ouré etwas länger bei Hilsh als gewöhnlich: »Ich möchte dir etwas zeigen.«

Er nimmt Hilsh auf das Zimmer mit, das er seit kurzem mit *Di*Kheïry teilt – obwohl der Große Geburtstag noch nicht offiziell gefeiert wurde, sind die *Tris* nun über ihren fünfzehnten Zyklus hinaus und besitzen demnach sämtliche Rechte eines vollwertigen Besatzungsmitglieds: getrennte Zimmer und uneingeschränkte sexuelle Freiheit. *Tri*Ouré zieht ein Bündel großer Blätter aus einem Schrank.

»Diky hat mir geholfen, bei den Apparaten.«

Hilsh erkennt das Dekor wieder: es stellt eines von Ordos Lieblingshologrammen der letzten Zeit dar. Es spielt sich auf einem Planeten ab, zeigt einen blauen Himmel, grüne Bäume, Wiesen und Hügel. Im Vordergrund, neben einem komplizierten Fahrzeug, dessen Zweck Hilsh sich nicht erklären kann, obwohl es sehr detailliert dargestellt ist, erkennt er Kheïry: das Porträt ist sehr originalgetreu. Hinter Kheïry, auf dem Hügel im Hintergrund, ist eine Stadt abgebildet, die gerade gebaut wird.

Die anderen Zeichnungen zeigen ebenfalls, wie *Tri*Ouré sich die zukünftige Besiedlung vorstellt: Ély mit einer Herde weißer Tiere mit gekräuseltem Fell. »Schafe. Ély hat mir geholfen, sie zu zeichnen.« Vor einem Publikum, in dem Hilsh, inmitten lauter unbekannter Gesichter, die bestimmt von den Hologrammen übernommen wurden, die ganze Besatzung wiedererkennt, sitzt Ouré und spielt auf einem runden Saiteninstrument, das mit einem langen Griff ausgestattet ist. Fast alle, sowohl die *Dis* wie auch die *Prims,* haben *Tri*Ouré bei diesen Bildern geholfen (nur ihn hat *Tri*Ouré um nichts gebeten ...). Das leichte Stechen in der Brust weicht der Überraschung: Seit wann teilen die *Prims* und die *Dis* die Vergnügungen der Erwachsenen?!

Beim letzten Blatt hält Hilsh inne; es ist kein realistisches Bild, sondern es stellt eine Explosion von grellen Farben und üppigen Formen dar. Obschon es ganz angenehm anzuschauen ist, hat Hilsh das Gefühl, daß irgend etwas fehlt. Aber er kann nicht sagen, was es ist. Das Bild hat Rhythmus, eine gewisse Vitalität, aber …

»Was ist das?«

»Es ist Musik. *Di*Milès hat mir geholfen, für jeden Ton Farben und Formen zu programmieren.«

»Wessen Musik ist es?«

»Keine Ahnung. Ein Stück, das Ouré aufgezeichnet hat, weil es an niemanden erinnerte. Es besteht aus einer Art Hauptmotiv, das sich ständig wiederholt, wie ein Echo oder ein Luftwirbel, verstehst du? Später kommen von allen Seiten noch weitere Motive hinzu, die ins Hauptmotiv übergehen, sich verwandeln, aber nicht verschwinden. Sie gehen, kommen wieder, unterliegen ständigen Metamorphosen. Wie auch das Hauptmotiv, das man jedoch ständig wiedererkennen kann.« *Tri*Ouré betrachtet sein Werk mit kritischem Auge. »In Wirklichkeit ist es dauernd in Bewegung. Das hier ist bloß eine Momentaufnahme. Man müßte ein Hologramm realisieren, das auch diese Bewegung festhält. Ich habe es ›Der Mund des Weltraums‹ genannt. Ich finde, es sieht der Raumfähre ähnlich.«

»Der was?«

»Der Raumfähre. Oder dem Raumschiff, wenn du so willst. Wir finden, ›die Raumfähre‹ klingt hübscher.«

Als Hilsh am nächsten Morgen zum Frühstück das Eßzimmer betritt, ist noch keiner der *Tris* anwesend. Milès ist nicht da, weil er bestimmt bereits in die Kommandozentrale gegangen ist. Haupt kommt zu spät, macht jedoch keine Anstalten, sich zu beeilen. *Di*-Kheïry stürzt herein, wirft einen Blick auf die leeren Tische und wendet sich dann, fast widerwillig, an Hilsh: »Ist *Tri*Ouré nicht bei dir?«

Seine Eifersucht ist kaum zu überhören. Überrascht sieht Hilsh den schwarzen Riesen an: ist das wirklich der unerschütterliche *Di*Kheïry? »Nein, ich habe ihn seit gestern abend nicht mehr gesehen.«

»Er ist nirgendwo zu finden«, murmelt *Di*Kheïry mit

gesenktem Kopf. Plötzlich setzt er sich und reibt sich das Gesicht. »Die andern übrigens auch nicht.«

»Stimmt, sie haben sich verspätet.«

»Sie sind nicht auf ihren Zimmern. Ich dachte, sie seien hier.« Hilsh runzelt die Stirn: die Unterrichtsstunde wird bald beginnen. »Hast du überall nachgeschaut?«

»Ja.«

Haben sie sich etwa versteckt? Das kennt man gar nicht von ihnen. Außerdem wissen sie ganz genau, daß man sich innerhalb der Abteilungen nirgendwo verstecken kann: Ordos Augen und Ohren sind überall.

»Hast du Ordo gefragt?«

Man belästigt Ordo nicht mit persönlichen Problemen, und *Di*Kheïry zuckt die Achseln – doch diese Geste ist nur angedeutet, und die dunklen Augen scheinen Hilsh anzuflehen.

»Gleich fängt der Unterricht an«, sagt Hilsh besorgt, »vielleicht sind sie bereits im Studierzimmer.«

Er ist nicht wirklich überrascht, als er das leere Studierzimmer betritt; doch nun ist das nicht mehr *Di*-Kheïrys Problem, sondern seines. Wo die *Tris* sich auch immer versteckt haben mögen, falls sie sich versteckt haben, Ordo wird sie finden.

Doch als Haupt an seiner Stelle den Computer in der Kommandozentrale befragt, bekommt er keine Antwort: die vertraute Stimme ist völlig hinter der Musik verschwunden. Haupt schaltet das visuelle Programm ein und gibt die Frage über die Tastatur ein. Der Bildschirm flimmert und wird von Formen und Farben bedeckt, deren ständige Bewegungen den Rhythmen der Musik zu entsprechen scheinen.

Einen Moment lang machen sich Milès und sein *Di* an ihren Konsolen zu schaffen, doch kurz darauf drehen sie sich ratlos und verwirrt zu den andern um.

»Diesmal ist er wirklich defekt«, stellt Hilsh mit

einer Art düsterer Zufriedenheit fest, die ihn überrascht. *Di*Milès schüttelt den Kopf und zeigt auf die kleinen Kontrollschirme: »Alles funktioniert tadellos. Aber es gelingt uns nicht, die Interferenzen in den Stimmensynthesizern und den Videoschaltungen unter Kontrolle zu bringen.«

»Gibt es keine andere Möglichkeit, die *Tris* zu finden?«

Ohne zu antworten, betrachtet Milès seinen Bildschirm, und es ist Haupt, der schließlich sagt: »Wir müßten sämtliche Kapseln der Reihe nach absuchen.«

»Aber warum sollten sie sich versteckt haben?« murmelt *Di*Kheïry.

Und warum gibt Ordo gerade jetzt keine Antworten mehr? Doch niemand stellt diese Frage. Hilsh geht zu seiner Konsole, schaltet sie ein, ohne daß jemand reagiert, drückt auf die AUDIO-Taste, so daß die Kommandozentrale erneut von Musik erfüllt wird. Auf seinem ausgeschalteten Bildschirm beobachtet Hilsh die Spiegelbilder seiner Gefährten: Milès starrt immer noch auf die farbigen Bewegungen auf seinem eigenen Schirm; *Di*Haupt bewegt den Kopf kaum merklich im Rhythmus der Musik; *Di*Ély klimpert ohne große Überzeugung auf seiner Konsole herum. *Di*Kheïry indessen hat sich in seinen Sessel fallenlassen und starrt niedergeschlagen vor sich hin. Hilsh drückt auf AUFNAHME und sieht, wie die kleine Platte aus dem Schlitz gleitet. Er ist fest davon überzeugt, daß die farbigen Rhythmen auf dem Hauptschirm die Musik von *Tri*Ouré, von *Tri*Haupt, von *Tri*Ély und all den andern *Tris* ist.

Auf dem Weg ins Musikzimmer begegnet er Ouré. Müßte Ouré im Moment nicht schlafen? Schließlich hat er die Nacht in der Kommandozentrale verbracht. »Ich bin nicht müde.« Er sieht tatsächlich nicht müde aus; mit wenigen Worten setzt Hilsh ihn ins Bild. Doch das Verschwinden der *Tris* scheint seinen Freund keineswegs aus der Ruhe zu bringen: »Bestimmt haben sie sich im Raumschiff und nicht in den Kapseln versteckt.«

»Doch aus welchem Grund sollten sie sich verstecken? Und warum antwortet Ordo überhaupt nicht mehr?«

»Vielleicht will er uns testen. Vielleicht ist das Verschwinden der *Tris* Teil dieses Tests.«

Mit ohnmächtiger Verärgerung sieht Hilsh Ouré an: Begreift er denn nicht, was vor sich geht? Zuerst die Embryone, dann die *Tris*… Ordo ist dabei, seine menschliche Besatzung zu eliminieren. Doch gleichzeitig kommt Hilsh dieser Gedanke unwahrscheinlich vor: Warum sollte Ordo das tun? Und wenn er tatsächlich derart durchgedreht ist, warum haben sich dann die hochgelobten Notsysteme nicht eingeschaltet?

Wie aber lassen sich die jüngsten Vorfälle denn sonst erklären? Ein Test… welche Art von Test? Und weshalb?

»Kommst du mit mir ins Musikzimmer?«

»Warum nicht?«

Genau in dem Moment, da sie den Raum betreten, ertönt ein schrilles Pfeifen aus der Sprechanlage. Hilsh hebt die Hände, um sich die Ohren zuzuhalten, führt seine Bewegung jedoch nicht vollständig aus: wie Sägezähne dringt der Ton in seinen Kopf. Er fühlt sich zerfetzt, in zwei Teile gerissen, und zwischen den beiden Hälften seines Körpers versucht irgend etwas, ins Freie zu gelangen… Ein Befehl. Geh… in die Kommandozentrale?

Hilsh taumelt zum Ausgang des Raums und holt Ouré ein, der bereits umgekehrt ist und den Flur entlangläuft: »Ouré, wohin gehst du?«

Ouré antwortet nicht. Als er hinter ihm den Wohntrakt durchquert, sieht er die andern, Kheïry, Ély und sein *Di:* sie rennen in dieselbe Richtung wie Ouré und er.

Durch den schmerzhaften Nebel hindurch, der seinen Kopf füllt, zieht Hilsh Ouré am Arm und fragt ihn: »Was ist los?!« Ouré läuft weiter, als habe er nichts gehört und nichts gespürt. Sie erreichen die Kommandozentrale; die andern sitzen bereits vor ihren Konsolen und haben ihre Helme aufgesetzt: Helme, die robuster als die anderen Helme aussehen, die aus dem bauchigen Teil des Sessels zu kommen scheinen und ihnen vorne bis über die Augenbrauen und hinten bis in den Nacken reichen. Auf den noch leeren Sesseln liegen genau dieselben Helme. Mit schwindelerregender Geschwindigkeit ziehen Ziffern und Diagramme auf den Bildschirmen der Haupt und der Milès vorbei. Ihre Finger tippen so schnell auf den Tastaturen, daß man ihnen kaum folgen kann. Außer dem leisen Klicken der Tasten herrscht völlige Stille.

Ohne auch nur einen einzigen Augenblick lang zu zögern, nehmen Ouré und die andern in ihren Sesseln Platz; als sie den Helm aufsetzen, leuchten die Tasten der Klaviatur auf, und die Angaben beginnen so schnell über die Bildschirme zu flimmern, daß man sie nicht wirklich erkennen kann.

Hilsh bleibt in der Mitte des Raums stehen. Wie ein Magnet zieht sein leerer Sessel ihn an. Warum, warum? Das Pfeifen wird lauter, aufdringlicher, ein schwarzer Schleier senkt sich vor Hilsh' Augen, sein Kopf scheint zu zerspringen. Er spürt, daß er einen Schritt, dann zwei Schritte nach vorne tut; jetzt sitzt er im Sessel, der Helm umgibt seinen Kopf. Der Pfeifton verschwindet, wird jäh unterbrochen; ein Kältegefühl durchdringt Hilsh, das so intensiv ist, daß es ihm wie eine Verbrennung vorkommt. Er sieht, wie seine Hände sich auf die Tastatur legen; mit verblüffender Schnelligkeit tippen seine Finger eine Formel, die er nicht kennt, die ihm aber gleichzeitig vertraut vorkommt. Mit großer Geschwindigkeit flimmern bewegliche Diagramme, in dichte Kolonnen gedrängte Ziffern über seinen Hauptschirm und über die kleinen Hilfsschirme, und er sieht sie alle gleichzeitig, was doch unmöglich ist. Wie aus eigenem Antrieb tippen seine Finger weitere Formeln ein, und etwas in ihm ist zufrieden, bei jedem Diagramm, bei jeder Zahlenreihe hört er eine Stimme, die *Korrekt* sagt. In der Erziehungsabteilung ist alles korrekt. Die Schaltungen, die Programme, die Apparate der Erziehungsabteilung, die von Ordo abhängig sind, funktionieren tadellos.

Ordo.

Hilsh ist dabei, Ordos Funktionen in der Erziehungsabteilung zu prüfen.

Die plötzlich einsetzende, mit Angst vermischte Verwunderung läßt seine Hände auf der Tastatur fast innehalten: er kann das nicht! Er hat das noch nie getan, man hat es ihm nie beigebracht! Er versucht sich dem Druck zu widersetzen, sich gegen die Formeln, die sein Hirn bedrängen, zu wehren. Woher kommen sie? Erneut dieses Gefühl der Zerrissenheit, das zweigeteilte Bewußtsein und dieser unwiderstehliche Befehl, zu prüfen, *zu prüfen* ... Der Schmerz ist zu stark, Hilsh gibt auf, läßt zu, daß seine Hände ihr verrücktes Ballett fortsetzen. Er läßt zu, daß die Formeln sein Bewußtsein einnehmen, daß seine Augen alles, was auf den Bildschirmen vorbeizieht, zur gleichen Zeit wahrnehmen, er macht sich ganz klein in seinem eigenen Kopf und läßt den Fremden handeln, der nun seinen Körper bewohnt und der weiß, was er nicht begreift.

(Und irgendwo am Rande seines Bewußtseins wird dieses Gefühl der Leere, dieser Mangel immer deutlicher, so als suche die innere Stimme nach einem Echo, das nicht mehr da ist, so als hätte eine andere Stimme die Formeln mit seiner Stimme übernommen, so als würden andere Augen zur gleichen Zeit wie er die Bildschirme betrachten ... Der Sessel neben ihm ist leer: es ist der Sessel, in dem sein *Di* sitzen müßte.)

Nach und nach jedoch werden die Gesten des fremden Hilsh immer langsamer; er scheint zu zögern; gewisse Formeln scheinen in Nebel eingehüllt zu sein, manche werden sogar durch eine totale Leere ersetzt. Und aus diesen Löchern, die an die Spalten einer rissigen Mauer erinnern, steigt eine eindringliche Musik auf und breitet sich aus. Zunächst ist sie kaum wahrnehmbar, doch dann wird sie immer deutlicher. Wie Heilwasser, wie Balsam gleitet sie zwischen die auseinandergerissenen Hälften von Hilsh, und der Schmerz läßt nach, die Einsamkeit wird erträglicher, langsam vernarben die Ränder der Wunden... Jetzt ist es der Fremde, der Angst hat und der sich der Einheit widersetzt. Und auch Hilsh bekommt Angst: er weiß nicht mehr, wo und wer er ist, die Musik ist zu laut, auch er versucht nun, sich ihr zu widersetzen, doch die Musik reißt ihn mit sich fort. Die Ziffern und Diagramme scheinen die Rahmen der Bildschirme zu verlassen, oder aber es sind die Bildschirme, die breiter werden; ihre Ränder lösen sich auf, die Formeln und Ziffern sind jetzt weder in Hilsh' Hirn noch vor seinen Augen: er ist in ihnen.

Er rast durch einen breiten Landschaftstunnel, dessen obere Abgrenzung er nicht sehen kann, in dem es jedoch überall wimmelt von dreidimensionalen Bäumen mit labyrinthischen Verzweigungen, in denen Myriaden von Funken aufleuchten. Hilsh selbst ist einer dieser Funken, er weiß das, und trotzdem sieht er alles, als würde er außerhalb stehen. Blitzschnell, wie in einem Traum, durchquert er jeden Baum. Ohne Erstaunen erkennt er sie wieder, wie in einem Traum: es sind die elektronischen Schaltungen, die die Erziehungsabteilung bilden. Ein einziges Detail in diesem derart vertrauten Traum überrascht ihn: der Tunnel ist in rotes Licht getaucht. Oder genauer gesagt: jeder Baum scheint von einem scharlachroten Schatten überlagert zu sein. Je tiefer Hilsh in den Tunnel eindringt, desto greller wird die Farbe; an einigen Stellen jedoch sind ganze Baumteile vollkommen schwarz und stumm.

Hilsh gelangt an einen Ort, an dem ein ganzer Baum sich losgelöst hat, tot ist, ohne Funken. Hilsh' Neugier zieht ihn in diese Richtung; von Ast zu Ast steigt er hoch, und plötzlich gelangt er in einen riesigen Raum mit Eiswänden und streng geometrischen Linien. In diesem Raum herrscht große Stille; die sonst allgegenwärtige Musik scheint unterwegs irgendwo stehengeblieben zu sein. Im hinteren Teil des Raums, der in eine Art schwarzes Licht getaucht ist, steht ein großer Sessel. Und im Sessel sitzt eine Silhouette.

Hilsh hat Angst, doch gleichzeitig drängt seine Neugier ihn nach vorne. Die Silhouette bewegt sich nicht. Es ist ein Mensch; seine Arme ruhen auf den Lehnen, die geöffneten Hände hängen nach unten. Der Kopf liegt auf der rechten Schulter, er scheint zu schlafen.

Es ist Ordo, und er ist tot, denkt Hilsh voller Entsetzen und Furcht. Dennoch geht er weiter, und je mehr er sich der Silhouette nähert, um so deutlicher kann er den in sich zusammengesunkenen Körper erkennen: metallene Lichtreflexe spiegeln sich auf dem geneigten Gesicht, auf den Händen und Beinen, auf dem geschlechtslosen Unterleib. Es ist ein Roboter!

Eine tote Maschine. Doch wieso kann eine Maschine, die nie lebendig war, überhaupt sterben?

Hilsh geht noch näher heran, als eine Bewegung seine Aufmerksamkeit auf die rechte Hand des Roboters zieht, in der etwas Grünes auftaucht. Ein Baum. Ein kleiner Baum, der wächst und größer wird, während die Silhouette nach und nach verschwindet. Und dann ertönt in der Stille das Geräusch von Wasser, während aus der fast verschwundenen linken Hand des Roboters eine Quelle zu fließen beginnt. Der Baum nimmt den ganzen Raum ein, dessen Wände sich aufgelöst haben. Hilsh sieht, wie das frische, sprudelnde Wasser seine Füße umspielt. Er fragt sich, ob er naß werden wird; er hat das Gefühl, sich ausziehen, nackt sein zu müssen.

Dann taucht eine andere Silhouette vor dem Baum auf. Diesmal ist es ein Mann aus Fleisch und Blut, ein vollständiger Mann mit einem Geschlecht, und sein lächelndes Gesicht ist das Gesicht von Hilsh. Dennoch erkennt Hilsh sich nicht wirklich wieder: er ist anders, scheint größer, kräftiger und zu lebendig zu sein. Wird er angreifen? Hilsh weicht zurück. Mit einem Ausdruck von Trauer schaut der andere Hilsh ihn an und verschwindet.

Auch der Baum und die Quelle verschwinden. Hilsh befindet sich erneut im Tunnel, so als sei seine schwindelerregende Reise nie unterbrochen worden. Das rote Licht wird stärker, es scheint vom äußersten Ende des Tunnels zu kommen.

Kaum ist Hilsh sich dessen bewußt geworden, befindet er sich im Nu erneut außerhalb des Tunnels. Wo ist er jetzt, ist er überhaupt irgendwo? Das Licht ist Musik, umfassende Musik, die pocht wie ein Herz. Das Licht… Das Rote, das die Zweige der Bäume umgab, war Blut, das Blut des Raumschiffs. Das Raumschiff ist in sämtliche Schaltungen Ordos eingedrungen, das Raumschiff hat Ordo getötet.

Entsetzt hält Hilsh inne und hat das Gefühl, vor der roten Musik stehenzubleiben. Doch in einem Winkel seines Bewußtseins weiß er ganz genau, daß er sich im Innern des Raumschiffs befindet, im Innern der Musik. Dennoch *bleibt* er *stehen:* er will nicht weitergehen. Er weigert sich. Er will nicht wie das Raumschiff sein, er will sich von ihm unterscheiden, er will von ihm getrennt sein. Bei diesem Gedanken beruhigt er sich: so als sei er sicher, daß das Raumschiff ihm nichts anhaben kann, auch wenn er in ihm ist. Er nimmt sich die Zeit, der Musik zuzuhören, und obwohl sie gleichförmig rot zu sein scheint, bemerkt er unendlich kleine Variationen, Formen, die ständig in Bewegung sind.

Wie ein Luftwirbel, in den immer wieder Musikfetzen eindringen und aus dem unentwegt neue Töne herauskommen. In der Mitte des Luftwirbels, im Zentrum der Musik jedoch gibt es eine Leere, ein großes Loch ohne Farben. Irgend etwas fehlt dem Raumschiff. Die Energien des Weltalls reichen nicht aus, um seine Harmonien zu vervollständigen. Große, unvollendete Teile ohne Rhythmus und ohne Kraft treiben planlos umher. Und Hilsh spürt, wie er sie einsammeln und zusammensetzen könnte: es ist, als würde ein starkes Verlangen ihn anziehen, ihn zu sich rufen. Und irgend etwas in ihm treibt ihn auf den Luftwirbel zu. Zum erstenmal hört Hilsh seine eigene Musik, erkennt die Schwächen, die Blässe, die Transparenz, die Starre und die Kälte. Wie warm es im Zentrum des Luftwirbels sein muß, wie sehr die reiche Substanz des Raumschiffs Hilsh' unvollendete Musik mit Leben erfüllen könnte …

Unter dem Eindruck der verschiedenen Melodien beginnt Hilsh zu schwanken, doch der kleine, harte Kern der Verweigerung hindert ihn daran, auf das faszinierende Licht zuzugehen. Und als er versucht, die Musik nicht mehr zu hören, nimmt er plötzlich Variationen wahr. Einen nach dem andern erkennt er sie wieder: Haupt und sein *Di*, Kheïry und *Di*Kheïry, Milès, Ély, ihre *Dis* – sie sind alle da.

Nun, da er weiß, wie er vorgehen muß, fällt es Hilsh nicht mehr schwer, die musikalischen Formen der *Tris* deutlich herauszuhören. Sie sind näher am Herzen der Musik, er sieht, wie sich ihre glänzenden Motive im roten Hohlwirbel verlieren, wie sie verändert zurückkommen und trotzdem wiederzuerkennen sind, wie sie erneut fortgehen, von neuem wiederkommen … Es ist, als würde eine Hand ihnen Zeichen geben: »Kommt! Kommt!« Hilsh sieht, wie die klangvollen Flammen, die seine Gefährten sind, dem Luftwirbel entgegentanzen. Nein, nein! Er sieht Ouré und klammert sich, ohne die Hände und Arme zu gebrauchen, an den tönenden Rand, der Ouré ist. »Bleib!« schreit er stumm. Ourés Musik lächelt und sagt ihm singend, daß alles in Ordnung ist, daß er endlich seine Ruhe finden wird. »Aber du wirst verschwinden!« weint Hilsh.

»Nein.« Ourés Musik wird lauter, fröhlicher: »Endlich vollendet, endlich einzigartig sein!« Ourés Musik umgibt Hilsh, versucht, ihn mit sich fortzureißen. Doch Hilsh will nicht! Einzigartig sein, wie entsetzlich, wie schrecklich! Wie kann Ouré sich nur wünschen, allein zu sein? Verzweifelt klammert sich Hilsh an Ourés Musik, und trotz der Bemühungen der Flamme, ihm zu entkommen, hindert er sie daran, sich zu entfernen. Er vermischt seine Musik mit den leuchtenden, beweglichen Motiven, bremst deren Schwung, kreist sie ein, hält sie zurück. Ourés Musik wehrt sich, fleht Hilsh an, doch Hilsh will nichts davon hören, gibt nicht nach, widersteht der Anziehungskraft des Luftwirbels. Er sieht, wie sich die Funken der andern im roten Herzen verlieren, wie sie kreisend in den Bauch des Wirbels vordringen und darin verschwinden, verschlungen werden.

Die Musik des Raumschiffs wird lauter und bewegt sich sanft auf und ab, während sich der Luftwirbel ausweitet und ein Funkenregen aus ihm hervorschießt: vielfarbige Geysire, Sinfonien aus vibrierenden, triumphierenden und schrecklich schönen Regenbögen.

Ouré bewegt sich nicht mehr; seine Musik ist beinahe verstummt. Ihre Harmonien werden erstickt, Hilsh vernimmt den Schmerz und das Bedauern, doch er will nichts davon wissen. Er eilt in den Tunnel, wird von den Schreien der Farbe verfolgt. Er hält Ouré fest und flieht durch die elektronischen Bäume, durch die endlosen Verzweigungen von Ziffern und Formeln, die sie alle beide an die Oberfläche der flimmernden Bildschirme zurückführen. Farben und Formen tanzen vor Hilsh' Augen, er hört Musik, er hat seinen Körper wiedergefunden, er ist gerettet! Aus den Augenwinkeln sieht er Ourés reglosen, in seinem Sessel zusammengesunkenen Körper: es ist ihm gelungen, auch ihn zurückzubringen! Erleichterung überkommt ihn und raubt ihm seine letzte Kraft.

Plötzlich verstummt die Musik: der Helm verschwindet erneut in der Rückenlehne des Sessels. Auf dem Hauptschirm vor Hilsh leuchtet in regelmäßigen Abständen ein Bild auf. Eine Chromosomenkarte. Mit zitternder Hand drückt Hilsh auf die PAUSE-Taste, und das Bild steht still. Ja, er kann sich vage erinnern, daß er damit beschäftigt war, die Inkubatoren zu überprüfen, als das Raumschiff versuchte, sich seines Hirns zu bemächtigen.

Die Inkubatoren? Sie sind nicht an die Erziehungsabteilung angeschlossen ... Mit einer Leichtigkeit, die ihn erstaunt, findet Hilsh' Hirn sogleich eine Erklärung: ein Teil der genetischen Manipulationen, denen die Embryone der Klone unterworfen sind, haben zum Ziel, sie mit speziellen Lernfähigkeiten auszustatten. Folglich fallen sie doch in den Zuständigkeitsbereich der Erzieher. Da erworbene Eigenschaften nicht weitervererbt werden, muß die Konditionierung der Besatzung auf einer Grundlage geschehen, die für jede Generation von neuem geschaffen wird, weil die Synchronisation allein nicht genügt.

Bislang wußte Hilsh nicht, daß er auf dem Gebiet der Genetik und der Konditionierungsmethoden bereits über gewisse Kenntnisse verfügte ... Doch nun wird ihm plötzlich klar, daß in seinem Hirn jede Menge Informationen gespeichert sind: er hat die Informationen, die das Alarmsignal freisetzte, nicht vergessen! Die Inhalte der zweiten Konditionierungen sind jetzt Teil seines bewußten Gedächtnisses. Und daher weiß er, daß das nicht normal ist: nach dem Abschluß der Überprüfung seiner Abteilung hätte er alles wieder vergessen müssen.

Ouré bewegt sich ein wenig, seufzt, hält die Augen jedoch weiterhin geschlossen. Ein wenig besorgt dreht Hilsh seinen Sessel und beugt sich über ihn. Aber nein: er schläft. Hilsh sucht auf einem der Bildschirme nach der Uhrzeit. Zwölf Stunden, zwölf Stunden haben sie unter diesen Helmen verbracht! Kein Wunder, daß er sich derart schwach fühlt. Einen Augenblick lang betrachtet er das geliebte Gesicht, aus dem der Schlaf sämtliche Falten entfernt hat. »Wir überwachen Ordo«: es stimmt also... Doch Ouré wußte bestimmt nicht, auf welche Art... Das schrille Pfeifen, die automatischen Reaktionen der Besatzungsmitglieder – das alles ergibt ein nun vertrautes Gefüge: die Konditionierung. Eine Konditionierung, die zur gleichen Zeit wie alle andern vollzogen wurde – wie jene, die das Leben in den Raumschiffen erträglicher machen sollten –, doch sie entzog sich Ordos Wissen und war gründlicher. Das erste Notsystem, das sich im Falle einer Funktionsstörung Ordos einschalten soll, das ›autonome Seriensystem‹, das ist natürlich die Besatzung selbst! Die *Prims* und die *Dis*, die über die Helme miteinander verbunden und direkt an den Computer angeschlossen sind. Zweifellos ist das ihre einzig wahre Aufgabe, ihre Daseinsberechtigung schlechthin. Und das ist der Grund, weshalb in den Inkubatoren immer neue Klone der Menschen entstehen! Klone, die, ohne es zu wissen, als Ersatz für die Maschinen eingesetzt werden können!

Hin und her gerissen zwischen Kummer und Wut, berührt Hilsh Ourés Wange. Bei der Ausarbeitung der Besiedlungsmission war also alles genauestens eingeplant worden. Alles, nur nicht die Möglichkeit, daß das Weltraumtier erwacht und das Raumschiff seine Besatzung verschlingt, nachdem es die wichtigsten Computerschaltungen zerstört hat.

Einen Augenblick lang wandert Hilsh' Blick über die stummen Bilder, die vor den leeren Sesseln seiner Gefährten flimmern. Dann richtet er den Blick erneut auf seine eigene Konsole. Eine Chromosomenkarte ... Plötzlich verdeutlicht sich die Erinnerung. Hastig betätigt Hilsh die Tasten, woraufhin sich der Bildschirm in zwei Hälften teilt. Eine andere Karte taucht auf, ein bereits bekanntes Bild: ein Chromosomenpaar in einem roten Kreis.

Auch die Inkubatoren für beschleunigtes Wachstum scheinen defekt zu sein: sämtliche Embryone der neuen Klone sind ebenfalls Mutanten. Aus diesem Grund haben die genetischen Manipulationen, die auf die Ausbildung vorbereiten sollten, nicht stattgefunden.

Stirnrunzelnd betrachtet Hilsh seinen Schirm. Er kann jetzt Fragen stellen: Sämtliche Programme von Ordo, die die Benutzung der persönlichen Konsolen einschränkten, sind zur gleichen Zeit verschwunden wie das Hauptprogramm seiner Pseudo-Persönlichkeit. Es sind die Nebenprogramme, die antworten werden. Doch nur die von Hilsh' Abteilung – vorausgesetzt, sie sind der Meinung, daß die Fragen diese Abteilung tatsächlich betreffen. Hilsh überlegt einen Moment lang und beginnt zu tippen:

WARUM UNTERLIEGEN DIE EMBRYONE XX NICHT DEN GENETISCHEN MANIPULATIONEN DER VOR-AUSBILDUNG?

WEIL SIE NACH DER GESCHLECHTLICHEN POLARISATION SOFORT BESEITIGT WERDEN/

»Die geschlechtliche Polarisation« ... Das Programm scheint diese Mutation für einen ganz gewöhnlichen Vorgang zu halten.

AUS WELCHEM GRUND EIGNEN SIE SICH NICHT ZUR AUSBILDUNG?

SIE EIGNEN SICH SEHR WOHL ZUR AUSBILDUNG/

Wenn er jetzt fragt, wozu sie sich denn nicht eignen, wird der verfluchte Apparat bestimmt antworten, daß diese Frage nicht in seinen Zuständigkeitsbereich fällt. Er muß anders vorgehen.

GIBT ES SPEZIELLE AUSBILDUNGSPROGRAMME FÜR SIE?

NEIN/

WIRD ES IN DER ZUKÜNFTIGEN KOLONIE AUSZUBILDENDE MUTANTEN GEBEN?

WELCHE ART VON MUTANTEN?

WESEN MIT DEN CHROMOSOMEN XX.

SOLCHE WESEN SIND KEINE MUTANTEN/

Einen Augenblick lang ist Hilsh wie versteinert, dann tippt er die Frage noch einmal ein:

WIRD ES IN DER ZUKÜNFTIGEN KOLONIE AUSZUBILDENDE WESEN MIT DEN CHROMOSOMEN XX GEBEN?

JA/

WARUM GIBT ES SIE NICHT SCHON JETZT?

WEIL SIE NACH DER GESCHLECHTLICHEN POLARISATION SOFORT BESEITIGT WERDEN/

Ouré stößt einen tiefen Seufzer aus und richtet sich in seinem Sessel auf; Hilsh entfernt sich von der Konsole und beugt sich über ihn. Hat er ihn wirklich unversehrt zurückbringen können? Die braunen Augen schauen ihn zunächst überrascht, dann sehr traurig und vorwurfsvoll an. »Ach, Hilsh … Du hättest mich dalassen sollen«, murmelt Ouré mit heiserer Stimme.

»Dich dalassen?! Das Raumschiff wollte dich mit den andern zusammen verschlingen!«

Ouré schüttelt den Kopf: »Nein … es wollte … uns lediglich verändern.«

»Natürlich! Es wollte euch in Energie umwandeln, wie all jene, die es bereits eliminiert hat, wie die Lingu und die andern!«

Ouré hebt die Hand und läßt sie gleich wieder sinken. »Nein, nein, sie sind … lebendig, Hilsh! Du warst doch da, kannst du dich nicht mehr erinnern?«

Das einzige, woran Hilsh sich noch erinnern will, sind der unersättliche Luftwirbel und die Angst, die ihn angesichts der leuchtenden Musik ergriffen hat.

Ouré läßt sich in seinen Sessel sinken und schließt die Augen, während Hilsh ihn ängstlich beobachtet. Was hat er? Er ist … so anders. Und plötzlich weiß er, was es ist: Ouré lispelt nicht mehr.

»Aber ich wäre so gerne hingegangen, Hilsh. Ich wollte es wirklich. Erinnerst du dich nicht mehr?«

Hilsh erinnert sich. Doch es war das Raumschiff, das sich Ourés Willen bemächtigt hatte. *Einzigartig* sein, ja, er erinnert sich, aber das, was Ouré sagte, hat keinen Sinn. Auch in dem Moment hatte das Raumschiff ihn bereits konditioniert.

Als die braunen Augen sich erneut öffnen, erkennt Hilsh einen Schatten des Ouré von einst wieder: hinter dem Bedauern liegt eine spöttische Gelassenheit. »Nicht ich, sondern du, Hilsh, du bist konditioniert. Du bist ein Neuer.«

»Na und?!«

»Glaubst du etwa, daß die Reproduktion mittels Klonen normal ist, oder gar das Klonen selbst? Nach mehr als zwanzig Generationen müssen wir immer noch konditioniert werden, um das akzeptieren zu können. Zu Beginn eines Geschlechts, wenn es noch keinen *Prim* und keinen *Di* gibt, ist das noch viel wichtiger. Und genau davon hat die Raumfähre uns befreit. Bei dir hat sie versagt, weil du ein Neuer und noch stärker konditioniert bist als wir.«

Hilsh ist zusammengezuckt: »Wieso nennst du es so? Das Raumschiff … *die Raumfähre.* Warum?«

Einen Moment lang schaut Ouré ihn aufmerksam an, dann wendet er den Blick von ihm ab; warum dieser Ausdruck der Enttäuschung? »Die Raumfähre? Es ist ein Synonym. Mir gefällt dieser Name besser.«

Die Raumfähre. Gestern – war es eigentlich gestern? – *Tri*Ouré. Und jetzt …

DAS Raumschiff! DIE Raumfähre! Jetzt erinnert er sich an die Frage, die er Ordo gestellt hatte! Und möglicherweise hat der Computer seine ersten Klone beseitigt, um nicht auf diese Frage antworten zu müssen! Ist diese eigenartige Polarität denn wirklich so wichtig?

Polarität.

Hilsh eilt zu Élys Konsole. Vielleicht wird sie ihm nicht antworten, aber er muß es zumindest versuchen. So schnell er kann, tippt er:

WAS VERSTEHT MAN UNTER GESCHLECHTLICHER POLARITÄT?

DAS IST DIE UNTERSCHEIDUNG ZWISCHEN DEN MÄNNLICHEN UND DEN WEIBLICHEN EMBRYONEN BEI BISEXUELLEN WESEN/

WAS SIND BISEXUELLE WESEN?

WESEN, BEI DENEN DIE REPRODUKTION DANK DER KOMBINATION DES GENETISCHEN MATERIALS BEIDER ELTERNTEILE GEWÄHRLEISTET IST/

SIND DIE MENSCHEN BISEXUELLE WESEN?

JA/

Hilsh läßt sich in Élys Sessel sinken. *Er/Sie:* zwei Geschlechter? Aber warum … wie … Er versteht nichts!

Obschon Ouré wegen der ausführlichen Überprüfung noch sehr geschwächt ist, nähert er sich, indem er sich an den Sesseln festhält. Er beugt sich über die Tasten und tippt:

WARUM SIND DIE WEIBLICHEN EMBRYONE BESEITIGT WORDEN?

DIE FRAUEN ERTRAGEN DIE FÜR DAS LEBEN IN DEN RAUMSCHIFFEN ERFORDERLICHE KONDITIONIERUNG NICHT/ SÄMTLICHE VERSUCHE EINER GEMISCHTEN BESATZUNG SIND GESCHEITERT/

Ouré setzt sich in Haupts Sessel; völlig verwirrt schaut Hilsh ihn an. Er spürt, daß er begreifen, alles begreifen müßte, daß alles ihm verständlich sein müßte, doch er ist immer noch mit diesen Wortpaaren beschäftigt, die in seinem Kopf herumschwirren und außer ihrer Gegensätzlichkeit keinen Sinn ergeben: *er/sie, männlich/weiblich …*

»Das Raumschiff … die Fähre, ist es … weiblich?«

Ouré senkt den Kopf; sein Gesichtsausdruck verrät Hilsh, daß Ouré etwas weiß, wovon er selbst keine Ahnung hat. Stimmt es, daß er derart konditioniert ist, daß er nicht begreifen kann?

»Seit Generationen hat sie die weiblichen Embryone assimiliert, die zufällig bei den Hybriden oder in den neuen Geschlechtern geboren und von Ordo beseitigt wurden. Und als sie schließlich zu eigenem Bewußtsein gelangte, muß sie zunächst Zugang zu Ordos Geheimprogrammen gefunden haben, zu all diesen Nebenprogrammen, die mit der Existenz der Frauen zu tun haben: die Beseitigung der Embryone, unsere Konditionierung bezüglich der Sprache und der Sexualität …«

Die letzten Sätze Ourés hat Hilsh gar nicht mehr richtig gehört; er ist bei einem bestimmten Wort hängengeblieben, das ihm immer größer werdendes Entsetzen einflößt: *Bewußtsein*. Glaubt Ouré tatsächlich, das Raumschiff hätte ein *Bewußtsein*?! Es ist doch nur ein Tier, ein einfaches Tier! Sie können sich doch nicht im Innern von *jemandem* befinden! Die Raumfähre ist ein Tier, ein ausgehungertes Tier, das sich von seinen Passagieren ernähren will und mit animalischer Bosheit Köder auslegt, um seine Opfer anzulocken: die Musik, die Skulpturen … Ja, es ist ganz klar, daß Ouré ein Opfer dieser verführerischen Illusionen geworden ist!

Hilsh weiß, was ihm zu tun bleibt. Er erhebt sich und geht zur Hauptkonsole. Ein kurzes Angstgefühl läßt seine Hände über der Tastatur innehalten: Und wenn die Raumfähre auch diesen Teil der Computer kontrolliert? Aber nein, die persönlichen Konsolen haben normal geantwortet, als er ihnen Fragen stellte. Und außerdem muß dieses Programm an eine unabhängige Schaltung gekoppelt sein. Also beginnt Hilsh, den Notcode einzutippen.

»Hilsh, was tust du da?«

Ouré packt ihn am Arm, hält ihn zurück. Die unfertige Formel flimmert über den Bildschirm. »Das darfst du nicht tun, Hilsh! Sie braucht uns!«

Hilsh versucht sich loszureißen. Ouré ist völlig unzurechnungsfähig. Der erlittene Schock, die Müdigkeit... Dennoch läßt Ouré nicht los, es gelingt ihm sogar, Hilsh von der Konsole wegzudrängen und auf die AUDIO-Taste zu drücken: »Hör doch, Hilsh, hör hin!«

Erneut wird die Kommandozentrale von Musik erfüllt, von den stets von neuem beginnenden Melodien, die mit ergreifender Vertrautheit kommen und gehen, verschwinden und wiederkommen und beinahe Stimmen ähneln, einem schrillen, flehenden Hilferuf...

Mit der Faust schlägt Hilsh auf die STOP-Taste. Man darf sich diese Musik nicht anhören!

»Wovor hast du Angst, Hilsh?« schreit Ouré. »Du brauchst keine Angst zu haben. Jahrhundertelang hat man uns von uns selbst getrennt, wir waren nie etwas anderes als halbe Menschen, beschädigte Kopien! Dies ist unsere letzte Chance, endlich zu leben, Hilsh!«

Hilsh stößt ihn zur Seite und beginnt noch einmal mit dem Eintippen des Notcodes. Ouré stößt einen undeutlichen Schrei aus und läuft schwankend zum Ausgang.

Hilsh rennt ihm hinterher, doch wegen Ourés Schwung hat der Sessel sich zu drehen begonnen, so daß Hilsh dagegen stößt und zu Boden fällt. Als er den Flur endlich erreicht, sieht er nur noch, wie die Durchgangstür sich erneut schließt. Er schreit in die Sprechanlage: »Ouré, komm zurück!« Keine Antwort. Er muß warten, bis die Sequenz zu Ende ist, bevor er erneut die Öffnung der Durchgangstür befehlen kann. Völlig verängstigt verharrt Hilsh vor der Tafel. Endlich leuchtet das grüne Licht auf. Mit zitternden Händen drückt Hilsh auf die Tasten. Langsam, sehr langsam öffnet sich der Durchgang. Auf der anderen Seite zuckt die rote Fleischwand. Hilsh zögert, bevor er den Durchgang passiert, der sich hinter ihm sogleich wieder schließt. Vor ihm beginnt die Fleischwand sich allmählich zu öffnen. Hilsh nähert sich der Sprechanlage und ruft mit zugeschnürter Kehle noch einmal nach Ouré. Nichts. Und wenn ... wenn die Wand ihn verschlungen hat, vorhin, als er den Durchgang passierte?

Die Wände sind jetzt vollständig auseinandergerückt. Jemand steht im Flur, und es ist nicht Ouré. Es ist auch nicht Haupt, Kheïry oder *Tri*Ouré. Es ist ein Jugendlicher, der niemandem ähnelt. In seinem Innern zusammenzuckend, erkennt Hilsh ihn wieder: es ist das Kind aus seinem Traum. Es ist größer geworden. Falls es jetzt jemandem ähnlich sieht, dann dem fremden Mutanten, den der Holograph zeigte: die Muskeln seiner Brust sind ebenfalls übermäßig stark entwickelt und enden in einer braunen, spitzen Warze.

Und plötzlich sagt sich Hilsh, daß er träumt, daß er bestimmt träumt, und mit einem Mal empfindet er eine große Erleichterung: es ist alles nur ein Traum, aus dem er bald aufwachen wird, und dann wird Ouré ihn mit einem Lächeln empfangen. Da es sich bloß um einen Traum handelt, kann er es sich leisten, sich den Unbekannten genauer anzuschauen. Der Jugendliche strahlt eine gewisse Anmut aus; seine Taille ist schmal und biegsam, über den schlanken Beinen werden seine Hüften auf harmonische Weise breiter, alle Linien dieses eigenartigen Körpers verschmelzen auf sanfte, durchaus reizvolle Art miteinander und weisen eine Symmetrie auf, die sich auf subtile Weise von derjenigen der jugendlichen Körper unterscheidet, die Hilsh kennt; es gibt nicht diese Dreiteiligkeit des Geschlechts zwischen den Schenkeln, die der Dreiteiligkeit des Kopfes zwischen den Schultern entspricht, sondern es zeigt sich eine Art perfekte Symmetrie, die seltsamerweise befriedigend ist ... Weil er sicher ist, wie beim ersten Mal in einem Traum zu sein, fragt Hilsh beinahe lächelnd: »Wer bist du? Was willst du?«

»Ich bin die Raumfähre«, antwortet der Jugendliche, »komm.«

Es ist wie ein Sprung in eiskaltes Wasser. Im Nu kommt Hilsh zu sich. Er träumt nicht! Um ein Haar wäre er in die Falle gegangen! Er weicht zurück. Der andere streckt die Hand aus, um ihn zurückzuhalten, und folgt ihm zum Ausgang. Brutal schlägt Hilsh auf die Taste, mit der sich der Durchgang öffnen und schließen läßt; er wartet er weiß nicht worauf: vielleicht daß dieser Auswuchs der Raumfähre sich mit einem Schrei auflöst, daß sie verschwindet wie im Skulpturenraum oder daß sie tot umfällt, nachdem sie sich vom Fleisch, aus dem sie geboren wurde, getrennt hat. Doch die Kreatur bewegt sich nicht, leuchtet nur schwach inmitten der Metallwände des nun wieder geschlossenen Durchgangs. Ihre Umrisse lösen sich auf, und dann steht plötzlich erneut Ouré vor Hilsh. Ouré, der ihm hoffnungsvoll die Hand entgegenstreckt: »Hilsh… du mußt mit uns kommen. Wir leben, hab keine Angst, komm.«

Hilsh springt hinaus, rennt Richtung Kommandozentrale, betätigt die Verriegelung der Tür und lehnt sich, völlig außer Atem, mit dem Rücken dagegen. Eine Falle. Eine Falle. Ach, Ouré… Ist er wirklich zu den andern gegangen, in den gefräßigen Mund?

Es besteht eine Möglichkeit, es herauszufinden.

Langsam nimmt Hilsh vor dem Hauptschirm Platz. Er drückt auf die AUDIO-Taste. Er lauscht der Musik und befürchtet, in ihr…

Dann stellt er die schreckliche Musik wieder ab und läßt sich mit geschlossenen Augen tiefer in den Sessel sinken. Ouré, Ouré!

Nach langem, reglosem Verharren schaltet er erneut die Konsole an und gibt noch einmal den Notcode ein. In sämtlichen Kapseln scheint die erste Evakuierungsphase normal anzulaufen. Hilsh wundert sich darüber, ist verzweifelt. Wird die Raumfähre nichts unternehmen, um ihn daran zu hindern, daß er ihr entkommt? Doch die automatischen Schaltungen funktionieren, die Hilfsgeneratoren schalten sich ein. Alles ist bereit zur Evakuierung.

Jetzt muß Hilsh eine Entscheidung treffen. Der normale Ablauf der Notmaßnahmen beginnt mit dem Befehl an die Oberfläche, sich zu öffnen und die Kapseln freizugeben. Ist der Computer jedoch nicht in der Lage, diesen Befehl weiterzugeben, so greift man auf die einfachen elektrischen Schaltungen zurück, die die Befreiung der tödlichen Viren anordnen, welche die Oberfläche in wenigen Minuten zersetzen und auf diese Weise die Kapseln befreien, bevor sie schließlich den restlichen Organismus der Raumfähre angreifen.

Aber Ouré ... Ouré ist in der Raumfähre. Bestimmt ist er nicht mehr lebendig, nicht mehr bei Bewußtsein; er ist nicht mehr Ouré, sondern irgend etwas von ihm befindet sich im Fleisch der Raumfähre. Auch wenn es sinnlos ist, so kann Hilsh sich nicht entschließen, sie auf diese Weise zu zerstören. Außer wenn die erste Evakuierungsphase nicht durchgeführt wird.

Er gibt den Befehl ein und verfolgt besorgt die Antworten der Oberfläche auf den Kontrollschirmen. Die erwarteten Veränderungen finden sehr wohl statt; gehorsam öffnet sich das Fleisch der Raumfähre, um den Kapseln den Weg freizugeben. Hilsh lächelt gequält: ein Tier, ein dummes Tier. Und dieses Tier hat Ouré ihm vorgezogen ... aber, nein, Ouré war nicht Herr seiner selbst, es war nicht sein Fehler. Es war die Raumfähre.

Kapsel A. Die Kommandozentrale schwebt nun, von den Hilfsgeneratoren angetrieben, durch den Weltraum. Dann folgen der Wohntrakt, die Inkubatoren, die Kryogenikabteilung, in der die zukünftigen Siedler schlafen, die Kapseln, in denen sich die Ladung stapelt ... Sämtliche Kapseln schweben nun über der Haut der Raumfähre, die sich bald wieder zu schließen beginnen wird. Sie werden sich vom verlassenen Tier entfernen und sich zu einem Metallhaufen zusammenschließen, der seine Reise zum fernen Planeten fortsetzen wird.

Den er zweifellos niemals erreichen wird. Die Hilfsgeneratoren verfügen nicht einmal über halb soviel Antriebskraft wie die Raumfähre. Und die Haut der Oberfläche wird nicht mehr da sein, um die Kapseln zu schützen. Aber Hilsh ist wie betäubt. Hat er den unvermeidlichen Tod nur hinausgezögert? Und wenn schon! Zumindest hat er frei über sein Schicksal entschieden. Wenn er beseitigt werden muß, dann wird zumindest der gleichgültige und kalte Weltraum und nicht ein dummes Tier, über das seine Schöpfer die Kontrolle verloren haben, für seinen Tod verantwortlich sein.

Er müßte die Raumfähre zerstören. Er darf nicht zulassen, daß dieses Ungeheuer durch den Weltraum schwebt.

Aber Ouré …

Gegen seinen Willen drückt Hilsh' Finger auf die AUDIO-Taste. Die Musik erklingt, ein Gewitter aus vertrauten, vielversprechenden und flehenden Melodien. Und vor allen andern ist Ourés Stimme zu hören. Nein, nein, es ist eine Illusion, es ist eine Falle!

Dennoch bringt Hilsh die Musik nicht zum Schweigen. Er fühlt sich so schrecklich allein, verloren und unsicher. Und wenn Ouré doch recht hatte! Und wenn Hilsh' Konditionierung, seine Konditionierung als Neuer, ihn in die Flucht getrieben hat? Die Musik ist derart herzzerreißend, derart leidenschaftlich. Eine *Frau*? Was ist eine Frau? Die Raumfähre … warum hat sie sie freigelassen, ihn und Ouré, während sie sie bei der Überprüfung doch fest in der Hand hatte? Ouré hatte wirklich den Wunsch, mit den andern im Luftwirbel zu verschwinden, wie Hilsh sich jetzt, da er weit vom Raumschiff entfernt ist und Ouré für immer verloren hat, erinnern kann. Wie auch an den Wunsch, ins Zentrum der Musik vorzudringen, den er ebenfalls verspürt hatte.

So allein. Von nun an wird er so allein sein. Natürlich kann er in Zukunft so viele Klone herstellen, wie er will. Und weitere neue produzieren, wenn das sein Wunsch ist, oder noch einmal ganz von vorne beginnen. Bis irgendein Weltraumunfall die Kapseln zerstört.

Doch wozu?

Das Grollen und Jammern der Musik umgibt Hilsh, der ihr mit Unentschlossenheit zuhört und dabei kaum mehr die Ziffern und Signale erkennt, die ihn von den andern Kapseln erreichen. Die Musik hat sich verändert. Die menschlichen Motive sind leiser geworden und dem tönenden Luftwirbel gewichen, in dem Hilsh nun die Raumfähre erkennt. Er hört hin und ist überrascht: die Musik ist holprig, zögernd; einzelne Motive werden angedeutet, aber nicht ausgeführt, verstummen und lösen sich unvollständig auf, kommen wieder und scheitern von neuem …

Sie braucht uns, hatte Ouré gesagt.

Jetzt, da die Kapseln die Oberfläche verlassen haben … Der Computer wurde ihr regelrecht entrissen: ein ganzer Teil von ihr ging verloren. Die Fähre ist in Unordnung geraten. Hat sich aufgelöst.

Und ohne den Schutz der Oberfläche werden die kosmischen Strahlen bald auch die in den Kapseln verstreuten Computerteile zerstören.

Eine Symbiose.

Ist es das, was Ouré sagen wollte? Nein, er sprach nicht von den Computern, sondern nur von den Menschen. Aber wozu braucht die Raumfähre die Menschen, außer um sich von ihnen zu ernähren?

Eine Symbiose. Eine Symmetrie?

Können sie in der Fähre wirklich lebendig sein, Ouré und die andern – lebendig: bei Bewußtsein? Die

Raumfähre ist in der Lage, ihnen ihren Körper wiederzugeben, nachdem sie ihren Geist verändert hat… (ihren Geist von der Konditionierung befreit hat?).

Die Kreatur in der Durchgangskammer. Wenn sie Ouré gewesen wäre, anstatt sich als Raumfähre zu entpuppen, hätte Hilsh sie dann ohne weiteres für seinen Freund gehalten? Warum hat sich die Raumfähre auf diese Weise zu erkennen gegeben? In der Gestalt Ourés hätte sie bei ihm bleiben, ihn überzeugen oder ihn gewaltsam mit sich fortreißen können. Ist dieser taktische Fehler auf die Dummheit eines Tieres zurückzuführen? Oder war es gar kein Fehler, sondern die bewußte Tat eines… menschlichen Bewußtseins, das nicht lügen wollte, das ihn freiwillig auf sich zukommen sehen wollte?

Menschlich. Doch wie könnte die Fähre jemals menschlich sein!?

Ihr Bewußtsein wurde von Ordo und den Menschen programmiert…

Doch sie kann kein *Bewußtsein* haben!

Mit einem Mal ist Hilsh von der Heftigkeit seiner Ablehnung überrascht. Doch warum eigentlich nicht? Warum sollte das Bewußtsein einzig und allein Zweibeinern vorbehalten sein, die sich ›Menschen‹ nennen? Menschen, die ohne Schutz und ohne die Raumschiffe nicht einmal durch das Weltall reisen können. Während sie, die Raumfähre, dieses gewaltige Sternentier, dem Weltraum völlig rechtmäßig gehört; das All ist ihr Reich, dort haben sich die Organismen entwickelt, die sich die Menschen geholt haben, um sie in biologische Raumschiffe zu verwandeln. Warum also sollte nicht auch sie, die einzige legitime Bewohnerin des Weltraums, ein Bewußtsein haben? Eine Symbiose, eine Symmetrie: das auf den Planeten entwickelte Bewußtsein und das aus dem Weltraum geborene Bewußtsein…

Warum Angst haben vor diesem Neugeborenen, das

weint, ja, das in der Dunkelheit weint? Lange, sehr lange lauscht Hilsh der ungezügelten Musik. Dann gibt er eine Frage ein:

GIBT ES EINEN WIEDEREINGLIEDERUNGSPROZESS DER KAPSELN IN DIE OBERFLÄCHE?

JA/

WIE LAUTET IHR CODE?

In leuchtenden Buchstaben erscheint die Formel auf dem Bildschirm.

Reglos und mit gerunzelter Stirn starrt Hilsh vor sich hin; dann beugt er sich vor und schaltet das externe Überwachungsprogramm ein.

Auf dem großen Hauptschirm leuchtet das Weltall auf, ein samtiges, mit leuchtenden Funken übersätes Schwarz und in dessen Vordergrund die von einem Lichterkranz umgebene Raumfähre. Sie unterscheidet sich nicht wirklich vom Weltraum: ihr beweglicher Glanz wird schwächer und löst sich nach und nach in der Dunkelheit auf, während leuchtende Scheinfüßchen den Staubpartikeln und den umhertreibenden Strahlen nachjagen und wieder verschwinden. Es ist ein vielfarbiges Schillern mit dem Weltall als Hintergrund, und es ist das erste Mal, daß Hilsh die Raumfähre vollständig von außen sieht. Endlich hat sie ihren Platz gefunden, ein Stern unter Sternen. Sie ist ... schön.

Hilsh' Finger ruhen auf der Tastatur. Auf den Kontrollschirmen beginnen die geometrischen Blöcke der Kapseln langsam auf den leuchtenden Bogen der Raumfähre zuzuschweben; und die Fähre öffnet sich, um sie in sich aufzunehmen.

Michael K. Iwoleit

DIE ENDZEITKINDER

I

Pascal begegnete der Frau zum erstenmal an einem Herbstabend, als er am Fuß der Sturmkulissen saß und die Menschen kommen und gehen sah, die das Dämmerlicht nach einem unerträglich heißen Tag in die Parks und Gärten der Universität lockte. Er hielt sich oft, gelegentlich bis tief in die Nacht hier auf. Ein Zufall war diese Begegnung dennoch nicht. Vorausgegangen war ihr ein Gespräch mit dem Psychologen Laisser, der sich vergeblich darum bemühte, Pascal in ein geregeltes Leben zurückzuhelfen. Immer wieder bat er ihn unter Vorwänden auf seine Station und ließ im Laufe anfangs unverfänglicher Gespräche seine Sorge um ihn durchscheinen. Pascal hatte sich daran gewöhnt und betrachtete seine Besuche als nicht mehr denn höfliche Gesten, die dazu dienten, eine im Abflachen begriffene Freundschaft pro forma aufrechtzuerhalten.

Auch an diesem Abend erschien er nach Beendigung seines vierstündigen Dienstes im psychiatrischen Trakt der Universität und ließ sich von einem Krankenpfleger die Tür zu Laissers Station aufschließen. Der Anblick der Patienten, die rechts und links des Korridors hinter Glasscheiben an ihren Regeneratoren lagen, machte ihn wie stets beklommen. Er hatte sich mit Laisser oft über die Symptome ihrer Zeitkrankheit unterhalten. Nicht nur die medizinischen Befunde erweckten den Eindruck, als habe sich ihre Eigenzeit durch den zu langen Aufenthalt in den Äquatorialzonen verlangsamt. Wenn sie unter den Beatmungszelten überhaupt Bewegungen vollführten, geschah dies so langsam, daß es mit bloßem Auge kaum verfolgt werden konnte. Laisser hegte allerdings die Vermutung, daß sie, an ihrem eigenen Zeitmaßstab gemessen, noch verhältnismäßig rege waren. Aber was in ihnen vorging, wie sie ihr Dasein hinter der Zeitschranke erlebten – daran versagte jede Spekulation.

Pascal wagte hier, in dieser betäubenden, fast tödlichen Stille, kaum einen Fuß vor den anderen zu setzen. So sehr er seine Gedanken mit den medizinischen Aspekten ihrer Krankheit abzulenken versuchte, rückten ihm diese Menschen unangenehm nahe, weil ihr Zustand ihm etwas über sein eigenes Befinden vor Augen führte. Deshalb atmete er fast vor Erleichterung auf, als am Ende des Gangs eine Tür aufschwang und eine junge Frau in weißem Kittel und mit unordentlich hochgestecktem Haar auf ihn zugeeilt kam.

»Dr. Pascal?« fragte sie.

Er nickte bloß.

»Sie müssen entschuldigen, Dr. Laisser ist gleich hier. Wenn Sie noch warten können …«

»Kein Problem«, log er, nur um ihr freundliches Lächeln genießen zu können, das für ihn mehr Gewicht hatte als ihre offenkundige Gehetztheit und Nervosität.

Einige Minuten ging er unsicher auf und ab, ehe ihm der junge Mann auffiel, der sich unter einem der Zelte unerwartet flink hin- und herzuwinden begann. Pascal trat näher an die Trennscheibe und versuchte einen Blick auf die Monitore zu werfen, die die Körperfunktionen überwachten. Der Herzschlag des Jungen beschleunigte sich zusehends. Die Werte auf den LCD-Anzeigen, die den physiologischen Zeitmaßstab angaben, deuteten auf einen jener Anfälle hin, in deren Verlauf sich ein Patient wieder dem normalen Zeitverlauf anglich. Pascal wurde zum erstenmal selbst Zeuge eines solchen Vorgangs. Die Umstellung bedeutete für den Betroffenen nicht eben einen heilsamen Prozeß. Sie war mit starken körperlichen Belastungen verbunden, die bis zu einem Kreislaufzusammenbruch reichen konnten. Dementsprechend heftig fielen die Reaktionen des Jungen aus.

Binnen Sekunden hatte sich sein Zustand zu einem Anfall von Raserei gesteigert. Die Riemen, mit denen er festgeschnallt war, konnten ihn kaum mehr halten. Pascal spürte sein Herz pochen und blickte hilflos den Korridor auf und ab. Bis auf das tiefkehlige Stöhnen des Patienten und das Piepsen eines Überwachungsgeräts, die gedämpft durch die Trennscheibe klangen, blieb es still. Pascal drückte wie gegen einen starken inneren Widerstand die Klinke hinunter und trat in den Behandlungsraum.

Weiter tat er nichts. Bisher hatte er nur einige weniger stark betroffene Flüchtlinge aus den Äquatorialzonen behandelt. Mit den hier verwendeten Geräten kannte er sich nicht aus. Er hatte seit Jahren seine berufliche Fortbildung vernachlässigt, und nicht einmal seine Grundkenntnisse oder seine Intuition gaben ihm Fingerzeige, was jetzt zu tun war. Krisenmomente raubten ihm die letzte Spur an Initiative.

Als endlich Laisser, verschwitzt, unrasiert und mit schweißglänzender Stirn, in den Raum kam, einige Krankenschwestern und -pfleger in seinem Gefolge, rührte er sich noch immer nicht. Er konnte nur den Jungen anstarren, der verzweifelt in seinen Fesseln zappelte. Sie hielten ihn nieder, injizierten ihm etwas und Minuten vergingen, ehe sein sonnenverbrannter Körper sich wieder beruhigte.

Laisser stand schließlich bei den Geräten und hielt ein Stück Papier in den Händen, das der Drucker eben ausgeworfen hatte.

»Eine Beschleunigung um achtzig Prozent«,

brummte er. »In wenigen Minuten nur. Das haben wir noch nicht gehabt. Wir sollten die Regeneratoren runterstellen. Offenbar war's bei dem hier ein wenig zu schnell.«

»Denken Sie daran, daß wir keine Zeit haben«, bemerkte eine der Schwestern. »Wir wissen noch nicht, wie viele Patienten wir in den nächsten Monaten behandeln müssen.«

Laisser starrte ins Leere und schnaufte. »Ich weiß. Aber ich will nicht zuviel riskieren.« Er knäulte den Zettel zusammen und warf ihn quer durchs Zimmer in einen Abfalleimer. »Sagen wir eine Erhöhung um dreißig Prozent. Der Zeitverlust hält sich dann noch in Grenzen. Möglicherweise können wir ihm auch so helfen.«

Er ließ Pascal aus seiner Starre aufschrecken, indem er ihm eine Hand auf die Schulter legte.

»Grüß dich. Tut mir leid, daß du dir das ansehen mußtest. Ich glaube, wir gehen besser nach unten.«

Pascal nickte und folgte ihm in den Korridor. Vor der Tür zog Laisser einen schweren Schlüsselbund aus dem Kittel. Als die geschlossene Abteilung hinter ihnen lag, fühlte Pascal einen Druck von seiner Brust weichen. Er trat ans nächste offene Fenster und atmete tief durch. Die Abendsonne über dem Campus warf lange Schatten auf den Rasen und die Gehwege. Die thermischen Winde begannen abzuflauen. Erste Spaziergänger schlenderten unter den Bäumen des Parks entlang.

»Ich glaube, du hattest recht«, sagte Laisser. »Vielleicht ist das wirklich kein passender Ort, um sich zu treffen.«

Sie gingen ins Erdgeschoß, zogen sich an einem Automaten zwei Becher Kaffee und nahmen an einem Tisch in der verwaisten Cafeteria Platz.

»Kommt das häufig vor?« fragte Pascal.

Laisser sah unbewegt zum Fenster hinaus, als habe

er ihn nicht gehört, und nippte an seinem Kaffee. Der Widerschein des Abendrots hob sein Gesicht aus der dämmrigen Umgebung.

»Es ist eine Folge unserer Therapie«, sagte er. »Wir versuchen ihren biologischen Rhythmus durch Manipulationen von Kreislauf und Körperchemie allmählich wieder dem herkömmlichen Zeitmaßstab anzugleichen. Leider müssen wir viel improvisieren, manchmal ohne eingehende Tests vorher. Deshalb ereignen sich immer wieder solche gefährlichen Durchbrüche. Ich wünschte, ich hätte mehr Zeit.«

»Wieviel noch?« fragte Pascal.

Laisser lachte ausdruckslos. »Das wüßte ich auch gern«, sagte er. »Vielleicht hätte ich dann einen Anhaltspunkt, wie lang das noch weitergeht. Ich habe seit vier Wochen nicht mehr zu Hause geschlafen. Und leider habe ich wenig Hoffnung, daß die Lage sich bessert. Seit wir in die Evakuierungsprogramme einbezogen wurden, gab's von oben nur noch Vertröstungen und wenig Hilfe. Inzwischen meinen auch unsere Leute, wir sollten die Flüchtlinge einfach lassen, wo sie sind. Aber das kennst du sicher. Wie lang arbeitest du noch?«

»Vier Stunden«, murmelte Pascal.

»Nur die leichteren Fälle?«

Pascal nickte. Sein Kollege sah ihn mit geneigtem Kopf an.

»Dann erfährst du vielleicht zu wenig davon«, sagte er. »Inzwischen sind die Äquatorialzonen nahezu vollständig evakuiert. Es herrschen dort höllische Temperaturen. Am Amazonas wurden schon 77° gemessen. Die Flüsse sind ausgetrocknet und die Urwälder verdorrt oder verbrannt. Trotzdem sollen in einigen unzugänglichen gemäßigteren Gebieten noch Menschen leben. Eine Expedition hat von Mißgeburten der einstigen Siedler berichtet. Bei ihnen habe eine Zeitverlangsamung stattgefunden, die sich mit derjenigen unserer Patienten nicht vergleichen läßt. Offensichtlich beginnt nun auch die Tierwelt die Toten Zonen zurückzuerobern. Es sind Mutanten beobachtet worden, die über hochgestellte Hautfalten und ähnliche Umbildungen zur Verringerung der Körpertemperatur verfügen. Ich hoffe, wir erhalten bald Material darüber.«

Pascals Blick war über die Wiesen vor dem Gebäude abgeirrt. Er schien nicht zuzuhören.

»Hast du meinen Ratschlag nicht befolgt?« fragte Laisser laut. Pascal schreckte hoch und schüttelte den Kopf. Sein Haar fiel ihm wirr ins Gesicht.

»Äh ... was?«

»Du benutzt immer noch den Regenerator«, stellte Laisser fest. »Allmählich solltest du wirklich wieder zur herkömmlichen Ernährung übergehen. Das Gerät kann nicht all deine Körperfunktionen kontrollieren. Schließlich hängst du täglich nur fünfzehn Minuten dran. He, hörst du mir überhaupt zu?«

Pascal nickte und rieb sich die Augen. Laisser seufzte.

»Hör zu«, fuhr er schließlich fort. »Ich sagte dir schon am Telefon, daß ich nicht viel Zeit habe. Begleitest du mich zum Parkplatz? Ich erzähle dir unterwegs, worum es geht.«

Pascal nickte nur. Sie tranken rasch ihren Kaffee aus und standen auf.

Sie verließen den Seitentrakt der medizinischen Fakultät durch den nördlichen Ausgang, der auf den Rasen zwischen den Klinikgebäuden und Personalparkplätzen hinausführte. Das Gras, feucht vom Nieselregen, glitzerte im Licht der tiefstehenden Sonne. Der allabendliche Wärmeregen hatte eingesetzt.

»Die Frau ist vor wenigen Wochen bei mir eingeliefert worden«, begann Laisser. »Es wußte keiner so recht, was passiert war. Ein Verkehrsunfall oder so. Und weil niemand etwas aus ihr herausbekommen hat, landete sie bei mir. Ich erfuhr bisher nicht viel über sie, gerade ihren Namen und ihr Alter, denn nach zwei Tagen konnte sie wieder aus der Klinik entlassen werden. Unter normalen Umständen hätte ich einen hysterischen Anfall diagnostiziert, eine Stressreaktion, irgend so etwas. Man hat ja oft mit solchen Leuten zu tun. Nach einem Anfall benehmen sie sich wieder ganz normal. Aber bei dieser Frau war es anders. Nicht daß sie besonders gefährdet wäre. Was mich beunruhigt, hatte überhaupt nichts mit ihrem Anfall zu tun. Sie ist – ich weiß nicht, wie ich es sagen soll – sie ist zumindest ein sehr eigenartiger Mensch.«

Er hüpfte über eine Pfütze hinweg und schwieg, bis er in einen gemessenen Schritt zurückgefunden hatte.

»Sie hat mir nicht viel von sich verraten. Konzentrationsschwächen, Müdigkeit, die üblichen Dinge. Sie ließ sich nur schwer ein Wort entlocken und blieb unverbindlich bei allem, was sie sagte. Aber sie kann ihre Eigentümlichkeiten nicht verbergen. Du müßtest sie selbst sehen. Es ist schwer zu beschreiben.«

»Versuch's wenigstens mal.« Pascals Tonfall verriet, daß sein Interesse nur gespielt war. Laisser wurde ihm immer lästiger, vor allem wenn er mit einem Anliegen an ihn herantrat. Aber er empfand es schon als zu mühsam, ihn einfach abzuweisen.

Laisser verzog das Gesicht.

»Sie ist ein Mensch ohne Identität«, sagte er. »Alles, was sie tut, wie sie es tut, wie sie redet – das alles wirkt so perfekt, daß man den Eindruck hat, man unterhielte sich mit einer Maschine. Sie ist … wie das Muster eines Menschen, nicht wie ein Individuum. Ich konnte keinen Zugang zu ihr finden.«

»Und wozu brauchst du mich?«

»Warte noch einen Moment. Da ist noch etwas.« Sie passierten eine Reihe dünner Bäume und scherten vom Kiesweg in die Straße ein, die zum Parkplatz führte. Der Regen wurde stärker. »Ich habe nachgeforscht und einige alte Beziehungen beansprucht, um herauszufinden, wer sie ist. Nun ist mir vieles klarer. Hast du schon einmal vom Lake-Weary-Projekt gehört?«

»Von Lake Weary schon. Aber von einem Projekt?«

»Es hätte mich gewundert. Die Sache fand unter Ausschluß der Öffentlichkeit statt. Vor fünfzehn Jahren wurde am Lake Weary ein genetisches Institut eröffnet, in dem zum erstenmal erfolgreiche Cloning-Versuche mit menschlichen Zellen durchgeführt wurden. Von den Absichten und Interessen, die hinter dem Projekt standen, ist mir wenig bekannt, das Ergebnis dieser Experimente waren jedenfalls sechs genetisch völlig identische Kinder, ohne Vater, ohne Mutter, ohne Identität. Aus irgendeinem Grund wurde das Institut geschlossen, kaum daß die Kinder selbständig lebensfähig waren.«

Aus unerfindlichen Gründen weckte der Bericht in Pascal einige unangenehme Assoziationen. Er dachte an die Verlautbarungen der Regierung, der zunehmenden Ausbreitung von Erbkrankheiten, Mißgeburten und ähnlichem Herr werden zu wollen, an all die täglichen Anzeichen eines neuen Rassismus. Er knöpfte seinen Hemdkragen enger und sah seinen Kollegen mit verschleierten Augen an. »Und was geschah mit den Kindern? Ist sie eine davon?«

Laisser zuckte die Achseln. »Ich weiß es nicht. Wenn ja, dann ist sie die einzige, die noch lebt. Soweit zu erfahren war, begingen alle anderen Selbstmord, kurz nachdem man sie ins normale Leben eingewöhnt hatte.«

Sie erreichten den fast leeren Parkplatz und waren mit wenigen Schritten bei Laissers Wagen. »Ich hätte die Geschichte nicht geglaubt, wäre ich der Frau nicht selbst begegnet. Ich weiß noch nicht, wie ich vorgehen soll. Vielleicht kannst du mir helfen.«

Pascal schob die Hände in die Hosentaschen und

lehnte sich an den Wagen. »Wieso gerade ich? Was kann ich schon für sie tun?«

»Du wirst es mir nicht glauben, aber gerade du scheinst mir sehr viel für sie tun zu können.« Laisser ließ die Autoschlüssel aus der einen Hand in die andere wechseln. »Am besten beobachtest du sie erst einmal. Ich bin mir sicher, daß dir mehr auffallen wird als mir. Sie ist abends oft bei den Sturmkulissen zu finden. Ich habe sie dort gelegentlich gesehen. Sie wird dir sicher sofort auffallen. Sie heißt Scylla. Mehr brauchst du nicht zu wissen.«

Pascal schüttelte den Kopf. »Was soll das alles? Ich verstehe nicht ...«

Laisser seufzte. »Komm mir doch bitte einmal entgegen. Tu mir den Gefallen und sieh sie dir wenigstens an. Dann können wir uns weiter unterhalten.« Er öffnete die Tür. »Ich erwarte nicht unbedingt, daß du eine Liebesbeziehung mit ihr eingehst. Im Moment vertraut sie niemandem, aber sie braucht Hilfe. Vielleicht weiß sie nicht einmal, was Vertrauen ist. Ich könnte mir vorstellen, daß du sie besser verstehst als ich.«

Bevor Laisser den Motor anließ, beugte er sich aus dem Fenster und sagte: »Übrigens gibt es noch einen anderen Grund, weshalb Lake Weary für dich interessant werden könnte.«

Pascal trat ans Seitenfenster.

»Nach der Schließung des genetischen Instituts sind die ehemaligen Institutsgebäude in ein ökologisches Forschungszentrum umgewandelt worden. Das lag nahe, weil das Gebiet um Lake Weary als eines der ersten von den klimatischen Umwälzungen betroffen wurde. Sie suchen noch Mitarbeiter, vor allem erfahrene Mediziner. Vielleicht wäre das etwas für dich. Du wolltest doch schon immer weg von hier.«

»Ich lasse es mir durch den Kopf gehen.«

Laisser drehte den Zündschlüssel.

»Wir hören voneinander.«

Als der Motor aufheulte, trat Pascal einige Meter zurück. Laisser hob die Hand zum Gruß und lenkte den Wagen auf die Straße.

Pascal stand noch einige Minuten grübelnd da, ehe der Regen zu einem heftigen Guß anschwoll und er mit eingezogenem Kopf unter das Vordach des nächsten Gebäudes flüchtete. Während er im lauen Abendwind abwartete, fragte er sich, was Laisser bezweckt haben mochte. Auch später fand er darauf keine befriedigende Antwort. Im Nachhinein mußte er Laisser allerdings zugestehen, daß es ihm gelungen war, ihn damit vorübergehend aus seiner Lethargie zu reißen.

Wenig später, als der Regen abzuflauen begann, begab er sich zurück zum Unterkunftsgebäude. Er begegnete ganzen Scharen von abendlichen Spaziergängern. Gleich würden die Geschäfte und Lokale öffnen. Es war bereits nach acht.

Die Sturmkulissen erhoben sich auf einer Lichtung unweit des Strandabschnitts, von wo aus die Eisbildner ihre Skulpturen aufs Meer hinaustreiben ließen. Die hohen Tonquader waren in Form eines Sechsecks angeordnet und wurde mit Beginn der Dämmerung von einer Reihe von Scheinwerfern beleuchtet, so daß die Lichtung auch tief in der Nacht noch in hellem Licht erstrahlte. Pascal saß, wann immer er Zeit hatte, auf einer der Bänke an den Innenseiten der Kulissen. Dabei konnte er stundenlang auf die oberen Kanten der Kulissen starren, die die thermischen Winde bereits um einige Meter abgetragen hatten.

Wenn er am Rande des Parks entlangging, der den Campus säumte, konnte er die Kulissen über den blühenden Baumkronen aufragen sehen. Der Staub, den der Wind von ihnen abschliff, mischte sich mit den umhergewehten Pollen der Bäume und wurde in dichten Wolken über die Lichtungen und Wiesen getrieben. Dies war zumeist alles, was Pascal bei Tage von seiner Umgebung wahrnahm. Wenn er über den Kiesweg ging, der ihn vom Unterkunftsgebäude zur Medizinischen Fakultät führte, vergrub er beide Hände in den Hosentaschen und achtete auf den Boden, der förmlich unter seinen Sohlen glühte, so wenig wie auf den Wind, der heiß und trocken an seiner Kleidung zerrte. Nur gelegentlich blieb er stehen, um sich Staub und Pollen aus den Augen zu wischen, und dabei sah er kurz zu den Sturmkulissen hinüber. Wenn er endlich das Klinikgebäude erreichte, war er von Kopf bis Fuß in einen purpurnen Schleier gehüllt.

Nach Dienstschluß begab er sich oft schon vor Einbruch der Dämmerung zu den Kulissen, ganz gleich, ob er sich damit dem Wärmeregen aussetzte. Dort verbrachte er viele Stunden, indem er einfach so dasaß, manchmal auch damit, daß er ohne Interesse die anderen Menschen beobachtete, die es wie ihn jeden Abend hierher zog. So auch heute.

Er saß wie üblich allein auf einer der Bänke. Daß er hier noch nie Kontakte geknüpft hatte, berührte ihn wenig. Die Beine übereinandergeschlagen, die Arme auf der Rückenlehne der Bank, blickte er durch die Lücken, die zwischen den einzelnen Kulissen blieben, auf die Lichtung hinaus. Gelegentlich blieb sein Blick an einer der Frauen hängen, die er früher anziehend gefunden hätte, aber heute übten sie keinen echten Reiz mehr auf ihn aus. Wenn sie ihn bemerkten, sah er weg. Er war nicht darauf aus, hier jemanden kennenzulernen. Damals hatten die Schönheit und die Reize einer jungen Frau für ihn eine symbolische Bedeutung gehabt, die in direktem Zusammenhang mit den Sturmkulissen stand. Die Sonnenjünger, die in vielen Städten solche Skulpturen errichtet hatten, hingen dem Glauben an, daß es mit der Menschheit vorbei sei, wenn die thermischen Winde die letzte Kulisse abgetragen hätten. Auch wenn Pascal nicht zu ihren Anhängern zählte, hatte dieser Glaube für ihn etwas Beunruhigendes an sich, weil er die Macht der Entropie in seinem eigenen Leben nachvollziehen konnte. Aber er konnte in den Frauen, wie er sie einmal bewundert hatte, keinen Gegenpol mehr zu dieser Macht erkennen, keine blühende Lebendigkeit, die ihn hätte erfrischen können.

Als die Sonne hinter den Baumkronen untergegangen war und nur noch schwaches Rotlicht das Geäst durchdrang, versammelten sich zusehends mehr Besucher auf der Lichtung. Während mit dem Abflauen der Winde Staub und Pollen als ein rostroter Teppich auf die Wiese niedersanken, blieben die Menschen stehen, um zu den Kulissen aufzuschauen, spazierten um sie herum und nahmen auf den Bänken Platz. Pascal hielt nach Scylla Ausschau.

Einige Bänke weiter saß ein junger Mann, der nur gelegentlich hinter der Zeitung hervorlugte, in der er las. Er hatte sich so zurechtgerückt, daß er von einem der Scheinwerfer wie von einem Spot beleuchtet wurde. Die fettgedruckte Schlagzeile auf der Titelseite des Blattes hielte Pascals Blick für einen Moment fest:

ÖLKRIEG IN DER NORDSEE

Wen interessiert das noch? dachte Pascal. Es hatte schon etwas Anachronistisches an sich, daß jemand im Schatten der Sturmkulissen Zeitung las. Pascals Blick war schon weitergewandert, als eine große und kräftig gebaute Frau in Jeans und unter der Brust verknotetem Hemd auf die Bank zuging, dem Jungen die Zeitung wegriß und seine verdutzte Miene mit lautem Lachen quittierte. Es klang so energisch, daß auch andere Besucher erschrocken hinsahen und Pascal sich angewidert abwandte.

Er betrachtete nachdenklich die anderen Menschen, die den von den Sturmkulissen eingegrenzten Rastplatz bevölkerten. Er sah nur wenige Frauen, die für einen Moment seine Aufmerksamkeit fesseln konnten. Am ehesten traf dies auf eine Dunkelhaarige zu, die ihm gegenüber allein auf einer Bank saß. Sie beobachtete angespannt das Paar. Trotz der Wärme saß sie steif und hochgeschlossen da. Ihr helles Kleid bildete einen Kontrast zu dem Haar und den tiefbraunen Augen, kalten, regungslosen Augen, die nie zu blinzeln schienen. Pascal überlegte, daß sie den Andeutungen von Laisser sehr nahe kam.

Verstohlen sah er zu dem Paar hinüber. Der Mann sprach gedämpft und wischte sich immer wieder mit dem Ärmel Schweiß von der Stirn. Die junge Frau lachte fortwährend. Sie schlug die Beine übereinander und knöpfte ihr Hemd noch etwas weiter auf, als wollte sie ihn provozieren.

Die dunkelhaarige Frau sah dem ohne ein Wimpernzucken zu. Um so erstaunter war Pascal, als sie wenig später selbst ihr Kleid ein Stück weit aufknöpfte und den Ansatz einer geradezu unnatürlich glatten und wohlgeformten Brust enthüllte. Ihre Bewegungen waren dabei beherrscht und so kontrolliert, als seien sie ein Leben lang eingeübt worden.

Erst jetzt kam Pascal zu Bewußtsein, daß sie auf beunruhigende Weise schön war. Und im selben Moment begriff er, was Laisser an ihr irritiert hatte. Ihre ebenmäßigen Gesichtszüge und die vollendeten Formen ihres Körpers erweckten den Eindruck, sie sei am Reißbrett entworfen worden. Zugleich strahlte sie keinen Funken jener natürlichen Unbekümmertheit und Gelöstheit aus, die Pascal einst an jungen Frauen so fasziniert hatte.

Mit Schaudern dachte Pascal an das genetische Institut am Lake Weary und an alles, was damit zusammenhing, und zweifelte nicht mehr daran, daß er Scylla vor sich hatte. Es konnte nicht anders sein.

Als das Paar neben Pascal sich erhob und zwischen den Sturmkulissen davonging, stand auch Scylla auf

und folgte ihnen in gemessenem Abstand. Mit ihren langen Beinen konnte sie unauffällig Schritt halten. Pascal war so gebannt von ihrem Anblick, daß er fast versäumte, ihr seinerseits zu folgen. Sie schien jeden Muskel, jedes Gramm Fleisch an ihrem Körper bewußt zu kontrollieren. Ihre Schritte, die beinahe mathematische Präzision ihrer Hüftbewegungen, die einer aufreizenden Gelöstheit völlig widersprachen, hatten etwas Gespenstisches an sich.

In dem Durchgang zwischen zwei Kulissen blieb sie kurz im Gegenlicht eines Scheinwerfers stehen. Dabei zeichnete sich ihre Silhouette wie der Umriß einer Statue unter dem Kleid ab. Bevor sie hinter einer Kulisse verschwunden war, war Pascal auf den Beinen und ging ihr nach.

Das Paar verschwand gerade Arm in Arm über einen der Kieswege, die sich zwischen den Bäumen zum Strand hinabwanden. Scyllas Interesse an ihnen schien größer zu werden. Sie lief nun etwas rascher, und Pascal hatte Mühe, mit ihr Schritt zu halten.

Inzwischen war es fast völlig Nacht. Die Scheinwerfer warfen von jedem Passanten ein Dutzend Schatten auf das pollenüberpuderte Gras. Da und dort lagen junge Leute auf dem Rasen, die Arme hinter dem Kopf verschränkt, und blickten zu den Kulissen empor. Mit einem Blick über die Schulter sah Pascal, wie gerade der Mond über den Rand eines der Tonquader aufstieg. Das kalte Licht schimmerte auf der Wiese und den Betonfundamenten.

Von überall her kamen und gingen Menschen, so daß Scylla ihn nicht bemerkte, als sie nebeneinander unter die Bäume des Parks traten. Ihr Blick war starr nach vorn gerichtet. Pascal bemerkte, daß niemand sie anrempelte, obwohl das abendliche Gedränge beträchtlich war. In den Gesichtern mancher Passanten, die ihnen entgegenkamen, glaubte er eine Spur von Unbehagen beim Anblick dieser Frau zu erkennen.

Zehn Minuten später, nach einem eiligen Marsch über den düsteren Parkweg, mischte sich unter die harzigen Gerüche der Bäume und Sträucher Meeresduft. Bald lichtete sich der Baumbestand, und Scylla blieb auf dem Kamm der Böschung stehen, um im lebhaften Treiben am Strand das Paar zu suchen. Pascal ging rechter Hand ein Stück weiter und beobachtete sie aus dem Schutz eines Baumes.

Über dem Meereshorizont färbte die Sonne den Himmel noch rötlich. Die thermischen Winde, zu so später Stunde kaum mehr spürbar, bliesen salzige Luft über die Köpfe der Menge, die sich am Wasser um die Generatoren der Eisbildner geschart hatten. Scylla hatte das Paar offenbar aus den Augen verloren. Es schien ihr aber gleichgültig zu sein. Sie beobachtete aufmerksam die Männer, die auf die im Mondlicht glitzernden Metallgehäuse der Eisgeneratoren kletterten, um etwas in die Menge zu rufen. Es war von hier aus nicht zu verstehen. Nach einer Weile ging Scylla weiter. Es bereitete ihr keine Mühe, durch das Gedränge des vornehmlich jungen, legeren Publikums voranzukommen.

Als Pascal sich endlich bis zu einem der Eisgeneratoren durchgedrängt hatte, stieß die Maschine gerade einen runden Eisblock aus. Der halbnackte Mann, der eben auf dem Gehäuse herumgeklettert war, machte sich sofort mit einem Eisschnitzer an die Arbeit, aus dem Block ein vergängliches Kunstwerk zu formen. Es war lange her, seit Pascal zuletzt einer solchen Vorführung beigewohnt hatte.

Scylla an seiner Seite verharrte reglos. Ihren Zügen war keine Bewegung anzusehen. Unter ihrem aufmerksamen Blick schuf der Eisbildner innerhalb weniger Minuten eine Skulptur, die einem überdimensionalen Schneekristall glich. Das ornamentale Gebilde hatte an den Seiten neben unzähligen Nischen und Furchen auch zwei Einbuchtungen, die Platz für Passagiere boten. Als der Künstler schließlich zurücktrat und mit einer Geste andeutete, sein Werk sei vollendet, wurde ihm verhalten applaudiert. Selbst Scylla schlug einige Male die Hände ineinander, aber sichtlich ohne Anteilnahme.

»Bevor wir es auf die Reise schicken, benötigen wir zwei Gäste, die mit hinausfahren«, rief der Eisbildner und strich sich mit der Hand das Haar aus dem Gesicht. »Wer traut sich?«

Unter gelindem Beifall trat ein schmächtiger Junge aus der Menge hervor. Der Eisbildner schüttelte ihm die Hand. Als er nach einem belanglosen Wortwechsel weitere Zuschauer zur Teilnahme aufforderte, folgte Scylla dem Beispiel des Jungen.

Die Schaulustigen klatschten, verfielen aber gleich in betretenes Schweigen. Selbst der redegewandte Eisbildner hatte Mühe, dieser Frau gegenüber Worte zu finden. Scylla reichte ihm wortlos die Hand und schien nicht zu bemerken, wie sie von allen Seiten angestarrt wurde. Sie war gut zwei Köpfe größer als der Künstler und hatte in der Passagierzelle der Eisskulptur kaum genug Platz. Sie ließ den Jungen zuerst in seine Einbuchtung kriechen und beobachtete ihn dabei mit unverminderter Konzentration.

Pascal wußte nicht, wie er ihr Verhalten einschätzen sollte. Der Gedanke beunruhigte ihn, daß gelegentlich Passagiere ertranken, wenn die Eisflöße auf dem Weg zum Horizont zerschmolzen. Sie gingen das Risiko in einer seltsamen Lebensverachtung ein, die den Zuschauern hier offenbar selbstverständlich erschien. Wenn die Kälte ihre Körper so weit geschwächt hatte, daß sie nicht mehr schwimmen konnten, fand sich meist niemand, der etwas zu ihrer Rettung unternahm. Pascal zweifelte daran, ob sich Scylla dessen bewußt war.

Als der Eisbildner schließlich auch ihr in ihre Zelle geholfen hatte, schob er mit Hilfe einiger Freiwilliger die Skulptur ins Wasser. Inzwischen waren auch die anderen Künstler fertig. In Abständen von einigen Dutzend Metern warteten die Eisskulpturen darauf, ins Meer entlassen zu werden. Pascal gelang es, sich bis in die vorderste Reihe zu drängen. Schulter an Schulter mit anderen Schaulustigen fieberte er der Wasserung entgegen.

Die Strömung war an diesem Abend günstig, so daß die Männer und Frauen nur ein kurzes Stück mit hochgekrempelten Hosenbeinen ins Wasser waten mußten, um das Eisfloß in den Sog zu schieben. Als es soweit war, verstummte das leise Murmeln der Menge. Tausende junger Menschen standen nah am Meer und sahen auf den mondbeschienenen Wasserspiegel hinaus, über den langsam vier übergroße Schneekristalle dem Horizont entgegentrieben.

Wenig später teilte sich neben Pascal die Menge, um einem Sturmorchestriker Platz zu machen, der gerade seine Apparaturen den Strand hinabrollte. Die Schallwandler glichen großen gewölbten Spiegeln, als der Musiker sie von der Konsole seines Instruments hochklappte. Pascal kannte den Mann, der schließlich hinter den Manualen Platz nahm, von früher. Es hatte Jahre gegeben, in denen er beinahe jeden Abend die Konzerte der Sturmorchestriker besuchte. Inzwischen stieß ihn das Spektakel eher ab.

Mit einem Blick den Strand hinauf bemerkte er, daß mittlerweile auch andere Schallwandler an ihre Positionen befördert worden waren. Auf dem Kamm der Böschung stand ein Generatorwagen, von dem Kabelbündel zwischen den Besuchern den Strand hinabliefen. Die Musiker verständigten sich mit einigen Lichtsignalen, woraufhin es völlig still wurde.

In dem Schweigen glaubte Pascal sein Herz laut pochen zu hören. Es verging eine Zeit, ehe vom Meer her die ersten zaghaften Töne erklangen. Die thermischen Winde erzeugten sie, indem sie durch die Gänge und

Hohlräume im Innern der Eisskulpturen bliesen. Das hohe Singen mußte jedoch erst ein gewisses Volumen erreicht haben, ehe die Orchestriker es als Ausgangsmaterial für ihre Improvisationen verwenden konnten. Es dauerte oft Stunden, bis die Winde über dem Meer dazu die entsprechende Stärke erreicht hatten.

Die Menge wartete so geduldig wie die Sturmorchestriker, die gebeugt hinter ihren elektronischen Instrumenten saßen. Alle Blicke waren aufs Meer hinaus gerichtet. Niemand sprach ein Wort. Pascal schaute über die unzähligen Köpfe hinweg und hatte das Gefühl, er befände sich unter einer Ansammlung lebloser Statuen.

Draußen auf dem Meer spiegelte sich der Mond zwischen den Eisflößen. Sie mochten nun schon einen Kilometer entfernt sein. Die gläsernen Töne, die sie erzeugten, überlagerten sich zu einem Akkord und blieben weiterhin sehr leise. Dennoch glaubte Pascal, einige ungewohnte Obertöne zu hören. Auch der Musiker, den Pascal von seinem Standort aus beobachten konnte, mußte etwas bemerkt haben. Bald färbten sich seine Züge mit einem Anflug von Erstaunen.

Die Zeit blieb förmlich stehen, als die Eisskulpturen sich so weit entfernt hatten, daß nicht mehr auszumachen war, ob sie weitertrieben oder bereits zu schmelzen anfingen. Ringsum regte sich nichts. Die statischen Klänge schwebten über dem Auditorium wie eine physisch ertastbare Struktur.

Pascal sah in diesen Minuten und Stunden die Schleier zwischen Vergangenheit und Gegenwart von seinen Augen genommen. Die heiteren Stunden, als er in Begleitung von Freunden und Kollegen die Sturmkulissen und den Strand besucht hatte, waren nun so nah und greifbar wie seine Sorge um eine Frau, die er heute das erste Mal gesehen hatte. Sein Denken setzte aus. Das Bild des überfüllten Strandes, der Eisflöße nah am Horizont, der Orchestriker hinter den Schallwandlern schloß jeden bewußten Moment seines Lebens in sich ein.

Endlich geschah etwas. Es kam so plötzlich, daß Pascal keinen Übergang bemerkte. Aus dem Akkord der Eisskulpturen löste sich ein einzelner Ton, der bis an die Hörgrenze hinaufheulte. Es setzte sich als Summen in den Hinterköpfen der Zuschauer fest. Pascal schreckte diese Entwicklung aus der Trance, in der alle übrigen Zuschauer noch verharrten. Er sah neben sich den Sturmorchestriker behutsam in die Tasten greifen.

Die Hohlantennen der Schallwandler fingen den Ton auf, formten ihn um und schickten ihn übers Meer zurück, wo die Resonanz die Schwingungen in den Eisflößen beeinflußte. Die Eisskulpturen fingen an zu schwanken. Unter die vibrierenden Klänge mischten sich klagende Laute. Die Orchestriker reagierten mit einer leichten, beruhigenden Melodie. Bald darauf griffen sich auch die anderen Musiker ihre Töne aus dem Klanggemisch heraus und gestalteten die ersten zaghaften Rhythmen.

Die Menge schien von der Musik in eine stumme, doch körperlich spürbare Ekstase versetzt zu werden. Pascal jedoch achtete nur auf diesen einen ungewöhnlichen Ton. Er hatte an Volumen gewonnen und war von einer kalten Präzision, die der Orchestriker nicht mit Gefühl erfüllen konnte. Pascal sah einmal zu dem konzentriert an seinen Manualen und Schaltern hantierenden Mann hinüber und bemerkte, daß ihm Schweiß auf die Stirn trat.

Das allmähliche Crescendo konnte das Zeitgefühl seiner Zuschauer so betäuben, daß niemand merkte, wieviel Zeit für den Aufbau einer einzelnen Klangfolge verstrich. Nah am Horizont wurden die thermischen Winde stärker, und mit ihnen wurden die Klänge der Eisflöße schärfer, wie es immer geschah, wenn der Schmelzprozeß einsetzte. Die Gebilde am

Horizont waren sichtlich geschrumpft. Sie schimmerten silbrig im Mondlicht.

Die Sturmorchestriker bewiesen mit ihren kunstvollen Klangcollagen, daß sie perfekt aufeinander eingespielt waren. Der Musiker in Pascals Nähe gab zumeist die Motive vor, die die anderen drei aufgriffen und mit Rhythmen unterlegten. Inzwischen spielten sie so laut, daß man es bis zum Campus hören mußte. Doch etwas störte die Harmonie. Es waren nicht die gelegentlichen Schreie vom Horizont, sondern die Starre dieses einen Tons, den die Orchestriker nicht in den Griff bekamen. Er wollte sich nicht in die gefühlvoll improvisierte Symphonie einfügen, folgte einem eigenen verborgenen Plan.

Die Eisskulpturen schmolzen dahin, die Klangkaskaden wurden greller. Der führende Orchestriker spielte aggressivere Tonfolgen. Er steigerte sich in ein schmerzvolles Stakkato, das die Zuhörer aus ihrer Trance aufschreckte. Ein Gesicht nach dem anderen verzog sich gequält, als die Töne zu Lärm entarteten. Die Musiker ließen sich jedoch nicht beirren. Nach anfänglichem Zögern lenkten die anderen drei in den Stil ihres Vorspielers ein.

Pascal hatte dergleichen noch nie erlebt. Er achtete weniger auf die Menschen, die sich in zunehmendem Abscheu vom Strand zurückzogen, sondern vor allem auf die Gestalten, die der Wind inzwischen aus der Eisumhüllung der Skulpturen geschmolzen hatte und die vom Strand aus gerade noch als dunkle Flecken zu erkennen waren.

Nach einer halben Stunde befand er sich fast allein am Strand. Die meisten Besucher waren über den Hang verschwunden. Doch die Sturmorchestriker spielten weiter, auch wenn das Klangmaterial inzwischen nur noch aus einem rauhen Pfeifen bestand. Die Eisflöße waren zu flachen Scheiben zerschmolzen. Von den Passagieren war nur noch eine Gestalt zu erkennen. Sie stand aufrecht, in ein helles Kleid gehüllt, auf einem der Gebilde, die eine Gegenströmung wieder an den Strand zurücktrieb.

Es war keine hundert Meter mehr vom Ufer entfernt, und der Lärm war zu einem orkanartigen Tosen angeschwollen, da brach die Frau plötzlich zusammen, und im selben Moment stob ein Funkenschweif aus der Konsole des Schallwandlers neben Pascal. Der Orchestriker schrie auf, und das Konzert endete mit einem knisternden Donnerschlag. Pascal sah nur noch die Frau in den Fluten treiben, ihr Haar in den Wellen wie ein Bündel Tang. Etwas trieb ihn vorwärts, er riß sich sein Hemd über den Kopf und sprang ins Meer, um den bewußtlosen Körper an Land zu holen.

Als er, Scylla in den Armen, den feuchten Sand hinaufstapfte, hatten die Musiker ihre schwelenden Instrumente zurückgelassen. Der Generatorwagen auf der Anhöhe war verschwunden. Pascal wußte nicht, woher er die Kraft und den Willen nahm, die Frau in sein Quartier zu bringen. Auf dem Weg durch den düsteren Park, vorbei an den Sturmkulissen, begegnete er niemandem. Sonst bis zum frühen Morgen belebte Treffpunkte und Spazierwege waren wie ausgestorben. Pascal wollte nicht glauben, daß die Frau in seinen Armen daran schuld war.

Pascal erwachte um die Mittagszeit. Wieder hatte er von den Eiswüsten des Nordpolargebiets geträumt. Vor seinem inneren Auge sah er noch den unberührten Schnee im Licht der Mitternachtssonne glänzen. Die echte Sonne indes brannte heiß auf seiner Haut. Zwei Fensterflügel standen weit offen, und die thermischen Winde bliesen ins Zimmer. Die Sonne stand fast im Zenit über den wiegenden Baumkronen.

Er wälzte sich nackt von der Liege und suchte auf dem Boden nach Karton und Zeichenstift. Mit beiden Händen wühlte er durch Stapel unvollendeter Skizzen.

Als er auf allen vieren bis in eine schattige Ecke des Raums gekrochen war, fand er endlich die Utensilien. An die Wand gelehnt versuchte er das verblassende Bild aus seinem Traum auf Papier festzuhalten. Aber wieder gelang es ihm nicht.

Er ließ die Hände sinken und schloß die Augen, als der Wind eine Wolke Ton- und Pollenstaub hereinblies. An manchen Stellen war Pascals Schlafzimmereinrichtung bereits von einer dicken Schicht des klebrigen Pulvers bedeckt. Er rappelte sich auf und stapfte über die Papierhaufen ins Wohnzimmer.

Mit einem Stirnrunzeln betrachtete er das große Panoramafoto, das im Schatten über der Bar hing, von einem Streifen Sonnenlicht geschnitten. Pascal hatte ein solches Porträt der unter Schnee begrabenen Landschaft bis heute nicht fertiggebracht. Sein Talent – oder das, was ihm davon geblieben war – versagte vor dieser Herausforderung.

Draußen rauschten die thermischen Winde in den Baumkronen. Pascal trat ans Fenster und sah hinaus. Die Fußwege und Rastplätze zwischen den Bäumen des Parks waren menschenleer. Pollenstaub löste sich von den Zweigen und wirbelte in rosigen Wolken über den Campus. Pascal blickte zur Sonne auf, obwohl das Licht ihm in den Augen schmerzte, und verfluchte sich im selben Moment dafür.

Mit gesenktem Kopf drehte er sich um und betrachtete die schwarzlackierte Konsole seines Regenerators. Die Einstichwunden an seinem Unterarm brannten wie in Vorerwartung, als er das Gerät einschaltete. Laissers Ratschläge kümmerten ihn nicht. Die intravenöse Ernährung und Blutauffrischung kam seinen Bedürfnissen zu sehr entgegen. Er legte die Kontaktschale um seinen linken Arm und ließ sich aufs Sofa niedersinken. Das Eindringen der haarfeinen Nadeln spürte er schon nicht mehr.

Während das Gerät sein Blut geräuschlos mit frischen Nährstoffen anreicherte, warf er einen Blick auf die Fotos und Zeitungsausschnitte, die die Pinnwand gegenüber bedeckten. Die jüngsten Aufnahmen waren acht Jahre alt und zeigten ihn als gepflegten jungen Mann im Kreise seiner Freunde, Studienkollegen und Professoren, Arm in Arm mit hübschen Frauen, von denen es keiner gelungen war, ihn in ein dauerhaftes Verhältnis einzubinden. Heute lagen ihm diese Tage so fern wie ein früheres Leben, erfüllten ihn die Schlagzeilen der Zeitungsartikel, in denen sein Name als der eines hoffnungsvollen jungen Arztes genannt wurde, eher mit Scham denn mit Stolz.

Die tägliche Behandlung war nicht ganz beendet, da hörte er ein Poltern aus dem Gästezimmer. Erst da fiel ihm ein, daß eine Fremde in seiner Wohnung war. Vom vergangenen Abend hatte er nur einige verwaschene Eindrücke zurückbehalten. Wie er die Frau hergeschafft und was er mit ihr angestellt hatte, wußte er nicht mehr.

Pascal ließ eine Minute in der Hoffnung verstreichen, er habe sich etwas eingebildet, und Scylla schliefe noch, doch seine Unentschlossenheit weckte in ihm Gewissensbisse. Er suchte in dem Durcheinander von Büchern und Kleidungsstücken auf dem Boden nach einer Hose und einem Hemd. Als er etwas Passendes gefunden hatte, entledigte er sich der Kontaktschale und zog sich an.

Der Flur empfing ihn mit schattiger Kühle, und Pascal sah nicht genau, wo er hintrat. Nach wenigen Schritten stolperte er über das Gehäuse einer auseinandergenommenen Digitaluhr und fiel zu Boden. Vor Schmerzen stöhnend, machte er keine Anstalten, sich wieder aufzurappeln, drehte sich bloß auf den Rücken. Dabei fiel sein Blick auf das Ölgemälde, das am Ende des Korridors noch vom Sonnenschein beleuchtet wurde. Es zeigte einen weiblichen Akt, den Pascal vor Jahren auf die Leinwand gebracht hatte.

Auf den Brüsten und Hüften der gemalten Frau glänzten einige feuchte Flecken. Verdutzt stand Pascal auf und untersuchte diese Spuren genauer. Offenbar hatte jemand die Leinwand vorsichtig betastet. Er grübelte noch, was er davon halten sollte, als die Tür zum Gästezimmer aufging und Scylla, in seinen Morgenmantel gehüllt, sich zaghaft in den Flur herauslehnte.

Ihr Blick war noch getrübt vom Schlaf, doch auch das wurde von einem Hauch jener wesenlosen Perfektion überspielt, die Pascal an ihr so verwirrend fand. Sie hatte einen Fuß vorgesetzt, wobei der Mantel aufklaffte und ihre Beine bis fast zur Scham hinauf entblößte. Obwohl das Kleidungsstück von ihrem Körper mehr preisgab als bedeckte, denn sie trug es lose um die Hüfte gebunden, schien sich Scylla ihrer kalten erotischen Ausstrahlung nicht bewußt zu sein.

Pascal lehnte an der Wand und hatte Mühe, nicht die Fassung zu verlieren. Bis heute hatte er geglaubt, daß er sein Leben leidenschaftslos im Griff hatte. Jetzt zweifelte er daran.

»Entschuldigen Sie«, zwang er sich zu sagen. »Ich wollte Sie nicht aufwecken.«

Scylla starrte ihn ungerührt an.

»Wer sind Sie?« fragte sie. »Wo bin ich hier?«

Pascal rang um die rechten Worte. Schließlich wankte er ihr entgegen und wies mit einer fahrigen Geste ins Wohnzimmer. Sie schreckte unerwartet heftig zurück.

»Kommen Sie doch«, stammelte er. »Setzen Sie sich ins Wohnzimmer. Ich werde Ihnen ein Frühstück machen, und dann können wir uns unterhalten.«

Sie ließ sich ins Wohnzimmer führen und behielt reglos auf dem Sofa Platz, während er die aufgestapelten Schaltpläne und elektronischen Bauteile vom Tisch räumte, um ihr ein Glas hinzustellen. In der Küche belud er ein Tablett mit dem wenigen, was er an Brotaufstrich im Hause hatte, und einigen altbackenen Toastscheiben.

Scylla hielt das Glas in den Händen und beobachtete ihn. Als er den Frühstückstisch gedeckt hatte, griff sie nach einem Toast und ließ den Blick nur wenige Sekunden von Pascal ab, um sich etwas auszusuchen. Ihre Bewegungen wirkten so bedacht, daß es den Anschein hatte, sie sei die vornehmste Etikette gewöhnt. Zugleich schien sie nicht recht zu wissen, was Pascal ihr vorgesetzt hatte. Sie betrachtete die Plastikverpackungen unsicher, ehe sie der mit dem Schinken eine Scheibe entnahm und sorgfältig auf ihr Brot legte.

»Ich habe Sie gestern abend aus dem Meer gefischt«, erklärte Pascal vorsichtig. »Sie haben sich mit einem Eisfloß hinaustreiben lassen. Erinnern Sie sich nicht mehr daran?«

Scylla schüttelte den Kopf. Ihre Stimme zitterte leicht, als sie erwiderte: »Ich habe Sie noch nie gesehen. Was wollen Sie von mir?«

Pascal rang die Hände und wich ihrem Blick aus. Er mußte sich zwingen, nicht so auffällig ihren Körper anzustarren.

»Ich wußte nicht, wohin ich Sie bringen sollte.« Er legte sich in Gedanken eine Entschuldigung zurecht. »Sie hatten keine Papiere bei sich, und weil ich selbst Arzt bin, dachte ich mir …«

Ihre Lippen formten unvermittelt ein Lächeln, das nicht zu ihrem Gesicht passen wollte. »Ich danke Ihnen«, sagte sie. »Wenn Sie Arzt sind, können Sie mir vielleicht helfen. Ich weiß nicht mehr, was gestern geschehen ist.« In den Worten klang kein Funken innerer Anteilnahme mit. Wie jenem einzelnen Ton, der tags zuvor den Sturmorchestrikern zu schaffen gemacht hatte, ließ sich ihrer wohlartikulierten Stimme keinerlei Gefühl entnehmen. Was an Besorgnis mitzuschwingen schien, hatte eher den Charakter einer Simulation.

»Sie wissen nicht mehr, daß Sie unter den Sturmkulissen saßen?« fragte Pascal.

»War ich dort?«

»Anfangs. Und dann gingen Sie zum Strand. Haben Sie das alles vergessen?«

»Ich war noch nie am Strand. Zumindest weiß ich nichts davon.« Sie biß in die Brotscheibe und schien den Geschmack zu prüfen. »Woher wissen Sie das?«

Pascal merkte, daß er sich verraten hatte. »Um ehrlich zu sein ...« Er zweifelte daran, ob sie das begreifen würde. »Sie sind mir aufgefallen. Und dann bin ich Ihnen nachgegangen.«

Sie hielt im Kauen inne und fragte mit vollem Mund: »Weshalb?«

»Ist Ihnen noch nie jemand nachgegangen?«

»Ich weiß nicht. Warum sollte das jemand tun?«

Pascal hatte gegen eine zunehmende Beklemmung anzukämpfen. Es war kaum anzunehmen, daß sie ihm etwas vorspielte. Dafür entfernte sich die Art, wie sie diese Fragen aussprach, zu weit von jeglicher Berechnung.

»Vielleicht ist Ihnen das noch nicht bewußt geworden«, versuchte er. »Aber Sie sind eine attraktive Frau. Wäre das kein Grund?«

Sie sah ihn an, als fände sie das völlig rätselhaft. Ihre Hände sanken auf den Tisch, und zum erstenmal glaubte Pascal so etwas wie Verunsicherung in ihren Zügen zu entdecken. Einige Zeit starrten sie einander gleichermaßen berührt an. Schließlich räusperte sich Pascal, nahm ihr Glas und ging zur Bar.

»Trinken Sie noch etwas?« fragte er dabei.

Sie stand unvermittelt auf und erwiderte: »Nein. Ich muß jetzt gehen.« Sie machte jedoch keine Anstalten, einen Schritt zu tun. Pascal wurde stutzig und bemerkte, daß sie auf eines der herumliegenden Kunststoffgehäuse getreten war, die er von seinen Digitaluhren abmontiert hatte. Sie blutete am Fuß.

»Scylla«, rief er. »Sie ...« Im gleichen Moment wurde ihm klar, daß er einen Fehler gemacht hatte.

»Scylla?« fragte sie. »Woher wissen Sie meinen Namen?«

Er überging die Frage, indem er versuchte, ihr aufs Sofa zurückzuhelfen. Seiner zaghaften Berührung wich sie jedoch erschrocken aus.

»Nein«, schrie sie. »Lassen Sie mich. Ich muß gehen.«

Ehe Pascal reagieren konnte, hatte sie ihn zur Seite gestoßen und war in den Flur gelaufen. Sie riß eine Tür nach der anderen auf, bis sie die Wohnungstür gefunden hatte. Dann lief sie halbnackt, wie sie war, das Treppenhaus hinunter.

Pascal hatte den Eindruck, vor seinen Augen liefe ein zu schnell abgespulter Film ab. Er hatte gerade noch Zeit, ans Fenster zu stürzen, um sie mit wehendem Morgenmantel über den Rasen davonlaufen zu sehen.

Als sie längst fort war, lehnte er noch immer auf der Fensterbank und fragte sich, was er besser anders gemacht hätte. Laissers Bemerkungen über das Lake Weary-Projekt kamen ihm in den Sinn. Ihm wurde klar, daß er noch zu wenig darüber wußte. Doch es gab jemanden, der ihm vielleicht weitere Informationen beschaffen konnte.

Pascal setzte sich ans Videophon und tippte eine Nummer ein. Mit der Schwester, die auf dem Bildschirm erschien, wechselte er nur wenige Worte. In der Zeit, die ihm blieb, bis sein Kollege zurückrief, ging er durch die Wohnung und sammelte die Einzelteile seiner Digitaluhren ein. Auf dem Sofa sah er mit müdem Blick die Schaltpläne durch. Noch immer wußte er nicht, welche Manipulationen vorgenommen werden mußten, damit die Zeitmesser nennenswert langsamer liefen. Im Falle eines elektronischen Kalenders war es ihm immerhin schon gelungen, daß er nur noch alle zwei Tage umschlug.

Eines Tages, dachte er, werden hier die Uhren rückwärts laufen.

II

In dem Raum hinter der Sichtscheibe lagen einige Holzkisten durcheinander, und an einem Draht hing eine Banane von der Decke. Das Ganze unterschied sich in nichts von den Ausgangsbedingungen der klassischen Verhaltensexperimente, und Pascal fand das Ganze in einem heutigen Neurophysiologischen Institut bestenfalls lächerlich. Er konnte ein Grinsen nicht unterdrücken.

Es verging ihm augenblicklich, als Salkers Assistent einen Schalter betätigte, die kleine Luke in der Seitenwand des Raums aufschwang und ein Schimpanse hereingekrochen kam. Auf seinem vernarbten Schädel war ein Kunststoffkästchen angebracht. Wie jedesmal, wenn er ein Versuchstier sah, ging Pascal ein flaues Gefühl durch den Leib. Er dachte unwillkürlich an Lake Weary, an die Clone und an Scylla.

Pascal riß sich von dem Gedanken los und beobachtete den Affen.

»Er war der erste«, erklärte Salker. »Zu der Zeit, als wir ihm die Elektroden einpflanzten, wußten wir noch zu wenig, um kontrollierte Manipulationen vorzunehmen.«

Pascal sah seinen Kollegen von der Seite an. Salkers Gesicht verriet gespannte Aufmerksamkeit. Er war der einzige, den seine Experimente noch faszinierten. Die beiden Mitarbeiter, zwei Männer und eine Frau, die am reichhaltigen Instrumentarium des Vorraums standen, gingen ihren Pflichten mit gelangweilter Routine nach. Sie schenkten den Vorgängen im Versuchsraum keine Beachtung. Ihre Aufmerksamkeit galt den LCD-Anzeigen und Monitoren, mit deren

Hilfe sie die ins Affenhirn gesendeten Störimpulse überwachten.

Der ausgehungerte Affe hatte die Banane sofort entdeckt und watschelte im Kreis, als grübelte er, wie er an die Mahlzeit gelangen konnte. Einige Male reckte er sich hoch, kam aber nicht ran. Schließlich zog er eine der Holzkisten heran und kletterte drauf.

Salker gab seinen Assistenten einen Wink. Sofort erstarrte der Affe und kippte steif von der Kiste. Seine Augen glotzten verständnislos, sein Körper zuckte.

»Das genügt«, sagte Salker. Der Affe sackte förmlich in sich zusammen und rührte sich eine Weile nicht.

»Das sind natürlich primitive Experimente«, erklärte Salker und betätigte einen Schalter, um die Seitenluke wieder zu öffnen. »Die elektrischen Impulse haben nichts weiter bewirkt, als gewissermaßen eine Bremse an seiner inneren Uhr anzuziehen. Wir haben es mit verschiedenen Spannungen und Impulsen versucht, aber das Ergebnis war unberechenbar. Im verlangsamten Zustand haben die Tiere keine Kontrolle mehr über ihren Körper.«

Während sie den Vorraum verließen, fragte sich Pascal, wie viele langweilige Vorträge ihm heute bevorstanden. Von allen Gelehrten, die Pascal je kennengelernt hatte, kam Salker mit seiner gedrungenen Gestalt und dem lichten Haar über der Nickelbrille dem Klischee des verrückten Professors am nächsten, jedoch auf keine liebenswerte Art. Sein Eifer hatte etwas Messianisches an sich. Pascal konnte ihn kaum noch ertragen.

»Wesentlich interessanter sind operative Manipulationen des Zwischenhirns«, redete Salker unverdrossen weiter. »Wir denken auch daran, in Kürze genetische Modifikationen vorzunehmen, um an den so gezüchteten Versuchstieren ihr abweichendes Raum- und Zeitverhalten zu studieren. Bis dahin werden wir mir der operativen Methode vorliebnehmen müssen. Die bisherigen Erfolge versöhnen da ein wenig.«

Hinter der Sichtscheibe, vor der sie nun standen, befand sich ein Versuchszimmer ähnlich dem vorigen, nur etwas größer. In einer Ecke stand eine flache Hütte, überall lagen Bananenschalen verstreut. Der Wassertrog vor der Hütte war leer.

In einer Ecke saß ein Affe und hielt eine Banane in der Hand, die er offenbar schälen wollte, doch er hielt sie nur fest, rührte sich aber nicht.

»Sieht es nicht so aus, als sei er völlig erstarrt?« fragte Salker. »Aber er bewegt sich. Allerdings so langsam, daß wir es mit bloßem Auge kaum verfolgen können. Man muß schon genau hinschauen.«

Der Affe bewegte sich tatsächlich. Unmerklich schoben sich seine Hände zueinander, hob und senkte sich sein Brustkorb. Er zitterte kein bißchen.

»Wir konnten durch einen chirurgischen Eingriff seine physiologische Eigenzeit verlangsamen«, erläuterte Salker. »Leider wissen wir nicht genau, wie wir das fertiggebracht haben. Er selbst spürt nichts davon. Für seine Augen bewegen wir uns so schnell, daß er uns nicht wahrnimmt.«

»Ihr seid also auf dem richtigen Weg?« fragte Pascal der Höflichkeit halber. Früher hatten ihn Salkers Forschungen einmal interessiert, aber er sah keinen Fortschritt darin, der für ihn noch bedeutsam sein konnte.

»Daran besteht kein Zweifel.« Salker runzelte die Stirn. »Die Untersuchungen an den Äquatorialflüchtlingen haben uns allerdings eine Reihe neuer Fragen aufgegeben. Das hier ist erst der Anfang.«

Pascal betrachtete den Affen.

»Gehen wir«, fügte Salker nach einer Pause hinzu.

Er führte Pascal in den Korridor und sah ihn besorgt an. Erst auf ein Räuspern schreckte Pascal aus seinem Schweigen.

»Entschuldigung«, sagte er. »Ich fühle mich nicht besonders gut heute.«

»Wieder Ärger?«

»Wie meinst du das?«

»Ich habe befürchtet, das Dekanat habe Schritte gegen dich eingeleitet.«

»Gegen mich? Bei Gott, nein.« Pascal lachte. Das war wirklich ein komischer Gedanke. »Die sind froh, daß sie keine Arbeit mit mir haben. Den Lehrstuhl habe ich seit Jahren nur noch pro forma inne. Der Studentenrückgang hat mich längst überflüssig gemacht. Ich schätze, die haben mich vergessen.«

»Die studentischen Hilfskräfte auch?«

»Die jungen Leute im Auffanglager? Die wissen doch nichts davon. Der Pfusch im OP, für den ich angezeigt worden bin, liegt Jahre zurück. Heute interessiert das keinen mehr.«

Salker öffnete die Tür zu seinem Büro und ließ Pascal den Vortritt.

»Und wie steht es bei dir?« fragte Pascal, als er über die Schwelle trat.

»Mein Etat wird allmählich zusammengestrichen. Die Personalprobleme habe ich immer lösen können, aber bei der Beschaffung neuen Materials kriselt es.«

»Vielleicht will man dich loswerden.« Pascal wußte, daß das ganze Institut aufgeatmet hätte, wäre diese Vermutung zutreffend gewesen.

»Kann schon sein. Wahrscheinlich fragen sie sich, warum sie überhaupt noch Geld in unsere Abteilung pumpen.« Er warf die Tür hinter sich ins Schloß. »Diese Universität ist überhaupt ein einziger Anachronismus. Von einem geistigen Leben kann keine Rede mehr sein. Aber darüber sollte man nicht weiter nachdenken. Ich arbeite so lang, bis man mich rausprügelt. Das ist das einzige Argument, das ich kenne.«

Diese Versicherung gab er alle Naselang ab, als müßte er noch betonen, daß seine Forschungen für ihn von existentieller Bedeutung waren. Pascal hatte nie begriffen, was ihn hinter seiner Fassade gelehrtenhafter Inbrunst wirklich antrieb. Es hing, soviel er wußte, mit einem Ereignis in Salkers Jugend zusammen, von dem er Pascal trotz jahrelanger Bekanntschaft nie viel erzählt hatte. Salker hatte als Halbwüchsiger einen schweren Unfall erlitten, der ihn für zwei Wochen ins Koma geworfen hatte. Nach seiner Genesung hatte ihn ein innerer Impuls nie losgelassen und seine Wege bis ins Studium und akademische Leben hinein gelenkt. Welche Erfahrungen aus dem Schwebezustand zwischen Leben und Tod ihn derart beeinflußt hatten, wollte er keinem anderen Menschen verraten, und im Laufe der Jahre hatte ihn seine Besessenheit für die Themen Tod, Zeit und Raum zu einer solchen Plage für seine Umwelt gemacht, daß es auch niemand mehr hören wollte. Pascal ging es nicht anders.

»Aber kommen wir auf Lake Weary zu sprechen«, wechselte Salker das Thema. »Ich will dich nicht langweilen.«

Pascal nahm die rhetorische Floskel wörtlich. »Was hast du rausbekommen?«

»Trägst du dich mit der Absicht, dort zu arbeiten?«

»Ich weiß nicht. Ich muß erst Näheres darüber erfahren.«

Salker nahm hinter seinem Schreibtisch Platz und zog aus einem Kasten eine Flasche Mineralwasser. Er trank einen Schluck und reichte sie Pascal.

»Du wirst Verständnis dafür haben, daß meine Möglichkeiten begrenzt sind«, begann er vorsichtig. »Auf persönliche Kontakte konnte ich in meiner Lage kaum zurückgreifen. Daher blieb mir keine andere Möglichkeit, als mir zugängliche Archive zu durchforsten, um dir überhaupt etwas sagen zu können. Nun, das Lake Weary-Projekt war das Ergebnis einer heftigen Auseinandersetzung im Ministerium für Wissenschaft und Forschung. Als die Etats so knapp wurden, daß ohne

Sponsoring durch die Industrie überhaupt nichts mehr lief, sahen sich die Verantwortlichen gezwungen, genau zu erwägen, welchen Forschungsprojekten man – vor allem unter dem Aspekt der mittel- und langfristigen Nutzbarkeit – weiterhin staatliche Zuwendung genehmigen sollte. Die Gentechnik hatte zu diesem Zeitpunkt soweit Fortschritte errungen, daß sie bereits das Clonen höherer Säugetiere ermöglichte. Das Ministerium befand, daß diese Forschungen angesichts der ›um sich greifenden Schwächung des genetischen Potentials unserer Bevölkerung‹, wie man es beschönigend ausdrückte, einer Förderung wert seien. Leider waren mir nicht alle wichtigen Dokumente zugänglich, aber aus dem, was ich weiß, lassen sich einige phantastische Vorhaben herauslesen. Es war von Massensterilisierungen der Flüchtlinge, staatlichen Eingriffen in die Familienplanung und der Abtreibung genetisch geschädigter Föten die Rede. Offenbar gab es Verrückte, die auf lange Sicht die geschlechtliche Fortpflanzung durch gezieltes Cloning abzulösen hofften.« Er lachte trocken. »Was auch immer dahintersteckte, die Sache lief im Geheimen ab, die in Lake Weary angestellten Wissenschaftler waren zu absolutem Stillschweigen verpflichtet. Es dauerte Jahre, bis man die grundlegenden Probleme beim Cloning menschlicher Zellen überwunden hatte. Günstigerweise waren die finanziellen Mittel aber so großzügig bemessen, daß die Wissenschaftler dem Drängen des Ministeriums nachkommen und bereit 1998 die erste Clone-Generation in die Welt setzen konnten.«

»1998? Dann wären sie jetzt …«

»… zehn Jahre alt, ja. Aber das Mädchen, das noch lebt, ist bereits eine erwachsene Frau. Die Clone hatten weder eine Kindheit noch eine Pubertät. Sie wurden nach einer Konditionierungsphase voll ausgebildet ins Leben entlassen.«

»Was geschah mit den Kindern?«

»Der ursprüngliche Plan sah vor, sie nach einer Übergangsphase in einer Großstadt anzusiedeln, um zu testen, ob ihr psychischer Zusammenhalt dem entropischen Klima besser gewachsen war als die Psyche normaler Menschen. Aber sie überstanden schon die Eingewöhnungszeit nicht.«

»Weshalb nicht?«

»Es gab unerwartete Komplikationen. Das ganze Projekt erwies sich als ein gewaltiger Schlag ins Wasser. Die sechs gleichgeschalteten Gehirne entwickelten Bande zueinander, die den Kindern das Leben nahezu unmöglich machten. Empfand eines von ihnen Schmerz, empfanden alle Schmerz und strahlten ihn verstärkt wieder auf das Individuum zurück.«

»Und weiter?«

»Nun, als das Ministerium aus Unzufriedenheit das Projekt kurzerhand abbrach, wußte man nichts besseres, als den Kindern in weit voneinander entfernten Großstädten eine fadenscheinige Existenz aufzubauen. Nicht einmal das ist gelungen, wie Laisser dir bereits gesagt hat. Auf sich allein gestellt, waren die Clone hilflos, ihrer Identität beraubt. Soweit ich herausbekommen habe, sind inzwischen fünf von ihnen tot. Wo die letzte lebt, habe ich nicht feststellen können.«

Er starrte ins Leere und schüttelte den Kopf. »Komische Sache. Ich wäre gern dabeigewesen.«

Er stand mit einer wegwerfenden Handbewegung auf und musterte sein Gegenüber neugierig. Pascals Hände spielten mit der Digitaluhr, die er vom Tisch genommen hatte.

»Darf ich dich etwas fragen? Warum interessiert dich das alles?«

Pascal vermied es aufzublicken.

»Ich weiß nicht. Die Sache ist eben interessant. Außerdem sagte ich schon, ich möchte wissen, wo ich da arbeite.«

Salker verzog den Mund zu einem ungewissen Lächeln.

»Na gut, du wirst mir nicht mehr verraten. Was den heutigen Zustand von Lake Weary angeht, glaube ich schon, daß es was für dich wäre. Die Arbeitsmöglichkeiten sind zur Zeit noch sehr gut. Du solltest es dir bald überlegen, ehe dir ein anderer zuvorkommt.«

Unvermittelt stellte Pascal die Uhr auf den Tisch zurück und stand auf.

»Vielen Dank für die Mühe«, sagte er. »Ich werde mich bei Gelegenheit revanchieren. Wir sehen uns in den nächsten Tagen. Aber jetzt muß ich gehen.«

Er reichte seinem Kollegen flüchtig die Hand und verließ eilig das Büro, um nicht länger seine forschenden Blicke auf sich zu spüren. Als er in seine Wohnung zurückkam, war er sich noch unschlüssig, ob ihm diese Informationen von Nutzen sein konnten. Um dies zu erfahren, mußte er Scylla möglichst bald wiedersehen.

III

Die Luft war noch schwer vom Dunst des Wärmeregens, als Pascal mit gesenktem Kopf in den lauen Abendwind hinaustrat. Unter seinen Schuhsohlen spürte er den feinen Kies des Gehweges, der zu den Sturmkulissen führte. Unter den blühenden Bäumen hob er nur gelegentlich den Blick, um sich zu orientieren.

Das Ereignis vom Vortag schien nachzuwirken. Ein merklich geringerer Besucherandrang bevölkerte den Park. Den müßigen Spaziergängern war allerdings nichts Ungewöhnliches anzumerken. Sie gaben sich denselben Zeitvertreiben hin wie an unzähligen Abenden zuvor. Wo immer Mondlicht durchs Geäst drang, dösten junge und alte Menschen auf Bänken und im

Moos. Kaum einer beachtete den anderen. Selten standen Paare oder Grüppchen beieinander.

Der blutrote Schimmer des Sonnenuntergangs hatte sich längst hinter die Bäume zurückgezogen, doch so angestrengt Pascal lauschte, vom Strand war kein einziger Ton zu hören. Pascal trauerte den Sturmorchestrikern nicht nach. Er empfand es als geschmacklos, die Entropie zu einem ästhetischen Schauspiel auszuschmücken. Lethargie schien ihm die einzig angemessene Reaktion zu sein.

Er hatte keine hundert Meter mehr zu den Sturmkulissen und suchte unter den flanierenden Besuchern nach Scylla, als ihm eine junge Frau in den Weg trat. Sie mußte von einer der Bänke am Wegrand aufgestanden sein. Er hatte sie kaum wahrgenommen und hielt es zunächst für ein Mißgeschick, daß sie ihn am Weitergehen hinderte.

»Pascal«, sagte sie. »Ich hätte dich fast nicht wiedererkannt.«

Er sah sie entgeistert von Kopf bis Fuß an, und es dauerte eine Weile, bis er sie erkannte. Ein schmuckloses Kleid in den Pastellfarben der Sonnenjünger verhüllte ihre schmächtige Figur. In den fünf Jahren seit ihrer letzten Begegnung war ihr Gesicht alt geworden, beinahe eine Karikatur ihres früheren Ich.

»Schau mich nicht so an«, lachte sie. »Du bist auch nicht schöner geworden. Du hast dich wirklich sehr verändert.«

Pascal entwand sich ärgerlich ihrem Griff an seinem Handgelenk und ging weiter. Die Erinnerung allein machte ihn wütend. Er dachte an ein Photo, das an der Pinnwand in seiner Wohnung hing. Damals war sie so aalglatt und konventionell wie er gewesen. Dabei hätte sie es belassen sollen, selbst wenn sie ihn wiedererkannte.

Sie überwand jedoch rasch ihr Erstaunen und lief ihm nach, um ihn abermals festzuhalten. Mit herausfordernder Miene blickte sie zu ihm auf. Ihr hüftlanger Rotschopf bauschte sich im Wind.

»Du bist aber nicht sehr freundlich zu mir«, sagte sie. »Ich habe lang darauf gewartet, dich wiederzusehen. So einfach lasse ich dich nicht davonkommen.«

»Was willst du von mir?« fragte er mürrisch.

Sie zog ihn bis dorthin, wo der Kiesweg sich gabelte. Als Pascal ihrem Drängen widerwillig nachgab, hakte sie sich bei ihm ein und erwiderte im Plauderton: »Du wirst mir doch sicher den Gefallen tun und mich ins Café begleiten. Ich denke, wir haben uns viel zu erzählen. Vor allem du mir.«

Pascal wußte, daß es keinen Sinn hatte, sich dieser hartnäckigen Person zu widersetzen. Nun, da sie wieder in der Stadt war, würde sie nichts unversucht lassen, um seine Adresse ausfindig zu machen. Früher oder später wäre er ihr doch ausgeliefert.

Sie folgten einem Weg, der den südlichen Hang des Parks zu den Geschäftsstraßen hinaufführte. Er war nur mäßig von Laternen beleuchtet, so daß die Menschen, die ihnen entgegenkamen, dunkle Schemen blieben. Gelegentlich wurde er wenige Meter schmal. Dann griffen die Baumkronen zu einem Blätterdach ineinander, das keinen Lichtstrahl hindurchließ.

Pascal suchte in dem dunklen Tunnel, der sich vor ihnen durch das Laub wand, nach einem Ausweg. Das Mädchen aber hielt sich wie ein Schatten an seiner Seite. Im Dunkeln drängten sich ihm Erinnerungen an vergangene Tage auf. Er konnte nichts dagegen tun.

Endlich wurde es heller, und der Kiesweg endete vor einer regenfeuchten Fahrbahn. Breite Lichtbündel beschienen die Fassaden der flachen Kastenbauten mit ihren Cafés, Lokalen und Souvenirläden. Von den Windschutzscheiben der geparkten Wagen blitzten grelle Reflexe. Die Fußgängerscharen waren diesem Zentrum der allabendlichen Betriebsamkeit jedoch ferngeblieben. Da und dort standen Geschäftsinhaber

Harry's Bar
SUPER
JOE
WIEGAND '93

auf dem Gehsteig und hielten nach Kundschaft Ausschau.

Das Mädchen führte Pascal zu einem der Tische vor dem nächsten Café und rief der Serviererin eine Bestellung zu, ehe sie sich setzte. Pascal tat, als sei ihm ihre Gegenwart gleichgültig. Er verschränkte die Arme und blickte ins Leere, aber es fruchtete nicht. Die Frau ließ sich über seine Verwirrung nicht hinwegtäuschen.

»Pascal, du enttäuschst mich«, sagte sie verschmitzt. »Damals warst du so scharf auf mich, und nicht nur auf mich. Du hast jede mitgenommen, die dir über den Weg lief. Ein Jammer, was aus dir geworden ist. Die Sache scheint dich ja ziemlich geschafft zu haben. Bevor es passierte, warst du immerhin noch energisch genug, mir den Laufpaß zu geben.«

»Hör auf damit«, preßte er hervor. Er wollte nicht ausgerechnet von ihr auf Vorfälle angesprochen werden, die er seit Jahren aus seinem Gedächtnis zu tilgen versuchte.

Das Mädchen lehnte sich zurück und lachte. Als die Serviererin zwei Kaffee brachte, nippte sie an ihrer Tasse und sagte: »Trink auch was, Pascal. Du siehst müde aus.«

Er gehorchte widerwillig.

»Ich verstehe deine Panik nicht«, fuhr sie fort und betrachtete ihn nachdenklich. »Die Pfuscherei von damals nimmt dir doch keiner mehr übel. Selbst wenn du's absichtlich gemacht hättest – ich persönlich habe nie daran geglaubt –, würde das heute keinen mehr interessieren. Nicht einmal ich bin dir noch böse, obwohl ich gute Gründe dafür hätte. Aber im Gegenteil, ich habe mich regelrecht danach gesehnt, dich wiederzusehen. Möchtest du nicht wissen, wo ich all die Jahre gesteckt habe?«

Er sagte nichts.

»Ich erzähl's dir trotzdem. Vielleicht ist dir mein Kleid schon aufgefallen. Ich bin unter die Sonnenjünger gegangen. Aber versteh das nicht falsch, ich gehöre nicht zu den Untergangspredigern, die Sturmkulissen bauen und vom Ende der Welt schwafeln. In den Jahren, die ich mit den Sonnenjüngern unterwegs war, hat sich die Bewegung in viele Splittergruppen aufgeteilt. Es wundert dich bestimmt nicht, daß ich eine der extremsten angehöre. Ich war ja schon immer etwas verrückt. Aber mir macht die Sache Spaß. Wir geben einen Dreck um Meditation und psychische Energien. Für uns gibt's nur noch fleischliche Genüsse. Sag doch selbst, die Idee könnte von dir sein.«

Pascal gab kein Wort von sich. Er hatte das Kinn auf die Brust sacken lassen, so daß ihm einige fettige Strähnen vor die Augen gerutscht waren und es seinem Gegenüber verborgen blieb, ob er sie ansah oder fortschaute.

»Früher wärst du begeistert gewesen«, sagte sie. Das stimmte mit Sicherheit nicht. »Wir haben eines der baufälligen Häuser am Stadtrand übernommen. Es fragt keiner danach, was wir dort tun und wovon wir leben. Was wir brauchen, stehlen oder betteln wir uns zusammen. Du solltest mal vorbeikommen. Vielleicht würde dich das aufmuntern.«

Plötzlich schien sie etwas von Pascal abzulenken. Sie sah an ihm vorbei zu einem der Nachbartische und murmelte: »Schon wieder sie. Was sie nur von mir will.«

Pascal warf einen Blick über die Schulter. Er hatte Mühe, sich sein Erstaunen nicht anmerken zu lassen. Wenige Meter weiter saß Scylla. Ihr ganzes Interesse galt seiner Begleiterin.

»Wer ist das?« fragte er leise.

»Ich weiß nicht«, sagte die Rothaarige und lächelte Scylla zu. »Sie verfolgt mich seit Tagen. Anfangs dachte ich, ich bilde mir etwas ein, aber jetzt bin ich mir sicher. Warte mal, ich bin gleich wieder da.«

Ehe Pascal etwas einwenden konnte, war sie aufgestanden und zu Scyllas Tisch hinübergegangen. Pascal nahm die Gelegenheit wahr, sich unauffällig zurückzuziehen. Aus dem Schutz des Baldachins, von wo er jederzeit in die Innenräume des Cafés verschwinden konnte, beobachtete er die beiden Frauen mit zunehmender Beunruhigung.

Scylla erweckte in keiner Weise den Eindruck, als mache es sie verlegen, ertappt worden zu sein. Nach einem kurzen Wortwechsel, den Pascal nicht verstand, gewährte sie der Rothaarigen einen Platz an ihrer Seite.

Pascal begriff nicht, was zwischen ihnen vorging. Ein gegenseitiges Einvernehmen gestattete es ihnen, einander ohne Scheu zu betrachten. Scyllas Züge blieben starr wie eine Maske aus Porzellan. Nur die Rothaarige lächelte, als amüsierte sie das Interesse, das eine fremde Frau ihr entgegen aufbrachte. Sie ließ sich Zeit, ehe sie wieder etwas sagte. Scylla nickte zur Antwort.

Wenig später standen sie beide auf und gingen über den Gehsteig davon. Pascal folgte ihnen in einigem Abstand. Es machte ihn schier schwindlig, Scyllas Körper im Gegenlicht eines Scheinwerfers unter ihrem dünnen Kleid abgezeichnet zu sehen. Die leicht verwahrloste, gut einen Kopf kleinere Frau, die neben ihr ging, wirkte im Vergleich zu ihr wie ein Bild in einem Zerrspiegel. Scyllas Vollkommenheit strahlte etwas Überwirkliches aus. Passanten sahen ihr nach. Scylla zeigte sich von all dem unbeeindruckt. Sie trug ihre Aura ohne eine Spur von Stolz oder Überheblichkeit, wohl ohne sich ihrer überhaupt bewußt zu sein.

Sie gingen die breite Allee entlang, die sich längs des Campus erstreckte. Hier brannte kaum ein Licht hinter den Fenstern der Villen und Bungalows. Die meisten Laternen waren defekt. Glasscherben von zerplatzten Glühbirnen lagen in der Gosse.

Etwa zwei Kilometer weiter bogen die beiden

Frauen in eine schmale Seitenstraße ein, deren Asphalt auf den Hügeln hinter dem Universitätsgelände bald rissig wurde. Schließlich wucherte Unkraut in den Spalten zwischen Gehsteig und Straße. Zwischen den grauen Wohnhäusern lagen immer größere Lücken. Pascal erkannte den Bezirk kaum wieder. Als sie auf der Hügelkuppe standen und das umliegende Gelände überblickten, konnte er aus den Grundmauern der abgerissenen Gebäude das einstige Aussehen der Siedlung rekonstruieren. Nach dem Zusammentreffen mit der Rothaarigen war dies nun schon die zweite Gelegenheit, da er sich Dingen von damals in ihrem heutigen Zustand gegenübersah. Nichts hätte ihm unangenehmer sein können.

Die Frauen hielten auf eine Gruppe von Häusern am Ende der langgestreckten Erhebung zu. Der Park, der von allen Seiten näherrückte, hatte sie mit seinen hohen Bäumen fast umschlossen. In einem Haus brannte flackerndes Licht hinter den Fenstern.

Im Schutz der Büsche, die überall aus dem geborstenen Asphalt sprossen, konnte sich Pascal ein Stück näher an Scylla und ihre Begleiterin heranwagen. Nur dem Mondschein verdankte er es, daß er nicht ständig über Wurzelstöcke und Steine stolperte. Bald konnte er die Frauen reden hören.

»Es wird dir gefallen«, sagte die Rothaarige. »Es war noch niemand dabei, dem es nicht gefallen hat. Du hast doch keine Angst?«

»Weshalb sollte ich Angst haben?« hörte er Scyllas gleichförmige Stimme.

»Das war nur so eine Frage. Sei mir nicht böse, aber ich habe den Eindruck, du bist völlig unerfahren. Weißt du überhaupt, worum es geht?«

»Das werde ich sehen.«

Die Rothaarige beließ es dabei und zog sie am Arm auf einen Pfad, der durchs Geröll und Gestrüpp auf den Vorplatz des erhellten Gebäudes führte. Pascal versteckte sich hinter einem Busch und sah die Frauen in dem Haus verschwinden. Dabei empfand er dieselbe Sorge wie am Abend zuvor, als Scylla in die Passagierzelle der Eisskulptur gestiegen war. Ihr Leichtsinn sah wie Neugier aus, doch ihr leidenschaftsloses Auftreten widersprach dem.

Als er davon überzeugt war, daß sich außerhalb des Gebäudes niemand aufhielt, schlich Pascal den beiden Frauen nach. Er lief geduckt auf den Vorplatz, um hinter einer Mauerecke für einen Moment zu verschnaufen. Dabei überlegte er, was er tun sollte. Ihnen durch die Vordertür zu folgen, hielt er für zu riskant. Vielleicht hatte das Haus einen Hintereingang. Er schlich die unverputzte Mauer entlang und fand seine Vermutung bestätigt.

Im Flur war es kühl und muffig. Von irgendwoher drang Stimmengewirr an sein Ohr. Er tastete sich zur Hintertreppe. Ein Stockwerk höher verwehrtem ihm einige vorgenagelte Bretter den Zugang in den Korridor. Offenbar hielt sich niemand dahinter auf. Im zweiten Geschoß hörte er Stimmen.

Vor ihm lag ein mit Vorhängen abgeteilter Durchgang. Pascal schob den dicken Stoff ein Stückchen beiseite und sah rechter Hand eine verrottete Paneelenwand, durch deren Risse und Fugen ein schwacher Lichtschein drang. Am anderen Ende war der kaum meterbreite Gang von einer Tür versperrt. Pascal konnte aus dem Gemurmel verständliche Worte heraushören. Er wartete eine Weile, und als sich nichts rührte, schlich er weiter.

Durch ein Loch in den Brettern warf er einen Blick in den Raum dahinter. Zunächst sah er nur die Kabelbündel und elektronischen Bauteile, die in den Ecken lagen. Dann drehte er den Kopf ein Stück und konnte fast den ganzen Saal überblicken.

Der Raum war offenbar einmal eine geräumige Wohnung gewesen. Ihre neuen Bewohner hatten die

Zwischenwände herausgerissen, ohne daß die Decke heruntergekommen war, und so Platz für größere Versammlungen geschaffen. Pascal sah im trüben Licht vielleicht vierzig junge Leute auf Decken und Kissen um eine holographische Bühne hocken. Ein Netz von blanken Drähten, Sensorflächen und Leitungen hing unter der Decke. Es war direkt mit dem Projektionsinstrumentarium verbunden, das auf klapprigen Stativen über der Bühne aufragte, und reagierte auf jede Regung unter den Anwesenden mit einer Entladung bläulicher Funken.

Die Männer und Frauen waren nicht einmal nackt, wie Pascal es erwartet hatte. Dennoch fiel ihm Scylla sofort ins Auge. Ihre starre Haltung unterschied sie deutlich von allen anderen. Pascal bemerkte ihren leicht veränderten Gesichtsausdruck. Wie am Morgen, als er ihr gestanden hatte, daß er sie für eine attraktive Frau hielte, spiegelte sich darin einer ihrer seltenen Anflüge von Emotion. Die Hände in ihrem Schoß zitterten, und ihre sanft gewölbte Brust hob und senkte sich aufgeregt. Die Rothaarige beobachtete sie von der Seite.

Es mochten fünf Minuten vergangen sein, da schaltete jemand das Licht aus, und das Gemurmel verstummte. Ein Raunen ging durch das Publikum, als eine nackte Frau die Bühne bestieg. Ein Zufall wollte es, daß im Widerschein der Bühnenbeleuchtung Scyllas Profil für Pascal sichtbar blieb. Während das Mädchen sich in scheuer Haltung den Blicken preisgab, zeigten Scyllas Züge Entsetzen.

Funkenkaskaden stoben die Decke entlang. Die Holoprojektoren hüllten den Körper der jungen Frau in farbige Lichter. Sie ließ es ängstlich lächelnd geschehen. Ein lauter werdendes Knistern verriet die Stärke der Erregung, die von den Sensoren eingefangen wurde. Die Anwenden zögerten anfangs noch, dann aber nahmen die ersten Vorstellungen auf der Bühne

Gestalt an. Phallische Formen umspielten das Mädchen, wurden zu ineinander verschlungenen Leibern, doch all das nur andeutungsweise. Bald ging die junge Frau selbst in die Projektionen über. Senkrechte Lichtbalken hüllten ihren blassen Körper ein und bildeten ihn ab. Das Abbild wuchs, lehnte sich mit gespreizten Beinen nach hinten und wuchs weiter, bis eine überdimensionale Vulva plastisch die Bühne ausfüllte, weiterwuchs und neue Formen entstehen ließ.

Pascal spürte, wie ihm die Handflächen feucht wurden. Das absonderliche Schauspiel war dafür nur zum Teil verantwortlich. Weit mehr beunruhigte ihn Scylla, die sich, von den anderen unbemerkt, in einen Zustand höchster Anspannung hineingesteigert hatte. Ihre Wangen bebten und ihre Lippen bewegten sich tonlos. Schweiß glänzte auf ihrer Stirn.

Dann prasselte ein Feuerwerk von Funken über die Decke. Die Formen auf der Bühne folgten in einem ekstatischen Rhythmus aufeinander. Nur gelegentlich enthüllten sie das Mädchen, um es sofort wieder zu verfremden. Dann aber wurden die Projektionen unvermittelt dunkel. Ein tiefblauer Strudel trat an ihre Stelle, der alles in sich hineinsaugte. Das Mädchen taumelte und schrie auf.

In der Verblüffung des Augenblicks bemerkte niemand außer Pascal, wie über Scylla die Sensoren glühten. Eine dominante Psyche hatte das Geschehen auf der Bühne übernommen. Kein Hauch von Sinnlichkeit oder Sex war geblieben. Statt dessen wirkte die Szene nun unheimlich und bedrohlich. Dunkle Lichter ertasteten das Abbild der jungen Frau und ließen es, begrenzt auf einen Ausschnitt, langsam wachsen, bis ein übergroßes Gesicht, ein Selbstporträt Scyllas, unter den Projektoren schwebte. Es öffnete den Mund zu einem Schrei, die Anlage dröhnte, und plötzlich war es aus.

Zu Hunderten brannten die Sensoren durch. Die holographischen Projektoren erloschen in einem Funkenregen, und das Mädchen brach zusammen. Für Sekundenbruchteile hörte Pascal in der Dunkelheit die Zuschauer durcheinanderrufen, dann folgte ein ohrenbetäubender Knall, und die Druckwelle raubte ihm das Bewußtsein.

Als er zu sich kam, lag Pascal unter einem Stapel zersplitterter Paneele. Vor seinen ausgestreckten Händen schwelten Holzteile. Ihr Rauch drang ihm beißend in die Nase. Die Wand war verschwunden. Er tastete sich über die Trümmer und kroch auf allen vieren in den Saal. Irgendwo glomm ein schwaches Licht. Als er sich über die reglosen Körper bis zu dieser Stelle hingeschleppt hatte, stieß er mit dem Kopf gegen den Rand der Bühne. In ihrer Nähe mußte Scylla liegen. Er richtete sich mit zusammengebissenen Zähnen auf und flüsterte ihren Namen.

Keine Antwort. Pascal rang um sein Gleichgewicht. In der Dunkelheit konnte er sich kaum auf den Beinen halten. Im Umhertasten berührte er mit den Fingerspitzen eines der Stative der Holoprojektoren und stützte sich dagegen. Dies half, den Anflug von Übelkeit in seinem Bauch zu verscheuchen. Nach einer Weile hatten seine Augen sich an die Finsternis gewöhnt, und er konnte die einzelnen Gebilde auf dem Boden unterscheiden. Auf halbem Wege zwischen sich und der Wand glaubte er Scyllas weißes Kleid leuchten zu sehen. Von dort hörte er leises Stöhnen.

Vorsichtig setzte er einen Fuß vor den anderen und stieg über Trümmer und bewußtlose Gestalten. Schließlich ging er vor der Frau in die Knie, um mit den Fingerspitzen ihr Gesicht zu betasten. Es war tatsächlich Scylla. Sie atmete flach. Pascal wußte nicht recht, was er tun sollte. Sein Hirn war von dem Schock noch betäubt. Erst als Scylla zu wimmern anfing, schreckte er aus seiner Lähmung.

»Helfen Sie mir«, hörte er sie stöhnen. »Nach Hause … ich will nach Hause.«

Pascal hob sie vom Boden hoch und trug sie über die Treppe ins Erdgeschoß hinunter. Ihre Haut fühlte sich kalt an.

Vor der Hintertür war es verhältnismäßig hell. Scylla blinzelte und blickte zum Mond auf. Pascal entließ sie aus seiner Umarmung. Sie sank gegen die Außenmauer und lehnte sich erschöpft dagegen. Allmählich kam sie wieder zur Besinnung, und die Starre kehrte in ihr Gesicht zurück. Bis auf eine Andeutung von Verzweiflung war jede Spur von Gefühl daraus verschwunden.

»Haben Sie mich runtergebracht?« fragte sie.

Pascal nickte.

»Ich kenne Sie«, sagte Scylla. »Was tun Sie hier?«

»Ich möchte Ihnen helfen«, erwiderte Pascal und faßte ihren Arm. Mit erstaunlicher Kraft schüttelte sie ihn ab.

»Nein«, keuchte sie. »Lassen Sie mich. Ich muß gehen.«

Als sie sich von der Mauer abstieß, verstellte Pascal ihr den Weg.

»Ich bringe Sie heim«, schlug er vor. »Ich kann Sie in diesem Zustand nicht sich selbst überlassen. Wo wohnen Sie? Ich werde ein Taxi rufen.«

Scylla schüttelte leidenschaftslos den Kopf.

»Nein, das brauchen Sie nicht.« In ihrer Stimme klang ein fiebernder Unterton mit. »Ich wohne nicht weit von hier. Ich schaffe es allein.« Sie machte aber keine Anstalten weiterzugehen.

Pascal wußte nicht, ob er ihr Verhalten richtig deutete, dennoch wagte er zu fragen: »Glauben Sie nicht, daß sich jemand um Sie kümmern sollte?«

Ihr Gesicht gab keinen Aufschluß, wie sie darüber dachte. Inzwischen hatte sie sich wieder vollkommen unter Kontrolle. Wenn sie nichts sagte, hatte Pascal den Eindruck, einer Wachsfigur gegenüberzustehen, so künstlich wirkte sie im fahlen Licht.

»Möchten Sie das für mich tun?« fragte sie schließlich.

Er nickte verlegen, woraufhin sie sich, die Andeutung eines Lächelns auf den Lippen, gegen seine Schulter stützte und mit einer flüchtigen Geste in die Richtung wies, in die sie gebracht werden wollte. Pascal führte sie vorsichtig über den Schutt und Beton des Vorplatzes.

Sie gingen rechter Hand den Hang hinunter, auf die dunklen Bäume zu. Die Büsche wuchsen hier so hoch, daß Pascal die Äste beiseite biegen mußte, um ihnen Durchlaß zu verschaffen. Am Fuß des Hügels trafen sie auf einen schmalen Fußweg, der in den Park hineinführte. Sie waren einige Minuten weitergegangen, da hob sich vor ihnen eine einsame Laterne aus der Dunkelheit. Ihr Lichtkegel fiel auf eine Bank, die neben dem Weg stand.

»Ich muß mich ausruhen«, sagte Scylla. Sie saßen einige Minuten schweigend beieinander. Scylla sog in tiefen Zügen frische Luft ein. Ihr Gesicht gewann etwas Farbe.

»Erzählen Sie mir, was geschehen ist«, bat sie ihn dann.

»Woran erinnern Sie sich?« fragte er.

Sie starrte ins Leere, die Züge wie versteinert. Sie bewegte kaum die Lippen, als sie antwortete: »Ich weiß noch, wie dieses Mädchen auf die Bühne kam. Und irgend etwas ist dann passiert. So wie gestern abend. Wissen Sie das noch? Als Sie mich aus dem Meer fischten, hat es am Strand gebrannt. War das meine Schuld?«

»Die Generatoren haben versagt«, versicherte Pascal. »Mehr ist nicht geschehen. Damit haben Sie nichts zu tun.«

»Es ist nicht das erste Mal«, erwiderte sie. »Überall,

wo ich hinkomme, geschieht so etwas. Bin ich auch nur eine Maschine, die versagt?«

Ohne auf eine Antwort zu warten, stand sie auf und ging weiter. Pascal sah ihr beklommen nach. Er hatte noch ihren warmen Duft in der Nase, der ihn fast betäubte, doch zugleich konnte er nicht leugnen, daß ihr tatsächlich etwas Maschinelles anhaftete.

Er folgte ihr durch das Wäldchen auf eine von Pollenstaub schimmernde Wiese, die an eine Siedlung hoher Apartmentbauten grenzte. Als sie vor einer Treppe stehenblieb, fragte Pascal zaghaft: »Darf ich bei Ihnen bleiben?«

Sie drehte sich zu ihm um.

»In meiner Wohnung?« fragte sie.

»Vielleicht brauchen Sie noch meine Hilfe.«

Sie holte ein Schlüsselbund hervor, das sie an einer Kette um den Hals trug, und hielt Pascal die Tür auf. Sie tat es so beiläufig, daß Pascal Zweifel hatte, ob er sich ihre Zustimmung nicht bloß einbildete.

Sie wohnte im vierten Stock. Auf den ersten Blick schien es eine Wohnung wie jede andere zu sein. Scylla betrat vor ihm den Flur, wo Pascal stehenblieb, bis sie im Wohnzimmer Licht gemacht hatte.

Erst dann bemerkte er die vielen Absonderlichkeiten. Zunächst erinnerte ihn die peinliche Sauberkeit an das Chaos, das in seiner eigenen Wohnung herrschte. Scylla hatte eine Wand des Flurs in geometrisch exakter Aufteilung mit Spiegeln, Bildern und gerahmten Postern behängt. An Motiven bevorzugte sie Momentaufnahmen ungezwungen lachender Jugendlicher, junge Tiere und Impressionen sommerlicher Landschaften.

Pascal war von der Ordnung beeindruckt, die auch in den anderen Räumen herrschte, doch zugleich machte ihn ein besonderer Zug dieser Ordnung stutzig. Im Wohnzimmer etwa waren die Stapel von Wäschestücken, Zeitschriften und Magazinen zwar sorgfältig aufgeschichtet, dafür aber an den unmöglichsten Orten untergebracht. In den Vitrinen der weißlackierten Schrankwand standen Blumentöpfe, auf den Fensterbänken Geschirr und Gläser. Getränkeflaschen hatten im Schubfach der Videokonsole Platz gefunden.

Pascal verharrte unentschlossen in der Tür zum Wohnzimmer. Er fragte sich, ob es ein Fehler gewesen war mitzukommen. Scylla hatte inzwischen einige Bücher vom Sofa geräumt und sah ihn forschend an.

»Stört Sie etwas?« fragte sie.

Er schüttelte etwas zu eifrig den Kopf. »Nein, nein«, stotterte er. »Es gefällt mir sehr gut hier. Darf ich mich setzen?«

Sie deutete auf einen der weißen Sessel. Pascal nahm Platz und grübelte, was er sagen sollte. Minutenlang saß er verkrampft und schweigend da. Schließlich bemerkte Scylla: »Sie sind mein erster Gast. Erzählen Sie mir etwas von sich.«

Pascal rückte verlegen hin und her. »Da gibt's nicht viel zu erzählen«, wich er aus. »Ich bin Arzt und arbeite in einem Auffanglager für Äquatorialflüchtlinge. Eigentlich würde ich lieber etwas über Sie erfahren.«

Scylla erhob sich steif. »Entschuldigen Sie, ich möchte duschen. Ich bin etwas erschöpft. Wenn Sie bleiben möchten, im Schlafzimmer finden Sie alles, um zu übernachten.« Mit diesen Worten verschwand sie im Flur. Für die nächste halbe Stunde ließ sie ihren Besucher allein.

Pascal war gerade damit beschäftigt, sich im Wohnzimmer eine Schlafstelle herzurichten, als Scylla, ein Badetuch um den Leib geschlungen, aus dem Bad kam. Er blieb reglos auf der Matratze hocken, während Scylla zum Fenster ging und hinausblickte. Sie schien Gefühle wie Scham nicht zu kennen, wenn sie sich ihm fast nackt zeigte. Ihre Bewegungen waren von derselben kühlen Eleganz wie stets.

Plötzlich drehte sie sich um und sagte: »Bitte ziehen Sie die Vorhänge zu.«

Er mußte lächeln.

»Aber Scylla, niemand kann Sie hier ...«

»Bitte ziehen Sie die Vorhänge zu.«

Er kam zögernd ihrer Aufforderung nach, doch selbst in der Dunkelheit konnte er das Bild ihrer formvollendeten Gestalt nicht aus seiner Vorstellung bannen.

»Was ist mit Ihnen?« fragte er.

»Ich will es nicht mehr sehen.« Ihre Stimme zitterte. »Ich würde gern fortgehen. Ich gehöre nicht hierher. Möchten Sie mich begleiten?«

»Fort von hier? So einfach ist das nicht.«

»Ich halte es nicht mehr aus. Wollen Sie mir nicht folgen? Was ist daran so schwierig?«

»Ich arbeite hier seit zehn Jahren. Ich kann nicht von heute auf morgen meine Existenz aufgeben.« Damit belog er niemanden so sehr wie sich.

»Sie sind nicht ehrlich zu mir.«

Er antwortete mit einem Seufzen und betätigte den Lichtschalter. Ehe er etwas sagen konnte, hatte Scylla beide Hände vors Gesicht gehoben und wurde ungewöhnlich laut. »Machen Sie es aus. Bitte, machen Sie es aus!«

Verwirrt schaltete er die Stehlampe vor dem Fenster ein, warf sein Hemd über den Schirm, um den Schein zu dämpfen, und dimmte die Deckenleuchte ab. Im Halbdunkel beruhigte sich Scylla wieder, nur ihre raschen Atemzüge verrieten ihre Aufregung.

Pascal ließ sich auf den Boden sinken und betrachtete sie mit pochenden Schläfen.

»Sie wollten mir etwas erzählen«, sagte er schließlich.

»Nicht heute.«

»Mir scheint, es wird mit jeder Stunde dringender.«

»Vielleicht.« Sie überlegte. »Nein, ich kann nicht.«

Pascal kam ein Gedanke, doch er hatte Angst, ihn in die Tat umzusetzen. »Dann lassen Sie mich den Anfang machen. Sie haben recht, ich bin nicht ehrlich zu Ihnen. Sie haben mich doch heute früh gefragt, woher ich Ihren Namen kenne?«

»Sind Sie ein Kollege von Dr. Laisser?« fragte sie. Pascal nickte. »Was hat er Ihnen von mir erzählt?«

»Ich glaube, er kennt Ihr Geheimnis.«

»Und Sie auch?«

»Ich habe selbst noch einige Erkundigungen angestellt, weil Sie mich interessiert haben. Jetzt weiß ich mehr als Dr. Laisser und vielleicht sogar mehr als Sie selbst.«

»Was?«

»Haben Sie je erfahren, was aus Ihren … Geschwistern geworden ist?«

»Ich habe keine Geschwister.« Es klang hilflos. »Ich bin ganz allein.«

»Spielen Sie mir nichts vor. Sie sind tot, hören Sie?« Scylla reagierte nicht. »Sie haben sich alle umgebracht. Wollen Sie, daß es Ihnen auch so ergeht?«

Sie sah ihn an. Tränen rannen ihr über ein Gesicht, das nicht weinen konnte. Ihre Lippen bewegten sich tonlos. Fast bereute Pascal, es ihr gesagt zu haben.

»Verstehen Sie mich jetzt?« fragte er.

Sie antwortete nicht und öffnete die Tür zum Schlafzimmer. Von der Schwelle musterte ihn.

»Ich bin keine normale Frau für Sie«, sagte sie. »Ich interessiere Sie nicht wirklich.«

»Das ist nicht wahr.«

»Warum schlafen Sie dann nicht mit mir?«

Ihm stockte der Atem. Einen Moment rang er um Fassung, dann stammelte er: »Aber wir kennen uns doch kaum. Sie …«

Plötzlich lachte sie wie eine erfahrene Frau, vor der er kein Gefühl verbergen konnte. »Geben Sie sich keine Mühe«, sagte sie. »Ich bin und bleibe anders als die Frauen, denen man dort draußen begegnet. Ich wäre gern so wie sie.«

»Lassen Sie uns Zeit.«

»Ja, Zeit. Wir brauchen viel Zeit. Und leider bleibt uns so wenig.« Bevor sie im Schlafzimmer verschwand, fügte sie hinzu: »Seien Sie ehrlich zu mir. Sie können mir nicht weh tun, selbst wenn Sie es wollten.«

Die Worte hallten in seinem Schädel nach, als sie längst gegangen war.

Kurz nach Mitternacht schreckte Pascal aus einem unruhigen Schlaf. Während er zu sich kam, meinte er beunruhigende Laute gehört zu haben, leises Stöhnen, einen Schrei vielleicht.

Er rappelte sich auf und lauschte an der Tür zum Schlafzimmer. Es war still. Nur leidlich beruhigt schaltete er die Stehlampe ein, um sich im gedämpften Licht an der Bar ein Glas vollzugießen. Der erste Schluck fegte durch seine ziellosen Gedanken wie ein Besen.

Mit dem Glas in der Hand trat er ans Fenster. Als er durch die Vorhänge hinauslugte, drangen ihm die Lichter der Stadt wie Nadelstiche in die Netzhaut. Er dachte an Scylla und ihre Frage, warum er nicht mit ihr schlafen wollte. Er wußte keine Antwort.

Plötzlich hörte er ihren Schrei und ließ das Glas fallen. Im Schlafzimmer polterte etwas zu Boden, Glas klirrte und Holz barst mit lautem Splittern.

Er stürmte ins Schlafzimmer. Scylla hockte nackt in einem Scherbenhaufen auf dem Boden, die Hände an den splitterbewehrten Fensterrahmen gekrallt. Sie schlug um sich, als Pascal sie an den Schultern faßte und ihren Fuß aus der eingetretenen Tür der Nachtkommode befreite.

Er mußte alle Kraft aufbieten, um sie ins Bad zu schaffen. Sie war nicht zu beruhigen, stammelte unzusammenhängendes Zeug von einem Mädchen und einer Maschine. Mit Gewalt hielt er ihre blutigen Hände unter den aufgedrehten Wasserhahn. Erst als er ihr eine Ohrfeige gab, kam sie wieder so weit zur Besinnung, daß er ihr die Hände mit etwas Mull aus dem Arzneischrank verbinden konnte. Glücklicherweise hatte sie sich nur oberflächliche Verletzungen zugezogen. Sie starrte mit irrem Blick ins Leere. Immer wieder zuckte sie unkontrolliert.

Schließlich fiel sie ihm weinend in die Arme. Im ersten Moment wußte er nicht, was er tun sollte, dann trug er sie ins Wohnzimmer und bettete sie aufs Sofa. Minutenlang hielt sie die Arme um seinen Hals geschlungen. Erst als sie ihn losließ und kraftlos zurücksank, konnte er wieder einen klaren Gedanken fassen.

»Was ist geschehen?« fragte er vorsichtig.

Ihre Züge konnten die Panik nicht verhehlen. Heftig hoben und senkten sich ihre Brüste.

»Nein, ich kann das niemandem erzählen.«

»Doch, du kannst. Sonst passiert es dir immer wieder. Wie soll ich dir helfen, wie soll dir überhaupt jemand helfen, wenn du nichts sagst?« Sie schwieg. »Was hast du gesehen?«

Er mußte ihr etwas Zeit lassen, bevor sie zu antworten imstande war.

»Es ist immer derselbe Traum«, begann sie schließlich stockend. »Jedesmal dauert er ein wenig länger. Heute habe ich ihn das erste Mal zu Ende geträumt.«

»Erzähl mir davon.«

Sie holte schluchzend Luft.

»Da ist ein Spiegel. Ich sehe in einen Spiegel. Es ist mein Gesicht, das ich dort sehe, aber es ist anders. Es ist nicht mehr das Gesicht einer Maschine. Dann bemerke ich, daß ich gar nicht in einen Spiegel sehe. Ich stehe vor einem Schaufenster. Ich sehe nicht, was dahinter ist, sondern nur, was sich in der Scheibe spiegelt. Das Gesicht dort lächelt, aber ich lächle nicht. Etwas macht mir angst. Von allen Seiten kommen

Menschen auf mich zu und bleiben stehen. Alle sehen mich an. Ich möchte an mir hinuntersehen, aber ich kann nicht. Dann bemerke ich das Mädchen mit meinem Gesicht. Sie steht mir inmitten der Menschen gegenüber und lächelt mich an. Sie ist ganz nackt. Ich sage nichts, doch sie nimmt mich an der Hand, und wir laufen davon.«

Sie stockte.

»Und dann?« fragte Pascal.

»Wir laufen aus der Stadt fort. Bald sind wir an einem See. Er ist von Wäldern und Wiesen umgeben. Zwischen den Bäumen am Strand stehen einige weiße Häuser. Wir sind ganz allein dort. Dann hören wir, wie jemand nach uns ruft. Wir haben keinen Namen, aber irgendwie wissen wir, daß wir gemeint sind. Auf dem Weg zu den weißen Häusern bemerken wir, daß es plötzlich keine Stimme mehr ist, die uns ruft, sondern das Brummen eines Automotors. Als wir den Vorplatz eines der weißen Häuser erreichen, steht uns ein Wagen gegenüber. Es sitzt niemand am Steuer, doch der Motor läuft, und plötzlich rast der Wagen auf uns zu. Ich kann noch zur Seite springen, aber ...«

Ein zweites Mal versagte ihr die Stimme.

Pascal faßte ihre Hand. »Sag es mir.«

»Das Mädchen mit meinem Gesicht wird überrollt. Als ich wieder aufstehe, sehe ich, daß sie nur eine Maschine war. Ihr Körper ist aufgeplatzt, und aus ihrer Brust quellen Metallteile und Drähte. Ich schaue an mir hinunter und bemerke, daß mein ganzer Körper aus Metall ist. Und die Sonne brennt und spiegelt sich auf meiner Haut ...«

Er versuchte sie zu beruhigen, indem er einen Arm um sie legte. Er empfand es fast als unangenehm, dieser sonst so kühlen Frau Beistand leisten zu müssen.

»Es ist vorbei«, sagte er ohne rechte Überzeugung. »Es war nur ein Traum. Alle Menschen träumen.«

»Maschinen träumen auch«, erwiderte sie tonlos.

Er stand auf, ging an die Bar und brachte ihr ein Glas. Schluckweise flößte er ihr Cognac ein, der ihren Zustand etwas zu bessern schien. Auf ihre Bitte hin holte er einen feuchten Lappen und ein Handtuch aus dem Bad, um ihr die Tränen aus dem Gesicht zu wischen. Als sie ihre Fassung zurückgewann, konnte er kaum glauben, daß sie noch dieselbe Frau wie eben war.

»Ich möchte wissen, woran du dich erinnerst«, sagte er nach einer Weile angespannten Schweigens.

»Hilft mir das?«

»Es wird dir sicher helfen. Und sei es nur, daß du erleichtert bist, es nicht mehr allein mit dir herumtragen zu müssen.«

Nach langem Zögern begann sie zu erzählen.

Vom Anfang weiß ich nichts. Irgendwann war ich einfach da. Ich sah, hörte, fühlte, roch und schmeckte nichts. Es gab nur mich, nichts weiter, keine Zeit, keinen Raum, kein Leben, keinen Tod. Trotzdem war da ein unmerkliches Wachstum. Irgend etwas festige sich in mir. Es war der Eindruck von innen und außen. Ich bekam einen Körper. Ich begann meinen Körper zu spüren, aber mein Körper spürte nichts. Um mich war Leere, und es gab nichts als diesen Körper, in dem mein Ich sich ausbreitete. Dann kam die Wärme.

Irgendwann wurde mir bewußt, daß ich nicht allein war. Durch die Wärme, die mich umhüllte, drang die Gegenwart anderer zu mir durch. Bald lernte ich, daß wir einander sehr ähnlich waren. Sie bescherten mir ein Gefühl von neuer, innerer Wärme. Wir wuchsen gemeinsam auf, miteinander geborgen in einem Schoß. Ich spürte, wie wir heranreiften. Irgend etwas nährte uns. Unsere Köpfe füllten sich mit Worten, Gedanken, Bildern. Wir erfuhren nach und nach von einer Welt, die wir nicht kannten. Sie mußte außerhalb von uns sein. Der Schoß, in dem wir ruhten, mußte in einem größeren Schoß eingebettet sein, und von dort wurde zu uns gesprochen und wurden wir gelehrt.

Irgendwann schlief ich, und als ich wieder erwachte, war die Zeit fühlbar geworden. Die Bilder, die nun in meinem Kopf waren, hatten etwas Neues an sich. Sie schienen nicht in mir, sondern außerhalb von mir zu sein. Bald lernte ich, daß man diese Form der Wahrnehmung ›sehen‹ nennt. Ich hatte Augen, doch ich konnte meine Hände nicht rühren, um die neuen Bilder zu betasten. Mein Körper hatte an Gewicht zugenommen. Der Strom von Wissen, der mir von außen ins Hirn floß, war angewachsen. Ich konnte die anderen sehen, die mir ähnlich waren. Sie schliefen in Betten, neben und gegenüber von mir, klein und ruhig und stumm wie ich. Als wir sprechen lernten, redeten und lachten wir unentwegt. Über unseren Köpfen hingen Kränze von Drähten, die uns mit den Maschinen ringsum verbanden. Irgendwann kam etwas Großes, Lebendiges dorthin, wo wir waren. Später erfuhren wir, daß es ein Mensch gewesen sei. Auch wir seien Menschen, hieß es.

Nach einer Zeit, die mir so kurz und doch wie eine Ewigkeit erschien, hatten diese Maschinen in uns das Wissen darum vervollkommnet, wie wir unsere Körper gebrauchen konnten. Wir durften aufstehen. Man ließ uns in großen, lichtdurchfluteten Zimmern spielen. Eigentlich verstanden wir uns, ohne miteinander zu reden, doch wir mochten unsere gleichtönenden Stimmen, unser helles Lachen, so wie wir die Harmonie und Schönheit unserer Körper mochten. Es gab keinen Schmerz, keinen Schmutz, keinen Lärm. Wir wußten nichts um die Bedeutung solcher Worte.

Immer mehr Menschen kamen zu uns. Sie waren nun nicht mehr größer als wir. Sie brachten uns bei, mit Maschinen umzugehen, die uns weiteres Wissen vermittelten. Irgendwann verließen wir zum erstenmal den Ort, an dem unsere frühen Erinnerungen entstanden waren, und gingen hinaus in eine Welt, die außerhalb unserer bisherigen Sphäre lag. Wir lebten in großen weißen Häusern an einem waldumsäumten See. Es war immer warm, wenn wir hinauskamen. Wir stellten keine Fragen, wir waren glücklich dort.

Dann ging alles so schnell, daß keinem von uns Zeit blieb, es zu begreifen. Irgendwann erfuhren wir, daß wir fort mußten. Keine Erklärungen, nur fort von hier. Und nie wieder zurück. Man brachte uns in eine Stadt. Wir sahen zum erstenmal eine Stadt. Die Menschen dort waren ganz anders als alle, die wir kannten. Sie schliefen am Tag und lärmten nachts auf den Straßen. Sie machten uns Angst. Wir lernten niemanden kennen, der mit uns hätte reden können. Plötzlich spürten wir von allen Seiten Enge.

Etwas Entsetzliches geschah, an das ich mich nicht erinnere. Ich erwachte in einem weißen Zimmer. Niemand erklärte mir etwas, so oft ich auch fragte. Ich spürte die anderen nicht mehr, ich war allein. Wenn ich weinte, brachte man mich zum Schlafen. Irgendwann war ich dann hier. Man sagte mir, dies sei meine Wohnung und ich könnte sie herrichten, wie es mir gefiele. Ich sollte von nun an hier leben. Man wolle sich um mein Wohlergehen kümmern. Man erklärte mir, wie die anderen Menschen lebten und wie ich meine Zeit verbringen könne. Und immer öfter ließ man mich in dieser Wohnung allein. Alles war mir fremd. Ich bekam Geld und kaufte mir alles, was mir gefiel, doch alles blieb mir fremd. Seither sitze ich in diesem Zimmer und träume immer wieder denselben Traum.

Scylla hatte sich an manchen Stellen überwinden müssen, um in ihrem Bericht fortzufahren. Ihre Stimme hatte in diesen Minuten einen Beiklang von Verletzlichkeit und Wehmut, den Pascal ihr nie zugetraut hätte. Selbst ihr Gesicht war für kurze Zeit ein anderes: zart und verträumt wie das eines Kindes.

Schließlich verstummte sie, stand auf und sah Pascal nahezu bestürzt an. Etwas hatte ihrer Gefühlsversunkenheit ein schlagartiges Ende bereitet. Sie war wieder wie vorher.

»Ich hätte Ihnen das nicht erzählen sollen«, sagte sie.

Pascal half ihr auf die Beine und erwiderte mit gesenktem Blick: »Vielleicht war ich zu aufdringlich. Nur …«

»Ja?« fragte sie von der Schlafzimmertür.

Er betrachtete mit stockendem Atem ihren nackten Körper.

»Vielleicht können Ihnen andere besser helfen als ich«, sagte er. »Wenn Sie einverstanden sind, bringe ich Sie heute früh noch zu Dr. Laisser.«

»Heute früh?«

»Ich sagte schon, ich halte es für dringend.«

Sie schüttelte vage den Kopf.

»Ich weiß nicht, ob das richtig wäre«, sagte sie. »Wenn Sie mir helfen wollen, dann bringen Sie mich fort von hier. Noch heute.«

Mit einem flauen Gefühl im Leib kehrte er ihr den Rücken zu und trat ans Fenster. Auf dem Hof zitterten die Büsche in den ersten Brisen der thermischen Winde. Es fing schon an zu dämmern. Pascal legte beide Hände auf die kühle Fensterbank. Er dachte an all die schönen Jahre, die er in dieser Stadt verbracht hatte. Doch plötzlich konnte er Scyllas Bedürfnis, von hier fortzugehen, gut nachempfinden. Er wußte aber nicht, was er tun sollte.

»Was ist mit Ihnen?« fragte Scylla.

Pascal überlegte.

»Ich bleibe bei meinem Vorschlag«, sagte er dann. »Tun Sie mir den Gefallen und kommen Sie mit zu Dr. Laisser. Sie sollten ihm alles erzählen. Vielleicht hat er eine Erklärung.«

Er warf einen Blick über die Schulter. Sie nickte zögernd. Daraufhin ging er ans Videophon und wählte die Nummer von Laissers Abteilung. Als er den Hörer auflegte, erleichterte ihn der Gedanke, daß er mit Scylla nicht mehr lang allein sein mußte.

IV

Wie an jedem Tag wandelte Pascal im Traum durch zeitlose Landschaften. Vor ihm erstreckte sich eine schnee- und eisbedeckte Ebene, die im bläulichen Weiß der Mitternachtssonne glänzte. Pascal stemmte sich gegen den Druck des Windes, der ihm Eispartikel ins Gesicht schleuderte. Er wußte nicht, wie lang er schon durch den Schnee stapfte. Vergangenheit und Zukunft waren weit zurückgewichen. Es gab nur die Sonne, die er sich als ewiges Ziel vor Augen hielt.

Dann geschah etwas, das sich in jüngster Zeit immer häufiger in seinen Träumen ereignete. Auf die beißende Kälte folgte binnen Sekunden eine unerträgliche Hitze. Die Sonne stand plötzlich wie ein Glutball am Himmel. Pascal schritt zwischen verbrannten Bäumen dahin. Der Boden zerbröselte unter seinen Schritten. Einmal stolperte er in eine Furche und stürzte zu Boden.

Er hatte noch nicht die Kraft gefunden, wieder aufzustehen, da stellte sich eine unförmige Gestalt zwischen ihn und die Sonne. Als er aufblickte, konnte er im grellen Gegenlicht nur ihre Umrisse erkennen. Sie erinnerten entfernt an die Silhouette eines Menschen, waren aber durch Häute und Flügel entstellt, die aus den Flanken sprossen. Pascal wollte etwas sagen, doch die Zunge war ihm im Mund verdorrt.

Kraftlos ließ er den Blick sinken, und als er erneut aufschaute, lag er im Schnee. Er rappelte sich auf und stapfte weiter. Der Sturm verwischte seine Spuren. Die Kälte drang mit lähmender Gewalt in seinen Körper. Schließlich war er kaum mehr imstande, seinen

Marsch fortzusetzen. Als er in den Schnee sank, war die Erinnerung an all die Menschen wieder da, die ihn ins Polargebiet verfolgten und Zeit mit sich brachten. Er dachte an die Vergangenheit, die hinter ihm lag. Die Hitze kroch wie ein breiter werdender Gürtel vom Äquator her über den Erdball. Millionen Menschen flohen vor ihr nach Norden und Süden, doch die zusammengeschrumpften Polargebiete boten bei weitem nicht genug Platz für alle. Pascal war noch allein, aber er wußte, daß es nicht lang so bleiben konnte.

Schließlich hörte er den Lärm.

Mit letzter Kraft drehte er sich um und sah vom Horizont einen Transporterjet heranfliegen. Über den Schnee fuhren Kettenfahrzeuge und Motorschlitten. Heiseres Geschrei aus unzähligen Kehlen mischte sich mit dem Dröhnen der Fahrzeuge. Zunächst klang es wie ein fernes Rauschen, das sich kaum vom Heulen des Windes abhob. Dann spürte Pascal eine Welle von Lärm auf sich zurollen. Der Wind hüllte ihn in eine Welle von Schnee und Eis und verwehrte ihm die Sicht. Mit rudernden Armen taumelte er durch einen dichter werdenden Nebel. Als die letzte Ahnung der Landschaftskonturen vor seinen Augen verschwamm, war der Lärm ganz nah.

Aus dem Konzert der Stimmen und metallischen Gesänge löste sich schließlich ein markanter Ton. Der Rest verebbte zu einem auf- und abschwellenden Rauschen, wie der Atem eines Riesen. Pascal glaubte sich von zwei Motorschlitten eingekreist. Das Kreischen ihrer Turbinen klang ganz aus der Nähe.

Er schlug die Augen auf und blickte auf ein schwarzlackiertes Armaturenbrett.

Der Wagen quälte sich mit röhrendem Motor über die Landstraße. Durch die von Pollenstaub getrübte Windschutzscheibe war ein graues Asphaltband zu erkennen, das sich durch eine Landschaft aus unkrautbewachsenen Hügeln und ausgetrockneten Wasserrinnen wand. Die Sonne brannte sengend auf dem Fahrzeugdach.

Pascal hatte sich krumm auf den Beifahrersitz hingekauert. Mit einem Blick zur Seite sah er Scylla konzentriert und ruhig das Lenkrad in den Händen halten. Ihr Kleid war förmlich von Schweiß durchnäßt. Ein durchdringender Duft erfüllte das Fahrzeuginnere. Pascal kurbelte das Seitenfenster hinunter und hielt sein Gesicht in den Luftstrom.

Der Luft von draußen fehlte der parfümierte Beigeschmack, den die Pollenstäube auf dem Universitätsgelände verbreitet hatten. Sie roch trocken und mineralisch. Eine starke Bö fegte klärend durch Pascals Geist und vertrieb die Reste seiner Traumvisionen.

Scylla bemerkte zuerst nicht, daß er aufgewacht war. Sie lenkte das Fahrzeug mit unbeirrbarer Präzision. Mit einem Blick über die Kühlerhaube sah Pascal den verblaßten Mittelstreifen genau unter der Mitte der Stoßstange verschwinden.

Ein routinemäßiger Blick zur Seite machte Scylla auf Pascal aufmerksam. Ihre Mundwinkel formten ein Lächeln. »Du hast lange geschlafen«, sagte sie.

Pascal bemühte sich, den Schleier aus seinen Augen zu reiben, der vor seinem Gesicht hing. »Ich weiß nicht mehr, was passiert ist. Wohin fahren wir?«

»Weit fort. So weit es geht.«

Nur langsam dämmerten ihm Erinnerungen an den vergangenen Abend. Er sah sich noch einmal auf dem Flur vor Laissers Abteilung sitzen und warten, nachdem er Scylla zu ihm gebracht hatte. Und dann sah er einen entkräfteten Laisser, der ihm keinen anderen Rat zu geben wußte, als mit ihr schnellstens die Stadt zu verlassen.

»Ich bin überzeugt davon«, hatte er gesagt, »daß in ihr ein Keim ist, aus dem sich eine eigenständige Persönlichkeit entwickeln kann. Das Leben hier bringt sie um ihre letzten Chancen. Sie ist in einer Gemeinschaft groß geworden, die über alles hinausgeht, was wir uns unter Intimität vorstellen können, und nur daraus hat sie ihre Identität bezogen. Die Anonymität einer Stadt bringt sie um. Wenn du ihr helfen willst, bring sie weg von hier und versuche für sie das zu sein, was ihre Geschwister für sie gewesen sind.«

Aber da war noch etwas. Er erinnerte sich an die Gefühle, die ihn überkommen hatten, als er Scylla bei Laisser abholte. Er wußte nicht, was Laisser mit ihr gelungen war, und vermutlich wußte Laisser das nicht einmal selbst. Sicher schien nur, das etwas bisher Rudimentäres in ihr Raum gewonnen hatte. Er erinnerte sich, wie sie ihn angesehen hatte. Sie begann zu begreifen, was Vertrauen bedeutet.

»Wohin fahren wir, Scylla?« fragte er zögernd. »Wohin willst du mit mir?«

»Ich weiß es nicht«, sagte sie, ohne ihn anzusehen, und fügte ganz leise, beinahe ängstlich hinzu: »Ich will nur, daß du dabei bist.« Als sie es ausgesprochen hatte, straffte sie sich und atmete tief durch.

Bis zum Abend fuhren sie durch diese steppengleiche Landschaft. Über Hunderte von Kilometern sahen sie außer der Straße keine Anzeichen menschlichen Wirkens. Die Pflanzen wuchsen immer spärlicher, an die Stelle des feinen, flächigen Staubes traten große Geröllfelder. Pascal hatte nicht die geringste Ahnung, wo sie sich befanden. Und es war ihm gleichgültig. Er war froh darüber, daß ihm andere einen Grund gegeben hatten, die Stadt zu verlassen.

Am späten Nachmittag erklommen sie einen Gebirgszug, den sie schon seit Stunden am Horizont ausgemacht hatten. Viele Kilometer fuhren sie nun durch Täler und Cañons, in die das Licht breite bizarre Schatten warf. Da und dort glaubte Pascal am Himmel kreisende Vögel zu erkennen, wie er sie noch nie gesehen hatte. Die Hitze schien keiner abendlichen Kühle weichen zu wollen. Pascal genoß es, wenn sie eine Weile durch Schatten fuhren.

An Scyllas Psyche schienen die Strapazen spurlos vorüberzugehen. Sie atmete schwer und schwitzte stark in ihrem dunklen, für diese Temperaturen nicht genügend luftigen Kleid, ließ aber in ihrer Konzentration um nichts nach. Pascal hielt den Tacho im Auge.

Als es zu dämmern begann, erreichten sie die offene Wüste, und die Straße war nur noch ein dunkler Streifen in einem Meer aus Sand. Ausgerechnet hier stießen sie auf die ersten Spuren menschlicher Ansiedlung seit vielen Stunden. Zuerst tauchten, von den Felsbrocken kaum zu unterscheiden, einige Ruinen auf. Dann schlossen sich ihnen lange Reihen von Wellblechbaracken mit halbrundem Profil an. Ihnen folgte wieder ein Streifen Wüste, dann weitere Gebäudereste. Es war noch nicht dunkel, da hatte Pascal keinen Zweifel mehr daran, daß sie eine der Zeitzonen erreicht hatten.

Scylla hielt ganz plötzlich an. »Wir müssen Rast machen. Ich bin müde«, sagte sie.

»Soll ich fahren?« fragte Pascal. »Du könntest auf dem Rücksitz schlafen.«

»Wir machen Rast«, beharrte sie, behielt aber das Lenkrad in den Händen und starrte regungslos in die Dunkelheit.

Sie hatten unweit einer Glaskuppel gehalten, hinter deren Scheibe ein düsteres Licht glomm. Das Bauwerk, wie ein Mittelding zwischen Observatorium und militärischem Kontrollzentrum, war weitgehend intakt. Der Gedanke, die Nacht in dieser Gegend zu verbringen, behagte Pascal nicht.

»Weißt du, wo wir hier sind?« fragte er.

»Nein«, sagte sie. »Aber wir werden hierbleiben. Ich will hierbleiben.« Sie sah aus, als habe sie etwas wahrgenommen, was er nicht wahrnehmen konnte. Ein leichtes Zucken ihrer Wimpern verriet innere Anspannung. Pascal legte die Hand auf ihre Schulter.

»Was ist? Was hast du?«

Ohne ihn anzusehen, schlang sie beide Arme um seinen Hals und zog ihn an sich. Ihre Hände tasteten über seinen Rücken, aber ihre Aufmerksamkeit schien etwas ganz anderem zu gelten.

Pascal schloß die Augen und versuchte seiner Erregung Herr zu werden. Er kam sich schamlos vor, als er ihr unters Kleid griff. Sie ließ es ohne Reaktion geschehen, und Pascal konnte sein Begehren nicht unterdrücken. Während sie reglos ins Leere starrte, öffnete er ihr Kleid, legte beide Hände auf ihre Brüste und liebkoste mit den Lippen ihre Schultern. Die im Halbdunkel der Innenbeleuchtung nur vage zu erkennenden Formen ihres Körpers brachten ihn fast um den Verstand.

Unvermittelt lenkte sie in seine Zärtlichkeiten ein. Sie sagte kein Wort, sah ihn nicht einmal an, öffnete sich ihm aber mit einer Leidenschaft, der er ihr nie zugetraut hätte. Er fühlte sich von ihren Berührungen und Bewegungen wie in einen Strudel hineingezogen. Von einem Moment zum anderen geschah so viel auf einmal, daß er es nicht begreifen konnte. Ihre Psyche war in einen anderen Bewußtseinszustand gewechselt. Er spürte, daß sie mit etwas oder einem anderen in Kontakt getreten war, von dem er keine Vorstellung hatte. Aber er wollte nicht daran denken.

Unbestimmte Zeit später erwachte er mit Gewissensbissen.

Ehe er etwas anderes wahrnahm, spürte er das Blut in seinen Schläfen pulsieren. Er lag verkrümmt da, unter sich feuchte Stellen auf den Liegesitzen. Er tastete um sich, zuckte jedesmal zusammen, wenn seine Fingerspitzen auf etwas stießen, als habe er Angst vor der Bestätigung, Scylla wirklich bei sich zu haben. Aber sie war nicht da. Als ihm das zu Bewußtsein kam, fuhr er bestürzt auf und starrte auf die offene Fahrertür.

Mondschein tauchte den Wüstensand und die halb zugewehten Gebäude in ein ungewisses Licht. Die Metallrippen der Kuppel glitzerten. Ringsum lag die Landschaft in vollkommener Ruhe da, kein Windhauch rührte den Staub. Laue Nachtluft drang ins Wageninnere und kühlte seinen halbnackten Körper. Er wußte nicht weshalb, aber irgendein Instinkt in ihm warnte ihn vor der Vordergründigkeit dieser Stille, hinter der er eine Bedrohung spürte.

Nachdem er sich angezogen hatte und ins Freie gekrochen war, hatte er den Eindruck, die Kuppel sei größer geworden. Er hielt nach Scylla Ausschau und entdeckte Fußspuren, die vom Wagen auf die Kuppel zuführten. Er wußte nicht recht, ob er ihr folgen sollte. Noch war ihm ein Rätsel, welche Anziehungskraft das Zentrum der Zeitzone auf Scylla ausüben mochte, aber er ahnte etwas. Die Leitzentrale dieses ehemaligen Weltraumzentrums beherbergte angeblich heute noch das Cyborg-Gegenstück jenes Raumschiffpiloten, der seit vielen Jahren ohne jeden Kontakt zur Erde als Bestandteil einer Sonde die Erde umkreiste. Der schleichende Verfall hatte dieses Projekt ebenso sabotiert wie alle anderen großangelegten Aktivitäten der letzten Jahre, aber irgendwelche Umstände hatten dazu geführt, daß die biotronischen Mechanismen ihre sinnlos gewordene Mission noch immer erfüllten. Dies war mit vielen Anlagen geschehen, in denen Automaten Kontrollfunktionen ausübten. Doch ohne Zweifel war dieses Relikt wegen der Einbeziehung menschlicher Gehirne etwas Besonderes.

Vor dem imposanten Portal, einer fast fünf Meter hohen Konstruktion aus zwei gläsernen Pforten, zögerte Pascal. Die geneigte Glasfläche spiegelte den Sternenhimmel. Dahinter war nichts zu erkennen. Pascal sah nur einen einzelnen Lichtpunkt, der sich von der einen zur anderen Seite bewegte. Dann fiel ihm auf, daß auch dies eine Spiegelung war. Er blickte zum

I. WIEGAND 93

Nachthimmel auf, doch die Erscheinung war verschwunden. Vermutlich hatte er sich getäuscht. Er suchte eine Stelle, wo er eindringen konnte, und fand eine zerbrochene Scheibe, wo ein schräger Sprung durch die Sternbilder lief.

Nach wenigen Schritten über einen Haufen Glassplitter kehrte er um. Im Innern der Kuppel reichte das Licht nur wenige Schritte weit. Pascal ging zum Wagen zurück, holte aus dem Kofferraum einige alte Zeitschriften und ein Feuerzeug und begab sich wieder in die Kuppel, um im Licht einer improvisierten Fackel nach Scylla zu suchen.

Es roch modrig, mit einem Hauch wie von verwestem Fleisch. Überall glommen farbige Lichter, summten Aggregate. Noch immer speiste der Nuklearspeicher die Systeme mit Resten von Energie. Pascal wagte vom zentralen Korridor Abstecher in die Überwachungsräume zu beiden Seiten. Das aufwendige Instrumentarium, wenn auch verstaubt und angerostet, war noch funktionsfähig. Irgendwann schien das Personal dieser Anlage einfach das Interesse an seiner Arbeit verloren und alles liegen- und stehengelassen zu haben.

Während er weiterging, wurde der Geruch stärker. Pascal raffte sein Hemd aus der Hose und hielt sich den Stoff vor Mund und Nase. Der Boden gab feucht und weich unter seinen Schritten nach. Pascal senkte die Fackel und sah eine graue, gewundene Masse wie ein riesiges wucherndes Gehirn, das den Boden und die Wände überzog. In den unteren Schichten war die Masse schon abgestorben, aber darüber wuchsen, indem sie von den Nährstoffen des verfaulten Gewebes zehrten, neue Triebe.

Pascal mußte einen Brechreiz unterdrücken, aber er drang weiter vor. Der Eingang zur zentralen Halle, wo sich die Wölbung der Parabolantenne über dem Sitz des biotronischen Gehirns erhob, war beinahe zugewachsen. Angeekelt wandte sich Pascal durch eine Lücke in den schleimigen Vorhang und stieg über einen steilen Hang aus Nervenzellen ins hereinfallende Mondlicht.

Das in sechseckige Parzellen aufgeteilte Instrumentarium aus Flüssigkeitsleitungen, Lebenserhaltungssystemen und Mikrocomputern, das um den kristallenen Kubus angeordnet war, quoll aus allen Ritzen und Winkeln über vor entarteter Hirnmasse. Das cyborgische Nervensystem, ursprünglich ein gewöhnliches menschliches Gehirn, das mit seinem Partner im Orbit unmittelbar in Kontakt stand, hatte seine Nährkammer nach unten hin aufgesprengt und sich in der Halle ausgebreitet.

Pascal stapfte über den modernden, halbfesten Matsch und rief Scyllas Namen. Es blieb still. Er wandte sich hierhin und dorthin, bis er schließlich an einer Stelle in der Nähe des Kubus unter der netzartigen Oberschicht einen weißen Schimmer sah.

In Panik riß er mit bloßen Händen das Gewebe auseinander, langte durch die Gallerte in die Tiefe und bekam schließlich Scyllas Schultern zu fassen. Sie rührte sich nicht. Nur unter größter Anstrengung konnte er sie aus dem Loch heraufziehen. Ihr Anblick ließ ihn vor Entsetzen erstarren. Ein feines Bündel von Nervenfasern war durch den Mund in sie eingedrungen, und sie spie einen Schwall bläulicher Nährflüssigkeit über Pascals Hemd, während er sie festhielt. Als er schon ansetzte, ihr den Neuronenstrang aus dem Mund zu reißen, schlug sie die Augen auf und sah ihn an, als habe sie plötzlich in die Wirklichkeit zurückgefunden. Er zögerte und konnte ihrem Blick nicht ausweichen. Mit zitternden Händen vollführte sie eine unverständliche Geste.

»Du mußt fort«, röchelte sie halb erstickt. »Er wird herkommen. Wir werden eins sein, und dann bin ich endlich nicht mehr allein.«

Pascal begriff nicht, was sie meinte. Ihm blieb auch keine Zeit, darüber nachzudenken, denn unvermittelt bekam er einen Hinweis, worauf ihn ihre ungelenken Handbewegungen aufmerksam zu machen versuchten.

Ein greller Lichtstrahl fiel ihm durch ein Segment der Kuppel ins Gesicht. Er lehnte sich zurück und sah ein von mehreren schwachen und einem starken Lichtpunkt umrissenes Objekt auf das Gebäude zustürzen. Im ersten Moment nur vage zu erkennen, wurde es zusehends größer. Er brauchte fast zu lang, um zu begreifen, was dort auf sie zukam.

Von Panik erfüllt, versuchte er Scylla von dem entarteten Hirn loszureißen, aber das wächserne Bündel war zu kräftig. Er mußte befürchten, Scylla auf diese Weise zu töten. Mit beiden Händen stieß er tief in die fleischige Masse und öffnete eine klaffende Wunde in der Hoffnung, auf die Wurzel des Nervenstrangs zu stoßen, wo er ihn leichter abreißen könne. Schließlich war er von Kopf bis Fuß mit Blut besudelt. Aber alle Anstrengungen waren vergebens.

Scylla schlug mit letzter Kraft um sich. Sie traf ihn an der Stirn und am Kinn, und schließlich ließ er weinend von ihr ab. Während über ihm ein gewaltiges Heulen anschwoll, stolperte er den Hang hinunter auf die Mitte der Halle zu. Einen Moment lang blieb er zitternd stehen. Was er dann tat, geschah so instinktiv, daß er es selbst kaum bewußt erlebte.

Auf dem Weg durch den Korridor spürte er unter seinen Sohlen, wie konvulsivische Zuckungen die Hirnmasse durchliefen. Flüssigkeit spritzte an seinen Körper. Als aus der zentralen Halle, in der es immer heller wurde, eine greller Lichtstreifen durch den schleimig umwucherten Eingang in den Gang fiel, konnte er erkennen, daß in dem Gewebe überall Adern platzten. Pascal glaubte zu träumen, als er sich plötzlich wieder draußen vor dem Portal wiederfand.

Während er so schnell er konnte durch den vom Wind aufgewühlten Sand stapfte, drehte er sich einige Male um die eigene Achse. Von dem Gebilde, das am Himmel immer größer wurde, gingen ungeheurer Lärm und Druckwellen aus. Es tauchte die Kuppel in grelles rotes und weißes Licht. Pascal hastete zum Wagen, ließ sich auf den Fahrersitz fallen und betätigte den Anlasser. Beim ersten Versuch würgte er den Motor ab. Bei zweitenmal röhrte er los, die Reifen drehten sich im Sand durch, dann fuhr der Wagen ruckartig an.

Pascal lenkte den Wagen wie in Trance auf die Straße, den langen Hang hinauf. Zwanzig Meter vor ihm tanzten die Lichtflecken der beiden Frontscheinwerfer über den Asphalt. Alles übrige war in gespenstisches Glimmen getaucht, das mit jeder Sekunde an Intensität zunahm.

Er hatte gerade den Kamm der Senke erreicht, da zerriß ein greller Explosionsblitz die Nacht. Das Heulen endete in einer ohrenbetäubenden Detonation, die über die Wüste hallte. Eine Druckwelle erfaßte den Wagen und schleuderte ihn in eine Düne. Pascal rutschte vom Sitz und prallte mit der Stirn gegen das Armaturenbrett.

Einer Bewußtlosigkeit nahe rappelte er sich hoch und blickte über die Rückenlehne. Er sah, wie die Glas- und Stahlarchitektur der Kuppel in einer Dutzende Meter hohen Flammensäule zerbarst. In seinem Kopf spielte sich die Szene im Zeitlupentempo ab. Glas- und Metallsplitter stoben langsam in alle Richtungen auseinander. Ein Funken- und Flammenregen ging auf dem Sand nieder.

In diesem Moment spürte Pascal, wie durch den wattigen Schleier seiner Betäubung etwas an ihm vorbeistrich. Es war, als stünde er mit geschlossenen Augen vor einem Menschen, den er gut kannte, und nähme auf beinahe außersinnliche Art seine Gegenwart wahr. Er glaubte, Scyllas Duft zu riechen, ihre Stimme aus dem Lärm herauszuhören. Und für einen Sekundenbruchteil war ihm, als sei sie glücklich. Seit der Trennung von ihren Geschwistern mußte dies der erste Moment sein, der ihr etwas bedeutete.

Dieser Eindruck verlor sich rasch. Vor seinem geistigen Auge schritt Scylla in ein imaginäres Abbild dieser Landschaft hinein, fort von ihm. Als sie endlich verschwunden war, hatte er wieder Augen für die Wirklichkeit. Er dauerte Stunden, bis die Brände erloschen waren. Es blieben nur die Fundamente, einige Mauerreste und das Gerippe der Kuppelträger. Im Umkreis von einigen hundert Metern schwelten Metall-, Holz- und Kunststoffteile. Das Knistern und Prasseln der Flammen erstarb. Pascal spürte die Stellen, an denen sein Körper schmerzte.

Schließlich hörte er nur noch seinen eigenen Atem.

Ray Aldridge

DAS TOR DER GESICHTER

John Thinwolf steuerte sein Boot nach Norden und durchpflügte die grüne See in einem Schauer aus buntschillernder Gischt. Die Sonne brannte auf seinem Rücken; das Schmerzmittel wirkte. Die letzte Rothaut war so glücklich, wie ein zum Sterben Verurteilter nur sein konnte.

Gegen Mittag erhoben sich die hammerförmigen Türme einer Verbotenen Stadt über den Horizont.

In der Nähe der archaischen Mauern stellte er den Motor ab. Eine Strömung trieb ihn langsam die schartige Flanke der Stadt entlang.

»Was warst du einmal?« brüllte Thinwolf, doch die Stadt antwortete nicht. Das ist eine von den stummen, dachte er sich.

Das Boot driftete weiter. Er spritzte sich ein Medikament, das das Zellgewebe stabilisierte, und trank eine Flasche blutroten, honigdicken Sirup, der nach Früchten schmeckte – sein Mittagessen.

Er war immer durstig, und der Sirup machte es noch schlimmer. Aber der Medizin-Computer des Boots verbot ihm, etwas anderes zu trinken.

»Indianer dürfen nicht trinken«, sagte er, die leere Flasche anschauend. Vor einer Woche hatten seine Nieren versagt. An seinem Schenkel trug er eine Dialyse-Box, die sich mit tausend winzigen Mündern an ihm festgesaugt hatte und sein Blut reinigte. »Heutzutage kann ein Indianer ohnehin nicht mehr viel; er kann nicht trinken, er kann nicht pissen, er kann nicht schlafen. Da ist nichts mehr mit langfristigen Plänen.«

Er schleuderte die Flasche fort; sie zerschellte an der Stadtmauer, die aus irgendeiner fremdartigen Legierung bestand. Die Splitter glitzerten gegen den tiefblauen Himmel, fielen an der steilen, schwarzen Wand herunter und verschwanden im Wasser. Thinwolf beobachtete das Schauspiel mit dem gleichen feierlichen Ernst, mit dem er jetzt jedes noch so triviale Ereignis betrachtete.

Nach einer Weile trug ihn die Strömung um die gebogene Stadtmauer herum, und er gelangte in den Schatten. Fröstelnd ging er nach unten, um sich eine Jacke zu holen.

Als er wieder an Deck kam, driftete sein Schiff auf das seewärts gerichtete Stadttor zu, das flankiert war von zwei in die Mauer gemeißelten Gottheiten. Sie spreizten spitze, fledermausartige Flügel, und ihre Gesichter erinnerten vage an Reptilien. Glichen sie äußerlich den verschwundenen Stadtbewohnern, oder waren sie Ausgeburten der Phantasie, wie so viele Götter der Menschen?

Im Innern der Stadt erspähte er Türme, die mit schmalen, vorspringenden Balkonen verziert waren. Handelte es sich um Landerampen? Weiter unten mündeten steile Rutschen im dunklen Wasser. Thinwolf kratzte sich den Kopf. Welche Kreaturen mochten hier gelebt haben? Fliegende Amphibien? Baumfrösche? Er lachte; dieser Tag hatte ihm ein eigenartiges, wunderbares Erlebnis beschert. Die Zeit war also nicht verschwendet gewesen.

Vom Sog ließ er sich bis kurz vor das Tor tragen, erst dann ließ er den Motor wieder an und setzte zurück. Einige der leeren Städte waren tot, und man konnte gefahrlos in sie eindringen, doch das bißchen Leben, das noch in Thinwolf steckte, war ihm lieb und teuer.

»Es geht weiter zur nächsten«, sagte er und gab Gas; das Boot flitzte in den Sonnenschein zurück.

In der Abenddämmerung stellte Thinwolf den Motor ab. Manchmal preschte er die ganze Nacht durch, doch dazu war er jetzt zu müde. Ihm kam ein beängstigender Gedanke. Angenommen, die Müdigkeit würde ihn nie mehr verlassen. Wäre er dann nicht mehr imstande, das Boot auch nachts, bei Dunkelheit, zu steuern? Er hatte auf so viele Freuden verzichten, von so vielen Dingen Abschied nehmen müssen. Anfangs war ihm das gar nicht bewußt geworden...

»Nein«, murmelte er. »So darf ich nicht denken; noch nicht! Ha!«

Er spritzte sich seine abendlichen Injektionen und trank noch eine Flasche Sirup. Eine Zeitlang lag er auf dem Sofa in der kleinen, behaglichen Kajüte und versuchte zu schlafen. Doch das zehrte noch mehr an seinen Kräften, und nach einer Stunde gab er es auf.

Statt dessen kletterte er nach oben und begab sich zum Vorderdeck, wo der in Segeltuch verpackte Hulk lag. Er zog die Plane herunter und betrachtete den Metallkörper, der bald ihm gehören würde.

»Du bist eine ganz passable Rothaut«, meinte er. Das Gesicht hatte tatsächlich eine gewisse Ähnlichkeit mit Thinwolfs Zügen. Aber die Wangenknochen des Hulks waren ausgeprägter, und die Augen schwarz, nicht braun. Die Haut bestand aus zahllosen winzigen Schüppchen, ein Teint wie dunkle, mit Gold bestäubte Bronze. Jetzt war das Gesicht starr, doch es besaß eine Beweglichkeit wie ein Antlitz aus Fleisch und Blut. Der Brustkorb war breit und tief, die Hände wirkten kräftig, und der dicke Hals saß auf massigen Schultern. Schwere Gurte fesselten den Hulk ans Deck.

Thinwolf klopfte mit den Fingerknöcheln gegen die metallene Brust, die einen dumpfen, melodischen

Klang von sich gab. »Eines Tages werden wir zwei noch gute Freunde werden, was?«

Plötzlich fühlte er sich einsam. Mit ungeschickten Fingern öffnete er die Schalttafel in der Seite des Hulks. Liebkosend strich er über die ACTIVATE-Taste, dann drückte er den Kipphebel nieder, auf dem TEST MODE stand. Die schwarzen Augen des Hulks begannen zu leuchten und er blinzelte. »Guten Abend, John«, sagte er. »Wirst du mir wieder eine Geschichte erzählen?«

»Gern, wenn du willst. Mal sehen. Habe ich dir schon erzählt, wie Coyote die Welt der Straßen verließ?«

»Nein. Aber es klingt sehr interessant, John.« Der Hulk sprach mit einer tiefen, volltönenden Stimme, doch die Ausdrucksweise war kindlich.

Thinwolf dachte daran, daß der Hulk kein Kind war; er war eine maschinelle Persönlichkeit, dazu geschaffen, um bestimmte Untersuchungen zu erleichtern. Obwohl er manchmal befürchtete, die Fähigkeiten der Maschine könnten sich selbsttätig weiterentwickeln, wenn er sie immer wieder einschaltete, gab es keinen technischen Grund, weshalb der Hulk nicht zu einem eigenständigen Individuum heranreifen sollte, sofern man ihn nur mit genügend Informationen fütterte.

Er verfolgte diesen Gedanken nicht weiter, sondern begann zu erzählen ...

Vor langer Zeit, in der Zeit *vor* der Zeit, brauste Coyote in seinem schönen neuen Auto durch die Welt der Straßen. In der Welt der Straßen ist jeder Ort, und fast jede Landschaft, mit einem Auto zu erreichen – nur das Anhalten wird zum Problem. Obwohl die Welt schön war, wurde Coyote eines Tages unruhig. Seine Hände ermüdeten, weil sie pausenlos das Lenkrad hielten, und da er mit heruntergeklapptem Verdeck fuhr, war der angenehme Geruch des neuen Autos verflogen.

Dieser Gauner, der dem Ersten Volk angehörte, langweilte sich immer sehr schnell.

Schließlich bog Coyote auf eine Straße ab, die schnurgerade zwischen zwei mächtigen Basaltklippen verlief. Der Canyon war so tief, daß er oben nur einen schmalen Spalt sehen konnte, durch den der rote Himmel glühte. »Es ist wie die Linie des echten Blutes, die meine Weisheit an meine Nachkommen weitergibt«, sagte Coyote, der gern in diesem Stil redete. Coyote hielt sich für weise, aber in Wirklichkeit war er nur schlau, und das ist ein großer Unterschied.

Coyote drückte das Gaspedal durch. Der neue Wagen schoß die glatte, leere Straße entlang. Er fuhr immer schneller, bis die schwarzen Felswände zu beiden Seiten verschwammen und es noch dunkler wurde, so daß es Coyote vorkam, als flöge er durch den sternenlosen Weltraum. »So stelle ich mir das Ende der Zeit vor«, sagte er, »wenn es im Universum nichts mehr gibt außer meiner Weisheit.«

Bald schien es Coyote, als würde die Straße schmaler, und er hatte recht. Er blickte hoch und sah, daß sich die Ränder der Klippen droben schlossen, so daß nur noch ab und zu ein Funke des roten Himmels durchsickerte. »Das ist wie der letzte Blutstropfen, der aus meinen Nachkommen herausgesogen wird«, sagte Coyote.

Coyote ängstigte sich leicht, wie jeder Mensch, der über eine blühende Phantasie verfügt, und er merkte, daß er viel schneller fuhr, als er eigentlich wollte. Er versuchte, das Tempo zu verlangsamen, doch das Pedal klemmte, und er konnte nicht bremsen. Der Wagen beschleunigte immer mehr, und der Canyon war zu einem Tunnel geworden.

Zuerst war Coyote wütend – auf das Auto, auf die Straße, auf den Canyon; er brüllte, er fluchte, und er schlug mit den Fäusten auf das Lenkrad. Nach einer geraumen Weile verließen ihn die Kräfte, und zum Schluß saß er still und stumm da und ließ die Hände vom Steuer gleiten. »Also muß ich sterben«, sagte er zu sich selbst. »So früh hatte ich nicht damit gerechnet. Ich trage nicht meine besten Mokassins, und mit der Komposition meines Totengesangs habe ich noch kaum begonnen.« Das alles stimmte, denn wie jeder Mensch, so wähnte sich auch Coyote unsterblich.

Thinwolf machte eine Pause, um Luft zu holen, denn einen Augenblick lang blieb ihm der Atem weg. Der Hulk beobachtete ihn mit leeren Augen und wartete. Thinwolf sog die kühle Nachtluft ein, faßte sich und fuhr fort...

Der Canyon verengte sich noch mehr, so daß die Seitenwände von Coyotes neuem Wagen funkensprühend am Gestein entlangschrammten. Trotzdem wurde das Tempo nicht langsamer, und bald war Coyote umhüllt von Hitze und einem lodernden Licht.

»Es ist, als würde man auf einem Kometen reiten, der vom Himmel herabfällt; wenigstens sterbe ich nicht im Dunkeln«, sagte er. Coyote war nicht weise genug, um zu wissen, daß alle Menschen im Dunkeln sterben, daß es keinen gloriosen Tod gibt.

Aber Coyote starb nicht. Nach einer Weile umklammerten die Felsen sein Auto so fest, daß es nicht mehr weiterfahren konnte; kreischend und knirschend kam es zum Stehen. Coyote schöpfte neuen Mut. »Vielleicht ist heute doch nicht mein Todestag. Ich steige aus und laufe den Weg zurück«, sagte er.

Als er den Wagen verließ, sah er, daß sich der Canyon dahinter geschlossen hatte wie ein riesiger schwarzer Schlund, der einen winzigen Krümel verschluckt. Nicht der feinste Riß war im Gestein zu erkennen. Coyote blieb nichts anderes übrig, als vorwärts zu laufen. Ein letztes Mal betrachtete er sein schönes, ramponiertes Auto.

Eine Zeitlang konnte er aufrecht gehen. Dann zog sich der Canyon noch mehr zusammen, und Coyote mußte sich bücken; später ließ er sich auf alle viere nieder, dann robbte er auf dem Bauch.

Trotzdem setzte er seinen Weg fort, denn Coyote war nicht weise genug, um zu begreifen, daß er in der Falle saß. Nach ihm schloß sich der Canyon mit einem Geräusch, wie wenn

Berge zusammenstoßen. Zum Schluß konnte er nicht einmal mehr weiter kriechen, und er spürte, wie der Canyon gegen seine Füße drückte. Im Gesicht spürte er einen Zug von frischer Luft, der ihm verriet, daß der Spalt nach draußen führte, aber er schaffte es nicht, sich hindurchzuzwängen.

»Dann muß ich mich eben kleiner machen«, sagte Coyote. Seine menschliche Gestalt legte er ab wie einen alten Mantel, und verwandelte sich in einen kleinen Wildhund. So kroch er weiter, doch der Gang wurde enger und enger, bis selbst der winzige Hund nicht mehr hindurchpaßte. Coyote sagte: »Nun, dann werde ich halt ein Kaninchen«, und in dieser Form ging es ein Stück voran.

Zum Schluß war der Spalt selbst für das Kaninchen zu schmal. Coyote hatte Schlangen immer gehaßt, doch die Brise wehte ihm immer noch entgegen, und der Canyon preßte sich gegen seine Hinterläufe, deshalb verließ er das Kaninchenfell und verwandelte sich in eine Schlange.

Eine Weile glitt er schnell vorwärts, der Luftzug wurde stärker, und seine Zuversicht wuchs, er würde es nach draußen schaffen. »Das wird eine schöne Geschichte, die ich dem Ersten Volk erzählen kann«, zischte Coyote und war bereits dabei, sie in Gedanken mit farbigen Details auszuschmücken, bis sich der Spalt plötzlich dramatisch verengte.

Coyote war nicht allzu überrascht, aber mittlerweile war er zu weit gekommen, um aufzugeben. Ihm fiel ein, daß er seinen Totengesang hätte anstimmen sollen, als er noch eine Stimme zum Singen hatte, denn Schlangen können nur Zischlaute ausstoßen; doch er sammelte alle seine Kräfte und verwandelte sich in einen fadendünnen Wurm. Aber der Wurm war so haarfein, daß für Coyotes Seele kein Platz mehr in ihm war. Seine letzte Empfindung war ein schrecklicher Schmerz, als seine Seele aus dem Körper flüchtete.

Wieder schaute Thinwolf den Hulk an. Der hatte den Kopf zur Seite gedreht, so daß er sein Gesicht nicht sehen konnte. »Ist die Geschichte damit zu Ende, John?« fragte er mit gedämpfter Stimme.

»Nein«, antwortete Thinwolf. »Soll ich weitererzählen? Es kommt nicht mehr viel.«
»Ja, bitte«, sagte der Hulk.

Der Wurm kroch vorwärts, weil er gar nicht anders konnte, und schließlich erreichte er den Ausgang des großen Canyons, der bloß ein nadelstichgroßes Loch im Boden war. Der Wurm tauchte hinauf in das Sonnenlicht einer anderen Welt. Er nahm wieder menschliche Gestalt an, aber Coyote gab es nicht mehr, und tausend Jahre später kehrte er in seinen eigenen Körper zurück. Das war die Geschichte, wie Coyote die Welt der Straßen verließ.

»Hat sie dir gefallen?« fragte Thinwolf den Hulk.
Der Hulk drehte seinen schönen Kopf und blickte zum nächtlichen Himmel empor. »Ja, John«, antwortete er. »Das war wieder eine gute Geschichte. Irgendwie spricht sie mich an, obwohl sie mich gleichzeitig wütend und ängstlich stimmt. Mit diesen Emotionen habe ich Schwierigkeiten, vermutlich, weil ich noch so neu bin.«
Thinwolf rieb sich das Gesicht und starrte über das dunkle Meer. »Diese Gefühle machen mir auch zu schaffen; und dafür bin ich viel zu alt.«
»Weshalb erzählst du solche Geschichten?«
Darauf wußte Thinwolf keine Antwort; er streckte die Hand aus, um den Hulk abzuschalten.
»Warte, John«, bat der Hulk bescheiden. »Könntest du mich nicht in Standby-Stellung lassen?«
»Wozu?«
»Ich weiß, daß ich eines Tages als Hülle für deinen Geist dienen werde; das ist meine Bestimmung, und ich tue es gern, denn dafür bin ich konzipiert. Aber vorher… Ich habe da noch ein paar Gedanken, mit denen ich mich beschäftigen möchte. Simple Gedanken, wie ich finde, aber es sind meine eigenen.«
»Warum nicht?« Thinwolf verließ das Vorderdeck

und begab sich nach unten. Schlaflos wälzte er sich auf seinem Bett.

Er erinnerte sich.

Die tödliche Krankheit war ausgebrochen, als er sich auf halber Strecke von Dilvermoon nach Jaworld befand. Anfangs litt er fürchterliche Schmerzen, aber er war nicht hilflos. Er instruierte das Schiff, den nächsten SeedCorp-Außenposten anzusteuern, verschanzte sich in seinem Beschleunigungs-Kokon und hängte sich an den Kühle spendenden, Vergessen schenkenden Morphiumtropf. Das Schiff weckte ihn auf, als sie sich dem Wasserplaneten Passage näherten.

Die Schmerzen hatten ein wenig nachgelassen; er konnte an die Konsole gehen und einen Notruf an die SeedCorp Orbital-Plattform absetzen.

Als der Bildschirm mit dem hereinkommenden Signal aufleuchtete, verbiß er sich die Schmerzen und versuchte, strahlend zu lächeln.

Die Agentin hatte ein mageres, hartes Gesicht, und ihr graues Haar war zu einem Lockentuff aufgetürmt. »Wo liegt das Problem, Ferntransportschiff *Summerlodge*?«

»Ich bin krank«, antwortete Thinwolf. Schweiß rann ihm den Hals hinunter, tropfte von seiner Brust und landete auf der glänzenden Konsole. »Ich muß Ihren Medizincomputer benutzen, mein eigener reicht nicht aus.«

Die Agentin runzelte die Stirn. »Sind Sie allein? Ist Ihre Krankheit noch nicht diagnostiziert worden?«

»Ich bin allein. Es liegt noch keine Diagnose vor.«

Die Agentin lehnte sich zurück und wurde nicht mehr vom Übertragungsfeld erfaßt. Thinwolf starrte auf ein Muster aus umeinanderwirbelnden pastellfarbigen Spiralen. »Unsere Quarantänevorschriften sind sehr streng, *Summerlodge*. Ich weiß nicht, wie wir Ihnen helfen sollen; zur Zeit sind wir personell unterbesetzt. Können Sie denn keinen besiedelten Planeten ansteuern?«

Die Schmerzen durchbohrten ihn erneut, und er wurde wütend. »Ich *sterbe.* Wenn Sie mir keinen Zugang zu Ihrem Medizin-Computer gewähren, bin ich bald tot, aber vorher schicke ich noch einen Nachrichtentorpedo nach Dilvermoon ab. Dieses Schiff fährt im Auftrag von SeedCorp; falls Sie mir Ihre Hilfe verweigern, werden meine Erben SeedCorp verklagen.« Er hatte zwar keine Erben, doch das konnte sie nicht wissen. »Dann sind Sie Knall auf Fall Ihren Job los, Verehrteste, und zwar ohne Entschädigung; das ist nämlich SeedCorps Firmenpolitik, wie Ihnen sicher bekannt sein dürfte.«

Die Rede erschöpfte ihn, und er ließ den Kopf hängen.

Schließlich gestattete ihm die Agentin, einen leeren Frachtzylinder zu besteigen, in den sie und ihre Crew vorher den Medizin-Computer gebracht hatten.

Als er wieder aus der Diagnose-Kapsel herauskam, sprach der Computer mit sachlicher, aber mitfühlender Stimme zu ihm. Keine Hoffnung, sagte er. Ein manipuliertes Virus war in jede seiner Körperzellen eingedrungen, und der Computer besaß nicht die technischen Möglichkeiten, um es zu entfernen. Er fand nicht eine einzige unverseuchte Zelle, aus der er einen Ersatzkörper hätte klonen können; und selbst wenn es möglich gewesen wäre, so war kein Akzelerationstank vorhanden, in dem der neue Körper hätte heranreifen können, bevor das Virus ihn umbrachte.

»Ich kann Ihr Leben kurzfristig verlängern und die Schmerzen erträglich machen, ansonsten bin ich machtlos«, sagte der Medizin-Computer. »Sie haben äußerst raffinierte Feinde, Bürger Thinwolf. Man hat Sie gründlich zum Tode verurteilt.«

»Wieviel Zeit bleibt mir noch?« fragte er.

»Vier bis sechs Standardwochen, eventuell ein bißchen länger.«

»Aha. Kann ich mich einfrieren lassen?«

»Dafür besitzen wir hier nicht die erforderlichen Apparaturen, Bürger Thinwolf.«

Er mußte sterben. Er mußte sterben.

Nach einer Weile erwachte er aus seiner Betäubung und bekam schreckliche Angst. Er rief die Agentin und fing unartikuliert an zu brüllen.

»Dies hier ist ein sehr kleiner Außenposten«, erklärte sie. »Einmal im Jahr kommt ein Frachter auf seiner Rundreise hier vorbei, und er nimmt die Sachen mit, die selbständige Bergungsunternehmen aus den Städten gerettet haben. Hier ist eine Sackgasse; die Firma kümmert sich kaum um uns.«

Er klammerte sich an ein Wort, das er aufgeschnappt hatte. »Welche Städte?« hakte er nach.

»Sie werden Ihnen nichts nützen.« Die Agentin ließ eine Spur von Mitleid durchblicken. »Es sind die Verbotenen Städte. Die noch lebendig sind, sind verschlossen, und selbst wenn Sie in eine hineingelangten und um Hilfe bäten, brächte das auch nichts. Die Städte wurden von einer fremden Spezies errichtet. Was sollten sie schon von menschlichen Krankheiten wissen?«

Das Bild der Agentin auf dem Monitor verschwamm; entsetzt spürte Thinwolf, wie ihm heiße Tränen über das Gesicht rannen. »Hören Sie«, sagte die Agentin, »der Medizin-Computer hat mir versichert, daß Ihre Krankheit viel zu spezifisch ist, um ansteckend zu sein. Kommen Sie an Bord des Hauptmoduls, und wir machen es Ihnen so bequem wie möglich.«

Er senkte den Kopf. »Danke für das freundliche Angebot. Ich gebe Ihnen Bescheid.«

Er kehrte an Bord der *Summerlodge* zurück und kapselte sich wieder in den Kokon ein. Einen Tag und eine

Nacht lang blieb er darin liegen und ließ von den schmerzstillenden Mitteln, die ihm der Medizin-Computer verordnet hatte, die ärgsten Qualen lindern.

Als er den Kokon verließ, fühlte er sich kräftig genug, um seine letzten Tage zu organisieren. Er lauschte seiner Lieblingsmusik; jede Zeile kam ihm unerträglich ergreifend vor. Er bereitete sich seine Leibgerichte zu, und trotz der Verbote des Computers kostete er von jeder Mahlzeit ein bißchen; jedes Aroma erschien ihm unglaublich intensiv. Er ließ sein bevorzugtes Sensorband ablaufen und weinte, als er andere Stimmen hörte, andere Gesichter sah und gesunde Körper berührte.

Genaugenommen war Thinwolf nicht mehr bei SeedCorp angestellt, und die Firma konnte ihn nicht mehr belangen. Deshalb öffnete er aus Neugier den versiegelten Frachtraum.

Er enthielt das Lösegeld für einen Kaiser; die Fracht bestand aus lauter luxuriösen Spielsachen. Thinwolf fand ein wunderschönes Karussell, bestückt mit mehreren Dutzend gesattelten Tieren; jedes war aus Halbedelsteinen geschnitten und mit Silber und Gold aufgeputzt.

Er entdeckte einen herrlichen Rennwagen, gepanzert mit schwarzem Stahl und mit aufwendigen roten und blauen Emailleverzierungen versehen; die Sitze waren mit Hermelinpelz bezogen.

Er sah ein antikes Bett, in dessen hohem Kopfende aus rötlichem Karneol nackte, rehäugige Göttinnen eingeschnitzt waren. Noch hundert weitere nutzlose Schätze stöberte er auf.

Doch da gab es auch ein hübsches kleines Hochseeboot, ausgerüstet für lange Kreuzfahrten; es war an einer Startrampe festgebunden. Im Salon befand sich ein MedizinComputer, der dem Gerät von der SeedCorp-Plattform in nichts nachstand.

Und zu guter Letzt enthielt es den für den reichen

Pflanzer hergestellten Konservator-Hulk. Dessen dunkle Züge, die den Bewohnern des Landes am Nil nachempfunden waren, glichen überraschenderweise Thinwolfs hellem Gesicht. Der Hulk war neu, bereit, geprägt zu werden, und er bot ihm die Möglichkeit zu überleben. Die Vorstellung, daß sein Fleisch trotzdem sterben würde, stimmte Thinwolf traurig, doch er sagte sich: Ich muß vernünftig sein. Ich bin keine Rothaut mehr. Es spielt keine Rolle, ob meine Verbindung zur Erde abbricht. Die Erde ist weit weg und vergessen.

Er rief die Agentin an den Bildschirm. »Mit Ihrer Erlaubnis lande ich unten auf der Bodenstation. Ich möchte noch mal die Schwerkraft eines Planeten spüren.«

Die Agentin war verwirrt, erhob jedoch keine Einwände. »Aber dort gibt es keine Freizeiteinrichtungen, und zur Zeit habe ich nur einen einzigen Mann in der Station, Coedi Kimpt. Er ist ein komischer Kerl, ein bißchen ungehobelt, aber mit den Bergungstrupps kommt er gut aus.«

»Ich werde nett zu ihm sein«, versprach Thinwolf.

Am nächsten Tag lag sein Schiff zum Auskühlen in der Lagune im Zentrum der künstlichen Insel, die SeedCorp als Bodenstation diente. Neben der *Summerlodge* schaukelte ein kleines Shuttle von SeedCorp auf dem Wasser. Im Norden der Insel ragte ein klotziger Lagerhallenkomplex in den Himmel, und quer über der Lagune schwebte ein Kranausleger.

Ein Autodinghi kam herbeigeflitzt und beförderte Thinwolf zum Dock. Dort wartete Coedi Kimpt auf ihn, ein schmächtiges Kerlchen mit glatten, blonden Haaren und langen, muskulösen Armen.

Mit überraschend sanften Händen half Kimpt ihm aus dem Dinghi. »Sie sind also John Thinwolf. Ich bin Coedi.« Der kleine Mann bedachte ihn mit einem freundlichen, offenen Lächeln, und seine winzigen Äuglein funkelten. »Von mir sagt man, ich sei Abschaum, der Bodensatz in der Regentonne von SeedCorp. Wie hoch im Wasser schwimmen Sie, John?«

Thinwolf lachte. »In letzter Zeit bin ich ziemlich tief gesunken. Und ich fürchte, daß ich bald ganz den Bach runtergehe.«

Coedi brachte ihn zum Gästehaus und wies ihm ein behagliches kleines Zimmer mit Blick aufs offene Meer zu.

Als die See dunkel wurde, spazierte Thinwolf zum Handelsposten; schmale, gelbglühende Fenster durchbrachen die Nacht. Er betrat den Laden. Mit Kisten vollgestellte Regale reichten bis unter die Zimmerdecke. Coedi saß unter einer einzelnen Glühbirne und paffte ein Pfeifchen.

»Kommen Sie rein, John«, forderte er ihn auf. »Möchten Sie was trinken? Rauchen? Oder lieber was zum Naschen?« Er hielt ihm ein Tablett mit Süßigkeiten hin. »Die da droben bemühen sich, mich bei Laune zu halten. Damit sie nicht hier herunterkommen müssen. In diesem Jahr habe ich schon sechs Rotationen hinter mir – müssen die im Himmel mich liebhaben!«

Thinwolf hob die Hände. »Danke, aber ich darf nichts zu mir nehmen. Der mechanische Quacksalber verbietet mir alles, was ein bißchen Spaß macht; er behauptet, das würde mich noch schneller umbringen.«

»Na schön. Aber es ist eine erbärmliche Art, die letzten Tage zu verbringen. Setzen Sie sich.« Coedi deutete auf einen hochlehnigen Stuhl. »Also. Was führt Sie in unsere kleine Oase?«

Thinwolf sank auf den Stuhl. Die Medikamente machten die Schmerzen erträglich, aber er fühlte sich sehr matt. »Ich bin das Raumschiff leid, Coedi. Seit Jahren war ich nicht mehr auf einem Planeten. Vielleicht ist das hier meine letzte Chance.«

Coedi beugte sich vor. »Vielleicht?«

Thinwolf musterte den Händler mit prüfendem Blick. Abgelegene Planeten wie Passage dienten als Sammelbecken für SeedCorps beste und schlechteste Leute. Wider alle Vernunft war Thinwolf davon überzeugt, daß Coedi ein guter Mensch sein mußte. »Mein Indianerinstinkt«, murmelte er.

»Was?«

»Entschuldigung, ich hab nur laut gedacht. Was würden Sie sagen, wenn ich Sie fragen würde, ob ich mal den Kran benutzen dürfte?«

Coedi lachte. »Was haben Sie denn vor? Ein bißchen Spielen, sich trotz allem noch mal so richtig *amüsieren*? Bevor Sie den Kran anfassen, müssen Sie mich festbinden. Moment mal, hier muß doch noch irgendwo ein Stück Seil herumliegen ...« Er tat so, als wolle er aufstehen und in den dunklen Regalen herumstöbern.

»Warten Sie, es muß nicht gleich sein. Aber vielen Dank.«

»Wieso nicht gleich? Sie haben doch wirklich keine Zeit zu verschenken.« Coedi blieb jedoch sitzen und zeigte sein harmloses Lächeln.

»Vielleicht breche ich wirklich sofort auf ...« Er erzählte Coedi von dem Boot und dem Hulk.

Der Händler schaute entzückt drein. »Wollen Sie zum Fischen hinausfahren? Die Zeit genießen, bis die Schmerzen zu stark werden und der Schalter endgültig umgelegt wird?«

»Vielleicht werde ich fischen; vielleicht kreuze ich auch nur herum und seh mir was an.«

»Und was, zum Beispiel?« Coedi schien sich köstlich zu amüsieren.

»Na ja, die Verbotenen Städte. Oder gibt's hier noch was anderes?«

»Nein. Aber ich sage Ihnen, in den meisten Städten gibt's nicht viel zu sehen. Die toten wurden schon lange ausgeschlachtet, und die lebendigen werden Sie töten. Und John, vor den sterbenden Städten müssen

Sie sich besonders hüten. Manchmal sprengen sie sich zum Schluß selbst in die Luft oder setzen sich in Brand. Aber hauptsächlich sind sie gefährlich, weil sich dort die Aasgeier herumtreiben, und die sind ein hartgesottener Haufen. Manche würden Ihnen mir nichts, dir nichts, die Kehle durchschneiden und Ihr Boot stehlen.« Coedi hatte sehr ernst gesprochen.

»Wird es schwer sein, ihnen aus dem Weg zu gehen?«

Coedi rieb sich das Kinn. »Nein, ich glaube nicht. Es dürfte für Sie kein Problem sein, den Aasgeiern auszuweichen, denen Sie unterwegs vielleicht begegnen. Meistens fahren sie auf ausgemusterten Schiffen – die Boote sind langsam, aber sie können mit wenig Treibstoff eine Menge Fracht befördern. Das Schnellboot, das Sie stehlen wollen, kann jedem anderen Fahrzeug da draußen davonflitzen. Ihnen wird nichts passieren, solange Sie sich nicht mit diesen Typen gemein machen.«

Thinwolf lachte. »Das steht nicht zu befürchten. Aber erzählen Sie mir doch mehr über diese Städte.«

Coedis Augen leuchteten auf. Er lehnte sich mit seiner Pfeife zurück und fing an zu sprechen.

Die Städte waren schon uralt, als die ersten Menschen nach Passage kamen. Mehrere wissenschaftliche Expeditionen verschwanden einfach in einigen der lebenden Städte, ehe man die Gefahr erkannte. Von den drei- oder viertausend Städten, die auf dem Ozeanplaneten trieben, waren vielleicht hundert tot und bis auf das nackte Metall ausgeplündert, als die Menschen sie entdeckten. Ungefähr sechshundert befanden sich in unterschiedlichen Stadien des Verfalls; ihre Verteidigungsmechanismen funktionierten nur noch teilweise, so daß Marodeure eine gute Chance hatten zu überleben. Die restlichen Städte waren völlig intakt, aber offensichtlich leer. Ein paar der lebenden Städte hatten es Forschern gestattet, in sie einzudringen und sie unbehelligt wieder zu verlassen, solange sie nicht versuchten, Souvenirs mitzunehmen, und diese Forscher hatten keine Bewohner angetroffen.

»Meiner Meinung nach sind die Städte nicht bösartig, sondern nur unzuverlässig«, sagte Coedi. »Trauen Sie ihnen lieber nicht, John. Die gefährlichsten von ihnen laden Sie zum Tee ein, wie es höflicher nicht geht, aber wenn Sie der Einladung folgen, sieht man Sie nie wieder. Vielleicht steckt gar keine Heimtücke dahinter, aber der Schaden ist angerichtet. Seien Sie vorsichtig.«

»Und sämtliche Städte sind nichtmenschlichen Ursprungs?«

»Das behaupten die Experten. Klingt auch plausibel, da sie alle alt sind wie die Hölle, und SeedCorp landete erst vor siebenhundert Jahren auf Passage. Allerdings erzählen sich die Aasgeier eine Legende über eine von Menschen errichtete Stadt. Jedenfalls von einer Stadt mit einem menschlichen Gesicht.«

Das ist ja interessant, dachte Thinwolf. »Tatsächlich? Das müssen Sie mir näher erklären.«

»Da gibt's nicht viel zu sagen. Die Aasgeier sprechen nicht gern darüber, aber alle hoffen, sie eines Tages zu finden. Angeblich treibt die Stadt ziemlich hoch im Norden, knapp unterhalb der Eisberggrenze. Da droben ist das Wasser kalt und trübe, es gibt eigenartige Meerestiere und phantastische Nordlichter. Die ideale Kulisse für eine Legende, scheint mir. Ein paar von den älteren Lumpensammlern faseln davon, wie sie die Stadt bei Nacht durch den Nebel driften sahen. Angeblich besitzt sie ein Seetor aus Gold, fünfzig Meter hoch, in das tausend Gesichter eingraviert sind. Menschliche Gesichter. Sie nennen es das Tor der Gesichter. Die Stadt treibt mit hoher Geschwindigkeit durchs Wasser, keiner, der sie sah, konnte sie einholen. Natürlich hat jeder versucht, die Stelle, wo sie sie sichteten, zu markieren, aber keiner hat sie ein zweites Mal wiedergefunden. Manche halten es für möglich, daß sie die meiste Zeit unter Wasser schwimmt.«

Coedi maß dieser Geschichte mehr als nur eine nebensächliche Bedeutung bei, das sah Thinwolf ihm am Gesicht an. »Das wäre ja ein tolles Ding, diese Stadt zu finden«, meinte er.

»Ja«, bekräftigte Coedi. »Wenn jemand hineingelangte und mit irgendeinem Gegenstand wieder herauskäme ... Der könnte sich von diesem Planeten freikaufen und anderswohin ziehen. Er wäre ein gemachter Mann.« In Coedis Blick lag ein trauriges Eingeständnis. »Eines Tages, John, verabschiede ich mich von SeedCorp und segle in Richtung Norden. Wenn ich mehr Mut habe.«

Am nächsten Morgen half Coedi Thinwolf dabei, das hübsche kleine Boot aus dem Frachtraum zu heben und den Hulk auf dem Vorderdeck festzubinden. Zum Abschied winkte Thinwolf ihm zu, ohne sich dabei umzusehen.

Das war vor drei Wochen gewesen.

Im Morgengrauen fiel er in einen unruhigen Schlaf, und die Erinnerungen verschmolzen übergangslos mit Träumen.

Im Traum war Thinwolf kräftig und gesund, und geschwind eilte er über den stürmischen Ozean. Seine Beine planschten durch die schaumgekrönten Wellen, und die Füße versanken leicht in dem klaren Wasser. Sein Herz klopfte langsam und kraftvoll, wie eine unermüdliche Maschine. In der linken Hand hielt er einen schweren Kriegsbogen, mit Hornstreifen verstärkt, und bespannt mit einer glänzenden Sehne. Das Gewicht eines Köchers drückte auf seinen Rücken.

Er war nackt, bis auf einen schmalen Lendenschurz. An sich hinunterblickend, sah er, daß der Schurz mit ineinander verschlungenen Diagrammen von Mikroschaltkreisen bestickt war. Eine namenlose Angst überkam ihn, doch dann erkannte er, daß er sich geirrt hatte; das Muster bestand lediglich aus den vertrauten eckigen Spiralen, die die Weber seines Stamms bevorzugten.

Aus dem Augenwinkel erhaschte er am nördlichen Horizont ein weißes Glitzern. Er wandte sich von der Sonne ab und rannte ein bißchen schneller, während das Jagdfieber ihn packte.

Eine Schule von Büffelwalen schwamm gemächlich dahin; sie hatten ihn noch nicht bemerkt, und ihre schwarzen, buckeligen Rücken durchstießen das Wasser. Gelegentlich blies einer und jagte eine hohe Wasserfontäne in die Luft, ein süßliches Aroma versprühend, das von ihrem Futter, dem Seegras, herrührte.

Gegen den Wind näherte er sich ihnen bis auf hundert Meter, dann schwenkte er ab und rannte parallel zu ihnen, sich möglichst in den Wellentälern haltend und sich durch die Schaumkämme duckend. Er zählte ein Dutzend der Kolosse: fünf Kühe, vier Kälber, zwei Jährlinge und einen älteren Bullen, der seine Blüte schon seit etlichen Wintern überschritten hatte.

Thinwolf spürte einen Anflug von Angst. Wo war der Bulle, der die Herde anführte? Er spähte nach unten in das blauschwarze Wasser zu seinen Füßen; was verbarg sich dort drunten? Seine Furcht wurde stärker. Irgend etwas stimmte nicht … aber was? Der Gedanke entglitt ihm, hurtig wie ein Fisch.

Dann stieg der Bulle empor, nur fünfzig Meter von ihm entfernt. Er pflügte sich näher und versperrte Thinwolf den Weg zur Herde, wie wenn er um dessen mörderische Absichten wüßte. Der Buckel des Bullen war riesig, bedeckt mit einem seidigen weißen Fell. Vor Aufregung vergaß Thinwolf seine Angst. Dies war ein Zeichen, ein ungeheuer wichtiges Omen.

Der Bulle blies, und Thinwolf sah, daß die Wasserfontäne eine rötliche Färbung hatte; es roch nach Blut.

Er fragte sich, wie viele alte Pfeile in der Lunge des Wals schwären mochten, und Traurigkeit überkam ihn. Aus dem Köcher nahm er einen Pfeil mit einer Obsidianspitze, legte ihn auf die Kerbe und spannte den Bogen. »Mein Pfeil möge dir Frieden bringen, Großer Wal«, flüsterte er und ließ den Pfeil losschnellen.

Der Pfeil verschwand in der Flanke des Wals, so leicht, als durchbohre er eine Welle. Einen Augenblick lang passierte gar nichts.

Dann schoß ein Schwall roten Wassers aus dem Blasloch des Wals, und wo er auf die Oberfläche des Meeres traf, glätteten sich die Wogen. Blut tropfte von Thinwolfs Armen, und seine Füße sanken tiefer ein. Vor Angst war er wie gelähmt. Ihm fiel ein, daß Menschen nicht auf Wasser laufen können.

Der Wal tauchte ab, ohne auch nur einen Blick auf seinen Mörder zu werfen.

Thinwolf vermochte sich nicht vom Fleck zu rühren. Er schaute die Zukunft, die nur einen Herzschlag lang von ihm entfernt war: der verwundete Wal preschte aus der Tiefe nach oben, spitze Hörner bohrten sich in Thinwolfs weiches Fleisch und schleuderten das, was noch von ihm übrig blieb, hoch in die Luft. Eine Ewigkeit verharrte er wie erstarrt – dann schnellte der Wal an die Oberfläche.

An der Stelle, wo der edle Kopf hätte sitzen sollen, drängten sich nun ein Dutzend glotzender Augen, und hundert dünne, sehnige Tentakel krümmten sich. Eine solche Kreatur hatte Thinwolf noch nie gesehen.

Die Tentakel ergriffen ihn. Es war, als berührten ihn rotglühende Drähte, und endlich konnte er schreien. Das Ding zerrte ihn hinab, durch Ströme aus verdünntem Blut nach unten tauchend. Tiefer und tiefer ging es, bis das Blut nur noch ein schwarzer Schatten war und die Welt droben eine blasse, zurückweichende Illusion.

Kurz bevor Thinwolf aufwachte, mit einer Lunge,

die vor angehaltenem Atem zu platzen drohte, blickte er auf seine Hände; er sah, daß sie sich in Uhrwerke verwandelt hatten, lauter Federn, Zahnräder und schwarzglänzender Stahl.

Er regte sich matt auf seiner Schlafstelle. Sein Kopf dröhnte. Selbst nachdem er geschlafen hatte, fühlte er sich nicht mehr ausgeruht.

»Oh«, stöhnte er. Er rieb sich die Augen und umklammerte seinen Kopf.

Nach einer Weile merkte Thinwolf, daß das Pochen und Dröhnen auch außerhalb seines Kopfes ertönte. *Motoren?* Er blickte auf das Armaturenpaneel; ein Lämpchen flackerte und zeigte einen Kontaktversuch an. Er ging nach oben an Deck.

Aus der untergehenden Sonne rückte ein Schiff langsam auf ihn zu. Er blinzelte gegen den Glast. Das Boot war ein breitbauchiger Trawler mit hochgezogenem Bug und niedrig im Wasser liegendem Rumpf. Nur mit Mühe konnte er die dunklen Gestalten im Ruderhaus ausmachen.

»Ahoi!« rief eine melodische Stimme über das Wasser. »Ahoi, du da auf dem Schnellboot!«

Beim Klang dieser Stimme zog es ihn förmlich an die Reling, und sein Gesicht dehnte sich zu einem dämlichen Grinsen. Er erstickte die innere Stimme, die ihm warnend zuflüsterte: »Denk daran, was Coedi dir gesagt hat.«

»Ahoi!« antwortete er.

Bedächtig schob sich das Boot vorwärts. Als es aus dem Sonnenglast herausglitt, konnte er weitere Einzelheiten erkennen. Der Rumpf bestand aus zerschrammtem schwarzen Plastik, das Ruderhaus war mit roten und goldenen Streifen angepinselt, die ein bißchen verblaßt und abgenutzt aussahen.

Im Ruderhaus war die Silhouette einer schlanken, zierlichen Frau zu sehen. Zwei hochaufgeschossene, vierschrötige Kerle, die als einzige Bekleidung ihre ledernen Werkzeuggürtel trugen, standen im Bug und grinsten. Einer warf Thinwolf ein Tauende zu. Thinwolfs Boot summte und fuhr einen gepolsterten Stoßdämpfer aus.

»Mannomann, ist das aber ein *schickes* Schnellboot«, frohlockte der andere Typ in einem hämischen, verschlagenen Tonfall.

Als die Boote sich berührten, bog ein dritter Mann um die Ecke des Ruderhauses. Kurz darauf erkannte Thinwolf, daß es sich bei den drei Kerlen um ein Klon-Set handelte. Bei genauerem Hinsehen entdeckte er die mit silbernen Krallen versehenen Kontrollketten an ihren Hälsen. Ob sie Sklaven sind, fragte er sich, oder haben sie sich aus freien Stücken zu diesem Dienst verpflichtet? Ihn schauderte.

Mit einem rasselnden Geräusch schalteten sich die Motoren des Trawlers ab, und die Kapitänin kletterte von ihrem Ruderhaus herunter.

Ihr Körper war jung, doch die Augen hatten den Blick einer viel älteren, erfahrenen Frau; die honigblonde Mähne war zu einem adretten Zopf geflochten. Sie hatte angenehme, vollkommen ebenmäßige Gesichtszüge; die Wangen zierte ein Muster aus winzigen, glänzenden Sommersprossen. Ihr elegant geschnittener Overall war makellos sauber. In der Rolle einer gesetzlosen Marodeurin konnte er sie sich nicht vorstellen. Mit ausdrucksloser Miene sah sie ihn an, während ihre Sklaven sich kichernd in die Seiten stießen.

»Hallo, Kamerad«, sagte sie.

»Hallo«, antwortete er. Er spürte, wie sein Lächeln erlosch und einem leeren, idiotischen Gesichtsausdruck Platz machte.

»Antwortest du nie auf einen Funkspruch?«

»Das Funkgerät war nicht eingeschaltet«, gab er zu.

»In diesen Gewässern ist das gefährlich«, meinte sie. »Du gehst ein Risiko ein, Kamerad.«

Ihre Stimme klang wirklich melodiös, doch gleichzeitig so emotionslos, daß ihm eine Gänsehaut über den Rücken lief. »Und wieso?« fragte er.

»Piraten«, entgegnete sie und lächelte endlich. Ihre Zähne bestanden aus facettierten, spitz zugeschliffenen Rubinen.

Er trat einen Schritt von der Reling zurück. »Ich bin nicht sonderlich besorgt«, sagte er. »Ich trage ein persönliches Schutzfeld.«

»Danke, Kamerad«, sagte sie. Einer der Sklaven zückte einen isolierten Bootshaken. Ehe Thinwolf ausweichen konnte, hatte der Sklave ihn damit gekascht. Der Kerl zog mit einem Ruck an dem Haken, und Thinwolf kippte über die Reling ins Wasser.

Sein Schutzfeld zischte und bekam einen Kurzschluß; hilflos strampelte er zwischen den beiden Schiffsrümpfen. Nach Luft schnappend, schluckte er das kalte Wasser; er entsann sich an seinen Traum, und er dachte an die Meilen schwarzen Wassers unter ihm, in dem er bald für immer treiben würde. Wild mit den Armen rudernd, stieß er ein unartikuliertes Gebrüll aus und versuchte, sich an der glatten Bordwand seines Schiffs festzukrallen. Und *er* hatte gedacht, er hätte mit seinem Leben bereits abgeschlossen? Nichts war ihm fremder und unbegreiflicher als die Aussicht, bald sterben zu müssen.

Während er ums Überleben kämpfte, erteilte die Frau in aller Ruhe dem Klon-Set Befehle. »Larry, du und Curly bringt den Trawler in unser Versteck zurück. Moe geht mit mir auf das Schnellboot. Paßt mir ja gut auf, ihr zwei: haltet ein wachsames Auge auf den Druckmesser an der Backbord-Maschine; gebt nicht zuviel Gas. Wenn ihr mein Schiff beschädigt, lasse ich meine Wut noch *jahrelang* an euch aus!«

Die Bordwand schlingerte unter Thinwolfs verzweifelt greifenden Händen, als die Piratin und ihr Sklave das Schnellboot enterten. »Wartet!« schrie er. »Bitte wartet!« Ihre Gleichgültigkeit war wie ein Gewicht, das ihn unter das schwarze Wasser drückte. Er hörte, wie sie noch etwas mit ihrer melodiösen Stimme sagte, während die beiden Schiffe sich voneinander entfernten.

Plötzlich ertönte aus dem Bug ein knirschendes, reißendes Geräusch, gefolgt von einem deftigen Fluch der Frau. Thinwolf hörte einen hohen, schrillen Entsetzensschrei. Ein Sklave fiel ins Wasser, wo er reglos an der Oberfläche trieb.

Bläuliche Blitze zuckten. Wieder ein fürchterliches Kreischen, dann ein Knacken wie von berstenden Knochen. Hochblickend sah er eine wilde Gestalt, die die größer werdende Kluft zwischen den beiden Schiffen übersprang; es ging so schnell, daß Thinwolf nicht erkennen konnte, wer es war.

Noch zwei kurze Schreie, dann setzte Stille ein. Wassertretend wartete Thinwolf mit einer Art verwirrter Resignation. Der Hulk erschien an der Reling des Piratenschiffs. »Einen Augenblick noch, John«, sagte er. »Ich muß dir ein Tau zuwerfen; ich wage es nicht, ins Wasser zu springen, denn bei meinem Gewicht würde ich bestimmt schnell untergehen.«

Ein Tau wurde geworfen und landete in Thinwolfs ausgestreckten Händen. Der Hulk zog ihn so rasch an Bord, daß er um ein Haar losgelassen hätte, doch dann stand er auf dem Deck des Piratenschiffs.

Mit blutverschmierten Händen aus Metall half der Hulk ihm, das Gleichgewicht zu finden. »Alles in Ordnung, John?«

Thinwolf holte tief Luft. »Ja.« Er schloß die Augen, den wärmenden Sonnenschein auf seiner Haut und das feste Deck unter den Füßen genießend. »Ja. Vielen Dank.« Er staunte, daß jemand, der schon so gut wie tot war, sein Überleben derart auskosten konnte. Aber er freute sich unbändig, daß er es geschafft hatte.

Ein Sklave lag zerschmettert beim Ruderhaus. Der

andere hing enthauptet vom Bugspriet, und seine Gliedmaßen baumelten im Wasser. All das registrierte Thinwolf mit einem eigenartig unbeteiligten Gefühl, wie wenn er sich ein Sensorband mit einer fiktiven Abenteuergeschichte anschaute. »Du hast ganze Arbeit geleistet«, sagte er zu dem Hulk.

»Danke, John. Das Töten kann ich dir beibringen, wenn du deinen eigenen Leib verläßt. Dieser Körper hier ist mit etlichen Fähigkeiten ausgestattet, hast du das nicht gewußt?«

»Nein … nein, davon hatte ich keine Ahnung.«

»O doch. Ich kann töten; ich kann kochen; ich kann ein Luftschiff steuern; ich kann lustige Sketche und Pantomimen aufführen; ich kann Gedichte in einem Dutzend menschlicher und drei außerirdischer Dialekte aufsagen; ich beherrsche drei unterschiedliche Massagepraktiken und achtzehn der fortschrittlichsten Sexualtechniken; ich kann mehr als neunzehntausend Arten von Nematoden identifizieren, die auf Jaworld heimisch sind; ich kann Zierdeckchen in eintausendvierhundert klassischen Mustern häkeln …«

Thinwolf hob die Hand. »Hör auf. Von deinen Qualitäten bin ich überzeugt. Selbst wenn du nicht gleichzeitig laufen und sprechen könntest, wäre ich schon dankbar.« Thinwolf legte eine Pause ein und fuhr mit leiser Stimme fort: »Obwohl ich mir gar nicht sicher bin, mit wem ich mich unterhalte.«

»Ich habe keinen Namen, das stimmt.« Der Hulk senkte den Blick und schwieg.

»Vielleicht solltest du einen bekommen. Such dir doch selbst einen aus.« Thinwolf blickte über das Wasser zu seinem kleinen Boot; erschrocken sah er, daß es ständig weiter wegdriftete. »Mein Boot!« keuchte er.

Der Hulk hob den Kopf; auf seinen edlen Zügen malte sich ein Ausdruck der Überraschung ab. »Du brauchst es doch nur zu rufen, John. Es ist auf deine Stimme geprägt, so wie ich.«

Thinwolf rief, und die beiden Schiffe näherten sich wieder. Sein Boot fuhr Sauggreifer aus und dann eine Laufplanke.

Die Riemen; mit denen der Hulk festgeschnallt war, waren zerrissen. Auf dem Vorderdeck lag die Frau; ihr einstmals schönes Gesicht war zerfetzt. An der Reling klebte eine Plasmawaffe in einer Pfütze aus geschmolzenem Plastik.

»Nachdem ich ihren Sklaven umgebracht hatte, versuchte sie, mich zu verbrennen, John. Ich mach gleich sauber.«

»Das hat Zeit. Laß uns mal unten nachsehen, vielleicht entdecken wir ein paar Schätze.« Thinwolf bedauerte den Tod der Piratin nicht; sie hätte ihn kaltblütig ertrinken lassen. Er drehte sich um, ging zum Ruderhaus des Piratenschiffs und kletterte den Niedergang hinab.

Im Frachtraum fanden sie allerhand Dinge von einer sonderbar anmutenden Schönheit, Beutestücke, die die Piraten aus einem Dutzend sterbender Städte geplündert hatten. Am vorderen Schott stand eine Skulptur aus patinierter Bronze; sie zeigte eine Gruppe von grobschlächtigen, muskelbepackten, menschenähnlichen Gestalten, im Kampf mit ihrer eigenen Haut. Sie glichen häßlichen Raupen mit vier Gliedmaßen, die aufplatzten und eine weiterentwickelte Form enthüllten.

Unter der runzligen Haut verbargen sich noch weitere Körperteile, Krallen und der glatte Schwung eines Flügels, alles mit einer grünlich schimmernden Goldlegierung überhaucht. Thinwolf trat näher heran und berührte das kalte Metall. Unter seinen Fingern pulsierte die Skulptur, wie wenn sie sich aufbäumen wollte, und seine Hand zuckte zurück.

Sie entdeckten eine riesige Maschine, die wie ein Uhrwerk konstruiert war. Die Speichen der Räder bildeten langgestreckte, nichtmenschliche Körper, die

Zähne waren wie bittend erhobene Hände, und Knochen, die nicht von irdischen Wesen stammten, dienten als Hebel. Wenn man die Apparatur berührte, begann sie sich zu drehen; Räder wirbelten, Zähne mahlten, Hebel pumpten. Aus hundert verborgenen Mündern erscholl eine krächzende Musik. Thinwolf griff in die Speichen eines Rads hinein, und die Maschine blieb stehen.

Der Hulk beobachtete alles mit ernster Miene und gab keinen Kommentar von sich.

Thinwolf arbeitete sich weiter nach achtern vor, ohne einen Gegenstand anzufassen. In der Nähe des Heckschotts befand sich ein großes Gemälde aus Kaltlicht, in dem sich die Figuren langsam bewegten. Auf den ersten Blick schien es eine Allegorie darzustellen, vielleicht die einer außerirdischen Hölle. Die Foltermethoden hätten auch von der Erde stammen können: Verstümmeln, Verbrennen, die Haut abziehen, in den Schraubstock zwängen, Erfrieren lassen, Eintauchen in ekelhafte Substanzen; eine ziemlich gewöhnliche Auswahl von Qualen und Erniedrigungen. Aber die Gestalten, die verzückt diese Schrecknisse durchlebten, glichen Rehen auf zwei Beinen, mit großen, glänzenden Augen und frommen, heiteren Mienen.

»Das reicht«, sagte er zu dem Hulk.

Später, als er wieder an Deck seines eigenen Schiffs stand, sah er zu, wie der Hulk die Leiche der Frau ins Meer warf. Der Hulk schleppte einen Eimer Wasser herbei, um das Blut abzuwaschen, bückte sich und bearbeitete den Fleck mit einer Bürste. »Was machst du mit dem anderen Boot, John? Wirst du es versenken?«

»Was?« fragte er erschrocken. »Warum sollte ich das tun?«

»Vielleicht hatte sie Verbündete, John. Dann wäre es sicher besser, sie finden das Boot nicht, wenn sie nach ihr suchen.«

Thinwolf stellte sich vor, wie die schaurig-schönen

Sachen in die schwarze Tiefe hinabsänken; er dachte an all die Gegenstände, deren Sinn ihm verborgen blieb, und die ihn betroffen und bestürzt gemacht hatten; waren sie unter Qualen und Anstrengungen aus den senilen Städten gestohlen worden, um dann auf immer zu verschwinden? Er spürte einen schmerzhaften Stich im Herzen, der jedoch nicht vom schleichenden Versagen dieses Muskels herrührte. »Nein, das Schiff soll ruhig im Wasser treiben, bis es jemand findet.«

Der Hulk zuckte die Achseln. »Wie du willst, John.« Als er mit Saubermachen fertig war, schaute er zu der Stelle hin, wo er angeschnallt gelegen hatte. »Ich hole neue Riemen«, sagte er ohne erkennbaren Unmut.

»Warum? Ach so. O nein, du bist keine Decksfracht mehr.« Indem er die Worte aussprach, wurde er sich des Risikos bewußt, doch er beruhigte sich selbst. Der Hulk war nichts weiter als eine Maschine; er führte die Arbeiten aus, für die er konstruiert war. Und wenn für ihn die Zeit kam, um zu sterben, dann würde sein Überlebenswille gewiß stärker sein als das Mitleid für dieses arme, metallene Geschöpf. Dessen war er sich ganz sicher.

Der Hulk lächelte zum erstenmal, aber es war ein verhaltenes Lächeln. »Danke, John. Du bist ein guter Mensch.«

Natürlich wußte der Hulk, wie man das Boot navigierte, deshalb überließ Thinwolf ihm das Ruderhaus und sagte ihm, er solle ihn wecken, wenn eine Stadt auftauchte. Thinwolf ging nach unten und zog sich trockene Sachen an. Das Bett sah verlockend aus; er legte sich hin, und zum erstenmal seit Tagen fiel er in einen tiefen Schlaf.

Als er wach wurde, hatte die untergehende Sonne das Licht, das schräg durch das Bullauge über seinem Kopf in die Kajüte fiel, bernsteingelb getönt. Die Luft war frisch, und das Meer hatte einen kalten, grauen Farbton. Er zog sich warm an und ging an Deck; der Hulk hielt unermüdlich einen nördlichen Kurs.

»Hast du gut geschlafen, John?«

»Ja. Ja, danke. Irgendwelche Vorkommnisse? Gab's Probleme?«

Der Hulk schüttelte seinen schönen Kopf. »Nein, alles in Ordnung, John. Ein paar Gewitterschauer, ein Regenbogen und ein Pärchen Nachtdrachen kreuzten unseren Weg. Nichts von Belang.«

Thinwolf betrachtete den Hulk. Er sprach mit ruhiger Stimme, doch seine Augen strahlten; ein dezentes Lächeln umspielte den Mund – er schien recht fröhlich zu sein. »Dann hast du den Tag also genossen?« vergewisserte er sich.

»Und ob, John. Ich finde das alles herrlich. Das Wasser hat so viele unterschiedliche Farben. Ich habe Seevögel gesehen, ich habe Wolkenschlösser gesehen, und die Nachtdrachen waren wunderschön: karmesinrot, gold und himmelblau.«

»Aber du sahst keine Städte?«

»Nein, John. Suchst du nach einer ganz bestimmten Stadt?«

Was konnte es schaden, wenn er dem Hulk die Wahrheit erzählte? »Ja. Eine Legende besagt, daß eine menschliche Stadt in diesen Gewässern schwimmt. Für mich ist es eine spirituelle Suche. Verstehst du, was ich meine?«

»Was ist eine ›spirituelle Suche‹?«

Thinwolf machte es sich auf dem Sofa im Ruderhaus bequem. »Das ist schwer zu erklären. Vor langer Zeit, als meine Vorfahren noch auf der guten alten Erde wohnten, hat es vielleicht etwas ganz anderes bedeutet, aber jetzt… bevor eine Rothaut stirbt, begibt er sich auf eine spirituelle Suche, das ist das letzte, was er im Leben unternimmt. Wonach er sucht, kann ein Ort sein, ein Gegenstand, ein Gedanke oder ein Gefühl.

Wenn die Suche einen Sinn ergibt, wenn er eine abschließende Lektion daraus lernt, um so besser. Aber was es damit genau auf sich hat, erfahre ich wahrscheinlich erst ganz zum Schluß.«

Eine Zeitlang schwieg der Hulk. Als er dann sprach, klang seine Stimme nicht mehr so fröhlich. »Aber du stirbst doch nicht, jedenfalls nicht richtig. Trotzdem hoffst du, diese Stadt könnte dich etwas lehren?«

»Warum denn nicht?« Thinwolf zuckte die Achseln. »Die Suche ist wichtig, nicht das Finden.«

»Wo lebt dein Volk jetzt, Thinwolf?«

Auf einmal fühlte sich Thinwolf schwach, aber mit seiner Krankheit hatte das nur wenig zu tun. »Es ist ausgestorben. Ich bin der letzte.«

Die Nacht verdunkelte das Meer. Der Hulk stand am Ruder. Stundenlang steuerte er in vollkommenem Schweigen, während seine Arme kleine, ruckartige, präzise Bewegungen vollführten. Thinwolf schaute zurück auf ihr Kielwasser, das in einem kühlen, weißen Licht phosphoreszierte; die schäumende Spur, die sie hinterließen, verlief schnurgerade.

Der Hulk schien keine Unterhaltung zu brauchen. Zum Schluß fragte Thinwolf: »Möchtest du noch eine Geschichte hören?«

Der Hulk zuckte die Achseln und entgegnete in neutralem Tonfall: »Wenn es dir Spaß macht, dann kannst du mir ja eine erzählen.«

Thinwolf war baff. »Als du noch am Vorderdeck festgeschnallt warst, klangst du aber begeisterter.«

Der Hulk erwiderte nichts darauf, und nach einer Weile sah Thinwolf ein, daß sein Kommentar keiner Antwort bedurfte. »Laß es mich anders formulieren. Hättest du etwas dagegen, wenn ich dir eine Geschichte erzählte?«

»Keineswegs, John.«

»Also, das ist die Geschichte von Coyote und der Erschließungsgesellschaft ›Glückliche Jagdgründe‹.«

Es geschah viele Jahre nach der Zeit *vor* der Zeit, lange, nachdem DAS VOLK die gute alte Erde verlassen und sich über alle Sterne verstreut hatte. Zehntausend Jahre waren vergangen, und das Volk war so weit und so schnell gereist, daß keiner mehr wußte, zu welchem Stamm er gehörte. Keiner kannte sein Totem; keiner kannte seinen Clan. Tatsächlich wußte das Volk gar nicht mehr, daß es DAS VOLK war. Selbst Coyote hatte seinen Namen und seine Pflichten vergessen, wie es jedem passieren würde, der so lange gelebt hatte wie er.

Coyote wohnte nun auf Dilvermoon, jener herzlosen Welt aus Stahl. Er hielt sich für einen Historiker; er stöberte in den privaten Angelegenheiten verstorbener Menschen herum und schrieb dann gelehrte Artikel, die niemand las. Er konnte sich eine so brotlose Beschäftigung leisten, weil er sehr, sehr reich war; selbst ein Mensch mit durchschnittlicher Intelligenz hätte ein Vermögen ansammeln können, wenn er so alt gewesen wäre wie Coyote. Und Coyote war schlau, nicht zu vergessen!

Eines Tages, als er sich ein paar verstaubte Videobänder von der guten alten Erde ansah, stieß er auf ein faszinierendes Volk, das abwechselnd als Indianer, Nordamerikaner, Amerinds oder Rothäute bezeichnet wurde. Diese Menschen bewohnten die weiten, offenen Ebenen, dunkle, tiefe Wälder oder mörderische Wüsten; ihr Leben spielte sich zwischen dem Erdboden und dem Firmament ab und schien eine gewisse schlichte Schönheit zu besitzen.

Offensichtlich verbrachten sie ihre Zeit damit, verschiedene wildlebende Tiere in einer entzückend frommen Art und Weise zu töten, oder durch die Prärien, Einöden und Wälder zu preschen – manchmal auf Pferden, manchmal auch in rosafarbenen, mit großen Heckflossen ausgestatteten Triumphwagen. Gelegentlich attackierten sie Proviantzüge anderer nomadischer Rassen oder verscherbelten die Schürfrechte auf ihrem Land mit bewundernswerter Freigebigkeit.

Sie lebten in den unterschiedlichsten Behausungen, angefangen von Lederzelten und Blockhütten bis zu gläsernen Türmen. Coyote mutmaßte, daß sie ein besonderes Geschick im Manipulieren der Medien besaßen, denn nur wenige Chronisten äußerten sich abfällig über sie. Das erregte seine Bewunderung, denn wie wir wissen, ist Coyote ein unverbesserlicher Angeber.

Coyote legte seine andere Arbeit zur Seite und stürzte sich auf sein neues Studienobjekt. Die alten Geschichten sprachen ihn mit einer klaren, kräftigen Stimme an. Er entdeckte noch ältere und noch spannendere Geschichten. Ein paar dieser Erzählungen handelten von einem schlauen Geschöpf namens Coyote. Coyote sagte sich: »Das muß ja ein toller Kerl gewesen sein. Was für Abenteuer er erlebt hat, wenn er, wie ich annehme, wirklich existierte. Jemand wie er, eine so charismatische und schlaue Persönlichkeit, hätte es verdient, von diesem primitiven Volk zu einem Gott erhoben zu werden.«

Coyote war wie besessen von den Geschichten. Jede neue Erzählung, die er in den Archiven auf Dilvermoon ausgrub, kam ihm vor wie ein Schatz, so schlicht und schön wie ein feiner Türkis, eine klare, blaue Wahrheit, durchzogen von einem goldenen Netz der verborgenen Bedeutungen.

Er vernachlässigte seine üblichen Beschäftigungen. Er vergaß, daß seine Stellung es erforderte, einen gewissen Status aufrechtzuerhalten; er ließ sorgfältig gehätschelte Freundschaften einschlafen; er nahm keine Notiz mehr von seinen zahlreichen Geliebten. Bald stand er in dem Ruf, ein langweiliger Exzentriker zu sein. Er merkte es nicht einmal.

Eines Tages entdeckte er in den Archiven einen uralten Satz von genetischen Topographien. Diese Skizzen kartierten eine Anzahl von Individuen, die behaupteten, von den Indianerstämmen der alten Erde abzustammen. Mit Hilfe von Querverweisen identifizierte Coyote viele Strukturen, die mit hoher Wahrscheinlichkeit auf jenes archaische Volk zurückgingen.

Diese Muster verglich er mit seinem eigenen genetischen Code, und zu seiner großen Freude entdeckte er mehrere Übereinstimmungen. »Kein Wunder, daß diese alten Geschichten so kraftvoll auf mich einwirken«, sagte sich Coyote. Coyote war schon immer ein sentimentaler Mensch gewesen. Auf einmal sehnte er sich nach den grasbewachsenen Prärien, den kargen Steppen und den dunklen Wäldern seines untergegangenen Volkes. »Vielleicht« überlegte er, »sollte ich so leben wie meine Vorfahren. Vielleicht wüßte ich ihre Geschichten dann noch besser zu würdigen. Vielleicht würden sich verschiedene unklare Punkte dadurch erhellen.«

Seine Begeisterung war entfacht. Coyote brannte immer gleich schnell und kurzfristig wie ein Strohfeuer – aber an Ausdauer mangelte es ihm. Dennoch waren seine Gefühle oftmals stark genug, um sämtliche vernünftigen und praktischen Einwände beiseitezufegen. Er plante, auf einen Planeten vom Typ der alten Erde auszuwandern, die es damals noch massenhaft gab.

Sein großes Vermögen benutzte er dazu, um einen langfristigen Pachtvertrag für einen Kontinent in einem gemäßigten Klima abzuschließen – auf einer Welt namens Treen.

Er forschte in tausend anthropologischen Schriften nach und kämpfte sich durch eine verwirrende Vielfalt von Kulturen. »Warum«, fragte er sich, »soll ich mich auf den eng begrenzten Lebensstil eines einzigen Stamms beschränken? Ich suche mir das aus, was mir gefällt. Nach so langer Zeit kommt es auf das Wesentliche an, und nicht auf die Details.«

Zum Schluß entschied er sich für folgende Lebensweise auf seinem Planeten: seine Behausung sollte aus Tierhäuten, Birkenrinde und Vinyl bestehen; sein Fortbewegungsmittel wäre ein Gravitations-Schlitten, geformt wie ein Einbaum. Er wollte Mais und Trockenland-Reis anbauen, dazu Yohimbin. Er plante, nach Speckstein und Methan zu suchen. Seine Bekleidung bestünde aus Fellen und einem kupfernen Panzer; mittels Peyote und Whisky würde er sich in transzendentale Zustände versetzen. Als Jagdwaffen erkor er sich einen Speer und eine Winchesterbüchse, und seine Beute wäre der große, zylindrische Pfeifenfisch, der in den Flüssen seiner neuen Heimat schwamm. Den vergessenen Göttern des VOLKES wollte er Monumente errichten, aus Erdwällen, zurechtgeschnitzten Bäumen und Sprühfarben.

»Ach«, seufzte er, »wie ich es genießen werde, beim Schein der heiligen Kerosinlampe zu sitzen und neue Geschichten über das Volk zu erzählen.« Dann wurde er traurig, denn ihm fiel ein, daß er ja keine Zuhörer hätte.

Coyote ist vor allem groß im Pläneschmieden, und beinahe sofort heckte er ein neues Projekt aus. »Ich werde das Volk suchen und finden«, erklärte er. »Ich werde das Volk wieder zusammenführen!«

Als erstes engagierte er die beste Träumerin, die er sich leisten konnte, um ein Werbe-Sensorband herzustellen. Natürlich war sie nicht die beste Träumerin von Dilvermoon; Coyote war zwar reich, aber kein Kaiser mit unbegrenzten Mitteln. Trotzdem war die Träumerin tüchtig. Coyote verschickte das Sensorband an jede Welt, die er auf dem Manichäischen Index finden konnte, und das waren viele.

Das Band zeigte, wie das verschwundene Volk sein schlichtes Leben führte; besonders betont wurden der Genuß echter Nahrungsmittel, wie gesund das Leben in der freien Natur wäre, und welchen phantasievollen sexuellen Praktiken man frönen konnte. Der letzte Aspekt war von Coyote ins Spiel gebracht worden; als Grundlage diente ihm der Brauch des Frauentausches bei den Inuit, einem Stamm aus dem hohen Norden.

»Kommen Sie mit in die Glücklichen Jagdgründe«, lockten Coyotes Gesicht und seine Stimme auf dem Band. »Schicken Sie Ihre genetische Topographie zu einem kostenlosen Test an die Erschließungsgesellschaft ›Glückliche Jagdgründe‹ auf Dilvermoon. Wir stellen fest, ob Sie für eine Einwanderung in Frage kommen. Was haben Sie schon zu verlieren, außer einem bißchen Zeit? Denken Sie daran, welche Belohnungen Sie erwarten, sollten Sie zu den Auserwählten gehören. Ein Freiflug zu einem Gartenplaneten, volle Unterstützung, wenn Sie Ihren Stamm etablieren, ein gründliches Training in althergebrachter Lebensweise. Sie brauchen uns lediglich in höchstens hundert Worten zu schildern, aus welchen Beweggründen Sie an dem Großen Experiment teilnehmen möchten!«

Eine Flut von Bewerbungen traf ein; die Anzahl war so groß, daß Coyote zum Auswerten der Post eine große Organisation ins Leben rufen mußte.

Mit der Zeit tröpfelten die Anfragen nur noch ein, und dann hörten sie ganz auf. Coyote wählte tausend Männer und

Frauen aus; jede Person enthielt mindestens einen Tropfen Rothautblut. Sein wichtigstes Auswahlkriterium lautete folgendermaßen: Sind die gegenwärtigen Lebensumstände des Antragstellers so erbärmlich, daß er bereit ist, ein großes Wagnis auf sich zu nehmen?

Coyote ist halt schlau, aber nicht weise.

Coyote verschickte Tickets und wartete. Die meisten ausgewählten Personen kamen nach Dilvermoon. Von jedem Menschen entnahm er Gewebeproben. Als er genug beisammen hatte, brachte er sie zu einem berühmten Soma-Konstrukteur.

»Machen Sie mir eine Gefährtin«, verlangte Coyote. »Sie soll eine vollblütige Rothaut sein, eine Schönheit ihrer Rasse, intelligent, erfinderisch und leidenschaftlich, aber nicht zu anspruchsvoll – Sie wissen, was ich meine. Aus diesen Gewebeproben können Sie sie herstellen.«

Der berühmte Soma-Konstrukteur nahm die Gewebeproben und die alten genetischen Topographien. Er seufzte. Garantien gab er keine, aber er berechnete ein horrendes Honorar, das Coyote nach einigem Zögern zahlte. Allmählich zehrte das Projekt an seinen Finanzen; er mußte sein Kapital angreifen, obwohl er sich geschworen hatte, so etwas nie zu tun.

Als seine Gefährtin herangereift war, war Coyote bei der Auskapselung zugegen. Sie stieg aus dem Tank und sah sich mit mürrischer Miene um. Irgendwie war Coyote enttäuscht. Die Angehörigen seines Volkes hatte er sich anders vorgestellt. Auf den Sensor-Bändern waren alle großgewachsen, wohlproportioniert, sexy, und sie hatten einen klaren Teint. Seine indianische Braut hingegen hatte eine gedrungene Gestalt, kurze, stämmige Beine und eine unreine Haut. Die Augen in dem runden, flachen Gesicht waren klein, das schwarze Haar war strohig.

»Na ja, schließlich ist sie gerade erst aus dem Tank gestiegen«, beruhigte er sich. »Wenn sie ein bißchen Sonne abgekriegt hat, sieht sie vielleicht besser aus.«

Zärtlich umfaßte Coyote ihre feuchte Hand. »Sei gegrüßt«, sagte er. »Dein Name ist Graue Taube. Ich bin dein Ehemann.«

»Ich habe Hunger«, quengelte sie weinerlich.

Coyote vermochte einen winzigen Schauder nicht zu unterdrücken.

Thinwolf machte eine Pause. Seine Kehle war trocken, und er hätte gern etwas getrunken. Der Hulk wandte seinen schönen Kopf, um ihn anzusehen. »Diese Geschichte kommt mir ganz anders vor als deine früheren Erzählungen, John«, sagte er. »Oder irre ich mich?«

»Nein, du irrst dich nicht.« Thinwolf spähte zum schwarzen Horizont hin und entdeckte einen rosafarbenen, flackernden Lichtschein. *Vielleicht brennt eine Stadt,* dachte er. »Aber *was* ist anders?«

Der Hulk schwieg eine Weile, wie wenn er sich seine Antwort überlegte. »Die anderen Geschichten glichen Träumen. Diese hier klingt eher wie eine Erinnerung.« Der Hulk streifte ihn mit einem sanften Blick. »Habe ich recht?«

Thinwolf konnte nicht antworten. Nach einer gewissen Zeit erzählte er weiter.

Von SeedCorp charterte Coyote ein großes Kolonistenschiff und brachte sein neues Volk an Bord. Einige gingen voller Begeisterung, andere neigten zum Zögern, doch nur ganz wenige kniffen in letzter Minute, und dieser Umstand machte Coyote Mut. »Ich habe eine gute Wahl getroffen«, sagte er sich. »Auf unserer neuen Welt wird das Volk zu einer mächtigen Nation heranwachsen.« Der Gedanke stimmte ihn zuversichtlich, und das hatte er bitter nötig; denn beim Kauf von Proviant und Unterrichtsmaterial war Coyotes restliches Vermögen draufgegangen.

Ihm kam eine Idee: *Vielleicht werde ich für mein Volk eines Tages der neue Coyote sein. Also muß* ich *ein paar ruhmreiche Taten vollbringen.* Diesen Gedanken sprach er jedoch nicht laut aus, denn selbst für Coyotes Prahlerei gab es eine Grenze.

Während des Fluges nach Treen bemühte sich Coyote, sich mit seiner Gemahlin Graue Taube anzufreunden. In den ersten

Wochen nahm er sie jede Nacht zu sich ins Bett und strengte sich mächtig an, ihr Vergnügen zu bereiten. Sie ließ alles mit müden Seufzern und ungeduldigem Grunzen über sich ergehen; falls sie Coyotes Bemühungen genoß, so ließ sie es sich nicht anmerken. Viel Stoff für eine leichte Unterhaltung hatte sie nicht. Die minimale Persönlichkeit, die der Soma-Konstrukteur ihr verliehen hatte, schien ihr zu genügen, und sie machte keine Anstalten, sie weiterzuentwickeln. Dabei hatte sie widerwärtige Tischmanieren.

Schließlich gab Coyote seine fruchtlosen Bemühungen auf und fand in seinem neu rekrutierten Volk eine andere Gefährtin; eine schlanke, rothaarige Frau mit kleinen, straffen Brüsten, einer bläulichweißen Haut und einem hungrigen roten Mund. Coyote rechnete damit, daß Graue Taube protestieren würde, doch seine neue Liebschaft schien sie nicht zu interessieren. Von Coyotes Aufmerksamkeiten befreit, verbrachte Graue Taube noch mehr Zeit im Speisesaal, und als das Schiff in den Orbit der neuen Welt eintrat, war sie unglaublich fett geworden.

»Was glaubst du, wie es weitergeht?« fragte Thinwolf den Hulk.

»Ich weiß es nicht, John. Deine Geschichte hat einen traurigen Unterton. Aber vielleicht bilde ich mir das auch nur ein, weil keine deiner anderen Geschichten gut ausging.«

»Schon möglich.«

Shuttles transportierten die Menschen und ihr Gepäck auf den Planeten hinunter, und dann kehrte das Kolonistenschiff zurück. Bald war alles für das Große Experiment bereit.

Coyote stand auf einem hohen Felsblock; das Volk wartete gespannt. Alle gingen nackt, und trotz des Hochsommers fröstelten einige. Ohne darauf einzugehen, begann Coyote seine Ansprache. »Ihr seid das auserwählte Volk. Dies ist eure Welt. Wenn ihr freudig mitarbeitet und euch von mir führen laßt, werdet ihr in Harmonie mit dieser Welt leben, wie eure Vorfahren einstmals auf der alten Erde.«

»Wo werden wir schlafen?« fragte jemand aus der Menge.

Der Tonfall, in dem diese Frage gestellt wurde, paßte Coyote nicht. Er zeigte auf den riesigen Berg von Kisten. »Da drin befinden sich eure provisorischen Unterkünfte. Ihr müßt sie nur herausholen und aufstellen. Dann werdet ihr es so gemütlich haben wie... nein, ihr werdet es *viel* gemütlicher haben als eure Ahnen. Später bauen wir Häuser aus einem dauerhafteren Material.«

»Was sollen wir essen?«

Coyote furchte die Stirn. Er spürte eine gewisse Trägheit und Einfallslosigkeit bei diesen Leuten. »Das Land gibt uns alles, was wir brauchen«, sagte er. »Morgen früh beginnen wir mit dem Unterricht in Jagen und Sammeln. Fürs erste teile ich Essensportionen aus.«

»Wieso mußten wir unsere Bekleidung im Schiff lassen?«

Coyote seufzte. »Das alles wurde euch doch auf dem Sensor-Band zur Orientierung erklärt, das jeder einzelne auf dem Schiff ausgehändigt bekam. Habt ihr es denn gar nicht abgespielt? Egal – ich kann es ruhig noch einmal erklären. Da drüben in den Kisten befindet sich die geeignete Bekleidung für unser neues Leben. Wir sind das wiedergeborene Volk; und so müssen wir auch aussehen.«

Die Leute schienen unruhig zu werden; sie drängten sich zusammen und stellten keine Fragen mehr. Wieder stieß Coyote einen Seufzer aus. »Wir kommen nun zu einem erfreulicheren Thema. Wir alle müssen uns neue Namen geben, die zu unserem neuen Leben passen. Überlegt euch sorgfältig, wie ihr demnächst genannt werden möchtet. Nach langem Nachdenken habe ich meinen neuen Namen ausgesucht; von nun an heiße ich John Coyote.«

Thinwolf spürte, wie ihn eine schreckliche Schwäche übermannte. Zusammengesunken hockte er auf dem Sofa und konnte die Geschichte nicht weitererzählen. Er hatte Atemnot; in seinem Kopf herrschte ein furchtbarer Druck; seine Hände zitterten. Er vermutete, seine Krankheit träte in eine neue Phase, und er hatte Angst.

Der Hulk schaltete den Autopiloten ein und kniete neben ihm nieder. »John? Kann ich helfen?«

Thinwolf schüttelte den Kopf. *Noch nicht,* dachte er.

»Ich bringe dich in dein Bett«, sagte der Hulk und hob ihn vorsichtig hoch. »Morgen früh kannst du deine Geschichte zu Ende erzählen. Obwohl ich mir denken kann, was passiert ist.«

Am nächsten Morgen konnte Thinwolf nicht von seinem Bett aufstehen; er war zu schwach. Er stieß einen Schrei aus, einen wortlosen Laut der Verzweiflung, der ihn schockierte und ängstigte. *So klingt es, wenn einer stirbt,* dachte er. Er hörte das Klappern von Metallfüßen auf der Niedergangstreppe; dann stand der Hulk vor ihm und blickte auf ihn herab.

»John?«

»Ich kann nicht aufstehen«, flüsterte Thinwolf und betrachtete seinen Körper, der ihn im Stich ließ.

»Ich helfe dir.« Doch als der Hulk ihn auf die Füße stellte, wollten Thinwolfs Beine ihn nicht tragen. »Wir gehen jetzt zum Medizin-Computer, John«, sagte der Hulk.

Der Medizin-Computer untersuchte ihn, während seine feinen Sonden Thinwolfs Haut wie mit vielen eiskalten Federn abtasteten. Er hatte kaum noch genügend Kraft, um zu erschauern. Als die Untersuchung beendet war, förderte der Computer einen Gravitationssessel zutage. »Wenn Sie mobil bleiben wollen, müssen Sie von jetzt an in diesem Sessel sitzen.« Die Stimme des Computers klang gleichbleibend freundlich, unpersönlich und präzise – auch wenn Thinwolf ihn mit Flüchen traktierte. Mit kraftlosen Händen schlug er danach, doch der Hulk hielt ihn zurück, indem er seine Hände vorsichtig, aber unnachgiebig umklammerte.

Verblüfft blickte Thinwolf ihn an. »Was tust du da?«

»Du brauchst dieses Gerät noch, John. Wenn du es beschädigst, bist du der Leidtragende.«

Wut überlagerte die Angst, und Thinwolf zeigte dem Hulk die gefletschten Zähne. »Vielleicht brauche ich ihn doch nicht mehr; vielleicht begebe ich mich jetzt gleich in mein Rettungsboot!«

Der Hulk senkte den Blick und gab Thinwolfs Hände frei. »Wie du willst, John.« Er drehte sich um, öffnete die Schalttafel in seiner Seite und wartete dann mit abgewandtem Gesicht. Auf der Schalttafel glühte ein Knopf in einem sanften, grünen Licht, und eine Schrift erschien: SCHALTER UMLEGEN – HIER DRÜCKEN.

Thinwolf streckte die Hand aus und betastete die Schlaufe aus weichem Draht, die den Schalter sicherte. Seine Hand sah dünn und blaß aus, und über den Knochen spannte sich die durchsichtige Haut. Etwas fuhr in ihn, beschwichtigte seinen Zorn, und einen Augenblick lang spürte er nichts außer einem tiefen Bedauern. Das Fleisch war so kostbar und so fragil. Er würde sich so lange an seinen eigenen Körper klammern, wie es nur ging.

»Nein; es tut mir leid. Ich habe mich schlecht benommen«, sagte Thinwolf. »Ich brauche deinen Körper noch nicht.«

Zärtlich blickte der Hulk auf ihn herab, lächelte und verschloß wieder die Schalttafel. »Das freut mich, John. Bitte glaube nicht, daß ich mich davor fürchte, ausgelöscht zu werden; dem ist nicht so. Meinen Körper an dich abzutreten, ist mein Schicksal, und wenn es so weit ist, werde ich es ohne zu murren tun. Dafür bin ich konzipiert. Trotzdem kann ich noch alles genießen, was auf mich zukommt, bis du bereit bist, mich zu übernehmen.«

Thinwolf schüttelte den Kopf. Das würde er nie verstehen. Wie konnte jemand sein Leben so kampflos aufgeben? »Dann bin ich ja beruhigt. Ich verdanke dir bereits jetzt so viel, und bald … werde ich dir alles verdanken.«

»Ich bin bloß eine Maschine, John. Das darfst du niemals vergessen.«

»Trotzdem … Was ist, hast du dir schon einen Namen ausgesucht?«

»Ja. Ich würde gern deinem Stamm beitreten, John. Ist das möglich?«

Thinwolf lachte ein bißchen säuerlich. »Warum nicht?«

Der Hulk ignorierte es. »Darf ich mich dann Ironhorse* nennen?«

»Von mir aus. Ein guter Name für eine Rothaut. Wie kamst du darauf, wenn ich fragen darf?«

Ironhorse blickte Thinwolf unsicher an. »Liegt das nicht auf der Hand?«

»Eigentlich schon.« Lange Zeit saß er schweigend in dem Gravitationssessel und versuchte, sich an den Gedanken zu gewöhnen, daß seine eigenen Füße ihn nie wieder tragen würden. Ironhorse beobachtete ihn geduldig. Schließlich sagte er: »Möchtest du deine Geschichte nicht zu Ende erzählen, John?«

»Ich dachte, meine Geschichten gefielen dir nicht so besonders.«

»Aber dies ist eine wahre Geschichte, oder?«

»Alle Geschichten sind wahr. Aber du hast natürlich recht«, sagte Thinwolf, matt mit der Hand wedelnd. »Diese ist wirklich passiert … und zwar mir!«

Darauf erwiderte Ironhorse nichts; er sah nicht einmal überrascht aus. *Vielleicht kann er gar keine Überraschung empfinden,* dachte Thinwolf. »Wundert dich das nicht?«

»Nein.«

Thinwolf spürte einen Anflug von Gereiztheit. »Dann fasse ich mich kurz.«

---

* Eisernes Pferd

Das ›Große Experiment‹ war ein Fehlschlag. Mein ›Volk‹ taugte auch nicht mehr als andere Menschen. Wochen- und monatelang bliesen die Leute Trübsal, aßen ihre gefriergetrockneten Rationen, hofierten einander und hetzten gegen mich. Sie haßten ihre Blockhütten; sie haßten die Lederbekleidung, die ich an sie verteilt hatte; sie weigerten sich, Jagen zu lernen, ihre Nahrung in der freien Natur zu sammeln und die Tom-Tom-Trommeln zu schlagen. Sie sagten, die indianische Musik sei langweilig und kindisch, »lauter Gegrunze, Gemurmel und keine Melodie«. Tja, die Musik war auch nicht mein Fall, doch als ich ihnen in diesem Punkt recht gab, machte sie das auch nicht glücklicher. Das einzige, was ihnen Spaß zu machen schien, war das Sitzen am Lagerfeuer, das Saufen von Whisky und das Bumsen. Der gesamte Peyotevorrat verrottete, mit Ausnahme der Dosen, die ich selbst nahm.

Es war ein Fiasko. Die Lebensmittel wurden knapp, die Hütten stürzten ein, und die Leute waren keine Indianer, sie hatten aber auch nichts Indianisches an sich. Meine Geschichten gefielen ihnen genausowenig wie dir, aber was sollte ich tun?

Ich hockte in meiner Hütte und brütete über eine Lösung nach. Ich war pleite. Ich hatte kein Volk; ich war allein. Die rothaarige Frau verließ mich und zog zu Graue Taube und ihren drei Ehemännern. Keiner wollte etwas über seine Vorfahren oder die Lebensweise dieses einstmals bewundernswerten Volkes wissen.

Zum Schluß drehte ich durch. Ich kletterte wieder auf den hohen Felsen und brüllte, die Leute sollten sich alle versammeln. Nach einer Weile kamen ungefähr ein Dutzend aus dem Camp herangeschlurft und standen dämlich grinsend herum.

»Hört mir zu«, sagte ich. »Ich habe ziemlich lange gute Miene zum bösen Spiel gemacht. Ich habe es euch erlaubt, eure zivilisierten Gelüste auszuleben; geduldig habe ich darauf gewartet, daß ihr erkennt, wie leer euer zivilisiertes Leben ist, und daß ihr zu der alten Lebensweise zurückkehrt. Aber ihr habt nichts begriffen. Ihr habt mich enttäuscht. Ihr seid nicht DAS VOLK. Lebt wohl.«

Ich kletterte vom Rednerfelsen herunter und begab mich

zum Vorratslager. Für alle Fälle hatte ich ein Ein-Mann-Rettungsboot in einer großen Kiste versteckt. Ich stemmte die Kiste auf, setzte mich ins Boot und verließ Treen. Seitdem bin ich nie wieder dort gewesen.

Ironhorse rührte sich und blickte Thinwolf traurig an. »Was passierte danach, John?«

Thinwolf verschränkte die Finger ineinander. »Ich wollte nicht, daß jemand litt. Ich dachte mir, wenn ich sie ihrem Schicksal überließe, dann müßten sie endlich lernen, sich wie Rothäute zu benehmen. In den Unterrichtsmaschinen befanden sich massenhaft Sensor-Bänder; eigentlich hätte es überhaupt keine Probleme geben dürfen.«

»Aber?«

»Eine falsche Protein-Analyse. Nur eine geringe Unverträglichkeit. So was ist schon tausendmal auf tausend anderen Welten passiert. Als die Nahrungsmittel ausgingen, und sie gezwungen waren, zu jagen, entdeckten sie das Problem. Viele Menschen starben, bevor sie anfingen, die Toten in Eishöhlen zu lagern und mit deren Fleisch ihre Diät zu ergänzen. Dadurch verlangsamte sich die Sterberate. Nicht einmal hundert Leute hatten überlebt, als das Missionarsschiff eintraf und sie mitnahm. Von Missionaren gerettet! Begreifst du jetzt, wie schief das ganze Projekt gelaufen ist? Ha! Seitdem sind sie hinter mir her. Ich nahm den anonymsten Job an, den ich finden konnte; ich blieb im Weltraum; nie landete ich auf einem Planeten; ich freundete mich mit niemandem an.« Thinwolf lächelte schmerzlich. »Trotzdem haben sie mich erwischt.«

Eine geraume Zeit lang sagte der Hulk nichts. Zum Schluß meinte er: »Ich möchte dennoch deinem Stamm angehören.«

Nun war Thinwolf nicht mehr die letzte Rothaut. Sie fuhren nach Norden, in die Regionen des Nebels und der Eisberge. Der Wind war schneidend wie ein Messer, und das Wasser war wie flüssiges Eis; jedesmal, wenn Thinwolf sich in seinem Gravitationssessel an Deck begab, mußte er sich warm anziehen.

Nachts erzählte er dem Hulk Geschichten, und Ironhorse hörte geduldig zu: Coyote und die Regentonne voller Seelen, Coyote und der General, Coyote und die Welt der Asche, Coyote und die Regenbogengitarre, Coyote und die schöne Krötenfrau, Coyote und der Rabe aus Stahl ... und viele andere Geschichten.

Die Erzählungen schienen aus Thinwolf herauszufließen wie Blut aus einer Wunde, anfangs heiß und pulsierend, später in einem langsamen Rinnsal, wie durch seinen nahen Tod gebremst. Das Erzählen verschaffte Thinwolf eine gewisse Erleichterung, so daß er sich seines dahinsiechenden Körpers weniger bewußt wurde. Mittlerweile konnte er sich kaum noch bewegen, und die Schmerzen kehrten zurück; nicht einmal mehr die Injektionen des Medizin-Computers konnten sie gänzlich eindämmen.

Sie fuhren so weit nach Norden, daß es riskant wurde; bei Nacht schrillte der Eisberg-Alarm ein dutzendmal und riß Thinwolf aus seinem Dämmerschlaf.

Der Hulk kam zu ihm. »John, vielleicht sollten wir den Kurs ändern. Das Eis wird zu dick; es besteht die Gefahr, daß das Schiff eingeschlossen wird.«

Thinwolf rührte sich in seinem Sessel. Die Welt rings um ihn her war geschrumpft; sie schien auf ihn einzupressen, mit sanfter, aber unerbittlicher Gewalt sein schwaches Fleisch nach innen zu drücken. Verschwommen sah er vor sich das schöne Gesicht des Hulks. Er strengte sich an, seinen Blick zu klären, zuzuhören und nachzudenken.

»Ja«, sagte er nach längerem Kampf. »Ändere den Kurs. Fahr im Zickzack nach Südwesten; vielleicht stoßen wir unterwegs auf die Stadt, falls sie nicht unter dem Eis schwimmt.«

In diesen hohen Breitengraden fanden sich nur noch wenige Städte. Aber sie begegneten einer lebendigen und einer toten Stadt.

Die lebendige Stadt hatte eine niedrige, schnittige Form, mit einem großen, gewölbten Rückenschild, in den tausend glänzende Kuppeln aus Buntglas eingelassen waren; das Gebilde glich einer gigantischen, juwelengeschmückten Schildkröte aus Stahl. Mit hoher Geschwindigkeit kreuzte sie ihren Kurs, eine tiefe Furche in den Ozean pflügend.

»Sollen wir ihr hinterherfahren?« fragte Ironhorse.

»Nein«, antwortete Thinwolf, in seinem Sessel kauernd.

Einen Tag später, bei Sonnenuntergang, erhob sich die tote Stadt über dem Horizont. Einstmals mußte sie sehr schön gewesen sein, und selbst als Ruine, halb im kalten Wasser versunken, strahlte sie noch einen bittersüßen Charme aus, wie ein stillgelegter Freizeitpark. Sie bestand aus ineinanderverschachtelten Pavillons und Terrassen, kleinen, intimen Höfen, angefüllt mit leeren Blumenkästen, und das alles vernetzt durch ein Labyrinth aus schmalen Wasserwegen. Der Hulk steuerte das Boot langsam durch die Kanäle und Lagunen, bis ins Herz der Stadt hinein. Thinwolf riß sich aus seiner Apathie, um zu staunen. »Sie müssen gut gelebt haben«, sagte er zu Ironhorse. »Voller Anmut.«

Sie drifteten an einem verblaßten Wandbild vorbei, das aus einer raffinierten Anordnung winziger Glassplitter bestand. Es zeigte eine Gruppe der ehemaligen Stadtbewohner, wie sie in einem sonnenbeschienenen, blauen Pool badeten. Die Fremdwesen hatten lange, glatte, überraschend menschenähnliche Beine, vier kräftige Armstummel, und die haarlosen Schädel waren von zwei Knochenkämmen gekrönt. Die Haut glänzte in einem metallischen Grün. Geschlechtsmerkmale waren nicht zu erkennen. Ihre Haltung, in der sie posierten, drückte nach Thinwolfs Empfinden Wohlbehagen und Zufriedenheit aus.

Die Nacht verbrachten sie in einer Binnenlagune der toten Stadt; das Boot verankerten sie an einem kunstvoll geschnitzten Pfosten, der aus dem stillen Wasser herausragte. Die Schnitzerei war vor Alter halb verwittert, doch Thinwolf fand, sie sähe aus wie ein geflügelter Fisch mit groben Schuppen und voluminösen Flossen.

Über ihnen kreischte der kalte Wind und fegte durch die zerborstenen Pavillons, aber in der Lagune regte sich kein Lüftchen. Seit Wochen lag das Boot zum erstenmal ruhig im Wasser, obwohl die Welt für Thinwolf immer noch schwankte und rollte. Sein Sessel schlingerte von einer Seite zur anderen, während er über das Deck auf den Hulk zusteuerte, der an der Reling stand und in die dunkle Stadt hineinstarrte.

»Ironhorse«, sagte Thinwolf.

Der Hulk drehte sich um, obwohl Thinwolfs Stimme kaum mehr als ein hingehauchtes Flüstern war. »John. Wie fühlst du dich?«

»Nur ein ganz kleines bißchen schlechter, wirklich«, antwortete Thinwolf, wie wenn dies ein Grund zur Freude wäre. Er fühlte sich dem Tode nahe, doch geistig schien er vollkommen klar zu sein. »Verrätst du mir, worüber du gerade nachgrübelst?«

Der Hulk lächelte, und mittlerweile fand Thinwolf an diesem Ausdruck nichts Besonderes mehr. »Es sind keine tiefschürfenden Gedanken, John. Aber eines möchte ich gern von dir wissen. Hast du die Geschichten von Coyote – ich meine nicht die, die du selbst erlebt hast – frei erfunden?«

Thinwolf drehte seinen Stuhl so um, daß er den erodierten fliegenden Fisch anschauen konnte. »In gewisser Weise.«

»Was heißt das?«

»Coyote setzte Mythen in die Welt. Die Originalgeschichten habe ich nicht auswendig gelernt. Als ich Historiker war, gewöhnte ich mir an, mir keine Dinge zu merken, die ich nachschlagen konnte. Weshalb sollte ich mein Gedächtnis mit Bagatellen belasten? Aber im wesentlichen kannte ich den Inhalt von Coyotes Geschichten, deshalb konnte ich sie mit meinen eigenen Worten erzählen. Auf diese Weise entstehen Mythen.«

»Ach so. Darf ich dir dann auch eine Geschichte erzählen? Immerhin bin ich ja jetzt ein Mitglied deines Stammes.« In den Augen des Hulk schimmerte ein flehender Blick.

Thinwolf hatte geglaubt, gleichzeitig mit seinem Leben sei auch seine Fähigkeit zum Staunen verkümmert; er hatte sich geirrt. »Aber du hast doch noch nie eine echte Geschichte gehört.«

»Du vielleicht auch nicht. Jedenfalls kenne ich viele Geschichten, die mir echt vorkommen, und ich bin mit der Befähigung zum Träumen ausgestattet.«

»Tatsächlich?«

»Natürlich; andernfalls könntest du nach deinem Transfer ja auch nicht träumen.«

Nach einer Weile nickte Thinwolf.

»Das ist sehr freundlich von dir«, sagte Ironhorse. »Aber zuerst sollten wir unter Deck gehen, da hast du es bequemer.«

Im Salon drückte der Hulk auf einen verborgenen Schalter, und auf dem Fußboden erschien die Simulation eines Lagerfeuers. Die Hitze drang durch Thinwolfs Bekleidung. »Das ist schon besser«, sagte er. Als der Hulk ihm zum erstenmal das Feuer gezeigt hatte, hatte er sich darüber amüsiert; aber wie Ironhorse ihm erklärte, pflegten die Bewohner von Jaworld ihre eigenen rustikalen Traditionen.

Der Hulk hockte sich vor das Feuer. Eine geraume Zeitlang schwieg er, wie um seine Gedanken zu ordnen.

Thinwolf verlor sich im rötlichen Widerschein der Flammen. Als Ironhorse dann zu sprechen anfing, zuckte Thinwolf zusammen, und sein Herz setzte einen Schlag aus, ehe es seinen langsamen, müden Takt wieder aufnahm. »Das ist die Geschichte von Coyote und dem Hühnerstall des Todes«, sagte Ironhorse.

Vor langer Zeit, in der Zeit *vor* der Zeit, zog sich Coyote für eine Weile von seinem Volk zurück. Er tat es nicht aus freien Stücken, aber mittlerweile wußte jeder, daß er ein Gauner war und sich in alles einmischte; keiner hörte ihm mehr zu oder schenkte ihm Beachtung. Er fühlte sich ausgestoßen, einsam und erniedrigt.

Zu guter Letzt, als sein Groll die Liebe zu seinem Volk überstieg, traf er eine Entscheidung. »Wenn das Volk beschlossen hat, mich zu vergessen, dann vergesse ich auch das Volk.« Er kaufte sich ein Flugticket zu einem weit entfernten Sternensystem und baute sich ein neues Leben auf.

Coyote hatte viele Fehler, aber Willensschwäche konnte ihm niemand vorwerfen. Als er sich entschieden hatte, das Volk zu vergessen, leistete er ganze Arbeit. Er unterzog sich einer Gehirnwäsche und ließ seine Erinnerungen löschen, aber hierbei ging er nicht konsequent vor, denn alles wollte er ja nicht vergessen. Er studierte fleißig und stopfte seinen Verstand mit trivialem Wissen voll, damit um so weniger Platz für das Andenken an sein Volk bliebe.

Schließlich zog er aus, um Abenteuer zu erleben, denn an spektakuläre Ereignisse erinnert man sich immer am besten. Zum Schluß gelang es ihm, die Erinnerungen an das Volk zu verdrängen. Doch mittlerweile war ihm das Risiko zur Gewohnheit geworden, und da er nicht mehr wußte, wieso er angefangen hatte, sich in Gefahren zu stürzen, kam er nicht auf den Gedanken, seinen Lebensstil zu ändern.

Nach vielen Jahren fand sich Coyote auf einem neuen Planeten wieder. Es schien eine gute Welt zu sein, mit einer atembaren Atmosphäre und Kontinenten in gemäßigten

Klimazonen; die Ökosphäre schien der auf Terra zu gleichen. In den Bergen, Wäldern und Fluren lagen verstreut große Paläste, doch sie waren allesamt leer, still und voller Gebeine.

Coyote fand das höchst verwirrend. Er erforschte die Paläste, von denen einer prunkvoller war als der andere. Coyote fand mehr Schätze, als er je würde wegschaffen können. Die Paläste waren voll automatisiert, und sie behandelten ihn mit äußerster Zuvorkommenheit, indem sie ihm Speisen, Wein und weiche Betten anboten. Nur eines konnten sie nicht: ihm verraten, woran ihre Bewohner gestorben waren.

Coyote hatte schon immer Komfort geliebt, und in jedem Palast verbrachte er viel Zeit, den Luxus auskostend. Doch die Paläste glichen einander sehr, lediglich in Einzelheiten unterschieden sie sich, und zum Schluß wurde es Coyote langweilig.

Nach etwas Neuem suchend, entdeckte er, daß sich hinter jedem Palast ein Gebäude befand, das ein leerer Hühnerstall zu sein schien. Durch dichtes Unkraut und rostige Drähte kämpfte er sich zu einem vor und ging hinein.

Es war ein prächtiger Hühnerstall, erbaut aus Marmor und Kacheln, mit vergoldeten Futternäpfen und Nestern auf Sockeln aus silbernem Filigran. Doch drinnen fand er nichts, außer ein paar Eierschalen und dem Geruch des Todes.

Der stattlichste Palast stand hoch oben auf der Schulter eines gewaltigen, mit einem Schneegipfel gekrönten Berges. Sich das Schönste bis zuletzt aufhebend, besichtigte Coyote diesen Palast erst kurz vor seinem geplanten Abflug von dieser Welt.

Obwohl ein kalter Wind um die Mauern, Türme und Höfe heulte, war es im Innern des Palastes noch warm, wie wenn seine Bewohner erst unmittelbar vor Coyotes Ankunft verschwunden wären. In der Palastküche dampfte noch ein Topf mit Suppe, im Thronsaal erklang dezente Musik, Schrubber lagen auf den glänzend gewienerten Fußböden der Hallen. Als Coyote das Schlafzimmer der Ersten Dame des Palastes betrat, duftete das Bett noch nach ihrem Körper.

Im Gegensatz zu allen anderen Palästen, fanden sich in diesem nirgendwo Gebeine.

Coyote fluchte. »Wenn ich nur ein bißchen schneller gewesen wäre, hätte ich das Geheimnis ergründen können.« Er kam gar nicht auf den Gedanken, daß das gleiche Schicksal, das die Palastbewohner heimgesucht hatte, auch ihn hätte vernichten können. Coyote hielt sich immer noch für unsterblich.

Coyote ging hinaus zu dem Hühnerstall hinter dem Palast, und er erkannte, daß dies der schönste Hühnerstall von allen war. Die Futternäpfe bestanden aus massivem Gold, die Innenausstattung war aus Platin, und jedes Nest lag in einer separaten Nische, vor einem großen runden Buntglasfenster. Auch hier fanden sich Eierschalen, doch der Geruch des Todes fehlte.

Coyote betrachtete das Fenster hinter dem ersten Nest. Es zeigte einen großen Vogel, der hoch vor einem schwarzen Himmel kreiste; der Flügelschlag mußte so gewaltig sein, daß der Luftstrom die Wolken aufwirbelte. Der Vogel hatte einen scheußlichen, grausamen Schnabel, feurig glühende Augen und türkisblaue Federn.

Das Bild rief etwas in Coyotes zerstörtem Gedächtnis wach, und plötzlich fiel ihm ein Name ein. »Der Donnervogel«, flüsterte er. Unter dem Nest lagen ein paar Eierschalen, dick wie Keramik, und mit einem schwarzen Muster auf weißem Grund.

Das nächste Fenster stellte einen anderen Vogel dar; dieser besaß lange, schleppende Schwingen, und er stieg aus einer Feuersäule empor. Die Flammen umhüllten den Vogel, der vor Schmerzen und Ekstase zu schreien schien. »Phönix«, sagte Coyote. Unter dem Nest lag nur ein Häufchen Asche.

Auf dem dritten Fenster befand sich das Bild einer mächtigen, gefiederten Schlange, die sich um einen Berg ringelte, der purpurfarbenen Rauch in einen grünen Himmel spie. Ein riesiger Flügel der Schlange ruhte auf einem großen Goldschatz, der andere wölbte sich über einen Fluß aus Blut, der den Fuß des Berges umspülte. »Quetzalcoatl?« Die Eierschalen waren hauchdünn, als bestünden sie aus zartestem Blattgold.

Das Fenster hinter dem letzten Nest war ein dunkler wolkiger Spiegel. Coyote sah darin sein verschwommenes Abbild – einen hageren, gutaussehenden Mann mit glänzenden Augen –, und er fand, er gäbe einen genauso prächtigen Anblick ab wie die Vögel. Beinahe hätte er das kleine schwarze Ei übersehen, das auf rotem Samt gebettet im Nest lag, doch ein Geräusch, ein Kratzen und Klicken, erregte seine Aufmerksamkeit. Er schaute nach unten und sah, wie ein Netz aus haarfeinen Rissen sich über die glatte Oberfläche des Eies ausbreitete.

Eine entsetzliche Angst übermannte ihn, doch es war zu spät. Jetzt weiß ich, warum die Palastbewohner geflohen sind, schoß es ihm durch den Kopf. Der Tod stand im Begriff, aus dem Ei zu schlüpfen; doch der Vorgang vollzog sich so langsam, daß die Einwohner hätten flüchten können. Er hob den Blick zum Spiegel und sah, daß aus der Schwärze ein Bild auftauchte. Ein zerfledderter, stumpfäugiger Rabe, der auf einem frischen Grab scharrte.

Das schwarze Ei platzte auf, und der Tod quoll heraus, in einem mächtigen, alles erstickenden Wirbel; er packte Coyote und schleppte ihn für tausend mal tausend Jahre fort.

»Das war die Geschichte von Coyote und dem Hühnerstall des Todes«, sagte Ironhorse, während er Thinwolf gespannt ansah.

Thinwolf regte sich. »Na ja«, sagte er. »Das war sehr interessant.«

»Findest du wirklich?«

»Ja. Obwohl deine Geschichte mehr Fragen aufwirft, als sie beantwortet. Welchen Handel schlossen die Palastbewohner ab? Und mit wem trafen sie eine Übereinkunft? Vor allen Dingen möchte man wissen, weshalb sie den Tod ausbrüteten.«

Der Hulk blickte zur Seite: »Sämtliche Lebewesen brüten den Tod in ihrem eigenen Körper aus.«

»Ja, sicher«, entgegnete Thinwolf. »Du hast recht. Tja, für einen Anfänger war es keine schlechte Geschichte. Du bist eine echte Rothaut, Ironhorse, daran besteht kein Zweifel.«

Die schönen Augen des Hulks strahlten, und als er lächelte, entblößte er seine kräftigen Stahlzähne. »Danke, John.«

Thinwolf nickte und ließ sich wieder auf den Wogen seines herannahenden Todes dahintreiben.

In dieser Nacht träumte Thinwolf zum letztenmal. Er paddelte ein Kanu, ein elegantes, wunderschönes Boot, aus silbriger Borke und mit gelben Wurzeln verziert; leicht wie ein Gedanke bewegte es sich im Wasser. Der Himmel war ein klarblaues Gewölbe, die Sonne blitzte wie ein Juwel, und die See glänzte wie ein grüner Spiegel. Er paddelte mit aller Kraft, und hurtig glitt das Boot dahin, einem Ziel entgegen, an das er nicht dachte, das ihn jedoch, wie er wußte, reichlich belohnen würde.

Das Bild veränderte sich so übergangslos, wie es nur in Träumen geht, und plötzlich spähte er die hohen Mauern einer Stadt hinauf; dabei wurde ihm der jähe Wandel gar nicht bewußt.

Er legte das Paddel über die Knie. Die Stadt drehte sich, oder vielleicht wurde er auch von der Strömung getrieben, aber die Situation erinnerte an eine große Drehscheibe, auf der ein glitzernder Schatz zur Schau gestellt wird. Sein Herz hämmerte vor Aufregung, und die Mauern der Stadt wirbelten vorbei, bis das Tor der Gesichter in sein Blickfeld rückte. Dann hörte die Stadt auf, sich zu drehen, oder die Strömung kam zum Stillstand – nichts bewegte sich mehr.

Das Tor war geschlossen.

Es hatte eine prachtvolle Fassade. Aus der goldenen Fläche ragten tausend Gesichter auf, und Thinwolf kannte sie alle. Droben an der Spitze befanden sich viele Gesichter, denen er keinen Namen zuordnen konnte, aber er *erinnerte* sich, sie gesehen zu haben. Sie lebten tief verborgen in seinem Gedächtnis, und sie gehörten Menschen, die ihm einstmals etwas bedeutet hatten.

Gegen die Mitte zu kamen ihm die Gesichter bereits vertrauter vor, und die Namen lagen ihm auf der Zunge; am liebsten hätte er sie begrüßt, obwohl sie mit leeren Augen in die Ferne starrten.

Ihm am nächsten, am Fuß des Tores, und von der trägen Dünung liebkost, befanden sich die Gesichter, deren er sich am besten entsann. Er erkannte seine Kollegen von Dilvermoon. Die rothaarige Frau mit den niedlichen Brüsten. Graue Taube und weitere Angehörige des Volkes.

Ganz unten, überströmt vom kalten Wasser des Meeres, lächelte das schöne Gesicht des Hulks. Seine Augen waren das einzige, was lebte. Sein wärmender, anteilnehmender Blick heftete sich auf Thinwolf. Der spürte, wie ihn eine plötzliche Anwandlung von Kummer durchfuhr, scharf wie ein Messerstich.

Der Traum verdunkelte sich, wie wenn ein schwarzer Schleier vor die Sonne gezogen würde. Ein eisiger Wind peitschte die See zu wirbelndem, weißem Schaum. Das Tor gab einen schaurigen, kreischenden Laut von sich und ging langsam auf. Thinwolf wollte davonpaddeln, doch er war wie versteinert, vom Traum eingeschlossen in ein unentrinnbares Ereignis.

Das sich öffnende Tor saugte ihn an, mitten durch die aufgewühlte See. Er schaute hinab auf sein Kanu. Die silbrige Borke war mit Brand dunkel angelaufen, die Verzierungen lösten sich, und an den Nähten begann es zu lecken. Das Paddel vermoderte in seiner Hand und zerfiel zu Staub.

Im Innern der Stadt war nichts zu sehen außer Dunkelheit. Thinwolf wollte schreien, aber er konnte nicht. Das sich auflösende Kanu schoß durch das Tor, und dann erkannte er das scheußliche Ding, das dahinter lauerte, und vor dem er sich fürchtete – die Rückseite des Tors, an dem tausend geköpfte Skelette hingen.

Hinter ihm schloß sich das Tor. Durch die Bewegung fielen massenhaft Gebeine nach unten, ein Schauer aus Knochen regnete auf ihn herab, zertrümmerte das Kanu und drückte ihn unter das kalte Wasser. Sein Mund und seine Lunge füllten sich, langsam sank er in die Tiefe, außerstande, dagegen anzukämpfen.

Hustend erwachte Thinwolf, seine Lunge war voller Flüssigkeit. Beim Ausatmen rasselte es in seiner Brust. Ich sterbe, dachte er, und dabei empfand er ein Gefühl der Verwunderung.

Neben ihm stand der Hulk und bot ihm den Schalter dar, mit dem er den Übergang vollziehen konnte. Den Kopf hielt er abgewandt, so daß Thinwolf nur sein edles Profil sah. In der glatten Flanke des Hulks glühte der Transferschalter in einem kühlen, weißen Licht, ihn zum Weiterleben verlockend. Thinwolf streckte seine zitternde Hand aus.

Ehe er den Schalter berührte, hielt er inne und ballte eigensinnig die Faust. Dann sprach er sein letztes Wort.

Ein paar Wochen später beobachtete Coedi Kimpt, wie das kleine Schnellboot elegant in die Lagune einbog. Es legte längsseits an John Thinwolfs Ferntransportschiff an, und eine kräftige Gestalt trat heraus in den Sonnenschein.

Coedi winkte. »Sie sehen schon viel gesünder aus, John«, rief er.

Das fremde Gesicht des Hulks wandte sich ihm zu, und Coedi wurde unsicher. »Sie *sind* es doch, oder? Haben Sie das Tor der Gesichter gefunden?«

Einen Moment lang starrte der Hulk ihn mit seinen großen, fremdartigen Augen an. Als er antwortete, begriff Coedi, daß irgend etwas schiefgelaufen war. »Ich glaube, er hat gefunden, was er suchte«, sagte der Hulk.

Dann begab sich der Hulk an Bord des Raumschiffs, und es hob ab.

Originaltitel: ›GATE OF FACES‹ • Copyright © 1991 by Mercury Press, Inc. • Erstmals erschienen in ›The Magazine of Fantasy & Science Fiction‹, April 1991 • Mit freundlicher Genehmigung des Autors und Uwe Luserke, Literarische Agentur, Stuttgart • Copyright © 1995 der deutschen Übersetzung by Wilhelm Heyne Verlag, München • Aus dem Amerikanischen übersetzt von Ingrid Herrmann • Illustriert von Manfred Lafrentz

---

Bedřich Mácha

CASANOVA ZWISCHEN HIMMEL UND HÖLLE

Als die Erdschollen auf meinen Sargdeckel in Dux polterten, befand ich mich bereits etliche Meilen außerhalb dieser Stadt, die mir nichts als Ärger und Enttäuschungen gebracht hatte. Meine alte Reisekutsche, die ich seinerzeit in Vicenza hatte zurücklassen müssen, war von dem reumütigen Costa, der nun wieder auf dem Kutschsitz seinen Platz nahm, pünktlich beigebracht worden. Mit Kreditbriefen auf die Häuser Judas Iscariotes in Gehenna und die Banco Santo Spirito reichlich versehen, glaubte ich, für die Reise zu neuen Zielen gut gerüstet zu sein. Ich besaß Guthaben von jeweils 20 000 Zecchinen bei beiden Banken sowie meinen Schmuck im Werte von 50 000 Livres. Meine Tabatieren waren sämtlich mit Brasil gefüllt, in meinen Koffern befanden sich ein Dutzend Hemden aus feinstem Batist, mit Brüsseler Spitzen besetzt, sowie meine besten Anzüge, die ich zu meinem Bedauern in Dux kaum hatte tragen können, da die unselige Abwesenheit meines Gönners, des Grafen, mir nur selten Gelegenheit gab, in Gesellschaft zu glänzen. Auch zwei Paar der neuartigen Pantalons, welche die gräßlichen Sansculotten in Mode gebracht, führte ich mit, allerdings in feinerer Ausführung als jener, welche der Pariser Pöbel bei seinem Höllentanz um die Guillotine zu tragen pflegte.

Gern hätte ich die kleine Bohumila, die in Dux

meine Hemden wusch und mir bei der Rückgabe stets harmlose Zärtlichkeiten gestattete, mit mir genommen, allein der hartherzige Verwalter mit dem elenden Namen Stelzel hatte es verstanden, sie vor meiner Abreise mit einem fingierten Auftrag aus dem Schloß zu entfernen. Dieser Rüpel ohne Verstand und Education bildete sich ein, einem Ehrenmann wie mir Vorschriften machen zu dürfen, was den Umgang von Kavalieren mit dem anderen Geschlecht betraf. Zu meinem Leidwesen war das gesamte Domestikenvolk, den Haushofmeister Feldkirchner eingeschlossen, von dem Maniaken instruiert und gegen mich aufgehetzt, so daß selbst die ehrenhaftesten Bezeigungen meiner Freundschaft zur kleinen Bohumila die widerlichsten Verleumdungen nach sich zogen.

Dieses, vom Grafen, hätte er davon Kenntnis erlangt, sicherlich nicht gebilligte Verhalten seiner Untergebenen setzte mich ins Recht, meine Entschädigung da zu suchen, wo ich sie fand, nämlich in der Kasse des Verwalters. Ich entnahm ihr vor meiner Abreise die darin befindlichen Summen und hinterließ in der geleerten Kassette ein Schreiben, welches mein Recht auf dieses Vorgehen begründete. Hatte ich nicht nach der Entscheidung des Grafen Anspruch auf eine Tafel von drei Gedecken täglich gehabt? Nicht zu reden von dem Wein, der mir niemals in ausreichender Menge und Qualität gebracht wurde, wenn der Graf nicht anwesend war. Und was hatte ich überhaupt erhalten? Noch nicht einmal das zugesagte Holzdeputat für meine Wohnung wurde mir geliefert, ohne unendliche Auseinandersetzungen mit dem Harpagon, den der Graf in seiner leider weltfremden Güte für die Zeiten seiner Abwesenheit über das Schloß gesetzt hatte. Dies alles, was mir gegen mein gutes Recht vorenthalten worden war, machte mir deutlich, daß ich befugt war, nach meinem Ermessen zu handeln.

Bezüglich der entnommenen Wechsel hinterließ ich dem Grafen einen Schuldschein.

Als Reiseziel hatte ich dem Kutscher PORTA PETRI angegeben, doch der Schurke wollte mich nicht verstehen und schlug geradewegs die Richtung nach INFERNO ein. Erst als ich ihn halten ließ und ihm meine Pistolen zeigte, wendete er, indem er mürrisch erklärte, er wisse schon, wohin seine Fahrgäste gehörten. Ich gebot meinem Lakaien Costa, er möge, schon im eigenen Interesse, künftig besser auf den Weg achten, den der Kutscher nahm.

Nicht lange darauf hielt der Wagen erneut: vor uns war eine andere Kutsche umgestürzt und versperrte den Weg.

Ich stieg aus und fand einen Klotz von Kutscher im Begriff, die Pferde auszuspannen. Neben der umgestürzten Kutsche lagen zwei Frauenspersonen im Graben. Ein ärmlich, aber sauber gekleideter Edelmann bemühte sich um sie. Ich eilte, mein Riechfläschchen aus unserem Wagen zu holen, und beteiligte mich an der Wiedererweckung der Damen, von denen mindestens die Jüngere mein Interesse erweckte, da ihre Züge mich sofort an meine unvergeßliche XCV erinnerten.

Als die ältere Frau zu erwachen begann und sich nach ihrer endgültigen Erweckung alsbald um die jüngere kümmerte, nahm der Kavalier die Gelegenheit wahr, sich mir als ein Graf von Acquapendente vorzustellen. Die Damen seien Schwester sowie deren Tante, die Gattin seines Oheims, des Grafen von Spelunca, der sich zur Zeit vor PORTA PETRI aufhalte, wo er auf seine Bestallung zum Kapitän der Guardapetri warte. Nach altem Gesetz dürfe er die Stadt erst nach Erhalt der Bestallung betreten, diese sei in den nächsten Tagen zu erwarten, und daher habe er Frau und Tochter zu sich befohlen. Ihm, dem Neffen, werde sofort eine Leutnantsstelle gegeben, wenn sein Oheim das Kapitänspatent in Händen habe.

Wir besichtigten gemeinsam den beschädigten Wagen und stellten fest, daß nicht nur ein Rad, sondern auch die Achse gebrochen war, so daß der Wagen nur mit Hilfe eines Schmiedes wieder hergestellt werden konnte. Ich schlug vor, die Damen in meinem Wagen bis zur nächsten Poststation mitzunehmen und von dort Hilfe zu senden. Graf Acquapendente müßte, schon um des Gepäcks der Seinen willen, beim Gefährt bleiben. Mein Hifsangebot wurde von der Tante mit wortreichem Dank angenommen, während die Nichte mir nur einen Blick widmete, der alle meine längst erstorben gewähnten Gefühle wieder erweckte.

Das bezaubernde Geschöpf mochte etwa fünfzehn Jahre sein, obwohl der hohe Wuchs und die vollen Formen ein höheres Alter zu bestätigen schienen. Dem widersprach indes die Unschuld der dunklen Augen, die mich sofort in ihren Bann schlugen.

Während der Weiterfahrt kam kaum ein Wort von den Lippen meiner Schönen, die noch vom Schrecken wie gelähmt schien und die wir daher in eine bequeme Lage auf dem Rücksitz gebettet hatten.

In der einsamen Poststation war zunächst keine Hilfe zu erwarten, doch ein Schmied wurde mir bezeichnet, der im nächsten Dorf zu finden sei. Ich sandte Costa zu Pferd dahin.

Da vor dem kommenden Tage an eine Weiterreise nicht zu denken war, ersuchte ich den Posthalter um ein Quartier für die Damen und mich. Mit einiger Mühe und etlichen Zecchinen konnte ich ihn überreden, uns in seiner eigenen Wohnung ein Zimmer einzuräumen. Die übrigen Gästezimmer waren schon von anderen Gästen belegt, die wir an der Tafel kennenlernen würden. Die Gräfin Spelunca war auch bereit, an der Abendtafel teilzunehmen, ihre Nichte jedoch fühlte sich noch geschwächt und bat, daß man sie aufs Zimmer geleite. Ich fühlte mich verpflichtet, der Tante behilflich zu sein, und begleitete die Damen, wobei es meinen Händen erlaubt wurde, die Nichte stützend zu umfangen und mit Vergnügen die Formen ihrer Jugend festzustellen.

Gern wäre ich auch noch beim Entkleiden zugegegen geblieben, doch dies verwies mir die Tante.

Die Abendtafel fand ich gut besetzt und war nicht verwundert, den Grafen Medini dort zu finden; neben ihm saßen der Chevalier Stuard und seine schweigsame Frau. Ich äußerte mein Erstaunen, das Paar auf diesem Wege zu finden, allein ich erfuhr umgehend, daß sie auf der Rückreise waren, da man sie in PORTA PETRI abgewiesen hatte. Der mir dies erklärte, erwies sich nach wenigen Sätzen ebenfalls als alter Bekannter, ich hatte den Abbé Levallois vor vielen Jahren in Paris kennengelernt und die Produkte seiner spitzen Zunge schon damals mit viel Vergnügen genossen. Hier vertraute er mir an, daß der Chevalier Stuard im Zollhof der PORTA PETRI mit gezinkten Spielkarten aufgefallen war und den Unwillen der petrinischen Zöllner besonders dadurch erregt habe, daß er ihnen zur Besänftigung die guten Dienste seiner Frau anbot.

»Wie? Treibt er dieses Spiel noch immer?«

»Wie? Hat er es auch bei Ihnen versucht?«

»Ja, und es hat mich hundert Dukaten gekostet und mir nicht mehr eingebracht als die Genugtuung, die Kälte der Dame mit Verachtung strafen zu dürfen.«

»Ich darf Ihnen hierzu gratulieren. Im anderen Fall hätte Ihnen die Dame nur einen unerwünschten Brand beschert.«

Nach der Tafel eröffnete der Graf Medini eine Bank von fünfhundert Louis. Ich beteiligte mich nur sparsam und mußte feststellen, daß das Glück nicht auf meiner Seite war. Eine Bemerkung, die ich darüber machte, gab dem Grafen Anlaß, mich vor die Türe zu bitten. Als er Stellung nahm, hatte ich meinen Degen bereits gezogen und kam seinem Angriff zuvor.

»Ich bin getroffen«, stöhnte er und griff sich an die Brust.

»Wie das, ich sehe kein Blut!« Die Spitze meines Degens zeigte keinerlei Rötung, doch mein Gegner wies auf einen deutlichen Riß in seiner Weste.

»Das beweist noch gar nichts«, erklärte ich und nahm erneut meine Position ein.

»Doch! Denn in unserem Zustand fließt kein Blut mehr«, erklärte mir der herbeigekommene Abbé.

Dieses natürliche Phänomen war mir noch nicht bewußt geworden, und ich überzeugte mich, daß des Grafen Haut zwar verletzt war, ein Blutaustritt jedoch nicht stattgefunden hatte.

Beeindruckt von dieser neuen Erkenntnis, beschloß ich umgehend mein Lager aufzusuchen und in Morpheus' Armen mein Schicksal zu vergessen. Ich begab mich auf das Zimmer, wo ich die Damen bereits schlafend vorfand. Ein unverkennbares Schnarchen von dem einen Lager her sagte mir, wo die Mutter schlief, ich wählte die andere Seite des Zimmers, wo, wie ich wußte, das Fräulein liegen mußte. Indem ich mit äußerster Sanftheit die Decke abhob, ertasteten meine neugierigen Hände alsbald Formen, die mich um so mehr erhoffen ließen, als mich ein sanftes Seufzen anstelle jedes Widerstandes empfing. Umgehend machten sich meine Hände da zu schaffen, wo der Kern meiner Wünsche zu suchen war. Was aber mußte ich entdecken?

Eine schwellende Männlichkeit, die sich mir entgegendrängte. Wie entsetzlich! Die Tochter war ein junger Mann! Ich sprang auf und entfloh. Ekel brannte auf meinen Lippen, welche eben noch einen jugendlich frischen Mund zu fühlen geglaubt hatten! Meine Himmelfahrt, auf die ich so viele Hoffnungen gesetzt hatte, fing ja gut an! Zwar bin ich zeitlebens, wenn Freundschaft sich damit verband, der gleichgeschlechtlichen Liebe nicht aus dem Wege gegangen, doch dies waren stets ungesuchte und kaum angestrebte Ausnahmen geblieben. Mich mit dem ersten besten Ganymed abzugeben, war nie mein Bestreben gewesen.

Ich legte mich in meine Kutsche und erwartete vor Kälte klappernd den Morgen.

Zum Glück traf rechtzeitig der Schmied mit dem Grafen und seinem wiederhergestellten Wagen ein. Ob meiner kühlen Begrüßung verwundert, fragte der Graf nach den Seinen, und ich verwies ihn an den Posthalter:

»Sie werden die Damen in seiner Obhut wohlauf und wohlerhalten vorfinden!«

Meine Betonung des Wortes Damen sagte ihm, daß ich alles wußte. Er lachte und erklärte mir in schöner Offenheit, daß er diese Verkleidung seines jungen Freundes gewählt habe, weil er hoffe, ihn auf diese Weise durch die Wachen der PORTA PETRI zu bringen.

»Sind wir erst einmal drinnen, so wird uns niemand mehr belästigen, wurde mir gesagt, denn dort gelten die Gesetze der himmlischen Liebe, die nicht nach dem Geschlecht fragt!«

Ich versicherte ihn meines Erstaunens über seine Zuversicht und ließ anspannen.

Den Rest meiner Reise von drei Tagen kann ich übergehen, denn an der nächsten Poststation ereignete sich nichts, was der Erwähnung wert gewesen wäre. Man erblickte die üblichen Pilger an der Tafel, und nur das Essen entsprach eher einer Fastenspeise als einer Stärkung für solch eine kräftezehrende und wichtige Reise. Auf meine diesbezügliche Frage erklärte mir der Wirt, ihm werde die Speisenfolge vom Magistrat der PORTA PETRI vorgeschrieben: »Wenn ich sie nicht einhalte, verliere ich meine Konzession!«

»Und wenn Sie sie einhalten, werden Sie Ihre Gäste verlieren!«

Als Antwort darauf bekam ich ein Lachen zu hören: »Wo sollten meine Gäste denn sonst hingehen? Und außerdem, die meisten von ihnen ahnen, daß sie wiederkehren werden.«

Der Satz machte mich neugierig. »Die meisten? Ich dachte, von dieser Reise gibt es keine Wiederkehr!«

»Sie werden Gelegenheit haben, es selber festzustellen, Chevalier!«

Wir setzten unsere Reise fort und kamen gegen Abend ans Ziel. PORTA PETRI glich einer ungeheuren Festung, ähnlich dem Castello St. Angelo in Rom. Vor dem Packhof wurde unser Wagen abgespannt, und wir mußten ihn nebst seinem Inhalt den Sbirren überlassen. Meine Koffer wurden untersucht, doch außer einigen Büchern hatte man nichts zu beanstanden. Hingegen beschlagnahmte man das Porträt der nackten M. M., das ich stets in meiner Kassette mit mir führte. Mein Protest, dies sei ein wertvolles Andenken, wurde mit dem Hinweis abgetan, solche Bilder seien Konterbande, deren Besitz in der Stadt nicht gestattet werde, da sie geeignet seien, irdische Gelüste wiederzuerwecken. Die Einwohnerschaft habe sich uneingeschränkt den petrinischen Freuden zu widmen.

Worin diese denn bestünden?

Dies würde ich zu gegebener Zeit schon erfahren, und ob ich Harfe zu schlagen oder Posaune zu blasen verstünde.

Daraufhin wies ich ein päpstliches Breve des verstorbenen Papstes Rezzonico vor, welches mich von der Ausübung geistlicher Musik dispensierte. Der Beamte nahm es an sich und las es. Danach zerriß er es in kleine Fetzen. Ich bat umgehend um Feder und Papier, um mich beim diensthabenden Offizier zu beschweren. Damit löste ich bei den Sbirren ein gewaltiges Gelächter aus. Ihr Korporal winkte einen dienstbaren Geist herbei, der interessanterweise an der rechten Schulter einen beschmutzten Schwanenflügel trug. In seinen Händen befand sich sein zweiter Flügel, mit welchem er den Boden des Packhofes fegte. Als der

Mann näher kam, erkannte ich die Züge Seiner Heiligkeit. Bestürzt beugte ich das Knie, um ihm den Pantoffel zu küssen, doch mit trauriger Miene wehrte er ab: »Hier nicht mehr, mein lieber Casanova! Wir sind nämlich im Himmel!«

Der Bargello, Aufseher der Sbirren, lachte gemütlich: »Schon gut, PAPA, du kannst für heute Schluß machen!«

Worauf der Befreite seufzend seinen zweiten Flügel an der freien Schulter befestigte und von dannen schlurfte.

Da mein Gepäck durchsucht und nicht weiter beanstandet war, fragte ich, wie es nun weiterginge.

Das würde ich schon sehen, ich möge gefälligst warten, bis mein Name aufgerufen werde.

Meine Neugier trieb mich kreuz und quer über den Packhof in der Hoffnung, einen Bekannten zu entdecken. Und in der Tat, bald erblickte ich die Charpillon mit ihrer verdammenswerten Mutter.

Man erkannte mich und schenkte mir ein höhnisches Gelächter. Ich wandte mich ab und war im Begriff zu gehen, da hörte ich, wie an der Pforte zur Stadt die Namen der beiden Weiber ausgerufen wurden. Ich sah sie aufstehen und erwartungsvoll zur Pforte eilen. Meine Neugier hieß mich ihnen folgen.

Vor der Pforte stand ein geflügelter Herold, der ein flammendes Schwert in der einen Hand hielt und ein Pergament in der anderen. Er überreichte den Damen Aughspurgher das Pergament, und sein Flammenschwert wies sie zurück. Da sie offensichtlich Mühe hatten, den Text zu entziffern, bot ich ihnen meine Hilfe an. Mangels anderer Kenner der lateinischen Sprache waren sie gezwungen, meine Hilfe anzunehmen.

Ich sah, las und lachte.

Was es da zu lachen gebe, fragte die Alte.

»Hören Sie.« Und ich übersetzte.

I. WIEGAND 94

»Es ist unerhört«, kreischten die beiden auf, als ich geendet hatte. »Wir sind anständige Frauen und werden uns solches nicht bieten lassen. Können Sie uns einen anständigen Advokaten vermitteln, Monsieur Casanova?«

»Gegen wen wünschen Sie zu klagen?«

»Gegen den Verfasser dieser Ungeheuerlichkeit!«

»Das wird schwer halten. Sehen Sie doch die Unterschrift: Sampietro, Monsignore und Protonotar. Das ist schon fast die letzte Instanz!«

»Es muß eine höhere geben, oder wir fechten die Zuständigkeit der hiesigen Justiz an!«

»Dies wird Ihnen ausdrücklich freigestellt. Allerdings müßten Sie dazu das Territorium von PORTA PETRI verlassen und Ihr Glück in GEHENNA versuchen.«

»Wie kommt man dorthin?«

»Auf dem kürzesten Wege, indem Sie tun, was das Pergament befiehlt.«

»Das ist eine unglaubliche Zumutung! Wie konnte man in PORTA PETRI so etwas beschließen?«

»Vermutlich indem man Ihr bisheriges Leben zu Rate nahm.«

Es hatte nämlich der oberste Rat von PORTA PETRI den beiden Weibern befohlen, sich jedem hinzugeben, der auf dem Packhof ihre Gefälligkeit in Anspruch zu nehmen wünschte, die hierbei erzielten Gewinne jedoch an der Kasse der Unschuldigen Kindlein abzuliefern. Besonders das letzte Gebot hatte den Unwillen der Damen Charpillon erregt, denn sie hatten ihr Leben lang noch nie einen Gedanken an Taten der Barmherzigkeit verschwendet.

Ich sah sie schimpfend ihre Kutsche besteigen und hörte, wie sie dem Kutscher befahlen, er möge sie nach GEHENNA fahren.

Alsbald erweckte ein neuer Namensaufruf mein Interesse.

Mein lieber Tiretta war also auch zur Stelle? Ich erblickte ihn erst jetzt, und die ältliche Frau, die ihn geleitete, kam mir sofort bekannt vor. War es wirklich jene Madame XXX, der er in Paris eine zweite Jugend geschenkt hatte?

Wieder erschien der Engel mit dem Flammenschwert, wieder empfing das Pärchen ein Dokument, wieder bot ich mich als Dolmetsch an, als ich sah, wie Tiretta mit dem Text nicht zu Rande kam. Ich las und lachte.

»Was wird uns auferlegt?« fragte Tiretta ängstlich.

Ich erklärte es ihm, und sein Gesicht glättete sich. Madame XXX hingegen nahm das Urteil mit saurer Miene zur Kenntnis.

»Gehst du gleich ans Werk?« fragte ich den Schlingel.

»Gewiß doch!« lachte er und zog Madame XXX in die nächste Ecke. Doch da kam der Arbeitsengel Rezzonico herbeigestürmt und verwies die beiden in einen hölzernen Verschlag an der Mauer, wo die Wartenden ansonsten ihre Notdurft verrichteten. Dies sei genau der richtige Ort für derlei Tätigkeit, meinte der Platzfeger. Madame XXX entrüstete sich wegen der dort herrschenden Düfte, doch Tiretta meinte, dies sei bei dem auferlegten Geschäft ohne Belang.

»Können mir Eure Heiligkeit verraten, wer solche sinnreichen Urteile erläßt?« fragte ich den Engel.

»Können Sie es nicht erraten?« fragte der zurück. »Natürlich ist es DER, dessen Stellvertreter auf Erden ich sein durfte.« Rezzonico seufzte. »Er war ja auch zu seinen Lebzeiten schon ein ziemliches Schlitzohr, nicht wahr? Denken Sie bloß an die Geschichte mit dem Hahnenschrei!«

»Sie wagen das offen auszusprechen, Heiligkeit? An diesem Ort?«

»Ich kann es mir leisten, denn eben deswegen bin ich ja als Putzengel angestellt. Ich hab's ihm nämlich ins Gesicht gesagt.«

Rezzonico zuckte die Achseln. »Nun, wenigstens habe ich meinen festen Posten und brauche nicht mehr zurück. Wenn meine Bewährungszeit um ist, kriege ich ein neues Gewand, neue Flügel, werde gebadet und darf wieder Harfe schlagen. Doch gehen Sie, Casanova, man ruft Ihren Namen!«

Diesmal trug der Engel kein Flammenschwert, sondern eine Peitsche. Und er sprach direkt zu mir: »Ritter Gockelhahn – so würdet Ihr doch auch Euren Titel San Gallo in eine vernünftige Sprache übersetzen, nicht wahr? Ritter Gockelhahn, Euch wird wegen gewisser Taten, die Ihr erstaunlicherweise aus echter Gutmütigkeit vollbracht habt, die Bewährungsprobe des englischen Spießrutenlaufes gestattet. Seid Ihr bereit, Euch dieser Prüfung zu unterziehen?«

Ich erlaubte mir die Frage, worin diese Prüfung bestünde, doch der Peitschenengel SAMMICHELE behauptete, gerade in der Unkenntnis dessen, was zu bestehen sei, läge der Sinn jener Spießruten. Als ich mich auf mein Alter berief, lachte er mich aus und meinte, derlei Ausreden besäßen angesichts der Ewigkeit keinerlei Gültigkeit. Ob ich nun bereit sei oder gleich zur GEHENNA fahren wolle?

Obwohl ich nicht wußte, was mir bevorstand, schien es mir gut, mein Einverständnis zu erklären. Was ich bislang an Urteilen erlebt hatte, war wenig geeignet, einem Mut zu machen, der PORTA PETRInischen Gerechtigkeit Paroli zu bieten.

SAMMICHELE winkte, und zwei niedere Sbirrenengel entkleideten mich völlig. Sodann wurde ich auf einen frei gehaltenen Platz geführt, wo eine Doppelreihe allerliebster Engelchen stand, die sämtlich Rosensträuße in der Hand trugen.

Meine Aufgabe, so wurde mir erklärt, sollte darin bestehen, während eines Kusses den Namen des Engels festzustellen. Bei richtiger Antwort dürfe ich mich an den nächsten Engel halten, bei falscher Antwort sollten die Rosensträuße in Tätigkeit treten. In welcher Weise das geschehen werde, bekam ich nicht gesagt, doch ich konnte es mir denken. Ich trat in die Doppelreihe ein und wandte mich meinem ersten Engel zu. Weh mir, ich erkannte ihn sofort! Es war Lucia von Paseano!

Doch schon beim nächsten Engel ereilte mich das Mißgeschick. Wohl wußte ich, daß ich diesem Engel den ersten und frühesten Schmerz der Liebe bereitet hatte, doch seinen Namen hatte ich vergessen. Ich gestand es ein.

»Und das, obwohl du Schurke in deinen Memoiren einen Namen genannt hast! Nur daß es nicht der meine war. Haut ihn, Gefährtinnen, schlagt zu!«

Das fing ja reizend an! Wenn ich bedachte, wie viele unschuldige Geschöpfe ich beschwatzt hatte, auf daß sie mich als ersten die Früchte der Liebe pflücken ließen, konnte ich mich auf eine lange VIA ROSARIA DOLORUM gefaßt machen. Am schlimmsten war hierbei, daß ich mich zwar der Namen entsann, die ich in der Geschichte meines Lebens angegeben hatte, daß diese aber keineswegs mit den echten Namen meiner Opfer übereinstimmten, schlimmer noch, ich hatte der entschwundenen Erinnerung gelegentlich mit meiner Phantasie nachgeholfen. Was da an Geschöpfen vor mir stand, mochte echt sein. Doch wie sollte ich jetzt die Produkte meiner Einbildung von ihnen trennen und mich auf die Wahrheit beschränken? – eine Kunst, die ich zu keiner Zeit beherrscht habe.

Hier war es eine Annette, dort eine Veronica. Da stürzte mich Rosalie in Verwirrung, dort zeigte mir C. C. höhnisch die rosige Zunge. Ignacia, Cleomene, Armellina – wen immer ich riet, ich riet meistens die Falsche und bekam Rosensträuße um die Ohren und sonstwohin geschlagen. Zwar blutete ich nicht, denn ich habe bereits beschrieben, warum dies hier nicht mehr geschehen konnte, doch ich darf meinen Lesern verraten, daß ich die Dornen genauso verspürte, als hätten sie mir blutige Striemen gerissen.

Indes hatten die Schläge bei mir ein Wunder gezeitigt, das den Engel mit der Peitsche sehr belustigte, als ich vor ihm stand. Mein treuer Weggefährte auf der Reise durch viele Betten war zu seiner langvermißten alten Stärke zurückgekehrt und beschämte mich nun vor aller Welt.

Umgehend ergriffen mich auf Geheiß von SAMMICHELE etliche der Sbirren und steckten mich in ein Faß mit eiskaltem Wasser, was mir angesichts der Rosenstreiche gar nicht unangenehm gewesen wäre, hätte sich nicht alles auf dem Packhof versammelte Publikum um das Faß geschart und mein allmähliches Erschlaffen mit spitzen Bemerkungen begleitet.

»Sie haben die Prüfung zwar mit einiger Mühe bestanden, Messire Sangallo«, belehrte mich der Peitschenengel. »Doch geschah dies nicht mit der erforderlichen Qualifikation. Für einen Daueraufenthalt in PORTA PETRI werden Sie sich einer weiteren Prüfung unterziehen müssen. Sie benötigen hierfür eine Erklärung des Fürsten von GEHENNA, daß er auf Ihre künftigen Dienste verzichtet. Auch benötigen Sie eine Quittung des Bankhauses Iscariotes über Ablieferung aller falschen Wechsel, die sich jemals in Ihrem Besitz befanden. Fahren Sie also erst einmal zur Hölle!«

Ich bat um einen Paß und Empfehlungsschreiben an den Minister SATANIDES und erhielt beides umgehend.

Costa fand ich bei meinem abgestellten Wagen, und ich befahl ihm, mir aus meinen Koffern neue Kleider hervorzusuchen, da jene Gewänder, die mir vor meinen Rosenrutenlauf abgenommen wurden, spurlos verschwunden waren. Ich hegte den Verdacht, einer der auf dem Packhof umherstreunenden Schmutzengel, die mich eher an neapolitanische Lazzaroni erinnerten als an das Gefolge der Himmlischen Heerscharen, habe sie sich angeeignet. Ich empfand jedoch keine Lust, mit Hilfe der Sbirren die Lausejungen zu visitieren, und das hatte einen besonderen Grund.

Meine im Kaltwasserbad geschwundene Männlichkeit war erneut ihrer Erschlaffung entstiegen und ließ mich als lebendes Angebot für alle hier umherstreunenden Lustknaben erscheinen, die abzuwehren mir im Augenblick aber sowohl die entsprechenden Worte fehlten als auch die nötige Kraft abging.

Mit meinen bequemsten Hosen bekleidet und dem Blicke der Neugier weniger ausgesetzt gedachte ich die allmähliche Behebung meines Zustandes in aller Ruhe abzuwarten.

Fürs erste sah ich mich in meinen Hoffnungen enttäuscht, der Schlingel Costa grinste, als er mit neuen Pferden ankam, auf das unverschämteste.

»Wie? Ist es immer noch zu sehen?«

»So deutlich, daß ich Eurer Herrlichkeit empfehlen möchte, eine Pelerine zu benützen!«

»Dann such mir eine heraus!«

In welchem Zustand ich mich immer noch befand, wußte ich selber am besten. Ich hatte lediglich gehofft, mein Gewand würde ihn besser verbergen.

Via purgatoria

Unser Kutscher blies ins Horn und wendete die Pferde zur Straße hin. In diesem Augenblick warf sich Lady Stuard vor meinen Wagen und bat, ich möge sie einsteigen lassen. Man habe sie in GEHENNA verurteilt, alle jene Kavaliere aufzusuchen, die sie auf dem Wege zur PORTA PETRI mit uneingelösten Versprechungen bewogen hatte, die Wirte zu bezahlen.

»Hier hat man uns abermals abgewiesen, unser Maß sei noch nicht erfüllt. Nun irren wir hin und her. Mein Gatte hat sich schon zu Fuß auf den Weg gemacht, mich aber hat er als Pfand dem Wirt in der Trattoria portale zurückgelassen. Sie werden verstehen, Monsieur, daß ich es dort nicht aushalten kann, bis Stuard zurückkehrt, auch wenn er mir versprochen hat, daß er mir von unterwegs einen Wechsel schicken wird.«

»Nun gut, aber ich verspreche Ihnen, Madame, daß ich Sie Ihrem Gatten überliefern werde, sobald wir ihn eingeholt haben.«

Die Dame blieb mir ihre Antwort schuldig, sie ließ sich jedoch herab, in den nächsten Stunden meine Zärtlichkeiten ohne Widerstand hinzunehmen. Mein Zustand, der sich dabei in keiner Weise besserte, entlockte ihr nur ein verächtliches Lächeln. Als ich ihr hundert Dukaten bot für den Fall, daß sie in der Lage sein würde, ihn zu beseitigen, unternahm sie alles, was ich für erfolgversprechend hielt. Sie tat es nicht ohne Geschick und schließlich sogar mit Ehrgeiz. Doch ich behielt meine hundert Dukaten. Leider nicht nur sie!

Stuard schien ein guter Fußgänger zu sein, denn auf der nächsten Poststation erfuhren wir, daß er bereits vorbeigekommen und weitergewandert sei. Ich nahm zwei Zimmer und lud Madame Stuard zum Souper ein. Sie aß und trank mit großem Appetit, aber ohne auf meine Konversation einzugehen.

Daß ich ihr Bett nicht in meinem Zimmer hatte aufstellen lassen, nahm sie mit dankbarem Nicken zur Kenntnis, ebenso eines meiner Nachthemden, da sie keinerlei Gepäck mit sich führte. Als ich ihr beim Auskleiden behilflich sein wollte, dankte sie und bat mich, sie allein zu lassen. Vergebens wies ich ihr meinen immer noch unbehobenen Zustand. Sie beehrte ihn kaum eines Blickes.

Also schickte ich Costa zum Wirt und bat ihn, mir, wenn vorhanden, eine seiner Mägde zu überlassen. Meine Bitte wurde durch zwei Dukaten unterstrichen. Sie sollten dem Wirt gehören, das Mädchen habe die gleiche Summe zu erwarten. Zu meiner Verwunderung erschien der Wirt selber, um mir sein Bedauern auszudrücken: außer einer steinalten Magd sei niemand im Hause. Es befinde sich aber unter seinen Gästen die Zofe einer Dame, die ihm nach Art und Aussehen geeignet scheine, einen Antrag entgegenzunehmen. Zwei Dukaten würden seines Erachtens hierfür aber kaum hinreichen. Costa, der meinen Geschmack kannte, stand hinter dem Wirt und nickte mir heftig zu, gleichzeitig hob er drei Finger.

Ich gab dem Wirt also einen weiteren Dukaten und erklärte ihm, mehr würde ich nicht geben. Wenn dies der Unbekannten nicht reiche, müßten wir das Geschäft eben sein lassen. Der Wirt nahm das Geld und entfernte sich mit der Versicherung, er werde sein Möglichstes tun. Ob ihm gestattet sei, der Person eine zusätzliche Vergütung in Aussicht zu stellen, falls meine Erwartungen übertroffen würden?

»Gut, aber versprechen Sie ihr nicht zu viel!«

Nach kaum einer Viertelstunde klopfte es, auf mein »Herein!« kam ein schmächtiges Persönchen in mein Zimmer.

Dunkle Haare umrahmten ein herzförmiges Gesicht mit vollen Lippen; die Wangen waren von auffallender zarter Blässe. Ich bat die Unbekannte an mein Bett und entschuldigte mich: mein Unglück erlaube mir nicht, mich zu erheben, ohne sie zu entsetzen, was zweifellos der Fall sein würde, wenn ich ihr nicht vorher berichten dürfe, was meinen Zustand ausgelöst habe.

»Ihr Diener hat mich schon vorbereitet, mein Herr«, gab sie lächelnd zur Antwort. »Seien Sie gewiß, daß ich alles tun werde, was in meiner Macht liegt, Ihnen zu helfen.«

Und schon stand sie an meinem Bett und deckte mich auf.

Nach einigen prüfenden Versuchen schlug sie mir eine Methode vor, die mich aufhorchen ließ. Mir war, als wäre sie Tirettas gelehrige Schülerin gewesen. Ich nahm ihren Vorschlag an, und sie begann sich zu entkleiden. Ihre Haut war zart und von einer Blässe, die mich beglückte. Auch an jenem Punkt, der mir die Erlösung verhieß, fand ich nichts auszusetzen. Ehe wir unser Experiment begannen, bat sie mich jedoch um ein Quentchen Öl oder Salbe.

Ich besaß immer noch sechs Tiegel jener wunderbaren Pomade, die mir seinerzeit Esther geschenkt hatte. Einen dieser Tiegel opferte ich und salbte damit die Pforte meiner Erlösung.

»Wie schade, daß man so köstliche Substanzen an solch inferioren Punkten vergeuden muß«, seufzte meine Schöne. Danach bereitete sie sich zum Werk der Barmherzigkeit.

Wir taten beide unser Bestes, doch der gewünschte Erfolg blieb aus. Mariuccia, so hieß die Zofe, gab sich alle Mühe und bereitete mir kein geringes Vergnügen. Doch unser Ziel erreichten wir nicht. Ich mochte nicht undankbar sein und gab dem Mädchen sechs anstatt der drei versprochenen Dukaten, auch schenkte ich ihr den Rest der Pomade. Sie sah mich dankbar und zärtlich an: »Ob ich meine Herrin zu Hilfe holen sollte? Sie ist eine Meisterin in solchen Dingen, was ich kann und weiß, habe ich von ihr.«

»Du glaubst, daß sie willens sein könnte?«

»Wenn ich ihr erzähle, was du zu bieten hast, wird es keiner besonderen Aufforderung bedürfen. Nur sag ihr bitte nicht, daß du noch mehr von der Pomade hast. Dieser Verführung könnte sie nicht widerstehen.«

Mariuccia ging und kam nach einer kurzen Weile wieder. In ihrer Begleitung war die Herrin, eine großgewachsene, etwas üppige Blondine. Das Spiel wiederholte sich, und die Dame, die beim Anblick meiner Mächtigkeit in Rufe des Entzückens ausgebrochen war, schien Herrin meines Leidens zu werden. Fast hätte sie es geschafft, aber eben nur fast.

Denn allmählich begann mich die Sache zu ermüden, ich erinnerte mich, daß ich mein irdisches Dasein mit immerhin 73 Jahren beschlossen hatte, daß meine Natur daher nicht mehr so beständig sein konnte, nächtliche Gewaltritte über beliebige Distanzen durchzuhalten. Ich bat um Gnade. Sie wurde mir gewährt, jedoch mußte ich versprechen, die beiden Geschöpfe, die zufällig den gleichen Weg hatten wie ich, in meiner Kutsche mitzunehmen.

Dieses Versprechen gab ich gerne, denn ich erwartete mir hiervon eine gewisse Wirkung auf die Dame Stuard.

Bevor sie mich verließen, bat ich die Damen zum gemeinsamen Frühstück. Meine Einladung wurde dankend angenommen.

Ich war noch im Pudermantel, als sie erschienen. Bei Tageslicht sahen sie nicht schlechter aus als bei dem Licht der einzigen Kerze, die unseren nächtlichen Taten geleuchtet hatte. Mit selbstverständlicher Höflichkeit begrüßten sie Dame Stuard, die sie bereits zu kennen schienen.

Ich hatte Schokolade bereiten lassen, was allerseits begrüßt wurde. Und nun erfuhr ich die Geschichte meiner nächtlichen Nothelferinnen. Es handelte sich um eine Gräfin Bonano, deren Mann, ein Spieler, kürzlich vor seinen Gläubigern geflohen war, die Gattin in äußerster Not und hochverschuldet zurücklassend. Ohne Mittel auf der irdischen Welt, hatte sie das schnöde Leben mitsamt ihrer Zofe verlassen. Sie hoffte, daß auch ihren Gatten das Schicksal inzwischen erreicht haben würde, und da sie ihn an der PORTA PETRI nicht vorfand, suchte sie ihn jetzt in der Hölle.

Mein Wagen war geräumig genug, um vier Personen Platz zu bieten. Das Gepäck aller meiner Damen war nicht der Rede wert. Wir vergnügten uns auf der Fahrt mit allerlei Scherzen und Schäkereien, nur Madame Stuard blieb stumm und zeigte uns, daß ihr die neue Gesellschaft wenig behagte. Mein Zustand, der keinerlei Veränderung aufwies, war Mittelpunkt aller unserer Gespräche, und an fast jedem Meilenstein wollten sich die Gräfin oder ihre Zofe durch Augenschein von seinem Fortbestehen überzeugen.

Um die Mittagsstunde, es war schon recht heiß geworden, kamen wir an einem klaren Weiher vorbei. Ich ließ den Wagen halten und schlug den Damen ein kühlendes Bad vor. Die Gräfin und ihre Zofe ließen sich nicht lange bitten, nur bei Madame Stuard mußten wir fast Gewalt anwenden. Doch endlich befanden wir uns im paradiesischen Zustand und in einem Wasser, das zum Glück weder sumpfig noch besonders tief war. Costa und der Kutscher, die es uns gleichtun wollten, es aber in unserer Gegenwart nicht wagten, hatten die Pferde abgeschirrt und ritten mit ihnen in einiger Entfernung von uns ins Wasser.

Als ich den Weiher verließ, machte ich eine seltsame Entdeckung. An meinem Körper hingen etliche Blutegel, auch meine Männlichkeit war damit versehen. Und, Wunder über Wunder, sie gewann allmählich ihre Normalgestalt wieder. Beglückt machte ich meine Damen darauf aufmerksam, ich erregte damit jedoch wenig Freude: »Und wer wird uns in der kommenden Nacht beglücken?« platzte Mariuccia heraus.

Mich verwunderte an der Sache noch mehr, daß die Blutegel an unsereinem Gefallen fanden, wo doch feststand, daß wir über keinen Lebenssaft mehr verfügten.

Wie zu sehen war, hatten auch die Damen etliche Egel an sich hängen. Nun mußte wir alle warten, bis die Schmarotzer sich sattgesogen hatten. Uns wurde die Zeit dennoch nicht lang, es schien eine warme Sonne, und meine Schönen bedachten sich gegenseitig mit Zärtlichkeiten, deren Anblick allein schon fast genügt hätte, bei mir neue Lebensgeister zu wecken, was nach der vorhergegangenen Nacht mein Wunsch gar nicht sein konnte.

Auf alle Fälle wies ich Costa an, etliche Blutegel in ein Steingutgefäß zu sammeln und mitzunehmen.

Als die Kühle des Nachmittags einfiel, kleideten wir uns wieder an und setzten unsere Reise fort. Madame Stuard bestand darauf, neben mir zu sitzen.

Ohne weitere Zwischenfälle erreichten wir die nächste Poststation. Es war jene, wo ich mich mit Medini duelliert hatte. Vor der Station sah ich eine Staatskarosse stehen. Doch vergeblich suchten meine Augen unter den Gästen der Station eine Person von Rang. Auf Befragen erklärte mir der Wirt, der Besitzer der Kutsche sei in seinem Wagen geblieben. Ich beeilte mich, ihm dort meine Aufwartung zu machen, und fand in der Karosse den verewigten König von Preußen vor, der mich sogleich erkannte und mir die Ehre erwies, mir einen Platz neben sich anzubieten.

»Nun, Monsieur de Seingalt, was führt Sie hierher auf diesen Weg der Tränen?«

»Gewiß nicht jene Vorzüge, die Eure Majestät hierher gebracht haben!«

Der große König stieß ein kurzes, meckerndes Lachen aus.

»Man kann eben auf verschiedenen Wegen zum Ziel kommen, ich auf dem Schlachtfeld und Sie am Spieltisch oder wo sonst Sie Ihre Schlachten geschlagen haben.«

»Ich darf Euer Majestät versichern, daß ich zu einem Tausch nicht bereit wäre. Majestät haben die Größe gewählt, ich das Vergnügen.«

»Und die Unsterblichkeit? Wie steht es mit ihr?«

»Darüber ist das letzte Wort noch nicht gesprochen.«

»Sie verlassen sich auf Ihre Memoiren?«

»Soweit auf Schriftliches Verlaß ist, ja!«

»Sie sollten am besten wissen, was mit falschen Wechseln geschieht.« Der große König war verschnupft und entließ mich.

An der Tafel saß, was mich weiter nicht verwunderte, Voltaire, der mich sofort an seine Seite winkte. »Haben Sie den König gesprochen?«

Ich berichtete kurz, womit ich des Königs Unmut erweckt hatte. Voltaire nickte.

»Sie haben ihn mehrfach getroffen. Er weiß, daß nur seine Schlachten ihm Nachruhm verschafft haben. Gerade das hat er am wenigsten gewünscht. Und Friedrichs Vergnügungen – ja, wußten Sie denn nichts von der entsetzlichen Verstümmelung, die ihm ein jugendliches Liebesabenteuer beschert hat? Man hat ihn für einen Sodomiten gehalten. Nichts davon! Er war ein normal veranlagter Mensch und lüsterner als die meisten seiner Familie. Doch seit seinem 22. Lebensjahr konnte er nur noch dürsten. Das Trinken war ihm unmöglich gemacht worden. Sein Leben muß eine Hölle gewesen sein.«

Ich war erschüttert. Aller Schlachtenruhm verblaßte angesichts dieses Unglücks. Nun verstand ich auch Friedrichs kaum verhohlene Abneigung gegen Menschen wie mich.

Ich gestand Voltaire, daß ich den großen Mann bemitleidete.

»Nun ja, er hat es getragen, und sein Alter hat es ihn verwinden lassen. Was er nicht verwindet, ist sein Mißerfolg als Literat. Von seinen schlechten französischen Gedichten will ich erst nicht reden. Aber auch seine Geschichte des Hauses Brandenburg ist ihm mißraten. Sie ist oberflächlich und langweilig, und er weiß es. Genauso weiß er, daß Sie mit Ihren Memoiren einen Erfolg haben werden, der über Jahrhunderte hinwegreichen wird. Und nun stellen Sie sich vor: Er, ein König. Sie, ein Abenteurer. Alles, was er sich wünschte, haben Sie besessen und erreicht. Sie wundern sich noch, daß er Sie nicht mag?«

Ich war erschüttert und wagte trotzdem einen Einwand: »Aber die Geschichte …?«

Voltaire setzte ein diabolisches Lächeln auf.

»Die Geschichte wird sich zweifellos mit ihm befassen. Generationen von Schulbuben, vor allem in Preußen, werden den Verlauf seiner Kriege und die Namen seiner Schlachten auswendig lernen müssen. Doch sie werden es unwillig tun und sich hierbei kaum auf Friedrichs literarischen Nachlaß stützen. Man wird auch seine Reformen und seine Landerwerbungen würdigen. Aber man wird ebenfalls feststellen müssen, wie wenig davon auf die Dauer blieb.

Ihre Memoiren, Casanova, werden Generationen von Halbwüchsigen mit heißen Wangen verschlingen, und nicht wenige werden versuchen, Ihnen nachzueifern – ob mit Erfolg, sei dahingestellt. Nein, Casanova, nicht er ist, Sie sind zu beneiden, denn Ihr Nachruhm wird kaum geringer sein als der des Königs. Und bedenken Sie, wie wenige Menschenleben Sie dafür opfern mußten!«

Ich wagte es, den Philosophen nach der Prognose zu fragen, die er sich selber stellte.

Voltaire seufzte. »Mich wird meine Nation zweifellos ehren, indem sie meine Bücher mit schönen Einbänden versehen in ihre Bibliotheken stellt. Aber lesen werden mich nur die Philosophen, und was ist das schon für ein Publikum?«

An der Tafel saßen etliche Personen, die mir bekannt vorkamen, einen der Kavaliere erkannte ich sogleich, es war Croce. Wir umarmten uns.

»Wie ist es dir gegangen seit Lüttich?« fragte ich ihn.

»Auf und ab, wie in meinem ganzen Leben.«

»Du spielst noch?«

»Ich werde nach dem Essen eine Bank auflegen. Willst du dich beteiligen?«

»Nein, ich werde gegen dich spielen.«

»Du wirst wie immer verlieren.«

»Diesmal nicht. Mein guter Geist begleitet mich.«

Jetzt erst erblickte ich die unglückliche Charlotte, die in Paris in meinen Armen gestorben war, als sie

Croces Kind zur Welt brachte. Hier hatten sie sich versöhnt. Ich begrüßte zärtlich das schöne Geschöpf, dem meine fast väterliche Liebe gegolten hatte. Charlotte dankte mir, daß ich mich des Kindes angenommen hatte, und sagte, ihre Eltern hätten es zu sich nach Brüssel geholt. Ich äußerte meine aufrichtige Freude darüber.

»Und warum sind Sie wieder zu Croce zurückgekehrt?«

»Weil er versprochen hat, mich zu heiraten.«

»Und?«

»Er wird es sicher noch tun.«

Die Liebe dieses bezaubernden Mädchens zu dem Schurken machte mich krank. Ich bat Croce vor die Tür.

»Wieviel Geld hast du bei dir?«

»Fünfzig Louis. Wenn du mir weitere fünfzig leihst, werde ich eine Bank auflegen.«

»Ich gebe dir hundert, wenn du sofort verschwindest!«

»Hundertfünfzig.«

Ich gab Croce, was er verlangte, und schob ihn mitsamt seinem geringen Gepäck in die nächste Postkutsche, die hier nur anhielt, um die Pferde zu wechseln. Dem Kutscher sagte ich, er möge den Fahrgast erst in GEHENNA aussteigen lassen. Croce aber gab ich einen Wechsel über tausend Louis auf das Bankhaus Iscariotes und ließ mir von ihm eine Erklärung unterzeichnen, daß er gegen diesen Betrag auf alle Rechte an Charlotte verzichtet habe. Ich wartete, bis die Kutsche abgefahren war, dann suchte ich Charlotte auf und zeigte ihr das Schriftstück. Sie weinte zuerst, doch meine zärtlichen Tröstungen sowie das Versprechen, ich würde von nun an wie einst für sie sorgen, ließen ihre Tränen mit der Zeit versiegen.

»Warum tun Sie das für mich?«

»Weil ich Sie mehr liebe, als Croce es jemals könnte.«

»Sie wissen doch, daß ich nie die Ihre werden kann.«

»Es genügt mir, wenn ich der Ihre sein darf.«

Was ich tat, geschah in der Erwägung, daß mir die wenigen wirklich guten Taten meines Lebens auf dieser Reise von einigem Nutzen sein könnten. Und es war Charlotte vielleicht das einzige Wesen geblieben, dem ich ohne Eigensucht zur Seite gestanden war. Den Beweis hierfür um mich zu wissen, beruhigte mich über mein künftiges Schicksal.

Nun galt es aber, meinen übrigen Anhang zu versorgen. Meine Absichten auf die Dame Stuard gab ich schnell auf. Ich hatte sie ja seinerzeit ohne Hüllen bewundert und war trotzdem imstande gewesen, auf sie zu verzichten. Es hatte mich lediglich gereizt, ihr wieder begegnet zu sein, und unerledigte Dinge führte ich gerne zu Ende. Der Gräfin Bonano und ihrer Zofe bedurfte ich nun, da mein Priap sich beruhigt hatte, nicht mehr in gleichem Maße wie noch tags zuvor.

Wie oft schon, kam mir mein Glück zu Hilfe. Verstaubt und offensichtlich erschöpft nahte sich mir der Chevalier Stuard und bat mich beiseite.

»Sie sehen mich im Zustand äußerster Bedrängnis, Mr. de Casanova. Dennoch muß ich meine Gattin von Ihnen zurückfordern, es sei denn, Sie könnten mir mit fünfzig Louis aus der Verlegenheit helfen, aus diesem Gasthof entfliehen zu müssen.«

»Ich bin bereit, Ihnen hundert Louis zu geben unter der Voraussetzung, daß Sie Ihre Gattin gleich mit sich nehmen!«

Sobald der Schurke Geld witterte, wollte er mehr verlangen. Ich wandte ihm brüsk den Rücken und sagte: »Hundert Louis und keinen darüber. Mein Gebot gilt für eine Stunde von jetzt ab.«

Für die Gräfin Bonano und Mariuccia fand ich einen anderen Ausweg. Ich hatte gemerkt, daß die Damen nicht gut bei Kasse waren. Anderseits hatte mich ihre Gutherzigkeit beeindruckt. Und schließlich – Frauen ihrer Art waren immer meine besten Helferinnen gewesen. Ich sprach mit der Gräfin und machte ihr mein Angebot. Sie war einverstanden und trat mit ihrer Zofe als Gesellschafterin für die teure Charlotte in meine Dienste.

Ich hatte in der Post drei Zimmer gemietet, und dort brachte ich nun die drei Frauen zusammen. Sie gefielen einander, ich ließ sie bei einer Bowle-Punsch allein und begab mich in den Speisesaal, denn ich wollte sehen, ob an diesem Abend noch gespielt wurde.

Wer beschreibt meine zornige Entrüstung, als ich sah, daß Croce wortbrüchig zurückgekehrt war und die Bank hielt. Ich trat hinter ihn und sah, daß er falsch spielte. Als ich mich am Spiel beteiligte, wollte er mich gewinnen lassen. Ich warf ihm die Karten ins Gesicht und erklärte, ich bedürfe keines Schurken, um meinen Besitz zu mehren. Das brachte mich bei der Gesellschaft in großes Ansehen, und man jagte Croce aus dem Saal.

Dies war das letzte Mal, daß ich ihm begegnet bin. Später in GEHENNA wollte mir niemand verraten, wo er sich befinde. Er sei aber gut und endgültig aufgehoben, wurde mir versichert.

Meine Nacht verlief ruhig, ich erholte mich von den Anstrengungen der letzten Tage und schlummerte ein im Bewußtsein, einmal eine gute Tat begangen zu haben.

Casanovas Höllenfahrt

Als ich am nächsten Morgen mit meinen Damen, Charlotte, der Gräfin Bonano sowie der Zofe Mariuccia, meine Kutsche besteigen wollte, Costa saß schon auf dem Bock, da öffnete sich das Fenster der königlich-preußischen Karosse, und der Große Friedrich schwenkte seinen Hut nach mir hin.

I. WIEGAND 94

»Bon voyage, mon Chevalier de trois dames!«

Ich verneigte mich ehrfurchtsvoll: »Sire, mein Wahlspruch heißt SUUM CUIQUE.«

Der König drohte mir mit seinem Stock: »Er ist und bleibt ein unverschämter Venezianer! Für das SUUM CUIQUE hätte ich Ihn auf Erden nach Spandau gesteckt! Wenn Er sich immer nur auf das Seine beschränkt hätte, wäre Er längst in den Gefilden der Seligen! Und noch etwas! Halt Er sich wenigstens hier an die Wahrheit und verbreite Er keine Gerüchte! Daß ich die Mätresse meiner Garde gewesen sein soll, ist eine Cochonnerie meiner Feinde!«

Ich verbeugte mich tief. »Ich weiß, Majestät, inzwischen weiß ich es auch und bitte tausendmal um Vergebung!«

Der König seufzte. »Hat der Voltaire also wieder einmal geschwatzt? Sag Er, Casanova, besitzt Er kein Rezept, wie man ein böses Maul stopfen kann?«

»Darf ich Euer Majestät hierzu eine kleine Anekdote erzählen?«

»Ich bitte darum.«

»Sultan Bajezid der Große hatte eine nicht zu überbietende Meinung von sich selbst. Er meinte, jeder müßte bei seinem Anblick erkennen, daß er der Größte auf Erden sei.

Sein Hofnarr Hodscha Nasreddin riet ihm, sich davon selbst zu überzeugen, indem er, der Sultan, in einfacher Gewandung sich unter das Volk mische. Bajezid tat, wie ihm geraten, und siehe, überall erkannte man ihn und warf sich ihm zu Füßen.

›Dein Rat war gut, Nasreddin‹, sagte er. ›Jetzt weiß ich, daß ich wirklich der Größte bin.‹

›Noch nicht, großer Sultan. In der Umgebung deines Palastes bist du bekannt. Doch gehe einmal in die Viertel der Armen. Wenn die dich ebenfalls erkennen, bist du tatsächlich der Größte aller Sterblichen.‹

Der Sultan begab sich in eine Vorstadt der Armen

und setzte sich dort in ein Kaffeehaus. Alsbald hörte er, wie einer der Gäste zum anderen sagte: ›Sieh doch diesen Fremden! Wenn ich nicht genau wüßte, daß er gestern auf dem Markt alte Kleider verkauft hat, könnte man ihn für unseren Sultan halten.‹

Sultan Bajezid kehrte in seinen Palast zurück und sprach nie wieder davon, daß er der Größte sei.«

Der König hatte mir aufmerksam zugehört und über das Ende geschmunzelt.

»Und welchen Bezug hat Seine Anekdote zu meinem Voltaire?«

»Wenn Eure Majestät sich öffentlich äußern wollten, daß Voltaire zwar bedeutend sei, daß es aber einen noch Größeren gebe, dann wird unser Philosoph über dem Versuch, den Namen des Größeren zu erfahren, halb wahnsinnig werden.«

»Wenn ich aber den Namen des Größeren nicht weiß?«

»Dann kann ihn Voltaire ebenfalls nicht wissen. Für seine Unkenntnis kann er Eure Majestät nicht verantwortlich machen.

Selbst wenn schließlich alles im Sande verläuft, Herr Arouet wird eine Weile mit sich selbst beschäftigt sein.«

Der Große König lachte, dankte mir für die Geschichte, lobte meinen Einfall, schenkte mir eine seiner Tabaksdosen und wünschte mir eine gute Weiterfahrt.

Während wir aus den himmlischen Gefilden allmählich in die niederen Gegenden gelangten, überholten wir zahlreiche Fußgänger, darunter etliche Bekannte. Ich erblickte fast alle Abenteurer Europas, von Cagliostro bis zum Grafen St. Germain, ich sah Passano dahinschleichen und auch den Schurken Pocchini, ich erblickte falsche Grafen in Menge, Glücksritter, Spione, Spitzel, Verräter. Meine schöne Charlotte wunderte sich, wen ich alles kannte. Die Gräfin Bonano sagte zu ihr, dies habe sie von mir nicht anders erwartet.

»Casanova, mein liebes Kind, hat sich nie gescheut, in die Niederungen des Lebens hinabzusteigen, genausowenig wie er Respekt vor wirklich vornehmen Leuten empfand. Sein Glück war ihm stets zur Seite, sonst wäre er Hunderte Male auf die eine oder andere Weise gescheitert.«

»Und doch hat mich mein Glück am Ende verlassen, Madame!«

»Sie hätten auch im Schuldturm enden können, in den Kerkern der Inquisition oder gar auf dem Richtplatz, lieber Casanova. Seien Sie zufrieden, daß Ihnen für den Rest Ihrer Tage nichts Schlimmeres als das Duxer Schloß bestimmt war. Und tausend Taler im Jahr mögen vielleicht nicht Ihre Ansprüche befriedigt haben, doch Sie sollten daran denken, daß manches Genie zeit seines Lebens noch nicht einen Bruchteil dieser Summe zur Verfügung hatte.«

»Das war eine echte Bußpredigt, Madame!«

»Sie hätten noch ganz andere Vorwürfe verdient!«

»Mag sein, aber von Ihnen?«

»Ach, Casanova, wenn jemand Ihnen aus Not seine Kehrseite anbieten muß, dann ist er kaum schlechter als Sie, der Sie davon Gebrauch gemacht haben.«

Diesem Argument wußte ich im Augenblick nichts entgegenzusetzen, ich gab mich fürs erste geschlagen. Außerdem beschäftigte mich bereits ein neuer Anblick. Neben meinem Wagen erschien nämlich hoch zu Pferd und entsetzlich schwitzend der dicke Wiener Keuschheitsapostel Graf Schrattenbach, der mich einer ganz unschuldigen Affäre wegen seinerzeit aus Wien ausgewiesen hatte. Ich vermochte nicht an mich zu halten und erlaubte mir, den Grafen nach meinen zweihundert Dukaten zu fragen, die bei dieser Gelegenheit in den Händen seiner Büttel geblieben waren.

Jetzt fand er tausend Entschuldigungen und erbot sich, mir mein Geld zu erstatten. Ich bedankte mich und fragte den Grafen nach dem Grund seiner Bereitwilligkeit.

»Ach, verehrter Chevalier, Sie ahnen nicht, was mir hier angetan wird. Man zwingt mich nicht nur, auf dieser klapprigen Mähre zu reiten, nein, man legt mir jede Nacht die abscheulichsten Venusjüngerinnen ins Bett, und wenn ich ihnen ihren Willen nicht tue, nehmen sie sich mit Gewalt, was ich ihnen gern vorenthielte.«

»Wer hat Ihnen das angetan, verehrter Graf?«

»Das ist es ja eben! Die höchste Obrigkeit vor dem Eingang zur PORTA PETRI hat mich dazu verdammt, und ich darf nicht wiederkehren, ehe mir der Statthalter Satanides aufgrund der Zeugnisse jener leichten Weiber die volle Ableistung meiner Bußpflicht bescheinigt hat. Wie viele Tagereisen sind es eigentlich noch bis GEHENNA?«

Ich wußte es so wenig wie der Graf, aber mein Rachebedürfnis ließ mich dem Büßer eine Zahl von Tagen nennen, an der er verzweifeln mußte.

»Diese unchristliche Haltung, Casanova, wird Ihnen bei Satanides auch einiges einbringen!« bemerkte die Gräfin Bonano.

»Sei's drum! Wenn nur der Dicke schwitzen muß!«

Meine teure Charlotte hatte zu allem geschwiegen. Jetzt wandte sie sich an mich. »Sie sollten nicht den Richter spielen, mein Freund! Man sieht das hier nicht gerne.«

Diese ernsten Worte erweckten in mir Bedenken. Ich erkundigte mich bei dem Kutscher und erfuhr die genaue Zahl der vor uns liegenden Reisetage. Mir waren sie zu wenige für meine Hoffnungen, aber dem Grafen mußte die mir genannte Zahl wie eine Erlösung vorkommen. Ich ließ halten und lief zurück bis dahin, wo sich der dicke Graf Schrattenbach auf seiner Mähre abmühte: »Nur noch zwei Nächte, Exzellenz! Ich habe Erkundigungen eingezogen!«

Der Graf atmete auf: »Gott segne Sie dafür, Chevalier!«

Ich begann zu begreifen, daß das große blonde Mädchen mein guter Geist zu werden schien.

Antecamera

Gegen Abend erreichten wir die letzte Poststation vor dem Suburbium infernale.

Hier hatte der Wirt es schon nicht mehr nötig, den ergebenen Gastgeber zu spielen. Anstelle des üblichen Käppchens trug er eine Teufelsmaske mit Hörnern und das Schurzfell eines Schmiedes. Unsere Frage nach Zimmern ließ ihn grob auflachen, mit dem Daumen wies er uns in ein Kellergewölbe. Dort flackerte ein gewaltiges Feuer in einem breiten Kamin, um einen langen Tisch saßen alle Falschspieler, die ich je gekannt hatte, mitsamt ihren Huren.

Man rückte zusammen, und ich konnte es nicht vermeiden, neben dem unseligen Baron Henau Platz nehmen zu müssen.

Sofort begann er sich für meine schöne Charlotte auf eine Art zu interessieren, daß ich an meinen Degen greifen mußte, um ihn in seine Schranken zu verweisen. Die Gräfin Bonano und Mariuccia hatten insofern Glück, als sich ihrer alsbald der Abate Bastiani annahm, bei dessen Veranlagung sie wenigstens hoffen durften, keine größere Unbill zu erleiden als jene, die sie ohnedies bevorzugten.

Als das Souper aufgetragen wurde, stellte ich fest, daß alle Speisen scharf gewürzt waren, die Getränke jedoch, die man uns reichte, waren mehr als feurig. Binnen kurzer Zeit lag die ganze Gesellschaft unter dem Tisch. Nur ich und meine liebe Charlotte waren mäßig geblieben und vermochten daher den Wirt um eine Kammer zu ersuchen. Erstaunt sah er uns an, doch dann nickte er und wies uns in ein dunkles Loch: Die Betten sind gut, aber sehen Sie sich vor und treiben Sie keinen Unfug! Der Schrattenbach ist eingetroffen!

»Wie ist es möglich, daß dieser Unmensch hier schon wieder sein Wesen treiben kann?«

»Nun, er wollte nicht mehr. Jetzt aber muß er weitermachen. Sie werden sehen!«

Kaum hatte ich Charlotte an meine Seite gezogen und mit aller mir eigenen Zartheit ihr meine Liebe erklärt, wurde ich gewaltsam hochgerissen. Graf Schrattenbach stand über uns und befahl mir barsch, Charlotte zu bedecken.

Jetzt war es mir zuviel geworden: »Ist das der Dank, Exzellenz, daß ich Ihnen bezüglich der Wegstrecke einen Gefallen tat?«

Schrattenbach hob die Arme. »Chevalier, ich versichere Ihnen, daß ich nicht freiwillig handle, sondern auf höheren Befehl! Die verblichene Majestät!«

Und da war sie auch schon, die ich in Wien flüchtig gesehen hatte: dick, schwarzgekleidet und in einer Sänfte sitzend, füllte sie den Türrahmen aus.

»Ja, i hab's befohlen, daß der liebe Schrattenbach mit euch unkeuschem Lumpengesindel kurzen Prozeß macht!«

Maria Theresia, Imperatrix et Regina in eigener Person, gab uns die Ehre.

Gegen meine sonstige Art beschloß ich, mein Wissen auszuspielen.

»Wessen beschuldigen Euer Majestät mich und meine liebe Braut?«

»Brautleut seid's? Da dürft's erst recht nit mitsammen in ein Bett liegen!«

»Ich bitte tausendmal um Vergebung, Majestät, aber dies hat der Arzt uns befohlen, damit es uns nicht ergehe wie seinerzeit Euer Majestät am Anfang von Hochdero Ehe!«

Maria Theresiens runde Wangen waren bis dahin bleich gewesen, jetzt liefen sie purpurrot an.

»Was redens' daher?«

»... *esse titillendam* ... ist zu streicheln«, vollendete ich einen Satz, dessen Anfang ich der Majestät ersparte, wohl wissend, daß er ihr nicht unbekannt sein konnte. Der Rat des großen van Swieten, der die anfängliche Kinderlosigkeit der Königin von Ungarn so erfolgreich behoben hatte, war mir per famam zugeflogen. Nun sollte er mir dienen, den Verfolgungseifer der Majestät ein wenig zu dämpfen. Wenn im irdischen Wien die Liebenden nichts zu lachen hatten, hier im Vorhof der Hölle sollte es ihnen gegönnt sein!

Und es wirkte. Die Majestät winkte mit dem Fächer, und sowohl die Sänftenträger als auch Schrattenbach traten den Rückzug an. Im Abgehen wandte sich der Graf um, zwinkerte uns vergnügt zu und küßte seine Fingerspitzen. Mir wurde jetzt klar, daß er sein Amt nicht aus eigenem Antrieb so eifrig wahrnahm. Ich zwinkerte zurück und wandte mich, kaum daß die Tür sich geschlossen hatte, wieder meiner teuren Charlotte zu.

»Wie hast du dieses Wunder bewirkt?« fragte mich meine Göttliche.

»Ich habe die Majestät an etwas erinnert.«

»Das ist mir bewußt, doch habe ich die Zauberformel nicht verstanden, mit der du ihren Eifer gebändigt hast.«

Ich führte meiner Schönsten handgreiflich vor, was der Doktor van Swieten gegen die Frigidität der jungvermählten Majestät empfohlen hatte.

»Und so etwas gibt es auch unter königlichen Hoheiten?«

»Es ist anzunehmen, daß sie nicht anders gebaut sind und nicht anders empfinden als wir.«

»Warum aber ist die Kaiserin jetzt eine so besessene Streiterin gegen das, was sie Unzucht nennt?«

»Vielleicht, weil ihr der Gemahl abgeht und weil sie bei ihrer Leibesfülle auf Ersatz für ihn nicht hoffen kann.«

»Es ist wohl nicht ganz einfach, eine Majestät zu sein.«

Ich bewunderte den Verstand meiner Freundin, aber das hielt mich nicht ab, ihr zu beweisen, um wieviel besser es die ungekrönten Personen doch haben.

Wir genossen die gegenseitigen Bezeigungen unserer Liebe bis zum frühen Morgen. Die Auswirkungen des Rosenwunders blieben mir diesmal erspart. Auch meine Blutegel benötigte ich nicht, als wir am frühen Morgen zu letzten Etappe unserer Höllenfahrt aufbrachen.

Satanides

Mir hat es nie gelegen, mich mit der Beschreibung heroischer Landschaften aufzuhalten. Ich erspare deshalb meinen Lesern eine Schilderung der Örtlichkeiten. Daß wir auf diesem Wege einen guten Teil der venezianischen Nobilität antrafen, entzückte mich sehr. Auch der Vatikan war hier bemerkenswert gut vertreten, ich zählte mehr als ein Dutzend Kardinäle, vom niederen Klerus gar nicht zu reden.

Hingegen vermißte ich die Dienerinnen der Liebe, deren ich ja in meinem Leben nicht wenige genossen habe. Auf meine Anfrage erklärte mir ein schwarzgeflügelter Abate, die Venusjüngerinnen würden hier nicht einbehalten, sondern sofort in eine besondere Abteilung geführt, wo sie eine Lehre in Kinderpflege durchmachen müßten, um sodann bei den unschuldigen Kindlein, die abgetrieben oder nach ihrer Geburt ausgesetzt worden seien, Pflegedienste zu verrichten: »Und man sagte mir, sie befänden sich dort sehr wohl und dankten tagtäglich dem Fürsten der Hölle für seine rücksichtsvolle Verdammung.«

»Es sind also die Höllenstrafen fein abgestimmt auf die Belange jedes Sünders?«

»Verzeihung, es handelt sich hierbei noch nicht um die Strafen der Hölle, sondern um eine Erziehungsmaßnahme im Bereich der Vorhölle, mittels welcher der Fürst vermeiden will, sein eigentliches Reich mit minderen Sündern zu überfüllen.«

»Wer nun kommt in die richtige Hölle?«

»Alle Menschen, bei welchen die Erziehungsmaßnahmen der Vorhölle nicht angeschlagen haben. Und selbstverständlich die echten Höllenbraten, die großen Feldherren und Blutsäufer, die um der Eitelkeit willen Tausende auf den Schlachtfeldern sterben ließen. Dann die Verführer der Menschheit, welche mit falschen Heilslehren Unzählige ins Unglück gestürzt oder gar vernichtet haben.«

»Alle selbsternannten Propheten zum Beispiel?«

»Vermutlich diese, aber auch einige Kirchenväter, hat man mir gesagt. Und ganz sicher all jene, die den Menschen keinerlei irdische Freude gestatten wollten.«

Da ich mich zu diesen Klassen nicht zu zählen brauchte, forschte ich nach Vergehen, deren ich mich schuldig wußte.

»Wie steht es mit den Betrügern und Verführern?«

Der Abate drohte mir mit einer Hand, deren Finger schwarz angelaufen waren: »Seingalt, Seingalt, Sie fragen in eigener Sache! Warten Sie es nur ab!«

Darauf erlaubte ich mir, meinen Cicerone nach der Ursache seiner schwarzen Finger zu fragen.

Nun war es an ihm, verlegen zu werden. Ich ließ nicht ab und drang in ihn. Da gestand er mir, er habe gelegentlich Wechsel gefälscht. »Und sehen Sie nur zu, lieber Casanova, was mit Ihren Fingern geschehen sein mag, nachdem Sie die ersten Verhöre bestanden haben!«

In diesem Augenblick hörte ich einen Ausrufer meinen Namen nennen.

»Gehen Sie nur, Casanova, dort drüben, wo der Ausrufer steht, wird man Sie weiterdirigieren!«

Ich ging also hin, um Seiner Exzellenz, dem Prinzen Satanides, meine Aufwartung zu machen.

Der nahm mich freundlich in seine Arme. »Mein lieber Casanova, ich habe schon viel von Ihnen gehört! Der Abate Gama wußte allerlei Schelmenstreiche von ihnen zu berichten. Und auch Freund Bernis hat mit Ihren Heldentaten nicht hinter dem Berge gehalten. Kommen Sie, kommen Sie, eben wurde in meinem Palast eine Pharao-Bank aufgelegt. Ich hoffe, Sie geben mir die Ehre!«

Und schon saß ich am Spieltisch und bekam ein Buch zugeteilt. Der Höchstsatz sei zehn Zecchinen, erklärte der Bankhalter. In der Bank befanden sich, soweit ich sehen konnte, etwa tausend Zecchinen.

Ich erlaubte mir die Frage, ob man auf Ehrenwort spielen dürfe.

»Das auf keinen Fall!« erklärte der Bankhalter, und nun erkannte ich ihn. Es war der Graf Rinaldi. Ich stand auf und nahm mein Geld an mich. Doch da drückte mich die harte Hand des Prinzen wieder auf meinen Sitz.

»Hier wird erst aufgestanden, wenn die Bank gesprengt ist oder der Spieler kein Geld mehr hat.«

Ich setzte vorsichtig, aber nach zwei Stunden besaß ich keinen Soldo mehr. Graf Rinaldi erklärte sich bereit, meine Uhren und Ringe mit 500 Zecchinen zu beleihen. Was blieb mir übrig, als auf das üble Spiel, dessen Ausgang ich bereits ahnte, einzugehen. Nach einer weiteren Stunde saß ich in Hemd und Strümpfen am Tisch. Rinaldi bot mir Geld für meine Kutsche, für meine Bücher, schließlich für meine Gefährtin.

Da ging meine Geduld zu Ende.

»Eher verpfände ich meine unsterbliche Seele, als daß ich ein unschuldiges Menschenkind Ihnen zum Fraß vorwerfe, Graf!«

Hinter mir kicherte es.

»So unschuldig nun auch wieder nicht. Wollen Sie sehen, was die Kleine gerade treibt?«

Und Prinz Satanides führte mich an ein Fenster. Von dort konnte ich in meine Schlafstube sehen. Und ich sah, wie sich der Lümmel Costa mit meiner Köstlichen vergnügte.

»Das muß ein teuflischer Zauber sein«, schrie ich und packte, in meinem Zorn nichts mehr kennend, die höllische Hoheit beim Kragen und schleppte sie zu meinem Zimmer. Wie erwartet, fand ich dort Charlotte in sanftem Schlummer und von Costa keine Spur.

Prinz Satanides befreite sich mit Leichtigkeit aus meinem Griff und lächelte mich freundlich an.

»Die erste der Prüfungen haben Sie mit Glanz bestanden, Chevalier!«

Madame d'Urfé

Dies hatte ich geahnt, als der Höllenfürst mich in ein elegantes Hotel führte. Dort nämlich wurde ich von Madame d'Urfé empfangen, die zwischen Tiegeln und Folianten saß und ein Fläschchen an die Brust preßte, welches, soweit ich sehen konnte, leer war.

»Sehen Sie, mein lieber Paralis, ich bin im Besitze des großen Arcanums, das mir die Unsterblichkeit verschaffen wird, wenn Sie mir dabei helfen.«

Ich wollte mich mit Verbeugungen für unfähig erklären, hier an diesem Orte rosenkreuzerische Taten zu vollbringen, doch der Fürst der Unterwelt, welcher hinter mir stand, beehrte mich mit einem kräftigen Tritt ins Kreuz, so daß ich auf die Knie fiel, was von der Närrin als Zustimmung gedeutet wurde. Sie öffnete das Fläschchen und schwenkte es über mir.

»Und nun ans Werk, teurer Paralis!«

Mit diesen Worten warf sie ihre Kleider ab und stand in voller Reife ihrer siebzig Lenze vor mir.

»Los, Chevalier, nur nicht feige sein!« nötigte mich der Fürst der Hölle und riß mir die Hosen herunter.

»Verschaffen Sie mir wenigstens eine Marcolina, Exzellenz, oder ich blamiere Sie und mich!«

Prinz Satanides schnippte mit den Fingern, und schon stand eine reizende Teufelin neben Madame d'Urfé.

Mir ging es sofort besser. Ich will aber den Leser nicht mit der Wiederholung eines Vorganges langweilen, den ich seinerzeit schon ausführlich beschrieben habe. Ich brachte, wie das Orakel gefordert hatte, dreimal das Opfer dar, dies war jedoch nur möglich, weil Marcolina mit einem Rosenstrauß nachhalf, worüber sich der Fürst der Hölle sehr amüsierte, besonders als nach vollzogener Handlung meine Bereitschaft weiterbestand und ich Marcolina flehentlich bitten mußte, mir aus meiner Kutsche das Töpfchen mit den Blutegeln zu holen. Madame d'Urfé befand sich im Zustand starker Erschöpfung und nahm an diesem Nachspiel keinen Anteil.

Marcolina ging und kam nicht wieder. Ich ahnte, was geschehen war. Sie hatte meine Köstliche angetroffen und diese verführt, wie es ihre Art war.

Endlich kamen beide an, Arm in Arm und mit dem Töpfchen. Ich wollte mir die Blutegel setzen, doch meine Freundinnen erlaubten es nicht, sie wollten aus meiner Lage ihren Profit schlagen und brachten mich bald in den Zustand, ähnlich dem der alten Närrin, und ließen mich flehentlich nach den Blutegeln verlangen.

Nachdem mich deren Anwendung von dem Zwange befreit hatte, den Mänaden zu willen zu sein, erklärte ich, daß ich mich von nun an auf keine Geisterbeschwörungen mehr einlassen würde, falls diese mit Liebesakten verbunden sein sollten.

Diese meine Erklärung nötigte Exzellenz Satanides ein schallendes Gelächter ab.

»Wenn Sie, mein lieber Casanova, diesem Gelöbnis nicht bei nächster Gelegenheit untreu werden, schicke ich Sie umgehend nach PORTA PETRI zurück. Denn dann haben Sie in meinem Reich nichts mehr zu suchen!«

Besuch bei alten Bekannten

Ermutigt durch sein mir erwiesenes Wohlwollen, erlaubte ich mir den Fürsten zu fragen, welche Anstellung ich mir bei ihm erhoffen dürfe.

»Für Ihresgleichen habe ich keine Dauerbeschäftigung frei. Doch wenn es Ihnen belieben sollte, für mich einen Bericht über die Zustände in meinem Reich abzufassen, so würde ich diesen nicht unhonoriert entgegennehmen.«

Und seine höllische Majestät winkte eine reizende Unterteufelin herbei, die zu meinem Entzücken alle Attribute weiblicher Schönheit aufwies, wenn man von den zarten Fledermausflügelchen absah, die aus dem offenen Rückenteil ihres Hemdchens hervorragten.

»Dies ist Schwester Lilith. Sie wird Sie führen. Um Ihre Begleiterinnen machen Sie sich keine Sorgen: Mutter Ignifera, die Äbtissin meines Büßerinnenstiftes, wird sich um die beiden Damen kümmern.«

Ein heißes Händchen schmiegte sich in meine Hand, ich wurde, ehe ich Seiner Exzellenz zu danken vermochte, fortgezogen. Meinen Einwand, ich sei nicht standesgemäß gekleidet, wehrte die Kleine mit einem verführerischen Lächeln ab: Festgewänder seien hier nur für solche Besucher von Bedeutung, welchen Seine Exzellenz eine besondere Buße auferlegt habe.

Wie zum Beweis wies mir meine Führerin einen überaus kostbar gekleideten Offizier, der mit seltsam schleifenden Schritten einherkam. Ich erkannte in ihm den Grafen A. B., dessen Bekanntschaft ich seinerzeit in London gemacht hatte.

»Der Graf glaubt, er habe keine Sohlen mehr an den Schuhen«, sagte die Kleine, »darum setzt er seine Füße so, daß man es nicht bemerkt.«

»Und warum glaubt er das?«

»Er ist seiner Spielschulden wegen aus allen Residenzen Europas geflohen. Nun meint er, die Sohlen seiner Schuhe dabei verloren zu haben.«

Ich fand, dies sei eine nur mäßige Strafe.

»O nein! Sie müssen sehen, was er tut, wenn er an eine Pfütze kommt!«

Jetzt sah ich es. Der Graf setzte zu einem Sprung an, der leider zu kurz war. Mit Entsetzen besah er seine benetzten Füße, schüttelte sich vor Ekel und floh von dannen.

Mein dunkler Engel schüttelte sich vor Vergnügen.

»Was meinen Sie, Chevalier, welche Flüssigkeit sich in der Pfütze befand?«

Ich erriet es.

Die Kleine zog mich weiter. »Sehen Sie hier, Monsieur!«

Und ich sah die Kaiserin Maria Theresia händeringend auf einer jener Donauplätten stehen, auf welchen sie die lebensfrohen Mädchen Wiens an die türkische Grenze befördert hatte. Umringt von den verhaßten Hübschlerinnen stand die Kaiserin auf dem Floß und bot ein Bild starren Entsetzens. Denn hinter ihrem Floß kam ein Boot daher, dessen Ruderer sich mächtig in die Riemen legten und im Begriffe waren, die verbannten Mädchen zu befreien.

»Sie ist zu drei Stunden täglicher Floßfahrt verurteilt und in ständiger Angst vor den Freiern der leichten Mädchen. Sehen Sie, wie die Kinder sich freuen!«

»Aber ich habe sie doch erst kürzlich in Begleitung des elenden Schrattenbach erlebt!«

»Ja, das treibt sie immer noch, sobald sie vom Floß herunterkommt. Und deshalb wird sie so lange floßfahren müssen, bis ihr Verfolgungseifer abgekühlt ist.«

Ich konnte nicht anders, als die Kleine zu bitten, sie möge dem Fürsten der Hölle mein Kompliment übermitteln.

»Oh, er ist ein sehr gütiger, aber auch ein erfindungsreicher Herr. Sehen Sie dort, Casanova!«

Ich sah und erstarrte. Denn ich erblickte mich selbst, und in meinem Gefolge eine allzugroße Schar junger Schönheiten, die sich mir mit den verlockendsten Gebärden darboten. Alle befanden sich in dem von mir bevorzugten Alter von zehn bis dreizehn Jahren. Die Schönen tanzten um mich herum. Ich aber verteilte Küßchen und Zuckerwerk.

»Das soll eine Höllenstrafe sein?«

Klein-Lilith lachte: »Hören Sie doch hin!«

Und da hörte ich, was die allerliebsten Mädchen sangen:

»Huch, du alter Hampelmann,
laß doch deine Hosen an,
halte deine Lippen fest
über deiner Zähne Rest!«

Das fand ich wenig anregend, und es entsprach nicht einmal der vollen Wahrheit. Denn ich besaß überhaupt keine Zähne mehr. Ich machte Klein-Lilith darauf aufmerksam. Doch die forderte mich auf, näher hinzusehen, und ich erkannte, daß dort nicht ein Casanova von 73 Jahren stand, sondern ich als etwa Fünfundvierzigjähriger. Ich sah mich und entsetzte mich.

»War ich damals schon so ein Pantalone?«

»Und erst, wenn Sie in Gesellschaft zu glänzen versuchten! Sie mit Ihrem komischen Orden! Was glauben Sie, was darüber hinter Ihrem Rücken gelacht wurde!

Oder über Ihre Tränen, die Sie so gern und reichlich vergossen! Warten Sie, ich führe es Ihnen vor!«

Und Klein-Lilith schnippte mit den Fingern. Im Handumdrehen befanden wir uns hinter einer spanischen Wand, vor uns aber standen der Kurfürst von Köln und Ritter Mengs.

»Ich hätte ihn sofort ausgewiesen, wenn er uns nicht soviel zu lachen gegeben hätte!«

»Mir war er in Rom wie in Madrid recht widerlich, aber man konnte ihn schlecht loswerden. Er besaß die Natur einer Schmeißfliege!«

Ich knirschte mit den Zähnen. Doch dann besann ich mich, daß ich keine mehr besaß.

Klein-Lilith schnippte noch einmal. Die beiden Herren verschwanden und wurden durch zwei Damen ersetzt. Ich erkannte die Kölner Bürgermeisterin sowie meine angebetete Dubois.

»Seine Verrenkungen im Bett waren possierlich«, sagte die Kölnerin. »Nach jedem Akt spendete er sich selber Beifall.«

»Ja, aber im Grunde war er nichts als ein schmutziger Bock«, erklärte die Dubois. »Wenn er nicht so spendabel gewesen wäre; mit seiner Männlichkeit war es nicht weit her. Da war mehr Ächzen und Stöhnen und Augenverdrehen und hinterher Luft! Und dann seine Schweißfüße! Haben die Sie nicht gestört?«

»Ach, wissen Sie, fast jeder Mann riecht an irgendeinem Punkt seltsam! Ich mag einen gewissen Hautgout. Manchmal hole ich mir deswegen einen Fischhändler ins Bett.«

»Er war ein seltsames Insekt.«

»Unsere Neugier hat uns verführt.«

»Bei mir war es nicht Neugier. Ich wußte, wie leicht an seine Börse zu kommen war.«

Die Teufelin genoß unser Lauschen. Ich nicht. Denn jetzt erkannte ich, wie mich die Eitelkeit mein Leben lang zum Narren gemacht hatte.

»Habe ich denn niemandem Freude bereitet?« fragte ich verzagt.

»Doch«, sagte Klein-Lilith. »Als Sie der Corticelli die Pflege ihrer letzten Krankheit bezahlten, hat Sie sie auf dem Sterbebett dafür gesegnet. Sie waren ein Wüstling und ein Verschwender. Doch manchmal bewiesen Sie Ihr gutes Herz. Was meinen Sie wohl, warum unser Herr Sie nicht längst in den Siebenten Kreis verdammt hat? Verdammt, jetzt lassen Sie es aber sein, Casanova. Sie sind nicht mehr auf Erden!«

Und Klein-Lilith entzog sich meinem Griff. »Kommen Sie, wir müssen zum Prinzen!«

»Wie hat er sich gemacht?« fragte der Fürst die Teufelin.

»Er hat Einsichten gewonnen.«

»Und wie hat er sie aufgenommen?«

»Er schluckt noch daran.«

»Das ist ausgezeichnet. Morgen bekommt er die nächste Lektion.«

Ich war entlassen und durfte zu meinen Damen zurück. Die fanden mich die Nacht über schweigsam und ohne Vorhaben. Es war, als hätte der Spiegel, in den man mich hatte schauen lassen, mir alle meine frühere Kraft genommen. Und dann die Schweißfüße! Hatte ich tatsächlich solche? Mich kam der Ekel an.

»Wirf die Blutegel fort«, sagte ich zu Marcolina.

»Warum?«

»Ich werde kaum mehr in die Verlegenheit kommen, sie anwenden zu müssen.«

Sämtliche Damen protestierten, doch ich stellte mich taub.

Gewogen und zu leicht befunden

Auch wenn es in der Vorhölle keinen Morgen und keinen Abend gibt, eine Nacht hat sie doch. Ich aber hatte vier Damen um mich: Die wiedergefundene Marcolina, Mariuccia, die Gräfin und Charlotte. Woran es gelegen hat, weiß ich nicht, aber die vier Weiber gaben keine Ruhe. Zuerst versetzte Marcolina in der ihr eigenen Art die übrigen Damen in Erregung, danach bekam ich ein Schauspiel vorgeführt, das einen Eunuchen nicht hätte kalt lassen können. Vergeblich setzte ich mir Blutegel an, die Mänaden fielen mit allen ihren Rosen über mich her, und so kam es, daß ich, meines Alters nicht gedenkend, noch einmal den Herkules spielte, obzwar mir danach kaum zumute war. Der Morgen fand mich in einem Zustand völliger Erschöpfung, und als Klein-Lilith mir den Befehl des Fürsten überlieferte, sah ich mich außerstande, ihm Folge zu leisten.

Das schwarze Engelchen erstattete dem Prinzen Satanides Bericht, und alsbald erschienen vier Sänftenträger, die mich in ihre Sänfte luden und im Eilschritt zum Fürsten brachten.

Der empfing mich mit einer Umarmung. »Warum haben Sie sich so verausgabt, mein Lieber? Ich hätte Sie meiner Großmama gern als *den* vorgestellt, als der Sie berühmt geworden sind.«

»Kommen Sie, eine Fürstin darf man nicht warten lassen!«

Hoheit Satanides legte den Arm um mich und führte mich in das Boudoir seiner Großmama.

Ich fand eine immer noch schöne, wenn auch gealterte Dame vor, die mir ihre Hand zum Kuß bot.

»Man hat mir schon viel von Ihnen erzählt, Chevalier. Doch was hat mir soeben mein Enkel mitgeteilt? Sie sind nicht mehr in der Lage zu beweisen, was Sie auf Erden berühmt gemacht hat? Wie schade!«

Man brachte eine Schokolade herbei, wie ich selbst sie nicht vorzüglicher hätte bereiten können. Ich trank davon drei Tassen und fühlte, wie meine Kräfte wiederkehrten.

I. WIEGAND 94

Die Welt erschien meinen Augen plötzlich wieder rosig und meine Gastgeberin weniger gereift als bei meinem Eintritt in ihr Boudoir. Ich begann, ihr meine Komplimente zu machen, die nicht nur angenommen, sondern wiedergegeben wurden. Bald hatte ich vergessen, mit wem ich sprach, und ich bewunderte die Schönheiten meiner Gastgeberin. Schon glaubte ich, in ihr meine unvergeßliche Henriette zu erblicken, und sie wurde vor mir jünger und jünger. Meine Küsse gingen auf die Suche nach ihren verborgenen Schönheiten. Ihre Hände aber fanden bald die Beweise meiner Zuneigung. Die Sehnsucht nach Henriette trübte meine Sinne und meinen Verstand. Ich hätte wissen müssen, daß man sich mit des Teufels Großmutter nicht einlassen darf.

Auf dem Höhepunkt meiner Leidenschaft geschah etwas Entsetzliches. Die feurige Natur meiner Freundin versehrte mich in einer Weise, daß ich mich in jenen Zustand versetzt sah, welchen der Große König zeitlebens geheimzuhalten versucht hat.

Auf meine Beschwerde hin lachte die Teufelin wahrhaft teuflisch.

»Sie können das Verlorene ja bei meinem Enkel einklagen. Hier sind Feder und Papier!«

Und die Unholdin verschwand und führte mit sich, was mir ein Leben lang so treu und so teuer gewesen war. Zwar hatten mich die entsagungsvollen Duxer Jahre bereits gelehrt, der Dienste meines besten Freundes zu entbehren. Doch wenn er mir schon nicht mehr zu dienen vermochte, so war er wenigstens stets zur Stelle gewesen, als Beweis und treues Erinnerungsstück, wenn ich mich dem Gedenken meiner besseren Vergangenheit hingab. Wie sollte ich jetzt ohne ihn auskommen? Wer würde mir glauben, daß ich ihm einen guten Teil meiner Erfolge zu verdanken hatte?

Exzellenz! schrieb ich. *Dero erhabene Ahnin hat mich beraubt! Als Gast Eurer Herrlichkeit kann ich erwarten, daß mir Ersatz geleistet wird! Es ist einmalig in der Geschichte der Menschheit, daß an einem Freund des Hauses gegen alle Rechte der Menschlichkeit und des Völkerrechts verfahren wird. Wenn Eure Exzellenz meiner Beschwerde nicht abzuhelfen geruhen, werde ich gezwungen sein, mich an den Bevollmächtigten von* PORTA PETRI *zu wenden, für welchen ich Empfehlungsbriefe besitze, die mich genügend legitimieren werden.*

Ich übergab den Brief einem schwarzgeflügelten Pagenteufel, der mir versprach, ihn umgehend dem Fürsten zu überbringen. Es dauerte nicht lange, da kam der Fürst herbei und schritt lachend auf mich zu.

»Was muß ich hören, Casanova? Welch ein Künstlerpech! Ja, was fangen wir nun an?«

Doch was immer ich klagte, was immer ich vorschlug, der Fürst der Hölle schüttelte den Kopf und erklärte sich außerstande, mir zu helfen.

»Was meine Großmama einmal hat, das gibt sie nicht wieder her. Sie wissen doch, wie Sammler sind und wie sie an ihren Sammelstücken hängen!«

Die Vorstellung, daß ein Teil von mir nun als Sammelstück womöglich in einer Vitrine ausgestellt sein könne, ließ mich in Tränen ausbrechen. Aber es half nichts, ich mußte meinen Verlust hinnehmen.

Ein Trost blieb mir freilich. Der Fürst der Hölle eröffnete mir, zwar hätte ich die dritte der Prüfungen nicht bestanden, indem ich mich den Versuchungen seiner Großmama nicht widersetzt hätte. Doch da ich bei dieser Gelegenheit ein wichtiges Pfand in Händen der höllischen Dynastie gelassen habe, wolle er mir gestatten, mein Glück noch einmal in PORTA PETRI zu versuchen. Sein Bankier ISCARIOTES sei angewiesen, mir als Vorschuß für einen demnächst abzustattenden Bericht über meine Erfahrungen in der Vorhölle zweihundert Louis auszuzahlen. Ich bedankte mich und begab mich nach Erhalt des Geldes in meine Herberge, wo meine

Damen begierig waren, aus meinem Munde zu hören, was mir widerfahren sei.

Meine Erzählung stimmte sie alle traurig, und nach kurzer Beratung eröffneten sie mir, daß sie meiner Gesellschaft nun kaum mehr bedürften. Nur meine köstliche Charlotte blieb treu. Sie habe mich nicht wegen meiner Herkulestaten geliebt, sondern um der Fürsorge willen, die ich ihr bezeigt hatte.

»Ihre Liebe hat mir ein ehrliches Grab geschenkt, jetzt, Casanova, werde ich das Grab Ihrer Eitelkeit behüten.«

Ich dankte dem großen blonden Mädchen mit meinen Tränen.

Danach ließ ich meine Kutsche kommen, wir verabschiedeten uns von Marcolina, der Gräfin und ihrer Zofe, und wir wandten uns dem Himmelspfade zu. Costa begleitete uns.

Champs Élysees

Als unsere Kutsche dahinrollte, nun auf schon bekannten Wegen, fragte mich meine teure Charlotte: »Warum, Liebster, sind unsere drei Freundinnen wohl an der Höllenpforte geblieben?«

»Weil sie auf unserem Wege nichts mehr zu hoffen hatten. Weder an der PORTA PETRI noch sonstwo können sie mit ihrer Veranlagung geduldet werden.«

»Ich bedauere sie.«

»Mich bedauerst du nicht?«

»Dann müßte ich auch mich bedauern. Ach, Giacomo, das, was ihr Männer für das Wichtigste haltet, ist uns so wichtig nicht. Das bildet ihr euch nur ein. Ihr meint, wenn ihr uns verführt, so läge das an jenen Qualitäten, über die jeder Ziegenbock verfügt, oder an unserer Schwachheit, wenn ihr uns handgreiflich zeigt, worin der Unterschied zwischen Mann und Frau besteht. Doch wenn wir aus solchem Anlaß dahinschmelzen, dann nicht, weil wir eurer Stärke erliegen oder unserer Schwäche. Wir schmelzen dahin, weil wir wissen, daß wir auf diese Weise ein großes Kind gewinnen. Wir wollen nämlich den ganzen Mann, und nicht nur ein spannenlanges Teil von ihm.«

Diese Betrachtungsweise war mir neu. Sie machte mich nachdenklich. Wie oft hatte ich geglaubt, mich verschenkt zu haben, und hatte bloß etwas vorgetäuscht.

Das sagte ich meiner Freundin, und sie schloß mich dafür in ihre Arme.

»Jetzt wird dir das nicht mehr gelingen, und ich weiß nicht, ob ich darüber traurig sein soll. Nein, ich bin froh!«

Auch in mir begann die Erkenntnis zu reifen, daß es mit dem Begriff der himmlischen Liebe seine Richtigkeit haben könnte. Ich beschloß, an der PORTA PETRI Erkundigungen einzuziehen.

Während wir also unsere Reise fortsetzten, begannen wir die Gefilde der himmlischen Liebe zu erforschen. Plötzlich bemerkte ich, daß unsere Kutsche hielt und daß Costa sich mit dem Kutscher eines anderen Gefährtes unterhielt. Ich öffnete den Schlag und gewahrte mir gegenüber in der fremden Kutsche den Grafen Manucci mitsamt seinem Freund Morosini.

Wir stiegen beide aus, Manucci und ich, und beide entschuldigten wir uns für das, was wir einander angetan hatten.

»Ach, bester Casanova, was bin ich glücklich, daß Sie meinen Anschlägen entronnen sind. Zu spät habe ich erfahren, daß Sie das Opfer einer Verleumdung waren!«

»Teurer Freund, auch ich habe gesündigt! Nicht im Geist, aber mit Worten. Seien Sie gewiß, daß mir nichts ferner lag, als Sie wegen Ihrer Freundschaft zum Gesandten zu verspotten. Ich habe Sie stets hoch geachtet.«

»Sie hätten mich lieber bemitleiden sollen! Die alte Tunte zu bedienen, war kein Vergnügen. Doch was tut man nicht, wenn Geld und Ehre winken. Sie wissen doch, aus welchen Kreisen ich kam!«

Wir umarmten uns.

»Sagen Sie, Chevalier, sie waren im PURGATORIO? Was geschieht mit einem an diesem Ort?«

»Nein, nicht im PURGATORIO. Ich komme aus der ANTECAMERA, und ich darf Ihnen versichern, daß man dort schlimmen Prüfungen ausgesetzt ist.«

»Werde ich wieder den alten Bock bedienen müssen?«

»Das weiß ich nicht, ich kann Ihnen aber eine Adresse geben, wenn man solches von Ihnen verlangen sollte. Da finden Sie zwei Damen, die ähnliche Gelüste haben und die ganz bestimmt vergnüglicher zu behandeln sind als Exzellenz Morosini.«

Und ich sagte dem Grafen Manucci, wo er die Gräfin Bonano und Mariuccia erreichen könne. Er bedankte sich viele Male bei mir, und wir beide wünschten uns gegenseitig eine gute Fahrt. Der alte Patrizier hatte von uns kaum Kenntnis genommen, er mümmelte vor sich hin.

»So treibt er es schon seit Jahren«, sagte Manucci, »und das ist das Gute daran, daß er oft vergißt, meine Dienste einzufordern.«

»Ich bin überzeugt, lieber Freund, Fürst Satanides wird für ihn die rechte Kur bereithalten! Ihnen aber wünsche ich nur das Allerbeste!«

Wir umarmten uns noch einmal, danach stieg jeder in seine Kutsche, und die Fahrt ging weiter.

Vor PORTA PETRI angekommen, bat ich meine Teure, im Wagen zu bleiben, und begab mich auf die Suche nach dem Straßenfeger Engel PAPA. Ich fand ihn an der üblichen Stelle und bot ihm zehn Louis für eine bestimmte Auskunft.

Als er hörte, was mein Wunsch war, hüpfte er hoch,

befestigte umgehend seinen Fegeflügel an der Schulter und enteilte, um SAMMICHELE zu holen. Als er mit dem Oberengel wiederkam, trug der weder Flammenschwert noch Peitsche, sondern einen Palmwedel.

»Das, Giacomo, hätten wir von Ihnen zu allerletzt erwartet. Es scheint, daß unser ehemaliger Kollege SATANIDES sich manchmal auf seine bessere Vergangenheit besinnt. Ihrem Wunsch kann entsprochen werden, doch Sie benötigen Zeugen. Sehen Sie sich um nach vertrauenswürdigen Männern, und sobald Sie welche gefunden haben, sagen Sie PAPA Bescheid. Alles weitere wird dann unsere Sorge sein.«

Nun war guter Rat teuer. Costa schied aus, weil er ein alter Betrüger war. Ich mischte mich unter das Publikum auf dem Vorhof und hielt Ausschau nach Bekannten. Lord Pembroke, dem ich begegnete, mußte ablehnen.

»Ich bin in Eile«, rief er. »Man hat mich aufgefordert, mich ohne Verzug nach GEHENNA zu verfügen.«

Wem immer ich begegnete, es fand sich kein Würdiger bereit, und wer bereit gewesen wäre, war ungeeignet. Bis ich plötzlich einen ärmlichen Karren erblickte, auf dem ein jüngerer, leidend aussehender Mann einem Sack entstieg, in welchem er gelegen hatte. Der Mann kam mir bekannt vor, doch im ersten Augenblick wußte ich nicht, woher ich ihn kannte. Bis der junge Mann, den Staub von sich abklopfend, eine frohe Melodie zu trällern begann. Jetzt erinnerte ich mich.

»Monsieur Mozart! Welch ein Vergnügen, Sie hier zu treffen! Erinnern Sie sich meiner? Prag! Ihre Krönungsoper!«

»Und Sie san der Chevalier de Seingalt, gelt? Na freilich, an Ihnen muß man sich ja erinnern, Sie alter Verführer, Sie! Wie ich meinen Don Juan komponiert hab, da ist mir der Herr von Casanova immer vor Augen gewesen. Was mögen S' denn? Kann ich was für Sie tun? Eine Canzonetta vielleicht komponieren? Wissen S', ein paar Dukaten kann ich nämlich allweil gebrauchen!«

»Ich hätte nicht gedacht, Sie schon hier zu sehen, Herr von Mozart!«

Der Compositeur zuckte gleichmütig die Achseln. »No ja, wie's eben so geht! Eigentlich hätt' ich auch noch gern ein bisserl gewartet. Aber so ist es eben mit dem Leben. Es ist kein Verlaß drauf!«

Als Mozart meinen Wunsch hörte und ich ihm zwanzig Dukaten hinzählte, zog er mich umgehend in die Trattoria portale und bestellte eine Flasche Wein.

»Aber mit Vergnügen, lieber Chevalier, mit dem größten Vergnügen! Und ich schreib Ihnen einen schönen Hochzeitsmarsch dazu und üb ihn schnell mit ein paar Engerln ein. Sagen S', die Engerln hier sind doch notenfest, oder?«

Wir fragten den Wirt, und er sandte sofort nach dem Regens eines Engelchors. In der Zwischenzeit hatte Mozart ein paar Noten auf ein Blatt gekritzelt. Als der Sänger kam, war der Marsch fertig und wurde dem Regens Chori vorgelegt. Der sah die Noten an und meinte, in einer halben Stunde könne alles eingeübt sein. Mein Mozart erklärte dem Engel noch, wie er sich die zweite Stimme dachte, doch der winkte hochmütig ab.

»Wir kennen Ihre Manier, Herr von Mozart! Das macht uns keine Mühe!«

»Was, ihr kennt's mich hier im Himmel?«

»Aber Herr von Mozart! Bei Ihren himmlischen Melodien wird man Sie hier nicht kennen?«

Mozart wandte sich zu mir. »Da sehn S' es, Chevalier! Hier kennt man mich. Aber da drunten, da hab ich betteln müssen!«

»Na, Herr von Mozart! Verspielt haben Sie niemals ein Geld, wie?«

Mozart kratzte sich am Kopf. »O je, mir scheint, ich bin hier bekannter, als mir lieb ist!«

Ich fragte den Obersängerengel noch nach dem Entgelt für seinen Chor. Wir wurden uns einig, daß ich für 30 singende Engel ebenso viele Dukaten zu zahlen hätte; ihm als dem Chorleiter stünde das Dreifache zu. Ich zahlte sofort und mit Freuden.

Nun galt es, einen zweiten Zeugen zu finden. Wir fragten den Wirt, und der holte seinen Hausknecht. Wer beschreibt mein Vergnügen, als ich in ihm den ehemaligen Kommissarius des Grafen Schrattenbach erkannte, der mich in Wien so schlecht behandelt hatte. Als ich ihn daran erinnerte, daß er mir noch Rechenschaft über 200 Dukaten ablegen müsse, war er sofort bereit, den Trauzeugen abzugeben, falls ich ihm Zahlungsaufschub gewähren wolle.

»Excellenza müssen wissen, daß sich das Geld in der Schatulle des Herrn Grafen Schrattenbach befindet und daß der Herr Graf zur Zeit auf Reisen sind.«

Letzteres war mir bekannt, und also beruhigte ich den Mann. Nun galt es noch, Zeit und Ort der Trauung festzusetzen und meine Teuerste zu verständigen.

»Haben S' schon ein' Priester?« fragte mich Mozart.

O Gott, an den hatte ich gar nicht gedacht.

»Hier wird doch einer zu haben sein?« fragte ich den Wirt.

»Warum nehmen Sie nicht den Engel PAPA? Der ist froh, wenn er wieder einmal darf!«

Mir war der arme Platzfeger nicht recht, ich hatte an etwas Besseres gedacht, doch ich befand mich in Eile.

»Wenn er zu haben ist, besorgen Sie ihn mir bitte!«

»Und wo wollen sich Excellenza trauen lassen? Hier oder in PORTA PETRI?«

»Ich bin für PORTA PETRI noch nicht zugelassen!«

»Dann bleibt uns nur die Kapelle an der Mauer: Santa Maria Maddalena fuor le muri. Sie ist nicht groß, aber sehr schön, und sie wird gern aufgesucht, besonders von Magdalenen.«

Ich fand, daß der Zufall bei mir nicht gewürfelt hatte.

Doch nun mußte ich eilen, meine teure Charlotte zu verständigen.

Die fiel aus allen Wolken.

»Casanova! Sie machen mir Ihren kostbarsten Besitz zum Geschenk! Etwas, das noch keine Frau von Ihnen bekommen hat: Ihre Freiheit!«

Und das große blonde Mädchen brach in Tränen aus.

Ich ebenfalls.

Als wir genügend Tränen der Freude und der Rührung vergossen hatten, ging es ans Umkleiden. Ich legte meine besten Sachen an, mit Brüsseler Nadelspitzen für mindestens 200 Louis an den Aufschlägen; ich steckte meine schönsten Dosen ein, streifte meine teuersten Ringe über, hängte meine kostbarste Uhr an eine schwere goldene Kette und überwand mich schließlich, wieder einmal den Orden vom Goldenen Sporn anzulegen, obzwar ich mich erinnerte, was der Kurfürst von Köln und andere wirkliche Herren darüber gesagt hatten.

Meiner Braut schenkte ich ein Diamantcollier, das mir seinerzeit Madame d'Urfé für diesen Fall überlassen und das ich selbst in Zeiten der größten Not nicht versetzt hatte. Und da meine Köstliche mit Kleidern nur notdürftig ausgestattet war, entsann ich mich eines zobelbesetzten Umhangs, der sich noch in meinem Koffer befand. Costa frisierte mich, und wir machten uns auf den Weg. Es mußte sich herumgesprochen haben, denn um uns bildete sich eine Gasse, und ich hörte mit Vergnügen, daß man meine Braut bewunderte.

Als wir die Kapelle betraten, ertönte ein wahrhaft himmlischer Gesang. Ja, ich hatte es schon in Prag erkannt, Mozart war der Größte!

Vor dem Altar erwartete uns PAPA. Aber wie sah mein Platzfegerengel nun aus! Die weiße Mitra und sein Pallium sagten mir alles. Ein Papst gab uns die Ehre!

Wir knieten sehr ergriffen vor ihm und gaben uns das Jawort. Die Zeugen weinten, und wir weinten auch. Am Ende weinte sogar PAPA.

Als wir die Kapelle verließen, mußten wir ein Spalier von Frauen passieren. Es war mein Sünden- und zugleich mein Erfolgsregister aufgeboten worden. Hier standen nämlich alle Frauen, die ich einst glücklich verheiratet hatte. Mir wurde allerdings bewußt, daß sich keine einzige unter ihnen befand, mit der ich nicht vorher geschlafen hätte. Und was diese Damen mir im Vorbeigehen zuflüsterten, war nicht unbedingt geeignet, meine Eitelkeit zu nähren. Ein Satz wie etwa: »Coglione, das hättest du bei mir schon früher haben können!« war noch das Geringste, was ich zu hören bekam. Zu solchen Ausbrüchen verleitet der Neid! Ich trug es gelassen, wie man Glückwünsche hinnimmt.

Hochzeitsnächte haben es in sich. Ich wußte das, denn ich hatte schon viele hinter mir, wenn auch ohne kirchlichen Segen. Jetzt aber sollte mir eine Josefsehe beschieden sein. Ich tröstete mich damit, daß meine Köstliche nichts anderes von mir erwartete.

Als wir zur Kutsche gingen, um unsere Hochzeitsreise durch die Gefilde der Seligen anzutreten (denn mit PORTA PETRI würde es so schnell nicht gehen), hatte mir Seine Heiligkeit zugeflüstert: »Fahrt erst einmal los und genießt einander! Alles weitere wird sich finden, wenn eure Zeit gekommen ist.«

Als wir zur Kutsche kamen, stand hier SAMMICHELE und gab mir mit seinem Flammenschwert eine Art Akkolade.

Als sich meine Köstliche dann im Wagen an mich

schmiegte, durfte ich beglückt feststellen, daß der Teufelsgroßmutter eines ihrer jüngsten Sammelstücke anscheinend verlorengegangen war.

Jetzt lagen die Gefilde der Seligen wirklich vor uns!

Originaltitel: ›CASANOVA MEZI NEBEM A PEKLEM‹ • Copyright © 1994 by Bedřich Mácha • Erstveröffentlichung mit freundlicher Genehmigung des Autors • Copyright © 1995 der deutschen Übersetzung by Wilhelm Heyne Verlag, München • Aus dem Tschechischen übersetzt von Karl v. Wetzky • Illustriert von Ingo Wiegand

Ian McDonald

TREIBENDE HUNDE

Und dort im Wald
Ein Schweinchen stand.

EDWARD LEAR,
Die Eule und das Kätzchen

Am dritten Tag nach der Gebärmutter erreichen wir den kalten, kalten Fluß, Shwain, Porcospino, Ziefer, Papavator und ich. Wir stehen unter den Bäumen, die bis an den Rand des Wassers hinunterreichen, und betrachten den dahinströmenden Fluß. Die Sonne steht hoch über uns; Licht funkelt und glänzt auf dem strömenden Wasser. Shwain ist fasziniert. Er hat noch nie echtes Wasser gesehen, bloß das Traumwasser, als er ein Same hoch am Himmel war. Er geht über die Steine hinunter, um das dahinfließende Wasser mit seinem Rüssel zu berühren.

»Es lebt!« sagt er. »Es lebt.«

Es ist *bloß Wasser,* sage ich zu ihm, aber Shwain kann das nicht akzeptieren. Auf der ganzen Welt kann es nicht genug Wasser geben für all dieses Strömen; nein, es muß ein großes, sich windendes Lebewesen sein, das über die Erde strömt, zum Himmel empor und wieder zur Erde zurück. Ein Kreislauf unaufhörlicher Bewegung. Für ein Lebewesen ohne Hände und mit sehr wenigen Worten hat Shwain eine ausgeprägte Meinung über die Realwelt. Meinungen sollte man besser Geschöpfen wie mir überlassen, die über viele Worte und kluge Hände verfügen. Nun, er kennt nicht einmal seinen richtigen Namen. Er nennt sich Shwain, weil das der Name ist, der ihm auf der Zunge lag, als er in Mamavators Gebärmutter erwachte. Ich sage zu ihm: *Du bist kein Schwein, kein Eber, du bist ein Tapir. Ein Tapir, das bist du. Sieh mal, du hast einen Rüssel, eine Schnauze, Schweine haben keine Rüssel oder Schnauzen.* Er will sich nichts sagen lassen. Shwain heißt er, Shwain ist er. Lebewesen mit wenig Worten sollten mit so mächtigen Dingen wie Namen nicht herumspielen.

Ziefer spreizt die Klauen, reinigt die Zwischenräume ihrer Zehen.

»Was es ist, ist nicht wichtig«, sagt sie. »Sondern wie wir rüberkommen.« Sie ist ihr eigenes Gesetz, Ziefer. Sie verfügt über ebenso viele Worte wie ich, das weiß ich, weil sie tief in ihren Augen diesen klugen Ausdruck hat. Diesem Blick kann man nicht ausweichen. Aber sie behält die Worte für sich. Wenn sie einen Namen hat, einen, der ihr in Mamavators Innerem auf der Zunge lag, dann behält sie ihn ebenfalls für sich. Darum habe ich einen eigenen Namen für sie. Ziefer. Ziefer-Katze.

Wir folgen dem Fluß bis zu einer Stelle, wo das glatte, glänzende Wasser über Felsen und Steinen weiß aufschäumt.

»Hier werden wir hinübergehen«, sage ich. »Ziefer wird als erste gehen und nachsehen, ob da irgendwelche Fallen oder Schlingen sind.« Sie schneidet dem weißen Wasser eine Fratze; sie fischt gern, macht sich aber ungern das Fell naß. Mit ein paar Sätzen ist sie drüben, sitzt am anderen Ufer und schüttelt sich Wasser von den Füßen. Wir folgen ihr; Porcospino, dann Shwain, dann Papavator, dann ich. Der Gruppenführer muß der letzte sein, damit er über seine Gruppe wachen kann. Ich sehe, daß Shwains kleine Füße auf den glitschigen Steinen keineswegs sicher sind.

»Shwain!« sage ich. »Paß auf, paß auf, paß auf.« Aber das Glitzern und Schimmern des strömenden Wassers hat ihn benommen gemacht. Seine kleinen

Füße verlieren den Halt. Schon liegt er drin. Schreien. Spritzen. Krallende, um sich tretende Füße, doch sie finden nirgendwo Halt. Und die Strömung hat ihn gepackt, treibt ihn zu der Lücke zwischen den Felsen, um ihn hineinzuzwängen, ihn hinabzuziehen, zu ertränken.

Blitzendes blaues Silber; Papavator tritt über mich hinweg, spreizt seine langen, dünnen Metallbeine, bis sie ihm einen sicheren Stand bieten, entfaltet einen Arm. *Hinab* geht der Arm, *hinein* gehen die Finger in das dichte Haar und die Schaltungen an Shwains Nacken, *hoch* steigt Shwain, zappelnd und quietschend. Mit drei Schritten hat Papavator die andere Seite erreicht. Shwain hockt als tropfendes Häufchen Elend am Ufer.

»Auf, auf«, sage ich. »Beweg dich, beweg dich. Wir müssen weiter. Wir haben heute noch weit zu gehen bis zum Ziel.« Aber Shwain will sich nicht bewegen. Er steht zitternd da, sagt wieder und wieder und wieder diese Worte: *Hat mich gebissen mich gebissen böses Geschöpf böses Geschöpf mich gebissen mich gebissen böses Geschöpf böses Geschöpf.* Der Fluß, der ihm so wunderschön, so freundlich erschien, hat sich als bösartig und feindselig herausgestellt. Ich rede mit ihm, streichle die Schaltungsknäuel um seinen Kopf, streichle den Wulst an seiner Seite, der die Lanze verbirgt. Er will sich von meinen Worten und meinen Berührungen nicht trösten lassen. Er beginnt die anderen aufzuregen. Das kann ich nicht zulassen. Wir werden so lange warten müssen, bis Shwain so weit ist, ehe wir weiterziehen. Ich gebe Papavator ein Zeichen, den Arm mit der Spritze voller Träume darin zu entfalten. In dieser Spritze befinden sich große Träume. Vielleicht der Flugtraum: den mag Shwain am liebsten: wo er wieder im Himmel ist, fliegt, lacht und schreit und sich selbst bepinkelt vor lauter Glück, während die Engel auf ihn hinunterschauen und ihrem Shwain zulächeln. Er hebt seinen Rüssel der Nadel entgegen. Träume süß, Shwain.

Papavator läßt sich auf seine Metallbeine nieder, öffnet den Bauch. Zeit zum Essen. Porcospino und ich saugen gierig an den Zitzen. Ziefer bläht vor Mißfallen die Nüstern. Sie zieht den Geschmack von Innereien, Knochen und Blut vor. Heute nacht wird sie im Mondschein und im Leuchten ihrer Augen jagen. Sie wird töten. Sie wird Blut und Knochen und Innereien und alles hinunterschlingen. Ein abscheuliches Geschöpf. Gar kein Geschöpf.

Ziefer. Shwain. Porcospino. Papavator. Ich, Schlaubär. Und noch eine, um unsere Gruppe vollzählig zu machen. Und da kommt sie, die Lichtstrahlen entlang, die schräg in die Schatten zwischen den Bäumen des Flußufers einfallen; sie braucht keine Träume, um zu fliegen. Nur Shwain und ich besitzen die Gabe des Farbensehens, und Shwain wälzt sich und grunzt in seinem Nadeltraum. Die anderen können nicht wie ich die Farben sehen, die auf ihren Schwingen und ihrem Rücken von Blau nach Grün verlaufen, die leuchtendrote Kappe, den Schnabel und die Füße aus hellstem Gelb. Das, denke ich, nennt man *Schönheit*. Sie läßt sich auf Papavators ausgestrecktem Arm nieder. Kein Brei, kein Mus für sie. Sie pickt Kügelchen von Papavators Hand. Doch für all ihre Farben kennt sie nur ein einziges Wort: das ist der Tauschhandel, den die Engel eingegangen sind: ein Wort, zwei Silben, die sie wieder und wieder und wieder singt. Vo-gel. Vo-gel. Vo-gel.

Ziefer-Katze blickt jäh von ihrem ständigen Putzen, Putzen, Putzen auf und schnüffelt. Im Hintergrund ihrer Augen sind die roten, sich bewegenden Schatten, die ihr Geschenk der Engel sind. Sie versteift sich, bleckt die Zähne, nur ein bißchen. Das reicht. Zu den Dingen, die damit einhergehen, daß man Hände und Farben und viele, viele Worte hat, gehört auch, daß man mehr Angst als andere hat: die Angst, die das erblickt, was sein könnte, und einen schaudern läßt. *Sorge,* das ist das Wort dafür.

Gefahr. Vo-gel schwingt sich abermals in die Luft, pfeilschnell und vielfarbig, strahlend, saust durch die Luft, und dann kann ich sie durch den Baldachin der Baumwipfel hindurch nicht mehr sehen. Aber ich habe keine Angst, daß sie aus meinem Gesichtskreis verschwinden und nicht wieder zurückkommen könnte, sie ist auf meinen Geruch abgestimmt, sie wird immer zu mir zurückkommen, wie weit sie auch fliegen mag.

Ziefer wartet in der Deckung der Bäume, Porcospino plustert seine Stacheln auf und schüttelt sie, Papavator hat sich geschlossen und schwankt auf seinen lächerlich dünnen Beinen. Shwain jedoch schläft weiter. Er grummelt und brummelt und plappert im Traum. Es muß ein sehr guter Traum sein, den Papavator da in seiner Spritze hat. Shwain, Shwain, es droht Gefahr, Gefahr! Wach auf! Wach auf! Die anderen haben den Rand des tiefen Waldes erreicht, sie schauen zurück; warum kommen wir nicht?

Ich verfüge nicht über Ziefers Sinne, aber ich spüre das Ding, das sie spürt, das sich, groß und schwer, am anderen Flußufer durch den Wald bewegt.

Bestimmte Geheimnisse, die kein anderer erfahren soll, hat Mamavator nur mir anvertraut; Geheimnisse, geflüstert in der Wärme der Gebärmutter, im Traumwald, der diesem Realwald so ähnlich und so unähnlich ist. Der Mittelfinger meiner linken Hand ist eines der Geheimnisse, die keinem außer mir anvertraut wurden. Er besteht aus demselben nahezu lebendigen Stoff wie die Implantate, die von den Stecksockeln hinter meinen Ohren fast bis auf den Boden hängen, vom Schädel aller Mitglieder meiner Gruppe.

Rasch. Rasch. Schon fährt das Implantat an Shwains Hinterkopf aus.

Rasch. Rasch. Schon fährt der Mittelfinger meiner linken Hand hinein.

Auf! denke ich. *Auf!* Shwain zuckt im Schlaf, ein schweres, schwerfälliges Zucken. *Auf!* Er rappelt sich hoch. *Vorwärts!* denke ich, und der Gedanke strömt aus meinem Finger in seinen Kopf, und er bewegt sich vorwärts, immer noch seinen Spritzentraum träumend, ich springe auf seinen Rücken, lenke ihn mit meinem Finger. *Los! Los! Lauf! Lauf! Angst!* Er wimmert im Traum, fällt in einen Trott, einen Paßgang. Ich treibe ihn zum Galopp an. Wir fliegen über die dunkle, dunkle Erde. Porcospino und Ziefer rennen neben mir, Papavator schreitet mit langen, klickenden Schritten über den Boden. Überall um uns herum ragen Bäume auf, höher und dunkler und größer, als wir uns je geträumt haben. *Lauf, Shwain, lauf!* Die Wirkung des Spritzentraums läßt allmählich nach, die Realwelt strömt durch die Risse und Sprünge des Traums, aber ich entlasse ihn nicht aus meinem geistigen Griff. Von weit hinten ertönt ein gewaltiges Krachen, als würden die dunklen, riesigen Bäume auseinandergerissen und in den Himmel hochgeworfen; und das Geräusch mächtiger Explosionen. Wir laufen, bis kein Laufen mehr in uns ist. Voller Angst bleiben wir stehen, lauschen und warten. Als nächstes folgt Brandgeruch. Die roten Schatten im Hintergrund von Ziefers Augen flackern und bewegen sich: sie scannt. Sie setzt sich hin, um sich zu putzen.

»Was es auch sein mag, jetzt ist es weg«, sagt sie, mehr nicht. Sie leckt sich zwischen den Beinen.

Wir setzen uns, wir keuchen, wir warten. Es beginnt zu regnen, tropft in dicken Tropfen vom Firmament des Waldes. Bald darauf ist der Brandgeruch verschwunden. Während ich dasitze und mir der Regen das Fell hinunterrinnt, kommt Vo-gel zu mir, setzt sich auf meine Hand, singt ihr frohes Zwei-Noten-Lied. Ich streichle ihren Hals, sträube ihr die Federn, die unter ihren blauen Schwingen glänzen. Erst als die anderen eingeschlafen sind und der Regen von hoch, hoch oben schwer auf sie herunterfällt, ziehe ich den Aufklärungschip aus ihrem Kopf und stecke ihn in den Sockel neben meinem rechten Auge.

Fliegen. Schweben. Bäume, Wolken und Sonne, das helle Leuchten eines gewundenen Flusses, der gebogene Rand der Welt: alles verrückt, alles auf den Kopf gestellt. Dann etwas so Großes wie der Mond: größer noch als Mamavator, als ich sie zum erstenmal dampfend auf der Waldlichtung stehen sah, auf der wir geboren wurden: etwas Erdgebundenes und Stampfendes, das aus dem Wald hervorstampft, hinein in den Fluß, mit den Füßen im fließenden Wasser steht, während es feuert und feuert und feuert, Explosion nach Explosion nach Explosion, welche die Bäume und Felsen am Flußufer, wo wir gerastet haben, auseinanderreißen. Bevor es durch den Fluß fortstampft, setzt es die zerschmetterten Bäume mit Flammen aus seiner Brust in Brand.

Ich lösche den Chip mit einem Gedanken, ziehe ihn heraus, gebe ihn Vo-gel zurück. Hände zu haben und Farben und viele, viele Worte, um zu *wissen;* das ist die schlimmste Strafe der Engel.

Die tapfersten Tiere im ganzen Lande
Sind Captain Beaky und seine Bande.

CAPTAIN BEAKY

Wer hat dich erschaffen?

Die Engel haben mich aus einem Samen erschaffen.

Die Engel haben einen Samen in Mamavators Gebärmutter eingepflanzt und ihn genährt und aufgezogen. Fleisch aus Mamavators Fleisch. Sie hat uns gesäugt und gefüttert.

Was seid ihr?

Die Diener der Engel, ihre Werkzeuge auf dieser Welt.

Zwei Arten von Dienst, zwei Arten von Diener haben die Engel; die weichen und die harten; die anorganischen und die organischen. Der Dienst des Anorganischen ist nicht erhabener als der Dienst des Organischen, der Dienst des Weichen ist nicht erhabener als der Dienst des Harten; beide wurden nach dem Bilde der Engel erschaffen, um sich gegenseitig in ihrer Schwäche zu ergänzen.

Nenne die Schwächen des Organischen.

Schmerz. Hunger. Müdigkeit. Schlaf. Emotion. Defäkation. Tod.

Nenne die Schwächen des Anorganischen.

Lärm. Kosten. Energie. Versagen. Verwundbarkeit. Dummheit.

Warum haben die Engel, obwohl sie selbst vollkommen sind, etwas derart Unvollkommenes erschaffen?

Weil einzig die Engel vollkommen sind.

Weil sich kein erschaffenes Ding, kein von Händen erschaffenes Ding, die Vollkommenheit der Engel anmaßen darf, das ist die große Sünde. Wie lautet die größte Sünde?

Stolz.

Wie können wir uns von der Sünde des Stolzes befreien?

Durch den vertrauensvollen Dienst an den Engeln. Durch die unterwürfige Befolgung ihres Willens. Indem wir ihre Anweisungen befolgen.

Buchstabengetreu.

Buchstabengetreu.

Ich habe mich immer gefragt, was der letzte Teil der Litanei bedeutet. *Buchstabengetreu*. Ich glaube, er hat etwas mit den dunklen Zeichen auf Papavators Haut zu tun; mit diesen regelmäßigen, ordentlichen Zeichen; und diese haben etwas mit *Worten* zu tun, doch die Gabe, dies zu begreifen, haben die Engel diesem Schlaubär nicht zu gewähren beliebt. Vielleicht sind es die Gebete des Anorganischen: Papavator selbst beteiligt sich nicht an den abendlichen Rezitationen; seine harte, anorganische Andacht hält er abseits von uns; die langen dünnen Beine unter sich zusammengefaltet, die Arme und die Antenne eingezogen. Er schläft nicht, das Anorganische schläft nicht, nicht so wie wir. Eigenartig, das Leben des Anorganischen. Wie wunderbar der Wille der Engel, der uns so verschieden, auf uns selbst gestellt so schwach, doch gemeinsam so stark für den Dienst an ihnen gemacht hat.

Allabendlich, wenn Ziefer einen Platz ohne Fallen und Gifte ausgekundschaftet hat, bilden wir im Wald für die Litanei einen Kreis. Ich bete vor, sie antworten, so gut sie können. Vo-gel kennt nur zwei Worte, doch ganz gleich, wie weit sie fliegt oder wie hoch, sie kehrt immer zurück, um bei den anderen zu sitzen, tritt von einem Fuß auf den anderen, weil sie nicht dafür geschaffen ist, auf dem Boden zu sitzen, wendet den Kopf von einer Seite zur anderen, als werde ihr das Wunder der Worte über einen spirituellen Kanal übermittelt, den ich nicht begreife. Und Shwain liebt die Litanei, würde mich die Worte am liebsten wieder und wieder und wieder aufsagen lassen, denn obwohl ich weiß, daß er nicht versteht, was er sagt – es sind bloß Geräusche, die er bei seiner Geburt in seinem Schädel vorgefunden hat –, sieht er in den Worten die Engel herabgreifen und ihn in den Himmel heben, um ihn zwischen den Sternen abzusetzen.

Ich habe gesagt, daß Papavator nicht an unserem Kult teilnimmt. Leider gibt es noch jemanden. Ziefer sagt, sie glaube nicht. Es gäbe keine Engel, es gäbe keinen Himmel, behauptet sie. Das seien trostvolle Worte, die wir erfunden hätten, weil wir wüßten, daß wir alle sterben müßten, und dieses Wissen mache uns Angst. Das hält sie für unerschrocken. Ich halte es für dumm. Es ist sicher, daß wir sterben müssen, und das ist erschreckend, aber würde sie behaupten, es sei falsch, uns mit Träumen von der Art zu trösten, wie sie Papavator in seiner Spritze hat? Ich habe versucht, sie auf den rechten Weg zu bringen, doch sie will nicht glauben. Sie ist ein eigensinniges Tier. Unser Streit regt Shwain auf; er besitzt einen großen Glauben, aber das Licht schimmert hindurch wie die Sonne durch das Blätterdach, das der Wind mühelos durchschüttelt. Ich habe Ziefer befohlen zu glauben, aber sie hat mich mit diesem schrecklichen Katzenlachen ausgelacht; darum sitzt sie allabendlich, wenn wir beten, da und putzt sich, leckt und leckt und leckt. Dieses Lecken ist so schlimm wie jedes Gelächter.

Schließlich, nachdem Porcospino ein Loch in die Waldstreu gescharrt hat und wir einer nach dem anderen hineingeschissen haben, bittet Shwain um eine biblische Geschichte.

»Welche Geschichte möchtest du hören?« frage ich.

»Engel. Krieg«, sagt Shwain. »Lichter. Fliegen.«

Ziefer grollt. Sie stolziert davon. Sie meint, es sei eine dumme Geschichte. Sie meint, alle biblischen Geschichten, die ihr Mamavator beigebracht hat, seien dumm. Ich muß zugeben, daß eine Menge darin ist, was für mich keinen Sinn ergibt, aber Shwain möchte sie wieder und wieder und wieder hören, am liebsten jeden Abend. Er rollt sich auf die Seite, seine sichere Seite, und schließt die Augen. Die Lanzenspitze gleitet wie ein metallener Penis aus der Hautfalte an seiner Seite. Er scheint den Fluß vollkommen vergessen zu haben. Er verfügt nicht über die nötigen Schaltungen, um sich lange zu erinnern. Glücklicher Shwain.

»Vor langer, langer Zeit«, sage ich, »gab es nur Engel und Tiere. Die Tiere sahen aus wie wir und rochen wie wir, aber es waren bloß Tiere, keine *Geschöpfe*. Sie wurden von den Engeln animalisch genannt, weil alles, was sie besaßen, die *Anima* war, ein Lebendigsein, aber weder Worte noch Verstand. Die Engel und die Tiere hatten seit jeher gemeinsam existiert, so daß niemand sich zu erinnern vermochte, wer von beiden

den anderen erschaffen hatte oder ob sie beide von etwas ganz anderem erschaffen worden waren.

So wie in diesen Tagen dienten die Tiere in jenen Tagen den Engeln, aber die Engel, mächtige Wesen, die sie waren, mit Stimmungen und Gefühlen, die zu beurteilen *Geschöpfen* nicht ansteht, wurden der Tiere und deren Beschränkungen überdrüssig und erschufen neue Diener, damit sie besser seien als die Tiere. Sie erschufen stärkere Diener als dich, Shwain« – er hört meine Stimme im Halbschlaf, die Hochdrucklanze gleitet beinahe vollständig heraus –, »die besser und weiter sehen konnten als du, Ziefer« – obwohl sie weg ist, in der Dunkelheit patrouilliert, das gehört zu meiner Geschichte –, »die höher fliegen und mehr tragen konnten als du, Vo-gel, die klüger waren und sich besser erinnern konnten als ich alter Waschbär; und die besser und mehr töten konnten als du, Porcospino.

So vorzüglich waren die neuen Diener, daß die Engel selbst in den Himmel emporfliegen konnten, wo sie seitdem mit seitlich ausgestreckten Armen fliegen.

Nun habe ich gesagt, daß die Weisheit der Engel die Weisheit der Geschöpfe übersteigt, und wenn die Engel anfangen sich zu bekriegen, wie sie es in früheren Zeiten nicht einmal, sondern viele Male taten, wer sind wir denn, sie zur Rede zu stellen? Doch es herrschte Krieg, ein großer und schrecklicher Krieg, ausgetragen von den Dienern, die sie sich erschaffen hatten; von Dienern, die ganze Wälder dem Erdboden gleichmachen konnten, die den Himmel in Brand setzen und das Meer in Pisse verwandeln konnten. Ein Krieg, der so furchtbar war, daß er nicht nur in der Realwelt ausgetragen wurde, sondern auch im Himmel. Ein so gewaltiger Krieg, daß die Engel schließlich ihre alten Diener, die Tiere, zu Hilfe riefen, und aus diesen sprachlosen, geistlosen Kreaturen schufen sie mit ihrer Hände Arbeit *Geschöpfe* wie uns.

Wenngleich niedriger und geringer und beschmutzt

von der Sünde unseres Versagens, den Engeln so zu dienen, wie sie es sich wünschten, wurde uns gestattet, uns zu bewähren, indem wir den Engeln in ihrem Krieg halfen. Darum gab man uns wundervolle Waffen, mächtig genug, die Werke der Engel zu zerstören, sowohl organische wie auch anorganische; mächtig genug« – und an dieser Stelle senke ich meine Stimme immer zu einem Flüstern –, *»die Engel selbst zu vernichten.«*

Während sie in meine Worte hineinblicken und in ihnen die Engel lächeln und die Arme zu ihnen ausstrecken sehen, gehe ich von einem zum anderen, wie ich es jeden Abend getan habe, seit wir in die Realwelt gekommen sind, und berühre mit dem Mittelfinger meiner linken Hand die Sockel zwischen ihren Augen, mit dem Finger, der sie in einen seligen Schlaf fallen läßt.

Unsichtbar, unhörbar, schwarz wie die Nacht selbst, kehrt Ziefer von der Patrouille zurück, als ich zum Ende meiner Geschichte komme.

»Blöd«, sagt sie. »Was ist das für ein Gott, der von Geschöpfen getötet werden kann?«

»Ich weiß nicht«, sage ich. »Deswegen gibt es den Glauben. Damit wir glauben können, was wir nicht wissen können.«

»Ich hoffe, du hast einen starken Glauben«, sagt Ziefer, während sie ihre harten anorganischen Krallen herausstreckt, um sich behutsam, behutsam die Walderde abzulecken. »So stark, daß sich jemand darauf setzen kann. Morgen werde ich deinen Glauben brauchen.«

»Was meinst du damit?« frage ich.

Sie zwinkert mit ihren runden, runden Augen zum Himmel empor, bläht witternd ihre Nüstern. Scannt.

»Morgen wird es schwer«, sagt sie, und indem sie sich weigert, weiter mit mir zu reden, stolziert sie fort, um sich zwischen den Wurzelstreben der großen, großen Bäume ein behagliches Nest zu suchen.

»Knochengräber, Knochengräber,
Hunde im Mondlicht ...«
PAUL SIMON, *Call me All*

Ich habe diese Bilder in meinem Kopf. Ich vermute, daß sie der Sichtweise der Engel entsprechen, denn ich kann den Wald unter mir ausgebreitet sehen, von leuchtendem Meer zu leuchtendem Meer, all seine Hügel, Täler, Flüsse und Seen liegen mir zu Füßen. Doch es ist mehr als bloß aus großer Höhe gesehen; es ist, als könnte ich durch das Blätterdach, sogar durch die Bäume selbst hindurchsehen. Ich kann so viele Details erkennen, wie es aus so großer Höhe bestimmt nicht möglich ist: ich kann die Stelle sehen, an der Mamavator uns verließ, ehe sie in Licht und Feuer gehüllt zum Himmel zurückkehrte; eine Kugel aus Blau. Ich sehe uns, das Team, fünf gelbe Flecken mit einem sechsten, der sich ein Stück weit vor uns bewegt. Und ich sehe den Ort, zu dem wir müssen. Unser Ziel. Es hat die Form eines schwarzen, pulsierenden Sterns.

Die sechs gelben Punkte befinden sich inzwischen näher an dem schwarzen pulsierenden Stern als an dem blauen Ball. Jedesmal, wenn Vo-gel mit ihren Bildern zu mir zurückkehrt, wird meine himmlische Sicht deutlicher. Ich sehe jetzt die Kriegsmaschine, die das Flußufer zerstört hat, an dem Shwain träumte, als rotes Dreieck, das sich links von uns fortbewegt, am Fluß entlang, den wir überquert haben. Sie hat das Interesse an uns verloren. Zwischen uns und dem schwarzen Stern liegt offenes Land. Wenn ich es in meinem Kopf betrachte, fallen mir die Worte ›klumpige Erde‹ ein. Bis zu der klumpigen Erde ist es wenig mehr als ein Morgenspaziergang.

Auf der klumpigen Erde werden wir entscheiden, was wir tun werden, wenn wir das Ziel erreichen. So lauten unsere Befehle.

Zwischen der klumpigen Erde und dem schwarzen Stern sieht das Bild aus, als wären zehn, zwanzig, viele, viele rote Sterne vom Himmel auf die Erde gefallen.

Die Außenverteidigung.

Ziefer führt uns durch die Dunkelheit zwischen den großen Bäumen auf das Ziel zu, tastet die Umgebung nach irgendwelchen Fallen, nach Netzen und Fußangeln ab, die uns erwarten könnten. Nun sind wir es, die auf ihrem Rücken reiten müssen. Wir müssen daran glauben, daß sie sehen, hören und riechen kann, was uns verborgen ist, wir müssen darauf vertrauen, daß sie erkennt, was nicht gekannt werden kann, denn es zu kennen, zu sehen, zu schmecken und zu berühren würde bedeuten, daß wir sterben müssen. Ziefers Worte in der vergangenen Nacht haben sie wie tiefes, tiefes Wasser aus meinem Kopf hervorsprudeln lassen. *Vorahnungen.* Welch eine Aufgabe, die uns die Engel auferlegt haben. Aber hätten sie uns eine Aufgabe gestellt, von der sie wußten, daß wir sie nicht erfüllen können?

Ziefers Schrei läßt meine Engelsbilder in vielen, vielen Bruchstücken davonwirbeln. Das Heulen mündet langsam in ein Grollen: Ziefer duckt sich, die Augen weit geöffnet, Schnurrhaare und Ohren angelegt, und starrt auf das Ding, das sie im dunklen Unterholz entdeckt hat.

Es ist schon lange, lange tot. Sein Geruch ist im Geruch des Waldes aufgegangen: die Innereien und Augen von pickenden, pickenden Vögeln und Insekten ausgepickt, die Zähne im letzten Schnappen nach dem Tod gefletscht. Das Fell ein vertrockneter Fetzen aus Haar und Leder. Der metallene Dorn der Springfalle ist durch den Nacken ausgedrungen. Eine Art von Opossum oder ein kleines, bissiges Beuteltier; ich kann es nicht sagen, es ist so alt und tot.

Unter seinen Ohren sind helle Metallsockel und zerrissene Kabelstränge. Zwischen seine blanken Rippen geschmiegt etwas Langes, Dünnes, Metallisches.

Nach Katzenart rasch wieder erholt, stürmt Ziefer vorbei, dringt weiter vor. Porcospino hält an, um am ausgetrockneten Kadaver zu schnüffeln, Papavator schreitet auf seinen Metallbeinen darüber hinweg. Er ist eine Maschine, er besitzt nicht die Schwäche der Empfindung. Aber Shwain ist verängstigt. Shwain will nicht daran vorbeigehen. Shwain wendet sich ab, das ist ein schlechtes Zeichen, sagt er, *ein schlechtes Zeichen, schlechtes Zeichen, schlechtes Zeichen.*

»Es kann dir nichts tun«, sage ich. »Es hat seine Pflicht erfüllt. Seine Seele ist bei den Engeln im Himmel. Du hast auch eine Pflicht, die dir von den Engeln auferlegt wurde und die du erfüllen mußt.«

Ich möchte die Schaltungen in meinem Finger nicht schon wieder benutzen. Die Augen vor Entsetzen weit geöffnet, kommt Shwain näher. Jeden Moment wird er zusammenbrechen und weglaufen, denke ich. Auch für diese Möglichkeit habe ich Schaltungen in der Hand. In möglichst weitem Abstand von dem gepfählten toten Ding drückt Shwain sich vorbei. Ziefer wartet mit verdrehtem Kopf, die Augen leuchtend rot, mit ungeduldig schlagendem Schwanz.

Aber Shwain hat recht. Es ist ein schlechtes Zeichen.

Wir betreten eine Lichtung. Ziefer ist mißtrauisch, schaut zum Himmel empor, schnüffelt überall herum. Ihre Sensoren zeigen nichts an, aber sie ist unzufrieden. Wenn sie unzufrieden ist, bin ich es auch. Porcospino ist ebenfalls unbehaglich zumute; er blinzelt mit seinen winzigen Augen ins Licht. Er ist ein Geschöpf des Waldes, der Dunkelheit des Waldes; in offenem Gelände ist er wehrlos. Der freie Himmel ängstigt ihn. Shwain blickt über die Lichtung hinweg zu den großen, großen Bäumen hinüber.

»Sieh dir die Bäume an, Schlaubär«, sagt er und deutet mit seinem Rüssel. »Tote, tote Bäume mit Blättern dran.« Ich blicke zu der Stelle, auf die er zeigt. Und ich habe Angst. Denn die großen Bäume sind totes, nacktes, verdorrtes Holz, getötet von schwarzer Luft und Krieg, aber die Zweige sind mit schwarzen Blättern besetzt.

»Rasch, rasch!« rufe ich. »Das ist eine Falle!«

Und die Blätter steigen von den Zweigen der toten Bäume auf, und wir begreifen. Es sind gar keine Blätter. Es sind Fledermäuse, die in einer Wolke schlagender, brausender Flügel aufsteigen, so finster, daß sie die Sonne verdunkeln.

Die roten Flecken aus meiner Vision, so viele wie Sterne am Himmel stehen …

»Rasch! Rasch!« Ich versuche den Himmel zu beobachten, während wir unter der herumschwenkenden, schwirrenden Masse der Fledermäuse über die Lichtung rennen. Sie stoßen auf uns herunter; in ihrem Fell erkenne ich glänzende Schaltungen. Ich sehe das Glänzen der Waffen, die sie in den Füßen halten.

»Rasch! Rasch!«

Vor mir hebt sich der Boden in einer Eruption von Erde und Lärm: die Explosion läßt mich zurücktaumeln. Ich stürze blind weiter, geleitet von älteren, elementareren, zuverlässigeren Instinkten. Die Fledermäuse geben ihre Bomben frei und entfernen sich flappend. Explosionen rechts von mir, Explosionen links von mir, Explosionen vor mir, Explosionen hinter mir. Wir rennen weiter; der Himmel ist verschwunden. Es gibt nur noch wirbelnde, krächzende, schreiende Fledermäuse. Der Waldrand ist nah, der Schutz der Bäume. So viele Fledermäuse könnten dort nicht sicher fliegen. Keine Tagesfledermäuse, nicht diese. Ich blicke mich um, sehe Papavator unsicher über die Lichtung torkeln. Dann fallen die hellen Bomben, es gibt eine Explosion, umherfliegendes Metall und Maschinensäfte. Arme und Beine flattern, wirbeln, fallen leblos herab.

Als ich mir sicher bin, daß ich das Schlagen der Flügel und das Geräusch der Fledermausstimmen nicht mehr hören kann, befehle ich anzuhalten. Wir haben mit Papavator mehr als nur Spritzenträume verloren, sage ich. Wenn er nun keine Nahrung mehr sammelt und reinigt und für uns zu Brei verdaut, den wir aus seinen Zitzen saugen können, müssen wir uns Zeit für die Futtersuche nehmen. Das ist gefährlich für uns: wir können nicht sicher sein, ob die Nahrung, die wir finden, keine Feindesnahrung oder von den schwarzen Luftgiften verdorben ist, die Papavators Magen entfernt hat, und es bleiben immer noch die Fallen und Schlingen und Netze.

»Jetzt hungrig«, sagt Shwain. »Jetzt hungrig.«

»Wir müssen uns alle selbst ernähren«, sage ich. »Es gibt keinen Papavator mehr.«

Für mich ist das Wühlen und Graben nach Nahrung eine schreckliche, animalische Tätigkeit; die fetten Larven und der wilde Honig, den ich mit den Händen, mit meinen zarten, klugen Händen aus der Höhlung eines abgestorbenen Baumes grabe und mit Shwain und Porcospino teile, sind roh und ekelhaft, verglichen mit Papavators Milch. Für Ziefer ist es eine Freude zu jagen, in ihren Krallen irgendein tropfendes kleines Waldlebewesen anzuschleppen. Ihre Sensoraugen glühen rot, während sie das kleine Ding, das sie mit ihren Stahlkrallen getötet hat, auseinanderreißt. Sie bietet mir einen behaarten Fleischbrocken an, den sie sanft zwischen den Zähnen hält.

»Du bist ein Waschbär«, sagt sie, als sie ihn wie einen bösen Scherz vor mir absetzt. »Du bist ein Allesfresser. Du kannst alles essen.« Eher würde ich meine eigene Scheiße essen. Kluge, kluge Ziefer mit deinen intelligenten, klugen Worten und deinen scharfen, kleinen Krallen und deinen klugen Augen, die Dinge zu sehen vermögen, die niemand sonst sehen kann, die du vertrauensvoll an den Unglauben glaubst.

In der Abenddämmerung gelangen wir zu der klumpigen Erde. Es ist tatsächlich ein merkwürdiges Terrain; voller Hügel und Erdhaufen und Senken und dunklen Löchern. So als wäre irgend etwas Großes und Unförmiges vor langer Zeit gestorben und hätte den Wald darüberwachsen lassen. Über das offene Gelände sind eigenartige Säulen und Türme aus aufgehäufter Erde verteilt. Diesem Ort haftet ein Geruch an, den ich nicht identifizieren kann, der mir aber eine Gänsehaut über den Rücken jagt; ein Geruch und ein Geräusch, ein tiefes, tiefes Summen, überall und nirgends.

Zwischen den Schatten und Mulden bewegt sich eine dunkle Gestalt; ein Lebewesen. Ein herumwühlendes Pekari. Ich beordere Porcospino nach vorn. Er stellt seine Stacheln auf, ein Grollen entsteigt seiner Kehle.

»Sag ihm, er soll seine Stacheln einziehen«, sagt Ziefer. »Es ist kein Geschöpf. Es ist bloß ein Tier. Komm, Shwain, mit deiner Lanze. Das da ist unser Abendessen.« Und weg ist sie, ein schwarzer Schatten, der über die klumpige Erde fliegt. Der arme, dumme Shwain trottet ihr nach. Das Pekari blickt auf, stürzt auf den Waldrand zu. Das vage, beunruhigende Geräusch ist zu einem deutlich vernehmbaren Laut geworden, einem Brummen, einem Dröhnen.

Ströme schwarzen Nebels ergießen sich von den seltsamen Erdsäulen.

»Ziefer! Shwain! Kommt sofort zurück!« sage ich. Meine Warnung ist unnötig, sie stürzen bereits über die klumpige Erde zurück. Der dunkle Nebel bildet eine Wolke um das Pekari. Das verschreckte Tier versucht zu fliehen, aber der Schwarm folgt ihm. Das Pekari krümmt sich, windet sich, wirft sich nach vorn; und stürzt. Und ich begreife. Es ist keine schwarze Luft, wie ich befürchtet habe. Es ist etwas viel Schlimmeres. Es sind Insekten. Fliegende, stechende Insekten. Millionen und Abermillionen von Insekten. Sie schwärmen von dem toten Pekari auf, ein dunkler, dröhnender Turm, der über der klumpigen Erde aufragt, sich über uns neigt.

Was soll dieser Schlaubär tun, wenn er dem Willen der Engel gehorchen will? Ich starre wie hypnotisiert den Wirbelsturm der Insekten an, der sich langsam über das offene Gelände auf mich zu bewegt. Wir können nicht kämpfen. Wir können nicht weglaufen. Wir können nicht entkommen. Dann höre ich Porcospinos Stimme.

»Hinein! Sofort!«

Hat die Angst seine Schaltkreise durchbrennen lassen? Was meint er? Er kratzt an einem dunklen Loch am Fuß einer eigenartig geformten grünen Mulde.

»Die anderen sind schon drin. Du. Sofort.«

»Vo-gel«, sage ich. »Was ist mit Vo-gel?«

»Wenn sie dort draußen ist, dann ist es bereits zu spät«, sagt Porcospino. »Hinein! Hinein!«

Ich ziehe mich in das Loch zurück, als der Insektensturm losbricht. Porcospino arbeitet mit seinen kräftigen Füßen, tritt nach der Erde, um den Tunnel zu verschließen. Ein paar Insekten sind hereingekrochen, ich schlage mit Händen und Füßen nach ihnen, drücke sie in die Erde.

»Komm! Komm! Schnell! Schnell!« sagt Porcospino, während er mich tiefer führt, tiefer, immer tiefer. Für mich, ein Geschöpf des Lichts, mit Händen und vielen, vielen Worten, ist dies ein Vorgeschmack des Todes; dunkle, bedrückende Enge um mich herum, Angst, hinab, immer tiefer hinab in die nagende Erde. Für Porcospino ist dies der Ort aller Orte, in der Erde kann er wühlen, schnüffeln.

Als ich ein Same in Mamavators Gebärmutter war und im höchsten aller Himmel schwebte, hatte ich einen Traum, in dem mir die Gestalt der Welt offenbart wurde. In diesem Traum war die Welt eine Blase aus Licht, Luft und Leben, umgeben von Staub, Erde und Gestein, die sich bis jenseits aller Vorstellung erstreckten, endlos. In dem Traum hatte mir eine Stimme gesagt, daß irgendwo in dieser Endlosigkeit aus Erde und Staub andere Welten wie unsere wären, Welten aus Licht, Luft und Leben.

Gewiß ist es eine dumme Vorstellung für einen Waschbären, aber als ich nach so langer Zeit im Dunkeln wieder Licht, Luft und Raum um mich habe, glaube ich, daß wir uns durch den Grund der Erde hindurchgegraben haben und in einer anderen Welt wieder aufgetaucht sind.

Es ist eine kleine Welt, diese Blase aus Luft und Licht, kaum groß genug für Ziefer, Shwain, Porcospino und Schlaubär. Die Luft ist schal, abgestanden und schmeckt nach altem, verbrauchtem Gift. Das Licht ist eigenartig, trübe, blau und kommt nicht von der Sonne, sondern von flachen Quadraten über uns. Alles in allem ist es eine eckige Welt, rechtwinklig und scharfkantig.

Shwain sieht aus, als wollte er vor Verwirrung weinen.

»Ich glaube, das muß eine alte Verteidigungsstellung sein«, sage ich. Ich hoffe, daß er meinen Worten und meinem Wissen vertrauen wird. »Sie muß aus der Anfangszeit des Krieges stammen, so weit zurück, daß der Wald darübergewachsen ist und sie vergessen wurde. Schau mal: siehst du?« Ich deute auf weitere flache, rechteckige Gegenstände, die an den Seiten der Welt befestigt sind. Sie sind mit winzigen roten und gelben Lichtern bedeckt, wie die Formen in meinem Kopf. »Maschinendiener. Dieser Ort wurde von den Engeln gemacht.«

»Mehr als Maschinendiener«, sagt Ziefer. »Komm! Sieh!«

Sie führt mich durch eine Öffnung und einen Tunnel entlang, bis zu einer weiteren rechteckig geformten Kammer. An den Wänden befindet sich noch mehr Anorganisches mit roten und gelben Sternen. Am Boden liegen organische Leichen.

Das tote Opossum, dem wir auf dem Waldweg begegnet sind, war furchteinflößend, weil in ihm noch eine Erinnerung ans Lebendigsein aufbewahrt war. Diese Wesen sind schon so lange tot, daß sie nicht einmal mehr Erinnerungen sind. Jenseits der Angst sind sie bloß noch interessant.

»Was sind das für Wesen?« fragt Porcospino. Ich kann nicht antworten, solche Geschöpfe habe ich noch nie gesehen. Sie sind sehr groß, sehr dünn. Mit langen, langen Beinen und sehr großen und zarten Händen am Ende ihrer Vorderbeine. Pelz nur auf der Kopfoberseite. Doppelhäutig: eine bessere Bezeichnung fällt mir nicht ein. Über dem Mittelstück ihrer Körper und ihren Beinen tragen sie eine zweite Haut, sehr weich und zart, wenngleich schlechtsitzend. Als ich eine berühre, zerfällt sie zu Staub.

»Ich werd euch sagen, was für Wesen das sind«, sagt Ziefer. »Es sind Engel. Das sind sie. Tote Engel.«

Shwain wimmert.

»Nein«, sage ich. »Das kann nicht sein. Die Engel befinden sich alle im Himmel.«

»In den Geschichten heißt es, die Engel haben auf der Erde und im Himmel gekämpft«, sagt Ziefer. »Und das ist ein sehr alter Ort. Und in den Geschichten heißt es, daß die Engel sterben können. Von anderen *Geschöpfen* zerstört werden können.«

»Nein«, sage ich, obwohl Angst und Zweifel um mich herum aufsteigen wie stechende Insekten. »Nein. Nein. Sie sind etwas anderes. Siehst du den Schädel, den Kiefer? Affen, geschaffen und geformt nach dem Willen der Engel, aber nichts weiter als Affen.«

Ziefer schnüffelt an den Leichen, entblößt zierlich ihre Zähne und hebt einen Knochen auf. Sie hustet, spuckt ihn aus.

»Nach Pisse und Staub, so schmeckt Engelfleisch«, sagt sie.

Sitz, Ubu, sitz. Guter Hund.

Dialogfetzen aus einer
amerikanischen Comedy-Fernsehproduktion

Shwain wird zerstören.

Wie?

Shwain wird wissen.

Woher wird Shwain es wissen?

Du wirst Shwain das Wissen übermitteln.

Wissen, von dem ich selbst nichts weiß?

Die Wege der Engel sind in der Tat verschlungen und wunderbar.

Shwain schlief letzte Nacht einen schwarzen Schlaf, unten in der rechtwinkligen Kammer zwischen den seltsamen Leichen. Da war kein Papavator mit seiner Spritze voller Träume, der ihn hätte durch die Nacht fliegen lassen können. Ich hörte, wie er dort unter den blauen quadratischen Lampen weinte und wimmerte. Die Welt ist zuviel für ihn.

Ziefers Augen, die in jeder Dunkelheit sehen können, führen uns durch viele unterirdische Kammern voller seltsamer toter Wesen, ehe wir einen Gang entdecken, der wieder in die reale Welt hinaufführt. Er ist kaum mehr als eine Ritze; der waffenstarrende Shwain kann sich kaum hindurchzwängen. Einen Moment lang glauben wir, er stecke fest. Er schreit und schreit und schreit, während Porcospino um ihn herumgräbt, um den Tunnel zu erweitern. Ich kann die Angst vor der Erde, die ihn von allen Seiten einschließt, nachempfinden, ich habe viel über die Angst gelernt.

Wir kommen in den Morgen hinaus. Die Sonne steht hoch über uns. Der Boden ist mit toten Insekten bedeckt wie von schwarzem Staub. Sie sind zu gefährlich, als daß die Engel ihnen gestatten könnten, lange zu leben. Von der klumpigen Erde gelangen wir wieder in den Wald. Wir stöbern nach etwas Eßbarem. Wir kratzen uns. Wir scheißen.

Vom Wald gelangen wir in das schwelende Land.

Die Trennlinie dazwischen ist so scharf wie die Kante einer Kralle. Aus der Deckung der Wurzelstreben hervor mustern wir ein Gelände, auf dem alles Leben verbrannt wurde: Bäume, Kletterpflanzen, Farne, Pilze, alle Lebewesen, alle Lebewesen weggefegt, bis nur noch die kranke, kackfarbene Erde übrigblieb. Ein weißer Aschestaub bedeckt den Boden, der Brandgeruch ist stark; hier und da hat ein verkohlter Baumstumpf dem Feuer widerstanden.

Auf dem Land liegt ein Schatten. Ein riesiger Schatten. Vor uns, über uns, am Rande des verbrannten Landes, das weiter schwelt, als meine Augen sehen können, steht ein gewaltiger Koloß von Kriegsmaschine. Irgendeine schreckliche Waffe hat die obere Hälfte seines Rumpfes weggesprengt, der Boden ist mit zerrissenem Metallfleisch übersät. Der Wind, der von der anderen Seite des Aschelands weht, heult über die zerklüftete, zerrissene Hülle hinweg.

»Die Außenverteidigung«, sage ich ruhig. Porcospino rüttelt seine Stacheln, Shwain wimmert vor Angst. Ziefer zischt. Niemand fragt: *Wer könnte das getan haben?* Hier gibt es Kräfte, die selbst Mamavator zertrümmern können: deshalb hat man uns so weit vom Ziel abgesetzt und durch Grauen, Gefahr und Tod marschieren lassen. Aber wir Geschöpfe in unserer ganzen sündigen Unvollkommenheit können vielleicht hindurchschlüpfen, um dort, wo mächtige Maschinen versagen, den Willen der Engel zu erfüllen.

Wir gehen zwischen den Füßen der zerstörten Kriegsmaschine hindurch. Die vom Wind hochgewehte Asche brennt in meinen Augen. In dem Bild in meinem Kopf ist das Ziel riesengroß geworden und pulsiert wie ein schwarzes Herz, das meine Vorstellung mit seinem Schlagen und Pulsieren ausfüllt. Der Boden ist warm unter meinen Händen und Füßen. Ziefer erkundet vor uns den Weg, erschnüffelt einen Pfad durch die weiche weiße Asche.

Ein Schrei. Eine Warnung. Das ist alles, was wir bekommen. Mehr kann Ziefer nicht tun, ehe die Hunde, die aus der Erde hervorbrechen, über ihr sind. Schwarze, rasende Hunde, viele, viele, viele Hunde; im Nu wird sie gepackt, in die Luft geschleudert. Ich sehe, wie sich ihre kleinen Stahlkrallen biegen, wie sie wütend die Zähne fletscht, dann schnappen sie die wartenden Mäuler, schütteln sie, reißen sie entzwei, schütteln ihre Innereien, ihr Blut und ihre Knochen heraus und verteilen sie auf der brennenden Erde.

Shwain kreischt, neigt seinen blöden Kopf. Die Spitze der stählernen Lanze gleitet aus dem Gehäuse an seiner Seite.

»Nein, Shwain, nein. Laß Porcospino!« sage ich.

Die Hunde stürzen sich auf uns. Porcospino zischt, hebt die Stacheln. Er schickt eine Stachelsalve los. Die Leithunde gehen zu Boden, schlagen mit den Pfoten und winden sich und zucken, bis sich ihre Rücken von dem Gift in Porcospinos Stacheln versteifen. Die zweite Welle der Hunde kommt angesprungen, über die Leichen ihrer Brüder hinweg. Sie haben rote Augen und silberne Stahlkiefer. Am Nacken haben sie Implantate. Abermals schleudert Porcospino seine neurotoxischen Stacheln, und rechts und links gehen sie zu Boden. Ein schwarzer Hund springt: ich sehe, wie sich sein stählernes Maul vor meinem Gesicht öffnet, rieche seinen stinkenden Atem. Porcospino hebt den Schwanz, aber Shwain trifft den Hund mit seiner Hochdrucklanze in den Bauch. Eingeweide platzen aus seinem klaffenden Mund, Blut spritzt aus seinen Augen, er wird fortgeschleudert und fällt zwischen die Leichen seiner herumliegenden Kameraden.

Und die dritte Welle hat uns erreicht. Sie verfügen über Wildheit, jedoch kein strategisches Konzept. Sie können bloß rennen, springen und wüten. Vor Erregung kreischend stößt Shwain wieder und wieder und wieder seine Lanze vor: die schwarzen Höllenhunde gehen zu Boden, zerschmettert, zermalmt, durchbohrt und zuckend, gespickt von Porcospinos Nadeln.

Dann sind keine mehr übrig, weil sie alle tot auf der weißen Asche unter der Kriegsmaschine liegen. Die ganzen toten Hunde. Und die Sonne steht tief über dem Rand der Welt, rot und riesig hinter dem dünnen Rauch, der vom schwelenden Land aufsteigt.

»Kommt«, sage ich.

»Ziefer«, sagt Shwain. Bald wird er begreifen, und ich habe keine Träume, um seine Tränen zu stillen.

»Sie ist weg. Die Engel halten sie in den Armen. Glaub mir.«

Aber ich weiß nicht mehr, ob ich noch glaube, was ich ihnen sage und woran sie glauben sollen. Wohin gehen die Ungläubigen? Gibt es einen einsamen Ort, dunkel und traurig, wohin jene gehen, welche die Engel leugnen? Oder ist der Tod der Tod? Ein Nichts? *Nichts?* Während wir uns unter dem aufgehenden Mond langsam und vorsichtig einen Weg durch das Ascheland bahnen, ertappe ich mich dabei, daß ich von diesem Gedanken angezogen werde, wieder und immer wieder. *Nichts*. Es ist ein schrecklicher Gedanke. Ich kann es mir nicht vorstellen. Dennoch werde ich wieder und immer wieder davon angezogen.

Shwain schnüffelt an der Höhlung zwischen den verbrannten Wurzeln eines Baumstumpfes, gräbt ein kleines Loch, in das wir uns hineinlegen.

»Hunger«, sagt Shwain.

»Wir haben alle Hunger«, sage ich. »Hier gibt es nichts für uns. Wir werden noch ein wenig hungern müssen.«

Ich liege in dem Loch. Der Mond steht über mir. Ein wenig tiefer als der Mond wandern seltsame Lichter über den Himmel, sich schnell, schnell bewegend, in einem Atemzug von Horizont zu Horizont. Ich kann nicht schlafen. Ich traue mich nicht zu schlafen. Wenn ich einschlafe, werde ich die zerfetzte Ziefer und all ihre Worte und ihr Wissen und ihren seltsamen Unglauben, der in Wahrheit eine Art Glauben war, verstreut und verloren sehen.

In dieser Nacht wacht Shwain auf.

»Schlaubär.«

»Ja.«

»Gib's mir.«

»Was soll ich dir geben?«

»Gib mir Wissen.«

»Ich weiß nicht wie. Ich weiß nicht, was für ein Wissen du meinst.«

»Shwain weiß es. Mamavator hat Shwain Worte gegeben. Mamavator hat gesagt: ›Sag zu Schlaubär: *Lade File B13 Abschnitt 7.*‹«

Und es ist, als sammelten diese Worte, die Shwain unmöglich kennen könnte, wenn Mamavator sie ihm nicht tatsächlich genannt hätte, mein ganzes *Sein* und rollten es wie Ton in einer Hand zusammen, schöben es ganz tief in meinen Kopf, so daß ich nur noch tatenlos zuschauen darf, während ich fühle, wie meine Hände meinen Nacken umfassen und ein Implantat herausziehen. Und ich sehe, wie diese Hände, die aussehen wie meine Hände, sich ausstrecken und das Implantat in einen leeren Sockel unterhalb von Shwains Ohr schieben. Und die Ohren, die hören wie meine Ohren, hören Shwain seufzen und nach Luft schnappen und in einem Ton, in dem ich Shwain nie zuvor habe sprechen hören, sagen:

»Normale Intelligenz-Simulationsparameter wiederhergestellt.«

Ich schüttele den Kopf, versuche mein Schlaubär-Ich in jeden Winkel meines Seins zurückfließen zu lassen. Ich habe Angst: der kluge, stolze, weise Schlaubär, beherrscht und gesteuert wie ein… wie ein *Tier*. Ich liege da und sehe zu, wie die Lichter über den Himmel wandern, und fühle mich klein, klein, kleiner als das kleinste Ding, das ich mir vorstellen kann. Ein *Nichts*.

Der schwarze, pulsierende Stern schlägt-schlägt die ganze Nacht hindurch, so riesig und nahe, daß er über den Platz in meinem Kopf, an dem sich die Bilder befinden, hinausgewachsen ist und alles mit seinem Pulsieren ausfüllt.

All together now,
all together now, all together now.
In No Man's Land.

THE FARM

Am Morgen sind meine Augen und meine Hände wund von der weißen Asche, die das verbrannte Land bedeckt. Wir haben alle großen Hunger, aber wir sind uns stillschweigend einig, daß es besser ist, über derartige Dinge nicht zu sprechen. Shwain bietet mir an, auf seinem Rücken zu reiten. Ich willige dankbar ein. Während Porcospino neben uns hertrottet, dringen wir in den inneren Verteidigungsring ein. Die Grenze ist deutlich markiert. Ein Metallarm, der aus der Asche ragt, weist uns den Weg. In seinem stählernen Griff hält er ein nagetierähnliches Wesen, noch im Tode wütend. Die Stahlfinger zerdrücken den Nacken des Nagers, die Zähne des Nagers haben sich in die hellen Kabel des Armes gesenkt. Beide sind schon lange, lange tot.

Es ist gleichzeitig eine Warnung und ein Willkommensgruß.

Stark mit unseren eigenen Gedanken beschäftigt, was für Gedanken uns die Engel auch immer zu denken gegeben haben, dringen wir in eine Landschaft furchtbarer, furchtbarer Zerstörung vor. So weit wir sehen können, ist die Asche mit Leichen organischer und anorganischer Wesen übersät, in Umarmungen ineinander verkeilt, die diesem Schlaubär beinahe als zärtlich erscheinen. Pfoten krallen sich in die Luft; offene Münder, die mit hellen Zähnen ein letztes Mal nach der Sonne schnappen. Zerrissenes und verbogenes Metall; Beißknochen, Reißknochen. Haarbüschel und windgegerbtes Fell. Tote Vögel, aus dem Himmel herausgerissen, mit himmelwärts ausgebreiteten Flügeln, die Federn im Wind raschelnd, Schnäbel und Augenhöhlen mit Flugasche ausgefüllt. Über ihnen stehende Wächter, bis zur Hüfte in Asche und Schlamm versunken, die Maschinen; zerschmettert, zermalmt, entzweigerissen von altmodischen Explosionen, mit schwingenden, quietschenden, zertrümmerten Metallgliedern, die roten Sensoraugen blind, tot, dunkel.

Eine in einer Drahtschlinge hängende Katze.

Ein von einem metallenen Dorn durchbohrter Vogel.

Drei aufgeblähte Hunde, die in einem Krater voll Regenwasser treiben.

Porcospino stößt einen Schrei aus. Es ist der erste Laut, der die Stille des Aschelands durchbricht. Er hat die Leiche eines anderen Stachelschweins entdeckt, das nahebei in einer Mulde in der Asche liegt, umgeben von hautumschlossenen Hundeskeletten.

»Laß es, laß es«, sage ich. »Du kannst hier nichts tun. Es ist tot, es ist schon länger tot, als du zurückdenken kannst.«

Doch Porcospino will nicht hören; es ist, als wäre ihm diese Ansammlung toter, dürrer Knochen und Stacheln ein Kamerad, ein Trost in dem Schrecken, der ihn umgibt. Ein verlorener Stallgenosse, den er nie hatte. Er schnüffelt an dem toten Ding, stupst es mit seiner Nase an, als könnte er es wieder zum Leben erwecken, es dazu bringen, daß es sich bewegt und freut. Er zerrt mit den Zähnen an seinem Fell; Klumpen von Implantaten lösen sich unter seinen Zähnen.

»Laß es laß es laß es!« sage ich. »Hier ist es zu gefährlich!«

Die Asche hört mich. Die Asche regt sich. Die Asche bewegt sich. Die Asche öffnet sich. Wie eine aufblühende Blume entfaltet sich die Maschine aus der Erde. Ihr Kopf sucht; zurück, vor, zurück, vor. Rote Maschinenaugen öffnen sich, starren.

»Lauf! lauf! lauf!« sage ich, aber der schwankende Kopf an dem langen biegsamen Hals hat Porcospino in seinen Bann gezogen, wie die Schlange, die ich einmal in meinen Mamavator-Träumen sah, die einen mit ihrem Tanzen, Schwanken, Sichbiegen ganz benommen machen konnte. Die riesigen roten Sensoraugen heften sich auf Porcospino. Er blickt in die riesigen roten Augen auf.

Die Maschine spuckt eine Feuerwand. Porcospino springt quietschend und brennend in die Luft. Er versucht die Flammen mit seinen winzigen nutzlosen Händen auszuschlagen, wälzt sich auf den Rücken, um sie zu ersticken. Das Feuer brüllt auf und verschlingt ihn.

Der Kopf auf dem langen Hals schwankt, fällt in die Asche. Seine roten Sensoraugen werden schwarz. Er hat seine Aufgabe erfüllt. Ich senke meine Finger in Shwains Schaltungen an Shwains Hals, dränge ihn vorwärts.

»Zum Ziel«, sage ich. »Zum Ziel.«

Eine dünne Rauchfahne steigt hinter uns empor; der Wind verändert ihre Richtung und neigt sie über uns, während wir uns einen Weg über das Schlachtfeld bahnen. Während Shwain mich weiterträgt, erzählt er mir, was ihm der Chip über das Ziel berichtet hat, das er zerstören soll. Es ist eine *strategische Produktionsanlage,* sagt er. Seine Worte sind groß und merkwürdig, nicht Shwains eigene Worte. Diese *strategische Produktionsanlage* baut Maschinen und züchtet Lebewesen.

Wie Mamavator? frage ich.

Wie Mamavator, sagt Shwain, aber sie schwebt nicht im Himmel. Diese hier ist tief in der Erde vergraben.

Weit, weit unten. Sie ist sehr alt. Sehr, sehr alt. Die Engel haben vor vielen, vielen Jahren versucht, sie zu zerstören. Angriff nach Angriff nach Angriff haben sie gemacht, erst vom Himmel aus und dann mit Maschinen und schließlich mit Lebewesen. Angriff nach Angriff nach Angriff. Nach so vielen Angriffen muß sie inzwischen erschöpft sein, alt. Sie kann nicht mehr viel Energie übrig haben. Darum werden wir das Ziel erreichen können.

Woher wissen wir, wann wir am Ziel sind? frage ich.

Wir werden es wissen, sagt Shwain. Das sagt mir der Chip.

Und dann wirst du es zerstören?

Und dann wird Shwain es zerstören.

Wie?

Shwain weiß es nicht. Aber Shwain vertraut darauf, daß ihm die Engel, die ihm bereits so viel gesagt haben in ihrer großen Weisheit, auch dieses sagen werden, wenn er es wissen muß.

Die Engel in ihrer großen Weisheit. Früher würde Shwain geweint haben. Shwain würde um Porcospino geweint haben. Shwain würde um jedes einzelne dieser vielen, vielen Wesen geweint haben, die zahlreicher sind, als daß viele, viele Hände sie zählen könnten, die gestorben sind, damit Shwain und Schlaubär ihr Ziel erreichen können. Was haben die Engel hinweggerafft, um Platz zu schaffen für ihre große Weisheit?

Wir werden es wissen, hat die Engelsstimme im Chip gesagt. Warum müssen sie mit allem, was sie sagen, so vollkommen recht haben? Wir werden es wissen. Ich werde es wissen, ich habe es gewußt, seit ich blinzelnd aus der warmen, feuchten Gebärmutter in den Waldmorgen hinausgestolpert bin. Das Ziel ist der große schwarze Stern aus dem Bild in meinem Kopf, daraus entfernt und in die Erde gedrückt; real, wirklich. Riesig. Der schwarze Stern ist so groß, daß ich ihn nicht bedecken kann, wenn ich beide Hände vor meine Augen halte. Viele, viele Stunden verstreichen. Hitze schimmert und tanzt über dem Stern: ich kann seine gegenüberliegende Begrenzung nicht erkennen. Jetzt, wo der Schock nachläßt, sehe ich, daß er anders ist als jener andere Stern, mein innerer Stern. Er ist nicht so scharf umgrenzt, so eindeutig; er hat viele, viele Zacken, sein glänzendes Schwarz ist streifig und fleckig von Farben, seine Oberfläche ist zerkratzt und gerissen, wie etwas, das vom Himmel auf die Erde herabgefallen ist.

Herabgefallen oder heruntergeworfen? Wir stehen am Rand des großen schwarzen Sterns, ein Waschbär, der auf dem Rücken eines Tapirs reitet.

»Du mußt jetzt absteigen«, sagt Shwain. »Ich muß allein weiter.«

»Wohin?« Ich berühre die Schwärze mit meiner Hand, sie ist glatt, glitschig, fühlt sich warm an.

Shwain deutet mit seinem Rüssel über die Schwärze hin.

»Ich höre Stimmen«, sagt er mit dieser Stimme, mit diesen Worten, die nicht seine eigenen sind. »Stimmen, die von großen hellen, hellen Lichtern ausgehen. Wundervolle, wundervolle Lichter.«

»Shwain, du kannst nicht allein gehen, ich muß mitkommen, du brauchst mich.«

»Allein«, sagt Shwain, während er in den fernen Hitzedunst blickt. »Ich will es allein zerstören. Dann komme ich zu dir zurück.«

»Du wirst zu mir zurückkommen?«

»Ja.«

»Versprichst du das?«

»Ich verstehe nicht, was das bedeutet.«

»Es bedeutet, daß du, wenn du sagst, daß du zurückkommen wirst, auch zurückkommen wirst, daß dich nichts vom Zurückkommen abhalten kann.«

»Ja.«

»Dann werde ich tun, was du sagst.«

»Es ist der Wille der Engel«, sagt Shwain und geht hinaus auf den schwarzen gläsernen Stern, bis ihn der Hitzedunst verschluckt und ich ihn nicht mehr sehen kann. Ich setze mich. Ich warte. Die Sonne wandert über den Himmel, ich sehe ihr Spiegelbild in der Schwärze vor mir. In dem Spiegelbild sehe ich, daß die Kriege der Engel selbst dort ihre Spuren hinterlassen haben. Die Oberfläche der Sonne ist von dunklen Pockennarben entstellt. Von Kratern. Schwarzen Sternexplosionen. Der Hitzedunst rinnt wie Wasser über das schwarze, geschmolzene Land. In dem Zittern und Schimmern bin ich mir nicht mehr sicher, was wahr ist, was falsch ist. Denn in dem silbernen Leuchten erkenne ich eine ferne dunkle Gestalt. Dann zerfließt der Hitzedunst, und ich sehe sie deutlich: es ist Shwain, der dort auf dem schwarzen Boden steht.

»Shwain!« rufe ich, »Shwain!«, doch er kann mich nicht hören. Er blickt zum Himmel auf, mit fragend erhobenem Rüssel, wie jemand, dem eine Vision der Engel zuteil wurde.

»Shwain«, rufe ich erneut und beginne auf ihn zuzulaufen, über den schwarzen gläsernen Stern. »Du mußt zurückkommen!« Ich laufe und laufe und laufe; die Sohlen meiner Füße und Hände bekommen Blasen auf dem brennenden schwarzen Glas, aber so schnell ich auch laufe, soviel ich auch rufe, scheine ich doch nicht näher zu kommen. Shwain bleibt eine winzige, zitternde dunkle Gestalt im riesigen silbernen Glanz des Hitzedunsts.

»Shwain!« rufe ich ein letztes Mal.

Und Shwain blickt sich um.

Und der Himmel wird weiß von einem so hellen Licht, daß es sich durch meine geschlossenen Augenlider brennt, als wären sie gar nicht vorhanden, daß es sich durch meine Hände brennt, die ich auf die Augen presse, ein brennendes, brennendes Licht, als wäre die Sonne geborsten und gestorben. Bauch, Hände, Gesicht werden von dem Licht versengt, das Fell kräuselt sich und ist im Nu verbrannt.

Und nach dem Licht herrscht Dunkelheit.

Und nach der Dunkelheit ertönt ein Donnern, als stürze der Himmel ein, so laut, daß es zu mehr als einem Geräusch wird, zu einer Stimme, dem Weinen der Engel.

Und nach dem Donner erhebt sich ein brausender, gewaltiger Wind; ein tosender, sengender Wind, der nicht aus Luft zu bestehen scheint, sondern aus Erde, ein massives, materielles Ding, das wie eine Faust zuschlägt, mir den Atem verschlägt, mich davonschleudert, rückwärts taumeln läßt in einem reißenden Wirbel aus Asche, Staub und brüllender Luft, weg weg weg von Shwains Ziel, hinein in das Ascheland.

Und nach dem brausenden gewaltigen Wind herrscht wieder Dunkelheit, wundervolle Dunkelheit, und in der wundervollen Dunkelheit: Stille.

… und tanzen im Mondlicht.

›Dreißigste Folge von irgendwas‹:
Dialogfetzen aus einer Fernsehproduktion

Ich vergesse. Verliere. Worte. Erinnerungen. Wissen. Taste mit den Fingern nach der Dunkelheit, die noch in meinen Augen ist; betaste die Chips, betaste die Implantate; sie fühlen sich nicht richtig an, sie fühlen sich geschmolzen an, verbrannt. Die Explosion muß meine Schaltungen beschädigt haben. Worte tauchen auf, Worte verschwinden, Sätze, Erinnerungen. Worte aus der Tiefe der Chips. Worte, die ich einmal gekannt habe. Worte, die ich vergessen habe. Worte, die ich ver-

gessen sollte. Worte, an die ich mich jetzt erinnere, aufgewirbelt von der Explosion wie Schlamm in einem Fluß. Worte wie *implantierter Nanotok-Gefechtskopf.* Worte wie *defensiver Feldgenerator.* Worte wie *Energie/Masse-Konversion.* Ich nehme diese Worte in diese meine klugen Hände und begreife. Alles. Ich begreife, was uns angetan wurde, mir, Porcospino, Ziefer, Vogel und allen anderen Geschöpfen, die dort draußen im Ascheland begraben, zerstückelt, durchbohrt und verbrannt wurden. Vor allem begreife ich, was man Shwain angetan hat.

Genügend Intelligenz, um die Mission zu erfüllen, aber nicht um zu begreifen. Um niemals zu begreifen, bloß zu gehorchen.

Blind, brennend habe ich das Ascheland durchquert. Niemand tat mir etwas zuleide, niemand wußte von meiner Existenz. Tot. Alle sind jetzt tot. In meiner Blindheit drang ich weit, weit in meine Erinnerungen vor, in den tiefen, tiefen Fluß des Sicherinnerns, hinaus über unsere Geburt aus Mamavators Gebärmutter in diese Realwelt hinein, durch den Traumwald hindurch, in dem wir umherliefen und spielten und schwammen, während wir noch Samen in der metallenen Gebärmutter waren. Und dort fand ich Worte. Worte wie *programmierte Neuralsimulation* und *pränatale Umweltkonditionierung,* wie Schemen im Hitzedunst.

Ich gelangte zum Wald. Die Bäume waren umgestürzt, von der Druckwelle gefällt. Ich ertastete mir einen Weg über die Bäume hinweg, grub mit meinen Fingern fette Larven und Käfer aus, kaute sie mit meinen kleinen Zähnen. *Anima.* Die Seele allen Lebens. Als ich Kühle und Schatten auf meinem Fell spürte und Feuchtigkeit und Wachstum roch, wußte ich, daß ich mich unter dem Blätterdach des lebenden Waldes befand.

Wühlen. Schnüffeln. Fühlen. Wann werde ich wieder sehen? Wann werde ich wieder hören? Wann hört dieses Zischen, Klingeln wieder auf?

Da. Höre ich etwas? Blicke in Dunkelheit auf, drehe, drehe mich unter kühlen Bäumen, *wieder* höre ich, ein Flüstern, einen Pfiff, einen Ruf? Zwei Noten. Zwei Töne. Hoch-tief. Hoch-tief. *Seid still,* ihr pfeifenden, zirpenden, raschelnden Dinge in meinem Kopf oder in der Welt, Schlaubär muß lauschen. Hoch-tief. Hoch-tief. Zwei Worte.

Blind halte ich meine Hand in die Wärme eines Sonnenstrahls. Und so leicht wie Licht setzt sie sich auf meinen Finger, singt ihren zweisilbigen Namen. Vo-gel. Vo-gel. Vo-gel.

Verschwunden die Farben. Süße, blitzschnelle, huschende Bewegung, durch Blätter hinauf, durch Zweige, in den Himmel: weg.

»Vo-gel.« Der Name bleibt. »Vo-gel.« Sie singt ihr Zwei-Noten-Lied. Ich spüre ihre ruckartigen, ungeduldigen Bewegungen auf meinem Finger. *Chip. Chip. Zieh den Chip. Bilder sehen. Bilder sehen.*

Nein, Vo-gel, nein. Ganz behutsam hebe ich sie vor mein Gesicht, ganz behutsam bringe ich sie näher, bis meine Lippen ihren Nacken berühren. Keine Angst. Vertrauen. Ich drücke meine Lippen gegen ihre blauen Federn, dann, einen nach dem anderen, ziehe ich die Chips und Implantate aus den Sockeln und lasse sie, einen nach dem anderen, auf den Boden fallen. Als sie alle draußen sind, hebe ich Vogel hoch, so hoch der Arm reicht, in den warmen Sonnenschein.

»Los, Vo-gel, los. Sei wieder ein Tier. Freu dich. Flieg!« Ich schleudere sie ins Licht empor. Flügel schlagen, ich stelle mir das Aufsteigen heller, huschender Farben vor, die sich über den Wald erheben, ins Licht. Ich schaue ins Licht empor: sehe ich Formen, Bewegungen, Schemen wie sich bewegende Engel? Ich berühre ein langes, herabhängendes Wirrwarr aus Kabeln und Chips, fahre daran entlang bis zu den Metallsockeln in meinem Schädel.

Dann, einen nach dem anderen, ziehe ich sie heraus und lasse sie fallen.

Originaltitel: ›FLOATING DOGS‹ • Copyright © 1995 by Ian McDonald • Erstveröffentlichung • Mit freundlicher Genehmigung des Autors • Copyright © 1995 der deutschen Übersetzung by Wilhelm Heyne Verlag, München • Aus dem Englischen übersetzt von Norbert Stöbe • Illustriert von Manfred Lafrentz

---

James Morrow

ABE LINCOLN IN McDONALD'S

Er erwischte den letzten Zug, der 1863 verließ, und stieg an einem stürmischen Dezembertag im Jahr 2009 aus. Es war kurz vor Weihnachten; zu Fuß setzte er seinen Weg fort, bis er am fünften Juli innehielt, um sich gründlich umzuschauen. Es genügte nicht, wenn er diesen Ort lediglich als Tourist besuchte. Nein, er mußte ihn verinnerlichen, in seinen Knochen spüren und mit seiner Seele umhüllen.

In seiner Westentasche, an sein grimmig klopfendes Herz gepreßt, lag die endgültige Fassung des Seward-Vertrags. Er brauchte nur seinen Namen darunter zu setzen – Jefferson Davis hatte ihn im Auftrag der Sezessions-Staaten bereits unterschrieben –, und eine gespaltene Nation würde vereint. Eine Unterschrift, das war alles, ein simples ›A. Lincoln‹.

Er richtete seine Krawatte, stürzte sich in das Chaos, das sich schnaubend und knatternd die Pennsylvania Avenue hinunterwälzte, und machte sich auf die Suche nach einer Sparkasse.

»Keine guten Nachrichten«, sagte Norman Grant am Telefon, und die Eröffnung traf ihn wie ein vergifteter Dolch. »Jimmys Test war positiv.«

Walter Shermans schlaffes Kürbisgesicht erbleichte vor Angst. »Sind Sie sicher?« *Positiv,* was für ein paradoxer Begriff; im medizinischen Sinn bedeutete er das Todesurteil.

»Wir machten zwei verschiedene Bluttests, und zusätzlich spritzten wir ein Kontrastmittel, um Antikörper aufzuspüren. Tut mir leid, aber der arme Jim hat das Blauer-Nil-Fieber.«

Walter stöhnte. Gott sei Dank war seine Tochter drüben bei den Sheridans. Vor drei Jahren hatte Tanya Jimmy zu Weihnachten geschenkt bekommen – mit einem Begleitschreiben vom Christkind –, und sie hing sehr an dem alten Sklaven. Sie nannte ihn ihren zweiten Vater. Walter fand nie heraus, weshalb Tanya sich einen Sechzigjährigen gewünscht hatte, und nicht einen Welpen, wie die meisten Kinder. Aber wer konnte schon in den Kopf eines Mädchens im Vorschulalter hineinsehen?

Hätte sich doch nur einer der anderen Sklaven dieses verdammte Virus eingefangen. Jimmy war nicht der übliche Hausboy. Wenn es darum ging, im Garten zu arbeiten, einen Teppich zu reinigen oder ein Haus anzustreichen, war er eine vollkommene Niete. Aber Tanya liebte ihn von ganzem Herzen!

Jimmy war ihr Beschützer, Spielkamerad, Vertrauter und – jawohl – ihr Lehrer; Walter konnte die große Entdeckung des vorigen Jahrhunderts immer noch nicht fassen, und er kam aus dem Staunen nicht heraus. Wenn man einen Welpen im richtigen Alter in einen Computer einklinkte (das Balg durfte nicht jünger als zwei und nicht älter als sechs sein), speicherte er eine Unmenge Wissen in seinem Gehirn und konnte es dann an die Kinder seiner Herrschaft weitergeben.

Einzig und allein Jimmy hatte Tanya es zu verdanken, daß sie noch vor ihrem Eintritt in den Kindergarten ein beachtliches Pensum Flächengeometrie, Musiktheorie, amerikanische Geschichte und Griechisch lernte.

»Und wie lautet die Prognose?«

Der Arzt seufzte. »Das Blauer-Nil-Fieber nimmt einen vorhersehbaren Verlauf. In ungefähr einem Jahr wird Jimmys Immunsystem zusammenbrechen und ihn für hundert opportunistische Infektionskrankheiten anfällig machen. Was mir am meisten Kopfzerbrechen bereitet, ist natürlich Marges Schwangerschaft.«

Eine dumpfe Furcht kroch durch Walters weißes Fleisch. »Sie meinen – das Baby könnte geschädigt werden?«

»Na ja, da gibt es diese Empfehlung – die Zentren für Epidemiekontrolle raten dringendst, Nil-positive Sklaven für immer aus jedem Haushalt zu entfernen, in dem eine schwangere Frau lebt.«

»Für *immer* zu entfernen?« wiederholte Walter ergrimmt. »Ich dachte, das Virus könnte die Pigmentschranke nicht überwinden.«

»Wahrscheinlich stimmt das auch.« Grants Stimme senkte sich um mehrere Tonlagen. »Aber hier geht es um *Föten,* Walter, wissen Sie, was ich meine? *Föten* besitzen noch kein voll ausgebildetes Immunsystem. Wir wollen doch nichts heraufbeschwören, nicht, wenn es sich um ein Retrovirus handelt.«

»Großer Gott, ist das deprimierend. Glauben Sie wirklich, es könnte ein Risiko bestehen?«

»Lassen Sie es mich so ausdrücken: Wenn meine Frau schwanger wäre …«

»Ich weiß, ich weiß.«

»Bringen Sie Jimmy nächste Woche hierher, und wir werden uns um ihn kümmern. Rasch und schmerzlos. Paßt es Ihnen am Dienstag um halb drei?«

Natürlich paßte es Walter. Er war Kieferorthopäde geworden, wegen der flexiblen Arbeitszeit, und weil er sich nicht mit dringenden Notfällen beschäftigen mußte. Und nicht zuletzt, damit seine eigenen Kinder kostenlose Zahnspangen bekämen. »Bis nächsten

Dienstag dann«, erwiderte er und legte eine Hand auf sein sorgenschweres Herz.

Der Präsident verließ die Northeast Federal Spar- und Darlehnskasse und spazierte weiter zum kuppelgekrönten Kapitol. Ein wunderschönes Gebäude – wenigstens ein Teil der Stadt war noch erhalten geblieben, nicht alle Bauwerke waren verglaste Bürotürme und langweilige Kästen, in denen sich Banken befanden.

»Wenn wir noch eine Goldwährung hätten, wäre dies eine etwas normalere Transaktion«, hatte der stellvertretende Manager, ein Trottel namens Meade, gejammert, als Abe ihm seine Münzen zum Umtausch präsentierte. Keine Goldwährung! Das konnte nur ein Demokrat verbockt haben.

Zum Glück hatte der Wahrsager des Weißen Hauses Abe auf die wunderlichen Monstrositäten und die drastischen Neuerungen vorbereitet, die nun seine Sinne attackierten. Auf Dämmen aus schwarzem Gestein donnerten selbstangetriebene Eisenbahnzüge dahin. Mechanische Vögel flitzten am Himmel entlang und beförderten Reisende mit einer Geschwindigkeit von mehreren hundert Meilen pro Stunde quer durch den ganzen Kontinent. Ein lärmendes Konzert aus Hupen, Piepsen und mechanischem Radau erfüllte die Luft.

Washington lebte also tatsächlich im richtigen Jahrhundert – doch was war mit der Nation insgesamt?

Zwei Sklavenkolonnen waren eifrig dabei, die Pennsylvania Avenue auszubessern; die Männer waren oberhalb der Taille nackt. Die erste Gruppe brach den Asphalt mit Spitzhacken auf, die zweite verlegte dicke Röhren in der ausgehobenen Rinne. Die schweißnassen Rücken der Arbeiter wiesen weder Narben noch frische Striemen auf – kein Wunder, denn die Aufseher trugen keine Peitschen, sondern lediglich seltsame, einkammerige Pistolen und leichte Gatling-Gewehre.

Inmitten des Durcheinanders an der Kreuzung Constitution Avenue – Schilder, Abfallbehälter, kleine, im Boden befestigte Leuchttürmchen, die den Verkehrsfluß regelten – zogen zwei grüne Pfeile Abes Augenmerk auf sich. *Capitol Building*, verkündete der nach Osten zeigende Pfeil. *Lincoln Memorial* stand auf dem, der in die entgegengesetzte Richtung wies. Sein eigenes Denkmal. Also hielt man in dieser speziellen Zukunft, die durch den schrecklichen Seward-Vertrag besiegelt würde, sein Andenken in Ehren.

Der Präsident winkte ein Taxi heran. Er nahm seinen Zylinder ab, zwängte seine hochaufgeschossene Gestalt auf die hintere Sitzbank – steigen Sie nicht vorne ein, hatte der Wahrsager des Weißen Hauses ihm eingeschärft – und sagte munter »Guten Morgen«.

Die Fahrerin, eine schlampig aussehende Frau, zog die Scheibe aus weichem, gummiartigem Glas ein Stück zurück. »Lincoln, richtig?« rief sie durch den Spalt wie Pyramus, als er sich mit Thisbe unterhielt. »Sie stellen Abe Lincoln dar. Kostümparty?«

»Republikaner.«

»Wohin?«

»Boston.« Wenn eine Stadt im Sumpf der Vergangenheit steckengeblieben war, dann konnte es nur Boston sein, mutmaßte er.

»Boston in *Massachusetts*?«

»Genau.«

»Das ist doch Wahnsinn, Mann! Die Fahrt dauert mindestens fünf Stunden, sogar, wenn ich ständig auf die Tube drücke. Und den Rückweg müssen Sie mir auch bezahlen.«

Der Präsident zog einen Geldbeutel aus seinem Mantel. Die Währung des zwanzigsten Jahrhunderts bot einen ästhetischen Anblick, auch wenn sie nur von guten Absichten gedeckt war. Die Pennys trugen ein nobles Profil, die Fünfer zeigten ein hübsches Dreiviertel-Porträt. So weit er bis jetzt gesehen hatte, kamen nur er selbst und Washington zweimal vor. »Wieviel macht das insgesamt?«

»Sie meinen es also ernst? Ungefähr vierhundert Dollar.«

Abe zählte die geforderte Summe ab und reichte die Scheine durch das Fenster. »Fahren Sie mich nach Boston.«

»Ach, sind die niedlich!« entzückte sich Tanya, als sie mit Walter an Sonny's Super Slaver vorbeischlenderte, einem Geschäft im Einkaufszentrum von Chestnut Hill, das von der Größe her nur vom Sportartikelladen übertroffen wurde. »Sieh nur, was der für große Ohren hat!« Die Glaskäfige waren proppenvoll mit kürzlich entwöhnten Babies, die übereinanderpurzelten und Preßlufthämmer aus Plüsch oder Spielzeuggartenschläuche umklammerten. »Kaufst du mir einen, Pappy?«

Walter schaute auf seine Tochter hinunter; ihr Gesicht glühte so heftig, daß er beinahe blinzeln mußte. »Tanya, ich muß dir etwas Schlimmes sagen. Jimmy ist sehr krank.«

»Krank? Aber er sieht doch ganz gesund aus.«

»Er hat den Blauen Nil, Schätzchen. Er könnte sterben.«

»Sterben?« Tanyas engelsgleiches Gesicht verzog sich, als sie mit den Tränen kämpfte. Was für ein tapferes kleines Mädchen sie war. »Bald?«

»Bald.« Walters Hals schwoll an wie ein gebrochener Knöchel. »Weißt du was? Wir suchen dir jetzt gleich einen Welpen aus. Wir lassen ihn zurücklegen, bis ...«

»Bis Jimmy« – sie schluckte krampfhaft – »von uns geht?«

»Hmm.«

»Der arme Jimmy.«

Der erfrischend süße Geruch von neugeborenen Sklaven stieg Walter in die Nase, als sie sich dem Verkaufstresen näherten; dahinter stand ein drahtiger Orientale, die Zunge über die Oberlippe geschoben, und arrangierte methodisch eine Auslage von Blacky-Baby-Leckereien. »Du siehst aus wie ein Mädchen, das einen Freund braucht«, flötete er und bedachte Tanya mit einem gekünstelten Lächeln.

»Unser bester Sklave hat das Blauer-Nil-Fieber«, erklärte Walter. »Und wir dachten …«

»Sprechen Sie nicht weiter.« Der Verkäufer hob die Handflächen, wie wenn er den Verkehr stoppen wollte. »Wir können Ihnen einen bis August zurücklegen.«

»Ich fürchte, so lange wird es gar nicht dauern.«

Der Verkäufer führte sie zu einem Käfig, in dem ein einzelner Welpe saß und an einem kleinen Plastikrasenmäher kaute. *Männlich,* stand auf dem Schild. *Zehn Monate, $ 399.95.* »Diesen Knirps haben wir erst gestern hereinbekommen. In zwei Wochen haben Sie ihn so weit trainiert, daß er keine Unordnung mehr macht – dafür garantieren wir.«

»Ist er schon geimpft?«

»Und ob. Die Poliospritze ist nächsten Monat fällig.«

»Ach, Daddy, ich *liebe* ihn«, rief Tanya überschwenglich, während sie auf und ab hopste. »Ich hab ihn ganz schrecklich lieb! Ich will ihn gleich mitnehmen!«

»Nein, meine kleine Tomate. Jimmy würde eifersüchtig sein.« Walter zwinkerte dem Verkäufer zu und drückte ihm gleichzeitig einen Zwanziger in die Hand. »Sorgen Sie dafür, daß er dieses Wochenende ein paar wirklich gute Mahlzeiten bekommt, klar?«

»Geht in Ordnung.«

»Pappy?«

»Was ist, meine kleine Tomate?«

»Wenn Jimmy stirbt, kommt er dann in den Sklavenhimmel? Wird er dort seine alten Freunde wiedertreffen?«

»Natürlich.«

»Auch Buzzy?«

»Buzzy wird er ganz bestimmt wiedersehen.«

Walter lächelte stolz. Als Buzzy starb, war Tanya erst vier Jahre alt gewesen, trotzdem konnte sie sich an ihn erinnern – man stelle sich vor!

Eine Zukunft mit scharfen Ecken und Kanten, dachte Abe, als er aus dem Taxi stieg und seine langen, verkrampften Gliedmaßen dehnte. Boston war eine Landschaft aus Backstein und Fels, Teer und Glas, Eisen und Stahl. »Warten Sie hier auf mich«, sagte er zu der Fahrerin.

Er begab sich in den öffentlichen Park. Ein herrliches Fleckchen Erde, fand er, während er an einer Sklavenkolonne vorbeispazierte, die Blumenbeete bepflanzte. Ein Meer aus ungestümen Tulpen, wirbelnden Gladiolen, die Lippen schürzenden Narzissen.

Ganz in der Nähe fuhr eine weiße Familie in einem schwanförmigen Boot über einen Ententeich, gerudert von einem mürrisch dreinblickenden Jugendlichen, der eine Haut hatte wie Obsidian.

Abe verließ den Park und flanierte die Boylston Street hinab. Hundert Meter weiter stand ein vierschrötiger irischer Aufseher unter einem gewaltigen Bauwerk, dem sogenannten John Hancock-Turm, und ließ ein Gerüst nach oben schweben; damit beförderte er ein Dutzend mit Fensterreinigungslotion bewaffnete Sklaven in luftige Höhen. Großer Gott, was für eine Plackerei – die Fassade mußte aus einer Million Quadratmetern verspiegeltem Glas bestehen.

Scharfe Ecken und Kanten, unnahbar und steif – dennoch fand Abe in dieser Stadt seinen Frieden.

In den vergangenen Monaten hatte er nach und nach den wahren Grund für den Krieg erkannt. Es ging nicht um die Sklaverei, sondern, wie immer, wenn die Politik im Spiel war, um Macht. Die rebellierenden Staaten hatten sich abgespalten, weil sie ihre

Geschicke selbst steuern wollten; solange sie an den schmutzigen, primitiven, industrialisierten Norden gebunden waren, konnte Dixie nie voll erblühen.

Indem sie darauf drängten, die Sklaverei weiter auszudehnen, sprachen die Südstaatler, die dieses System haßten, und die, die es liebten, mit einer Zunge. Sie sagten, die wahre Bestimmung der Republik stehe fest – sie müsse ein landwirtschaftliches Utopia sein, jetzt und für alle Zeiten.

Dach das hier war Boston, angefüllt mit Sklaven und vom Fortschritt durchdrungen. Ein Beweis dafür, daß der Seward-Vertrag keineswegs den Beginn von Feudalismus und Trägheit einläuten würde, wie Abes Berater unkten. Gewiß, die Sklaverei war eine rohe, moralisch zweifelhafte Einrichtung, aber sie zog die Republik nicht in die Vergangenheit zurück und stellte kein Hindernis für eine moderne, kraftvolle Zukunft dar.

»Unterschreib den Vertrag«, riet ihm eine innere Stimme. »Beende dadurch den Krieg.«

Am Sonntag war der vierte Juli; wie jedes Jahr würde auf dem Hinterhof das Picknick mit den Burnsides stattfinden. Ralph war langweilig, und Helen vulgär. Der Nachmittag würde sich endlos lange dahinziehen, mit Hufeisenwerfen, um die Wette trinken und einschläferndem Geplausche am Swimming-pool. Einzig und allein Libbys gegrillte Rippchen machten diese Prozedur erträglich. Libby war eines dieser wunderbaren Flohmarkt-Schnäppchen, für die Marge berühmt war, ein gesundes, wohlerzogenes Frauenzimmer, das sich als hervorragende Köchin entpuppte und das Zehnfache dessen wert war, was auf dem Preisschild stand.

Die Burnsides kamen eine Stunde zu spät – ihr Rikschajunge, Zippy, hatte sich tags zuvor den Fuß gebrochen, und deshalb mußten sie auf Bubbles zurückgreifen, ihren unsportlichen Gärtner. Eine volle herrliche Stunde, ohne sich Ralphs Ansichten über die Bostoner Sportszene anhören zu müssen.

Als sie dann endlich aufkreuzten, lautete Ralphs erste Bemerkung: »Gibt es ein Gesetz, das es den Sox verbietet, einen anständigen Werfer aufzustellen? Ich meine, hat man tatsächlich so ein *Gesetz* verabschiedet?«

Walter wappnete sich innerlich. Zum Glück verteilte Libby freigebig Bourbon, und gegen drei war Walter von Mint Juleps so betäubt, daß ihm eine Amputation nichts mehr ausgemacht hätte – ganz zu schweigen von Ralphs faden Kommentaren über die Sox, Celtics und Patriots.

Nach dem sechsten Glas wich seine Umnebelung einer Art wohligem Mut, und erbarmungslos zog er Bilanz. Ja, vermutlich hatte seine Frau mit ein paar Lehrern aus dem Wellesleyschen Zentrum für Erwachsenenbildung geschlafen – höchstwahrscheinlich mit diesem Muskelprotz, der den Töpferkurs leitete, obwohl der Regisseur der Laienspielgruppe auch kein Kostverächter zu sein schien –, aber auch Walter zweckentfremdete gelegentlich seinen Zahnarztstuhl als Motelbett, und jeden Mittwochnachmittag amüsierte er sich mit Katie Mulligan in der West Newton-Badestube.

Außerdem besaß er ein tolles Haus mit Jacuzzi, Kegelbahn, Tennisplatz und Fünfundzwanzig-Meter-Pool. Seine Praxis florierte. Er fuhr einen Porsche, eine silberne Rikscha, und er besaß Wertpapiere. Seine Tochter planschte anmutig in dem sterilen, türkisfarbenen Wasser des Pools (dieser idiotische Happy nahm immer viel zuviel Chlor), und seine stämmige, hübsche Frau ließ sich auf dem Rücken treiben, wobei ihr gewölbter Bauch wie eine Vulkaninsel aus dem Wasser ragte. Walter war sicher, daß das Kind von ihm war. Zu fünfundachtzig Prozent war er davon überzeugt.

Er hatte im Leben etwas erreicht.

In der Abenddämmerung, während Happy das Feuerwerk abbrannte, kamen sie auf das Blauer-Nil-Fieber zu sprechen. »Vorige Woche ließen wir Jimmy testen«, bekannte Walter und stieß verzweifelt den Atem aus. »Positiv.«

»Großer Gott, und du läßt ihn noch in deinem Haus bleiben?« quiekte Walter, den Griff seiner Luger Parabellum P08 befingernd. Eine Papprakete schoß kreischend in den Himmel und zerplatzte zu einem scharlachroten Sternenschauer, dessen Reflexe wie phosphoreszierende Fische über den Swimming-pool huschten. »Das hättest du uns sagen müssen. Er könnte Bubbles anstecken.«

»So leicht überträgt sich dieses Virus nicht«, widersprach Walter. Ein Kracher pfiff über ihre Köpfe hinweg und verwandelte sich in ein glitzerndes, blaurotes Mandala. »Es muß ein Austausch von Speichel oder Blut stattfinden.«

»Trotzdem kann ich es nicht fassen, daß du ihn behältst, wo Marge doch schwanger ist und so.«

Zehn feurige Kugeln lösten sich aus einer Römischen Kerze und segelten wie Tontauben durch die Nacht. »Na ja, demnächst habe ich einen Termin bei Grant.«

»Weißt du, Walter, wenn Jimmy mir gehörte, würde ich ihm ein bißchen Stolz zugestehen. Ich würde ihn nicht in eine lausige Klinik bringen.«

Die Hauptattraktion blühte über dem Hof auf – Abe Lincolns Porträt aus Funken. »Und was tätest du?«

»Das weißt du genau. Du kennst mich doch.«

Walter zog eine Grimasse. Stolz. Würde. Ralph hatte recht, verdammt noch mal. Jimmy hatte der Familie mit Eifer und Hingabe gedient. Sie schuldeten ihm einen ehrenvollen Abgang.

Der Präsident biß herzhaft in einen Big Mac; er weidete sich an den klitschigen Saucen und pikanten Säf-

ten, die seine Zunge badeten und den Schlund hinunterrannen. Wäre er nicht für immer an einen anderen Ort gebunden – Eisenbahnarbeiter, ländlicher Rechtsanwalt, der ganze fesselnde Mythos –, hätte er sich gern hier im Jahr 2010 niedergelassen. Big Macs waren ein erstklassiges Qualitätsprodukt. Er fand, sämtliche Speisen – die großen Fritten, Vanilleshakes, Diätcolas und Chicken McNuggets – schmeckten viel besser als die Kost des neunzehnten Jahrhunderts. Und dann die ruhige Umgebung, alles war so glatt und sauber, wie aus warmem Eis geschnitten.

Ein riesiger Clown namens Ronald war auf die breite Fensterscheibe gemalt. Draußen, auf der anderen Straßenseite, kündete ein elegantes Schild – altenglische Schrift auf weißgetünchtem Holz – den Chestnut Hill Country Club an. Auf dem dahinterliegenden, sanft gewellten Rasen, der glatt und grün war wie ein Billardtisch, fand ein sonderbares Ereignis statt; Männer und Frauen schlugen mit Stöcken Bälle in die Luft. Wenn die Stöcke nicht benutzt wurden, ruhten sie in zylindrischen Taschen, die von kräftigen männlichen Sklaven geschultert wurden.

»Entschuldigen Sie, Madam«, sprach Abe die mollige Frau am Nachbartisch an. »Was machen diese Leute da? Ist es eine religiöse Zeremonie?«

»Als Lincoln sind Sie wirklich überzeugend.« Die Frau kauerte über einer Zeitung und schwang ein Schreibutensil, mit dem sie Buchstaben in winzigkleine Kästchen kritzelte. »Wollen Sie mich auf den Arm nehmen? Die Leute golfen.«

»Ist das ein Spiel?«

»Hmm.« Die Frau attackierte ihren zweiten Viertelpfünder. »Das Spiel heißt Golf.«

»Es ist so ähnlich wie Krocket, nicht?«

»Es ist so ähnlich wie Golf.«

Beim Anblick der Kuppen und Dellen des Golfplatzes, der aussah wie ein grünes, wogendes Meer, fühlte sich Abe im Geist in Virginias hügelige Provinzen zurückversetzt. Virginia, Lees Festung. Der sechzehnte Präsident stöhnte leise auf.

Nachdem Lee Hooker und Sedgwick an das andere Ufer des Rappahannock zurückgedrängt hatte, befand er sich in der idealen Position, um den Krieg in die Union zu tragen; dabei konnte er Washington direkt angreifen oder, was wahrscheinlicher war, separate Truppen unter dem Kommando von Longstreet, Hill und Ewell nach Pennsylvania schicken. Indem er die Grenzstädte überrannte, würde vermutlich die Verstärkung, die auf Vicksburg zurückte, gestoppt, gleichzeitig konnte sich die Armee von Nord-Virginia für den Sturm auf die Hauptstadt vorbereiten.

Die bloße Vorstellung war ein Alptraum.

Schwer seufzend zog Abe den Seward-Vertrag aus seiner Westentasche und bat seine Nachbarin, ihm ihr Schreibgerät zu borgen.

Der Montag war ein Feiertag. Gleich nach dem Frühstück zog sich Walter seine Golfkluft an, holte seine Schläger und sagte Jimmy, sie würden den Tag auf dem Golfplatz verbringen. Zum Schluß spielte er sämtliche Löcher, teils, um seine Technik zu verbessern, teils, um das Unvermeidliche hinauszuzögern.

Sein bester Schlag an diesem Tag – ein 350-Meter-Weitschlag mit dem Einer-Eisen – schmetterte den Ball das ganze achtzehnte Fairway hinunter bis auf das Grün. Jetzt nur noch einputten, und er hätte den Tag kaum erfolgreicher abschließen können.

In der erbarmungslosen Julisonne schwitzend, zog Jimmy den Putter aus dem Golfsack. Was für ein feiner Kerl mit seinem straffen Körper und den großen, wachsamen Augen; silberne Strähnen durchzogen sein Kraushaar, wie die Nachwirkungen einer Hinrichtung durch elektrischen Strom. Sein schwarzer Bizeps und das weiße Polohemd erinnerten an die angrenzenden

Felder eines Schachspiels. Die ganze Familie würde ihn sehr vermissen.

»Nein, Jimmy, den brauchen wir nicht. Reich mir nur den Golfsack rüber. Danke.«

Als Walter sein Militärgewehr Kaliber 22 aus den Schlägern hervorzog, machte Jimmy ein bestürztes Gesicht.

»Darf ich fragen, wozu Sie eine Schußwaffe benötigen?« erkundigte sich der Sklave.

»Ich werde dich jetzt erschießen.«

»Was?«

»Am Donnerstag kam der Befund, Jimmy. Du hast das Blauer-Nil-Fieber. Tut mir leid. Ich würde dich gern behalten, aber es ist zu gefährlich, wo Marge schwanger ist und so.«

Jimmy knirschte mit den Zähnen. »Seien Sie vernünftig. *Verkaufen* Sie mich. Das wäre doch eine annehmbare Lösung.«

»Laß uns realistisch sein. Kein Mensch kauft einen Nil-Positiven, nur um zuzusehen, wie er verkümmert und stirbt.«

»Na schön – dann geben Sie mir die Freiheit.« Der Schweiß strömte über das ebenholzschwarze Gesicht des Sklaven. »Die Jahre, die mir noch bleiben, verbringe ich auf der Straße. Ich ...«

»Die Freiheit? Ich kann doch nicht einfach so die Wirtschaft untergraben, Jim. Das mußt du doch verstehen.«

»Ich wollte Ihnen schon immer etwas sagen, Mr. Sherman.«

»Ich höre.«

»Ich finde, Sie sind das größte Arschloch im ganzen Commonwealth von Massachusetts.«

»Du brauchst nicht so zu reden, alter Knabe. Setz dich einfach auf das Grün, und ich ...«

»Nein.«

»Mach nicht alles noch komplizierter. Setz dich hin,

und ich verpasse dir einen schnellen Schuß in den Kopf – es tut nicht weh, und es ist ein würdiger Tod. Wenn du wegläufst, schieße ich dir in den Rücken. Du hast die Wahl.«

»Natürlich laufe ich weg, du perverses Schwein.«

»Setz dich!«

Jimmy wirbelte herum und hetzte auf das Rough zu. Walter rammte sich den Gewehrkolben gegen die Schulter; wie ein Biologe, der sein Mikroskop auf ein Protozoon einstellt, peilte er den flüchtenden Sklaven mit seinem Hochleistungs-Zielfernrohr an.

»Stehenbleiben!«

Jimmy erreichte gerade den westlichen Rand des Fairways, als Walter feuerte; der Schuß ging glatt durch die linke Wade des Sklaven. Mit einem heiseren, wölfischen Geheul stürzte er aufs Gesicht, doch zu Walters Überraschung rappelte er sich gleich darauf wieder hoch und schnappte sich ein rostiges, ausgemustertes Neuner-Eisen, das er offensichtlich als Krücke benutzen wollte.

Aber der Sklave kam nicht weiter. Als er voll aufgerichtet dastand, schob sich seine hohe, gefurchte Stirn genau in das Visier, und das Fadenkreuz kennzeichnete ihn mit einem X. Walter brauchte nur ein zweites Mal abzudrücken.

Beim Aufprall riß die Kugel einen großen Teil seines Schädels weg – ein schleimiger Klumpen aus Haut, Knochen und Hirnmasse schoß aus Jimmys Schläfe wie eine Rakete, die von einem braunen Planeten aus startet. Er drehte sich zweimal um die eigene Achse und purzelte dann in das Rough, wo er hinter ein paar weißblühenden Rosenbüschen zu liegen kam. Also hatte er doch noch einen würdevollen Tod.

Tränen tropften aus Walters Augen wie aus einer Pipette. Ach, Jimmy, Jimmy ... Und das Schlimmste kam erst noch, oder? Natürlich konnte er Tanya nicht die Wahrheit erzählen. »Jimmy hatte Schmerzen«, wollte er ihr sagen. »Er litt unerträgliche Qualen. Die Ärzte mußten ihn einschläfern. Jetzt ist er im Sklavenhimmel.« Dann würden sie ihm einen prima Abschied bereiten, mit Blumen und einer Schweigeminute. Vielleicht wäre Pastor McClellan bereit, die Zeremonie zu leiten.

Walter taumelte auf das Rough zu. Für eine Beerdigung brauchte man eine Leiche. Sicher konnten die Leichenbestatter seinen Kopf wieder zurechtflicken, ihm ein freundliches Lächeln verpassen, seine Arme in einer friedvollen Geste über der Brust falten.

Ein hochgewachsener, bärtiger Mann in einem Abe Lincoln-Kostüm marschierte auf dem achtzehnten Fairway in Walters Richtung. Wahrscheinlich ein Exzentriker. Oder gar ein richtiger Irrer. Walter heftete den Blick fest auf die Rosen und eilte schnurstracks darauf los.

»Ich habe alles mitangesehen«, sagte der Fremde mit scharfer, ärgerlicher Stimme.

»Der Bursche hatte das Blauer-Nil-Fieber«, erklärte Walter. Die Sonne prallte auf sein Gesicht, wie ein Hortator, der auf einer Römischen Galeere die Trommel schlug. »Ich gab ihm bloß den Gnadentod. He, Abe, der vierte Juli war doch gestern. Wieso tragen Sie immer noch das Kostüm?«

»Das Gestern bleibt immer aktuell«, erwiderte der Fremde geheimnisvoll und zog ein gelbes Blatt Papier aus seiner Westentasche. »Und es ist nie zu spät«, fuhr er fort, während er, umflutet von dem heißen, fettigen Licht, das Dokument fein säuberlich mittendurchriß.

Für Walter Sherman, der von der Hitze gebeutelt wurde, um seinen verlorenen Sklaven trauerte und von seinem Akt der Barmherzigkeit noch ganz erschöpft war, verwandelte sich die Welt in einen Morast; ein alles umklammernder Sumpf ließ das Bild des Fremden verschwimmen, der zielstrebig auf McDonald's zusteuerte.

Walter schwante, daß ihm ein sonderbarer Abend bevorstand, und daß die kommenden Tage noch merkwürdiger sein würden, eine Zeit, in der die Stützpfeiler seiner Welt aus ihren Verankerungen gerissen und aus ihren Fundamenten gezogen würden.

Hier und jetzt, an der scharfen Grenze zwischen dem Fairway und dem Putting-Grün stehend, sah Walter eine beschwerliche Zukunft voraus. Das Gefühl verstärkte sich, als er mit flackernden Augen, pochendem Herzen und einem Verstand, der in einem Meer aus irrsinnigem Licht dahintrieb, auf die Rosenbüsche zutaumelte.

Und er wußte es mit absoluter Gewißheit, nachdem er, im Rough stöbernd, nicht Jimmys Leichnam fand, sondern lediglich das warme Gehäuse einer humanoiden Maschine; in der Abenddämmerung lag der Roboter ausgestreckt im Matsch, und eine ölige Flüssigkeit leckte aus seiner geborstenen Schläfe.

Rainer Erler

DER KÄSE

EIN MÄRCHEN

Es war einmal – vor gar nicht allzulanger Zeit – ein Senner! Der war jung und kernig und strotzte nur so, wie man treffend sagt, von Gesundheit, Saft und Kraft.

Er lebte sträflich einsam, auf einer abgelegenen Alm hoch über dem Tal. Und da es ein Freitag war, saß er am Rand des Brunnens, lehnte sich gegen die Mauer aus rohen Felsbrocken, auf der sich, aus klobigen, verwitterten Balken gezimmert, die Sennhütte erhob – und wusch sich die Füße.

Sein Blick ruhte dabei wohlgefällig auf den fleischigen, braunweißen Leibern seiner Rinderherde. Die Kühe mit ihren prallen, schwankenden Eutern grasten friedlich rings um ihn her auf sattgrünen Hängen und Matten. Majestätisch erhob sich darüber irgendein vielbestiegener, vergletscherter Gipfel in seiner ewigen Erhabenheit. Während unten im Tal eine Autobahn mit einem geradezu unendlichen Verkehr die sterbenden Wälder grausam durchschnitt.

Hell übertönte das Mittagsgeläute der alten Benediktinerabtei das dumpfe Dröhnen der Lastwagenkolonnen, kündete von der Allmacht des Allerhöchsten bis herauf zu dieser Alm und vermischte sich mit dem blechernen Gebimmel der Leitkuh, der ›Bless‹, der dieser Senner auf eine sehr liebevoll-unkeusche Weise zugetan war.

Und während er sich nun die Füße wusch, der junge Senner, weil es, wie schon erwähnt, wieder einmal Freitag war, und er an diesem Tag gewisse Pflichten hatte, und während er seinen Blick dabei schweifen ließ, über Berg und Tal, hatte er gute, geile Gedanken:

Denn drüben, auf der anderen Seite des Tales, auf der Brecherspitz-Alm, lebte eine gewisse Kirsten Jörgensen, die er ›Babs‹ nannte, weil ihm das besser gefiel und weil es der Name seiner Lieblingskuh vom letzen Sommer war.

›Babs‹ kam aus dem fernen, hohen Norden des Nachbarlandes und war eine sogenannte friesische Alternative, die alle zulässigen Becquerel-Werte von Cäsium und Jod für Milch und Käse fehlerfrei aufsagen konnte, und die sich ausschließlich vegetarisch ernährte. Was ihrer Fleischeslust jedoch keinerlei Abbruch tat!

Die einheimischen Bauernmädchen zog es nicht mehr so häufig auf abgelegene Almen. Die wurden lieber Kosmetikerinnen in Wien oder Aupair-Girls in London. Daher wanderten neuerdings immer häufiger art- und wesensfremde Weibspersonen über die Grenze dieses Alpenlandes und verloren sich irgendwo in der unzugänglichen Bergwelt. Aus Idealismus. Und aus Liebe zur Natur. Und weil es in Ostfriesland keine abgelegenen Almen mit jungen, geilen, kernigen Sennern gab.

Zugegeben: Die fremde Sprachmelodie nervte die Einheimischen nicht unerheblich. Aber ansonsten war diese ›Babs‹, wenn sie den Mund hielt, eine Pfundsperson.

Sie mochte dreißig sein oder auch etwas mehr. Hatte prächtige Schenkel, anständig viel Holz vor der Hütten und einen geradezu phantastischen Arsch. Und sie verstand sich auf ihr Geschäft:

Das Melken und Käsen hatte sie bei einem Ökobauern im Allgäu erlernt, das Vögeln in einer Wohngemeinschaft im Frankfurter Westend. Und in beiden Disziplinen war sie, wie der Senner jedem, den er traf, versicherte, einfach Spitze! Soweit er das, trotz seiner jungen Jahre, bereits beurteilen konnte.

Und während er sich also, im Hinblick auf die Pflichten und Freuden des heutigen Tages, die Füße wusch, seinen Blick auf die andere Seite des Tales wandern ließ und an diese ›Babs‹ dachte und wie er sie in gut zwei Stunden vögeln würde, auf daß diesem Weib dabei Hören und Sehen verginge, überkam ihn eine so gewaltige Erektion, daß es in seiner engsitzenden Hirschlederbundhose kein reines Vergnügen mehr war.

Da half auch der eiskalte Bergquell nicht viel, in dem seine dreckverkrusteten Füße hingen. Auch nicht der Klang der Glocken aus der Benediktinerabtei unten im Tal, wo man ihm außer Lesen und Schreiben die Furcht vor den Höllenqualen beigebracht hatte, die der Schöpfer dieser Welt auf die Erbsünde der Unkeuschheit folgen ließ. Auch nicht der Gedanke an die Pflichten des Tages: Freitags mußte der Käse ins Tal.

Dort, gleich neben der Zementfabrik, wo aus einem hohen Schornstein grauweiße Schwaden über Felder und Auen zogen, lag die Käserei. Ein flacher Zweckbau aus Stahl und Beton. Dort wurden die runden, naturbelassenen ›Käslaiber‹, die der ganze Stolz des Senners waren und die im kühlen, dunklen Gewölbe unter der Hütte jeweils drei Wochen lang vor sich hin reifen mußten, in großen, blanken Edelstahlkesseln eingeschmolzen, mit zwölf offiziell zugelassenen Konservierungs-, Aroma- und Farbstoffen und allerlei überflüssigem Krimskrams vermischt, mit Paprika, Schnittlauch oder Schinkenspuren, und schließlich in winzig kleine Dreiecke gepreßt, in Silberfolie verpackt und werbeträchtig bunt etikettiert.

Diese klitzekleinen Käseportionen landeten schließlich auf den Frühstückstischen irgendwelcher internationaler Hotels. Aber das interessierte den Senner bereits nicht mehr.

Was ihn interessierte, war der Umstand, daß er sich beeilen mußte. Mit dem Füßewaschen. Mit dem Verladen der Käselaiber. Mit der Fahrt hinunter ins Tal auf dem abschüssigen, ausgewaschenen, steinigen Weg, am Steuer dieses rostigen, uralten Unimogs. Und mit dem Abliefern seiner Käseproduktion.

Am allerwenigsten Zeit blieb ihm zum Vögeln der ›Babs‹. Denn zum abendlichen Melken mußte er wieder zurück sein. Das war er seinen Kühen schuldig!

Man sieht, das Leben eines Senners war keineswegs mehr so beschaulich wie in jenen glücklichen Tagen, als es auf der Alm noch keine Sünd' und keine uralten, rostigen Unimogs gab!

Während der Senner also Kuhmist und Lehm von seinen Füßen schabte und gute und geile Gedanken hatte und außerdem recht schmerzhaft und nachhaltig seine nun einmal geweckte Männlichkeit zu spüren bekam, ereigneten sich hinter ihm, im kühlen, dunklen Gewölbe unter der Hütte, merkwürdige, erstaunliche, unbegreifliche Dinge:

Ein Sonnenstrahl war wie jeden Morgen um diese Jahreszeit durch einen Spalt dieser Mauer gefallen und hatte für einige, wenige, kurze Minuten einen dieser runden, bleichen Käse zum Aufleuchten gebracht. Der Strom frischer Bergluft, der ständig durch diesen Schlitz zwischen Mörtel und Feldsteinen wehte, hatte ein übriges getan: Nach und nach begann dieser Käse, sich zu verfärben:

Erst in ein mattes, weißlich-getupftes, samtiges Grau.

Anschließend, fast übergangslos, in ein schwärzlich-staubiges Grün mit zart-rostbraunroten Flecken.

Zusehends bildeten sich bläulich schimmernde Inseln, durchzogen von schuppig-pelzigen Adern, besonders auf der dem Sonnenstrahl abgewandten Seite.

Während im Licht zartflockige, hellgoldgelbe Fasergebilde zu wuchern begannen.

Käse ist stets ein Produkt prallen Lebens. Die Milch, im warmen Euter einer Kuh entstanden, ist Lebenselixier an sich. Für Mensch wie für Vieh.

Das Gerinnen und Ausfällen, die Trennung von Molke und Quark, das Reifen und Fermentieren, das alles ist schließlich das Werk höchst lebensaktiver Bakterien – und keineswegs Zauberei!

Auch Schimmel und Käse waren zwei Dinge, die zusammengehörten wie Hund und Floh. Wie Speck und Maus. Auch insofern grenzte die Arbeit des Senners bisher an kein Wunder.

Nur diesmal geschah etwas überraschend Unglaubliches, etwas bestürzend Einmaliges, Unerforschliches, wenigstens soweit es diese eine Alm, diese Hütte, dieses eine Gewölbe, diesen einen, besonderen, außerordentlichen Käse betraf.

»Macht euch die Erde untertan ...«

Das war so ein Slogan, ebenso leicht wie leichtfertig dahingesagt – und mit unabsehbaren Folgen! Diese Aufforderung auszusprechen, an die Adresse der ersten Menschen, war sträflich und fahrlässig! Selbst für einen Weltenschöpfer und Gott. Er hätte es besser wissen müssen, das Unheil, das er heraufbeschwor, zumindest ahnen!

Daher habe ich als Chronist der nun folgenden Ereignisse, besonders aber als skeptischer Zeitgenosse kontinuierlich fortschreitender Katastrophen, meine berechtigten Zweifel. Zum Beispiel: Was die Authentizität dieses Zitats betrifft.

Ausgerechnet diesem raffgierigen, aufrecht einherschreitenden Raubaffen-Abkömmling, der sich selbst hochtrabend *›homo sapiens‹* nennt, die Vollmacht über diesen sicher nicht unwesentlichen Teil der Schöpfung zu übertragen!

Der Erschaffer dieses Planeten hätte kraft seiner Weisheit die Tragweite eines solchen Auftrags erkennen müssen. Oder dieser *›homo sapiens‹* war schlichtweg ein Irrtum und entstand aus schierem Zufall, ungeplant, ungewollt, wie jener Schimmel auf jenem Käse, und ohne jede Notwendigkeit.

Und damit sind wir endlich beim Thema:

Da entreißen wir nun Stück für Stück der Natur ihre Geheimnisse – und erbeuten stets nur neue Rätsel. Und eines dieser Rätsel war nun – ebenso unbezweifelbar wie unerklärlich – dieser Käse, beziehungsweise das, was ihn zu bevölkern begann:

Die bereits erwähnten Schimmelpilzpopulationen wucherten stetig, bunt und erfolgreich über die Oberfläche dieser einstmals bleichen Kugel, vermehrten sich in geradezu erschreckender Windeseile, breiteten sich aus, veränderten sich im Sinne einer offenbar gesetzmäßigen Evolution, paßten sich an, an Schatten wie an Licht, an Temperatur und Feuchtigkeit, an Tag und an Nacht, an Milchsäurebakterien, Laktose und Salz und andere ausbeutbare Substanzen – und entwickelten schließlich – glauben Sie es oder auch nicht – eine Art höheres Bewußtsein!

Mit dem Bewußtsein kam die Erkenntnis. Die Erkenntnis der eigenen Existenz. Die Erkenntnis, auf einem Käse von genau definierter Größe und mittlerer Qualität angesiedelt zu sein, der sich vom Material her in nichts von den zehn Dutzend Käsekugeln gleicher Form und gleicher Größe unterschied, die alle in Reih und Glied auf glattgescheuerten Fichtenbrettern reiften. Und die offenbar allesamt ›unbelebt‹ waren!

Was im Augenblick zwar nicht beweisbar war, wegen des begrenzten Horizonts der Schimmelpilze von diesen jedoch schlichtweg angenommen wurde.

Daraus resultierte wiederum die Erkenntnis ihrer uneingeschränkten Einmaligkeit:

Außerordentliche, auserwählte Schimmelpilze verstanden sich nunmehr – wohl zu Recht, da es unwidersprochen blieb – als Krönung der Schöpfung!

Und der Käse, den sie bevölkerten, war damit zweifelsfrei und unangefochten das absolute Zentrum eines Universums!

So folgte Erkenntnis auf Erkenntnis. Das Schimmelpilz-Bewußtsein wuchs und damit Schimmelpilz-Wissen und Schimmelpilz-Erfahrung, aber auch Schimmelpilz-Arroganz!

Zu alledem kam irgendwann geradezu zwangsläufig, niederschmetternd, erschreckend und unvermeidlich die Einsicht, als Schimmelpilz – *sterblich* – zu sein!

Die Erkenntnis und das Wissen um ein Ende!

Und mit diesem Wissen kam die Furcht!

Und mit der Furcht kam der Glaube!

Mit dem Glauben die Hoffnung.

Und damit die Tröstung:

Daß mit dem Ende nicht alles verloren sein konnte! Und das Schimmelpilzdasein ohne jeden Sinn!

Es mußte ein höheres Wesen geben, das diese Schimmelpilzpopulation und diesen ganzen Käse hier erschaffen hatte:

Ein Schöpfer! Genauer: ein Käse- und Schimmelpilz-Schöpfer! Ein gütiger, strenger, fürchterlicher Senner, der geliebt sein wollte und Unterwerfung forderte!

Ein Senner, der seine Hand über gläubige Schimmelpilze hielt, der allwissend war und weise. Der alles sah, alles durchschaute. Der verdammen konnte und strafen, aber auch, in geradezu grenzenloser Güte, alles vergeben. Der jedem einzelnen Schimmelpilz, der sich seinem unerforschlichen Ratschluß, seinen strengen Gesetzen, seiner allumfassenden Ordnung unterwarf, ein ewiges Leben versprach.

So kamen Gesetze und Ordnung auf diesen Käse – und außerdem war dies eine schimmelpilz-logische Lösung für alle schimmelpilz-metaphysischen Skrupel!

Die Rettung vor der ewigen Verdammnis war also greifbar nah, war für jeden Schimmelpilz verfügbar, sofern er nur Demut zeigte, seinem Senner gegenüber, der ja ausschließlich der Schöpfer des Käses war. Ihn verehrte. Ihn liebte. Ihn fürchtete …!

Undsoweiter, undsoweiter! Wir kennen das ja aus anderen Geschichten!

Nur: der Erzeuger von diesem Käse, der Senner, wußte nichts von alledem und wusch sich weiterhin nichtsahnend seine Füße!

Nein, dies ist kein Fall von Häresie!

Analoge Entwicklungen beim Entstehen bizarrer Hochkulturen – auch in Form religiöser Rituale – sind stets zwangsläufig-zufällig und absurd gesetzmäßig!

Dies ist auch kein Fall, der einen sogenannten ›*homo sapiens*‹ berechtigen würde, sofern er von diesem absolut überraschenden, höchst einmaligen und wissenschaftlich denkwürdigen Ereignis Kenntnis erhält, arrogant zu lächeln!

Und auch bitte kein theologischer Diskurs über die Mitbeteiligung der Kuh an diesem Wunder der Schöpfung. Oder gar über den Schöpfer von Kuh und Senner. Das führte zu weit und würde nur den Blick auf drei der wesentlichsten Thesen verstellen! Und diese wären:

Schimmelpilze entwickeln mitunter eine erstaunliche Ehrfurcht gegenüber ewigen Werten.

Schimmelpilze haben eine eigene, nur ihnen gemäße Ethik und glauben – drittens – an ein höheres Prinzip. Sofern sie einen Bewußtseinsstand erreichen, wie eben geschildert. Was vermutlich höchst selten geschieht.

Wann – statistisch gesehen – gerät ein Käse schon in eine so einmalige, ökologisch trächtige Situation?

Ein Zusammentreffen diverser glücklicher Umstände – dies ein Grundgesetz der Evolution – muß außer der Erschaffung eines nackten, weißen Käselaibes schon mit im Spiel gewesen sein.

Dazu gehörte allerdings auch, daß keinerlei menschliche Neugierde in diese Entwicklung zerstörerisch-forschend eingreifen konnte. Denn eine abgelegene Alm ist – gottlob und in der Regel zumindest – kein Platz, wo sogenannter ›faustischer Wissensdrang‹ sein Unwesen treibt.

Und die Naivität des Senners, seine Unkenntnis, seine jugendliche Geilheit und seine dreckigen Füße, waren im Augenblick noch eine gewisse Garantie dafür, daß sich die außerordentliche Schimmelpilz-Kultur auf diesem Käse auf ihre ureigenste Weise unbehelligt weiter entfalten konnte!

Mit einem sauer riechenden, feucht-schmierigen Lappen, der zum Reinigen vollgekackter Kuhzitzen stets griffbereit am Brunnenrand hing, wurden also die Füße getrocknet und handgestrickte Socken, mehrfach und nachlässig mit grobem Garn geflickt, darübergezogen. Adidas-Turnschuhe, nicht mehr gerade neu, aber attraktiv für das Programm dieses Freitags, wurden geschnürt.

Und diese verdammte Erektion, dieses Mordstrumm Unfrieden in der hautengen, hirschledernen Bundhose, das den Senner stolz machte und stocknarrisch zugleich, weil es der falsche Augenblick war und ihn beim Sockenanziehen schmerzhaft hinderte, ließ nicht nach.

Er lief hinter die Hütte. Dort stand dieser uralte, rostige Unimog, für den Senner das Tor zur großen, weiten Welt. Er zerrte also die Plastikfolie herunter, mit der dieses halbe Autowrack die Woche über abgedeckt war, stieg ein, um den Wagen zu starten und vor die Hütte zu fahren, wo er die reifen Käsekugeln aus dem Felsenkeller leichter einladen konnte.

Aber der Motor sprang nicht an.

Ein kleiner, belangloser Defekt an einem technischen Gerät, eine Verzögerung im Abtransport einer Ladung Käse, eine Galgenfrist von einer knappen Stunde oder auch mehr, wir werden noch sehen, das war in diesem Fall eine der Chancen der Evolution! Nicht Polsprünge, Eiszeiten und Meteoreinschläge! Nein, nur ein feuchter Verteilerkopf oder ein verstopfter Vergaser in einem rostigen Unimog. Und so entwickelte sich im mikroskopischen Bereich einer Käserinde, möglicherweise einmalig in diesem unendlichen Universum, am Rande einer mittelmäßigen Galaxis, auf einem durchschnittlichen Planeten, der auf einer elliptischen Bahn in einem nicht gerade außergewöhnlichen Sonnensystem kreiste, im kühlen, dunklen Keller einer abgelegenen Almhütte, in eintausendachthundertvierundsechzig Metern über dem Meer, auf einem zur weiteren Verarbeitung herangereiften Milchprodukt in Kugelform, eine bemerkenswerte Hochkultur und gelangte unter offenbar günstigsten Bedingungen zur allerhöchsten Blüte.

Was ist schon Zeit?

Die Lebenszeit von Spiralnebeln? Von Mikroben?

Wie lange währt ein Menschenalter?

Wie lange streikt ein Unimog-Motor? Wie lange vögelt ein geiler Senner in der Blüte seiner Jugend eine ostfriesisch-alternative ›Babs‹?

Drei Wochen reift ein Käse. Aber eine Schimmelpilzkultur hat ihre eigenen Sekunden, Epochen und Generationen.

Außer dem verfügbaren Zeitraum für ihre Entwicklung war Kommunikation das ›A‹ und das ›O‹ jedweder Zivilisation! Also Verständigung zwischen blaugrünen Flimmerhärchen und rostbraunen Samtpolstern, zwischen grauweißschwarzen schorfigen Schuppengeflechten und goldgelbglitzernden Fadengespinsten.

Als gemeinsame Umgangssprache wanderten nun Duftmoleküle einzeln und in vernetzten Systemen über den Käse dahin und kündeten von Ordnung und Gesetz, von Erfahrung und Erkenntnis, von Macht und Unterwerfung, aber auch vom Guten, Wahren, Schönen und Edlen, soweit dies ein kulturell aufgeschlossenes Schimmelpilzbewußtsein betraf und erfreute.

Und sie verkündeten die Worte und Gedanken des Senners! Denn auch Schimmelpilze haben so ihre Propheten und einen gewissen, fatalen Hang zum Missionieren.

So gelangte die Kunde vom Allerhöchsten, vom Alleswissenden, alles beherrschenden, alles verzeihenden Schöpfer des Käses bis in die letzte, abgelegenste Rindenritze dieser Käsekugel. Und es soll uns nicht wundern, wenn ER, dieses Höhere Wesen, im Bewußtsein einfältiger Schimmelpilzpopulationen die Gestalt eines wahrhaft monströsen, gewaltigen, alles überragenden, allmächtigen, leuchtenden Über-Schimmelpilzes erhielt:

Mal blaugrünes Flimmerhaar, mal grauweißschwarzes Schuppengeflecht, mal rostrotbraunes Samtpolster, je nachdem, welches Schimmelpilzvolk die Botschaft verkündete oder erhielt.

Ein phantastisches Hyper-Wesen, mit dem der Senner kaum, wenig oder eigentlich gar keine Ähnlichkeit hatte.

Der werkelte inzwischen verbissen an dem defekten Motor seines uralten, rostigen Unimogs herum, mit Flüchen auf den Lippen und trotzdem ohne Erfolg.

Die lästige Erektion in der engsitzenden, hirschledernen Bundhose war weitgehend abgeklungen, was jedoch nicht heißen sollte, der Senner hätte nun plötzlich andere, keuschere, edlere Gedanken.

Er dachte vielmehr stets nur an das Eine, immerzu! Seit es Sommer war und er auf dieser Alm hocken und Käsekugeln formen mußte, und egal, was er sonst noch tat oder ließ – er dachte daran. Und an nichts anderes!

Er dachte daran, wenn er seinen Kühen das milchpralle Euter massierte und anschließend mit geschickten, geübten Händen und festem Griff aus den hübsch geformten Zitzen den scharfen, weißen Strahl in den Melkkübel spritzen ließ, daß es nur so schäumte!

Er dachte daran, wenn die ›Bless‹, seine geliebte Lieblingskuh, ihm kokett das Hinterteil zudrehte, den Schwanz hob und aus der so einladend geöffneten Spalte ihm der goldgelbe Kuh-Urin dampfend entgegensprudelte.

Natürlich auch, wenn er ihr in die dunklen, dummen, langbewimperten Augen sah.

Er dachte daran, wenn er nachts auf seinem Strohsack lag und auf die geschwärzten Dachbalken starrte, über die der flackernde Schein des offenen Feuers huschte, und er sich mit schlechtem Gewissen Erleichterung von seinen qualvoll-lustvollen Trieben verschaffte. Oder auch tagsüber bei nämlicher Tätigkeit in frischer Luft und im duftenden Almgras liegend, zwischen Blumen und Blüten, wenn hoch über den Alpengipfeln silberne Jumbojets, die Länder und Kontinente verbanden, weißwolkige Gitternetze in das azurblaue Firmament zeichneten.

Es half nichts: Ob er nun wollte oder auch nicht: er dachte daran! Stets und immer! Er kam nicht davon los!

Auch nicht, wenn er aus der geronnenen Milch die weißen, weichen Käsekugeln formte. Mit Lust und seinen eigenen, sensiblen, braungebrannten Sennerhänden!

Oder diesen gottverdammten, verreckten, verfluchten Scheißmotor wieder in Gang bringen wollte.

Er hatte einfach nichts Höheres im Sinn, dieser Senner. Dabei wußte er, daß es eine Todsünde war, Unkeusches zu denken, zu sehen, zu hören, zu sagen oder zu tun, mit sich allein oder auch mit anderen, mit dieser ›Bless‹, zum Beispiel, wenn sie im Stroh vor ihm lag und er der Versuchung fast nicht widerstehen konnte – oder eben auch freitags mit dieser ostfriesischen ›Babs‹. Was wesentlich mehr Spaß machte, aber eben nur einmal in der Woche, was im Schöpfungsplan so lumpig-knausrig sicher nicht vorgesehen war.

Zur Not konnte er sie beichten, seine mißlungene Enthaltsamkeit. Irgendwann einmal… Bei Gelegenheit… Vielleicht… Drunten im Tal. In der Benediktinerabtei. Bei den Mönchen. Die wußten immer genau, was der Herrgott sich so dachte!

Aber: Einem Senner im besten Saft würde der es schon nachsehen. Warum erfindet er auch so unkeusche Dinge wie die ständige Geilheit in jungen Jahren, diesen steten Unfrieden in zu engen Hirschlederbundhosen?

Das war also die eine Welt! Die Welt des Käse-Schöpfers. Den die Schimmelpilze verehrten wie einen

Gott. Dem sie Dome bauten, hochaufragende, goldene Fadenstrukturen, die bis zu den unbelebten, nackten, toten Nachbar-Käselaibern reichten. Dem sie Kathedralen tief in den Käse bohrten. Katakomben, ausgekleidet mit rotschimmernden, phosphoreszierenden Mycel-Geflechten.

Unter den Gläubigen begannen sich hierarchische Strukturen zu bilden. Wissende wurden von Unwissenden durch Grenzen und Schranken unüberbrückbar getrennt. Und unmerklich hatte sich eine grausame Diktatur von Hohenpriestern etabliert. Die unterschieden sich nicht nur durch den Besitz der absoluten Wahrheit vom gemeinen Volk der einfachen, ungebildeten Schimmelpilze, seien diese nun blaugrün-langfädig oder rostbraun-samtstämmig oder gar weißgrauschwarz-schuppenflechtig, sondern auch durch eine Art Selbstbeschränkung im Aussenden von lebensspendenden-vermehrungsaktiven Sporen, was für die gewöhnlichen sterblichen Schimmelpilze stets mit Lust und Spaß und einem elementaren Trieb verbunden war.

Die Kaste der Hohenpriester jedoch war über Trieb und Lust und über alle diese käse-weltlichen Späße, die auch ihr Schöpfer-Senner mit Gewißheit verabscheuen würde, erhaben!

Die absolute Wahrheit, die sie besaßen, bestand in dem einleuchtenden Umstand, daß sie wußten, was ihr Schöpfer, der Senner, sich dachte. Die Gedanken des Senners, oder wie auch immer sie ihn ehrfurchtsvoll zu titulieren geruhten, waren ihnen ein heiliges, anbetungswürdiges Geheimnis.

Nur: Da jeder dieser Hohenpriester sein eigenes Geheimnis, seine eigene absolute Wahrheit zu hüten verstand, die sich von der Unzahl anderer Wahrheiten geradezu diametral unterschied, begann ein grausamer, fundamentaler Streit!

Es war der übliche Kampf auf Leben und Tod um nicht beweisbare Glaubensartikel. Mit Ideologen ist nicht zu spaßen, wenn es um ihre Ideologien geht. Man sieht: Auch auf einem Käse kommt alles Böse vom Glauben an das sogenannte Gute!

Auch die Ideologen dieser Schimmelpilzpopulation kannten untereinander kein Erbarmen, von Toleranz ganz zu schweigen. Auf dem Pfad, der zum großen Glück für alle führen sollte, zur sennerlichen Liebe, zum sennerlichen Frieden und zum ewigen sennerlichen Heil, verkündeten sie nur Haß und Gewalt!

Die Methode, das Mycel, die Lebensader der jeweils andersgläubigen Population zu veröden, wurde ständig verfeinert. Ganze Segmente des einstmals so bunt belebten Käselaibs wurden entvölkert und starben ab. Rostrotbraun-samtschwämmig bekämpfte Blaugrün-langfädig mit der gleichen unnachsichtigen, inbrünstig-fanatischen Gewalt, wie Weißgrauschwarz-schuppenflechtig sich seiner gefährdeten Existenz in einem mörderischen Verteidigungsangriff zu wehren wußte.

Das ging so eine ganze Weile, bis die Mehrzahl dieser seltsamen, einmaligen, gläubigen Schimmelpilze, rostrotbraun-samtig, weißschwarzgrau-schuppenflechtig, blaugrün-langfädig, schließlich als Märtyrer im Namen des Senners in ein friedlicheres Jenseits eingegangen war.

Der Käselaib, längst ungenießbar und selbst mit offiziell zugelassenen Konservierungsstoffen für den menschlichen Verzehr nicht mehr zu retten, glich nur noch einem einzigen Schlachtfeld.

Aber noch war der Kampf nicht entschieden, noch regte sich Leben und Widerstand!

Während draußen vor der Mauer aus rohen Feldsteinen der Unimog weiter streikte, weil der Verteiler zu feucht, der Vergaser zu trocken war und der Senner seinen so schönen sinn- und lustvollen Plan dieses Tages in einem Desaster enden sah.

Ein Unwetter war, zu allem Überfluß, hinter den mächtigen Zinnen der Brecherspitze aufgestiegen, eine schwarzgraue Wolkenwand, von Blitzen zerrissen. Die Kühe flüchteten mit blechernem Geläute unter das Schindeldach, während Sturmböen die schütteren, ohnehin todgeweihten Bergfichten zausten.

In zwei Stunden war Melkzeit. Die Zeitspanne zu kurz zum Überqueren des Tals. Die ›Babs‹ würde also heute trocken stehen und vergebens Ausschau nach ihrem eingeborenen Senner halten. Der dachte daran mit Wehmut. Und schon quälte er sich wieder nicht nur mit dem defekten Motor, sondern darüber hinaus mit einer neu aufsteigenden, höchst überflüssigen Erektion in seiner engen, hirschledernen Bundhose.

Und während er sich quälte und das Übliche dachte – versammelten drinnen im dunklen Gewölbe, auf jenem Käse, die Hohenpriester und Ideologen ihre restlichen Vasallen und Söldnertruppen zum letzten, zum allerletzten Gefecht:

Es ging um den Triumph, um den Sieg der allerhöchsten Wahrheit.

Es ging um den Bestand einer Hochkultur!

Es ging um das Bewußtsein, unangreifbar im Recht zu sein!

Es ging im Namen des Allerhöchsten, des Schöpfers von Käse und Schimmel, um einen Sieg um jeden Preis.

Und jede Partei erflehte seinen Beistand.

Und da der Unimog immer noch streikte, blieb ihnen viel Zeit für ihr mörderisches Spiel.

Und da diese Geschichte, wie gesagt, ein Märchen ist und keinerlei Anspruch auf Wahrheit erhebt, endet der Chronist mit den nun schon geflügelten Worten:

»Und wenn sie nicht gestorben sind, abtransportiert, eingeschmolzen und in Silberfolie verpackt, dann töten sie sich noch heute, bis zum allerletzten Schimmelpilz – im Kampf um die absolute, endgültige Wahrheit: …

… WAS DER SENNER SICH SO DENKT!«

HEYNE BÜCHER

JAMES WHITE

Orbit Hospital

Ob Sie Methan atmen oder Sauerstoff, sich bei 200 Grad plus oder bei 200 Grad minus wohl fühlen: Das Orbit Hospital ist für alle Geschöpfe der Galaxis da und bietet die optimale medizinische Versorgung.

Hospital Station
06/4974

Star Chirurg
06/4975

Großoperation
06/4976

Ambulanzschiff
06/4977

Sector General
06/4978

Notfall Code Blau
06/4979

Weitere Bände in Vorbereitung

Wilhelm Heyne Verlag
München

Lois McMaster Bujold

Barrayar-Zyklus

Die Vorkosigan sind ein altes Feldherren- und Herrschergeschlecht auf Barrayar, einem Planeten, die sich seit Jahren im Krieg gegen Escobar befindet. Als einer der Söhne eine gegnerische Raumschiffkommandantin zur Frau nimmt, bricht für viele eine Welt zusammen, und die Gegner der herrschenden Dynastie wittern ihre Chance.

Der erfolgreiche Zyklus einer jungen amerikanischen Autorin - zweimal ausgezeichnet mit dem begehrten HUGO GERNSBACK AWARD

Scherben der Ehre
06/4968

Barrayar
06/5061

Der Kadett
06/5020

Der Prinz und der Söldner
06/5109

Ethan von Athos
06/5293

Wilhelm Heyne Verlag
München